러브 인 노블레스

러브 인 노블레스

초판 1쇄 찍은 날 § 2008년 5월 23일
초판 1쇄 펴낸 날 § 2008년 6월 3일

지은이 § 김유진
펴낸이 § 서경석

편집장 § 문혜영
편집책임 § 이종민
편집 § 한지윤

펴낸곳 § 도서출판 청어람
등록번호 § 제1081-1-89호
등록일자 § 1999. 5. 31
어람번호 § 제5-0197호

주소 § 경기도 부천시 원미구 심곡1동 350-1 남성B/D 3F (우) 420-011
전화 § 032-656-4452 팩스 § 032-656-4453
http://www.chungeoram.com
E-mail § eoram99@chollian.net

ⓒ 김유진, 2008

ISBN 978-89-251-1332-6 03810

※ 파본은 구입하신 서점에서 교환하여 드립니다.
※ 저자와 협의하여 인지를 붙이지 않습니다.
※ 이 책은 도서출판 청어람과 저작자의 계약에 의해 출판된 것이므로,
  무단 전재 및 유포·공유를 금합니다.

프롤로그 • 7 / 러브 인 노블레스 • 13
에필로그 • 519 / 작가후기 • 533

제1장 • 19 / 제2장 • 36 / 제3장 • 75 / 제4장 • 110 / 제5장 • 162
제6장 • 237 / 제7장 • 259 / 제8장 • 290 / 제9장 • 359 / 제10장 • 380
제11장 • 430 / 제12장 • 498

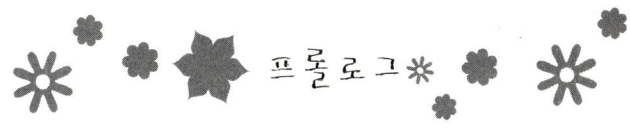

최창희, 그녀는 사랑을 믿지 않았다. 그 나이의 대부분의 여자가 그러하듯 말이다. 아니, 그 나이의 여성들은 아직 사랑이라는 환상을 가지고 있는 걸까? 여자는 평생 사랑을 꿈꾼다는 말도 있으니 영원한 사랑을 믿는 사람도 많을지도 몰랐다. 하지만 그녀는 아니었다. 다시 말하자면 그녀는 사랑이라는 인간의 감정을 불신했다. 사랑은 과학적으로도 증명되었듯 영원하지가 않으니까. 영원하지 않으면 잠시잠깐의 환상에 불과할 뿐이다. 그래서 그녀는 사랑을 차단하기 시작했다.

그녀에게 사랑은 인간의 감성을 희롱하는 최대 악이자 손대지 말아야 할 마약과도 같은 존재이다. 뇌를 마비시키고 흥분시켜 뭐가 뭔지도 모르고 구름 위를 걷는 듯 착각하게 만드는.

결과가 뻔한 사랑이라는 게임을 하기엔 그녀의 삶은 녹록하지 않았다.

검은색의 포르쉐는 8차선의 넓은 도로를 전속력으로 가로질러 강남의 중심에 위치한 '함피부과'의 지하 주차장으로 빨려가듯 들어갔다. 차는 타이어의 마찰음을 크게 내며 딱 한 자리 남은 사각형의 주차선 안에 한 치의 오차나 삐뚤어짐 없이 정확하게 주차를 했다. 병원의 지하 이층의 주차를 담당하는 젊은 아르바이트생 주차요원은 오늘도 묘기에 가까운 포르쉐 주인의 주차 솜씨에 탄성을 지르며 박수를 쳤다. 그 유명한 함피부과 병원 주차장은 세계 모터쇼를 방불할 만큼의 고급차가 늘어서 있기 때문에 그 표범같이 잘빠진 차가 특별해서 치는 박수가 아니었다. 바람을 가르는 듯한 훌륭한 주차 실력 때문이었다. 그는 아침마다 이 시간을 기다렸다.

곧 차 문이 달칵 소리를 내며 열렸다. 차에서는 무척 부티가 나고 당당해 보이는 여자가 내렸다. 꼿꼿이 편 허리와 하늘을 향한 턱 끝은 그녀가 얼마나 도도한지를 말해주고 있었다. 대한민국 1%의 부에 속하는 듯 보이는 젊은 여자이다. 외모만 보아도 말 그대로 노블레스 계층의 여자임이 분명했다. 그녀는 포르쉐에 어울리도록 디자이너의 감각적인 투피스를 입고 커다란 샤넬 백을 어깨에 메고 있었다. 피부는 탄생한 지 백일 지난 아기보다 더 맑고 깨끗했고, 엄청난 관리를 받고 있는 듯 티 하나 없었다.

차에서 금방 내린 여자는 선글라스를 벗으며 리모컨으로 차를 잠갔다. 삑 하는 기계음이 지하의 공간에 울렸다. 만족스러운 듯 잘 주차 되어진 차를 보던 그녀는 열쇠를 주차요원에게 던졌고 열쇠는 곡선을 그리며 그의 손 안으로 떨어졌다. 병원에 주차된 모든 차 열쇠는 그가 관리하기 때문이다.

"나이스 캐치."

여자의 목소리는 자신감에 넘치고 있다.

"최 선생님, 그저 좋은 하루 되십시오!"

주차요원은 꾸벅 인사를 했다. 그녀는 대답 대신 젊은 주차요원에게 멋진 척 손을 들어 보였다. 주차요원은 다시 고개를 꾸벅 숙이며 사라지는 그녀의 뒷모습과 소중히 든 포르쉐의 열쇠를 번갈아 보았다. 그녀는 서른 살의 미모의 피부과 닥터, 노블레스 계층만 드나들 수 있다는 강남의 유명한 회원제 피부과의 가장 유능하고 인기있는 젊은 여의사이다. 그 도도한 여의사는 지상으로 올라가는 엘리베이터가 닫히자마자 중얼거렸다.

"아, 아침마다 팬 관리하기도 힘들다. 저 청년은 왜 그렇게 날 우러러보는 거야? 한번 심어준 최상급 이미지를 무너뜨릴 수도 없고 말이야. 이렇게 주차 실력을 단련하다가는 조만간 주차의 달인으로 등극하겠네."

그렇게 급정거하고 급출발하면 기름도 빨리 없어진다고. 그녀는 아침마다 반짝이는 눈으로 자신을 보는 젊은 주차요원의 기대에 부흥하고자 그녀는 멋들어진 주차 묘기를 그에게 보여주었다. 한 젊은 청년을 위한 지하 주차쇼였다. 병원에 오는 모든 차는 주차요원에 의하여 주차가 되고 있지만 그녀는 직접 주차했는데 솔직히 말하자면 언제나 바닥을 가리키고 있는 연료를 자신을 신봉하는 젊은 남자에게 보일 수가 없었던 탓이다.

"그나저나 또 기름이 바닥났던데 집에 갈 길이 험난하겠구나."

여의사는 한숨을 푹 내쉬었다. 그녀의 팔에 걸려 있는 한정 판매된 샤넬 백 안의 샤넬 지갑 안에는 동전만이 짤랑거리고 있었다.

엘리베이터는 지상을 향해 끌어당겨지고 있었다. 함피부과의 팔층 건물은 최신식의 건물이었고, 내부는 최고급 호텔의 인테리어와 비교했을 때도 전혀 떨어지지 않을 만큼 고급스러웠다. 부유층을 위한 멤버십 에스테틱이 같이 운영되고 있기 때문에 귀부인들의 취향을 맞추기 위해 화려한 인테리어에 특별히 신경을 썼다. 건물의 일층부터 육층까지는 피부관리와 전신관리를 위한 에스테틱이 있고 칠층과 팔층은 환자와의 상담을 위한 외래진료실이 있다. 환자라고 하기에는 무리가 있는 피부에 대한 상담이나 트러블에 관한 조언 정도를 원하는 유한부인들이 주류이다. 함피부과에는 함 원장을 포함한 다섯 명의 유명한 피부과 전문의가 있으며 그중 가장 인기가 많은 의사가 바로 '그녀'였다.

그녀의 이름, 최창희. 함피부과에서 가장 소문난 여의사 닥터 최였다. 굉장한 돈 냄새가 풍기지만 알고 보면 늘 동전만이 짤랑거리는.

칠층의 엘리베이터의 문이 열리자 핑크빛의 세련된 옷을 입은 간호사들과 조무사들이 그녀를 보고 친절하게 인사를 했다. 창희는 도도한 척 그 인사를 손끝으로 받았다. 그래도 어느 누구도 그녀에게 건방지다 흉보는 사람이 없었다. 모두들 도도한 그녀를 당연하다고 여기는 것 같았다.

"최 선생님, 좋은 아침입니다. 이건 방금 내린 커피예요. 환자분들이 워낙에 수준이 높으셔서 함 원장님이 병원에 있는 모든 커피를 이 원두로 바꾸셨어요. 마다가스카르 사향고양이가 커피열매를 먹고 소화시키지 못한 씨를 배설하는데 그 배설물에 포함된 커피열매로 만든 커피랍니다. 귀한 것이죠. 드셔보세요. 향이 기가 막혀요."

함피부과에서 가장 나이가 많은 방 수간호사가 였다. 성이 방씨인 수간호사였다.

'그러니까 결론은 이게 고양이 똥에서 건져 낸 걸 우려낸 커피란 말씀이군요.'

창희는 걸음을 멈추었다. 실은 한 걸음 물러나 커피에서 떨어지고 싶었다. 방 수간호사는 머그잔에 담긴 고양이 똥 커피라는 것을 창희의 얼굴로 들이밀었다. 이런, 좋다면 별걸 다 들이미는군. 창희는 살짝 웃으며 그 머그잔을 받았다.

"고마워요. 방 수간호사님."

일단 받아 들었으나 방 수간호사는 그녀의 눈앞에서 커피라는 것을 창희가 들이키기를 바라는 것 같았다. 기대에 찬 얼굴로 눈을 깜빡인다. 이런, 날더러 고양이 장을 타고 내려와 괄약근을 스치고 지나간 그 커피열매로 만든 그 쓴물을 지금 당장 마시라고요?

"코피루왁이라는 커피예요. 맛이 기가 막혀요. 희소가치 때문에 아주 고가입니다. 뭐, 선생님이야 이미 다 아시고 계실 테지만 오늘은 제가 직접 내렸으니 특별하다고 생각하시고 일단 향부터 느껴보세요."

방 수간호사는 언제부터 커피 마니아가 된 건지 커피 향을 맡으며 눈을 살짝 감고는 떤다. 한정판 코피루왁만을 마실 것같이 생긴 창희는 원래 원두커피는 마시지 않는다. 무슨 맛으로 그 쓴물을 돈을 주며 마시는 걸까? 게다가 고양이 똥에서 나온 커피라고? 아니, 먹을 것도 많은 세상에 고양이 똥은 왜 뒤지는 건데? 나무젓가락으로 뒤져서 건져 낸 거야? 색깔 또한 장난이 아니구만.

"커피의 독특한 쓴맛이 일품이죠. 이제 죽 들이켜 보시라고요."

방 수간호사가 감미로운 투로 말했다.

"아, 네."

하지만 커피는 말이다, 2:2:2.5의 법칙으로 인스턴트 커피 2스푼, 크림 2스푼, 설탕 2.5스푼으로 먹는 게 가장 맛있다. 창희는 원래 커피는 설탕 맛으로 먹는다.

"음, 코피루왁, 정말 향이 좋은데요? 제 방에 가서 조용히 즐기겠어요. 천천히 음미하고 싶어요. 수간호사님 덕분에 오늘 아침부터 우아하게 시작할 수 있겠네요."

"그러시다면 뭐."

창희의 찬사를 바랐던 터라 내심 아쉬운 얼굴의 방 수간호사였지만 창희에게 깍듯한 예의를 지키며 수간호사실로 들어갔다. 창희는 자신의 진료실로 서둘러 들어가면서 손에 들려 있는 머그 안에 커피를 고양이 똥 보듯 하는 표정으로 바라보았다.

'좋다면 코끼리 분뇨라도 뒤져서 수박씨라도 건져 먹을 분들이시네.'

최창희라고 쓰인 이름이 붙여진 진료실의 문을 열고 들어가자 먼저 와 있던 장 간호사가 심드렁하게 말했다.

"오늘도 젊은 아르바이트생에게 주차쇼를 화끈하게 보여주시고 박수 받으셨어요?"

장 간호사는 창희의 담당 간호사이다. 그녀가 아침부터 까칠한 까닭은 젊은 주차요원을 그녀가 먼저 찍었기 때문이다. 함피부과의 모든 직원들은 창희의 표리부동함을 알지 못했지만 인간에 대한 통찰력이 뛰어난 장 간호사만은 창희를 꿰뚫어보았다. 사람들을 만나다 보면 약간은 독특한 능력을 가진 변방의 숨은 달인들과도 마주치는 법이다. 장 간호사는 창희가 종합병원에서의 수련을 마치고 나와 사회생활에서 얻은 첫 친구나 마찬가지이다. 아니면 원수이든지.

"응, 내가 팬 관리 좀 하고 왔지."

서른의 여자들은 떡 줄 놈은 생각도 안 하는데 김칫국을 몇 사발도 마신다.

"젊은 남자에게 박수 받는 게 그렇게 좋으세요? 하긴, 나이가 한 살 먹을수록 젊은 것들이 예뻐 보이죠. 품어주고 싶기도 하고, 손도 잡아주고도 싶고. 아저씨들이 '영계'만 보면 실실거리는 것과 같은 이치죠. 다만 그들이 우리를 거부한다는 거."

창희에게 정신 좀 차리라고 돌려 말하는 장 간호사이다. 그녀는 언제나 정곡을 찌른다. 촌철살인의 경지에 등극했다 볼 수 있다. 창희의 한쪽 눈이 삐쭉 올라갔다. 공격이 들어왔다 이건가?

"자, 마실래? 보기 드문 최고급 커피래. 방 수간호사가 마시라고 준 건데 알다시피 난 쓰고 맛없는 것은 입에 대기도 싫어서 말이야."

촌철살인에 맞대응하기 위해 창희는 그 커피를 장 간호사에게 먹이기로 했다. 방 수간호사의 명품 사랑은 장 간호사가 더 잘 알기에 창희가 건네는 커피를 받아 한 모금 마셨다. 의심 따윈 없었다.

"음, 좋은 것 같은데요. 역시 고급스러운 맛이에요."

그래? 그렇게 좋다면야 다 들이켜. 장 간호사가 커피를 다 마시도록 모른 척하기로 했다.

"그 커피원두 한 줌이 다른 원두커피의 몇 배나 비싸대. 그러니까 남김없이 아껴 먹어."

"오, 어쩐지 맛이 다르다 했어요. 제가 절대미각이거든요."

창희는 가운을 입으며 말했다. 가운의 주머니에는 피부과 전문의 최창희라고 써 있다.

"음, 그 커피를 매일 마시고 싶으면 사향고양이를 한 마리 사다가 길러. 그리고 커피원두를 먹여. 그리고 배설물을 함부로 버리지 말고."

"고양이는 왜요?"

장 간호사는 눈을 깜빡거렸다. 그녀는 순간 뭔가 속았다는 생각이 들어 뒷골에 서늘함이 느껴졌다.

"그 커피 말이야. 사향고양이 똥에서 파낸 커피열매를 갈아 만들었대. 장 간호사의 절대미각으로 맛본 똥 커피 맛이 어때? 원두에 알게 모르게 녹아 있을 고양이의 변, 그 맛이 우러나나?"

창희는 진료 책상에 앉았고 장 간호사는 먹던 커피를 공중에 뿜었다. 물을 뿜는 모습이 칼에 물을 뿜는 망나니의 모습과 흡사했다.

"선생님! 저한테 먹인 게 대체 뭐예요? 치사하게 먹는 걸로 공격한 겁니까?"

"그저 몸보신했다 생각해. 돈이 있어도 살 수 없는 귀한 커피래."

창희는 장 간호사에게 살짝 윙크를 했다.

비단, 희소성을 부여하고 더 특별한 것을 원하는 것은 고양이 똥에서 건진 커피뿐만이 아니었다. 1%의 부를 누리는 사람들은 무언가 더 특별하기를 바랐다. 흔해진 명품에 관심을 잃은 그들은 고가의 한정판 명품을 갖기를 원했고, 특별하다면 엄청난 돈을 지불하는 것을 아끼지 않았다. 자기들만의 공간에는 그들과 같은 등급의 사람들이 같이하기를 원하기에 말도 안 되게 높은 연회비를 내며 그들만의 멤버십 만들기를 즐겼다. 함피부과의 성공의 요인도 고가 마케팅과 피부과로서는 처음 도입한 귀족층의 멤버십 제도가 대한민국 1%의 노블레스들에게 제대로 먹힌 것이었다. 그리고 창희는 그 노블레스한 병원에서 월급을 받고 일했다. 그 덕에 연봉은 닥터로서는 가장 높은 수준이었다.

이 병원의 다른 의사들을 모두 제치고 가장 나이가 어린 창희가 가장 인기가 좋았는데 함피부과의 닥터 최가 유명한 여배우들 사이에 소문이 난 것도 연봉에 한몫 단단히 했다. 그녀들이 창희를 선호하는 이유는 그녀의 맑고 고운 피부에 뭔가 비결이 숨겨져 있을 것이라는 소문과 피부 좋은 유명한 여배우가 창희의 손길로 효과를 보았다고 선전을 하고 다녔기 때문이다. 또한 사회적으로 성공한 골드미스들과 세월을 잡고 싶은 중년의 고관대작 부인들도 그녀를 찾았다. 창희의 젊은 피부를 보는 것만으로도 자신도 곧 그렇게 될 수 있다는 막연한 기대심리를 그들은 갖고 있었다.

그렇게 말보다 빠른 입소문이 전국으로 퍼져 나갔다. 그리하여 몇 달 전 병원 소유의 에스테틱은 쾌적하고 고급스러운 환경을 위하여 더 이상의 회원은 받지 않기로 했다. 이미 유명한 사람들은 그 에스테틱의 회원이었다. 멤버십이 제한되자 오히려 그 피부과 에스테틱에 등록하려고 혈안인 사람들이 많아졌고, 그러다 보니 오히려 병원과 창희가 더 유명해져 버렸다. 최고급 병원에 있는 최창희, 그녀의 모습은 품위 유지를 위해 완벽한 옷차림에 완벽한 능력에 완벽한 미소를 짓는 완벽한 피부과 전문의의 모습이었다.

"어쩜 선생님은 피부에 잡티 하나를 찾아볼 수가 없어요? 다크서클을 한 번도 본 적이 없어요. 도대체 무슨 비결이죠? 뭐, 혼자 좋은 거 드시나? 요즘 더 좋아지신 것 같아."

이번에 세계적인 영화제에서 여우주연상을 받은 여배우가 물었다. 그녀가 온 이유는 이마에 보톡스를 맞기 위해서였다. 그녀는 늘 정기적으로 보톡스를 맞으면서 텔레비전에 나와서는 피부 관리는 전혀 하지 않는다고 말하곤 한다. 그녀는 늘 창희의 액면가

스무 살 피부에는 무언가 특별한 비밀이 숨겨져 있다고 믿는 것 같았다.

"아, 그런가요?"

창희는 보톡스가 가득 담긴 주사기의 바늘 끝을 보고 있었다.

"네, 그래요. 확실히 더 뽀송한 게 좋아졌어요. 비결을 밝혀요. 어제 무슨 팩 하고 잤어요?"

여배우의 한쪽 눈이 올라갔다.

'어제 세수도 안 하고 잤습니다, 세계적인 여배우님.'

밝힐 것이 없는 창희는 그 여배우의 눈을 보니 뭐라도 말해주어야 할 것만 같았다.

"이번에 우리 병원에서 새로 들여온 '제에스티 모노그램'이라는 스킨 제품으로 바꾸었을 뿐인데 벌써 효과가 있나 보네요? 제가 이래 봬도 우리 병원 신제품을 몸소 바르는 마루타입니다."

"저도 그 제품 주세요. '제이에스티 모노그램'인지 뭔지 그거요."

여배우에게 망설임 따윈 없었다.

"그럴까요? 좀 가격이 높은데. 저도 이제껏 보지 못한 최고가입니다. 그래서 권해 드리지 않았어요."

그 말이 여배우를 더 자극한 것 같았다. 비싸서 권하지 않았다는 말이 자존심에 불을 붙인 것이다.

"상관없어요. 비싸다니 품질에 대한 믿음을 더 주는군요. 여배우는 몸뚱이가 생명이죠. 전 영원한 젊음을 원해요. 어린것들이 하루가 다르게 치고 올라오는 마당에 돈이 문제인가요? 당장 내놔요!"

쿵! 여배우는 창희의 책상을 주먹으로 내려치며 말했다.
"원하신다면야 뭐. 당연히 세트로 구입하시는 거죠?"
"당연하죠!"

돈 쓸 곳 없어 방황하는 여인들에게는 약간의 사기를 치기도 했다. 실은, 창희는 세수도 안 하고 로션조차 바르지 않고 자는 밤이 허구한 날이고, 대단히 미안하지만 '제에스티 모노그램'이란 스킨 제품은 뚜껑조차 따본 적이 없었다.

"스트레스에 지친 여성들의 피부를 젊은 피부로 거듭나시게 하는 것의 제 일입니다. 두 달만 꾸준히 바르시면 팽팽해진 얼굴로 어린것들을 바로 눌러주실 수 있으실 겁니다. 우리에게 노화라는 단어는 휘이휘이, 더 이상 접근금지입니다."

말은 그렇게 하지만 창희의 머리 속에는 늘 오지를 돌아다니며 의료 봉사활동을 하시다가 돌아가신 아버지가 떠올랐다. 이런 자신을 보고 있다면 '정신 나간 여자들의 얼굴이나 만지고 있는 네가 과연 의사냐?' 하고 호통을 치셨을 것이다. 아버지는 훌륭한 의사였다. 엄청난 이상주의라는 것이 문제라면 문제였다. 창희는 잠시 하늘을 올려다보며 아버지에게 텔레파시를 쏘았다. 그녀는 종종 사물에 텔레파시를 쏘곤 한다.

'아버지, 저도 피 콸콸 나오고 심장 팔딱팔딱 뛰는 액티브한 수술이 재밌는 사람이거든요. 하지만 입에 풀칠은 해야죠. 전 아버지가 남겨주신 업보 처리 중이라고요. 그러니까 화내지 마세요.'

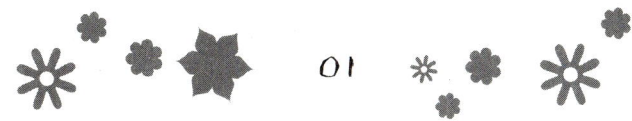

이

보이는 그대로를 믿는 일이란 얼마나 어리석은가. 하지만 사람들은 눈이라는 감각기관을 이용해 보이는 대로 보고 보이는 대로 판단한다. 사회가 복잡해지고, 만나야 할 사람이 많아지고 삶이 바빠질수록 타인을 판단하는 능력은 비교적 단순해진다. 간단한 프로필이라는 것을 만들어 인정받기를 원하고 프로필로 사람을 평가한다.

〈그녀의 보이는 프로필〉
이름:최창희.
성별:미혼 여성.
나이:올해로 서른 살.

키:170cm

현재 몸무게:육중함.

직업:피부과 전문의.

학력:서울대학교 의과대학 입학, 동대학병원에서 유별나게 의술을 수련함.

현재:대학병원에서 하산 후 함피부과에서 피부과 전문의로 명성을 날리는 중.

연봉:입 벌어질 만큼.

집:강남구의 오피스텔.

차:포르쉐의 검은색 박스터.

게다가,

함피부과 온라인 사이트에 오른 그녀의 약력:피부과 전문의, 대한 피부과학회 정회원, 대한 피부과 의사회 정회원, 대한 피부병리학회 정회원, 대한 레이저학회 정회원, 대한 미용피부외과학회 정회원, 미국 피부과학회 정회원, 미국 레이저학회 정회원, 200X년 한·중피부과학술대회 참여.

프로필만 보면 무척 화려하여 결혼 정보센터에 이 미혼 여성의 프로필을 넣는다면 트리플에이나 별 다섯 개짜리 등급을 받을 것이다. 그렇다. 그곳 역시 프로필로 사람의 등급을 나누는 짓을 하고 있었다. 사람을 분류하는 일이 간단하게 별이나 알파벳으로 구별되어 파일화 될 수 있는가? 눈에 보이는 것을 보지 말고 눈에 보이지 않는 것을 보라던 창희의 아버지 최수산 씨는 늘 말했다.

"딸아, 낮에 개똥을 피하는 일은 쉽다. 하지만 우리는 보이지 않는 것을 볼 수 있는 능력을 길러야 한다. 그렇지 않으면 밤길에 똥 밟느니라."

오전 진료 후 거한 점심을 장 간호사와 먹고 돌아오니 병원 로비에서 창희의 친구인 소진이가 손을 흔들고 있었다. 소진이는 이 병원의 에스테틱의 골드 멤버라 이곳을 수시로 드나든다. 그녀야말로 어려서부터 온갖 부를 누려왔다. 창희와는 시골에 살던 어린 시절부터 알게 되었는데 배추밭을 몇 천 평 가지고 있던 소진네는 그곳이 신도시로 개발되는 바람에 갑작스럽게 벼락부자가 되었다. 서른 살 동갑의 소진은 늘 명품으로 온몸을 감싸고 삐쩍 마른 치와와를 끌어안고 다닌다. 대학 졸업 후 제대로 된 직장 한번 가진 적 없으나 늘 호의호식하며 끊임없이 사랑하고 섹스하는 팔자 좋은 자유연애주의자에다 사랑예찬론자이다. 인생의 고뇌할 일은 사랑밖에 없었다.

"나 사랑에 빠졌어."

창희가 앉자마자 소진의 입에서 나온 말이었다. 새삼스럽지도 않다. 창희는 뭐, 또냐? 이런 눈으로 잠시 쳐다보다가 말했다.

"사랑 따위로 날 찾아왔다면 여기서 안녕. 나 중요한 일이 있어."

한두 번 사랑에 빠졌어야지. 사랑숭배론자로부터 도망가고 싶어졌다. 소진이는 사랑 중독자이다. 사랑부정주의자는 사랑숭배주의자와는 거리를 두는 것이 상책이다. 특히 사랑에 빠진 지 두 달이 최대 고비였다.

"정말 중요한 문제란 말이야. 세상에 사랑보다 중요한 일이 어디 있니?"

도망가려던 창희는 소진의 눈물을 보고 다시 자리에 앉았다. 남자도 아니면서 여자의 눈물에는 참으로 약한 창희였고, 소진은 그것을 간파해 불리해지면 늘 눈물을 보였다.

"이번엔 또 뭔데? 삼각관계?"

뻔하다. 연애엔 그 트라이앵글 구도가 말썽이다. 고등학교 때도 기타 치는 교회 오빠와 팬팔 하는 십칠 세 미국인 알렉스 사이에서의 삼각관계에 빠져 허우적거렸던 소진이었다.

"아니, 이번엔 유부남이야. 요즘 유부남들은 왜 더 멋진 거니? 유부남인 줄 알았다면 사랑에 빠지지 않았을 거야."

사랑이라는 착각 안에서의 사람들은 어설프기도 하다. 사랑이라는 천연 각성제에 취해 버려서 뭐가 뭔지 따지지를 못한다. 소진이는 정말 심각한 듯 울먹이고 있었다.

"유부남?"

너, 유부남은 건드리는 것은 완전한 반칙이다.

"응, 맞아. 알고 보니 그렇더라고."

"유부남이 연애 시장에는 왜 나왔대? 요즘은 상도가 바닥으로 떨어졌구나. 그런 것들은 모두 잡아다가 거시기를 확 뽑아야 해."

창희가 말하는 거시기는 어금니이다. 생니를 뽑는 고통을 줘야 한다고.

"그럼, 유부남들은 유부남이라고 명찰이라도 달고 다니란 말이니? 그리고 뽑길 뭘 뽑는다는 거야?"

정말 뭐라도 뽑힌 듯 경악을 하는 소진이다. 소진이 말하는 거시기는 남자의 중요 부분이다.
　"왜 화를 내? 거시기 뽑히면 안 될 일이라도 있어?"
　그런 놈은 밥을 굶겨야 한다고.
　"아직, 우리 같이 자진 않았어. 지금까진 플라토닉이야. 언제까지 갈지는 모르지만."
　뭐, 플라토닉? 환경호르몬 줄줄 나오는 플라스틱 밥그릇에 뜨거운 국밥 말아먹는 소리 하네.
　"정신 좀 차려. 사랑은 그저 환상일 뿐이야. 사랑이 밥 먹여주냐? 딱 접어."
　그렇다. 사랑보다 밥이 더 중요한 창희였다. 세상사가 다 먹고 살자고 하는 일이다.
　"차라리 입에 진한 초콜릿을 넣고 혀를 굴릴 때 느껴지는 그 달달하고 아찔한 그 느낌을 즐겨. 사랑할 때 나오는 호르몬인 페닐에틸아민이 초콜릿에도 들어 있으니까."
　창희는 소진이가 약한 과학적인 설명을 곁들였다.
　"넌 꼭 뭐든 먹는 것에 비유하더라!"
　소진은 짐승이라도 보는 듯한 눈으로 창희를 보았다.
　"뭐, 먹는 게 어때서?"
　"난 남자의 입속 아니면 혀를 잘 굴리지 않거든. 애도 아니고 웬 초콜릿 타령? 아, 넌 아직 육체적으로 애나 마찬가지지만."
　소진은 갑자기 비웃음이라는 것을 창희에게 보여주었다. 창희는 그때부터 약간 불리해졌다. 얼굴이 약간 붉어지기 시작했다.

서른이 되도록 남자의 입 안에서 혀를 굴려본 적이 없어서 그런 걸까?

"그런 변태 발언을. 그리고 적당한 초콜릿은 얼마나 몸에 이로운 건데. 몸에 당분이 없으면 혀도 잘 안 돌아갈걸."

"계집애, 그건 네 얘기지. 사랑에 아픈 날 위로는 해주지 못할망정 말이야. 사랑하고 싶을 때마다, 그리고 키스할 때마다 혀가 잘 굴러가라고 초콜릿을 사다 놓고 먹었다간 망가지는 내 몸은 누가 책임지고!"

소진의 몸매는 가히 환상적이라고 말할 수 있겠다. 환상적인 에스라인이었다. 그녀의 가슴은 천만 원짜리 가슴이다. 그리고 빵빵한 엉덩이 피부 밑에는 보형물이 자리 잡고 있다. 평소에도 그녀는 철저하게 칼로리를 계산하여 음식을 입에 넣고 먹어도 새 모이만큼만 먹는다. 안고 다니는 치와와까지도 다이어트를 한 건가? 한 그릇도 안 되어 보이는데.

"초콜릿은 사람 성격도 부드럽게 만들어. 한소진, 꽤 까칠하신데 좀 먹지 그래? 네가 갈수록 까칠한 것은 혈당이 모자라서 그런 거야. 넌 초콜릿은 절제가 되고, 섹스는 절제가 안 되더냐? 섹스할 때 소비되는 칼로리는 겨우 15칼로리야. 아니면 섹스를 한두 시간 정도 하면 칼로리 소비가 좀 높아질까?"

"내가 섹스를 하고 싶어서 사랑을 찾아다니는 줄 알아? 난 그저 사랑하고 싶을 뿐이라고."

"사랑이 섹스 아닌가? 그러려고 만나는 거 아니야?"

창희는 의심없이 사랑을 그렇게 정의했다.

"사랑을 그런 식으로 매도하는 것은 절대 용서 못해. 사랑도, 게다가 섹스도 못해본 처녀께서 내 앞에서 섹스와 사랑을 논하겠다는 거야? 늘 과학적인 이론만 빠삭해 가지고는."

소진의 눈이 살짝 올라갔다. 그녀의 입술은 약점이라도 잡은 듯 비웃고 있다. 창희의 귀에는 자신의 심장과 연결된 혈관들이 뚝 끊어지는 소리가 들렸다. 완전 약점 잡힐 때 들리는 소리다.

"내, 내, 내, 내가 못해봤다고 누가 그래?"

아, 말은 왜 더듬어. 나 다시 소진이한테 말리고 있는 거다. 진정해, 최창희. 어려서도 소진이에게 밀려 늘 깍두기 신세로 전락한 적이 한두 번이었던가.

"그럼 해봤단 말이야? 사랑과 섹스를? 닥터 최께서?"

"다, 다, 다, 당연하지."

나이 서른에 한 번도 못해본 여자는 정말 쪽팔렸다. 아, 진정 순결을 비웃는 시대가 오고야 만 것인가? 그런데 난 왜 안 해본 걸 해봤다고 말까지 더듬으며 거짓말을 하고 있는 거야? 혼전 순결은 자랑스러워야 한다고.

"해봤다고? 그럼 그걸 느꼈겠네? 느낌이 어땠어?"

도대체 뭘 묻는 거니? 오늘따라 너무 자세하게 파고든다. 어려서 공부나 좀 그렇게 하시지.

"뭐, 뭘?"

"오르가슴 말이야."

저 처녀는 부끄러움도 없었다.

"응. 주, 죽였어. 머리 속에 별이 빙글빙글 돌더라."

창희는 상상 속 오르가슴에 대해 그렇게 말했다. 야동에 보면 여자들이 허공에 별을 바라보듯 그런 표정을 짓는다. 그러니까 별이 빙글빙글 돌아가는 느낌이 아닐까?

"별이 빙글 하고 돌아가는 건 눈을 정통으로 주먹에 맞았을 경우 외엔 없어. 차라리 귀신을 속여라. 한 번도 못해본 금욕처녀 같으니라고."

졸지에 한 번도 못해본 금욕하는 인간이 되는 순간이었다. 한 번도 못해본, 한 번도 못해본, 한 번도 못해본······. 이 계속 반복하여 들리는 듯했다. 아니, 대화의 주제가 언제 이쪽으로 방향 전환하여 확대된 거니?

"나, 난 네가 귀신보다 더 무서워."

"너에 대해 너무 잘 아는 내가 무서울 것이다. 사랑이 뭔지 알게 되면, 그리고 섹스를 하게 되면 그때나 나한테 잘난 척해서. 지금은 사랑에 빠진 날 비웃을 자격이 없어. 지금의 넌 사랑하지 말아야 할 사람을 사랑하게 된 이 고통의 깊이를 넌 죽었다 깨도 모를 것이야."

소진이는 정말 아파 보였다. 피부도 잠을 못 잔 듯 거무스름했다. 사랑해서는 안 될 사람을 사랑할 소진은 그래도 맑은 피부를 가꾸어야겠기에 힘없는 걸음으로 엘리베이터를 타고 에스테틱으로 내려갔고, 창희는 허망한 걸음으로 진료실을 향해 걸었다.

"왜 사람들이 돈 안 되는 사랑 가지고 난리들이람. 저렇게 심각해지는 게 뭐가 좋다고. 아니, 그리고 금욕처녀? 내가 그걸 못한 건가? 안 한 거지. 나도 맘만 먹으면 언제든 할 수 있다고. 절대 못한 게 아니라고."

그렇게 고시랑거리며 언젠가는, 아니, 빠른 시일 내에 꼭 하겠다는 결의를 다지는 창희였다. '금욕'이라는 글자를 빨리 떼어내고 싶었다. 금욕처녀는 한숨을 쉬며 천장을 보았다. 이론은 더 이상 배울 것이 없었고 실습의 날만 기다리는 그녀였다.

퇴근길이었다. 지하 주차장의 잘빠진 표범 같은 차는 움직이지 않았다. 주유등이 켜지고 삼 일을 더 몰았더니 차는 심하게 배가 고팠나 보다.

"이봐, 정신 차려. 배고파서 정신을 잃은 거야?"

시동을 걸던 창희는 차에서 내려 두 손으로 차를 마구 흔들었다. 한곳으로 몰려 있던 한 방울이 기름이라도 엔진이 타오르는 불씨 역할을 하기에 충분할지도 몰랐다. 주유소까지만 가자. 차를 흔드는 것을 멈추고 창희는 시동을 다시 걸었다. 그러나 시동은 반쯤 걸리다가 꺼졌다.

"나, 이런. 좋아, 좋아. 파업이라 이거지? 알았어. 기름 넣어줄게, 넣어주면 되잖아."

어려서부터 사물과 대화하는 버릇은 아직 고쳐지지 않았다. 창희는 차에서 내려서 트렁크를 열었다. 트렁크에는 늘 이런 일이 있어온 듯 1.5ℓ 짜리 페트병이 두 개 있었다. 창희는 그것을 팔에 끼고 밤이지만 얼굴을 가려주는 선글라스를 끼고 몇 걸음 걸어가다가 중얼거렸다.

"겨우 두 명만 태울 수 있는 이인승 주제에 기름을 먹긴 왜 그리

많이 먹어? 하여간 연비는 꽝이라니까."

말이 끝나자마자 삐오삐오하는 포르쉐의 자체 경계경보가 울리기 시작했다. 도난방지를 위한 시스템인데 저 차는 가끔 시도 때도 없이 경보를 울려대곤 한다. 지금은 자신을 흉본다고 울리는 것 맞다. 창희는 리모컨을 눌러 경보를 해지시켰다. 비싼 차는 사람의 말도 알아듣는 건가? 그런 차도 나왔다던데.

"깜짝이야. 알았어. 제대로 먹이지도 않으면서 흉봐서 미안해. 금방 갔다 오마."

차를 모시고 사는구나. 닥터로서는 최고 연봉의 닥터 최는 늘 기름 값이 없었다. 저 반짝반짝한 차를 배불리 먹여본 적이 없었다. 그녀가 모는 포르쉐는 함 원장이 두 달 전 다른 의사의 몇 배의 돈을 벌어주는 창희의 사기를 돋우기 위해 준 보너스였다. 병원 명의로 된 차였고 창희의 출퇴근용 차였다.

"차를 주시려면 주유소 상품권도 같이 주시든지. 아니면 기름 적게 먹는 소형차를 주시든지 하시지. 저런 차를 아무나 모나? 극빈생활자에게 은그릇을 던져 주시는 격이거든요. 은그릇에 물 말아 보리밥 먹으라는 소리죠. 토끼 귀에 다이아몬드 귀걸이거나."

창희를 바라보는 사람들의 시선은 과대평가의 연속이었다. 프로필과 외형적인 조건은 하나도 흠잡을 수 없는 그녀였지만 한 커플 벗겨내 파고들어 가면 극빈생활자나 다름없었다. 명품 옷과 장신구는 노블레스들만 오는 병원 고객들을 의한 이미지 관리 차원에서 유니폼처럼 입고 있는 옷이다. 그것도 모두 자신의 옷이 아닌 소진이 입다가 싫증이 난 옷들이다. 페리스 힐튼 같은 소진이는 옷을 두세 번만 입어도 싫증을 내는 데다가 옷장이 터져 나가고 있는 실정이었다. 벼락부자의 티를 벗지 못했다고 자신도 말하고 있다. 고등학교 때부터 왕따 생활을 했던 소진에게 유일한 친구는 창희뿐이기에 소진은 선심 쓰듯 자신의 옷과 가방 등을 창희에게 바리바리 싸와서 건네주고 있었다. 물론 에스라인 몸매의 소유자 소진이와 창희의 몸에는 큰 차이가 있었다. 창희의 가슴은 두 번의 수술 끝에 완벽한 라인을 잡게 된 소진의 가슴보다 풍만했으며 창희의 튼실한 허벅지는 소진의 잘빠진 허벅지와는 비교 불가능할 정도로 굵었다. 그래서 가슴 부분은 수선가게를 이용해 조율을 해야 했으며 바지는 수선할 범위가 너무 넓어서 포기하고 원피스 종류의 스커트만 입을 수 있었다. 아, 물론 허리는 최대한으로 늘려야 했다. 초콜릿도 따지고 먹는 소진의 허리는 무척 인간답지 않았다.

"구질구질하게 그게 뭐니? 인턴, 레지던트 때는 청바지에 티 쪼가리 입는 거 그나마 봐준다고 했지만 전문의 따고 첫 직장 출근하면서 그렇게 입고 간다는 게 말이 되니? 돈 벌어서 뭐 하냐?"

함피부과의 첫 출근 전날이었다. 소진이는 청바지를 꺼내 드는 창희를 보고 경악했다.

"알다시피 빚 갚지. 그리고 병원에선 종일 가운 입고 있는데, 뭘."

그렇다. 창희에게는 어마어마한 빚이 있었던 것이었다. 소진이도 그것에 대해 아는지 고개를 끄덕이다가 다시 입을 열었다.

"글쎄, 그게 아니라니까. 그 유명한 피부과를 드나드는 사람들이 어떤 사람들인데. 의사라도 구질구질하면 무시당한다고. 안 그래도 드레스 룸이 터져 나갈 것 같았는데 잘됐다. 내가 얌전한 옷들로 골라다 줄게. 음, 사이즈의 압박이 있겠지만 내가 잘 아는 럭셔리 수선집이 있으니까 거길 이용하면 돼. 거기는 사이즈를 고무줄처럼 늘릴 수가 있어. 너 알지? 줄이기는 쉬워도 늘리기는 힘든 거. 명품만 취급하는 곳이야."

수선집도 명품을 따지는구나.

"그럴 필요까지 없어. 내가 사지 뭐. 퇴직금을 좀 받았거든. 그리고 너 같은 옷을 입고도 활동이 되니? 옷은 사람의 몸을 보호하거나 편하게 하려고 입는 거야."

"원시시대적 얘기하고 있네. 타임머신을 타고 돌아가시지 그래? 너 그 말 온 세상 디자이너의 예술적 재능을, 그리고 존재 자체를 무시하는 말이야. 그리고 네가 사봤자 유행 다 지난 싸구려 촌스러운 옷밖에 더 사겠니? 이제야 말하지만 너 정말 감각 없거든. 하여간, 내 말 들으라니까. 어차피 피부과 같은 의료 서비스업은 이미지 싸움이야. 의사가 부티도 좀 나고 세련돼야 오는 사람들이 믿음이 가지. 허접하면 오고 싶은 마음이 들겠니? 신뢰감이 바로 떨어진다고. 이미지 컨설턴트라는 직업이 괜히 생긴 줄 알아? 내가 이제부터 네 코디가 돼줄게. 부담스러우면 몇 번 입고 드라이 싹 해서 다시 돌려주든지. 뭐, 늘어난 옷 다시 입지는 못하겠지만. 그때는 어디다가 기부하지 뭐. 그리고 누가 공짜로 준대? 난 네가 취직하는 그 병원 에스테틱을 이용하고 말이야. 돈이 있어도 못 들어가는 곳이고 함피부과 에스테틱 다닌다고 하면 폼 좀 나거든. 거기 에스테틱 회원이 되려면 줄을 선다는데 나도 의사 친구 백으로 잘난 척 좀 해보자. 골드 멤버로다가 말이야."

몇 달 전 이런 거래가 이루어졌었다. 그 명품 옷들은 정말 마법처럼 작용해 부유층의 돈 많은 아줌마들에게 창희가 멋쟁이 실력 있는 여의사로 입소문 나는 데 큰 역할을 했다. 소진의 말처럼 세상은 정말 보이는 것도 중요한 세상이었다.

함피부과의 최고 닥터 창희는 명품 옷으로 휘감고는 포르쉐에게 줄 기름을 사러 주유소로 향하는 발걸음을 재촉했다. 금요일 저녁이라 그런지, 아니면 굉장히 유명한 호텔의 나이트클럽이 바로 옆이라 그런지 주유소는 무척 붐볐다. 차들이 줄까지 서서 주유하기를 기다렸다.

'내일부터 기름 값이 오르나? 왜들 이 난리인 거지?'

창희는 머쓱하게 차들 사이에서 줄을 섰다. 혹시나 이 밤에 자신을 알아보는 환자들이 있을까 싶어 머리에 얹었던 선글라스를 다시 썼다. 머쓱해 휘파람을 불며 서 있는데 뒤에 선 벤츠가 클랙슨을 울린다. 뒤돌아보니 운전석에 앉은 남자가 손으로 비키라는 시늉을 한다. 사람이 차들이 줄 선 곳에 왜 끼어드냐는 소리인 거다.

"이봐요, 나도 기름 넣으려고 줄 선 거거든요."

라고 쏘아봐 주고는 들고 있던 페트병을 흔들어 보이다가 탕 하고 맞부딪쳐도 주었다. 이럴 땐 세게 나가주어야 한다.

벤츠에 탄 황태는 흠칫 놀랐다. 젊은 여자가 겁도 없이 험악한 표정으로, 이 밤에 선글라스를 쓰고는 페트병을 탕탕 부딪치며 자신에게 덤비고 있다. 차들 사이에 서 있으면 위험할 것 같아서 비키라는 소리였는데 마구 덤빈다.

"말로만 듣던 여자 조폭인 건가?"

페트병 안에 휘발유를 받다아 어디 방화라도 할 참인 건가? 아니면 다른 조폭파를 겁주기 위한 분신 협박용인 건가? 벤츠에 탄 황태는 기름을 넣으려고 줄 섰다는 데야 할 말이 없어 줄 선 그녀의 뒷모습만 물끄러미 쳐다보았다. 스커트를 입었지만 약간 타이트한 스타일인 건지 좀 작은 건지 허벅지가 유난히 두드러져 보였다. 그리고 엉덩이는 **빵빵**했다. 아까 페트병을 탁 쳤을 때 느낀 건데 그 동작에 의해 흔들리는 가슴도 유난히 풍만했다. 요즘 여자들이 너무 마르는 것이 불만인 그였는데 자신이 생각했던 이상형의 몸이 눈앞에 서 있다. 선글라스를 꼈지만 얼굴도 그럭저럭 괜찮은 것 같았다. 험악하지만 않은 여자라면 어떻게 해볼 텐데 그녀의 품성은 자신의 부드러운 고품격 심성에는 과할 것 같았다. 그는 세상에 품격이 높지 못한 모든 것들을 참을 수가 없었다. 그의 이복형 황건도 저품격의 지존으로서 참을 수 없는 인간이다. 황태는 마침 이 앞 배다른 형이 경영을 맡고 있는 호텔에서 나오던 참이었다. 형이라고 말하기도 싫은 이복형과 욕을 하며 싸우고 난 탓에 여자나 만나서 기분을 풀어야지 하던 차였다. 그는 아쉬운 듯 한숨을 쉬었다.

"통통한 허벅지가 끝내주는군. 몸매가 빅 에스라인을 그리며 내 상상력을 휘몰아치게 하는군. 예술적인 몸이야."

그는 다소 느끼한 목소리로 혼잣말을 했다.

"보아하니 어두운 세계에 발 담그고 있는 것 같군. 조폭이면 무척 사나울 텐데. 저품격의 소유자일지도 모르고."

그는 페트병에 휘발유를 담는다는 그녀가 조폭임을 확신하며 한숨을 쉬었다.

창희는 주유기 앞에 섰다. 드디어 그녀의 차례였다. 주유소 유니폼을 입은 젊은 청년이 창희를 보고 말했다.

"아, 차는 어디에 있습니까, 손님?"

주유소 직원은 어리둥절한 얼굴로 물었다.

"음, 내 차는 이미 탈진 상태죠. 꼼짝을 안 해서 확인하니 기름이 바닥이 났더군요. 제가 요즘 생각할 일이 많아서 차에 기름이 얼마나 남았는지 확인도 안 하고 다니다가 그만 일이 이렇게 됐네요."

라고 말하며 페트병 두 개를 청년에게 들어 보였다. 자주 있는 일이었지만 처음 일어난 일인 듯 곤란한 표정으로 일관했다.

"그럼 거기다가 담아드릴까요?"

"네. 그것이 정답입니다."

창희는 당당했다. 어떠한 상황에도 당당함을 잃지 않는 그녀였다. 창피할수록 도도해지는 잡초 같은 인생이다.

"얼마나 넣어드릴까요?"

늘 하던 이 말이 입에 배어버린 주유소 직원이었다. 이 페트병을 보고 뭐 그런 걸 묻는 거냐, 라는 표정으로 창희는 대답했다.

"가득이요."

늘 주유를 하며 해보고 싶었던 말을 이제야 한다. '가득 넣어주세요'. 평소에 정말 해보고 싶었던 말이었다. 차에 휘발유를 꽉 채워 달려보는 것이 소원이었다. 늘 간당간당한 만 원어치의 휘발유를 넣고 달렸다. 얼굴이 두꺼운 그녀에게도 포르쉐에 만 원어치를 넣어달라고 당당히는 말했지만 좀 없어 보인다는 것은 인정해야 했다.

"고급으로 드릴까요, 일반으로 드릴까요?"

이 말 역시 그의 입에 자연스럽게 배어 있었다.

"고급이라니요?"

"아, 이 주유소는 고급유를 취급합니다. 그래서 늘 이렇게 줄을 서는 차가 많죠."

고급 승용차를 모시는 분들이 애정하는 차를 위하여 불순물이 적은 깨끗한 기름을 넣어준다. 당연히 일반유보다 더 비싸게 판매된다. 이 주유소가 붐비는 이유였다.

"그렇군요."

이런, 사람을 가려가며 그런 걸 물어야지. 창희는 한 손으로 입을 가리고 조용히 물었다.

"음, 이것저것 섞어 만든 가짜 오일은 없나요? 뉴스에서 보니 꽤 싸다던데."

주유소 직원은 창희의 말을 듣고 경쾌하게 웃었다.

"농담도 잘하십니다."

"네, 하루에 한 번 웃기도 힘든 세상이죠? 웃자고 한 소리예요."

거 봐, 당연히 농담인 줄 안다니까. 자신이 진심을 말하면 사람들은 농담이라고 웃는다. 대체 왜? 내가 그렇게 신빙성 없어 보이나?

주유소 직원이 두 개의 페트병 가득 기름을 담아 창희에게 건네고 가격을 말해주었다. 그러자 창희는 주머니를 뒤져 짤랑거리는 동전으로 가격을 지불했다.
　"아, 지갑을 집에 두고 나왔는데 때마침 차가 섰네요. 차에 있던 잔돈이에요."
　"아, 그러시군요."
　주유소 직원은 이제야 이해했다는 듯 고개를 끄덕였다. 그러나 지갑을 두고 왔다던 창희는 샤넬 사방에서 꺼낸 지갑에서 주유소 카드를 꺼내어 그에게 주었다. 치밀하지 못한 성격이었다.
　"포인트 적립해 주세요. 현금영수증도 같이 되는 거죠?"
　동전도 현금이다. 극빈생활자는 한 푼이라도 아껴야 한다.
　"아, 네."
　지갑과 포인트 카드를 바라보며 주유소 직원은 다소 황당한 표정을 지었지만 창희는 자신이 무얼 실수하였는지 알아채지 못했다.
　창희는 만만치 않은 무게의 휘발유를 담은 페트병을 들고 오던 길을 다시 걸었다. 자신의 뒤에 서 있던 벤츠의 차창이 내리진 채 운전석에 앉은 한 남자가 느끼한 눈으로 그녀를 넋 놓고 보고 있는 것은 전혀 인식하지 못한 채.
　"아깝다. 여성 조폭만 아니었어도 접근해 보는 건데."
　황태는 자신의 육감을 믿으며 그렇게 중얼거렸다.

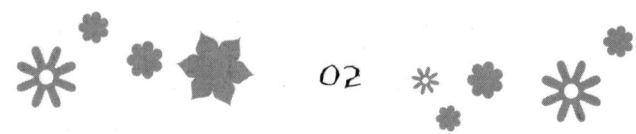

02

창희의 오피스텔은 병원과 가까운 곳에 있었다. 사실 오피스텔이라기보다는 원룸에 가까웠다. 부자들이 우글거린다는 고급 아파트들도 줄지어 섰고, 유명한 병원도 많고, 학원도 많은 동네이지만 럭셔리한 술집도 많아서 그녀가 사는 원룸 건물에 사는 사람들은 대부분이 밤에 출근하는 아가씨들이었다. 이유는 이 동네에서 가장 월세가 싼 곳이기 때문이었다. 풍요 속에 둘러싸여 있어서 그런지 더 빈곤해 보이는 곳이다.

창희는 허름한 원룸 건물을 올려다보다가 계단을 올라갔다. 이웃 주민들인 고급 룸살롱의 직업여성들은 그녀가 퇴근할 때쯤 출근하는 친구들이라 오다가 마주치기도 하는데 그들은 창희도 같은 직업에 종사하는 아가씨로 생각하고 있었다. 이층으로 올라가 창희가 자신의 원룸 비밀번호를 누르려는데 앞집 문이 열렸다.

"안녕하세요?"

상냥한 목소리에 창희는 몸을 돌렸다. 아까 낮에 병원에 왔던 친구 소진보다도 더 화려하게 차려입은 앞집 아가씨가 창희에게 인사를 했다. 싱싱한 젊은 여자다.

"아, 네. 안녕하세요. 이사 온 지 좀 됐는데 떡도 못 돌리고. 요즘 세상이 좀 각박한 건 사실이죠?"

변명 아닌 변명 중이다. 창희는 이웃에서 이사 올 때 얻어먹던 그 시루떡의 맛을 잊어본 적이 없었다. 정말 떡이라도 돌려볼 걸 그랬지.

"출근하시나 봐요?"

웬 떡 타령이냐는 표정으로 손에 든 차 열쇠를 뱅글뱅글 돌리며 그녀가 물었다. 아니, 지금 퇴근하는 건데. 문을 여는 모습이 문을 닫는 모습으로 보인 건가? 하긴, 지금 출근하는 옆집 아가씨의 모습과 자신이 모습이 별로 다를 바 없긴 했다.

"그, 그게 아니고."

퇴근을 하려는 길이라고 설명을 하려는데 아리따운 아가씨는 창희의 말을 잘랐다.

"언뜻 보니까 나이도 어리신 분이 차도 수입 스포츠카 끌고 다니시고, 입고 다니시는 옷도 죄다 알아주는 명품이고."

옆집 아가씨는 무언가를 추리해 내는 듯 매와 같은 눈으로 창희를 보았다.

"아, 네. 절 지켜보셨군요. 예리하시네요."

그런 눈으로 보면 허점 많은 인간 부끄러워진다고. 많이 봐야 이십대 중반의 여자가 창희에게 그렇게 말했다. 이것아, 이래 봬도 이 언니가 서른이다.

 창희는 이십대 초반의 아가씨들보다 팽팽한 피부를 가지고 있는데, 맑은 피부는 그녀를 제 나이로 보이지 않게 했다. 관리를 해서가 아니라 타고났다 볼 수 있다. 그녀는 나이가 오십이 되어도 서른처럼 보이는 헌엄마의 유전자적 요인을 그대로 물려받았다. 피부과 의사로서는 최고의 자산이었다.

 "페이가 센 데 나가시나 봐요?"

 앞집 아가씨가 다시 물었다.

 "음, 업계에선 페이가 세긴 세죠."

 사실이었다. 의사로서는 최고의 연봉이었다. 다만, 버는 족족 다른 구멍을 막아야 한다는 거. 극빈생활을 하는 이유인 것이다.

 "어디 룸살롱에 계시죠?"

 앞집 아가씨의 느닷없는 질문이었다. 지금까지 서로 다른 생각으로 다른 대답을 했고 다르게 이해했다. 오해를 풀려고 거슬러 올라가기엔 복잡하게 얽혀 버렸다. 여기서 갑자기 사실은 닥터라고 밝히고 퇴근 중이었다고 말하기는 무리였다.

 "뭐, 차차 알려 드릴게요."

 피하는 게 상책이다.

 "그러세요. 함부로 밝히기 그렇죠. 사생활 보호 차원에서도 그렇고. 저는 체리라고 해요."

 체리는 늘 앞집 사는 그녀가 궁금했다. 스물네 살인 자신과 비숫한 나이든지 아니면 한두 살 더 많아 보인다. 그런 젊은 여자가 이런 허름한 원룸에 살면서 명품을 입고 고급 스포츠카를 타고 다닌다면 답은 딱 하나이다. 잘나가는 직업여성이란 소리다. 하긴, 잘나가게도 생겼다. 의외로 남자들은 마른 여자보다는 살집이 있는 여자를 선호한다. 허벅지가 아주 탱탱하게 살이 오른 것이 남자들이 군침을 삼킬 만했다. 매일 술을 먹어야 하는 직업임에도 불구하고 얼굴은 피곤한 기색이나 붓기 하나 없이 맑고 투명하다. 술이 체질이라는 소리이다. 육감적이고 섹시한 데다가 얼굴은 백치미까지 흐른다. 말하는 것도 어설픈 것이 공부도 굉장히 못했을 것처럼 생겼다.

"네, 반가워요. 그럼 이만."

의도하지 않은 거짓말에 창희는 그녀에게 미안한 생각이 들어서 빨리 인사를 고했다.

"어머, 우리 통성명은 해야죠. 체리라고 제 이름은 알려 드렸는데."

체리는 맑게도 웃음을 지어 보였다. 언뜻 건방져 보이던 첫인상과는 달리 순수해 보였다.

"네, 203호 사는 저는 안나라고 합니다."

안나라니, 케이블에서 보던 드라마의 황당한 여주인공 이름이 왜 갑자기 떠오른 걸까. 체리에 걸맞은 이름을 무의식적으로 찾아낸 건가?

"안나라, 본명 아니시죠? 재밌는 분이시네. 또 봬요."

체리는 또각또각 소리를 내며 계단을 내려갔다. 창희는 그 소리가 사라지자 조심스럽게 비밀번호를 누르고 집 안으로 들어가며 중얼거렸다.

"안나라니, 작명센스 하고는."

창희의 원룸은 매우 단조로웠다. 일인용 침대, 옷이 많아져서 사들인 옷장, 낡은 텔레비전과 VCR, 작은 식탁. 그것이 다였다. 피부과 여의사의 집엔 기능성 화장품이 줄지어 선 화장대 따윈 없었다. 한쪽에는 요리를 해먹을 수 있는 작은 싱크대가 있었고, 작은 욕실이 그 옆에 붙어 있다. 그 작은 공간이 창희가 본연의 모습으로 돌아오는 공간이다.

하루 종일 부담스러운 옷을 입은 채 부유층 사람들을 상대하며 거짓 웃음을 짓느라 집에 오면 녹초가 되어버렸다. 창희는 현관에서 침대 앞까지 오면서 스타킹과 스커트와 블라우스와 귀걸이를 차례대로 벗어 던지고 팬티와 브래지어만 한 채 침대 속으로 들어갔다. 혼자 사는 창희로서는 제일 편한 차림이었다. 헨젤과 그레텔이 빵 조각을 조금씩 떼어서 길바닥에 버려둔 것처럼 좁은 방 안에서 침대로 가는 길을 잃을 염려도 없는 그녀도 그렇게 옷을 늘어놓았다.

"피곤해. 피곤해. 피곤해."

이불을 덮어쓴 그녀는 그렇게 중얼거렸다. 페트병에 가득 담긴 휘발유는 정말 무거웠다. 포르쉐는 그것을 두 병 다 마시고서야 시동이 걸렸다. 사람들에게 집에 오자마자 세안을 해서 피부를 청결하게 해야 한다고 늘 설명하는 그녀는 자신의 피부에게는 한없이 너그러웠다. 더러운 것에도 단련이 돼야 피부가 강해진다니까. 뭐, 이런 말도 안 되는 주장을 스스로에게 하고 있는 중이다.

발가락에 플라스틱 리모컨이 닿았다. 그녀의 리모컨은 늘 이불 속에 숨어 있다. 텔레비전은 그녀와 떼려야 뗄 수 없는 관계이다. 활동 반경이 병원과 자신의 원룸이 전부인 창희는 세상의 모든 정보를 텔레비전에서 얻는다. 그래서 다달이 케이블 텔레비전의 사용료를 내는 것이 하나도 아깝지가 않았다. 고물이긴 하지만 텔레비전으로 영화도 보고, 미국 드라마도 종일 볼 수 있었다. 요리를 따라 해본 적은 없지만 요리 강습도 받을 수 있었고, 내셔널 지오그래픽 같은 훌륭한 프로그램도 볼 수 있으며, 사이비 종교와 지구의 종말을 다룬 흥미로운 다큐멘터리도 즐겼다. 그리고 어려서 너무도 좋아했던 만화 '도라에몽'도 한다. 가끔 늦은 밤에는 진한 야동도 침을 꼴깍이며 볼 수 있다. 자신에게 이런 상식과 흥미를 안겨주는—게다가 금욕처녀의 호기심도 달래주고—이 얼마나 유익한 창조물인가. 그녀는 텔레비전을 왜 바보상자라고 하는지 이해할 수가 없었다.

리모컨을 이불 사이에서 찾아내 빨간 버튼을 눌렀다. 텔레비젼을 켜자 창희가 좋아하는 오프라 윈프리 쇼가 방영되고 있었는데 식사 조절과 운동으로 살을 뺀 사람들의 예전 모습과 현재의 모습을 비교하며 보여주었다. 과거의 살쪘을 때 사진을 보여주다가 커튼을 거치고 날씬해진 모습으로 나온 사람들은 기쁨의 눈물을 흘렸다. 방청객들은 환호를 질렀다. 창희는 이불 속에서 그 모습을 멍하니 보고 있었다.

―우울하고 변화없는 지루한 인생이었는데 이렇게 인생을 허비할 수만은 없다는 생각이 들었어요. 그래서 식이조절과 운동을 하기 시작했죠. 몸이 변하기 시작하면서 인생도 달라졌습니다. 그리고 인생도 변하기 시작했습니다. 새로운 인생을 사는 기분입니다.

고도 비만이었던 여자는 쌀 한 가마니 무게의 살을 빼고는 눈물을 글썽거렸다. 하지만 기쁨의 눈물이었고 자신감 넘치는 표정이었다. 화면에는 그 여자의 일 년 전 사진과 일 년 후의 사진을 같이 보여주고 있다.

"다른 사람 같아. 다른 사람의 모습으로 새로 사는 기분이 들겠다."

창희는 중얼거렸다. 변화없고 일상적인 모습은 자신도 마찬가지이다. 원룸과 병원을 오가며 일을 하고 있지만 돈은 버는 족족 빚을 갚아나가야 하고 인생을 즐길 만한 돈은 남지 않았다. 피부과를 찾아오는 여자들의 피부에 대해 상담을 하는 일도 지치는 일이었다. 의사로서의 아무런 만족감을 느낄 수 없었다. 자신도 변화되고 달라진 인생을 살고 싶다는 생각이 들었다.

―변화할 수 있습니다. 일상에 지쳐 우울해하거나 웅크리고 있지 마세요. 삶은 여러분 스스로가 만들어 나가는 것입니다. 믿음을 가지고 꿈을 가지세요. 그리고 실천하세요. 삶은 반드시 변화될 겁니다.

오프라가 그렇게 말했다.

"정말 그럴까요? 이 비교적 단순한 일상에도 뭔가 화끈하고 즐거운 일이 일어날 수 있는 건가요?"

창희는 오프라에게 텔레파시를 쏘았지만 광고 후 돌아오겠다는 소리로 오프라는 자신의 질문을 모른 척했다. 녹화 방송이라는 사실을 잊었던 것이다.

창희는 천장을 올려다보았다. 낡은 천장 벽지에는 별 모양의 형광 스티커가 잔뜩 붙어 있었다. 그 빛이 희미하게 그녀의 눈에 들어왔다.

'내가 눈을 감고 뜨면 낡은 천장 대신 멋진 샹들리에가 달린 천장으로 변했으면 좋겠어.'

신데렐라나 소공녀같이 그렇게 주문을 걸며 눈을 감아보았다. 물질적인 부를 간절히 원한 적은 없지만, 부가 전부가 아니라는 것은 알고 있지만 그래도 밑도 끝도 없는 가난은 정말 힘들었다. 창희는 세상에 일어나는 과학적으로는 설명이 안 되는 초자연적인 힘을 지금부터 믿어보기로 했다. 그래서 어리석지만 눈을 감고 간절히 그것을 바라며 눈을 떴다. 하지만 별 모양 스티커가 달린 천장은 조용히 그대로였다. 창희는 이불을 다시 뒤집어썼다. 신데렐라에게 호박마차를 선물해 주었던 외국인 요정은 자신이 외국어에는 젬병이라는 것을 알고 피하는가 보다.

머리맡에서 전화벨이 울렸다. 창희는 손만 이불 밖으로 빼내서 울리는 전화기를 이불 안으로 넣었다.

"여보세요. 잠시 우울한 최창희입니다."

[창희야. 우리 딸, 엄마의 하나밖에 없는 내 딸이 왜 우울해?]

헌엄마의 목소리였다. 창희는 두 명의 엄마가 있다. 낳아준 엄마를 헌엄마라고 부르고, 키워준 엄마를 새엄마라고 부른다. 헌것과 새것이 반대말이라는 것을 알게 된 후로 죽 그렇게 불러왔다. 전화기에서는 헌엄마의 흐느끼는 소리가 흘러들어 왔다.

"뭐야, 헌엄마 울어? 또 무슨 일인데?"

헌엄마는 감정이 무척 여린 사람이라 상처도 잘 받고 울기도 잘 운다. 그리고 사랑에도 쉽게 빠진다. 감정의 변화가 별로 없는 뚝심 있는 새엄마와는 정반대의 성격을 가지고 있다. 헌엄마는 낙엽 굴러가는 것만을 보고도 울고 웃고 놀랐으며 새엄마는 미친 여자가 옷을 홀라당 벗고 옆에서 춤을 춘다 해도 '미친것' 하고 말만 내뱉을 뿐 신경조차 쓰지 않을 분이었다. 생모와 계모의 일반적인 캐릭터를 뛰어넘는 경지에 이르신 분들이라 볼 수 있다.

[헌엄마가 뭐니? 엄마면 엄마지. 너 그러지 말라고 그래도 만날 그러더라.]

언제 울었냐는 듯 정자 씨는 성이 나서 볼멘소리를 했다. 엄마이기는 하지만 정신연령은 소녀에 머물러 있는 생모이다.

"엄마가 두 명이니까 헷갈린다고. 구분지어서 불러야지. 듣는 사람도 구분지어 불러야 자신을 지칭하고 있구나 하고 대답할 것 아니야."

엄마가 둘이어서 늘 헷갈렸던 유년시절이었다.

[머리도 좋다는 애가 헷갈리긴 뭐가 헷갈려? 보통 평범한 애들은 낳아준 엄마한테는 그냥 엄마라고 부르고 계모한테는 '새엄마' 이렇게 부른다고. 하여간 새엄마 앞에서는 무서워서 꼼짝 못하면서 엄마한테만 까분다니까.]

새엄마 희숙 씨는 정말 무서운 성격의 소유자였다. 오락실에 가겠다고 새엄마의 지갑에서 백 원을 몰래 꺼내다가 들켰을 때 그 시퍼런 눈을 지금도 잊을 수가 없다. 자다가도 경기가 날 것 같았다. 엄청나게 두들겨 맞고는 녹슨 대문 앞에 종일 서 있었는데 그 후로 절대 남의 물건은 손대기는커녕 쳐다보지도 않았다. 창희는 맞아서 사람으로 거듭난 인간형이었다.

"남편하고 토끼 같은 딸 버리고 사랑 찾아 도망간 엄마한테 헌엄마라고 불러주는 것만으로도 과분해해야지."

물론 어렸을 때도 자신은 토끼 같진 않았다. 창희는 진실을 말하는 데 거침이 없었다. 창희가 어렸을 적 헌엄마인 정자 씨는 가족을 버리고 사랑을 택했다. 그것이 창희가 사랑을 믿지 않게 된 가장 큰 원인이 되었다. 책임감이 사랑이라는 감정보다 먼저이지 않을까? 책임도 못 질 거면서 애는 왜 낳은 건데?

[네 아버지, 만인들에게는 훌륭한 의사라고 칭송받았을지는 몰라도 가족에게는 무능력한 사람이었어. 낮이나 밤이나 말이야.]

"아니, 밤에도?"

[그래.]

음, 처음 듣는 소리다. 토끼 같은 딸자식이 아니라 토끼 같은 남편이었던 거야? 아버지, 정말 실망이에요. 의사로 보이지 않고 튼튼한 소도둑처럼 생기셔서는. 창희는 천장을 보며 텔레파시를 쏘았다.

[낮에 아픈 사람들을 돌본다고 온 힘을 다 썼는데 밤에 쓸 힘이 남았겠니? 그럼 돈이라도 잘 벌든지. 무료진료라는 간판을 내가

얼마나 빠개 버렸는지, 그 촌동네 사람들이 내가 매일 장작 패는 줄 알았다고. 여자는 말이야, 사랑없이는 살아갈 수 없는 존재야. 가꾸고 돌봐야 피어나지, 무관심하면 시들고 곧 죽는다고. 엄마는 그때 곧 죽을 것만 같았어. 사랑을 찾아 떠난 이유이기도 하고. 네가 크면 여자로서 엄마를 이해해 줄 것이라고 믿었어.]

창희가 보고 싶어 골목 끝에서 눈물짓던 도망간 헌엄마의 모습이 아직 창희의 기억 속에 남아 있었다. 가끔 학교 정문으로 찾아온 헌엄마는 창희를 몰래 데려다가 떡볶이도 사주고, 팥빙수도 사주고, 오락하라고 동전을 잔뜩 주고 가곤 했다. 도망간 헌엄마와의 만남은 늘 물밑에서 몰래 지금껏 이어져 오고 있었다.

"맞아, 자본주의 사회에서는 살기 힘든 분이셨지. 늘 세계 평화와 가난한 사람들의 질병에 대해 걱정하시던 분이었어."

가족들이 힘들었다는 부분은 창희도 수긍하는 부분이었다.

[자기가 무슨 슈바이처 박사인 줄 안다니까. 내가 말리지 않았으면 아프리카로 벌써 떠났고, 그곳에서 아프리카 원주민식 장례식을 치렀을 사람이야.]

창희의 아버지는 창희가 의과 대학 다닐 때 돌아가셨다. 다행이라고 해야 하는지는 모르겠지만 한국식 장례식을 치렀다.

[평생 일억도 못 벌어본 사람이 어쩌다 너에게는 삼십억의 빚을 갚으라 하는 건지 몰라. 하여간 죽는 순간까지 어설프다니까.]

창희의 아버지는 평생소원인 노인 요양원을 건립하다가 돌아가셨다. 모두 빚으로 시작한 사업이었기에 아버지가 돌아가신 후 그 빚이 고스란히 창희에게로 떠밀어졌다. 창희는 그 빚도 빨리 갚고, 아버지의 평생소원인 요양원도 완공하고 싶었다. 레지던트 일년차 때 전공을 외과에서 돈을 잘 번다는 피부과로 바꾼 이유이기도 했다.

[딸을 아주 구덩이에 몰아넣고 말았다니까. 재산상속 포기도 하지 않고 네 아버지가 놓고 간 똥을 치우겠다는 너도 한심스럽고. 월급을 고스란히 그곳에 막고 있는데, 밥은 먹고 다니는 거야?]

"엄만 내가 인형 눈이나 붙이며 먹고 살까 봐 걱정인 거야? 언젠간 다 갚겠지. 그리고 사랑 찾아 떠난 헌엄마보다 살 비벼주며 같이 있어주었던 아빠가 더 좋아. 그러니 내 앞에서 아버지를 흉보지 마."

[넌 만날 아빠 편이더라. 하긴, 내가 너한테 뭐 할 말이 있겠냐. 네 새엄마는 잘 있어?]

남편은 죽었어도 이상한 관계로 엮인 여자 둘은 늘 서로를 궁금해했다. 정자 씨는 희숙 씨에게 기를 펴지 못했다. 마치 헌엄마가 첩 같고, 새엄마가 본처 같은 분위기였다.

"많이 예뻐지셨어. 내가 병원으로 모셔와서 얼굴에 잡티도 없애 드리고 했지. 별걸 다 한다고 화를 내셨지만."

새엄마인 희숙 씨는 인심 좋고 통통한 동네 아줌마같이 생겼다. 사실 시골 무료진료소에서 일하던 박봉의 간호사였다. 엄청나게 무섭고 힘센 간호사여서 술주정뱅이 할아버지가 병원에 와서 난동을 피우다가도 희숙 씨가 노려보면 벌벌 기었을 만큼 포스가 상당한 분이었다. 기억은 나지 않지만 희숙 씨가 처음 와서 신방을 차린 날 희숙 씨의 따스한 가슴은 창희의 차지가 되었다. 그 탓에 아버지는 한숨만 푹푹 쉬며 뜨거워진 몸을 달래야 했지만.

[너, 왜 난 안 해주는 건데! 병원에 오지도 못하게 하면서 말이야. 그리고 그 못나 빠진 여편네 그런 거 해줘봤자 돼지 목에 진주 목걸이지. 간호사로 있었을 때도 인상이 무서워서 오는 애들마다 자지러지게 울게 만들었던 게 너희 새엄마야.]

옛부터 남을 험담하는 사람치고 제대로인 사람이 없다고 새엄마가 늘 말씀하셨다.

"자기가 버린 자식 거두어 키워준 사람이야. 헌엄마는 새엄마한테 절 백만 번을 해도 모자라."

[그건, 뭐 그렇다만.]

"그리고 헌엄마한테 그런 거 해줘봤자 사랑밖에 더 찾아다니시겠어? 그런데 아까는 왜 운 거야?"

정자 씨는 오십 줄에 가까운 나이였지만 액면가는 사십대로 보이는 타고난 동안의 소유자였다. 창희의 동안은 헌엄마를 닮았다.

[그런데 엄마가 왜 전화했더라?]

정자 씨는 동안이기만 했고 기억력은 노티났다. 그 어설픔마저 창희는 닮아버렸다.

[아, 오늘 엄마 남자 친구랑 헤어졌어. 내가 얼마나 자기를 사랑했는지 알면서 어떻게 날 배신할 수가 있는 거니? 연하라고 다 져주고 그랬더니 엄마를 우습게 본 거야.]

정자 씨는 다시 훌쩍이기 시작했다. 역시 그 빌어먹을 사랑이었어. 그리고 연하였다고? 이렇게 철없는 엄마를 보았나? 딸이 아무리 편하다지만 자신의 연애사를 이렇게 다 말해도 되는 거야? 이러니 내가 그 사랑의 뻔한 결말 따위에 놀아나기 싫은 거지.

 "나이 오십에도 그게 그렇게 중요해? 우리 헌엄마는 언제 철드시나."

 [애, 나이 먹으면 사랑하지 못하라는 법 있니? 너도 나이 먹어 봐. 감정은 애나 어른이나 다 똑같은 법이니까. 데미 무어는 열여섯 살 차이나는 완전 영계랑 사랑에 빠져 아주 잘살고 있고, 엘리자베스 테일러도 사랑에 빠져 일곱 번이나 결혼했어. 그리고 비디오 아티스트 백남준도 환갑이 넘어도 제일 하고 싶은 일이 연애라고 했다니까. 감정에 솔직한 게 죄니? 오히려 그런 사람들이 더 순수하고 진실하다고 봐줘야 해.]

 이젠 할리우드 스타와 예술가까지 친구 삼은 정자 씨였다. 정자 씨는 연예계 소식에 관심이 많았다. 원래 꿈이 영화배우였다고 주장하곤 한다. 창희는 더 이상 정자 씨의 네버 엔딩 러브스토리를 듣고 싶지 않았다.

 "헌엄마, 나 졸리거든. 넋두리는 엄마 친구 영애 아줌마한테나 해. 둘이 잘 맞잖아. 별일없으면 끊는다."

 전화를 끊고 다시 자려니 배가 고팠다. 오프라의 다이어트 특집도 본 터라 웬만하면 그냥 자겠는데 정말 배가 고파서 벌떡 일어났다. 배가 고프면 기분이 나빴다. 저녁도 먹지 않은 데다가 휘발유를 들고 오느라 체력 소모가 심했다. 창희는 낡은 냉장고 문을 열었고 텅 빈 냉장고를 보고는 한숨을 쉬었다.

 "가뭄이로구나. 이 보릿고개를 어찌 넘기나?"

 집에 먹을 것이라고는 물과 땅콩버터밖에 없었다. 생활비와 함께 쌀도 떨어진 지 오래다.

"몸소 사냥을 나서야겠네."

수렵 원시시대가 오히려 먹을 것이 풍족하지 않았을까? 사냥같이 몸으로 때우는 것은 자신있는데.

창희는 야구모자를 쓰고 트레이닝복을 입고 집을 나섰다. 핑크색 모자와 낡은 트레이닝복이 강남 최고의 멋쟁이로 불리는 피부과 의사의 유일한 자기 소유의 외출복이었다.

허름한 트레이닝복에 운동화를 신은 창희는 밤길을 걸어 내려와 주황색 천막으로 둘러싸여 있는 포장마차 안으로 들어갔다.

"우동 좀 말아주세요."

먹이사냥을 온 곳은 허름한 포장마차였다. 손님은 창희가 처음인 것 같았다. 머리에 머릿수건을 하고 하얀 앞치마를 입은 덩치가 커다란 중년의 주인 남자는 우동에 국물을 잔뜩 붓고는 앞에 앉은 창희에게 주었다. 포장마차 주인의 헤어스타일은 마치 깍두기 같다. 새끼손가락 한 마디가 없었고, 두꺼운 팔뚝에는 개과천선도 아닌 '개가천선'이라는 문신이 새겨져 있었다. 파를 송송 썰고 있는 그의 손에 들린 칼은 마치 '연장' 같다. 순간 잘못 들어왔다 싶었다.

"소주도 한 잔 드릴까요?"

안 마시면 칼 맞을 것 같았다.

"주, 주, 주세요."

창희가 더듬자 주인 남자는 험악한 얼굴로 부드럽게 웃었다.

"첫 손님이니 공짜로 한 잔 드릴게요. 제가 흉악하게 생겼다고 너무 겁먹지 마십시오. 손님의 얼굴을 보니 인생이 고달파 보여서 말이죠. 요즘 살기 힘들죠?"

"네, 그렇죠 뭐."

밤에 일하던 분이라 보이지 않은 것도 쉽게 보이는 듯했다. 창희가 살기 힘들다는 것을 알아채는 사람은 별로 없다. 거칠게 살다 보니 인생을 통달하셨나?

"살다 보면 반드시 좋은 날도 올 겁니다. 저도 어둠의 생활을 손가락 하나와 바꾸고 이렇게 정직하게 돈 벌어먹고 살지 않습니까? 낮에는 정비소에서 일하고 밤에는 이 장사를 합니다. 얼마 벌지는 못하지만 집에서 꼬물거리는 자식새끼랑 집사람 생각만 해도 웃음이 나오고 신바람이 납니다. 전에는 형님 형님 하고 따르는 놈들 먹여 살리느라 매일 피를 보고 살던 놈입니다."

역시 전직이 거칠던 분이었다. 창희는 일어서서 그가 따라주는 소주를 두 손으로 받고 몸을 돌려 한 번에 들이키고는 두 손으로 빈 잔을 그에게 건네며 말했다.

"형님도 한 잔 하시죠."

자신도 형님이라고 부르고 한 잔 드려야 될 것 같은 포스가 나오는 분이었다. 창희는 자신에게 강자에게 바로 약해지는 경향이 있는 줄 처음 알았다.

"저는 술을 끊었습니다. 우리 집사람을 만나고 사랑에 빠진 후 목숨을 걸고 저는 어둠의 세계에서 손을 씻었습니다."

의리의 형님들도 사랑 타령이라니. 정녕 사랑에는 인간을 개조시킬 만큼 그만한 무언가가 숨어 있단 말인가?

빈속에 마신 술은 기분 좋게 몸으로 스며들었다. 창희는 바르게 앉아 우동 한 그릇을 국물 하나 남김없이 다 비우고서야 일어났다.

"많이 드시네요. 그걸 다 드시다니. 더 드릴까요? 드시고 싶으시면 더 드세요."

아니, 이분 줘놓고 다 먹었다고 놀라는 건 또 뭐니? 전 형님이 무서워서 다 먹었거든요! 곤란한 창희는 우동사리를 하나 더 말아 내미는 형님의 손을 마다할 수 없어 다시 앉아 젓가락을 들었다.

"후덕한 인심이십니다, 형님."

나 그렇게 허기져 보인 거야?

우동으로 배가 채워지니 기분이 다시 좋아졌다.

창희는 슈퍼에서 산 컵라면이 담긴 검은 봉지를 흔들며 골목을 걸어 올라오고 있었다. 슈퍼에서 같이 산 껌을 씹으며 흥얼거리며 올라오고 있는데 간판이 꺼졌다 켜졌다 하는 허름한 전자오락실이 보였다.

〈우주오락실.〉

창희는 그곳에서 걸음을 멈추었다. PC방이 난무하는 세상에서 자주 볼 수 없는 허름한 전자오락실이었다. 게임방도 아닌 오락실. 이 얼마나 고전적인 간판이란 말인가? 초록색의 광선검 같은 빛을 내는 간판에서 눈을 뗄 수가 없었다. 창희는 그곳에서 멈추어 서서 찬란하게도 울려 퍼지는 전자음의 소리에 매혹이 된 듯

서 있었다.

"오락은 끊기로 했는데."

라고 중얼거리고는 있지만 손이 달달 떨리고 있었다. 이건 아무래도 금단증세였다.

그렇다. 창희는 오락실중독에 이십 년 넘게 시달리고 있었다. 학교 오는 길에 오락실에서 살다가―창희는 백 원만 있으면 몇 시간을 버틸 수 있는, 게임계의 신동이었다―깜깜해져서 돌아오면 새엄마한테 등짝을 맞았던 기억이 수없이 많았다. 헌엄마는 자신을 때린 적이 없었는데 새엄마한테는 많이 맞았다. 그때 새엄마가 많이 때린다는 전래동화는 사실임이 증명되었다고 생각했었다.

"음, 한 번만 하고 갈까?"

우연히도, 정말 우연히도 트레이닝복 주머니에는 동전이 짤랑거리고 있다. 돈을 다 쓴 줄 알았는데? 이건 오락을 해도 된다는 계시 같다. 창희는 라면이 든 봉지를 손목에 끼우고 어두컴컴한 오락실 안으로 들어갔다. 그녀의 영혼을 깨우는 듯한 환상적인 전자음들이 귀에 가득했다.

창희는 떨리는 심장을 진정시키고 두리번거리며 오락실의 분위기를 살폈다. 친구인 소진은 백화점의 찬란한 조명을 보기만 해도, 백화점 명품관의 냄새만 맡아도 카타르시스가 생긴다고 하던 말이 생각났다. 그 기분이나 이 기분이나 매한가지일 것 같았다. 이 밤에 오락실에 상주하는 아이들은 그때나 지금이나 비행 청소년들이었다. 복장이 불량한 한 비행 청소년이 그녀를 의아하게 쳐다보았다. 겁을 주려는 표정 같기도 했다.

이봐, 비행 청소년. 뭘 봐? 집중력이 그렇게 약해서야 다음 판 깰 수 있겠니?

창희가 쏘아보자 청소년은 다시 게임의 화면으로 눈을 돌렸다. 고향 같은 오락실에서는 좀처럼 겁먹지 않는 그녀였다. 원래 싸움은 기술이 아닌 '깡'이라는 것을 이미 경험으로 섭렵한 그녀였다.

창희는 오락실의 한쪽 구석에 처박혀 있는 추억의 게임인 '파이널 파이터'라는 게임을 찾아내었다. 낡아빠진 동그란 플라스틱 의자에 앉았다. 그리고 긴장된 손으로 동전을 기계 안으로 밀어 넣었다. 창희가 어려서부터 좋아하는 게임은 겔로그나 테트리스 같은 수동적인 게임이 아니고 라이벌 게임 같은 역동적인 게임이었다. 동전을 넣자 현란한 음악과 함께 게임이 시작되었고, 창희는 그 뛰어난 집중력으로 게임 속으로 몰입하기 시작하였다.

잠시 후 '우주오락실'의 한구석에는 비행 청소년들이 감탄사를 연발하며 한 여자의 등을 에워쌌다. 졸던 주인 할아버지도 창희의 바로 뒤에 서서 화면 속에서 벌어지는 필살기 기술에 연신 혀를 내둘렀다. 창희가 필살기를 펼칠 때마다 비행 청소년들을 환호성을 질렀다.

"우와! 이 누나 정말 짱이다!"

앞머리를 일자로 잘라 만화책 주인공 같은 여드름 천지 비행 청소년이 허공에 주먹을 날렸다.

"손동작 좀 봐! 신이 내린 손놀림이다!"

뒤늦게 합류했던 주인 할아버지도 눈곱을 떼며 그들을 거들었다.

"아니, 아가씨 여간내기가 아닌데. 내가 이십 년을 한자리에서 오락실을 경영하고 있지만 이렇게 '파이널 파이터'를 잘하는 사람은 처음 봐!"

사람들은 창희의 빠른 손놀림에서도 눈을 떼어내지 못했다. 주먹, 점프, 장풍, 필살기를 자유자재로 사용하며 창희는 게임의 마지막 라운드까지 갔고 결국 게임에서 거뜬하게 이겼다. 작은 오락실 안은 함성으로 가득했다.

"이겼어! 와, 대단하다!"

비행 청소년들은 순진한 웃음으로 입을 다물지 못한 채 창희를 우러러보았다.

"청소년 여러분, 어느 분야든 포기하지 않고 열심히 한다면 달인의 경지에 이르게 됩니다. 하지만 지금 맡은 바 본분을 다 해야 그것이 더욱 빛이 나는 겁니다. 곧 비행에서 내려와 안전 착륙하시길 바라고 믿습니다."

창희가 그렇게 말하자 주위에 몰려든 청소년들은 박수를 쳤다. 창희는 그들의 시선을 한 몸에 받으며 오락실을 빠져나왔다. 버튼을 너무 많이 눌러서 얼얼한 손을 접었다 폈다 하며 중얼거렸다.

"이제야 개운하군. 역시 막힌 것은 제때 뚫어줘야 해. 스트레스가 확 풀린다."

그녀가 올려다보는 밤의 별빛들이 겔로그의 우주선처럼 반짝거렸다.

며칠이 지난 어느 날이었다. 퇴근 후, 창희가 침대 위에서 한 손에 리모컨을 쥔 채 애벌레처럼 이불을 말고 있을 때 현관문을 두드리는 소리가 들려왔다. 유한부인들을 상대하느라 힘들었던 몸이 가물가물 잠들어가고 있을 때였다.

"안나 언니!"

문밖에서는 낯선 이름을 부르는 소리가 들렸다.

"여기 그런 사람 안 살아요!"

안나라니, 장난하시나? 창희는 퉁명스럽게 대답했다.

"안나 언니, 바빠요? 저예요, 체리요."

문은 한 번 더 두드려졌다. 체리? 누구시더라?

"……아! 내가 안나였지!"

거짓말도 똑똑해야 하는 법이라더니. 안나를 찾는 목소리가 앞집의 체리라는 사실을 깨닫고 창희는 벌떡 일어나 문을 빠끔히 열었다. 문 앞에는 체리가 서 있었다. 지금 출근을 하려는 듯 화려하게도 차려입고 있었다. 이불을 몸에 감고 고개를 내밀고 있는 좀 전에 퇴근한 창희는 방금 일어난 여자 같았다.

"아, 자고 있었구나. 제가 깨웠나 봐요?"

체리는 자신이 믿기 시작한 것은 끝까지 믿는 돌쇠 스타일 같았다. 의심의 여지는 두지도 않는.

"아니, 그건 아니고……."

창희는 잠을 쫓으려 눈을 연신 껌뻑였다.

"언니, 오늘 일 안 나가요? 쉬는 날인가 보네? 아, 그리고 언니라고 불러도 되는 거죠? 아무래도 언니 같아서."

언니라는 호칭이 무척 낯설었지만 닥터 최라고 부르라고 할 수도 없고.

"응, 편한 대로 불러요. 그리고 오늘 쉬는 날이라서 출근 안 해요."

체리의 오해로 시작된 일이긴 했지만 진실을 말하기에는 이미 늦은 듯하여 얼추 장단을 맞추었다.

"아! 잘됐다. 그럼 나랑 같이 가요."

체리는 신이 난 듯 박수를 쳤다.

"잘되긴 뭐가요? 그리고 가긴 어딜 같이 가자는 말씀?"

참, 넉살 좋으신 이웃 주민이시네.

"안나 언니, 오늘 쉬는 김에 아르바이트 해요."

"아르바이트요?"

어디 가서 야매로 보톡스 넣으라는 말씀?

"오늘 우리 가게에 오늘 굉장한 사람들이 온다고 지배인님한테 연락이 왔거든요. 그 예약 손님이 다섯 명인데 우리 가게에 남아 있는 에이스는 세 명뿐이라서 곤란하거든요. 에이스 언니 세 명이 단체로 휴가를 가서 말이죠. 지배인이 절절매는 걸 보니 굉장한 사람들인 것 같은데 말이죠. 그렇다고 아무나 구해서 데려갈 수도 없는 일인 거 알잖아요. 오늘 좀 도와줘요."

제가 그 아무나일 텐데. 그 주류업계의 일을 의료업계에 종사하는 나더러 뭘 어떻게 도우시라는 건지. 제가 아무리 주당이어도 그런 일은 좀 무리가 있을 듯한데.

"정말 도와주고는 싶지만 제 능력 밖의 일인 것 같네요."

창희는 고개를 저으며 말했다.

"아이참, 안나 언니는 농담도 잘하신다. 놀면 뭐 해요? 우리 가게 가서 일하고 일당도 받고 해요. 우리 가게 어떤지도 보고요."

"그, 그러면 지금 당장 나더러 체리 씨 일하는 그곳에 가자고요?"

"응, 안나 언니 같이 가요. 내가 지배인한테 에이스급 언니 한 명 데려갈 수도 있다고 말해놨어요. 데리고 오면 일당을 꽤 쳐줄 건가 봐요. 잘나가시는 분들이라니 팁도 두둑할 것이고."

꽤 두둑한 일당에 술까지? 내 수중에 지금 돈 한 푼 없다는 것을 어떻게 알고 돈을 언급하는 건지. 창희는 돈 얘기에 솔깃해지는 것을 자제하며 입을 열었다.

"두둑한 팁이 매력적으로 들리긴 하지만 거기에 가서 뭘 해야 할지도 모르겠고……."

"뭘 하긴요. 이 업계에서 하는 일은 다 똑같죠. 늘 하던 대로 파트너의 기분 맞춰주며 술만 마시면 되는 거죠."

"그, 그런가요?"

술만 마시며 자리만 지켜주면 돈이 생긴다 이건가? 창희로서는 돈이 그렇게 쉽게 벌린다는 것을 상상할 수 없었다. 자신을 내리누르던 그 돈을 그렇게 쉽게 벌리다니.

"네, 술 한잔한다는 생각으로 가벼운 기분으로 같이 가요, 언니."

"하지만 같이 술 마셔야 하는 사람들이 굉장하다는데 내가 가서 물을 흐려놓는 건 아닐까요?"

"에이, 겸손하시긴."

"제가 어느 부분이 겸손한가요?"

체리는 묘한 눈으로 눈만 껌뻑이는 창희를 보았다. 참 이상한 매력이 있는 여자다. 처음엔 백치미가 매력이라고 생각했지만 이렇게까지 단순할 줄은 몰랐다. 말귀를 잘 알아듣지 못하는 것 같기도 했다. 더구나 자신이 가진 매력에 대해서도 스스로 파악조차 하지 못한 것 같다. 아까부터 이불을 말고 서 있는 그녀였는데 훤히 드러난 어깨와 풍만한 가슴의 골은 눈이 부실 정도로 하얗다. 화장을 하나도 하지 않고 있는데 살결이 우유처럼 뽀얗다. 요즘 일반적인 미녀로 불리는 날씬한 분들과는 차이는 있었지만 그녀는 독특한 느낌의 미를 가지고 있었다. 잘만 손보면 '아트'의 경지로 거듭날 수 있을 것 같은 여러 가지 색을 뿜는 원석 같은 느낌의 여자였다. 체리는 당장에 화장의 힘을 빌어 손봐주고 싶은 욕구가 넘실거렸다.

"겸손이 미덕인 세상은 지나갔어요. 같이 갈 거죠? 빨리 준비를 하고 나오세요."

흔들리는 창희를 눈치 챈 체리는 무조건 밀어붙이기로 했다.

"하, 하지만……."

"그리고 우리 가게는 아가씨들에게 함부로 손대지 못하는 곳이라 일하기도 쉬워요. 아가씨들 모두 고학력자이고 손님들도 점잖으신 분들이 많아서요. 부자들만 오는 노블레스 클럽이거든요. 당연히 2차 같은 것은 강요당하지 않고요, 하지만 언니가 원하면 가능한 거고요."

말로만 듣던 최고급 룸살롱인 듯했다.

'가볼까? 그런데 왜 2차는 안 간다는 거야? 술자리를 1차에서 끝내기는 아쉬운 거 아닌가? 유행이 바뀌었나?'

어느 한 부분에서는 굉장히 무식한 창희의 호기심이 수직 상승하고 있었다. 전문의 자격증을 따고 교수님들과 고급 요정에 가서 술을 마신 적이 있었는데 여자인 자신에게도 아가씨가 배정되어서 술을 따라주었던 것이 기억이 났다. 교수님들이나 아가씨들이나 모두 선을 넘지 않는 아주 좋은 분위기였다.

"체리 씨가 일하는 곳이 어딘데요?"

"멀지 않아요. 노블레스 클럽이라고 우리 업계에선 페이가 센 곳이죠."

노블레스 클럽이라니 이름마저 부티나고 있다. 창희는 잠시 생각에 잠겼다. 술 한잔 마시고 두둑한 아르바이트 비를 벌어볼까? 은행의 잔고는 언제나 마이너스. 연봉은 억대였지만 은행 통장으로 월급이 들어가자마자 자신의 최소 생활비만 떼고 빚을 갚아나간다. 매년 이억 가까이 갚아나가도 십오 년 이상을 갚아야 한다. 자신은 십오 년간 극빈자 생활을 해야 했다. 고장난 텔레비전을 껴안고 취미생활로 오락실이나 드나들면서 말이다. 쌀도 다 떨어지고, 당장 내일 차에 넣을 기름 값도 없었다. 어려서부터 풍요로웠던 적은 없으니 극빈생활은 그럭저럭 버텨 나갈 수 있다고 해도 계속되는 무료한 생활에는 지쳐 가고 있는 중이었다. 그리고 자신이 지금껏 접하지 못했던 밤의 은밀한 세계에 대한 궁금증이 한없이 증폭되고 있었다. 게다가 누군가 자신의 몸을 더듬을 염려가 없는 최고급 룸살롱이라고 하니 말릴 수 없는 호기심이 꾸물거리기 시작했다.

"한번 해보죠 뭐."

창희는 결정하고 나서는 뒤돌아보지 않는 스타일이라 체리를 보며 밝게 웃었다.

"이제야 제 말을 이해했군요! 차에서 기다릴 테니 준비하고 나와요. 난 우리 지배인님한테 전화해 줘야겠다, 에이스 섭외했다고."

체리는 긴 속눈썹을 가진 눈으로 예쁜 윙크를 창희에게 날려주었다. 물 주며 키우고 싶을 정도로 그녀의 속눈썹은 길었다.

"어쩌다가 이 일을 시작하게 됐어요?"

체리의 차로 이동하면서 창희가 물었다.

창희는 며칠 전 유한부인뿐만 아니라 여배우들에게까지 찬사를 받은 구찌의 볼륨감 있는 원피스를 입고 나왔다. 체리같이 젊고 어여쁜 여자에게 많이 밀리고 싶지 않은 마음이 컸다.

"그게 궁금해요?"

운전을 하는 체리가 창희를 보며 빙긋 웃었다. 그녀의 반짝거리는 귀걸이만큼 그녀의 웃음도 반짝거렸다. 그녀의 웃음은 이십대의 어느 여성보다도 아름다워 보였다.

"집은 지지리도 못 사는데 다행인 건지 불행인 건지 딸 넷 중에 인물 출중한 딸이 하나 태어난 거죠. 집안을 일으켜 보겠다고 고등학교 때부터 연예기획사 따라다녔는데 그게 그리 쉽지만은 않더라고요. 본인의 능력도 능력이지만 운도 있어야 하고, 배경도 있어야 하고. 잘 안 풀리니까 그냥 이 길로 접어들게 된 거죠. 그래도 돈 좀 만져요. 조카들 등록금도 가끔 내주고 그래요. 이번엔 혼자 계신 엄마를 친구들이랑 하와이 여행도 보내 드리기로 했어요. 한 번도 비행기를 타본 적이 없는 분이신데 떨린다고 난리예요. 촌스럽긴."

"나보다 낫네요."

헌엄마, 새엄마 모두에게 하와이로 가는 여행 티켓 같은 것을 한 번도 생각해 본 적이 없었다. 돈을 모아서 티켓을 사는 데는 무리가 있으니 효도를 하려면 일요일 아침 퀴즈 프로그램이라도 나가야 하는 걸까? 퀴즈라면 자신있는데. 정자 씨와 희숙 씨가 효도 선물로 하와이행 비행기를 타고 가는 생각을 하니 웃음이 나왔다. 자신의 두 엄마는 달라도 너무 다른 외모와 성격의 소유자들이었다.

"다 왔어요."

차는 어느 으리으리한 한옥 집 앞에 세워졌다. 체리가 차에서 내리자 창희도 체리를 따라 차에서 내렸다. 그러자 기와집 문 앞에 서 있던 웨이터가 인사를 꾸벅하며 체리의 차 열쇠를 받아서 차를 주차장으로 가지고 갔다.

"여기선 우리들을 여왕 대접해 줘요. 노블레스 클럽에서는 없어서는 안 될 중요한 존재들이니까요. 비밀이라서 누구라고 밝힐 수는 없지만 여기 있다가 유명한 영화감독 눈에 들어서 지금 유명한 여배우가 된 언니도 있고, 아주 잘나가는 회장님 첩으로 들어가서 떵떵거리며 사는 언니도 있어요. 그렇게 되는 것이 우리들의 꿈이죠. 언니도 이번 기회에 우리 가게로 옮기는 거 어때요?"

"그, 글쎄요."

저는 그렇게 신분 상승하신 분들의 민감한 피부를 진정시켜 주는 것에 전념하는 것이 더 좋을 듯한데.

체리의 말을 들으며 마당을 가로질러 한옥 앞에 섰다. 정원이 고풍스럽게 꾸며진 곳이었다. 한옥이긴 했지만 집 안은 좌식이 아니라 입식이었다. 방 안에는 양복을 깔끔하게 빼입은 사십대의 남자가 있었는데 그들이 들어오자 큰 웃음과 호들갑스러운 손짓으로 그들을 반겼다.

"어서 와~"

지배인은 남자였지만 여자의 말투를 하고 있다.

"지배인님, 이 언니가 내가 말한 안나 언니예요."

"안녕하세요. 안나라고 합니다."

창희는 고개를 빳빳이 든 채로 그에게 눈인사를 했다. 결코 누구 앞에서든 자신을 낮추지 말라고 새엄마가 귀가 닳도록 얘기를 해서 웬만하면 어디를 가도 기죽지 않았다. 아무리 으리으리한 대궐 같은 낯선 요정 안일지라도 말이다.

"응, 아주 좋네. 굉장히 고급스럽고 윤택하게 보인다. 한마디로 부티가 나고 똑똑해 보여. 생각했던 것보다 등급이 좋네."

이런, 본인은 일종의 신용불량자님이시고 무슨 상품도 아니고 내 등급을 마음대로 나누시나?

"그런가요?"

창희는 여유롭게 말을 받았다. 굉장히 똑똑해 보이는 말투를 가장해서.

"아이~ 지배인님. 그건 아니다. 이 언니는 일종의 백치미가 흐르지, 똑똑해 보이지는 않아."

체리가 끼어들었다. 창희는 체리를 눈을 동그랗게 뜨고 보았다. 나 모자란 것이 그렇게 티났니? 하긴, 그녀와의 대화 내내 자신의 이해력이 떨어지고 있다는 것을 자신도 알고 있었다.

"응, 똑똑해 보이는 인상인데 약간의 백치미도 있어 보여서 묘해. 출중해. 안나 양이라고 했지요?"

어느새 안나는 자신을 칭하는 고유명사가 되고 있었다.

"네. 그러니까 전 안나죠."

"나이는 스물다섯? 여섯?"

"그렇게 보이나요?"

방년 서른입니다. 피부과 전문의로서 이럴 때가 가장 보람되다. 젊은 피부의 습도와 탄력성!

"안나 양, 안나 양이 우리 노블레스 클럽에서 바라는 그런 스타일이에요. 도도하면서 맹한 매력이 자못 살인적이라고 볼 수 있어. 일단 오늘 일해보고 계속할 건지 생각해 봐. 내가 지금 스카우트 제의를 하고 있는 거야. 이 업계에 종사하는 여성들을 비하하는 사회 분위기가 난 못마땅해요. 이렇게 아리따운 전문 여성들을 사회에선 '나가요'라고 부르는 이유를 나는 도대체 모르겠어. 나가긴 나가지, 그것도 아주 잘."

지배인의 말투는 매우 여성스러웠다. 오케스트라를 지휘하는 지휘자의 손끝처럼 자신의 말의 높낮이와 속도에 따라 손끝을 부드럽게 움직이고 있다. 창희는 신기한 구경이라고 하듯 그의 액션을 눈여겨보았다. 그 모습이 신기하여 따라 해보고도 싶었다.

"우리 고급 살롱 노블레스 클럽이 추구하는 모토는 사회적으로 고귀하신 특권계층의 사람들의 지친 일상생활에 오아시스가 되어 주는 것이야. 우리 아가씨들도 그에 걸맞은 훌륭한 전문 직업여성이라는 것을 명심해야 해. 모두 직업 의식을 갖고 일을 하고 있어요. 일주일에 한 번 사회, 경제, 도덕, 예절에 대한 강의도 하고 말이야. 노블레스 클럽은 교양있는 직업여성을 육성하지. 우리 노블레스 클럽에서 일하면 의료보험 혜택도 주어진다니까. 그리고 난 우리 아가씨들은 이 사회가 윤활히 돌아가는 데 없어서는 안 될 존재들이라고 생각해. 국가나 기업의 모든 협상들이 바로 이곳에서 물밑 작전을 펼친 뒤에 이루어진다고 보면 돼. 내 말 무슨 뜻인지 알아듣겠어?"

"뭐, 대강은요."

지배인은 퉁명스럽게 대답하는 창희를 보고 생각했다. 보기보다는 더 맹한가 보군.

"음, 안나 양, 룸에서 손님들과 대화할 때 잘 이해할 수 없다면 그냥 고개만 끄덕여도 좋아요. 그럼 다 이해한 줄 알 거야."

"그렇게 하죠."

창희는 약간의 인상을 썼다. 이해력이 떨어지는 것을 여기서도 들켜 버렸구나.

"일단 오늘은 바쁘니까 여기서 끝낼게. 손님들이 십 분 후면 오신다고 연락이 왔어. 머리도 하고, 옷도 갈아입고, 화장도 좀 손보고 해서 체리 양이랑 '라일락방'으로 들어가. 알겠지? 다른 에이스 언니들은 이미 준비 다 하고 룸에서 손님들 기다려. 안나 양은 처음이니까 체리 양이 좀 도와주고."

"당연하죠. 지배인님은 걱정하지 마세요. 안나 언니, 이리로 와요."

창희는 체리가 이끄는 대로 그녀를 따라갔다. 창희는 처음 겪는 미지의 세계 속으로, 마치 갤로그에서 적의 우주선이 뿜어내는 사차원의 세계로 빙글빙글 빨려 들어가는 느낌이 들었다.

체리와 함께 들어간 처음 들어간 방은 아가씨들의 대기실인 듯했다. 마치 배우들의 분장실처럼 화장대 위에는 수많은 화장품들이 늘어져 있었고, 사방을 둘러서 있는 옷걸이에는 화려한 옷들이 잔뜩 걸려 있었다. 옷들은 한눈에 보아도 고급스러운 소재의 옷들이었고 구김 하나 없이 모양 나게 걸려 있어 백화점 명품관을 옮겨다 놓은 것처럼 보였다. 벽면의 한쪽 선반은 다양한 색깔과 디자인의 구두가 선반의 위에서부터 아래까지 색깔과 사이즈별로 채워져 있었다. 하나를 꺼내서 보니 케이블 TV에서 늘 보던 '섹스 앤 더 시티'의 캐리가 열광하는 '마놀로 블라닉' 구두였다.

"대단하다. 그 비싸다는 마놀로 블라닉이네요?"

창희는 대기실을 둘러보며 감탄을 연발했다. 명품에 관심은 없었지만 케이블 TV에서 보거나 소진이 옷을 빌려 입다 보니 유명 브랜드 정도는 알고 있었다. 이 대기실에 있는 옷들을 중고로 다 팔아도 전셋집 한 채는 마련은 할 수 있을 것 같다는 생각이 먼저 들었다.

"워낙에 오시는 손님들이 대단하신 분들이니까 우리도 그 수준에 맞춰야겠죠. 여기선 아무거나 못 입어요. 지배인님이 정해준 고급스런 옷들만을 입죠. 아까 우리 지배인님, 언니도 눈치 챘겠지만 '게이'예요."

체리는 마지막 말은 귓속말로 했다.

"아, 어쩐지 말투랑 행동이 남다르시더라."

"그래서 어떤 여자보다 패션에 감각이 있으세요. 원래 대학 때 전공이 패션이었다지. 뭐, 그분도 꿈을 접고 노블레스 클럽에서 활약하고 계시지만 말이에요. 여기 있는 옷이랑 구두들은 그분이 직접 공급해다 놓으시고 코디까지 다 해놓으신 거예요. 회사로 치면 '물품'이죠. 옷마다 넘버링을 다 해놔서 하나라도 없어지거나 손상되면 금방 알아챈다니까. 얼마나 소중히 여기는지 몰라. 언니, 여기 앉아요. 내가 화장을 손봐줄게."

체리는 원석이나 다름없는 그녀를 다듬어보고 싶었다.

"이곳에서의 밤에는 화려하게, 그리고 요염하게 보이는 것이 좋아요."

화장을 할수록 얼굴을 망가뜨리는 기술을 가진 창희는 늘 맨얼굴이었다.

"안나 언니는 피부는 정말 좋은데 화장 솜씨는 영 아닌 것 같다는 느낌이 들어요. 피부를 더 돋보이게 하려고 일부러 안 하는 거죠? 피부 좋은 여자들은 그런 자만심을 가지고 있더라. 시간만 좀 있다면 내가 더 변신시켜 줄 수 있겠는데 시간이 없으니까 기본만

해줄게요."

 체리는 능숙한 솜씨로 창희의 얼굴을 만들어 나갔다. 체리가 화장을 거의 끝내갈 무렵, 작은 상자 안에서 무언가를 꺼내자 창희가 경악했다.

 "그, 그게 뭐죠? 그걸 어쩔 작정이에요?"

 속눈썹이었으나 가까이서 자세히 본 적이 없어서 순간 털 많은 벌레처럼 보였다. 절대로 벌레 따위를 무서워하지는 않지만 무척 생소한 물건이어서 놀라고 있는 중이다.

 "아이, 뭐긴요. 인공으로 만든 속눈썹이죠. 요즘 여자들 이거 안 붙이고 다니는 사람이 어디 있다고 그래요?"

 "그러니까 인공심장이나 인공판막처럼 제 기능을 못하는 부분에 인공으로 만든 것을 붙이라 이 말이군요? 그럼 체리 씨 속눈썹도 이거?"

 체리는 당당하게 고개를 끄덕였다. 속았다. 그녀의 긴 속눈썹이 인공이었다니.

 "하지만 내 속눈썹은 먼지를 막는 기능을 제대로 하고 있는데."

 "비유도 의학적으로 아주 거창하게 하시네요. 누가 들으면 의사인 줄 알겠어요. 차라리 인공위성에 비유하시지 그래요? 안나 언니, 말 좀 그만 해요. 흔들리면 우습게 붙여진다고요."

 말 많은 것도 들켰군. 창희는 숨 쉬는 것까지도 참으며 인공털이 자신의 속눈썹 위에 얹히는 시술이 끝나기를 기다렸다.

 "설마 먼지를 막는 것만이 속눈썹의 기능이라 믿는 건 아니겠죠? 눈을 깊게 만들어줄 거예요. 긴 속눈썹으로 눈을 깜박일 때마다 남자들이 모두 넘어갈걸요? 거울 좀 봐요. 안나 언니 정말 예쁘다!"

창희는 체리의 말대로 눈을 뜨고 정면에 있는 거울을 보았다.

"이게 누구야?"

정말 촌스럽게도 그렇게 말했다. 예뻐 보여서가 아니라 무척 낯설어서 나온 소리였다. 성형수술을 끝내고 거울을 들이밀었을 때 자신도 자신을 알아보지 못하는 여자 같았다. 자신이 봐도 낯선 여자가 자신을 보고 있었다. 창희는 눈을 깜빡거려 보았다. 긴 속눈썹이 달린 눈꺼풀은 참 무거웠다. 이런 걸 달고 어떻게 눈을 깜빡이란 말이지?

"그것 봐요. 속눈썹의 효과죠. 또 화장을 조금만 잘해도 사람이 달라 보인다니까요. 언니, 이리 와봐요. 이젠 멋진 옷을 골라줄게. 한번 서봐요."

창희는 체리의 말을 아주 잘 들었다. 이 낯선 곳에서는 믿을 사람은 이웃 주민 체리밖에 없었으니까. 창희의 몸을 위아래로 보던 체리는 진한 와인색의 드레스를 들고 나왔다. 체리는 당당하게 드레스를 펼쳐 보였다. 어디가 등인지 가슴인지 분간이 안 될 정도로 앞뒤가 심하게 파인 옷이었다.

"그, 그걸 나보고 입으라고?"

옷을 가리키는 창희의 손끝은 떨렸다. 신데렐라에게 왔던 요정이 나타나 호박마차를 선물해 주기를 바란 적은 잠시 있었어도 홀딱 벗는 것과 다름이 없는 드레스는 바란 적 없는데.

"가슴도 보여주고 등도 보여주는 옷이에요? 내가 여기서 누드

쇼라도 해야 하는 건 아니겠죠? 그럼 모두들 눈 가리고 도망갈 텐데."

이곳에 잘못 왔다 싶은 순간이었다. 창희는 체리가 들고 선 옷을 보고 입을 다물지 못했다.

"농담도 잘하네요. '베라 왕'의 새로운 드레스예요. 여자 연예인들도 시상식에 서로 입고 가려고 싸웠다던 그 드레스죠. 결국 너무 야해서 아무도 못 입었지만 말이죠. 우리나라엔 그렇게 글래머러스한 배우가 없으니까. 안나 언니가 입으면 예쁠 것 같아요. 키가 있으니까 55사이즈 맞죠?"

체리가 보는 창희는 글래머러스했다. 마른 몸매를 갖고 있지만 가슴과 엉덩이가 약간 빈약한 체리에게는 부러운 몸매였다. 하지만 창희는 55사이즈의 타이트한 드레스에 몸을 넣을 자신이 없었다.

"입다가 뜯어지면 어쩌지?"

변신 후의 헐크 옷처럼 되는 거 아닐까 하는데.

"농담할 시간 없어요. 빨리 입어요. 나도 준비해야 하니까."

체리는 자신의 옷을 고르고 있었고 창희는 손에 들려진 옷을 멍하니 바라보다가 옷을 갈아입는 커튼 속으로 들어갔다. 어디가 앞인지 뒤인지 불분명한 드레스를 들고서 말이다.

55사이즈의 드레스에 몸을 구겨 넣기는 일단 성공했다. 그리고 마놀로 블라닉의 붉은 가죽구두에 발을 집어 넣는 것도 성공했다. 그 성공만으로도 창희는 감탄하여 커튼 밖으로 나왔다. 하지만 앞에 있는 전신거울을 보고는 입을 다물지 못했다. 드레스의 앞쪽은 너무도 깊이 패여 가슴을 반이나 드러내고 있어 겨우 젖꼭지만 가린 셈이었다. U자로 파인 등은 엉덩이 바로 위까지 거뜬하게 드러내어 준다.

'베라 왕이라는 자는 엽기 드레스를 만드나? 아니면 이건 혹시 19금 드레스?'

라고 생각할 때쯤 체리가 창희를 보며 입을 벌리고 섰다. 입을 벌리고 선 체리는 흰색의 드레스를 입었는데 천사처럼 예뻤다.

"꺅!"

체리가 자신을 향해 비명을 지르고 있었다. 이봐요, 비명을 지르고 싶은 건 나라고요. 마다하는 사람에게 입으라고 할 때는 언제고 비명을 지르냔 말이야.

"그렇게 끔찍해요?"

19금 드레스에 몸을 구겨 넣고 나니 드레스에게도 보는 체리에게도 상당히 미안했다.

"언니, 너무 섹시해요. 내가 이럴 줄 알았다니까. 언니가 이 옷을 소화해 낼 줄 알았어요. 지배인님이 너무 사랑하는 드레스인데 아무도 소화시킨 사람이 없었거든요. 우리 지배인님이 언니 보면 반하겠다. 정말 환상이야. 팬타스틱하고 어메이징해요."

체리의 영어 버전의 감탄사를 들으며 창희는 잠시 생각에 빠졌다. 이 체리라는 여자가 혹시 착한 척하는 잔인한 캐릭터라서 어리바리한 자신을 놀려먹으려고 감탄을 연발하는 것은 아닐까? 그리고 사람들 앞에 끌고 나가서 대망신을 주는. 그런 만화 속 캐릭터가 눈앞에 존재하지 말라는 법은 없다. 순수하진 못했지만 그런 생각이 불쑥 들었다.

"음, 정말인가요?"

창희는 체리의 표정을 살폈다.

"그럼요! 안나 언니, 빨리 가요. 다른 에이스 언니들은 벌써 라일락방에 들어간 것 같아요. 그 언니들은 우리 노블레스 클럽의 진정한 에이스들인데 성격이 좀 까칠한 게 탈이에요. 새로 산 때수건처럼 말이죠. 여긴 군대도 아니면서 서열 정리는 확실하다니까요. 미리 알려주는 건데 에이스 언니들이 룸 안에 손님 중 잘난 사람을 차지할 거예요. 나머지 쭉정이는 우리 차지라는 거죠. 안 그랬다가는 그 언니들 텃세로 여기에서 살아남기 힘들어요. 눈치껏 알아서 잘하세요."

창희는 가슴과 엉덩이까지 드러낸 19금 빨간 드레스를 입고 체리에게 라일락방 앞으로 끌려갔다. 문 앞에 선 체리는 또 생각이 난 듯 창희에게 말했다.

"알고 있는 사항들이겠지만 다시 한 번 언급할게요. 우리 클럽의 규칙이에요. 첫째, 손님들이 무슨 대화를 하든 아는 척을 하지 않는다. 아무리 유명한 사람이 손님으로 있어도 알아도 모르는 척하는 거예요. 자신들의 정보나 사생활이 노출되기를 꺼리는 사람들이니까 비싼 돈 주고 멤버십 클럽으로 오는 거죠. 한류 스타들도 많이 와요. 그 남자들 알고 보면 여자도 제대로 사귈 수 없는 불쌍한 사람이거든요. 어디만 갔다 하면 기사로 나오니까 말이죠. 어쨌든 우린 그들의 기억 속이 아니라 그저 하룻밤의 즐거운 향락으로만 남아야 해요."

"내가 원하는 바랑 같네요."

이런 옷을 입는 것을 내 기억에 남기고 싶지 않거든요. 그리고 창희 역시 자신의 사생활이 절대 노출되지 말기를 바랐다. 돈에 홀려 여기까지 오기는 했지만 19금 드레스를 입고 서 있으니 몹시 불안해지기 시작했다.

'내가 잠결에 뭐에 홀린 게 아닐까? 여기까지 따라오다니.'

후회도 밀려왔다.

'혹시, 저 안에 우리 병원 원장님이라도 들어 있는 거 아닐까?'

긴장을 하며 그런 상상을 해봤다. 혹시라도 그러면 쌍둥이인 척해야지.

"둘째, 손님들 중 더티하게 구는 사람이 있어도 바로 싫은 내색하지 않기. 분위기 깨지니까 말이죠. 다만 조용히 나가서 지배인님에게 말을 하세요. 그러면 지배인님이 해결해 줄 거야. 여긴 아가씨들에게 함부로 손을 대지 못한다는 거 손님들도 일단 알고 오니까 말로 하면 다 통해요. 술 취해서 난장판 만드는 손님은 다시는 여기 발도 붙이지 못한다니까요. 바로 클럽에서 제명되죠. 멤버십 클럽이라 오고 싶어도 아무나 오지 못하거든요. 손님들 중 언니와 잠자리를 원하는 사람이 있다면 그건 언니가 선택할 문제니까 부담 갖지 말고요. 일단 팁은 짭짤해. 엄마를 패키지로 하와이 보내 드릴 돈은 나와요."

꿀꺽. 창희는 숨을 삼켰다. 자신보다 어린 체리의 입에서 아무렇지 않게 잠자리 얘기가 나오니 금욕처녀는 얼굴이 붉어지며 부끄럽기까지 했다.

"마지막으로 절대 손님을 사랑하지 말 것."

"사랑?"

그런 얼토당토하지도 않은 말을 나에게 하다니.

"네, 여기는 멤버십이라 오는 손님만 찾아오거든요. 재력 있겠다, 능력 있겠다. 사랑에 빠지고픈 남자들뿐이죠. 여자들은 본능적으로 그런 남자들에게 빠지게 돼 있잖아요. 자꾸 보면 정도 들고 말이죠. 하지만 절대 사랑하면 안 돼요. 손님을 사랑하면 결국 상처는 나만 받게 되니까."

그렇게 말하는 체리의 눈이 촉촉이 젖어들었다. 그녀는 그 빌어먹은 사랑에 상처를 받은 것 같았다.

"그런 건 걱정 마요. 난 사랑 따위는 믿지 않으니까."

"그럼, 다행이에요. 안나 언니도 사랑에 상처받은 적 있구나?"

"설마요."

사랑이란 환상일 뿐이라는 것을 너무 일찍 깨달았기 때문일까. 창희는 한 번도 사랑에 눈멀어본 적이 없었다. 그리고 앞으로도 그 생각에는 변화가 없을 것 같았다. 로맨스란 것은 부유한 자들의 특권일지도 모른다. 먹고 살기 바쁜 나 같은 사람이 그럴 여유가 어디 있을까? 만약 사랑 비슷한 감정이 찾아오면 한번 자주고 끝낼 것이다. 어차피 사랑이라는 감정은 종족 번식을 위해, 그러니까 섹스를 원활히 하기 위해 뇌를 마취시키는 것이나 마찬가지니까.

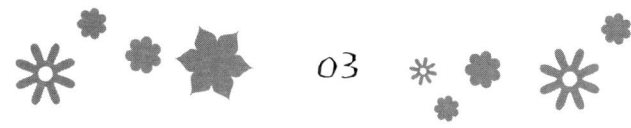

03

 문을 열고 들어간 라일락방에선 조용한 재즈가 흘렀다. 한옥의 뒤채에 있는 현대식 건물의 지하였다. 방 안은 널찍했고 몹시 어두웠다. 붉은 조명이 방 안을 그윽하게 만들고 있었다. 체리와 창희가 방으로 들어가자 소파에 앉아 있던 시선들이 일제히 그들을 향해졌다. 남자들 다섯에 노블레스의 에이스로 보이는 여자가 셋이었다. 두 명의 남자가 파트너가 없었다. 한 명은 머리가 아톰처럼 M자형 탈모가 시작된 분이었고, 한 명은 복부비만이 심각한 상태였다. 그나마 보기 좋은 남자들은 세 명의 에이스들의 차지였다. 에이스들은 때수건처럼 까칠한 눈으로 체리와 창희를 보았다. 듣던 대로 텃세가 심하신 분들 같았다.

"늦었습니다. 체리라고 합니다."

테이블 앞에 선 체리는 고개를 숙이고 인사를 했다. 그리고는 방 안을 신기한 듯 두리번거리는 창희의 옆구리를 꾹 찔렀다.

"반갑습니다. 안나라고 불러주세요. 아름다운 밤입니다."

긴장한 창희는 미스코리아 후보처럼 무릎을 살짝 굽히며 이상한 멘트를 날렸다. 목소리는 바이브레이션이 뭔지를 이 사람들에게 들려주는 노래 강사 같았다. 긴장하면 우스꽝스러워지는 것이 그녀의 특기였다.

"반가워. 자, 어서들 앉지."

어둠 속의 남자들 중 한 명이 말하자 체리가 재빨리 복부비만이 심각한 남자의 옆에 앉았다. 아, 빼앗겼다. 복부비만을 마음에 두고 있었는데. 체리 양도 벗겨지신 분보다는 복부비만이 낫다고 생각했나 보다. 창희는 아쉬움을 뒤로하고 M자형 탈모가 시작된 남자의 옆에 앉았다. 이런, 가까이서 보니 배도 나왔다. 아까는 어두워서 미처 파악하지 못했다.

"오호, 옷이 아주 화끈하네. 안나라고 했나? 반가워."

창희의 파트너가 얼굴을 실룩거리며 묘한 웃음을 짓자 창희도 묘하게 따라 웃었다.

"반갑습니다."

아, 집에 가서 소화제 한 병 마시고 이불 말고 굴러다니고 싶다. 삶이 고달파 소개팅 한 번 한 적 없는데 난생처음 짝 맞춰 술 마시는 자리를 이 오묘한 분과 함께하게 되다니. 하여튼 '뽑기'에서는 언제나 '꽝'을 고르는 얄팍한 운명.

시간은 그렇게 흘러가기 시작했다. 남자들 앞에서 자신의 가슴을 반 이상이나 내놓은 창희의 행동이 자연스러울 리 없었다. 다섯 명의 남자들의 시선이 온통 자신의 가슴으로만 머무는 것 같았다.

'대체 뭐가 그리 궁금한 것이냐? 이 안에 별거없다.'

라고 소리라도 쳐주고 그곳을 빠져나오고 싶었다. 창희는 다른 아가씨처럼 상냥하게 웃는 법도, 자연스럽게 맞장구를 쳐주는 것도 어색해 앞에 놓인 술잔만 매만지고 있었다. 창희의 파트너인 대머리에 가까운 남자는 볼을 여전히 실룩거리며 그녀를 넋을 놓고 보고 있었다. 특히 그녀의 가슴을.

"오, 아름다우시네."

그는 그녀의 얼굴이 아닌 그녀의 가슴을 보며 말했다.

'술 좀 드셨나 보군요. 별이 빙글빙글 도는 기분 좀 느껴보실래요?'

라고 받아치고 싶은 것을 참고 미소 지었다.

"감사합니다."

그녀는 부글부글 끓어올랐지만 여유롭게 말했다. 하지만 꽉 쥔 주먹은 부들부들 떨리고 있었다. M자형 탈모 초기 분이 허튼짓이라도 하면 강펀치를 날릴 작정이었다. 하지만 그녀의 파트너는 소심도 하여서 넘지 말아야 할 선은 지키고 있었다. 까르르 웃어가며 파트너인 남자에게 매달리는 에이스들을 하나씩 구경하며 여기 온 본분을 잠시 잊고 있었다. 그녀가 늘 텔레비전 화면으로만 보던 밤의 향락 문화가 눈앞에 펼쳐지고 있었다.

다섯 명의 남자들은 분위기로 보아 조폭 같진 않았으나 상하 관계는 뚜렷해 보였다. 물론 조폭은 이 잘난 노블레스 클럽에 발도 붙이지 못할 테지만 말이다. 굽실거리며 아부하기에 바쁜 모습을 보아하니 옆의 M자형 대머리의 남자를 포함해서 네 명의 남자는 접대를 하는 쪽 같았고, 창희와 맞은편에 앉은 젊은 남자는 접대를 받는 쪽 같았다. 그러나 그 남자는 좀처럼 웃는 법이 없었고 무척 거만해 보였다. 노블레스 클럽의 에이스 중 에이스로 보이는 아름다운 아가씨만이 혼자 신나서 그의 팔에 매달려 파트너인 그의 시선을 끌기에 바빴다. 그녀뿐 아니라 체리를 포함한 다른 에이스들도 모두 왕초에게서 시선을 거두지 못했다.

삼십대 초중반으로 보이는 남자는 검은색 슈트를 입고, 같은 색의 광택이 나는 셔츠의 단추는 풀어져 있어 단단한 가슴이 보일 듯 말 듯했다. 전부 보여주는 것보다 보일 듯 말 듯한 자극이 사람의 시선을 자꾸 끌었다. 다리를 약간 벌리고 몸을 소파로 기대앉은 그는 럭셔리 잡지에서 방금 튀어나온 남자 모델 같았다. 표정도 연출된 듯 냉소적이거나 아니면 참 지루하다는 표정이었다. 그가 신은 검은 구두는 심하게 반짝거렸다. 구두를 보면 사람을 알 수 있다더니, 심하게 깔끔을 떨며 까칠할 것 같다. 한류 스타들도 온다더니 자신은 잘 모르는 남자 연예인인가 싶을 정도로 남다른 광채로 방 안의 어둠을 밝히는 초중년 사내였다. 여기 있는 남자 중 제일 짧게 살았을 인생 같은데 침묵만으로도 그들을 떡 주무르듯 주무르며 분위기를 좌지우지하고 있었다. 그런데 이 남자, 왕초의 시선이 자꾸 창희와 부딪치고 있었다. 눈빛이 하도 매섭고 강렬해 마주칠 때마다 창희는 오한이 들 정도였다.

뭐야, 저 사람. 날 폭탄으로 지목하여 어서 나가라는 사인을 주는 것 같기도 하고. 내가 그렇게 거북스러운 거야? 왜 그런 파충류 같은 눈으로 나를 잡아먹을 듯 보는 건데? 잘못하다가는 긴 혀가 주욱 나와서 날 말아 입속에 넣으시겠다. 응? 창희도 지지 않고 그를 쏘아보았다.

'재수가 없으시거든요.'

차마 말로는 하지 못했지만 그런 표정으로 창희는 그를 흘긋 노려보았다. 그런데 지금 보니 그 왕초의 시선이 자신의 가슴에 꽂혀서는 움직이지 않았다. 알다가도 모를 차가운 웃음을 입가에 머물고 말이다. 남자의 끈적거리는 시선보다 냉소적인 시선이 더 몸 둘 바를 모르게 하는군. 뭐야, 당장 그 눈 다른 데로 돌리지 못하겠어?

그 왕초도 남자인지라 긴 테이블의 끝 쪽에 마주 앉은 자신의 가슴에 관심이 많은 듯 보였다. 하긴, 다 보여주려는 듯 이런 19금 드레스를 입고 있는데 누가 눈을 돌리겠는가. 여기서도 이 정도인데 낮에 이 드레스를 입고 나갔다가는 미친 여자 취급을 받고 경범죄로 지구대에 끌려갈 판이었다. 창희는 자세를 비틀어 너무 드러난 가슴이 그로 향하는 것을 피했다. 자세를 돌리자 M자형 탈모 초기를 겪는 분께서 눈을 동그랗게 뜨고 좋아했다. 전후좌우 다 똑같은 놈들이군. 창희의 곤란한 표정에 왕초는 재미있다는 표정으로 차가운 미소를 지으며 말했다.

"뭔가를 화끈하게 보여주려고 입었으면서 자세히 보면 화내는 여성들의 심리라. 역시 여자는 밤이나 낮이나 파악하기 어려워."

그가 처음으로 입을 열었다. 왕초가 말하자 모두 재미있다는 듯이 웃었다. 특히 그의 파트너인 에이스 중 에이스는 숨이 넘어가도록 까르르 웃었다. 굉장히 고소하다는 듯한 표정이었다.

'베라 왕이라는 디자이너를 만나기만 해봐라.'

속으로 중얼거리며 창희는 자연스럽게 웃었다. 여기서 동요하면 망신인 거다.

"대부분의 여자들이 화려하고 감각적인 옷을 입는 것은 그 옷의 예술적인 면과 자신의 몸에 일치된 아름다움을 표현하고 싶어서이지, 남자의 끈적끈적한 시선 따위가 간절해서가 아니라고요. 뭘 보여주고 싶어서도 아니죠. 뭐, 물론 종종 그런 여성들도 지구상에 몇몇 존재하겠지만 말이죠."

내가 이런 소진이 같은 말을 하게 될 줄이야. 그녀의 말이 끝나자 모든 이목이 창희에게로 집중되었다. 이번엔 가슴이 아닌 그녀의 얼굴로.

"그런 예술적인 감각을 이해하지 못하고 끈적이는 시선을 보내는 남자들이 수준 이하의 변태라는 소리군. 그럼 이 세상의 옷 만드는 모든 디자이너들이 우리 남자들을 변태로 만드는 건가? 남자들은 시각적 자극에 약하거든. 그렇게 많이 보여주면 보이지 않는 나머지 부분이 심하게 궁금해지기도 하고."

왕초는 차갑게 웃었다. 체리를 뺀 방 안의 모든 사람들이 그를 따라 웃었다.

"맞아요. 잘 아시네요. 남자들은 시각적 환상에 약한 단순한 존재들이죠. 모든 것을 성욕과 연관시키죠. 수컷 칠면조를 보고 실험을 했는데 발정기의 수컷은 박제된 암컷 칠면조를 보고도 흥분을 한다죠. 나중엔 박제된 것이 아니라 암컷 칠면조 머리만 남은 인형을 보여줘도 열심히 구애를 한다네요."

"그럼 당신의 풍만한 가슴을 보고 시선을 떼지 못한 내가 어리석은 칠면조 같다는 얘기로군."

그는 표정의 변화 없이 그렇게 물었다.

"이해력이 빠르시네요. 포르노를 보고 흥분하는 남자나 암컷 칠면조 인형을 보고 발정하는 칠면조나 같다는 말이죠. 과학적으로 접근했을 때 말이죠."

"그럼 난 과학적으로 접근했을 때 칠면조 같은 놈이로군."

"빙고! 정답입니다!"

창희는 경쾌하게 대답했다. 속이 시원했다. 창희의 말에 그의 얼굴이 굳어졌고, 방 안의 모든 사람들은 웃음을 거두었다. 체리는 벌어진 입을 다물지 못하고 창희를 보며 생각했다. 백치미를 내뿜으며 어찌 저런 화려한 어휘력을.

'내가 뭘 잘못했나?'

체리의 불안한 눈빛을 보고서야 창희는 그런 생각을 했다. 창희는 마주 앉은 왕초의 얼굴을 살폈다. 실내는 어두웠고 그와의 거리는 그다지 가깝진 않았지만 그의 눈이 사납게 번뜩거리는 것이 보였다. 자신과의 진검승부에서 칼끝에 찔려 피 흘려 자존심 구겨진 검객의 표정이다.

"한 실장님!"

왕초가 침묵을 깨고 누군가의 이름을 부르자 창희의 파트너가 벌떡 일어났다. 깜짝이야. 아, 당신이 한 실장이었어? 창희는 벌떡 일어난 한 실장을 올려다보았다.

"네, 황 대표님. 당장 안나 양을 내보내겠습니다."

이런, 이분은 잘하면 아톰처럼 날아가 별이라도 따다 바치시겠군. 알아서 나가 드리죠. 창희는 스스로 일어섰다.

"아니, 그럴 필요는 없고 한 실장님에게 부탁이 있는데요."

왕초의 말에 창희도 멈추었다.

"뭐든지 말씀하십시오. 황 대표님의 부탁이라면 제가 무엇인들 못 들어드리겠습니까?"

한 실장은 왕초에게 신념에 찬 눈빛을 보여주고 있었다.

"한 실장님, 우리 파트너 바꿀까요?"

"네? 파트너를 바꾸자고요?"

왕초의 입에서 나온 의외의 말에 모두들 왕초와 창희를 번갈아 보았다.

"아주 오랜만에 흥미로운 여자를 발견했거든요. 이 변태칠면조 같은 놈이 말이죠."

한 실장은 입을 벌리고 창희를 바라보았다.

"아, 그러십니까? 그럼 제가 잠시 안나 양에게 양해를 구해보죠."

그리고 한 실장은 창희의 귀에 이렇게 속삭였다.

"저놈, 성질이 지랄 같거든. 이번 일 틀어지면 나 회사에서 쫓겨나. 난 애가 셋이야. 안나 양도 앞뒤없는 성격의 소유자 같은데 오늘은 제발 날 좀 생각해서 성질 좀 죽여줘. 나중에 내가 알아서 팁을 두둑히 주겠어."

애가 둘이었어도 테이블을 엎으려고 했는데 애가 셋이라는 말에 창희는 불끈 쥐었던 주먹을 풀었다. 창희는 정신을 가다듬고 왕초의 파트너인 에이스 중 에이스의 울상인 얼굴을 보았다. 살벌하게 자신을 노려본다. 그리고 불안한 눈으로 자신을 보는 체리의 얼굴도 보았다. 두 눈빛이 묘하게도 대비된다.

"안나 씨, 파트너 바꾸죠. 보라 씨, 내 옆으로 빨리 안 오고 뭐 해?"

한 실장의 말이 끝나자 에이스 중 에이스인 보라가 일어나 왕초에게 인사를 하고 한 실장의 옆으로 걸어왔다. 창희도 일어서서 그의 옆으로 걸어갔다. 남자들이 오아시스를 원해 돈을 주고 찾아온 이곳에서는 파트너 거부권 같은 것은 없을 것이 분명했다. 창희는 와인 빛의 드레스를 입고 천천히 걸어서 왕초에게로 갔다. 그녀의 흰빛의 등과 풍만한 가슴을 만천하에 드러내고서.

창희가 그의 옆에 앉자 왕초가 그녀의 귀에 살짝 속삭였다. 그의 입김이 귀에 닿도록 가까웠다.

"이번엔 그 옷의 예술적 아름다움을 보려고 애썼거든. 그리 잘 되진 않았지만."

그의 옆에 앉으며 안나는, 아니, 창희는 숨을 깊이 삼켰다.

황건은 자신을 안나라고 불러달라는 여자를 자신의 옆에 앉혔다. 그녀를 가까이에서 보고 관찰하고 싶어졌기 때문이다. 여자에 대한 경험은 그 나이의 남자만큼은 해보았는데 이런 분위기의 여자는 처음이다. 말 한마디 질 줄을 모르고 달려든다. 남자고 여자고 지금껏 자신에게 직접적으로 맞장 뜬 사람은 이 여자가 처음이었다. 이복동생인 황태도 감히 자신과 맞장 뜰 생각은 하지 못하는데 말이다. 뒤에서는 오만가지 욕을 해대는 것을 알고 있지만 앞에서는 언제 그랬냐는 듯 굽실거리는 사람들만 보아왔던 그였다. 그런 자신에게 변태칠면조라고 작명해 주는 겁을 상실한 여자가 아주 흥미롭게 여겨졌다.

진한 화장으로 얼굴을 가리고 있지만 팽팽한 피부로 볼 때 그다지 나이는 많아 보이지 않았다. 요즘 여자들의 얼굴은 모두 비슷해 구별하기 힘든 상황에까지 가기도 하는데 이 여자는 무척 개성 넘치는 매력을 가지고 있다. 등과 가슴을 시원하게 보여주는 드레스는 육감적인 몸을 가진 그녀의 몸의 라인과 예술적 일치란 것을 하고 있는 것 같았다. 그리고 아까까진 몰랐는데 옆에 앉으니 다리를 꼬고 앉은 그녀의 허벅지가 드레스의 옆트임으로 훤히 드러나고 있었다. 탱탱하게 살이 올라 요즘 마른 여자들에겐 보기 드문 귀한 허벅지였다.

'허벅지 하나는 끝내주는군. 저렇게 허벅지까지 훤히 보여주며 남자의 끈적끈적한 시선 따위를 원하는 게 아니라고? 시선만을 원하는 게 아니라 그 이상을 원하는 것이겠지. 살쾡이 같은 여자 같으니라고.'

살쾡이라고 하기엔 무리가 있긴 했다. 살쾡이치고는 순한 눈빛과 착한 허벅지이다. 하긴, 여자의 눈빛뿐 아니라 여자의 무엇을 믿을 수 있단 말인가. 여자들 자신도 믿지 못하는 것이 여자의 마음 아닌가. 지금껏 그가 만난 대부분 여자들은 그가 아닌 그의 돈을 본다. 돈도 자신의 일부라 생각하기에 그것에 불만 따위는 없었다.

"이봐, 안나라고 했나?"

그가 물었다. 창희는 대꾸도 없이 그를 곁눈으로 보았다. 그래, 급조된 이름이라 웃긴 거 나도 다 안다고.

"네, 안나라고 하옵니다."

이 방 안에 사람들 모두 굽실거리니 그 사람에게 이런 대화체를 사용해 줘야 할 것 같았다.

"뭐야, 그 말투는?"

"음, 저도 먹을 만큼 먹은 나이온데 처음 본 저한테 반말로 툭툭 내뱉으시니 저는 완전 경어체로 맞대응하고 있는 것이옵니다."

"그럼, 내가 술 먹으러 와서 나보다 한참 어린 파트너에게 경어를 쓰란 말인가? 즐겁게 밤을 불살라 보실까요? 이런 식으로?"

실은, 평소에도 웬만하면 반말로 일관하던 그였다. 날 때부터 건방지다는 소리를 들어왔긴 했다. 여자의 말이 정곡을 찌르고 있어 황건은 말이 많아지고 있었다.

"제가 고운 피부로 인하여 어려 뵈긴 해도 먹을 만큼 먹었사옵니다."

동안이라는 것이 험악한 상황에서는 늘 불리하게 작용했다.

"하, 안나 양, 화장을 떡칠을 했다고 나이 들어 보이는 줄 알면 오산이야."

이런 직업여성이 나이를 뺄셈하면 뺄셈했지 덧셈하는 것은 또 처음 본다. 하여간 독특한 여자다.

"뭐, 보이는 대로 다 믿지 마세요. 눈은 사람을 속입니다. 착시 현상이라는 것이 가장 큰 예죠. 긴 것이 오히려 짧게도 보이고 오르막길이 내리막길로 보이는. 늙은 것도 어려 보이고 말이죠."

난 스물 중반으로 보이는 방년 서른이시다, 하고 딱 밝히고 싶지만 스스로 먹물을 끼얹는 것 같아서 참았다.

"입을 잠시도 가만히 두질 않는군. 잡아다가 옆에 두면 심심하지 않겠어. 요즘 무척 심란하고 지루했거든."

황건은 요즘 실이 엉킨 것처럼 머리 속이 복잡했다. 역시나 돈 문제였다. 아버지인 황 회장이 돌아가신 지 일 년이 다 되어가는데 아버지가 분명 남겨두셨을 유서를 찾을 수가 없었다. 유서가 없으면 법적으로 유산이 분배될 것이고 그것은 황 회장의 서자인 황건에게 무척 불리한 상황이었다. 뭐 하나 즐거운 일이 없었는데 오늘 나타난 이 여자는 산소탱크처럼 청량감을 준다. 종알거리는 저 입을 당장 입으로 막아주고 싶을 만큼 여자로서의 향도 내뿜는다. 처음 맡아본 그녀의 독특한 살 냄새가 고향처럼 편안하다. 누군가로부터 편안한 느낌을 갖는 것은 부모님 외에는 처음인 것 같았다. 가한그룹 창립자의 서자로서 늘 사람들의 시선을 받아야 했고, 그 시선을 경계하고 살아야 했다. 까칠한 성격도 그런 환경에서 나온 것이다. 머리 속이 복잡해진 그는 그녀를 잠시 미루어두고 일부터 먼저 처리하기로 했다.

"그러니까 늘 이런 식으로 전 대표와 함께 향응을 제공받고 그 쪽에서 우리 호텔에 저질의 석유를 공급하는 것을 묵인했다는 것이군요."

침묵으로 일관하던 황건의 말이 끝나자 모두 번개라도 맞은 표정으로 당황하기 시작했다.

"아니, 황 대표님. 무슨 그런 말씀을 다 하십니까? 저희가 그럴 리가 있겠습니까? 최고급 원유를 들여와 좋은 가격에 공급하는 곳을 찾아 거래를 했고, 지금껏 오 년간 아무 문제 없이 일처리를 해 왔습니다."

"그런데 웬 젊은 놈이 나타나 시비를 거느냐? 이 말씀입니까, 지금?"

"아이고, 그럴 리가 있겠습니까? 전 대표님은 우리를 믿어주셨습니다. 그냥 오늘 이 자리는 황 대표님의 우리 호텔에 오신 일주년을 기념하여 힘내시라고 이 자리를 마련한 겁니다. 황 대표님의 기분을 띄워 드리려고 말이죠. 요즘 너무 복잡하신 것 같아서."

한 실장은 황건의 오해가 억울한 듯 온몸이 흔들리도록 손을 저었다.

"기분? 여러분들은 지금껏 사업을 기분으로 하셨습니까? 제 기분 띄워서 뭘 어쩌자는 겁니까? 제가 요구한 지난 오 년간의 정확한 장부조차 없더군요. 서류마다 구멍투성이입니다. 지난 오 년간 호텔이 적자를 면치 못하는 이유를 석유가 세서 그렇다고 결론지어도 되겠습니까? 제가 이렇게 자리 마련해 주면 허허 웃으며 어영부영 그냥 넘어갈 줄 알았습니까? 내가 누굽니까? 황 회장의 장남 황건입니다. 아버지가 일구어놓으신 걸 이런 술로 말아먹으란 말씀입니까? 지금 뭣들 하는 겁니까!"

황건은 테이블을 손으로 내려쳤다. 제일 많이 놀란 것은 창희였다. 이분 성깔 있네. 한성격 하시는 분을 괜히 건드렸나 싶었다.

"아니, 어찌 그런 소리를 하십니까? 황 대표님이 황 회장님의 장남이신 것은 세상이 다 아는 일인데 저희가 모를 리가 있습니까? 그리고 석유가 세다니, 그럼 저희가 횡령이라도 했단 말씀입니까? 절대 아닙니다. 믿어주세요."

한 실장은 애절했다. 잠시 후 황건은 한쪽 눈을 올리며 말했다.

"정말 믿어도 되겠습니까? 그럼 이제부터 믿어드리지요. 악수나 한번 합시다, 한 실장님."

한 실장은 급변한 그의 행동에 어이없어하며 그가 내민 손을 잡았다. 황건은 한 실장의 손을 크게 흔들었다. 몸까지 흔들리며 한 실장이 어색하게 웃기 시작하자 다른 남자들은 모두 한 실장을 따라 웃었다. 웃음소리는 썩 유쾌한 것 같지는 않았다. 창희는 옆에 앉은 황건에게서 약간 떨어져 앉았다. 온전한 정신 같지 않아 보였다. 그렇게 급변하니 사람들의 반응이 저럴 수밖에. 이 남자 왜 이래? 여러 가지 인격이 하나씩 돌아가면서 나왔다 들어갔다 하며 순서 정해서 놀고 있나?

"여러분도 알다시피, 적이 많은 저입니다. 믿을 만한 사람이 없다는 소리죠. 세상이 다 아는 것처럼 황 회장의 장남이자 서자인 저에겐 적이 많습니다. 황 회장께서 제게 가한그룹을 맡기기 전에 우선 호텔 먼저 경영해 보라 맡기셨고, 들어와 보니 모두 제 편이 아니더군요. 제 이복동생이 심어놓은 첩자투성이였죠. 적진에 대장으로 혼자 떨어진 기분이었습니다. 근 일 년간을 보아오니 한 실장님은 믿을 만하시더군요. 오 년간의 적자를 끝내고 우리 호텔은 흑자를 내었습니다. 여러분들이 저를 믿고 열심히 따라온 덕분입니다. 오늘부터는 제가 여러분을 믿어드립니다. 이제 무거운 기분을 푸시고 즐기시죠."

"아, 그럼 황 대표님이 잠시 저희를 갖고 노신 거군요?"

"한 실장님, 제가 잠시 그랬습니다. 한 실장님이 제게 잠시 말리신 거죠."

한 실장이 땀을 닦으며 웃자 방 안에 남자들이 모두 유쾌하게 웃기 시작했다. 에이스들도 무거운 분위기에 긴장하고 있다가 천진하게 따라 웃기 시작했다. 노블레스 클럽의 파티는 이제부터 시작되고 있었다. 그들은 이내 즐거워졌지만 창희는 난해한 문제에 빠져들고 있었다.

'내가 어쩌다가 이런 우스꽝스러운 모습으로 이 자리를 지키고 있는 걸까? 난 정말 하나도 우습지 않은데 따라 웃어야 하나? 그것도 이 다중인격스러운 남자의 옆에 앉아서?'

창희는 한번 따라 웃어보다가 깊은 한숨을 내쉬었다. 여기까지 따라온 것은 돈 때문이었을까, 호기심 때문이었을까. 자신은 호기심이 강한 성격이긴 했다. 돈이 아쉬웠던 건 날 때부터 늘 그랬었다. 노블레스 클럽이라는 곳에서 베라 왕의 우스꽝스러운 옷을 입고 마놀로 블라닉이라는 약간 작은 구두를 신고 낯선 남자들의 끈적끈적한 시선을 받자니 정말 어색했다. 텔레비전에서 보던 밤의 세계는 환상이 아니라 지금 자신과 맞닿은 현실이었다.

'게다가 이 칠면조 같은 왕초……'

창희는 꿔다 놓은 보릿자루처럼 황건의 옆자리를 지키고 있었다. 황건이라는 왕초도 자신에게 관심을 잃은 건지 신나게 사업 얘기로 바빴다. 경제관념은 제로인 그녀라서 알아들을 수 없는 말이 대부분이었다. 창희는 나오는 하품을 참을 수가 없어 손으로 입을 가리고 하품을 했다. 오늘 진료실에서 보았던 환자의 수만 해도 서른 명이 넘었기 때문에 정말 피곤했다.

'역시 투잡은 나에게 무리인 건가?'

눈물을 훔치며 왕초 쪽으로 고개를 돌렸을 때 창희의 눈과 그의 눈이 마주쳤다. 벌어진 입을 수습도 못했는데 그는 창희를 보며 어이가 없다는 듯 피식 웃었다.

"입으로 까불기는 잘하는데 직업 의식이 없으시군. 감히 내 옆에서 하품을 하다니."

자신을 옆에 두고 하품을 하는 여자는 처음이었다. 모두들 잘 보이려고 눈을 반짝거리고 있는 마당에 말이다. 그의 자존심에 살짝 금이 가고 있었다.

"직업 의식이라뇨?"

"당신, 술 한 잔도 따르지 않고, 술 한 잔도 마시지 않고 있잖아. 그러고도 월급을 받는 거야?"

아, 그거였니? 나에게 많은 것을 요구하면 당신만 피곤해지거든.

"저는 아무한테나 술을 따르지 않아요."

창희는 폭탄주는 제조했어도 남자에게 직접적으로 술을 따른 적은 없었다. 그 말에 그가 기가 차다는 듯 웃었다.

"아주 대단한 분이 여기 오셨군. 술도 따르지 않는다, 반말하는 거 기분 나쁘다. 그럼 당신은 이 자리에는 왜 앉아 있는 거지? 굉장한 모순 아닌가?"

창희도 생각에 잠겼다. 맞다, 대단한 모순이었다. 자신이 왜 이 자리에 앉아 있나에 대한 의문은 아까부터 그녀의 뇌 속에도 메아리치고 있었다.

"글쎄요, 지금까지 저도 고민하던 바였어요. 전 아마도 술을 마시기 위해 여기 있는 게 아닐까요?"

술이라도 취하고 싶은 밤이었다. 창희는 자신의 앞에 있는 잔을 들고 그에게 건배의 의미로 잠깐 내밀어 보이다가 단숨에 삼켰다.

"대단하군."

창희는 그의 눈앞에 빈 잔을 흔들었다.

"이봐요, 잔이 빈 것 안 보이시나요?"

그녀는 당당하게 그에게 말했다.

"아, 술은 내가 따라야 하는 거였군."

그는 이 상황이 재미있다는 듯 그렇게 말하며 비워진 창희의 잔에 술을 따랐다. 창희는 채워진 술을 다시 벌컥 마셨다. 그래, 이왕 온 것 마시고 놀다가 가자. 그냥 의국 회식 자리에 제약회사에서 일하는 잘생긴 직원이랑 술 먹는다고 생각하고 말잔 말이다.

창희는 빈 잔을 테이블 위에 탁 올려놓고 그를 보았다. 시중을 잘 들으란 무언의 다그침이었다.

"이봐요, 안주는 안 주나요?"

그녀가 당연한 물었고, 황건은 재미있다는 듯 웃으며 앞에 놓인 올리브를 하나 포크에 찍어 그녀에게 주었다. 창희는 포크를 받아 올리브를 입에 넣었다.

"맛없다. 저는요, 건강에 좋고 맛없는 음식을 제일 싫어하거든요. 제대로 하세요."

"아, 그런가? 까다로운 에이스이시군."

황건은 알 수 없는 미소를 지으며 달콤하게 절인 오렌지를 포크에 찍어 그녀에게 주었다. 룸살롱을 갑자기 호스트바로 만들어 자신을 시중들게 만드는 요상한 여자.

"한 잔 더 따라보시죠."

오늘도 술이 이렇게 잘 받아서야, 원. 창희는 술을 좋아하는 낭만적인 아빠와 친구들과 모이면 술을 궤짝으로 사다 놓고 마시는 주신 헌엄마의 사이에서 태어나 알코올 분해 능력이 평범한 사람들보다 뛰어났다. 술을 많이 먹기로 유명한 의국 회식 때도 건장한 남자 레지던트나 교수님들을 다 택시를 태워 보내고 마지막으로 귀가하던 창희였다. 그러므로 이까짓 술 몇 잔 마신다고 내일 처음 보는 왕초의 침대에서, 낯선 천장을 보고 깨어날 확률은 제로였다. 하지만 문제는 술을 마시면 세상이 아름다워 보이는 창희의 주정이 문제였다. 술이 들어가면 밤이 아름답고, 세상이 아름답고, 사람이 아름다워진다. 자신이 서 있는 곳이 무릉도원인 것만 같다는 생각까지 하며 술자리를 같이한 모든 사람들의 볼에 돌아가면서 뽀뽀를 해주곤 한다.

"한 잔 더?"

창희와 똑같은 잔의 술을 들이킨 황건이 물었다.

"오케이."

그녀의 목소리는 한 옥타브 올라가 있었다. 오래된 주당들은 술을 거부하는 것을 주도에 어긋난다고 생각한다.

그래서 창희는 그가 따라주는 술을 한 잔 더 들이켰으며 또다시 세상이, 이 밤이 아름다워 보이기 시작했다.

드디어 창희는 실실거리며 웃기 시작했다. 그리고 술만 마시면 나타나는 특유의 눈웃음을 지으며 황건을 보았다. 창희는 멀쩡한 상태에서는 절대 눈웃음을 짓지 못했다. 하지만 술만 마시면 눈으로 웃었다. 눈이 먼저 취해 세상이 아름다워 보이는 것인지도 모른다.

"기분이 좋아 보이는군."

이 여자, 눈으로 남자를 유혹할 줄 아는군. 황건은 갑자기 빨리 뛰는 자신의 심장이 거북스러웠다. 여자를 보고 이렇게 두근거리다니, 지금껏 없던 일이다.

"네, 기분이 무척 좋습니다. 세상은 여전히, 눈물 나게 아름답군요. 천장에서 천천히 돌아가는 사이킥 조명이 마치 명왕성 같아요."

동그란 조명을 보는 그녀의 눈에는 정말 눈물이 반짝거렸다. 대체 뭐가 그리 아름답나, 황건도 주위를 둘러보았지만 별다른 것은 없다. 그리고 태양계에서 빠졌다는 명왕성 닮았다는 조명을 올려보았다. 내가 보기엔 지구본 같은데. 이 여자 취했나?

"한 잔 더 할래?"

그는 그녀의 잔에 얼음을 담았다.

"제가 마다할 것이라 생각하면 큰 오산."

창희는 잔을 들고는 그에게 바짝 붙었다. 그녀의 튼실한 허벅지의 맨살의 그의 손에 닿았다. 그 접촉에 놀란 것은 그녀가 아니라 그였다. 그녀의 달달한 살 냄새가 더욱 깊고 뜨겁게 그의 코를 파고들었고, 허벅지의 부드러운 촉감이 몸을 전율하게 했다. 술로 높아진 그녀의 온기가 그에게도 전해졌다. 그는 급작스럽게 자신의 몸이 뜨거워지는 것을 느꼈다. 황건은 마음까지 심하게 떨리는 것을 느끼며 그녀에게 술을 따랐다.

"조심, 조심. 한 방울이라도 떨어뜨리면 주도에 어긋난단 말이죠."

하지만 술은 그의 손 위로 몇 방울 떨어졌고 창희는 아까운지 냉큼 그의 손을 혀로 핥았다.

"아, 이 양반! 피 같은 술을 이런 식으로 피부에 스며들게 하면 반칙이죠. 술은 피부가 아니라 입으로 마시는 거라고요."

뭐야, 이 여자. 나를 순식간에 빨아먹다니. 황건의 얼굴이 심하게 붉어졌다. 유혹의 방법도 가지가지인 여자다. 분명 자신에게 수작을 걸고 있는 것이 분명했다. 그녀의 혀의 촉촉함과 속살의 뜨거운 감촉이 그의 이성을 야성으로 몰고 가기 시작했다. 남자로서의 눌려졌던 욕구가 본격적으로 가동되었다.

"우리 교수님이요, 굉장히 호랑이 같은 교수님이 있었거든요. 저를 못 잡아먹어서 안달이었죠. 최수산의 딸이 그 정도밖에 안 되느냐. 제대로 좀 해라. 너 아버지 안 닮았나 보다. 이러면서 저를 강하게 다루시던 분이셨는데 술은 꼭 저랑 드셨어요. 우리 아버지랑 마시는 것처럼 즐겁다고요. 아버지도 이렇게 세상이 아름답다 하셨대요. 제가 보는 것처럼 아름다우셨을까요? 난 아버지랑 한 번도 같이 마셔본 적이 없어서 잘 몰라요."

창희는 처음 본 남자에게 아버지 얘기를 꺼내고 있었다. 그녀의 말을 전부 주정이라 생각한 그는 별다른 의미를 두지 않았다. 그저 술 취해 웃기 시작한 그녀를 안고 싶다는 생각 외에 아무것도 들지 않는 신체 건장한 미혼 남자였다.

술에 취해 미소 짓는 여자를 유혹이라고 지구상의 모든 남자들은 착각한다. 알코올은 창희의 뇌를 마취시켜 옆에 앉은 남자의 순수하지 못한 눈빛을 잡아내지 못했다. 그저 술이 즐거워 미소를 흘렸다.

"자, 이만 이 자리를 끝내죠. 먼저들 나가십시오. 전 안나 씨와 할 얘기가 남았습니다."

자신을 유혹하는 여자를 두고만 보는 것도 예의가 아닌 것 아닐까?

황건이 그렇게 말하자 보라와 체리를 제외한 사람들이 왕초의 의중을 알았다는 듯이 회심의 웃음을 웃으며 룸 밖으로 나갔다. 체리는 걱정스러운 얼굴로, 보라는 질투에 미칠 듯한 얼굴을 하며 마지막으로 방을 빠져나갔다.

"어, 다들 나가네? 그럼 저도 그만 가야죠."

술로 인해 모든 행동이 느려져 버린 창희는 흐느적거리며 그들을 따라 나가려고 일어서서 황건에게 인사를 꾸벅했다.

"무척 즐거웠어요. 정말 신기하고 아름다운 밤이었죠."

창희는 부킹을 끝내고 나오는 처녀처럼 그렇게 말했다. 어쩌면 그녀는 이곳을 부킹이 확실한 나이트클럽으로 착각하고 있었는지도 모른다.

일어서는 그녀의 팔목을 황건이 잡아끌었다. 그의 힘에 끌려 창희는 그의 얼굴과 마주하고 어딘가에 앉게 되었다.

"왜 이러세요, 왕초님."

"왕초?"

그가 왕초라는 단어에 쾌활하게 반응했다. 역시 부하보다는 왕초가 좋은 거다. 칠면조 무리의 왕초이긴 하지만 말이다.

"내일 일찍 출근을 해야 해서 이만. 전 해 뜨면 바로 나가야 해요."

"출근? 노블레스 클럽의 출근은 해 저물어가는 저녁일 텐데."

"아, 제가 말이죠. 투잡족이라서요."

창희는 흐느적거리는 몸을 가누지 못하며 그에게 잡힌 손을 빼내려고 했다.

"나랑 2차 나가자."

창희는 눈을 깜빡이며 그를 보았다.

"하긴, 제가 1차에서 술자리를 끝낸 적은 없긴 해요. 늘 2차를 가죠. 그런데 이분들은 다 어딜 도망가신 거죠? 의리없다, 정말."

그녀가 말하는 2차의 의미는 그의 의미와는 달리가고 있었다.

"그 사람들은 잊어. 이젠 우리만 생각해, 안나."

그는 그렇게 말하며 창희의 허리를 끌어안았다. 보기 드물게 알찬 허리다.

"아, 이보세요. 제 취약점이 허리거든요. 어딜 건드리는 거예요?"

다소 굵기에 민감한데. 그녀의 반항에도 불구하고 그의 팔에는 더 강한 힘이 들어갔다.

"내 무릎 위에 앉아서는 허리를 좀 만졌다고 시비인 건가? 하는 짓이 가소롭군."

창희는 깨달아야 했다, 그녀가 다시 앉은 곳이 소파 위가 아니라 그의 무릎 위였다는 것을. 그는 그녀를 자신의 무릎 위에 앉힌 것이었고, 창희는 술이 취해 공간지각 능력을 잃어 그 사실을 깨닫지 못했다.

"어머나, 나 어디에 앉아 있는 거죠?"

남자의 무릎 위에 이런 식으로 포개 앉은 적은 처음이었다.

"제가 잠시 황당무계했군요."

창희는 당황하여 그곳에서 내려오려고 했지만 그의 강한 팔은 그녀를 놓지 않았다.

"순순히 내 무릎 위에 앉을 때는 언제고 이제야 앙탈을 부리는 거지? 유혹은 할 만큼 했고, 나도 당신에게 넘어갔으니까 순진한 척하는 가면은 벗어던져. 당신의 최장점은 풍만한 허벅지로군."

그녀의 풍만하고 튼실한 허벅지는 그의 근육 덩어리의 허벅지와 눈에 보이게 확연히 비교가 되었다. 이런, 민망한 상황을 연출하다니. 더구나 그의 높디높은 코끝이 창희의 풍만한 가슴과 어느새 닿아 있었다. 창희는 처음 느껴보는 남자의 코끝 촉감에 몸을 잔뜩 긴장시켰다.

"2차는 어, 없던 걸로 해요. 오늘 제가 몸과 정신이 혼란하여 술이 더 이상 받지 않을 것 같아요."

처음으로 술 앞에서 약한 모습을 보이고 있었다. 순순히 그의 무릎에 앉다니 오랜만에 급하게 마신 술이 벌써 취해 버렸나 싶었다.

"이봐, 아깐 늘 2차를 나간다며. 날 유혹할 대로 유혹해 놓고 이제 와서 그냥 가겠다고?"

그는 늘 2차를 나간다는 그녀의 말에 심한 질투심이 끓어올랐고 높은 자존심이 꺾이는 경험을 맛보아야 했다. 지금 그는 노블레스 클럽의 에이스인 안나가 상대한 모든 남자들에게 질투를 하고 있는 중이다.

"제가 오늘 바이오리듬이 저조한 것 같아서요. 급작스럽게 하양곡선을 그리네요. 오늘 2차는 무리가 아닐까 싶은데."

술자리에 2차가 빠진다는 것은 라면 없는 분식집이요, 파전 없는 주막이긴 하지만.

창희는 이마에 인상을 잔뜩 찌푸리며 그를 밀어내려고 했다. 그럴수록 그는 더 강하게 다가왔다.

"앙탈은 그만 부리고 같이 나가자."

그의 입의 온기가 그녀의 입술에도 느껴질 듯 가까웠다.

"이, 이봐요. 어차피 다른 사람들도 다 갔다고요. 우리 둘이 남아서 2차는 무슨 2차를 가자는 거예요?"

그런데 2차? 그 2차는 두 번째 술자리라는 소리가 아닌 듯하다. 그녀의 머리 속의 사전이 돌아가기 시작했다.

2차[명사]

1. 어떤 사물이나 현상이 근본적·중심적인 것에 비하여 부수적인 관계나 처지에 있는 것. ≒부차
2. 〈수학〉 정식, 대수 방정식, 대수 곡선 따위의 차수가 2인 것.
3. 〈신어〉 유흥업소에서 여종업원이 성행위를 하러 손님과 함께 나가는 일.

   예) 지금 황건은 안나에게 2차 갈 것을 강력하게 요구하고 있다.

여기서 그가 말하는 2차는 3번의 뜻이었던 것이다.

"아, 이런 의미상 오류가 있었군요. 믿을 수 없으시겠지만 제가 좀 일차원적이라서요. 당신이 말하는 2차에 대한 제의는 거부입니다."

내가 아무리 금욕처녀이고 당신이 솔깃한 외모를 가졌어도 어떻게 만난 지 세 시간도 안 되어 침대에 같이 들어가잔 말을 그렇게 자연스럽게 하는 거요! 창희는 그에게 마음속으로 강력하게 말했다.

"유혹은 할 만큼 다 해놓고 이제 와서 싫다고?"

그는 가소롭다는 듯 웃었다.

"제, 제가 언제 유혹을 했다는 거죠? 그리고 여자의 'NO'는 'NO'일 뿐 'YES'로 착각하지 마세요."

남자는 노를 예스로 알아듣는다더니.

"이제 와서 사람을 우습게 만드는군. 튕겨서 몸값 좀 높여보겠

다는 속셈인가?"

그는 그녀의 몸을 의자 위에 눕혔다. 그녀의 등에 그의 뜨거운 손길이 닿자 창희는 자지러지듯 놀랐다. 평영을 처음 배우는 초급반 수영선수처럼 허우적댔다.

"이, 이러지 마세요."

제가 금욕이 오래되어서 민감하단 말이죠. 나도 나를 말릴 수 없는 상황으로 가게 될지도 몰라요.

"앙탈인가? 그래, 너무 호락호락해도 재미없지. 이런 벗은 거나 다름없는 드레스를 입고 나를 칠면조라 놀리며 나를 계획적으로 자극하고 내 옆에서 요염하게 술을 받아 마시고는 그냥 나가겠다고?"

"그건 다 오, 오해예요. 모두 설명할게요."

"대화는 그 정도로 충분했어. 여기라도 상관없다면 좋아. 여기서 해보자고."

그는 그만큼 급했다. 그녀는 자신의 이성을 던져 버리고 본능만을 남게 만드는 여자였다. 그는 창희의 반이나 드러난 가슴에 얼굴을 묻었다. 으아, 이 남자 지금 어디다가 얼굴을 부비니? 그의 높은 콧날의 가슴의 골 사이를 파고들고 있었다.

"이, 이봐요. 이건 심하잖아요."

이러다가 정말 무슨 일 나겠어요. 금욕에 지친 저라고요. 지금 위험한 건 내가 아니고 당신일지도 모르고. 황건의 손가락은 그녀의 아슬아슬하게 그녀의 젖꼭지를 가렸던 천을 끌어 내리고 그녀의 가슴을 한 손으로 움켜쥐었다.

"어머. 어머. 어머!"

이런 망극한 일을. 그때 언젠가 학창 시절 성교육 시간에 선생님이 말했던 이야기가 떠올랐다. 만약 성폭행 위험성이 있으면 흥분해서 딱딱해진 남자의 중요 부위를 가격하라고. 하지만 그건 이론일 뿐이었다. 이 남자의 힘은 감당하기 힘들었다. 창희의 허우적거림은 정말 가식 같아 보였다.

"왜 허우적대는 거야? 당신이 원하는 게 돈이야? 그렇다면 돈은 원하는 만큼 주지."

그는 주머니 속에서 한 뭉치의 수표를 그녀의 가슴에 꽂았다.

"자, 됐어?"

황건은 그녀의 목에 입술을 묻었다. 그녀의 살갗의 향이 그를 혼미하게 했다. 그의 몸은 그녀로 인해 지글지글 끓어오르고 있었다. 노블레스 클럽에 자주 오긴 하지만 여자를 돈으로 사보겠다고 욕심을 부린 적은 처음이었고, 2차를 요구한 적도 처음이었다. 그녀가 문을 열고 들어오는 순간부터 알 수 없는 소유욕이 그의 절제력을 흔들어놓았다. 자신이 넘지 않도록 그어놓은 선을 포용력 있게 훌쩍 넘게 만드는 여자는 그녀가 처음이었다.

"정말, 이 아저씨."

가슴에 화대를 꽂은 여자라니, 창희는 더 이상 자신과 이 남자를 용납할 수가 없었다. 그녀는 테이블 위에서 이글거리는 초를 들어 그의 얼굴을 때렸다. 그는 촛불보다 촛농의 뜨거움 때문에 소리를 질렀다.

"이런, 젠장!"

황건은 화가 나서 허공에 욕을 퍼부었다.

"뜨겁기도 하겠죠! 뜨거운 맛 좀 더 보실래요?"

"당신, 뭐 하는 짓이야? 도대체!"

황건은 이 여자의 행동을 이해할 수가 없었다. 돈을 더 원하는 건가? 대체 얼마나 더?

"불에 달군 시뻘건 스테이플러 심을 몸에 박지 않은 것을 다행으로 알아요!"

"뭐? 어디서 그런 말도 안 되는 협박을 배운 거야? 당신이 조폭이야? 촛농으로도 모자라 그런 걸 내 몸에 박으시겠다고? 당신 정체가 대체 뭐지? 대체 내 제안을 거부하는 이유가 대체 뭐야?"

창희는 벌떡 일어서 가슴에 꽂힌 수표를 그에게로 던졌다. 수표들은 허공을 날아 눈이 뿌려지듯 바닥으로 내려앉았다.

"돈? 돈이면 뭐든 다 된다는 생각은 버려요. 내가 아무리 돈이 절실하다지만 이런 식의 돈은 필요없어요. 아무리 이깟 돈이 나를 힘들게 해도 돈 때문에 나를 타락시킬 수 없다는 걸 깨닫게 해줘서 고마워요. 당신은 돈이 많으셔서 참 좋으시겠어요. 당신보다 나이 드신 분들이 당신에게 모두 굽실거리게 만드는 것은 당신의 인격이 아니라 당신이 가진 돈의 힘이겠죠. 맞아요. 부는 사람의 힘이나 마찬가지죠. 하지만 그 돈을, 당신의 힘을 더 의미있는 곳에 쓰셨으면 합니다. 여자를 꾀는 데 쓰지만 말고요. 노블레스 오블리주의 정신으로 말이죠!"

창희는 무슨 독립선언문이라도 낭독하듯 비장했다. 이런 우스꽝스러운 멘트를 한 건 술이 덜 깬 탓이었다. 황건은 어이가 없다는 듯 한쪽 가슴을 몽땅 드러내고 서서 초등학교 웅변대회 같은 것을 하는 그녀를 멍하니 보았다. 촛농이 닿은 피부가 모두 데인 듯 화끈거렸다.
 "감히 나에게 화상을 입히고 그런 감흥없는 설교 따위를 하는 거야? 당신, 제정신인 거야?"
 "물론, 전 말짱해요!"
 라고 말하며 자신을 보니 한쪽 가슴을 모두 그에게 보여주며 충고란 것을 하고 있다. 자신이 봐도 정신 나간 여자임이 분명했다. 말짱하다는 말이 부끄러워지는 순간이었다.
 '차라리 미친 여자로 일관해 버릴 걸 그랬다. 〈전 말짱해요〉보다는 〈그래요, 전 미쳤어요〉가 그에게 더 먹힐 뻔했어.'
 스스로에게도 참을 수 없을 만큼 부끄러운 창희는 신데렐라처럼 마놀로 블라닉 구두를 벗어두고는 룸 밖으로 뛰어나가려 했다.
 "뭐야? 사람을 이렇게 만들고 어딜 도망가는 거야?"
 "그냥 피차 똥 밟았다고 생각하고 말면 되잖아요! 그냥 그렇게 생각하고 제 존재 자체와 오늘을 잊어주세요. 나도 이 말도 안 되게 말렸던 밤을 없었던 걸로 칠 테니까. 올해는 일 년이 364일이었다고 생각하고 오늘을 기억에서 비워내자고요!"
 "기가 막힌다는 소리의 의미 파악을 오늘 제대로 하는군. 누구 마음대로 오늘을 지워?"
 일 년간의 노력으로 호텔이 흑자로 돌아선 첫날을!
 "어쨌든요!"
 그녀는 문밖으로 사라졌다. 황건은 그녀가 두고 간 구두를 멍하니 보고 있어야만 했다.

"허, 마지막으로 신데렐라 흉내까지?"

그는 구두를 보며 긴 한숨을 내쉬었다. 뜨거워진 몸을 혼자 식혀야 한다는 아쉬움보다, 혹은 촛농에 화상당한 뜨거움을 혼자 식혀야 한다는 외로움보다 그녀가 눈앞에서 훌쩍 사라져 버렸다는 것이 더 아쉬웠다. 내일 해가 뜨면 저 구두를 들고 다니며 만나는 여자마다 신기다 보면 그녀를 찾을 수 있을까? 그는 자신의 생각이 어처구니없어 스스로 쓴웃음을 지었다.

"안나 언니! 괜찮아요?"

창희는 노블레스 클럽의 로비에서 자신의 이름을 부르는 체리를 뒤로하고 베라 왕의 야한 드레스를 입은 채로 그대로 도로까지 뛰어나갔다. 그녀가 선 곳은 차가 잘 다니지 않는 한가한 도로였다. 빈 택시가 간간이 지나가긴 했지만 모두 택시를 향해 손을 흔드는 그녀를 모른 척하고 가버렸다.

"택시 아저씨들까지 단체로 날 물 먹이기로 하셨나? 오늘 여러모로 꽝인 날이다."

겨우 잡은 택시는 생전 처음 타보는 모범택시였고 모범운전사가 룸미러로 창희를 한참 살피다가 물었다.

"할로윈 파티를 하셨나 봐요. 아, 할로윈은 늦가을이지."

어떤 의미인지 모를 눈물이 흘러 창희의 눈은 마스카라로 범벅이었다. 체리가 달아준 속눈썹은 어느새 떨어졌는지 볼에 붙어 있었다.

"제, 제가 오늘 분장을 하긴 했죠."

흐느끼느라 말을 더듬었다.

"아, 그럼 연극을 하시는 분이시구나? 어쩐지."

"맞아요. 처음 오른 무대에서 생쇼를 하고 내려온 기분이에요."

평상시에는 볼 수도 없는 이런 19금 드레스를 걸치고 말이다.

"택시 잡기 힘드셨죠? 저도 귀신인 줄 알았어요. 귀신 역할 하셨죠?"

"네? 귀신이요?"

"네, 빨간 옷을 입은 귀신이요. 정말 더할 나위 없이 리얼하군요."

귀신이라는 소리에 창희는 더 크게 흐느꼈다. 차가 집에 도착할 때까지 큰 소리로 흐느꼈다. 택시가 창희의 원룸 앞으로 택시가 서자 빈털터리인 창희는 머뭇거렸다.

"모범기사님, 여기가 우리 집이거든요. 올라가서 돈 가지고 내려올게요. 잠시만 기다려 주세요."

침대 매트리스 아래 숨겨둔 비상금을 쓸 작정이었다.

"그냥, 내리세요."

"그럴 수는 없어요, 모범기사님."

"살다 보면 웃고 싶은 날도 울고 싶은 날도 있는 거죠. 돈 없는 날도 있고 돈 있는 날도 있듯이 말입니다. 인생이 또 그래야 재밌는 거고 그런 거죠. 돈은 됐으니 그냥 내리세요."

인생을 통달한 기사 분이었다. 역시 아무나 모범기사를 하는 것이 아닌가 보다.

"고, 고맙습니다. 제가 명함이라도 드리면 좋았을 텐데 지금 가방도 들지 않은 상태라."

창희는 인사를 꾸벅하고는 창희는 차에서 내렸다.

"택시를 탈 때마다 기사님 차인가 확인할게요. 아, 저 택시는 자주 못 타는 상황이에요."

창희는 그렇게 말하며 택시의 문을 닫았고 택시기사는 손을 흔들며 떠났다. 창희는 택시가 사라질 때까지 손을 흔들었다.

거봐, 그래도 세상은 아직 따스한 거라고. 스스로를 타이르며 원룸 건물의 계단을 비틀거리며 올라갔다.

토요일이라 오전 진료만 하면 되었다. 찬란한 빛을 자랑하던 창희의 낯빛은 오늘따라 어두웠다.

"선생님, 뭐 안 좋은 일 있으세요? 얼굴이 부은 것이 운 것 같기도 하고 말이죠. 하지만 선생님이 운다는 것은 말이 안 되는 일이잖아요."

차트를 건네던 장 간호사가 물었다.

"내 사생활에 너무 관심 갖고 들이대지 마."

"뭔데요? 선보셨다가 퇴짜당하셨나?"

"그런 거는 장 간호사가 우울해하는 일이고."

장 간호사는 결혼을 결심한 삼 년째 선만 보고 있다.

"뭘까? 선생님께 무슨 일이 있는 게 분명해. 추리하고 싶은 본능이 생기는데요?"

통찰력이 깊은 장 간호사였다. 대화가 길어지면 분명 자신은 어제 말도 안 되는 '노블레스 클럽'에서의 일의 꼬투리가 잡힐 것이다.

"이제부터 노코멘트."

노블레스 클럽에서의 일은 현실 같지가 않았다. 어쩌면 꿈을 꾸었을지도 모른다.

"오늘 술 한잔하실래요? 제가 쏠게요."

장 간호사가 쏜다는 말에 솔깃하긴 했다. 장 간호사는 역시 사람의 상태 파악을 잘한다.

"술 끊었어."

"지키지도 못할 결심은 하지도 마세요. 함피부과 내 〈술을 사랑하는 모임〉의 회장님이시잖아요."

몇 달 전 회식 자리에서 창희와 술을 마시던 병원 직원들이 그녀의 폭탄주 맛에 감탄을 하며 만든 모임이었다.

"회장직 넘길게. 넘길 때가 된 것 같아. 주사를 부리거든."

"선생님이 빠지면 〈술사모〉의 존재 자체가 흔들리죠. 최 선생님의 폭탄주에 반한 사람들이 만든 모임인데요."

"그런가? 그럼 보류."

"무슨 금주 결심을 손바닥 뒤집듯 뒤엎어요? 오늘은 마지막 환자만 보시면 진료 끝이에요."

"마지막 환자는 누구야?"

장 간호사는 차트를 보며 씩 웃었다.

"키 186cm에 몸 잘빠진 삼십대 매력남입니다. 지금 병원 로비가 훤하게 불을 켠 듯 빛을 내뿜는 외모의 남자입니다. 우리 병원은 초진이고, 음, 황삼희 회원의 소개로 왔네요."

함피부과에 남자가 온다는 것은 드문 일은 아니었다. 잘생긴 젊은 남자 배우들도 종종 들르곤 했다.

"뭐야, 차트 보며 스토킹 하는 버릇을 아직 버리지 못한 거야? 남자 배우야? 뭐, 박피라도 하실 건가? 박피해서 얼굴이 훤하게 광채 나는 거야. 속지 마."

"음, 배우만한 포스를 내뿜는 일반인입니다. 어젯밤에 한 정신 나간 여자의 공격으로 촛농에 얼굴을 데였다고 하네요."

무척 창희는 동그래진 눈으로 장 간호사를 보았다. 눈은 미동이나 깜빡임조차 없었다.

"뭐? 촛농?"

"제 생각에는 애인이랑 싸운 것 같아요. 그래도 그렇지 저런 잘생긴 얼굴을 초로 지져 버릴 생각을 하다니요? 그 정신 나간 여자의 얼굴이 궁금해지는 거 있죠?"

순간 세상이 정지되는 느낌이 들었다.

"즈, 증상이 어떤데?"

"얼굴 몇 군데 촛농이 튀었고요. 화상을 입었죠. 손하고 목하고 입술에."

"그, 그런 걸로 남자가 병원을 찾아다니고 그래? 연고나 사서 바르고 말지."

"진단서를 떼어서 자신을 공격한 여자를 고소할 모양인가 보죠."

"뭐? 고소!"

등골이 오싹해졌다. 어제 그 남자의 까칠한 성격으로 볼 때 그러고도 남을, 한성격 하시는 분이었다.

"그, 그까짓 것이 아프데? 엄살은."

"아픈지 안 아픈지 그런 건 직접 물으세요."

장 간호사는 진료실 문을 조금 열며 진료실 밖으로 상냥하게 말했다. 장 간호사는 창희를 제외한 모두에게 친절했다. 이달의 친절한 간호사에 여섯 번이나 올라 병원 로비에는 그녀의 함박 웃는 사진이 여섯 달째 걸려 있다.

"황건 환자 분~ 들어오세요~"

창희는 문틈 사이로 '황건'이라는 남자의 실루엣을 보고는 잠시 질식했다. 큰 키에 장대한 기골이 눈에 익다.

"이런, 내가 뭘 잘못했기에 일이 자꾸 꼬이는 거야?"

그녀는 지금도 소장 중인 만화책 도라에몽에 나오는 대나무 헬리콥터가 필요하단 생각을 했다. 지금 당장 대나무 헬리콥터를 머리에 달고 창밖으로 뛰어내리고 싶었다.

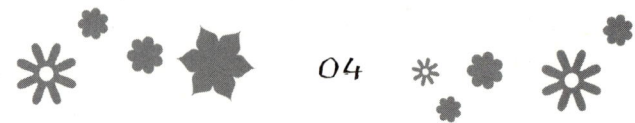

04

팔랑거리는 나방은 죽는 것을 아는지 모르는지 빛을 찾아 날아간다. 야행성이면서도 빛에 이끌리는 주광성이라 불의 주변을 맴돈다고 한다. 딱정벌레, 오징어 따위도 빛에 이끌리는 특징을 가진다고 한다. 그래서 오징어를 잡을 때는 통통배에 환한 백색의 등의 밝힌다. 창희는 자신이 오징어 같은 일차원적인 행동을 한 것을 인정해야 했다. 어젯밤, 체리가 그녀에게 제안한 아르바이트는 분명 어두운 밤을 밝히는 인공의 빛이었다. 밤을 밝히기는 하지만 태양이나 달의 빛처럼 진짜 빛이 아니었다. 돈이 필요하긴 했지만 돈을 그렇게 벌어서는 안 되는 것이라는 것을 알면서도 따라갔다. 창희는 자신을 유혹하는 가짜 빛에 이끌려 '노블레스 클럽'이라는 곳에 날아들었고 멍청하게도 불에 탈 뻔했다. 사이렌을 울리는 소방차와 흰 연기를 내뿜는 방역차가 지나가면 아무 생각 없이 아이들을 따라 전력질주를 했던 어린 시절의 기질이 여전히 남아 있는 것 같았다. 두 번째 만난 이웃 주민인 체리를 따라가서 밤에만 피어나는 장미가 되려고 했다니. 아니, 장미는 자신을 너무 미화시킨 단어다. 그물에 잡히는 것도 모르고 통통배의 빛을 따라나선 연체동물종의 미끄덩거리는 오징어가 되려고 했다. 그녀는 그물에 걸린 느낌을 지울 수가 없었다. 촘촘한 그물에 걸린 기분이었다. 그날 밤 꿈도 그물에 걸려 옴짝달싹도 못하는 꿈을 꾸다가 깨어났다.

창희는 정말 그물에 걸린 오징어처럼 심장이 마구 날뛰었다. 그 황건인지 황건족인지, 촛농에 의한 화상남자의 발자국 소리가 가까워오자 그녀는 일어섰다 앉았다 하며 소란을 피우기 시작했다.

'진료실에도 비상구를 만들어놔야 하는 거 아닌가? 이런 급작스러운 비상시에는 난 대체 어디로 대피하란 거야?'

사람들이 안전 불감증이라니까. 창희의 머리 속에는 비상 사이렌이 울리기 시작했다. 도대체 이 진료실에서는 도망갈 구멍이 없었다. 그때 책상 위에 올려진 레이저 치료할 때 의사의 눈을 보호하기 위해 쓰는 주황색의 보호경이 눈에 들어왔다. 그 보호경이라는 것은 스키 탈 때 쓰는 고글만큼 컸다. 얼굴을 가리기에는 충분했다. 주황색으로 코팅까지 되어 있어 얼굴도 선명하게 볼 수 없을 것이다.

"저거다."

창희는 문이 열리기 직전에 그 주황색의 보호경을 썼다. 그리고 자신의 자리에 여유롭게 앉았다.

"황건 환자 분 오셨습니다."

라고 말하며 뒤돌아보던 장 간호사의 얼굴은 창희를 보고 순식간에 굳어져 버렸다. 그 보호경은 의료기 상사에서 서비스 차원에서 사용해 보라고 두고 간 것이었는데 쓴 모양이 마치 제주도에서 미역을 따는 해녀 같았다. 어제 창희와 장 간호사는 그 보호경을 서로 껴보며 서로의 우스꽝스러운 모습에 쿡쿡거렸었다. 그런 보호경을 창희가 의젓하게 쓰고 앉아 있는 것을 본 장 간호사는 자신이 부끄러운 듯 황건과 창희를 번갈아 보았다. 황건의 황당한 표정이 장 간호사를 안타깝게 했고, 오랜만에 온 잘생긴 환자에게 병원 이미지를 어지럽히는 행동을 하는 창희의 돌발 행동에 화가 나기도 했다.

"선생님, 어디 안 좋은 곳이라도? 그딴 건 왜 쓰고 계신 거죠?"

환자가 있기에 장 간호사는 최대한 정중하게 창희에게 물었다.

'왜? 내가 그렇게 쪽팔리니?'

환자가 없었으면 장 간호사는 '당장 벗으시라니까요' 하고 소리를 질렀을 것이다.

"오늘 시술을 많이 했더니 눈이 피로하네. 장 간호사는 이만 나가보세요."

혹시 황건이 자신을 알아챘을 경우를 대비해 장 간호사를 내보내야 했다.

"도움이 필요하실 것 같은데."

장 간호사는 나가기가 싫은 듯했다. 그녀는 잘생긴 남자에게 집착을 보이는 경향이 있다.

"도움이 필요하면 부를게. 일단 나가세요."

"네, 그럼."

장 간호사는 입을 내밀며 나갔다. 잘생긴 남자를 일 초라도 더 관찰하고 싶은 그녀의 마음을 이해 못하는 바는 아니지만 장 간호사에게 지금껏 심어둔 자신의 고귀한 이미지에 타격을 입힐 수는 없었다.

"자, 앉으시죠."

보호경을 쓴 창희는 목소리를 약간 변조하여 그에게 말했다. 그와의 두 번째 대면의 시작이었다.

황건은 얼굴에 잠수할 때나 쓰는 걸로 보이는 물안경 비슷한 것을 쓰고 있는 여의사를 보고 움찔했다. 호텔에 들른 삼희에게 물으니 호텔 바로 밑에 유명한 피부과가 있다는 소리를 듣고 왔을 뿐인데 물안경 비슷한 것을 쓴 의사를 본 순간 혼돈스러웠다.

'호텔 바로 밑이 아니라 맞은편이라고 했나?'

괴상한 여의사 뒤에 열린 창문으로 맞은편 건물에 달린 피부과 간판이 보였다. 분명 잘못 온 것 같았다. 그의 계속되는 침묵과 고뇌에 창희는 계속해서 컴퓨터 모니터만을 바라보고 있었다.

"음, 그러니까 화, 화상을 입으셨다고요?"

그것 좀 데었다고 병원을 오나? 대범한 척하더니 피부에는 소심한 남자시네.

"어제, 촛농이 튀어서 살짝 데였는데 시간이 지날수록 쓰라리고 변색이 되고 있습니다. 주말에 중요한 미팅이 있어서 말이죠.

물집이 잡힌다거나 그러진 않겠습니까?"

황건은 일에 있어서는 완벽주의자였는데 물집이 잡힌 얼굴로 사람들 앞에 선 자신을 용납할 수 없었다.

"그, 그러시군요."

낮에 보는 그는 정말 젠틀했다. 흑색의 검은 머리색은 그가 입은 검은색의 슈트와 너무도 잘 어울렸다. 고급 소재의 천으로 감싸져 있어도 그의 몸의 단단함은 가려지지 않고 더욱 드러나는 것 같았다. 자신의 가슴의 골에 박았던 그의 코는 정말 반듯하고 크고 잘생겼다. 입술은 조각한 듯 균형감 있다. 또 절제된 말투를 보면 그 누가 여자의 가슴에 화대를 꽂고는 그 가슴을 주무른 남자라고 믿겠는가? 자신이 당하지 않았다면 그녀조차도 믿지 않았을 것이다. 그럴 만큼 훌륭하고 신뢰감 있는 외모였다. 밤에는 카사노바, 낮에는 젠틀남으로 변신하는 건가?

"그렇죠."

황건은 의심의 눈빛을 거두지 않으며 대답했다.

"음, 그냥 그렇단 말이군요."

창희는 회심의 미소를 지었다. 이 남자는 자신을 알아보지 못하고 있고 자신을 고소하려 진단서를 떼러 온 것도 아니었다. 그래, 자신은 분명 어제와는 다른 차림이다. 흰 가운을 입었고 그 안에는 목까지 올라오는 티를 입었다. 그리고 자신은 멀쩡한 사람을 괴상하게 만드는 마법 같은 보호경을 쓰고 있었다.

'효과 좋은 보호경이군!'

그가 자신을 알아보지 못하자 그냥 연고 처방을 하고 그를 빨리 돌려보내리라는 초심이 달라지고 있었다. 어제 당한 일이 괘씸하게 저 밑에서부터 스멀스멀 올라오고 있었다. 진검승부의 욕구가 다시 솟아나고 있었다. 창희는 검객처럼 칼날을 벼르고 더듬이를 곤두세웠다.

"어디 봅시다. 저기 누우세요."

창희는 손끝으로 간이 침대를 가리켰다.

"꼭 누워야 합니까?"

가끔 이렇게 의사의 말에 토를 다시는 분들이 있다.

"음, 정확한 진료를 원하신다면요."

황건은 미심쩍은 눈빛으로 그녀를 보다가 침대로 가서 누웠다. 창희는 착하게 긴장하며 누워 있는 그 남자를 슬쩍 보았다.

'참 길기도 하시네.'

간이침대 밖으로 한참 나온 다리가 우스웠다. 몸뚱이 하나는 흡족한 인간이었다. 창희는 웃음을 억지로 참으며 그에게 다가왔다. 그가 자신을 볼 수 없게 환한 형광등을 그의 눈을 향해 켰다. 그는 눈이 부신 듯 눈을 질끈 감았다.

"자, 긴장 푸세요. 화상의 정도를 알아보도록 하죠."

"그러시죠."

덩치가 커다란 카리스마 남자가 자신의 앞에 착하게도 누워 있었다.

'네가 내 가슴에 화대를 꽂고 나를 억지로 범하려 한 그놈이렷다!'

당장 마취를 시키고 의식을 혼미하게 만들어서는 손발을 묶어 얼음송곳으로 몸의 여기저기를 찔러주고 싶은 욕구를 억누르며 창희는 그의 얼굴을 자세히 보았다. 일단 치료는 해야 했다. 어쨌든 자신이 그 화상의 제공자였고, 히포크라테스 선서를 한 의사의 몸이니까. 황건이라는 남자의 피부는 서른네 살의 남자로는 믿어지지 않을 피부였다. 아까 그녀는 차트에 적힌 그의 주민등록번호를 훔쳐보았다. 서른을 갓 넘긴 줄 알았더니 떡국을 네 번이나 더 드셨다. 그럼에도 얼굴에서 모공이라고는 찾아볼 수가 없었고 늘어진 얼굴 근육도 없었다. 보톡스도, 피부절제술도 필요가 없었다. 박피술도 필요없을 만큼 얼굴은 고귀한 광채가 흐른다. 지금도 충분히 자체 발광하는 남자였다. 창희의 금욕의 몸은 뜨거워지기 시작했다.

 '진정해. 금욕의 몸뚱이야. 갑자기 왜 그러니?'

 창희는 스스로를 억눌러야 했다. 그러고 보니 어제 느껴졌던 그의 복근의 단단함이 아직 자신의 부푼 배 위에 남아 있는 듯했다.

 '평소에 관리 좀 하시나 보네. 돈은 안 되는 환자군.'

 뭐, 조금만 관찰하려 했는데 조명까지 들어간 그의 얼굴에서는 오로라가 뿜어져 나오고 있었다. 넋을 놓고 보던 창희는 고개를 흔들며 정신을 차렸다. 지금 중요한 건 복수다. 창희는 형광등 불을 끄며 말했다.

 "자, 다 됐습니다. 일어나시죠."

 그렇게 말하고는 창희는 자신의 자리에 가서 앉았다. 주황색 보호경이 거추장스럽긴 했지만 절대 벗을 수는 없는 노릇이었다. 보호경 사이로 땀이 고이고 공기의 압축으로 눈이 빠질 것 같았다.

"내일까지 덧난다거나 물집이 잡히는 일은 없겠습니까?"

황건은 창희의 맞은편에 앉아서 창희의 입이 열리기를 기다리고 있었다.

"네, 걱정 마세요. 원래 파라핀은 금방 식어서 성인들은 화상을 잘 입지 않는데 살결이 보기와 다르게 연약하신가 봐요. 연고만 처방해 드리겠습니다. 환부에 잘 펴서 바르세요."

"네, 그럽시다."

창희는 황건을 다시 살폈다. 처음엔 약간 자신을 믿지 못하는 미심쩍은 표정이었는데 지금은 표정이 즐거워 보이는 것 같기도 하고. 긴장이 풀렸나?

"그런데 화상보다 더 시급한 문제가 있으시네요."

이제부터 즐겁지 못하게 만들어주지.

"시급한 문제라?"

말을 중간에 자르는 습성은 여전하군요. 의사한테까지 와서 반말을 하다니.

"음, 피부과에 찾아온 분께 이런 말씀 드리기는 곤란한데 의사로서 말씀드리는 겁니다."

그녀의 사뭇 신중한 말에 황건은 그녀의 우스꽝스러운 보호경 안을 깊숙이 들여다보았다.

"뭡.니.까?"

창희는 손가락을 들어 머리를 긁적였다. 이건 환자를 긴장하게 만드는 행동이다.

"피부에 '샤를로 파라니스'라는 곰팡이균이 기생하고 있어요."

그녀의 말에 그의 얼굴이 잠시 굳어졌다.

"샤를로 파라니스?"

표정과는 다른 단조로운 목소리로 그가 말했다.

"아뇨, 샤를로 파라뇨스."

급하게 지어낸 이름이라 그녀조차 헷갈렸다. 어디에 적어라도 둘 걸 그랬지.

"그게 뭐죠?"

"피부에 기생하는 곰팡이 균인데 사람과 사람 사이의 접촉으로 옮겨지는 피부병이라고 할 수 있죠."

"사람과 사람 사이의 접촉이라? 예를 들면 뭡니까?"

집요한 환자였다.

"음, 그러니까 접촉을 예를 들면…… 이, 이성과의 관계에서 진한 피부 접촉이 있었을 경우, 또는 그 피부 접촉이 잦거나 한 사람이 아닌 여러 사람과의 접촉이 매번 이루어진다거나……."

그녀의 말은 쉽게 마무리가 지어지지 않고 있었다.

"간단히, 알아듣기 쉽게 말씀해 보시죠, 닥터 최."

그는 창희의 가슴에 쓰여 있는 이름을 유심히 보았다.

"그러니까 너무 많은 여성 분과의 관계로 인한 성병이라는 거죠. 피부에만 기생하는."

그들 사이로 무거운 침묵이 흘렀다. 늘 2차를 나가는 그에게는 무리없는 설명이었을 거라 창희는 믿었다.

"아, 성병이라."

성병이라는 말에 그는 긴장하기는커녕 재밌다는 표정이었다.

"네, 한동안 조심하셔야겠어요. 어쩌다 이런 지저분한 병이. 건전한 성생활을 하셨으면 좋았을 텐데."

창희는 딱하다는 듯 고개를 저었다.

"비뇨기과를 가야 합니까?"

"아, 아뇨. 그러실 필요는 없어요. 말 그대로 피부에 기생하니까 피부과로 오셔야죠."

그가 비뇨기과라도 찾아가면 낭패였다. 그녀의 거짓이 바로 들통날 터이니.

"치료 방법은 있습니까?"

"음, 먹는 약과 바르는 약을 처방하면 되긴 되는데 그보다 더 확실한 민간요법을 알고 있죠. 의사들은 민간요법을 무시하곤 하는데 어떤 경우는 효과가 확실한 경우도 있어서 종종 권유하기도 해요."

"어떤 민간요법이죠?"

그는 창희의 얼굴 가까이로 다가와서 물었다. 그녀의 눈을 보고 싶어하는 것 같았다. 창희는 몸을 뒤로 빼내며 말했다.

"옮기도 하니까 조심해 주세요. 저 말고도 다른 사람과의 피부 접촉은 절대 피해주시구요."

창희는 깐깐한 목소리로 그렇게 말했고, 그는 피식 웃으며 그녀에게서 몸을 떨어뜨렸다. 창희는 하려던 말을 계속했다.

"그러니까 요오드를 몸에 일정한 비율로 발라주면 되는데 그 요오드의 비율과 우리 몸의 배설물의 비율의 같아서요. 약으로 치료하면 한 달 걸릴 것을 우리의 배설물로 치료하면 일주일 만에 완쾌되죠."

"그러니까, 우리의 배설물이라 함은 간단하게."

"네, 소변이죠. 아침의 첫 소변을 받아다가 불순물을 가라앉히고 그 소변으로 자기 전에 샤워하시면 됩니다. 그러면 씻은 듯이 없어져요. 그 '샤를로 파라뇨스' 라는 곰팡이 균이 말이죠."

창희는 진지하게 한쪽 눈을 올리고 목소리를 낮추며 말했다.

"약으로 치료하면 한 달인데 소변은 일주일이라, 역시 선택의 여지가 없군요."

"그러니까 권유해 드리는 겁니다. 그리고 힘드시겠지만 치료하는 일주일간은 절대 금욕하세요."

"금욕?"

"네. 절대 금욕하셔야 합니다. 상대방에게 옮길 수도 있으니까요. 힘드시겠지만 금욕하세요."

금욕이 얼마나 힘든 일인지 아는 사람만 안다. 창희의 삼십 년째 금욕 생활 경험상 그것만큼 은근한 고통은 따로 없었다.

"그러죠."

"치료 끝났으니 이제 그만 나가보심이?"

창희는 보호경으로 굴절되어 보이는 황건의 모습이 심히 고소했다. 무언가 골똘히 생각에 잠긴 황건은 벌떡 일어나 섰다.

"재진료 있습니까?"

"없습니다. 여긴 그만 오셔도 됩니다."

절대, 다시는, 우리 마주치지 말자.

"재진료가 필요할 것 같은데요. 민간요법을 권해주셨는데 완쾌가 되었는지도 봐주셔야 할 것 아닙니까?"

그건 그랬다.

"그럼…… 한 달 후에 오세요. 완쾌가 되었나 봐드리지요."

또 한 번 이 물안경을 써야 되겠구나.

"그럽시다. 그럼, 이만."

황건이 나가고 문이 닫혔다. 창희는 몸 안 깊은 곳에서 나오는 쾌감의 절정을 만끽하였다.

"복수는 이렇듯 개운하여라."

소변을 받아 몸에 바르는 노블레스한 남자의 모습이라니. 생각할수록 정말 상쾌했다. 자다가도 통쾌하게 웃음이 나올 것 같았다. 돈이면 뭐든지 다 가질 수 있다는 그런 정신을 가진 남자들의 몸에 소변을 발라주리라. 의사로서의 사명감마저 솟아났다.

창희는 기쁨을 만끽하며 보호경을 벗었다. 빠질 것 같았던 눈을 손으로 누르며 거울을 보니 보호경을 쓴 자국이 얼굴에 그대로 남아 있었다. 보호경을 썼을 때나 쓰지 않았을 때나 우스꽝스러운 것은 마찬가지였다.

"강하다. 한 번 쓰면 자국이 이틀은 남겠네. 의료기기상에 돌려보내야겠군. 의료용이 아니라 엽기 변신용으로 쓰면 대박이겠다."

창희는 팔을 쭉 늘려 기지개를 켰다.

"아, 개운해. 어제의 우울함을 단 한 방에 날려 버렸네."

그 말이 끝나기가 무섭게 문이 벌컥 열렸다. 장 간호사가 서 있을 줄 알았던 문 앞에는 황건이 서 있었다. 그는 알 수 없는 미소를 지으며 문 앞에 기대서 있었다.

"그런데 궁금한 게 한 가지 더 남아서 말이죠."

그는 태연하게 말했다. 창희는 벌린 입을 다물지 못했다. 보호경을 다시 쓰려 했지만 이미 때는 늦은 것 같았다.

"뭐, 뭐죠?"

"그러니까 그 소변이 꼭 제 것이어야만 합니까? 여성의 것이면 안 됩니까? 아니면 두 명의 것을 섞어서 바른다거나."

그는 그런 변태 발언을 태연하게 하면서 그녀를 보고 싱긋 웃었다.

"그, 그건 안 되죠."

머리 속이 하얘져서 그렇게 대답했다. 뭔가 꼬이고 있는 느낌이 엄습했다. 그의 싱긋 웃는 웃음이 그녀의 숨을 조이고 있었다. 그는 분명 자신을 기억하고 있었다.

"안 된다니 무척 아쉽군요, 안.나. 양."

창희는 숨이 멎었다. '안나 양'이라니. 그는 자신을 알고 있었다. 언제부터 그가 눈치 챈 것일까. 소변을 몸에 바르라는 것은 너무 무리한 요구였던 걸까? 그때부터였나? 제법 눈치가 빠른 놈 일 수도 있다는 것을 간과했다. 때마침 진료실로 들어오는 장 간호사가 황건의 말을 듣고 대답했다.

"환자 분, 우리 선생님 이름은 '안나'가 아니라 '최창희' 선생님입니다. 다음에 오실 때에도 꼭 최창희 선생님을 찾아주세요."

장 간호사는 문제는 환자에게 너무도 친절하다는 데에 있다. 특히 잘생긴 남자의 경우엔 더욱더.

"최창희 선생님이라."

그는 그녀의 이름을 재밌다는 듯 말해보았다.

"네, 맞습니다."

장 간호사의 대답에는 거침이 없었고 창희만 죽을 맛이었다.

"과연 그럴까요? 제가 아는 '안나'라는 여성과 너무 닮아서 말이죠."

창희는 벌떡 일어났다. 더 이상 저 입에서 어제의 일과 연관된 말을 흘러나오게 해서는 안 되었다.

"장 간호사님, 잠시만 나가줄래요? 환자 분에게 비밀을 요하는 설명이 필요해서 말이죠."

"네, 그러시겠죠."

장 간호사는 다시 나갔고, 황건은 닫힌 문 앞에 팔짱을 끼고 섰다.

"뭐지?"

그가 물었다.

"뭐가요?"

이왕 이렇게 된 거 질 수만도 없어 창희는 그를 노려보았다. 아직 보호경의 자국이 그대로 남은 채로.

"어제 노블레스 클럽의 에이스 '안나 양'이 오늘의 피부과 의사 '최창희'라니, 이거 추리력이 샘솟는 느낌인걸."

"사생활이에요. 그런 것까지 제가 당신께 설명해야 할 이유가 있나요?"

"알 만하군."

"뭘 알 만하다는 거죠?"

"유명 피부과 미스 닥터가 성욕을 참지 못해 밤마다 '노블레스 클럽'에서 안나라는 가명으로 살고 있다. 밤의 세계에서는 에이스급으로 통하는 알 만한 사람은 다 아는 유명한 요부다. 밤이나 낮이나 유명세를 타는 닥터 최창희, 가명 안나. 과연 그녀는 누구인가. 잡지사에서 혈안이 되어 덤벼들 사건이군."

눈에 모자이크 처리를 한 자신이 모습이 잡지에 실린 것이 바로 상상이 되었다. 창희는 입술을 물고 몸을 부르르 떨었다. 어제의 정황은 그런 오해의 소지가 충분했지만 더 이상의 오명은 참을 수가 없었다.

"멋대로 추측하고 판단하지 말아요! 사람을 보이는 대로 판단하지 말라고요!"

"보이는 대로 판단한 건 당신 같은데? 사를로스 파라뇨스? 내가 여자와의 관계가 난잡하다는 생각은 대체 왜 한 거지?"

"처음 본 나에게도 치근덕거렸잖아요. 하나를 보면 열을 알죠."

"거기서 내가 2차를 요구한 것은 당신이 처음이었어."

"그걸 나에게 믿으라는 건가요?"

"믿거나 말거나지. 나도 내 눈에 보이는 대로 당신을 생각할 수밖에 없으니까."

"상황을 단편적으로만 보는군요."

"당신은 다채로워서 해녀 같은 우스꽝스러운 물안경을 쓰고 소변으로 목욕을 하라는 처방을 내리나? 닥터 최? 아니, 안나 양이라고 불러줘야 하나?"

보기 좋게 복수를 해주려다 덜미를 잡힌 셈이었다. 아니면 연기력 부족이든지.

"절 언제부터, 어떻게 알아봤죠?"

창희는 팔짱을 끼고 도도하게 물었다. 저런 보호경을 꼈는데, 목소리도 약간 변조했는데 어찌 알아본 걸까? 들킨 시점이 정말 궁금했다.

"궁금한가?"

"제 연기력이 문제였나요?"

문제점을 되짚어보고 싶었다.

"우스꽝스러운 돌팔이 여의사 역할은 아주 훌륭했어. 문제는 난 근 일 년간 그런 병에 걸릴 만큼 한가하지 않았거든. 그리고 안나의 향기는 연기력으로 감추어지지가 않았지."

"네? 안나의 향기?"

"어젯밤 날 사로잡았던 당신의 살 냄새. 여기서 나를 눕혀놓고 내 얼굴 가까이 당신의 얼굴을 들이밀었을 때 알았지. 어제 안나의 향과 같았거든. 허리를 감싸 안고 내가 누운 침대로 끌어들이고 싶은 충동을 억누르느냐고 미치는 줄 알았어."

후각은 시각보다 민감하고 기억력을 더 자극한다. 그를 연고 처방만 하고 돌려보냈어야 했는데 과욕을 부린 것이 문제였다.

"그리고 소변을 몸에 바르라는 주문. 나와 섹스코드가 잘 맞아떨어질 것 같군, 안나 양."

자신을 놀리는 그의 앞에서 한 마디도 못하고 손만 부르르 떨고 있는 창희였다.

"변태칠면조 같으니."

"확실히 어제의 안나가 맞군. 날 변태칠면조라 자극하던."

그물 같은 변태 카리스마에게 엮어들었다. 빛을 따라 헤엄치다가 그물에 걸린 오징어 꼴이다. 아버지 최수산 씨가 삼십억의 빚을 남기고 돌아가셨다는 소리를 들은 이후 최대 난관이, 복병이 그녀에게 들이닥쳤다.

어지러워 쓰러질 것 같은 그녀에게 그가 다가와 섰다. 황건은 아주 가까이에서 그녀를 내려다보았다. 그녀의 향을 다시 맡듯 그 윽한 눈으로 창희의 얼굴을 살폈다. 그의 호흡이 그녀의 얼굴을 간질였다. 그의 손이 천천히 올라오자 창희는 얼굴을 돌리며 그를 노려보았다.

"함부로 만지지 말아요. 이번엔 정말로 불에 달군 스테이플러 심을 몸에 박아줄 테니까."

서랍 안에는 스테이플러도 있고 성냥도 있다.

"그것 참 가학적인 놀이 방법이군. 그런 놀이를 좋아한다면 기꺼이 박혀주겠어."

"변태 같으니."

"이런, 그 아이디어는 당신 머리 속에서 나온 거야."

그는 손에 든 얇은 카드키를 그녀의 가슴에 꽂았다. 정확히 말하면 흰 가운의 가슴에 붙은 주머니 속에.

"창으로 보이는 별 다섯 개 호텔 펜트하우스로 오늘 저녁 일곱 시까지. 거기서 기다리겠어."

"내가 미쳤어요? 내가 거길 갈 거라고 생각해요?"

"당연히 와야 하지 않을까? 오지 않을 배짱이 있는 거야? 오지 않겠다면 다음달 모든 여성 잡지에서 기획 르포를 찾아보든지. 내가 잡지사 사장을 몇 명 알거든."

"지금 날 협박하는 건가요?"

"협박을 해서라도 원하는 걸 가질 수 있다면."

"인맥으로 날 누르시겠다? 아주 비겁하군요."

"난 기다리는 거 싫어하거든. 안나 양, 정확히 오늘 일곱 시야."

그는 고개를 까딱 숙여 가볍게 인사를 하고는 그대로 진료실 밖으로 나갔다. 멍하니 서 있는 창희에게 장 간호사가 들어오면서 말했다.

"가뭄에 비 오듯 찾아오는 잘생긴 남자 환자가 오면 나더러 꼭 나가 있으라더라? 같은 편끼리 왜 그래요? 아까부터 밖에 간호사들 난리났거든요! 혼자 독점하시겠다는 건가요? 그런 환자는 두루두루 나눠봐야죠!"

장 간호사는 투덜거리며 창희를 공격했으나 창희는 아무 말 없이 의자에 털썩 주저앉았다.

"나, 이대로 낙향하여 해녀가 되어버릴까?"

"그러시든지요. 아까 보니 물안경이 꽤 잘 어울리시던데."

장 간호사는 화가 난 듯 문을 꽝 닫고 나갔다. 황건, 그는 무림 세계로 치자면 완전고수였던 것이다. 그와 벌인 진검승부에서 자신은 온몸이 만신창이가 되어버렸다.

그날 저녁, 창희는 퇴근도 하지 않고 입술을 질겅질겅 씹어가며 창밖을 노려보았다. 자세히 말하자면 창밖의 별 다섯 개짜리 호텔을 노려보았다.

"흥, 안나의 향기? 여성 잡지의 기획 르포? 자기랑 섹스코드가 맞겠다고?"

창희는 황건과의 대화를 곱씹으며 몸을 불태우고 있었다.

"변태 중년께서 날 협박하시겠다! 곰의 쓸개보다 더 쓴맛을 보여주겠어. 내가 그대로 당할 줄 안다면 오산이야."

창희는 두 주먹을 꽉 쥐었다. 창희는 전투력이 한껏 상승되고 있음을 느꼈다.

일곱 시 십 분 전, 창희는 무늬만 자신의 차인 이인승 스포츠카 안에서 결의를 다지고 있었다. 손목시계 초침 소리가 몹시도 크게 들리고 있다. 창희는 샤넬 가방 안에 그를 궁지로 몰아넣을 몇 가지 도구를 확인하고 있었다. 전쟁에서 승리하기 위해서는 무기를 잘 챙겨야 한다. 가방 안에는 차 안에 늘 두고 있는 이연발 가스총과 수면제, 마취제, 플레이 보이지에 나오는 여자들이 착용하는 토끼 머리띠, 남자의 '긴' 성기 모양이 달린 남성팬티, 핑크색 토끼꼬리가 달린 여성용 그물팬티, 그물스타킹, 그리고 디지털 카메라가 들어 있었다. 이것들은 가끔 지나다니는 강변북로 갓길의 어떤 트럭에서 급하게 준비한 물건들이었다.

"좋아, 빠진 건 없어."

그리고 마지막으로 그의 진한 유혹에 자신의 몸이 진정으로 '동' 할지 모르니 오렌지 향이 나는 콘돔도 하나 챙겨놓았다. 변장을 하고 변태 물건을 살 때 주인 아저씨가 서비스로 준 물건이다. 그는 보기 드문 초중년 미남이었고, 자신은 삼십 년째 금욕 중이라 손가락만 맞닿아도 옷고름을 풀 만큼 굶주려 있기 때문이었다. 자신의 몸이 동할 확률도 높았기에 여지를 남겨두어야 했다. 하지만 그보다 궁지에서 빠져나오는 게 급하긴 했다. 자신의 약점을 잡고 협박하여 변태 짓을 시키는 중독자일지도 모르는 일이었다. 소변을 몸에 바르라는 말에 오히려 눈을 번득이며 좋아하지 않았는가? 그리고 여성의 것과 섞어 바르기를 원하는 자신보다 한술 더 뜨는 인간형이었다. 상류층에 사는 높으신 분들 중에 그런 중독자가 많은 편이다. 사회에서 요구하는 도덕적인 중압감이 많은 부류들은 숨어 있는 인간의 욕구를 그런 식으로 표출한다. 일반적으로 그들은 변태 성욕자라고 말한다. 마약을 하기도 하며 그룹적인 무언가를 즐기고 때리고 맞으며 즐거워하는.

거기까지 생각이 미치자 창희의 손이 부들부들 떨렸다. 변태를 상대해서 이 난관을 잘 헤쳐 나갈 수 있을지가 걱정이었다. 체리에게 어쩌다가 하게 된 거짓말 하나가 이렇게 큰 파장을 일으키고 말았다. 이게 바로 나비 효과라면 나비 효과다. 새엄마인 희숙 씨가 거짓말은 꼬리에 꼬리를 물게 되니 절대로 하지 말라던 말을 명심할 걸 그랬다. 자신이 궁리한 작전대로라면 일단 그를 유혹해야 했기에 창희는 소진이 건네준 옷 중에 가장 야한 옷을 골라 입었다. 원피스는 몸에 착 달라붙어 몸의 곡선을 그대로 보여주고 있었고, 가슴은 깊게 패여 움직일 때마다 출렁거린다. 창희는 가슴을 모아 더욱 풍성하게 보이게 만들었다.

"이럴 줄 알았다면 어제 그 땅콩버터는 괜히 먹었어."

창희는 볼록한 아랫배를 보며 그렇게 중얼거렸다. 어제 택시에서 내린 창희는 1.13㎏의 땅콩버터를 끌어안고 숟가락으로 퍼먹으며 슬픔을 달랬었다. 어제 입은 원피스는 옆트임이 깊게 있어 창희의 튼실한 허벅지까지 드러내고 있었다. 그 변태일지도 모르는 남자는 아마 자신의 허벅지를 좋아했던 것 같다. 그러니 변태라 할 수밖에. 차에서 내린 창희는 지하 주차장과 연결된 엘리베이터를 탔다. 그리고 엘리베이터의 가장 높은 층의 P라는 버튼을 눌렀다. 펜트하우스의 앞머리 글자 같았다. 그와의 결전의 시간이 다가오고 있었다. 창희는 다시 칼의 날을 벼르고 있었다.

창희는 펜트하우스의 문 앞에서 긴 한숨을 쉬었다. 저쪽에서 유니폼을 입은 호텔 직원이 창희를 보고 친절하게 인사를 하고 다가오고 있었다. 창희는 머리에 두른 스카프를 약간 내렸다.

'목격자가 생겨 버렸다. 어쩌지?'

그 꽃무늬 스카프가 오히려 그녀를 눈에 띄게 만들고 있었건만.

'얼굴을 가렸으니 날 알아보지는 못할 거야.'

창희는 그 친절한 직원이 엘리베이터를 타고 나서야 방문을 두드렸다. 하지만 아무런 인기척이 없었다. 시계를 보니 정확히 일곱 시였다.

창희는 그가 주고 간 카드키를 꺼내어 손잡이에 집어 넣었다. 그러자 문이 열렸다. 창희는 그 안으로 발을 내디뎠다.

펜트하우스라는 말을 '황건'이라는 그 작자라는 입에서 처음 들었다. 그 펜트하우스의 바닥은 반짝이는 대리석이었고 천장에는 커다란 크리스털 샹들리에가 반짝이고 있었다. 펜트하우스 안에는 따로 로비까지 있었고, 그 로비에는 심지어 그랜드피아노까지 있었다. 벽은 온통 반짝이는 유리와 거울, 그리고 그림과 조각품 등으로 장식이 되어 있었다. 화려함의 극치를 보고 있는 느낌이 들었다. 결의를 다지던 십 분 전과는 다른 모습으로 창희는 멍한 표정으로 주위를 둘러보았다. 어느 쪽으로 가야 할지 감조차 잡히지 않았다.

'나 여기에서 길 잃어버리겠네.'

창희는 스카프를 벗어 가방 안에 집어 넣었다.

"이렇게 넓은 곳에서 사람이 살 수 있단 말이야? 안내지도라도 있어야 하는 거 아니야?"

창희는 그런 질문을 스스로에게 던지며 펜트하우스의 복도를 걸어 내부로 들어갔다. 로비를 지나자 거실로 보이는 곳이 나왔다. 거실의 크기도 어마어마하게 컸다. 소파의 크기가 자신이 자는 침대보다 넓었고, 거실 안에 모든 집기는 반짝거렸다. 심지어는 바닥에 깔린 카펫마저도 그렇게 우아할 수가 없었다. 숨을 삼키며 창희는 정신을 차렸다.

'기죽지 마, 최창희. 그런데 너무 좋다.'

웬만해서는 기죽는 스타일도 아닌데 기가 자꾸 죽었다. 아니, 기가 죽었다라기보다 그 반짝이는 모든 것들이 아름다워 보이기 시작했다. 인간인지라 물욕이 생기기 시작했다는 거다.

'1%의 대한민국 노블레스, 그 사람이 진정한 나의 상대가 아닐까? 호박마차를 타고 온 셈이 따로 없구나. 그래 이제 남자 잘 만나 고생 끝 행복 시작의 열쇠를 찾게 된 거야. 삼십억? 그래, 이 사람한테는 그런 거 껌값일지도 몰라. 그리고 이 사람 변태가 아닐 수도 있잖아. 사람을 선입견을 가지고 본다는 것은 안 좋은 일이야. 따지고 보면 소변을 바르라는 주문은 내가 한 거야. 그러니까 변태는 나야. 그 사람을 뒤집어씌우지 말자.'

 요즘 세상은 '부'가 '선', 즉 가진 사람이 착한 사람이다. 사랑과 효도도 돈으로 해야 하는 물질만능 시대에 부는 모든 것을 포용할 수 있는, 모든 것을 용서할 수 있는 도깨비 방망이이자, 마스터키이다. 부자인 황건은 그저 안나라는 여자가 처음 밤의 세계에 발을 내디뎠을 때 우연히 그 자리에 있었던 것이다. 그는 자신이 진짜 마음에 들었을 수도 있는 거다. 가끔 가다가 특이한 것에 열광하는 사람들도 종종 있잖아. 자신도 매력이라는 것이 있는 거다. 그러니까 1%의 독특한 사람들은 자신의 매력에 사로잡힐 수도 있다는 거다. 그래, 그런 거야. 창희는 오렌지 향 콘돔을 가져오길 잘했다는 생각을 했다. 욕실로 보이는 곳에서 물소리가 들려왔다. 흥얼거리는 황건의 목소리도 들려왔다.

 '아이, 샤워를 하나 보지? 부끄러워라.'

 나 오늘 금욕을 청산하나 봐. 얼굴이 붉어지며 창희는 물소리가 들리는 쪽으로 걸어가 문에 귀를 대어보았다.

 '만전을 기하며 오늘 밤을 준비하시나 보군.'

 욕실 옆으로 침실의 문이 열려져 있었는데 막 벗어놓은 그의 옷이 보였다. 벗기어진 그의 옷을 보자 몸이 후끈 달아올랐다.

 '이봐, 최창희, 정신 차려. 진정해. 릴렉스. 물소리만 들어도 몸이 끓어오르는 사태에 이르렀구나. 그간 날 너무 굶주리게 했어. 미안해. 금욕의 몸뚱이.'

그동안 과부 처지나 다름없던 자신의 젊은 몸에 미안해질 때쯤 창희는 침대 위에서 무언가를 발견했다. 그 옷 옆에 번듯하게 처음 보는 듯한 물건이 놓여 있었다. 하얀 침대시트 위에 놓인 갈색의 길고 낯선 물건. 저 물건이 무언지 창희는 한참을 생각해 내야 했다.

"저건…… 채찍이다."

갈색의 긴 물건은 채찍이었다. 창희는 입을 가리고 소스라치게 놀랐다.

'아니, 저걸로 뭘 하려고!'

비명이라도 지를 태세였다. 처음 생각처럼 변태가 맞았다. 침대 위에 저런 것이 놓여 있는 이유는 단 하나의 가능성밖에 없다. 그는 채찍을 사용하는 '사디스트'였던 것이다. 채찍만 사용한다면 다행이었다. 어쩌면 그는 정말 자신에게 소변을 뿌릴지도 몰랐.

"내 직감대로 변태가 맞았어!"

창희는 결투고 뭐고 이 자리에서 빨리 빠져나가야 한다는 생각밖에 들지 않았다. 동서고금을 막론하고 최고의 병법은 도망가는 거다.

몸을 돌려 나가려고 한 걸음을 내딛자 욕실의 문이 벌컥 열렸다. 하얗고 습한 김과 함께 그가 등장했다. 무대에 드라이아이스의 연기와 함께 등장하는 사람처럼 그의 몸은 하얀 김으로 가득했다. 그는 그리스의 남신 상처럼 허리에는 흰 수건을 두르고 있었는데 벗은 상체는 더할 나위 없는 완벽 그 자체였다. 출렁이는 군살이 하나도 없었다. 죽어라 운동을 하는 모양이다.

'모진 인간 같으니. 체지방 0%에 도전하는 인간형이로군.'

그리고 수건은 허리 밑에 둘러져 있었는데 배 주위에는 검은 터럭이 풍성했다. 풍성한 털을 자랑하는 인간이었다. 그러고 보니 머리숱도 많고 겨드랑이 털도 풍성하다. 남자의 털이 그렇게 섹시한 줄은 몰랐다. 중요한 부분만을 가리고 모두 벗은 몸의 그가 말했다.

"오셨군, 안나 양. 시간 하나는 정확한데? 시간을 지키지 않는 사람을 나는 신뢰하지 않거든."

그는 자신의 앞에 있는 창희에게 벗은 몸이 부끄럽지도 않은 듯 당당하게 서 있었다. 벗은 몸이 부끄럽기는커녕 자랑스럽고도 당당한 것 같았다. 그의 이두근, 삼두근, 복근, 삼각근, 승모근이 그가 움직일 때마다 꿈틀거렸다.

"아!"

그녀의 감탄사가 넓은 펜트하우스 안에 울려 퍼졌다. 미안하지만 변태의 몸에 잠깐 감탄했다. 그는 옷을 입을 생각이 없는 건지 크고 흰 수건을 하체에 두른 채 그녀에게 다가왔다. 가까이 선 황건은 팔짱을 끼고 그녀에게 말했다.

"잔뜩 긴장했군."

"긴장했다라기보단 제가 낯가림을 해서. 그리고 당신의 벗은 몸이 그저 민망하여서."

창희는 어색하지만 계획대로 최고로 섹시하게 웃으려 노력했다. 애초에 계획 1단계가 그를 사로잡는 것이었다. 007의 본드걸처럼.

"음, 직업상 몸을 가리면 안 될 것 같은데 밤의 직업이든, 낮의 직업이든 간에."

룸살롱의 에이스든 의사이든 남자의 몸에는 덤덤해야 하지 않겠냐는 소리다.

"고, 고치려고 노력 중이죠. 호텔이 좋네요. 여기서 사나요?"

"일 년에 여섯 달쯤은."

나머지 여섯 달은 밖에서 주무신다? 채찍을 휘두르시며!

창희는 눈에서 불길이 솟아오르는 것을 가까스로 식혔다.

"나머지 세 달은 상하이 지점, 그리고 나머지 세 달은 홍콩 지점에서 지내."

"아, 그러시군요."

국제적으로 휘두르신다 이 말씀이로군.

대화가 끊겨서 어색할 쯤 창희의 눈에 들어온 것은 테이블 밑에 있는 포장을 뜯지 않은 바비 인형이었다.

'이 변태 자식, 어린아이까지 취미가 있으시나? 이런 놈은 정신을 차리게 해줘야 해! 사회에서 매장을 시키겠어!'

창희의 숨겨진 정의감이 솟구쳐 나왔다. 어려서부터 창희는 본인은 별로 정의롭지 않으면서 정의롭지 않은 다른 사람을 응징하곤 했다. 초등학교 때도 여자아이들을 괴롭히는 남자아이들을 응징해 주곤 했다. 변태에다가 롤리타 콤플렉스를 가진 그를 당장 응징하고 싶었다.

"저는 돈이 많고 스케일이 큰 남자를 좋아하죠. 멋지시네요."

그녀는 자신이 웃을 줄 아는 제일 농염한 표정을 지었다. 그리고 옆트임 사이로 허벅지를 쑥 내밀었다. 코끼리도 때려잡을 허벅지였지만 그래도 변태에게 먹히길 바라며.

황건은 그녀가 내미는 허벅지에서 눈을 뗄 수가 없었다. 그렇게 퍼펙트할 수가 없었다. 튼실하고 무게감 있었다. 그는 만질 것 없고 육감 없는 삐쩍 마른 몸에는 아무런 자극도 받을 수 없었다. 그녀의 볼록 나온 똥배마저도 여자의 양감을 잘 표현해 내고 있고, 움직일 때마다 출렁이는 풍성한 가슴은 완벽 그 자체였다. 빨리 저 여자를 안고 싶었다. 또다시 몸이 순식간에 뜨거워져 버렸다.

"이제 긴장이 풀리시나, 안나 양?"

"네. 약간."

창희는 또다시 최대한 야하게 웃어 보았다.

"그런데 그 가방은 왜 그렇게 끌어안고 있는 건지?"

황건은 미심쩍은 얼굴로 창희를 보았다. 그런데 이 여자 왜 이렇게 괴이하게 웃어대는 거야? 미심쩍군. 그는 원래 아무나 믿지 못하는 사람이었다. 창희는 가방을 꼭 끌어안고 있는 자신을 발견하고는 깜짝 놀랐다. 가방 검사를 하자고 하면 어쩌려고 그렇게 부자연스럽고도 소중하게도 샤넬 가방을 부둥켜안고 있는 것이냐?

"이게, 샤, 샤넬이라서."

"샤넬이라서?"

황건은 어이가 없다는 얼굴로 되물었다. 그 샤넬이라는 가방이 그리도 소중하단 말인가?

"네, 샤넬의 신상이죠."

그래, 나 명품족이다, 라고 거짓선언 중이었다.

'여자들이란 이해할 수 없다니까.'

황건은 고개를 살짝 저었다. 몇 번 보지는 않았지만 이 여자는 확실히 명품에 관심이 많은 것 같았다. 노블레스 클럽에서도, 디자이너가 만든 옷에 대해서도 열변을 토하지 않았는가. 가방이나 시계나 구두를 보아하니 명품을 온몸에 휘감고 다니는 것을 즐기는 종족인가 보다 싶었다. 그런 여자들은 주위에 넘쳤다. 허영을 채우려고 낮에는 의사로 일하고, 밤에는 룸살롱에서 일을 하는 건가? 그런 여자들이 많다는 것은 들었지만 여의사가 그런다는 소리는 처음이다. 연구 대상인 여자다.

"제가 샤넬 마니아예요."

쐐기를 박는 순간이었다. 그가 가방에 관심을 가진다는 것은 안 될 일이었다. 그 안에는 그를 처단할 도구가 들어 있는데 말이다.

"아, 그리고 저를 협박한 건에 관해서 알고 싶은데요. 일단 저는 그 일을 해결하려고 이곳에 온 거고요."

창희는 본연의 자세로 돌아왔다. 우선 증거물을 입수해야 한다.

"그랬지."

그는 고개를 끄덕이며 수긍했다. 그녀에게 그런 협박을 해서 이곳에 끌어들였다.

"제가 이곳에 오지 않으면 잡지사에 나에 관한 정보를 준다고 했는데 그럴 만한 결정적인 증거라도 있나요?"

황건은 손으로 턱을 만지며 수사관처럼 조목조목 따져 오는 창희의 모습을 보고 웃음을 참았다. 신기한 여자다. 멍청하다가 갑자기 똑똑해지기도 한다. 말 그대로 그분이 오셨다 가셨다가 하시는 건가? 노블레스의 '안나'라는 에이스는 자신의 얼굴에 촛불을 집어 던지고 노블레스 오블리주의 정신으로 살라고 일장 연설을 하며 사라지더니 오늘 낮에는 피부과 닥터가 되어 물안경을 쓰고 나타났다. 소변을 몸에 바르라는 주문과 함께 말이다. 이 어찌 관찰 대상이 아니겠는가? 옆에 두고 지켜보고 싶은 소유욕이 넘쳐흘렀다. 그는 없던 수집가 기질이 생겨났다. 지구상에서 독특한 것만을 수집하는 수집가.

"증거가 있지. 충분히."

그의 대답은 자신만만했다.

"그게 뭐죠?"

증거가 있다면 그 증거부터 없애야 했다.

"노블레스 클럽의 CCTV. 라일락방 안에는 CCTV가 없었지만 라일락방으로 들어가는 복도와 로비에서 있던 안나의 모습이 선명하게 찍혔더군. 디자이너가 예술을 위해 만든 눈도 떼지 못할 드레스를 입은 안나 양의 모습이 말이야."

여자를 협박하는 것은 재미없는 일이지만 황건은 그녀가 탐이 났다. 여자의 튼실한 허벅지와 엉뚱함이 그렇게 매력적일 줄은 예상도 못했던 바다. 지금 그녀를 갖기 위한 일종의 작업 중이다.

"그, 그걸 어떻게 구했죠?"

창희는 숨이 넘어갈 듯했다. 그건 자신의 목을 조르는 결정적인 증거가 맞다. 그 테이프가 유출된다면 자신은 분명 사회적 이슈가 되어 잡지뿐 아니라 아홉 시 뉴스에 출연할지도 모른다. 아버지 최수산 씨는 창희가 텔레비전 뉴스에 나오는 훌륭한 사람이 되었으면 한다고 했는데 이런 식의 출연이라면 곤란했다.

"한 실장이 웨이터를 섭외했더군."

별도 따다 줄 것 같은, 아톰형 탈모가 시작 되던 한 실장이 떠올랐다.

"그런 것을 마음대로 빼돌리는 건 불법 아닌가요?"

"내가 노블레스의 VVIP거든. 그런 요구쯤은 들어주지. 나 같은 손님을 잃어서 좋을 건 없으니까."

당신, 얼마나 많은 그곳의 에이스들에게 그 채찍을 휘둘렀다는 소리냐?

"그 테이프를 볼 수 있을까요? 증거를 내 눈으로 확실히 보고 싶네요."

"물론, 내 요구를 받아들인다면 아예 그 테이프를 줄 수도 있지."

황건은 거실의 화려한 문양의 서랍장 쪽으로 걸어가며 웃음을 참으려 입술을 물었다. 저 여자 의외로 순진한 면이 많은 여자인가 보다. 자신은 그녀를 협박할 생각 따위도 없었고, 물론 CCTV가 녹화된 테이프 따위는 가지고 있지 않았다. 저 독특한 여자는 자신이 잡지사에 정보를 제공하겠다는 말을 정말로 믿고 여기까지 온 걸까? 자신이 재수없어 보이기는 하지만 치사해 보이는 외모는 아닐 텐데. 자신은 그저 잡고 싶은 물고기를 향해 미끼를 거는 작업 행동을 했을 뿐이었다.

황건은 서랍을 열었다. 오늘 아침 자신의 사무실로 배달된 구식

VCR용 녹화 테이프가 보였다. 발신인의 주소도 없는 테이프라 호텔에서 자체 제작한 홍보용 자료일 것이라 생각하고 옆으로 미뤄 놓았다가 펜트하우스로 올라오면서 가지고 올라왔었다. 그냥 사무실에 방치해 두고 나오려다가 왠지 자꾸 눈길이 가서 들고 올라온 것이었다. 이런 일이 있을 것을 예감했었나 보다 생각하며 그는 테이프를 들어 그녀에게 보였다.

"저, 정말 있군요."

"물론이지."

창희는 그 테이프를 보며 입술을 물었다. 염력으로 그 테이프를 불 지르고 싶었다. 급한 마음에 창희가 테이프를 잡으려 손을 뻗치자 황건이 테이프를 든 손을 높이 들었다. 그 바람에 창희의 손이 미끄러져 그의 가슴근육에 닿았다. 정신이 아찔할 만큼 탄탄한 근육이었다.

"이런, 안나. 진정해. 이걸 그냥 줄 수는 없지."

황건은 재미있어 죽겠다는 표정을 감추려고 애써야 했다. 자신에게 재미라는 것을 오랜만에 일깨우는 여자.

"좋아요. 협상해요. 당신의 요구 조건이 뭔가요?"

창희는 평정을 되찾으려 노력했다.

"아시다시피, 안나 혹은 최창희라는 여자와의 하룻밤."

그의 목소리는 깊게 그녀의 몸을 진동했다. 그가 변태 협박범 아니었으면 금욕처녀로서 감동에 쓰러졌을 말이었다.

"난 가지고 싶은 것은 꼭 가지고 마는 질긴 성격이거든."

"좋아요. 당신과 하룻밤을 지내면 나의 비밀을 지켜줄 건가요?

증거물인 그 테이프도 나에게 주고?"

"당연하지. 그런데 한 가지. 당신이 부둥켜안고 있는 그 가방이 의심스럽군. 도대체 그 대단한 샤넬 가방 안에 뭐가 들어 있는 거지?"

이 여자는 명품을 사기 위해 투잡을 가지고 있는 건가? 가방에 저런 집착을 하다니.

"사, 사소한 물건들이죠. 몹시 개인적이고 비밀스러운."

나, 아직도 이걸 부둥켜안고 있었나? 긴장을 해서 인식도 못하고 있었다. 창희는 흠칫 놀라고 있었다.

"당신, 도끼라도 숨긴 것 같은 표정을 짓고 있잖아. 가방을 끌어안고는 왜 긴장하는 거지?"

"그럼, 제 가방을 들추어 보겠다는 건가요? 고등학교 시절 이후 경험 못했던 추억의 가방검사?"

"아니, 숙녀에게 그런 실례를 범할 순 없지. 하지만 의심스러운 건 해결해야겠어. 그 안에 있는 물건 중 내가 안심할 물건을 하나 꺼내 보여줘. 내 머리를 내려칠 도끼가 들어 있진 않다는, 당신을 믿을 만한 확실한 증거."

그는 예상대로 치밀했다. 호락호락한 남자가 아니었다. 잠시 생각에 잠긴 창희는 가방 안에 손을 넣어 오렌지 향 콘돔을 하나 꺼내어 그에게 들어 보였다. 만에 하나 그가 변태가 아니고 자신의 몸이 그에게 '동' 했을 경우를 위해 가져온 물건이었다. 그 물건을 그를 안심시키는 데 사용하기로 했다.

"우리의 뜨거운 밤이 준비가 됐다는 뜻이죠."

"그게 뭐지?"

그는 살짝 놀란 표정을 감추지 않았다.

"오늘을 위한 콘돔이죠. 성병 예방과 확실한 피임의 차원에서."

"콘돔이라."

저런 것을 가방에 늘 상비하고 다니는 준비성 있는 여자라니. 역시 노블레스 클럽의 에이스답군. 그녀에게 순결을 바라지는 않았지만 황건은 왠지 착잡했다.

"새로 나온 오렌지 맛 콘돔이죠."

창희는 그렇게 덧붙였다. 그녀의 말에 그가 멈칫하고 그녀를 한참이나 보았다. 그의 침묵이 꽤 길었다.

"뭐가 잘못됐나요?"

"오렌지 맛 콘돔?"

"네, 오렌지 맛."

"맛이라."

"네, 맛."

"음, 일반적으로는 '오렌지 향'이라고 부르는데 '오렌지 맛'이라. 콘돔을 맛보다니. 역시 나랑 성적 취향이 비슷하군."

"네? 그, 그게 무슨 말이죠?"

그의 말에 창희는 얼굴이 후끈거렸다. '오렌지 맛'이 아니었나? 창희는 눈을 크게 뜨고 콘돔을 다시 살폈다. 이런, 젠장! 거기엔 '오렌지 향'이라고 한글로 박혀 있다. 이 콘돔에서는 오렌지 향이 나고 있는 거였다. '오렌지 맛'이 아니라. 맞다. 콘돔은 맛보는 게 아니다. 언제부터 그랬던 거지? 자신은 왜 '오렌지 맛'으로 알고 있었던 걸까? 자신의 억눌린 성적 욕구가 무의식을 통해 글씨를 왜곡시킨 걸까? '향'을 '맛'으로!

"오렌지 맛은 빨아먹는 캔디에나 붙일 말이고, 안나 양."

그가 창희에게 깨달음을 주었다.

"그것이 사용될 내 몸의 어떤 부분을 캔디로 여겨 맛보아주겠다는 말로 알아듣겠어. 예상대로 화끈하군."

황건은 그리스의 조각상과 맞장 떠도 지지 않을 훌륭한 몸을 움직여 창희에게 다가왔다. 창희는 점점 뒷걸음질을 쳤다.

'아, 쪽팔리다. 그냥 저 인간을 죽일까? 그래, 죽이자.'

창희에게 살의가 느껴진 것은 일곱 살 때 동네 바둑이가 자신을 물었을 때 이후로 처음이었다.

"마, 마실 것 좀 주세요."

다가오는 그를 밀치며 창희가 말했다.

"내가 너무 서둘렀군. 숙녀 분에게 지금껏 아무것도 대접하지 않았다니. 잠시만 앉아 있지 그래?"

황건은 이상하게도 이 여자 앞에서는 서둘고 있었다. 여자는 서두는 남자를 싫어한다는 진리를 알고 있으면서도 서두르고 있었다. 황건은 뒤돌아 거실의 한쪽에 있는 바(BAR)로 걸어가서 샴페인을 찾고 있었다.

창희는 그의 뒷모습이 보여주는 아름다움에 마음이 잠깐 동했다. 세상의 모든 생명체들은 수컷이 더 아름다운 몸을 가졌다는 것을 인정해야 했다. 암컷에게 구애를 하려면 아름다움을 뽐내야 하는 쪽은 수컷이었다. 수컷의 뒷모습에 홀려 있는 자신을 발견하고는 고개를 흔들어 정신을 차리고 그 잘난 샤넬 가방 안에서 숨겨둔 액상 수면제를 손에 감추었다. 수면제를 샴페인에 타서 그에게 마시게 할 것이다. 그래도 잠들지 않는다면 가지고 온 주사 마취제를 그의 등에 꽂을 예정이었다.

  황건은 샴페인 한 잔을 들고 그녀에게 다가와 건넸다. 창희는 그가 건네는 샴페인 잔을 받아 들었다.

  "긴장한 당신의 몸을 부드럽게 풀어줄 거야."

  그는 자신을 위해 마실 위스키를 제조하러 다시 바로 걸어갔고 창희는 그때를 이용해 손에 들고 있는 액상 수면제를 샴페인에 재빨리 쏟아 부었다. 그가 돌아왔을 때는 모른 척 그를 바라보여 살짝 웃었다.

  "오늘 밤을 위하여 전 모든 것이 준비되었어요."

  창희는 최대한 요염하게 웃고 있었지만 등에서는 진땀이 흐르고 있었고 들고 있는 샴페인 잔은 떨고 있다.

  "오늘 밤, 난 당신만으로도 충분히 만족스러울 것 같은데."

  그가 나지막이 속삭였다. 그는 깊고 짙은 동공을 가지고 있었다. 미소를 머금 그의 입술은 섹시했다.

  "당신 인생에서 잊히지 않을 최고의 밤으로 만들어주겠어요."

  창희도 미소를 지으며 속삭였다. 상상도 못할 만큼 끔찍한 밤으로. 그리고 들고 있던 샴페인을 그에게 건넸다.

  "우리, 바꾸어 마셔요. 전 독주를 좋아하거든요. 오늘 밤을 위해 먼저 뜨겁게 몸을 달구고 싶어요."

  "아, 그러지. 당신을 과소평가했군."

창희는 그가 건네는 위스키를 단숨에 삼키고 그를 올려다보았다. 그는 수면제가 섞인 샴페인 잔을 들여다보았다. 잔 안에는 보글거리며 탄산이 올라왔다.

"어서."

창희는 그를 재촉했고 그는 손에 든 샴페인을 벌컥 들이켰.

그러니까 그런 건 007 영화에서나 있는 일이었다. 그는 잠들지 않았다. 사람을 정확히 마취시켜 잠들게 하려면 적정 용량이라는 게 있는 거였다. 그는 그녀가 생각했던 것보다 훨씬 크고 무거웠다. 아무래도 그에겐 용량 미달이었나 보다. 그는 뜨거워진 몸으로 그녀를 번쩍 안아 들었다.

"어머나."

그에 의하여 들어 올려진 그녀는 허우적거렸다.

"앙탈 따위, 오늘 밤엔 허용하지 않을 거야."

그는 그렇게 다짐하듯 말했다. 창희는 샤넬 백을 손에서 놓지 않고 그에 의해 그의 침실로 끌려들어 갔다. 갈색의 기다란 채찍이 놓여 있는 그 침실로.

프로이트의 정신분석학에 의하면 인간은 우리가 스스로 억압시킨 긴급한 욕구를 무의식에서 꿈이라는 형태로 나타난다고 한다. 무의식은 억압된 욕구를 어떤 형태로 표현해서 꿈에 나타내곤 하는데 넥타이, 쟁기, 화살, 총, 칼 등 무언가를 관통하는 것은 남자의 생식기를 의미하는 것이라고 한다. 말하자면 창희가 밤마다 총을 든 남자의 꿈을 일주일에 세 번 이상 꾸는 것은 무의식적인 욕구가 꿈으로 분출되고 있다는 소리이다. 그랬다, 그녀는 분명 '어떤 부분'에 심한 욕구불만 증세를 앓고 있었다. 그 욕구는 늦은 밤 케이블에서 나오는 야한 영상으로도 풀어지지 않았다. 실제적으로 풀어주어야만 해소가 될 듯한 묵은 체증이었고, 아랫배는 피의 순환이 안 되는 건지 늘 차가웠다. 그렇게 '어떤 부분'의 욕구를 억누르고 사는 창희는 그리스의 남신상 같은 몸을 가진 황건에게 번쩍 들려 그의 침실에 눕혀졌다. 이건 분명 가슴과 아랫배가 동시에 뜨거워지는 경험이었다. 눈을 질끈 감고 그에게 몸을 맡기고 싶은 마음도 반이었다.

그녀의 무게에 의해 약간은 던져지듯이 눕혀졌는데 그 바람에 손에 쥐고 있던 샤넬 백을 놓쳐서 그것이 바닥으로 떨어졌다. 허우적대며 그걸 잡으려고 몸을 움직이자 황건은 그런 그녀가 귀엽다는 듯 고개를 자신으로 향하게 했다.

"샤넬 백이 아무리 좋아도 그렇지, 지금 이 순간만큼은 우리 사이를 파고들 순 없어. 제발 나에게만 집중해. 오늘 멋진 밤을 보내고 나서 내일 아침 호텔 면세점 샤넬 매장이 열리자마자 몇 개라도 사줄 테니."

그는 여태껏 샤넬 백 따위에게 자신으로 향한 여자의 관심을 뺏기기는 처음이었다. 여자에게 이런 애원도 처음이었다. 모두들 자신의 관심을 차지하려 난리였는데 창희에게는 그런 노력의 모습이 조금도 없었다.

'채찍을 휘두르고 난 후의 그 대가인가 보죠!'

창희는 정신이 번쩍 들었다. 삼십 년째 금욕 중인 자신은 정신을 바짝 차리지 않으면 변태의 스킬에 넘어갈 것 같았다.

"저, 정말이지요? 약속."

그리고 새끼손가락을 그에게 내밀어보았다. 창희는 자신이 말한 '머리 빈 듯한' 멘트가 너무도 상황에 적절하다고 생각했다. 노블레스 클럽의 에이스 안나로서의 연기력에 스스로도 놀라고 있다. 의사로만 썩어가기에는 아까운 연기력이었다. 어찌 됐든 그녀는 이런 식으로라도 수면제가 그의 몸에 퍼질 때까지 시간을 벌어야 했다.

"후, 좋아. 샤넬 백에 밀리긴 처음이군."

황건은 그녀가 내민 손가락에 자신의 손가락을 걸었다. 명품을 미끼로 원조교제를 하는 느낌이 들었다. 누워서 자신을 올려다보는 그녀는 몹시 수줍어 보였다. 가까이 보니 피부는 탐스럽도록 맑다. 황건은 그녀의 얼굴을 손등으로 쓸어보았다. 역시 보는 것보다 더 보드랍다. 그녀의 옷을 벗기어 내서 빨리 속살을 살피고 싶었다.

"자, 잠깐만요. 서두르지 말아요."

"여기까지 와서 서두르지 말라는 건 나에게 타임아웃 같은 벌을 주는 일이야. 더 이상은 못 기다려."

"하, 하지만 서로에 대한 탐색이 끝나지도 않았는데."

"탐색? 당신을 탐색해 주길 원해? 하긴, 나만 좋다고 달려드는 것은 파트너로서의 예의가 아니지."

"네, 저를 타, 탐색해 주세요."

그와 말을 섞을수록 자신의 변태스러운 면을 강조하는 자신을 느끼며 절망하는 창희였다. 소변을 몸에 바르라는 주문에 이어 콘돔을 맛보겠다는 의지를 밝히기도 했다. 그리고 자신의 몸을 탐색하라는 이상한 주문까지 하고 있다. 나 알고 보니 변태 여자였던가?

"좋아, 안나. 나도 진정하지. 우리의 밤은 기니까."

창희는 떨리는 몸을 진정시키고 숨을 들이켰다. 황건은 부처님이 팔을 베고 누운 '와상'과 같은 자세로 바로 누운 창희의 바로 옆에 누워 그윽한 눈길로 그녀를 바라보았다. 창희도 고개를 돌려 그를 보았다. 그의 눈길은 고요하고 깊었다. 벗은 거나 다름없는 그가 부담스러워 고개를 바로 돌려 버렸다.

"그런데 왜 그런 거지? 콘셉트인가?"

그가 물었다.

"네? 콘셉트라뇨?"

창희의 목은 깊게 잠겨 버렸다.

"숫처녀처럼 그러는 거, 연기하는 거냐고."

그녀는 너무도 심하게 몸을 떨고 있어서 애처로울 정도였다.

"연기라기보다는."

숫처녀라는 말을 그렇게 아무렇지도 않게 대놓고 하다니. 그래, 나, 나이 삼십에 숫처녀이시다. 어쩔래?

"그러니까 그런 거 있잖아. 남자들의 성적 환상을 실현시켜 주는 거. 세라 교복을 입거나 하는. 그렇게 떠는 것이 혹 그런 류의 서비스 중이냐고 묻는 거야."

밤의 세계에 능한 그는 역시 한 차원 다른 변태였다.

"세라복?"

창희는 세라 교복을 입은 변태 할아버지를 떠올렸다. 그래, 이 변태는 그런 상황극 같은 걸 원하는 거다.

"뭐, 그런 서비스도 하긴 합니다. 하지만 오늘은 세라복이 준비되지 않았어요. 그래서 숫처녀 콘셉트로다가."

창희는 그렇게 얼버무렸다. 범죄심리학에서는 일단은 범좌자의 편에 서서 대답을 하라고 했다. 자존심을 내세우며 범죄자를 자극할 말은 피해야 했다.

"나한테는 그럴 필요 없어. 평소에 당신처럼 행동해."

황건은 또다시 착잡한 느낌이 들었다. 자신이 탐내는 그녀는 밤에는 프로 의식이 넘치는 노블레스 클럽의 에이스였다. 그녀에게 자신은 그저 돈벌이 상대에 지나지 않는 것이다. 황건은 손을 들어 창희의 머리카락을 만졌다. 건강하고 윤기가 흐르는 머리카락이다. 황건은 그 머리카락을 들어 코로 가지고 와서 깊이 들이마셨다. 안나의 향기가 그의 폐를 흔들어놓았다.

"당신, 정말 독특한 여자야. 노블레스의 에이스가 어떻게 그렇게 순진한 눈빛을 하고 있을 수 있는 거지? 아직도 떠는 거야? 그럴 필요 없어. 안나, 당신의 진정한 모습을 보고 싶어. 가식없는 당신의 진짜 모습을 알고 싶어."

그는 창희의 귓가에 그렇게 속삭였다. 진심이었다. 여자라는 존재가 궁금해지긴 실로 오래간만이었다. 그는 손가락 하나를 들어 그녀의 이마부터 코끝까지 천천히 만지면서 내려왔다. 그리고 그의 손은 그녀의 입술을 매만지다가 천천히 목을 타고 내려왔다.

그녀의 몸 안에 있는 모든 장기가 제멋대로인 느낌이 들었다. 아드레날린이 솟구치는 기분이었다.

"어머나."

그의 손길은 정말이지 꿈결 같았다. 그의 유혹을 이겨낼 수 있을까? 며칠째 총을 든 남자의 꿈을 꾸는 욕구불만의 서른 살 여자가 몇 년을 쌓아온 이 남자의 성적 스킬을 거부할 수 있을까?

"하아!"

그의 손이 가슴을 주무를 때는 이런 감탄사를 내뱉었고,

"흐읍."

그의 벗은 몸이 다가올 때는 이런 소리를 내며 숨을 삼켰다. 창희의 입술에서 그런 다양한 신음들이 흘러나왔다.

"벌써 그렇게 좋으면 어떡하나."

그는 눈을 감고 있는 창희의 입술에서 그런 신음이 흘러나오자 만족스러운 웃음을 지으며 그녀의 몸 위로 겹쳐 올라갔다. 창희는 묵직한 그의 몸을 느끼며 눈을 떴다.

"이러지 마, 마세요."

"앙탈은 그만."

"우리, 너무 성급한 거 아니에요? 벌써 탐색전이 끝난 건가요?"

"당신이 날 성급하게 만들어. 그리고 탐색전은 이제부터야."

황건은 그렇게 말하며 창희의 튼실한 허벅지를 들어 올렸다.

"튼실한 당신의 이 허벅지에 빨리 휘감기고 싶어."

그리고는 육중한 그녀의 다리에 입을 맞추었다.

'아, 젠장.'

남달리 굵은 허벅지는 그녀의 아킬레스건이나 마찬가지였다. 지금도 고등학교 때 '육상' 좀 했느냐는 소리를 듣는 허벅지였다. 창희는 100m를 23초에 뛰었는데 말이다. 황건은 그녀의 스타킹을 능숙하게 벗겨 내렸다. 그리고 허공으로 던졌다.

"당신을 감싸고 있는 불필요한 천 조각들을 하나씩 벗겨주지."

"아, 제, 제가 좋아하는 접근법이네요."

수면제로도 저렇게 말짱하다면 가방 안에 들어 있는 마취주사를 그의 등에 꽂아야 했다. 이러다가는 그에게 조만간 발가벗겨질 판이었다.

창희는 침대 밑으로 떨어진 샤넬 백을 잡으려 손을 뻗었다. 하지만 그녀의 팔은 그다지 길지 않았고 침대는 참으로 넓었다. 황건은 바동거리는 그녀의 허리를 꼭 끌어안으며 그녀의 머리를 한 손으로 감쌌다. 지친 듯 헝클어진 표정의 그녀가 입술을 물고 자신을 올려다보는 모습이 이상하게도 그를 자극했다.

'백치 같기도 하고, 굉장히 영리해 보이기도 하는 오묘한 눈. 그리고 섹시해 보이다가도 청초해 보이기도 하는 깊이 있는 눈.'

대체 이 여자의 오묘함은 어디까지일까? 남자의 탐험심을 자극하는 여자였다. 황건은 그녀의 눈에 입술을 대어보았다.

"아, 아, 아!"

창희는 감전이라도 된 듯 몸을 부르르 떨며 또 다른 감탄사를 내뱉었다. 황건은 입술을 떼어내고 신중해진 눈으로 창희를 바라보았다.

"뭐지, 이 느낌은……?"

여자에게 입을 맞추며 이런 전율을 느낀 것은 처음이었다. 심장에 무언가가 강하게 꽂힌 느낌이었다. 황건은 고개를 갸우뚱하며 다시 그녀의 눈에 입을 맞추었다. 입을 통해 강한 전류가 밀려와 피부를 파고들어 심장을 타고 온몸의 미세혈관까지 뻗어나가고 있다. 생전 처음 느껴보는 느낌이다.

'마찰에 의한 정전기인가?

그는 또다시 몇 번이고 그렇게 같은 곳에 키스를 했지만 매번 그 느낌이 강하게 그의 심장까지 전해졌다. 이런 느낌 과연 무엇일까? 서른네 살을 먹고도 그것이 무엇인지를 모르겠다. 창희는 드디어 그의 변태 행위를 몸소 경험하고 있다. 그는 자신의 한쪽 눈을 빠질 듯이 빨고 있다. 몇 번이고 계속 눈만을 빨아댄다. 혀로 눈알을 핥기도 했다. 눈에만 집착하는 변태인 건가? 곧 뽑힐 것 같았다.

"아, 당신 이름이 뭐라고 했지?"

황건은 그저 호기심이었던 그녀의 모든 것이 궁금해지기 시작했다.

"아, 안나."

창희는 겨우 입을 떼었다. 한쪽 손으로는 눈가에 가득 묻은 그의 침을 닦아내고 있었다.

"아니, 가명 말고 진짜 이름."

그는 노블레스 에이스들의 본명 따위를 알고 싶었던 적은 없었다.

"밤에는 가명으로만 불리고 싶어요."

본명을 그의 머리 속에 심어주는 어리석은 일은 하고 싶지 않았다.

'그래, 내가 도대체 뭘 바란 거지? 이 여자가 상대하는 남자는 자신만이 아닐 텐데. 닳고 닳은 데다 밤에는 가명으로만 불리기를 원하는 여자에게 무얼 바란 걸까?'

황건은 한숨을 푹 내쉬었다.

"좋아, 안나. 그저 오늘 밤을 즐기자고."

"좋아요."

창희는 고개를 끄덕였지만 그들의 발끝에 보이는 채찍에서 눈을 떼지 못하고 있었다.

'곧 때리려고 드는 것 아니야?'

그는 한 마리 날것의 상어처럼 팔딱거렸다. 상어처럼 매끈한 몸을 소유한 그의 숨이 짙어지기 시작했다. 사내의 팔딱이는 몸뚱이가 그렇게 자극스러운 건지 창희는 처음 알았다. 그가 몸을 움직일 때마다 침대와 그녀의 몸이 함께 출렁거렸다. 창희가 신은 한쪽 스타킹은 벗기는 것은 잊었는지, 아니면 옷 같은 것조차 귀찮아진 것인지 그는 몹시 서둘렀다.

"당신, 정말 아름다운 몸이야."

수면제가 이제야 먹혀서 눈에 필터가 씌인 거니? 내 몸이 아름답다니, 이 남자 눈이 풀리고 있나 보다. 창희는 속으로 쾌재를 불렀다. 조금만 더 시간을 벌면 될 것 같은데. 하지만 그것도 잠시였다. 그는 도통 잠잘 생각을 하지 않았다. 처음에는 팔딱이는 상어 같던 그는 점차 한 마리의 커다란 곰으로 변하고 있었다. 씩씩거리는 그는 커다란 손으로 창희의 이곳저곳을 파고들려 했으며 그럴 때마다 그녀는 더욱 아찔해지고 있었다. 그러던 와중 그의 넘치는 힘을 견디지 못하고 원피스의 옆트임이 찢어졌다.

"아, 이런. 쏘리."

그는 놀라지도 않았지만 그렇게 예의상의 미안함을 표시했다.

"아, 어쩌죠? 이거 프라다 원피스인데."

놀란 건 창희였다. 옷까지 찢다니. 소진이의 프라다 원피스가 오늘 밤을 무사히 견딜 수 있을까.

"내일 아침에 프라다뿐만 아니라 당신이 원하는 모든 디자이너의 옷을 사줄 테니까 아까워하지 마."

창희는 황건이 자신의 몸을 전격 해부하려는 듯 달려드는 와중에도, 그의 스킬에 정신이 혼미해짐에도 불구하고 팔을 뻗어 그를 물리칠 도구를 꺼내려 가방에 손을 뻗고 있었다.

'됐어!'

가방이 손에 잡히는 기쁨도 잠시였다. 그 가방은 창희보다 황건이 먼저 낚아채었다.

"도대체 그 가방 안에 뭐가 있는 거지? 왜 나한테 집중하지 못하는 거야? 샤넬인지 프라다인지가 당신에겐 그렇게 중요한가 보군!"

황건은 화가 나 있었다. 그래서 그녀의 가방을 낚아채 손을 넣었다. 그의 손에는 색다른 물건들이 잡혔다. 그의 손에 들린 것은 토끼 모양의 핑크 머리띠. 남자 성기 모양이 달린 변태 팬티, 핑크색 토끼꼬리가 달린 망사팬티, 그리고 망사스타킹이 차례로 나왔다. 다행히 마취주시는 가방에서 꺼내지지 않았다.

"대체, 이, 이게 뭐지?"

망연자실한 얼굴이란 것이 무언지 그의 얼굴이 보여주고 있었다. 그는 웃어야 할지 울어야 할지 이상한 얼굴을 하고 있었다. 침대 위에 그 물건들을 놓고 그는 입을 다물지 못하고 있었다. 그렇게 순진한 눈으로 가방엔 이런 물건들로 가득하다니! 잠시 그녀가 순진하다고 느꼈던 건 정말 착각이었을까?

창희 역시 놀란 것은 마찬가지였다. 그가 잠든 후에 사용할 물건이었기 때문에 그가 보아서는 안 될 물건이었다. 이 난해한 상황을 어찌 풀어나가지?

"그, 그러니까 오늘 밤 우리의 향연을 더 윤택하게 도, 도와줄 '아이템' 이죠."

졸지에 금욕처녀에서 변태 처녀로 거듭나는 순간이었다. 아이템이라니.

"후, 생각보다 이런 면에 더 깊이가 있었군. '오렌지 맛' 콘돔에서 눈치 채긴 했지만 말이야. 그래, 정 입고 싶다면 입어. 이것을 착용하지 못해서 그렇게 안절부절못했던 거군. 입어야만 집중할 수 있다면 입고 해."

황건은 창희의 손에 토끼 머리띠와 토끼꼬리가 달린 망사팬티, 그리고 망사스타킹을 건네주었다. 그는 왠지 착잡함이 느껴졌다. 너무 자극적인 성행위를 하다 보면 일반적인 성행위에 집중할 수 없다더니, 그녀가 그런 것 같았다. 하지만 개인의 성적 취향은 존중되어야 한다. 황건은 성기 모양의 변태 팬티를 들고는 말했다.

"이건 내가 입어야 하는 건가 보지?"

그가 물었고 창희는 어쩔 수 없이 고개를 끄덕였다. 사건이 이상한 방향으로 물꼬를 틀고 있었다. 황건은 난감한 표정으로 그 팬티를 보고 있었다. 안나라는 여자가 불쌍해 보이기까지 했다. 어려서의 나쁜 경험이 그녀를 저렇게 만든 걸까? 왜 이 여자는 이런 길로 접어들게 된 걸까? 그녀의 히스토리가 궁금했다. 황건은 그녀에게 망사스타킹을 건넸고 창희는 그것을 받아 들었다.

"하지만 그전에 날 안아줘요. 제 실체를 들키고 나니 몹시 부끄러워요."

창희는 그렇게 말했고 황건은 그런 그녀가 왠지 측은해 보여 꼭 끌어안았다.

"당신의 비밀을 그 누구에게도 말하지 않을게. 성행위는 지극히 개인적인 성향에 따라 달라질 수 있는 거야. 정석이란 없지. 죄책감을 갖거나 부끄러워할 필요는 없어, 안나."

그는 그녀를 끌어안고 중얼거렸다. 황건으로서는 여자에게 측은한 마음이 드는 것도 처음이었다. 그는 자신에게 안긴 창희의 이마에 입을 맞추었고 잠시 후 그녀의 입술에 깊이 입술을 묻었다.

"이러지…… 마……."

버둥거리던 창희의 몸이 점점 잠잠해졌다. 그의 혀는 몹시도 신선했다. 그의 혀를 내보내기에는 금욕처녀는 너무도 목말라 있었다. 그를 밀쳐 내려 그의 가슴에 얹었던 손은 그의 가슴을 애무하듯 만지고 있었다. 그의 입술에는 마약이라도 발라져 있는 건지 그녀를 몽롱하게 만들었다. 아무 생각도 들지 않았다. 그의 뜨거운 혀가 그녀의 혀를 잡아 강하게 흡입하기 전까지는.

너무 강한 자극은 몸을 다시 긴장시켰다. 창희는 그가 그 '아이템'에 한눈을 팔고 있을 때 가방에서 꺼낸 마취주사를 그의 등에 힘껏 꽂았다. 순간 그는 놀라서 몸을 떼어내고 그녀를 보았다.

"뭐지, 이건?"

그녀의 입술에서 입을 떼어낸 그가 느릿한 목소리로 물었다. 주사제의 마취력은 높았다. 코끼리도 쓰러뜨릴 수 있을 정도의 양이었다.

"깊은 잠에 빠지게 될 거예요. 돌이킬 수 없을 만큼 깊게."

창희는 그의 귀에 속삭였고, 그는 그녀의 몸 위로 정신을 잃고 쓰러졌다.

창희는 몸도 꿈적하지 못하고 있었다. 잘빠진 남자의 알몸이나 다름없는 몸에 눌려 있는 것은 그리 기분 나쁜 일은 아닌 것 같았다. 밤마다 권총 꿈을 꿔대는 그녀로서는 말이다. 잠든 그의 육중한 무게에 눌려 창희는 겨우 숨만 쉬고 있었다. 그의 숨결이 창희에 목에 닿았다. 그녀가 그렇게 움직이지 않은 것은 어쩌면 남자의 충만한 양기를 더 느끼고 싶어서인지도 몰랐다. 여자에게 둘러싸여 하루를 지내는 그녀는 양기가 늘 부족했던 금욕처녀였다. 헌 엄마의 말에 의하면 남자의 중요한 부분은 코의 크기와 비례한다고 했는데 황건의 콧대는 평균보다 높았고, 콧부리는 넓었기에 그의 중요 부분의 크기를 미루어 짐작할 수 있었다. 그리고 그것이

묵직하게 그녀의 허벅지를 누르고 있었다. 눌려지는 부피감과 무게감만으로도 물건의 크기가 상당할 것임이 예상되었다. 물론 그의 허리를 두른 흰 수건은 아직 그의 몸을 감싸고 있는 상태여서 직접적인 접촉은 아니었다. 이대로 시간을 지체할 수 없어 창희는 온 힘을 다해서 그를 밀어내고 그의 몸 아래서 빠져나왔다. 그리고 침대의 모서리에 서서 엎어져 누워 있는 황건의 뒷모습을 보았다. 아주 바람직한 뒷모습이었다.

"지체할 시간이 없어. 그만 감탄해. 최창희 정신 좀 차려. 그는 널 협박한 협박범에다가 채찍을 휘두르는 변태야. 아까 바비인형도 봤잖아. 아이들도 건드린다고."

창희는 침대 끝에 있는 채찍을 물끄러미 보았다.

"하지만 그의 키스는 황홀했어."

창희의 두 가지 마음은 서로 대화를 하는 경지에도 이른다.

"그 키스는 하늘에서 금욕하는 너를 긍휼히 여기셔서 '사탕' 하나 선물로 내리신 거라 생각해."

"하지만 남자라고 아무나 다 그렇게 실하지 않아. 금욕의 딱지를 떼어내기에 아깝지 않을 몸을 가진 남자였다고."

"다음 상황은 분명 채찍을 들고 달려들었을 거야. 깨울 수 있다면 깨워서 그가 채찍을 어떻게 휘두르나 직접 경험을 하든지."

창희는 정신을 차리고 작업에 착수했다. 그가 자신을 협박했듯 자신도 그를 협박할 자료가 필요했다. 디지털이 난무하는 시대에 종종 헤어진 남녀에게도 사용되는 협박의 방식이었다. 사랑을 그만두지 못한 한 사람이 사랑을 그만둔 사람에게 예전에 애틋했던 그들만의 동영상을 '이젠 모두와 함께 즐기겠다!' 선언하는 것과 마찬가지의 방식이었다.

 창희는 일단 그의 무거운 몸을 돌려야 했다. 그의 얼굴이 카메라에 아주 잘 담겨야 했으니. 창희는 그의 근육으로 무장된 단단한 몸을 돌리고 그의 앞태를 살폈다. 앞모습 역시 아주 바람직했다.

"자, 한눈팔지 말고 작업을 시작하자고."

 창희는 아까 들고 온 망사팬티를 그의 머리에 씌웠다. 잘난 남자가 저렴해 보이는 것은 순식간이었다. 창희는 만족한 듯 고개를 끄덕였다. 그리고 망사스타킹을 꺼내 그의 종아리까지만 신겼다. 근육으로 무장된 그의 종아리는 망사를 찢을 만큼 옹골찼다. 원래는 그에게 입힐 계획이었던 '긴' 성기 모양의 팬티는 차마 자신이 없어 잘 펴서 그의 중요 부분에 얹어놓았다. 역시 계획과 실천 간에는 항상 오차가 존재하는 법이다. 핑크색 토끼 머리띠는 망사팬티를 뒤집어쓴 그의 머리 위에 덧씌웠다. 그리고 그가 준비한 채찍을 다른 손에 쥐게 하고, 그의 소유물인 바비인형을 들고 와 포장을 뜯고 그의 옆에 눕혔다. 미안하지만 바비의 화사한 드레스도 모두 벗겨 버린 후였다. 더할 나위 없이 근사한 커플이었다. 자신을 바비의 짝인 '켄'으로 착각하는 변태 초중년 같았다.

"촬영을 시작하겠습니다. 움직이지 마세요."

 움직일 것도 없는 피사체에 대고 촬영의 시작을 알렸다. 창희는 오후 내내 사용설명서를 보고 연습했던 디지털카메라를 꺼내어 전체적인 모습을 동영상으로 찍었다. 그리고 세부적인 사진도 찍었다. 채찍을 쥔 손, 망사팬티와 토끼 머리띠를 뒤집어쓴 머리와 만족스러운 표정으로 눈감은 얼굴, 망사스타킹을 신은 종아리, 긴 성기 모양의 팬티가 덮인 그 부분―사진에는 마치 팬티가 그의 '일부'인 양 찍혔다. 사진은 때론 현실을 왜곡한다―을 찍었다. 그리고 바비와의 전신 컷을 찍었다.

"당신들 잘 어울리는데."

만족한 창희는 아까 그가 보여준 노블레스 클럽의 안나의 모습이 담긴 테이프를 찾으러 가실로 나갔다. 그가 테이프를 넣어둔 첫 번째 서랍을 여니 다행히도 테이프는 그 자리에 있었다. 창희는 그 테이프를 꺼내어 샤넬 백 안에 넣고는 다시 침실로 들어왔다. 황건, 그는 세상모르고 잠이 들어 있다. 아마 내일 아침까지는 세상모르고 잠을 잘 것이다.

"황건, 날 협박해? 배로 돌려주지! 사람 잘못 건드렸어."

창희는 그렇게 중얼거렸다.

"내가 이래 봬도 파이널 파이터의 마지막 라운드까지 가는 꽤 '승부욕' 있고 전략적인 사람이거든."

뒤돌아 나가려던 창희는 멈추어 섰다. 갑자기 헌엄마의 이론이 궁금했다. 코가 크면 거시기도 크다는 그 이론 말이다. 궁금하면 잠도 못 자는 호기심 창희였다. 일찍이 그런 정신으로 공부를 한 창희는 의대 수석입학의 기염을 토해낸 전적이 있었다. 창희는 다시 침대로 걸어갔다.

"아, 궁금해. 이 솟구치는 호기심을 어찌하면 좋을까?"

이론적·경험적인 근거에 의하여 집단 가운데서 전형적인 표본을 가려 조사하고 싶었다.

"그냥, 마취된 수술 전 환자의 몸 상태를 체크한다고 생각해. 표본 조사를 겸한."

창희는 그의 하체를 감싸고 있는 수건을 슬쩍 들추어보았다.

"음."

먼저 고개를 끄덕였다. 옛말 틀린 법이 하나 없다더니.

"과연."

수련의 때부터 수술실에서 수없이 많은 남자의 인체를 보아왔다만 이런 크기와 실한 형태는 처음이었다. '국보'나 다름없는 그곳을 다시 원래대로 잘 덮고 '고개를 끄덕거리며' 황건의 펜트하우스를 빠져나왔다. 그 실한 것을 그냥 두고 나오기엔 왠지 마음 한구석이 뻐근해지는 아쉬움이 그녀를 한숨 쉬게 했다.

"밤새 케이블이나 보면서 금욕의 몸을 달래야겠군."

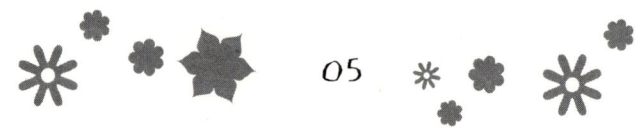

05

룸메이드가 청소기를 돌리는 소리에 황건은 눈을 떴다. 창으로 들어오는 정오의 빛이 황건의 눈을 부시게 했다. 술에 깨어나듯 마취가 깨고 있었다. 밤새 아주 모진 악몽에 시달리다가 깨고 있었다. 가위에 몇 번 눌린 느낌이었다. 천천히 몸을 일으켜 앉는데 손에 딱딱한 물건이 잡혔다. 머리가 헝클어지고 발가벗은 바비였다. 황건은 이해가 되지 않다는 눈으로 그것을 손에 들고 보았다.

"뭐지, 이건?"

자신의 조카를 위해 샀던 바비 컬렉션 한정판이었는데 이런 모습으로 자신의 옆에 발가벗고 있는 이유를 찾지 못했다. 그는 관자놀이를 누르고 기억을 더듬었다. 어젯밤 자신은 안나라는 여자와 뜨거운 밤을 보내려 했다. 마지막으로 기억나는 기억은 그녀가 자신의 등에 무언가를 꽂았다는 것이다.

"깊은 잠에 빠지게 될 거예요. 돌이킬 수 없을 만큼 깊게."

그녀의 속삭임이 자기도 귀에 남아 있는 듯 가까웠다. 그는 욱신거리는 어깨를 손으로 더듬어 주사기 바늘을 뽑아내었다.
"이런 제길, 날 마취시킨 거였어."
그는 입술을 물었다 열 받아 머리가 터질 것 같았다. 노블레스 클럽의 에이스인 그녀가 의사이기도 하다는 것을 간과했다.
"촛농으로 얼굴을 화상 입히고 달아나더니 이번엔 마취까지 시켜? 만만치 않은 건 알았지만 이렇게 치밀하리라고는 예상치 못했어."
치고 빠지는 데 일가견이 있는 그녀였다. 그런 그녀에게 매료되었고 그녀를 쉽사리 손에 넣는다는 것이 즐거웠는데 그건 일종의 자만이었다. 그녀는 탱탱 볼처럼 어디로 튀어 오를지 예상할 수 없는 여자였다. 그는 머리를 감싸 쥐었다. 그랬더니 이번엔 손에 뭔가 부드러운 털이 매만져진다.
"뭐야, 이건 또!"
손에 들린 토끼 머리띠를 던지며 황건은 흥분했다. 분명 자신이 잠든 사이에 무슨 일이 일어난 것이 분명하다. 자신은 벌거벗고 있고, 다리에는 망사 스타킹이 신겨져 있었다! 그리고 자신의 애마인 제니를 위한 채찍은 침대의 한가운데 뱀처럼 늘어져 있다.

내가 마취된 사이 도대체 무슨 일을 벌인 거야?

룸메이드의 청소기 소리가 멈추어졌고 침실로 걸어오는 소리가 들렸다.

"아, 이런 젠장."

룸메이드는 투명인간처럼 호텔의 객실을 관리하는 존재이다. 룸메이드는 자신이 이 시간에 방에 있으리라는 생각은 하지 않고 있을 터였다. 게다가 이런 변태 같은 모습을 들킨다면 온 호텔에 '변태 황 대표'로 소문나는 일은 불 보듯 뻔한 일이었다. 황건은 약간 열려 있는 방문을 닫기 위해 문을 향해 걸어가려다가 침대 밑으로 꼬꾸라졌다. 양쪽 종아리에 신겨진 팬티 망사스타킹이 문제였다. 바닥에 부딪힌 머리가 깨질 듯이 아팠지만 그는 지체할 수가 없어 낮은 포복을 하는 군인처럼 기어서 방문을 닫고 손을 뻗어 문을 걸었다. 필사적인 몸부림이었다.

"아, 안에 계셨군요. 이 시간에는 늘 비우셔서 아무 생각 없이 청소를 하러 들어왔습니다. 죄송합니다, 대표님."

중년 여자의 목소리였다.

"네, 지금 혼자가 아닙니다. 체크아웃 이후의 시간이더라도 객실에 손님의 존재 여부를 확인하는 건 기본 아닙니까?"

시간은 정오가 지나 있었다.

"죄송합니다."

"알았으면 그만 가보시죠."

"네, 대표님."

황건은 안도의 한숨을 쉬며 손에 만져지는 말캉한 천 조각을 들어보았다. 어제 안나라는 여자가 신고 있던 스타킹이었다. 자신이 벗겼던 것이다.

'이 여자가 날 잠들게 해놓고 대체 무슨 일을 한 거야? 이 여자, 도대체 정체가 뭐야!'

중얼거리던 그의 머리에 전구가 켜지듯 무언가가 번쩍였다.

설마 말로만 듣던 꽃뱀? 자신을 이렇게 우스꽝스럽게 만들어놓은 이유는 단 하나밖에 없었을 것이다.

"날 이렇게 변태로 만들어놓고 도촬했다 이건가?"

도촬된 사진은 상상하는 것만으로도 아찔해지고 있었다. 그녀가 자신을 도촬할 이유는 수없이 많다. 자신을 바닥으로 끌어내리고 싶어하는 인간들은 주위에 많다. 보이지 않는 먹고 먹히는 사슬이 존재하는 것이 인간의 사회이다. 일어서려면 남을 밟고 나가야 한다. 그녀는 분명 자신을 끌어내리려고 안달인 배다른 형제들의 사주를 받은 전문 꽃뱀이 분명했다. 생각해 보니 노블레스 클럽의 접근부터 계획적인 것 같았다. 그들은 의사이기도 한 고급 두뇌인 전문 꽃뱀을 돈으로 산 듯했다. 의사라고 사기 치지 말라는 법은 없으니까. 황건이 호텔을 맡게 된 후에는 누구에게도 한 치의 허술함을 보인 적이 없었는데 그녀의 튼실한 허벅지에 이성을 잃었다.

"황태 이 자식! 꽃뱀까지 이용해 날 물 먹이시겠다? 내가 그렇게 호락호락하게 넘어갈 말랑한 인간이 아님을 보여주지."

사람에게 함부로 자신을 보이지 않는 황건은 어젯밤 그녀를 진심으로 대했고 그녀와 미약하지만 정신적인 교감을 이루었다 생각했다. 그로선 여자와의 그런 전류가 흐르는 스킨십은 처음이었다. 그녀의 몸에 흐르는 전류는 그의 심장을 저리게까지 했다. 그런데 그것이 다 의도된 각본에 의한 것이었다니. 그 각본에 놀아났다니!

"내 등에 마취주사를 꽂고 도촬 후 도망을 가? 그 여자는 자기의 목숨이 여러 개인 줄 아는가 보군."

그의 심장은 그녀에게서 받은 깊은 상처로 인해 피가 흐르는 기분이었다.

"감히 나의 감정을 농락하고 비웃었겠다! 가만 두지 않겠어!"

여자에게 처음으로 진심이란 것을 보였다가 상처받은 그의 몸에서는 배반이라는 불길이 활활 타올랐다. 누군가에게 마음을 주는 것에 서툰 그였기에 그녀로 인한 상처는 몹시 따갑고도 아렸다.

황건은 가한그룹의 창시자이자 최고 경영자인 황 회장의 장남이었다. 장남이기는 한데 본처가 아닌 후처에게서 낳은 아들이었다. 아버지를 빼다 박아 시장경제의 생태를 날 때부터 알고 있는 듯 총명했고 먹고 먹히는 거친 이 세계에서 살아남는 법을 본능적인 감각으로 알고 있는 그였다. 그런 황건은 어려서부터 황 회장의 총애를 받으며 자라왔다. 딸만 내리 넷을 낳은 본처도 마지막으로 아들 황태를 낳았는데 그 아들은 황건보다 넉 달 정도 늦게 나왔다. 본처의 아들이 후처의 아들에게 형님이라 칭해야 하는 사태가 온 것이다.

황건의 동생인 황태는 황건과는 기질적으로 다른 인간이었다.

매우 감성적이고 여리고 어려서부터 미적인 감각이 뛰어났다. 저돌적이고 직선적이고 뒤끝없는 황건의 성격과는 상극이었다. 어려서부터 동생인 황태는 그에게 많이 치이면서 자라났다. 그리고 아버지의 사랑을 황건에게 모두 빼앗겼다고 생각해서인지 황건을 원수 보듯이 하고 있었다. 마주치기만 하면 으르렁거리며 싸우는 게 일이었고, 커서는 가한그룹의 경영권을 누가 물려받을 것인지가 그들의 쟁점이었다.

그런 상황에서 황 회장은 일 년 전 유언도 없이 돌아가셨다. 폐암을 선고받은 지 삼 개월 만에 돌아가셨는데 그 시간이면 마지막을 정리하고 갈 시간은 충분했을 것이다. 재산이 산더미 같은 사람으로서는 있을 수도 없는 일이었다. 황건은 장남으로서 이 사태를 해결해야 했다. 하지만 그는 적이 많았다. 그룹 내 요직의 대부분은 황태의 생모인 남 여사의 외가에서 차지하고 있었다. 황태가 그룹이 경영권을 갖는 것이 그들에게는 유리한 상황이었다. 그는 황 회장의 병세가 악화되었다는 소리를 듣고 홍콩 지사에서 서둘러 돌아왔지만 임종을 놓쳤다. 자신에게 유리하게 작성된 유언장을 본처의 배다른 자식이 숨겨놓았다 확신했지만 결정적인 증거가 없었다.

황 회장은 일 년 전 황건에게 경영 수업을 해보라며 적자를 면하지 못하는 호텔의 경영권을 넘겼고, 황건은 경영 일주년이 되던 날 호텔을 흑자에 올려놓아 경영 능력을 인정받았다. 황 회장이 살아 있었다면 분명 가한그룹의 최고 경영권도 황건에게 넘겨주었을 것이다. 그 사실은 회사의 모든 사람들이 인정하는 바였으나 모두 함구하고 있었다. 함구의 이유는 가한그룹의 세력과 지분을 쥐고 있는 본처의 자식들 때문이었다. 그들이 생각하기에 적합한 경영자는 황 회장의 정통 혈통인 황태여야 마땅했기 때문이다. 그래서 그들은 황건을 끌어내리기 위해 뒤에서 갖은 술수를 쓰며 그를 모함했고, 황건은 그 위기들을 모두 꿋꿋하게 대처해 나갔다. 그들은 황건의 명석한 두뇌를 뛰어넘지 못하기에 매번 그를 물 먹이려는 작전에 실패를 거듭했다. 그런 와중에 안나라는 꽃뱀이 그에게 나타나 밤새 도촬을 하고 도망을 간 것이다. 그가 창희를 황태 일당이 보낸 꽃뱀이라고 오해할 수밖에 없는 이유이다.

"안나 당신! 알고 보니 대단하신 분이었군. 닥터에다가 클럽의 에이스에다가 꽃뱀이라? 대체 몇 가지 버전으로 변신 가능한지 파헤쳐 주겠어!"

그녀가 머리에 씌워주고 간 망사팬티를 끌어 내리며 황건의 주먹은 부르르 떨고 있었다.

단순 반복적인 주문을 외우며 빙그르 돌면 다른 존재로 변하는 애니메이션의 변신공주들은 얼마나 인생을 편리하게 살아갈 수 있다는 말인가? 그들이 소녀들의 부러움을 한 몸에 받아온 것은 당연한 일이다. 인간은 모두 자신보다 한 차원 나은 인간으로 변하고 싶은 '변신 욕구'가 내재하고 있다. 여자는 모두 변신을 꿈꾼다. 창희도 이 지루하고 단순 반복적인 생활에 지친 자신을 잠시 변신시켜 보고자 했을 뿐인데 일이 이 지경으로 커질지는 생각도 못했던 바였다. 문제의 요인은 그 변신의 격차가 너무도 컸다는 것이다. 한 번도 경험이 없는 금욕처녀가 노블레스 클럽의 요부 안나로 변신한다는 것은 도에 넘치는 일이었다. 창희와 황건을 합방시킨 것은 더하기 빼기도 모르는 학력 저하의 초등학생에게 미적분의 문제를 이해시키려 대학생과 한반에 집어넣은 것과 같았다. 창희가 안나로 변신해서 상대해야 했던 남성의 몸은 완벽했고, 키스의 기술은 상상을 초월했고, 들춰본 그 남자의 돌출된 중심은 참으로 실했다. 금욕처녀로서는 감당이 되지 않는 경험이었다. 눈을 뜨거나 감아도 남자의 벗은 몸은 쉽사리 사라지지 않았다. 그 충격적인 경험을 담아두지도 못하고 어떤 식으로든 풀어내야만 살 수 있을 것 같아 창희는 밤새 리모컨에서 손을 떼지 못했다.

창희는 그의 펜트하우스에서 돌아와 옷을 갈아입고 목숨을 걸고 가져온 CCTV의 녹화 테이프를 구형 텔레비전에 연결된 VCR에 넣어보았다.

"좋아, 그날의 내 모습을 내 눈으로 확인한 후 증거를 불살라 주겠어."

싱크대 아래 있는 식용유를 뿌려 화장실에서 불살라 주리라 마음먹었다. 하지만 비디오테이프는 잘 돌아가는 것 같다가 멈추어 버렸다.

"뭐야? 멈추었네?"

오래된 VCR은 오랜만에 자신에게 무언가 삽입되었음에 놀랐는지 비디오테이프를 엉키게 했다. 테이프를 나오게 하는 버튼을 눌러도 그것을 내뱉지 않는 제 역할에 충실하지 못한 기계였다.

"도대체 뭘 넣기만 하면 물고 안 놓는 이유가 뭐야? 너도 너무 굶은 거야?"

그제야 이 기계가 예전에도 이런 적이 있었던 게 어렴풋이 기억났다.

"아니면 내가 기계치라는 걸 알고 너까지 나에게 덤벼보는 거니?"

지난 삼십 년 동안 게임기와 의료 기구를 제외한 모든 기계들이 그녀에게 덤볐고 그녀는 한 번도 승리해 본 적이 없었다. 아무리 애를 써도 테이프는 그 안에서 엉킨 상태로 나올 줄을 몰랐다. 창희는 손만 꼼지락거릴 뿐 손쓸 생각도 하지 못하고 서 있었다.

"빼도 박도 못하는 상황이로군. 좋아, 그날의 부담스러웠던 나를 담은 테이프, 거기서 평생 썩는 것도 나쁠 건 없어. 어차피 아무도 볼 수 없을 테니까."

증거 박멸이랄까? 늘 긍정적인 창희는 그만 땀을 빼고 잊자라고 생각하며 침대에 걸터앉았고, 리모컨을 들어 채널을 바꾸어보았다. 깊은 밤이라 케이블에서는 남녀상열지사에 관한 여러 가지 버전의 프로그램이 편성되고 있었다. 창희는 이불을 덮어쓰고 무릎을 끌어안고 벌린 입을 다물지 못한 채 텔레비전 속으로 빠져들어 갔다. 별다른 대화 없이 우예(우흐), 아예(아흐), 마이 달링(나의 당신), 하니(꿀벌), 이츠 컴밍(올 것이 왔다)! 라는 대사만 반복되는 서양 버전의 화끈한 등급제한 영화였다. 의상 협찬과 장소 헌팅조차 필요없을 정도로 벗은 몸들은 침대 위에서만 열심히 연기를 하고 있었다.

"열기로 치자면 연기대상을 시상 받으시겠네. 요즘은 너무 리얼하시다."

벗은 남자 배우의 단단한 복근은 황건의 복근을 떠올리게 했다. 아니, 황건의 복근이 비교 우위였다. 황건이라는 그 남자 몸 하나는 장난이 아니었는데.

화면 속의 여주인공은 남주인공의 열연에 물에 빠진 듯 꼴딱거리고 있었다.

"과연 그것이 저렇게 좋은 걸까?"

창희는 침을 삼켰다. 한 번도 경험해 보지 못한 미지에 세계에 대한 호기심과 동경은 밤새 그녀를 텔레비전 앞에 붙잡아두었다. 서른이란 나이에 일관되게 금욕을 유지하는 일은 벌이나 마찬가지였다.

다음날, 오후의 진료 시간이었다.

"너무 많은 양을 넣으면 표정이 부자연스러울 텐데요. 연기하시는 분이잖아요."

창희는 상냥하게 웃으며 말했다. 마음 같아서는 직업 의식 없는 이분에게 자신의 험상궂은 얼굴을 보여주고 싶었다.

"그건, 닥터께서 고민하실 일은 아니고요."

중년의 여자는 창희의 태클이 듣기 싫었던 모양이다.

"차라리 잘하는 성형외과를 소개시켜 드릴게요. 피부를 당기시거나 잘라내심이 어떠실는지요?"

"안 가봤겠어요? 당기는 건 해봤는데 얼굴이 너무 당겨지더라고요. 그리고 당기는 것보다 얼굴이 부풀어야 좀 젊어 보이잖아요. 생기도 더 있어 보이고. 아무튼 칼은 다시는 안 대기로 했어요. 이 좋은 보톡스가 있는데 그럴 이유가 있나요? 양껏 주사해 주세요. 실력을 한껏 뽐내보시라고요."

피부과 의사로 돈을 번다는 것은 정말 머리 아픈 일이었다. 유한부인들은 얼굴보다 허전한 마음을 치료할 필요가 있었다. 창희는 여배우의 얼굴을 한껏 부풀려 주었다. 그녀는 웃지도 못할 만큼 괴이한 표정이었는데 주름이 사라졌다는 것만으로도 만족했다.

"역시 소문대로 실력있는 닥터시군요. 아주 맘에 들어요!"

전 당신들 볼 때마다 때려치우고 싶어요, 라고 외치고 싶었지만 먹고 살려니 어쩔 수가 없었다.

"과찬이십니다. 바람 빠진 풍선처럼 헐렁헐렁해지면 다시 오세요."

저런 얼굴로 악랄한 대비마마 역을 어찌 소화해 내시려고. 하긴, 서클렌즈 끼고 나온 후궁보다는 나을 테지만 말이다. 연기자는 화면에 어떻게 해야 젊게 나오나에 신경 쓸 것이 아니라 주름 하나하나가 주는 인생의 의미를 그려내야 하는 거 아닌가? 세상이 대체 어떻게 돌아가는 거야!

팽팽해진 연기자가 나가고 창희는 다음 환자를 기다리며 책상 위에 놓여 있던 알사탕을 오도독 씹어대며 검은색 안대를 눈에 얹고 의자의 등받이를 뒤로 눕혀 몸을 기대었다. 진료실의 문 여는 소리가 들렸으나 장 간호사려니 했다.

"나, 잠깐 쉴래. 딱 오 분만. 다음 환자 분에게 양해 좀 구해줄래? 닥터 최는 생각없는 분들에게 지쳐 이 생활 딱 접고 싶은 매너리즘에 빠졌거든. 재미없다. 최창희라는 이 인간이 잠시 로그아웃 되었다고 말해줘."

창희는 안대를 내리고 장 간호사와 만담을 나눌 정신적 여유가 없었다. 사탕이 입 안에서 깨지는 소리와 벽시계의 초침 소리와 방금 들어온 두 사람의 숨 쉬는 소리만 들릴 뿐이었다. 잠시 후 문이 다시 한 번 열리는 소리가 들렸다.

"마음대로 들어와 계시면 어떻게 해요? 예약 환자들이 다 기다리시는데. 어머! 어머! 어머!"

창희는 장 간호사의 목소리에 놀라 벌떡 일어섰다. 그럼 지금까지 나와 같이 숨 쉬고 있던 인간은 대체 누구란 말인가?

안대를 풀고 흐려진 초점을 맞춘 창희의 눈에 보인 것은 황건이었다. 마취된 그는 아마 한 시간 전에야 일어났을 것이다. 일어나자마자 바로 여기로 오셨군.

"어젯밤에 닥터 최를 예약했던 남자입니다. 지금은 말없이 사라진 그녀를 찾아왔으니 닥터 최에 대한 우선권은 미리 예약된 나에게 있습니다."

평소보다 오버 중인 장 간호사와 그에 굴하지 않는 황건이었다.

"밤의 예약이요? 우리 병원은 야간 진료를 하지 않습니다."

"출장 진료는 하는 것 같던데. 아닌가? 안나? 아니, 여기서는 닥터 최라고 불러야 하나?"

황건은 창희를 야비한 눈으로 보았다.

"이거 놓고 말씀하시죠."

장 간호사는 한쪽 팔목을 황건에게 잡혀 바동거리고 있었다. 왠지 장 간호사는 황건과의 실랑이를 몹시도 즐기는 듯했다. 황건은 장 간호사의 팔목을 잡고 문 앞에 딱 서서 창희를 노려보았다. 그는 장 간호사의 손을 놓고 그는 성큼성큼 걸어와 창희의 앞에 섰다. 창희는 그의 따갑고 무서운 그의 눈초리에 다시 그 물안경을 찾아 쓰고 싶었다.

"나가드려요? 아님, 경찰 불러요?"

그에게 잡혔던 팔목을 문지르며 장 간호사가 물었다. 상황을 심각하게 만드는 저 센스.

"잠시만 나가주시죠, 장 간호사님. 닥터 최께서 괜찮으시다면 여기 계시든지요."

대답은 황건이 했다. 창희도 장 간호사에게 고개를 끄덕였다. 장 간호사가 나가고 문이 닫히자 황건은 창희를 보고 차갑게 웃었다.

'이 여자의 정체는 대체 뭐야?'

안나라는 가명을 쓰는 이 여자는 이번엔 물안경도 쓰지 않고 완벽한 의사의 모습을 하고는 앉아 있다. 그제는 '요부'이다가 어제는 '돌팔이'다가 오늘은 '명의'처럼 보인다. 몇 단계로 변신 가능한 캐릭터일지 궁금하다.

"당신, 도대체 누구야? 누구의 사주를 받고 일을 하는 거지?"

그의 음성은 차갑고 낮았다.

"사, 사주라니요? 당신 스스로 당신을 구렁텅이에 빠뜨린 거죠!"

"사주를 받지 않았다 발뺌하는 건가? 그럼 나를 마춰시켜 변태를 만들어놓고 당신 대체 뭘 한 거야? 이번에도 그런 걸 즐기는 취향이라고 말할 건가?"

"이봐요, 협박은 당신이 먼저 했어요. 나도 나를 방어해야 했다고요! 당신이 사람을 잘못 건드린 거죠. 제 피에는 복수의 피가 흐르거든요!"

창희도 벌떡 일어나 고개를 빳빳이 들고 서서 그를 노려보았다. 그들의 눈빛이 허공에서 마주쳤다. 황건이 자신을 협박했던 CCTV 녹화 테이프도 이젠 자신에게 있었다. 그에게 져야 할 이유가 이젠 하나도 없었다. 그런데 시선이 자꾸 그의 중심으로 향하는 것은 어쩔 수가 없었다. 어제 본 그의 중심과 야동의 화면이 자꾸만 겹쳐졌다. 창희는 생각을 떨치려 고개를 흔들었지만 시선이 내려가는 것을 말릴 수가 없었다.

'그 국보적인 물건을 잘 다루셔야지. 아무렇게 사용하려 한다면 험한 꼴 당한다고.'

창희는 고개를 흔들어 그 국보적인 이미지를 떨쳐 내려고 했다.

"그날 나에게 무슨 짓을 한 거지? 사람을 잠들게 해놓고 뒤에서 일을 벌이는 것은 완전한 반칙이 아닌가?"

당신, 누구 앞에서 옐로우 카드를 내미는 거니?

"더티 플레이를 먼저 시작한 것은 당신이었죠. CCTV로 날 협박했잖아요. 당신이 날 협박했듯 나도 당신을 협박할 자료가 필요했을 뿐이죠! 가만히 앉아서 당할 수만은 없잖아요!"

CCTV의 녹화 테이프는 애초부터 없었기에 황건은 그 테이프에는 별 의미를 두지 않았고 자신은 그녀를 협박한 적도 없었다. 단지 이 여자를 침실에 끌어들이기 위한 작업일 뿐이었다.

"그래서 당신도 나에게 카메라를 돌렸나?"

어디서든 동영상을 찍기 쉬운 세상이었다. 그날 아침 상황을 보니 알 것 같았지만 황건은 그녀의 입으로 확인하고 싶었다. 그녀가 '꽃뱀'이기를 믿고 싶지 않은 마음이 더 컸다.

"음, 그렇죠. 영상도 찍고 사진도 찍었죠. 그 변태 아이템들과 발가벗은 바비와 함께 찍힌, 역시 발가벗은 황건 씨의 모습이죠. 아주 변태스럽게 잘 나왔더군요."

창희는 약간 비굴하게 웃어 보였고, 그런 그녀를 보는 그의 눈은 이글거렸다.

"겁을 상실했군."

그는 그다지 당황하지 않았다. 울고불고하는 황건의 모습을 기대한 것은 아니었다. 하지만 그는 지금 자신의 잘못을 뉘우치기는커녕 오히려 더 화를 내고 있었다. 뭐 묻은 놈이 나무란다더니. 자기가 한 짓은 벌써 까마득히 잊으셨나 보군.

"전, 당신과 똑같은 방법을 생각해 냈을 뿐이죠. 눈에는 눈이라는 속담처럼 말이죠."

"황건을 협박할 생각을 하다니. 생각했던 것보다 더 대단하군! 그래서 이제 그 사진으로 뭘 어쩌겠다는 거야?"

"뭐, 뭘 어쩌겠다는 거냐고요?"

창희는 뭘 어쩌겠다고 생각해 본 적은 없었다. 그저 자신을 협박하는 그에게 대응할 무언가가 자신도 필요했을 뿐이었다. 그 이

후는 아직 생각도 못해봤는데.

"그런데 왜 자꾸 나에게 소리 지르는 거죠? 애원해도 모자란 판에?"

화를 내는 그는 참 무서워서 그가 말을 할 때마다 창희는 숨이 턱턱 막혀왔고 어지러웠다.

"애원? 나에게 지금 애원을 하라고? 이 황건이 당신에게 무릎을 꿇고 애원을 하라고? 그깟 사진 몇 장 가지고 있다고 나에게 덤비는 건가? 당신 그 사진기로 뭘 할 적정이야? 한번 들어나 보지!"

"당신이 이런 식이라면 공개할지도 몰라요. 당신 호텔 홈페이지에 말이죠."

갑자기 떠오른 생각이었다. 창희는 자신은 어쩌면 그렇게 머리가 좋을까 싶었다. 거짓말 하는 순발력 하나는 한국 최고일 것이다. 이제 황건이라는 남자는 자신에게 꼼짝도 못하고 사라져 줄 것이라 확신했다.

"후."

그는 긴 한숨을 내쉬었다.

"당신의 진짜 직업은 역시 '꽃뱀' 이었군. 그걸 홈페이지에 올리겠다는 협박을 하는 것을 보니 말이야. 당신이 나에게 접근한 건 역시 돈 때문이었어."

황건이 조금이나마 진심이라는 것을 보여주고 싶은 첫 여자는 꽃뱀이었다. 어떻게 저런 순진한 눈으로 그런 사악한 짓을 벌일 수 있는 거지? 신은 남자에게 여자라는 존재를 만들어주어 평생을 헷갈리게 하는 벌을 주었다.

"좋아, 그쪽이랑 말고 나와 협상하지."

그가 물었다. 꽃뱀들은 어차피 목적이 돈이기 때문에 더 많이 베팅하는 쪽으로 마음을 돌리게 되어 있다.

"그쪽이라니요?"

"당신이 말하지 않아도 난 당신이 누구의 사주를 받았는지 다 알고 있어."

그는 너무도 확신이 차 있었기에 창희도 잠시 혼돈스러웠다. 나 사주 받았었나?

"내, 내가 누구의 사주를 받았죠?"

잠시 헷갈려 되레 그에게 질문을 해야 했다.

"황태! 내 이복동생이지."

"황태? 그게 사람 이름인가요? 말린 황태?"

창희는 웃음을 터뜨렸다. 어려서부터 태의 이름을 말린 황태라고 놀려먹기는 했으나 그 이름으로 황건 자신이 부끄러워 본 적은 이번이 처음이었다.

"황태가 아니면 황일희의 사주인가? 아니면 황이희? 삼희?"

황건은 황태의 배다른 누나들의 이름을 나열했지만 창희는 코웃음만 쳤을 뿐이었다.

"지금 나랑 장난하자는 건가요? 작명센스 하나는 바닥이시군요."

황건은 자신의 확신이 잘못된 것일 수도 있다는 생각을 하기 시작했다. 이 여자의 표정을 보니 정말 희자매나 황태의 이름조차 생소한 것 같아 보인다. 그들이 사주가 아니라면 도대체 왜?

"그럼 누구의 사주를 받고 그 일을 한 거지?"

"저는 늘 혼자 일하거든요."

팀웍에는 좀 약한 면이 있었다. 그리고 그런 일을 누구랑 같이 하란 말인가?

"음, 혼자 했다는 것인가?"

그러고 보니 누구의 사주를 받은 것 같지는 않았다. 그녀는 그저 돈 많은 노블레스를 노리는 혼자 일하는 고급 꽃뱀이었던 것이다.

"꽃뱀임은 분명하단 말이군."

"꽃뱀이요?"

창희가 되물었다. 꽃뱀이 뭐더라? 창희의 머리 속 사전이 펼쳐지기 시작했다.

꽃뱀[명사]
1. 〈동물〉 피부에 알록달록한 빛깔을 가진 뱀.
2. 남자에게 의도적으로 접근하여 몸을 맡기고 금품을 우려내는 여자를 속되게 이르는 말.
3. 부유한 남자를 유혹해서 사기를 치는 여자.
   예) 황건은 꽃뱀에게 걸려들어 망신살이 뻗칠 것을 두려워했다.

창희는 눈을 깜빡였다. 그리고 씨익 웃었다. 이 남자 날 꽃뱀으로 오해했구나!

남자는 화성에서 오고 여자는 금성에서 살다가 지구로 와서 같이 살게 되었다는 말은 사실일지도 모른다. 그 책에 의하면 지구환경의 영향으로 갑자기 이상한 기억상실증—선택적 기억상실증—에 걸려 서로의 차이점을 망각하고 남녀는 충돌을 했다고 한다. 남자는 여자가 남자와 같은 방식으로 대화하고 생각하고 행동하려니 하는 그릇된 기대를 갖고 있고 여자는 남자가 여자와 같은 방식으로 말하고 느끼고 반응할 것이라 믿고 있다고 한다. 그 결과 남녀의 관계는 불필요한 갈등과 마찰로 가득 차게 됐다고 한다. 그들의 대화법이 지금 그랬다.

금성도 아닌 이차원과 사차원의 경계서 온 것 같은 창희는 황건의 '작업'을 '협박'으로 인식해 '대응'했고 세렝게티의 초원에서 여러 암사자 무리를 거닐다가 온 '수사자' 같은 황건은 창희를 '꽃뱀'으로 인식했다. 세렝게티 초원에는 꽃뱀이 많은데 황건은 꽃뱀에 물려본 적은 없으나 꽃뱀이 가진 독의 명성을 그도 익히 알고 있었다. 그래서 그들은 지금 완전 충돌 중이었다.

창희는 이제야 그가 왜 그렇게 화를 내는 건지 파악했다. 그는 망신당할 것이 걱정이었던 것이다. 그를 더 두렵게 해주고 싶은 악마의 마음이 또다시 솟구치기 시작했다. 그에게 사를로 페라뇨스라는 병명으로 소변 처방을 내렸을 때와 같은 마음가짐이었다.

"맞아요. 전 꽃뱀이죠. 딱 걸려드신 겁니다."

창희는 통쾌한 웃음을 지어 보았다. 그의 약점은 자신이 잡고 있으니 그도 잡지사를 운운하는 더 이상의 협박도 하지 못할 것이고.

"좋아, 온 김에 해결하지. 돈을 원하나? 얼마면 되지?"

돈이 많은 사람들은 저런 식으로 모든 것을 해결하려고 드는구나. 그가 약간 재수없어지는 순간이었다. 잘난 그를 더욱 곤혹스럽게 만들어주고 싶었다.

"얼마나 있으신데요? 당신에게 접근하기 위한 조사 비용과 의상비, 다이어트비, 피부관리비 등 부수 비용이 좀 많거든요!"

"그래서 도대체 얼마를 원하는 거야?"

그는 몹시 짜증스러운 표정이었다.

"부르는 대로 다 주실 건가 보죠?"

돈? 돈에 대해 잘난 척하는 인간들은 질색이다. 좋아, 내가 당신을 돈으로 눌러주겠어. 목적이 돈인 적은 없었지만 그를 당혹스럽게 하고 싶었다. '네가 얼마나 줄 수 있는데?' 라는 마음으로 창희는 입을 열었다.

"삼십억."

미안, 생각나는 돈의 액수가 그것뿐이다. 아버지가 요양원을 지으시다가 지은 빚의 액수였고, 창희가 고스란히 물려받은 유산의 액수였다. 피부과 전문의로 돈을 벌어 빚을 갚고, 아버지 최수산 씨의 뜻을 받들어 요양원을 일으키기로 했다. 최수산 씨가 죽기 전 창희가 그에게 약속했던 바였다.

"삼십억?"

황건은 그렇게 말하는 창희의 눈을 잠시 보았다. 그의 눈에서는 레이저빔 같은 것이 솟아나고 있었다.

"네, 삼십억."

당황스러운 거니, 당신? 좋아요, 이제 정신이 바짝 들지 않으신 가요? 돈으로 까불지 말라고요.

"후, 삼십억이라. 고급 꽃뱀은 액수부터가 다르군."

그는 입 안이 씁쓸했다. 돈을 목적으로 자신에게 접근하는 여자가 한둘이었던가? 그런데 이 여자의 접근 방식은 너무도 가슴이 아프다.

"네, 어쩌실 작정이신가요? 그 돈을 못 내놓겠다면 앞으로 절대……."

다시는 내 앞에 나타나지 말라고 말할 작정이었다.

"좋아, 준비하지."

그의 대답은 예상 밖이었다.

"네? 뭘 준비하겠다는 건가요?"

"당신이 원하는 그 돈."

그는 눈 하나 깜빡이지 않았다. 눈을 한없이 깜빡거리는 것은 협박하는 창희였다.

"그, 그, 그걸 정말 준비를 하겠다는 건가요?"

말이 안 되는 액수였기에 그녀는 자신의 귀를 의심했다. 이 남자 제정신인 거야? 노블레스들은 그런 돈쯤은 아무렇지도 않은 거야?

"내일 호텔에 와서 날 찾아. 날 협박하기 위한 카메라와 메모리 카드도 가지고 올 것. 증거가 있어야 계산을 해줄 테니까."

그는 돈 삼십억보다 망신살이 더 두려운 남자인 것 같았다. 하지만 얼마나 돈이 많기에 그런 말도 안 되는 황당한 제의를 아무렇지 않게 받아들이는 걸까?

황건은 문을 닫고 나갔다. 그가 나간 후 창희는 의자에 털썩 주저앉았다. 다리에 힘이 풀렸다. 로또에 당첨되면 이런 기분이 들까? 삼십억. 그냥 해본 말이었다. 저 인간에게는 그 삼십억이 저렇게 쉬운 걸까? 자신을 평생을 짓누를 것만 같은 그 어마어마한 돈을!

좋다. 이왕 이렇게 된 이상 창희는 그 변태 인간에게 꽃뱀이라는 오명을 받고서라도 삼십억의 돈의 실체를 한번 보고 싶었다. 돈은 상대적인 것이 분명하다. 자신에게는 끝이 보이지 않는 어마어마한 돈이지만 그 같은 노블레스에게는 껌값일 수도 있다는 말이다. 따지고 보면 삼십억이라는 돈은 그리 크지 않을지도 모른다. 강남의 웬만한 아파트도 그만한 금액으로 사고 팔리고 도로에는 웬만한 집값을 훌쩍 넘는 차들로 넘치지 않는가. 세상에는 돈이 가진 의미를 모르고 있는 사람들이 너무도 많다. 한 달에 몇 백씩 피부에 투자하는 이 병원의 에스테틱 회원처럼 말이다.

황건이라는 남자도 돈을 허튼 곳에 뿌리는 사람일 것이다. 이런 식으로 꽃뱀과의 합의도 몇 번이나 보았을 정도로 일처리에 능숙했다. 그런 남자의 눈먼 돈을 받는다는 게 뭐 잘못된 일인가? 그 돈을 받아 아버지의 채무를 모두 상환하고 시골에 폐허처럼 버려진 요양원을 운영하며 아버지와의 약속을 지킬 것이다. 아버지는 병들고 아픈 사람들의 편에 서라고 의사를 하라고 하셨지, 유한부인들의 피부를 부풀려 주라고 의사를 하리라고는 생각도 못하셨을 것이다. 하늘에 계신 아버지도 딱히 뭐라고 하지 않으실 것이다. 홍길동이나 쾌걸 조로처럼 법적으로는 모르겠으나 도의적으로는 훌륭한 일을 하고 있다는 생각마저 들기 시작했다. 한 번도 정의로워 본 적 없는 창희는 갑자기 정의의 사도가 되어 의지가 불타오르고 있었다.

 어쩌면 이것은 하늘이 자신을 긍휼히 여겨서 등쳐먹어도 될 인간을 내려주신 건지도 몰랐다.

 토요일 퇴근 후 창희는 최대한 '꽃뱀' 처럼 차려입고—요란한 꽃무늬 원피스를 입었다—화장을 최대한 야하게 한 후 황건이라는 작자가 대표로 있다는 별 다섯 개짜리 호텔로 찾아갔다. 별 다섯 개짜리 호텔의 로비는 굉장히 화려했다. 클래식음악이 흘렀고 실내 폭포에서는 물이 대리석을 따라 수직하강하고 있었다. 눈에 보이는 모든 것이 고급스러웠다. 화사한 생화를 담은 화분의 물받침까지도 창희가 쓰는 코렐 밥그릇보다 비싸 보였다. 고려시대의 청자처럼 품격 있어 보이는 물받침이었다.

 '그래, 저런 꽃받침에나 투자를 하는 그의 돈을 더 의미 있는 곳에 쓰려는 나는 말하자면 쾌도 조로 같은 존재야. 더 이로운데 그의 돈을 쓰려는 것뿐이니까 죄책감 가질 필요는 없어.'

 창희는 자신을 그렇게 합리화시키고 있었다.

 까까스로 찾은 안내데스크에 황건을 만나러 왔다고 말하니 이번엔 그의 펜트하우스가 아닌 십사층의 황건의 집무실로 안내를 받았다. 엘리베이터를 타고 집무실의 문을 열고 들어가니 뿔테 안경을 쓴 황건의 비서인 차 비서가 책상에서 일어나서 창희에게 인사를 했다.

"안녕하십니까? 무슨 일로 오셨는지요?"

긴 생머리의 차 비서가 착용한 안경은 나나무스쿠리 스타일의 뿔테 안경이었다.

"황건 씨를 만나러 왔습니다."

정장차림의 차 비서와 꽃무늬의 샬랄라 원피스를 입은 창희의 모습은 무척 대조적이었다. 창희의 직업이 묻어나는 패션 초이스에 차 비서는 무슨 감이라도 잡은 듯 뿔테 안경을 살짝 내리며 물었다.

"선약하셨습니까?"

삼십대 중반의 노련한 차 비서는 갑자기 고자세가 되어서 그렇게 물었다.

"선약은 없었지만 분명 여기로 오라고 그랬어요."

창희는 살짝 기가 죽은 모습이었다. 그녀의 고등학교 때의 노처녀 수학 선생님과 닮은꼴의 여자다. 처음의 공손함이 사라진 차 비서는 창희의 꽃무늬 원피스를 위아래로 살피며 뭔가를 알아냈다는 듯이 날카롭게 말했다.

"우리 황 대표님께서는 선약하지 않으신 분은 절대로 만나지 않으십니다. 어쩌다가 황 대표님과 사적으로 만나신 분 같은데 이곳은 회사입니다. 공적인 자리라는 소리지요. 공과 사를 구분하셨으면 합니다."

오랜 비서 생활 끝에 어느 정도 사람 보는 눈이 있는 차 비서는 보이지 않는 거름망으로 알맹이와 찌꺼기를 걸러내는 스스로의 방법이 있다. 차 비서의 눈에 창희는 돈 많은 남자를 노리는 신데렐라 콤플렉스를 가진 찌꺼기로 보였다.

종종 차 비서가 모시는 황건을 사적으로 찾아오는 여자들이 있다. 두 부류로 구분할 수 있는데 첫 번째는 황건과의 어려서부터 오랜 유대를 가진 동창이나 일로 친분이 맺어진 노블레스한 여성들이었고, 두 번째는 명함 하나만 갖고 찾아오는 맹랑하고 용감한 부류의 여자들이었다. 개중에는 그의 프로필을 노리고 달려드는 젊은 여자 연예인들도 있었고, 신문사 기자라고 접근하였는데 알고 보니 스토커인 젊은 여자도 있었다. 차 비서는 젊고 잘생기고 돈 많은 상사를 모시는 대가라고 생각하였다. 차 비서는 황건의 스케줄을 관리하고 그의 곁에서 그를 볼 수 있음이 너무도 행복했다. 그래서 첫 번째 부류의 여자든 두 번째 부류의 여자든 모두 차 비서의 경계 대상이었다. 차 비서만의 황건이기를 바라는 마음 때문이었다. 언젠가 가까운 곳에서 사랑을 찾으실 것이라는 믿음이 차 비서에게는 있었다.

"하지만 전 그 황 대표님을 만나야겠거든요. 그 사람이 여길 찾아오라고 분명히 그랬다고요."

삼십억과 그의 변태 사진을 맞바꾸는 화합의 장이 곧 열릴 예정인데 이런 데서 걸림돌이 있을지 예상 못했던 바였다.

"다시 한 번 말씀드리지만 선약 없이는 절대로 저 안에 들어가실 수 없으십니다."

차 비서는 두 번째 손가락으로 집무실의 문을 가리켰고 창희의 눈에는 그 집무실의 문이 무척 크고 무거워 보였다.

'당신 그렇게 잘난 사람이었나? 무슨 대통령을 선약 없이 만나

보자는 것도 아니고 말이야.'

창희는 죄 없는 그 방의 문을 노려보았다. 이렇게 강한 문지기를 고용하다니.

"제가 지금 여기서 나간다면 비서님께 곤란한 일이 생길 거라고요."

라고 협박하는 말을 했지만 창희의 눈은 무척 떨리고 있었다. 창희의 단점은 여자에게는 한없이 약했고, 남자에게는 한없이 강하다는 것이다. 여자들과의 신경전에서는 늘 진다. 창희의 자신 없는 모습에 차 비서는 기 싸움에서 우위를 잡으며 말했다.

"선약 없이 찾아오시는 여자 분들 모두 다 그런 협박들을 하시죠. 이렇게 약속도 없이 찾아오는 여자 분들이 한두 분도 아니거든요. 약속 없이 무작정 오면 황 대표님을 만날 수 있다는 기대감을 가지신 분들이 하루에 두세 명은 꼭 계신데 한 번도 황 대표님이 만나주신 적은 없습니다. 상처받지 마시고 그냥 돌아가시죠."

'신데렐라 콤플렉스'에 빠져 있는 여자애들 상대하기도 지쳤다는 표정으로 말을 끝낸 차 비서는 책상에 앉아 아까 읽던 홈쇼핑 전단지를 다시 들추고 있었다. 유명한 디자이너가 디자인한 속옷을 주문 중이었다. 차 비서는 겉모양은 비서로서 늘 단정하고 정갈했지만 속옷만은 화려하게 입고 있었다.

창희는 자신을 모른 척하고 홈쇼핑 전단지에 몰두하고 있는 차 비서의 책상을 주먹을 쥐고 똑똑 두드렸다. 차 비서는 뿔테 안경을 다시 내리며 창희를 보았다.

"할 이야기가 더 남았나요?"

차 비서는 귀찮다는 목소리로 말했다.

"인터폰으로 제 이름이라도 전해주세요. 꼭 만나야 할 일이라서요."

황건, 이렇게 무서운 비서를 두다니. 자기는 함부로 내 진료실에 들어와 놓고는. 우리 장 간호사한테도 저런 카리스마를 가져보라고 말해야겠다. 왠지 그녀가 모시는 상사가 대단해 보이잖아. 창희는 그런 생각을 하며 차 비서에게 간절히 부탁 중이었다.

차 비서는 귀찮다는 듯이 한숨을 내쉬었다.

"후, 끈질기군요. 이름이 어떻게 되나요?"

본명을 말하고 싶었지만 그가 자신의 본명을 기억 못할 수도 있어 가명을 대야 했다.

"아, 안나."

안나라는 이름이 조금 창피해서 작게 말했다.

"네? 뭐라고요? 정확히 말씀해 주시죠."

어이가 없다는 차 비서의 표정을 애써 피하며 다시 말했다.

"안나요."

부끄러워서 몸의 자체 온도가 올라가 창희는 상당히 더웠다.

"그러니까 이름이 안나라고요?"

"네, 그렇죠."

"안나라."

차 비서는 한심하다는 듯 고개까지 저으며 인터폰을 들고 말했다.

"대표님, '안나' 라는 분께서 찾아오셨습니다. 바쁘신데 돌려보낼까요?"

　차 비서의 목소리는 십오 세의 소녀의 목소리로 변해 있었다. 창희는 눈과 귀를 의심하며 차 비서를 뚫어지게 쳐다보았다. 목소리 변조라는 것은 저런 것이구나, 라고 깨달음을 얻는 순간이었다.

　[아니, 들어오라고 그래. 그리고 지금부터는 내가 나갈 때까지 아무도 들이지 마. 차 비서도 물론이고.]

　황건의 목소리가 인터폰에서 흘러나왔다. 그의 목소리가 이렇게 반갑게 들릴 줄은 몰랐다.

　"아니, 대표님. 안나라는 분이십니다, 안나."

　차 비서는 황건이 잘못 들은 것이 분명하다 생각하여 안나라는 이름을 강조하며 말했다.

　[그 안나를 당장 들여보내라고.]

　차 비서는 당황한 기색이 역력해져서 창희에게 말했다.

　"드, 들어가시죠."

　"고, 고맙습니다."

　창희는 뭐가 고마운 건지 고개까지 숙이고 차 비서에게 인사를 하고는 그의 집무실 안으로 들어갔다.

　호텔의 서머 페스티발 기획안을 검토 중이던 황건은 꽃무늬 원피스를 입고 들어오는 창희를 흘끔 보았다. 옷과 직업의 이미지를 저렇게 매치시켜 입다니. 직업 의식이 없어 보이더니 꽃뱀이라는 직업 의식만 투철한 여자군. 황건은 들어오는 그녀를 모른 척하고 서류에 눈을 돌렸다. 요란한 꽃무늬 옷을 입고 어색한 짙은 화장을 하고 본색을 드러내며 나타난 그녀였는데도 가슴이 아릿해지며 헷갈리는 이유는 무언가. 그녀는 자신을 등쳐먹기 위해 접근한 꽃뱀일 뿐인데. 황건은 갈피를 잡지 못하는 자신의 마음에 실소를 금치 못하고 있었다.

창희는 로코코 양식의 부담스러운 장식이 있는 커다란 책상 앞에 앉아 무언가 아주 바쁜 척을 하는 황건을 보았다. 창희는 꿔다 놓은 보릿자루처럼 그의 책상 앞에 서서 그가 고개를 들기를 기다렸다.

임팩트가 약했나? 그렇게 생각한 창희는 스커트를 더 들어 올리며 삐딱한 포즈로 섰다. 케이블 영화에서 봤던 거리의 여자들처럼.

무언가 바쁜 남자의 모습이란 얼마나 멋있는 것인가 창희는 감탄했다. 이 고급스러운 분위기의 방과 황건은 너무도 잘 어울렸다. 황건의 외모는 대한민국 1%임을 인정해야 했다. 그러고 보니 그는 외모도, 돈도, 성적 취향도, 중요 부분의 크기도 대한민국의 1% 안에 드는 진정한 노블레스였다. 창희는 고개를 흔들어 정신을 차려야 했다. 자신은 지금 그를 협박해 돈을 받으러 온 '꽃뱀'이다. 겉으로 보이는 그의 외모에 혼란에 빠지면 안 되었다. 그가 가진 것이 아무리 커다랗다 하여도 말이다. 꽃무늬 원피스가 자신의 이미지를 부각시켜 주기를 바라며 창희는 입을 열었다.

"바쁘신가 보죠? 그 어떠한 일보다 더 중요하고 급박한 사안이 당신 눈앞에 있을 텐데요. 우선순위를 다시 한 번 생각해야 하지 않을까요?"

창희의 말에 황건은 고개를 들었다. 100m 밖에서도 눈에 들어올 것 같은 꽃무늬 원피스를 입은 창희를 보고는 황건의 다시 심장이 두근거리고 있었다. 건강상, 혹은 정신적으로 몸에 좋지 않은 그녀를 어떻게든 처리해야 했다. 그녀의 말처럼 급박하게 처리해야 할 사안은 안나라는 여자인 것 같다.

"좋아, 거기 앉지."

창희는 그가 가리키는 소파에 앉았다. 소파에서는 통유리로 된 창을 통해 서울의 스카이라인이 보였고, 도로의 꽉 막힌 러시아워의 실체도 보였다.

"네, 그러죠."

황건은 마주 앉은 창희를 보았다. 짧은 스커트는 소파에 앉은 창희의 튼실한 허벅지를 모두 드러내었다. 자신을 앉게 할 줄 몰랐던 창희는 스스로의 눈에 내려다보이는 자신의 허벅지가 몹시 부담스러웠다. 그에게 몹시 미안한 생각마저 들었지만 창희는 다리를 꼬아보였다. 왜냐? 자신은 지금 꽃뱀이니까.

"흠."

그는 창희의 아슬아슬한 허벅지가 겹치는 부분의 틈을 보며 감탄인지 비명인지 모를 작은 신음을 입 밖으로 내뱉었다. 그녀에게 입을 처음 맞추었을 때 심장까지 전해지는 듯한 그 느낌이 다시 솟아나고 있었다. 입에 닿았던 그녀의 도톰한 입술의 촉감이 아직 그의 입술에 그대로 남아 있었다. 하지만 진정해야 했다. 그녀의 드러난 육감적인 허벅지에도 진정해야 했다. 그녀는 노블레스들만 노리는 고급 꽃뱀이니까. 그들이 명예를 중요하게 생각한다는 것을 알고 약점을 잡아 큰돈을 요구하는 여자일 뿐이다. 그런데 여의사가 왜? 요즘 먹고 살기 편한 직업이 어디 있겠는가? 사회적 위치와 도덕성은 연관이 없었다.

"날 협박할 그 카메라는 가지고 왔나?"

그의 목소리는 그의 집무실에 무겁게 가라앉았다.

"당연하죠."

창희는 가방에서 디지털카메라를 꺼내 들었다. 봄 학회 때 제약회사로부터 선물 받은 카메라였고 황건의 펜트하우스에 가기 전 매뉴얼을 처음으로 꺼내놓으며 사용법을 연습했었다.

"어디 보지. 어떤 걸 찍어 날 협박할 건지."

그가 말했지만 창희는 찍은 사진을 다시 보는 것을 매뉴얼 수첩 없이는 할 수가 없었다. 그렇다고 지금 메뉴얼을 꺼내놓기에는 참 모양 안 나는 일이었다. 디지털 시대는 아날로그적인 창희에게는 무척 힘든 시대였다. 늘 시대를 겉도는 느낌이라고 할까?

"직접 보시죠."

창희는 들고 있던 카메라를 그에게 주었다. 꽃뱀 일을 시작한 지 얼마 되지 않아서 신중하지를 못했다.

"겁없군. 이미 컴퓨터에 다운로드했다는 소리는 아니겠지? 그렇다면 당신이 원하는 그 돈 받을 수 없어."

"의심도 많으시긴, 절대 그럴 일은 없습니다."

황건은 차갑게 웃으며 그것을 받아 들었다.

"그래?"

보기보다는 어설픈 꽃뱀이군. 그는 전원을 눌러 카메라를 작동시켰으며 그녀가 찍은 사진을 화면에 뜨게 했다. 창희도 자신이 무엇을 찍었었는지 보고 싶어 고개를 그의 곁으로 들이밀었다.

"후."

그가 깊이 숨을 마셨다. 창희의 향기가 그의 코끝에 닿았고 그는 다시 박동했다. 그녀의 호흡이, 그리고 피부의 온기가 공기로 전해져 그에게까지 닿았다. 몸을 자신에게로 숙여 그녀의 가슴은 반 이상이 드러났다. 그는 깊은 숨을 들이마시며 당장 그녀의 허리를 감고 싶은 마음을 억눌렀다.

첫 화면에는 동영상이 뜨고 있었다. 수건만 허리에 두르고 잠든 그에게 망사스타킹이 입혀져 있었고, 머리에는 토끼 머리띠, 손에는 채찍과 망사팬티가 들려진 모습, 그리고 발가벗은 바비가 그의 옆에 눕혀 있는 모습이 차례로 보이고 있었다.

"아주, 재밌는걸."

말은 그렇게 하고 있었지만 그의 입술이 살짝 올라가며 부르르 떨고 있었다. 내가 잠든 사이 이런 짓거리를 했단 말이지. 다른 사람이었으면 지금 당장 목을 졸랐을 것이다.

"취향이 참 독특하시네요."

창희의 말에 그는 그녀를 노려보았고 그녀는 바로 딴청을 했다. 자신이 가학당한 사진을 즐기는 것을 보니 그는 변태가 맞는 것 같긴 했다. 그는 다시 창희가 찍은 사진들을 차례대로 보았다. 마지막으로 찍힌 긴 성기 모양의 팬티는 순간 '이게 내 몸의 일부인가' 하고 깜짝 놀랄 만큼 리얼했다. 그는 창희를 흘끔 보았다. 고개를 내밀고 같이 보던 창희가 말했다.

"그건 진짜랑 다름없이 찍혔어요."

스스로가 아주 자랑스러운 것 같았다.

"그래서 이걸 우리 호텔 홈페이지 게시판에 올리시겠다?!"

그런데 자신이 찍은 사진도 못 보는 슬쩍 기계치스러운 분께서? 황건은 카메라를 그녀가 건넬 때부터 무척 치밀하지 못하다는 생각을 했었다. 이 여자, 초범인 건가?

"자, 그러니까 협상을 하자 이거죠."

"협상이라."

협상 같은 것은 안 해도 될 것 같았다. 황건은 자신이 들고 있는 카메라를 보며 쾌재를 불렀다.

"그렇죠. 전 여기에 협상을 하러 온 거죠. 자, 카메라를 주세요. 그리고 이제 우리의 거래에 대해 차근차근 말해볼까요?"

"차근차근이라고?"

그는 창희의 카메라에서 몇 개의 버튼을 눌렀다. 그러자 화면에 이런 글자가 떴다.

〈선택한 모든 사진을 삭제할까요?〉
〈예, 아니오.〉

요즘 카메라들은 너무 똑똑하다 '객관식 문제도 풀 줄 아네?' 라고 감탄도 잠시, 창희는 정신이 번쩍 들었다.

"어! 지금 뭐 하는 거죠? 그거 당장 내놔요!"

비명이나 다름없었다. 그 순간 그는 그 버튼을 눌렀다.

〈예.〉

사진이 삭제되는 모습은 '파이널 파이터'에서 우리 편의 에너지가 사라지는 모습과 비슷했다. 그 소리는 바로 게임오버. 삼십억이 날아가고 있는 순간은 슬로모션처럼 아주 느리게 그녀의 눈에 보여졌다. 이런! 변태에게 또 속았다. 자신은 꽃뱀 일을 처음 하는 초보자였고 그는 꽃뱀을 수없이 다루어본 선수였던 것이다. 그의 잘생긴 외모에 방심했었다. 사람들은 잘생긴 외모를 곧 '선'이라 인식하고 잘생긴 사람들은 마음도 아름다울 것이라 착각한다. 그래서 의심없이 그에게 카메라를 건네주었다. 게다가 디지털 카메라는 그렇게 사진이 쉽게 삭제되는 것인지 이제야 알았다. 무지가 낳은 결과였다.

창희는 기절할 것만 같았다. 손과 다리가 달달 떨렸다. 당첨된 로또를 손에 쥐고 버스를 탔는데 손에 쥐고 있던 그 종이가 창밖으로 날아가 버린 느낌이었다. 아니면, 당첨된 로또를 손에 쥐고 버스를 타고 내려 은행에 가서 돈을 타내려는 순간 은행 강도가 와서 뺏어가 버린 느낌이었다.

"말도 안 돼. 이, 소인배 같으니라고! 어떻게 삼십억을 그렇게나, 날려요!"

창희는 몹시도 더듬거렸다. 얼굴 근육이 제멋대로 경련했다.

"나더러 소인배라고? 그럼 사기 치는 당신은 대인배인가? 단어

선택 또한 평범치 않아. 머리 속에 사전이라도 들어 있는 거야?"

"날 속였잖아요! 사기꾼!"

"적반하장의 진면목을 보여주는군. 사기는 꽃뱀인 당신이 친 거고 난 응징했을 뿐이지."

그는 차갑게 웃으며 창희의 디지털카메라를 창희의 손에 돌려주었다. 던져진 카메라를 보며 창희는 주저앉아 훌쩍이기 시작했다. 이제 그 무거운 빚에서 헤어나서 아버지와의 약속을 예정보다 빨리 지키나 싶었는데…… 더 이상 유한마담들의 얼굴을 부풀리는 재미없는 일은 끝이다 싶었는데……. 돈은 이리도 사람을 자기가 아니게 만들기도 한다. 돈에 다시 한 번 혹하여 꽃뱀을 사칭하고 황건을 등쳐먹으려고 했다. 따지고 보면 홍길동이나 조로는 의적이기는 했으나 남의 것을 탐했다는 점에서 도둑이라는 오명은 씻을 수가 없을 것이다. 부자는 부자인 나름대로의 노력과 이유가 있었을 텐데 자신은 그가 가진 것을 노력없이 공유하려 했다. 새엄마 희숙 씨가 노력없이 얻은 것은 자신의 것이 아니고 언젠가는 물거품처럼 사라질 뿐이라고 해오던 말이 귓가에 맴돌았다. 하루살이 정신으로 하루를 살라고 말씀하시던 걸 잠시 잊었다.

시간이 얼마나 지났는지 감각도 없었다. 망연자실해서 바닥에 주저앉은 그녀의 앞에 황건이 한쪽 무릎을 꿇고 앉았다. 황건은 멍하니 넋을 잃은 창희를 한동안 보다가 손가락으로 그녀의 턱을 들어 자신을 보게 했다. 그녀의 시선에는 초점이 없었다. 그때 한 줄기 눈물이 흘렀다. 황건은 손으로 그녀의 눈물을 닦고 짙고 어색하게 칠해진 붉은 립스틱을 눈물에 젖은 손가락으로 닦아내었다. 립스틱이 번져 울고 있는 그녀는 마치 피에로같이 보였다.

"왜지? 왜 그렇게 큰돈이 필요했던 거지?"

"빚이 있었어요."

오랜만에 솔직한 그녀였다.

"빚이라고? 샤넬 백을 사대느라고 빚을 진 거야? 그래서 사채업자에게 시달리는 거야? 아니면 꽃뱀을 관리하는 포주로부터 빠져나오려고 몸값을 준비하는 건가?"

이상주의자 아버지의 빚을 갚는다는 것보다 어쩌면 황건이 말한 그것이 더 현실적인 설정 같았다.

"더 이상 알려고 들지 말아요. 당신 같은 사람은 말해도 이해하지 못할 테니까."

황건은 눈물 가득한 눈으로 자신을 노려보는 창희를 보았다. 꽃뱀치고는 눈이 너무도 순수했다. 그녀가 꽃뱀 일을 관두면 그녀를 자신의 옆에 두어볼까? 빚을 갚아주고 그녀를 가질까? 자신을 등쳐먹으려고 했지만 그냥 놓치기엔 아까운 버라이어티한 여자다. 황건의 머리 속에 그녀의 그 버라이어티한 점을 이용하고 싶은 곳이 생각이 났다.

"그런 사진을 인터넷에 올려봤자 난 잠시 쪽팔리면 그만이지만 안나 당신은 명예훼손으로 감옥에 가게 돼. 어차피 나에게는 먹히지도 않는 협박이었다고."

아, 그런가? 창희는 순진한 눈으로 그를 올려보았다. 그의 눈은 언제나처럼 깊었다. 곧 빨려들어 갈지도 몰랐다.

"하지만 상심하지는 마. 삼십억이 필요하다면 삼십억의 가치가 있는 일을 하고 내게서 돈을 받는 방법도 있으니."

"삼십억의 가치가 있는 일이 도대체 뭐죠?"

그녀는 금방 솔깃해졌다. 슬픔을 금방 잊는 DNA가 몸속에 있어서인지 그녀의 눈물은 길지가 않다.

"나 황건의 개인 스파이로 당신을 고용하겠어. 날 속여 넘어갈 수 있는 당신의 버라이어티 한 능력이면 충분해."

"스, 스파이?"

케이블 영화에서 보던 그 스파이 말인가? 말만 들어도 멋.있.다.

"그래, 내가 시키는 일을 완수하면 그 돈을 줄게. 어때? 생각 있나?"

"당연하죠."

두 번 생각할 것도 없었다. 창희는 벌떡 일어났다. 스파이란 말만 들어도 아드레날린이 솟구치는 것 같았다. 적성검사를 다시 한다면 스파이라는 직업이 나올 것 같이 자신과 잘 맞아떨어지는 일 같았다. 게다가 유한부인들을 상대하는 일에 매너리즘에 빠진 그녀에게 스파이라는 말은 탈출구와도 같았다. 황건은 자신과 가한 그룹이 처한 상황을 자세하게 설명했다. 그녀는 보기보다 빠른 이해력을 가지고 있었다.

"가족의 히스토리가 콩가루스러운 느낌이 드는군요. 우리 집이랑 비슷한 것 같기도 하고."

"안나, 당신이 황태에게 접근해서 그가 가진 정보를 빼내와. 사라진 유서의 비밀을 그가 알고 있을 거야. 치밀한 황 회장이 그냥 가셨을 리가 없어. 황태 일당들이 나에게 유리하게 작성된 유언장을 숨기거나 없애 버렸을 가능성이 농후해. 만약 황태가 최고 경영권을 갖게 되면 회사가 어떻게 될지 불 보듯 뻔해. 황 회장이 이루어놓은 가한그룹이 아들이라는 이유로 황태에게 경영권을 맡겨 무너져 내리는 것을 난 도저히 볼 수가 없어. 가한그룹을 세계적인 기업으로 키우는 게 황 회장의 목표이자 나의 목표였어. 난 가한그룹을 더 키워 나가야 해. 그 자식은 절대로 안 돼. 겉만 번지르할 뿐 굉장히 단단한 돌대가리거든. 회사가 망하는 건 시간문제야. 안나, 당신이 내가 경영권을 갖는 데 일조를 한다면 그게 바로 삼십억의 가치가 있는 일이지."

"그럼, 내가 할 일이 뭐죠?"

"간단해. 황태에게 접근해서 그를 안심시킨 후 그에게서 보고 들은 모든 정보를 캐내와."

창희에게 그런 주문을 하는데 황건의 심장이 바늘에 찔리는 듯 아파왔다. 왜 이런 거지? 알 수는 없었다. 그녀를 만난 후 자꾸 그랬다. 심장에 문제가 있는 시점과 그녀를 만난 시점이 일치하고 있는 것 같았다. 황건은 자신의 책상 서랍에서 작은 녹음기를 꺼내어 그녀에게 주었다. 창희는 희한한 물건을 보듯 그것을 만지작거렸다.

"이게 뭐죠?"

"녹음기. 무엇이든 중요한 것 같으면 그의 말을 녹음해."

"하지만 내가 어떻게, 무슨 재주로 황태라는 남자에게 접근하죠? 그가 나를 멀리하고 싶어하면 어쩌죠? 그의 집의 도우미로 취직할까요? 하지만 난 낮에는 환자를 돌봐야 하는데."

"안나, 당신 잠시 겸손하군. 당신은 그 유명한 노블레스 클럽의 에이스인데다가 나를 넘어가게 한 꽃뱀이잖아."

"그건, 평범치 않은 당신의 취향에 문제가 있는 거겠죠."

이렇게 두꺼운 허벅지로, 땅콩버터로 인해 배는 늘 볼록하고, 44사이즈가 평균인 이 세상에서 55사이즈도 작은 내가 도대체 누굴.

"그 황태 자식은 내가 가진 것은 모든지 가지고 싶어해. 어려서부터 늘 그랬지. 당신을 나와 결혼할 사람이라고 집안에 소개하겠어. 내게 소중한 거라 생각하고 황태는 분명 당신에게 접근할 거야. 나에게서 당신을 뺏고 싶어할 테니까. 날 상처 주고 쾌감을 얻기 위해서. 이상한 콤플렉스를 가진 놈이지."

"그럼 유혹이 가능할까요?"

"당신이 제일 잘하는 일이 그것 아닌가? 남자를 유혹하는 것, 침대 위에서든 어디에서든."

창희는 입을 물고 잠시 고민했다. 침대 위에서도 유혹하라고? 금욕처녀를 내던지려 했었으니 뭐 어려울 건 없다. 그녀는 세상사는 모든 것이 간단하고 긍정적이었다.

"그럼, 해볼게요. 되든 안 되든 난 그 돈이 필요하니까. 계약서 쓰죠."

"계약서는 왜?"

"확실히 하자고요."

황건은 책상으로 가서 종이 위에 이렇게 썼다.

〈나 황건은 안나, 혹은 최창희를 개인 스파이로 고용하였고 안나, 혹은 최창희가 스파이로서의 임무를 완수하였을 경우 삼십억의 현찰을 그녀에게 주겠음.〉

황건은 마지막으로 사인을 휘갈겨 쓰고 창희에게 주었으며 창희는 그것을 본 후 소중히 샤넬 백 안에 넣었다.
"법무사에게 공증을 받겠어요."
"의외로 치밀하군. 그런 말도 안 되는 종이를 법무사에게 내밀었다가는 병원을 가보라고 하지 않을까?"
"말이 되든 안 되는 친필사인 하셨잖아요. 그럼 황 대장, 악수나 합시다."
"황 대장?"
"당신을 마땅히 부를 호칭이 없어서요. 영화에서 보면 스파이들이 상사를 다 그렇게 부르던걸요, 대장이라고."
황건이 창희가 내민 손을 잡고 악수를 했다. 대장이라는 말도 썩 나쁠 것이 없다 싶었다. 듣도 보도 못한 스파이 계약이 성립되는 순간이었다.
"그럼, 가지."
황건은 느닷없이 그렇게 말했다.
"어딜요?"
"오늘 우리 호텔 다이아몬드 홀에서 할머니 구순잔치가 있거든."

이 집안 장수하는 집안인가 보다.

"내, 내가 왜 거길 가요? 당신 할머니 구순잔치를 느닷없이?"

한복 입고 노래라도 불러야 하는 건 아닌가? 노래는 절대 안 되는데. 음정이나 박자보다는 필에 집중하여 노래를 부르는 창희는 더 이상 사람들을 혼란의 도가니로 빠뜨리는 노래 따위를 하지 않겠다. 마음먹은 적이 있었다.

"벌써 잊었나? 안나 당신은 이제 나와 결혼할 여자거든."

황건은 조금 아까 쓴 스파이 계약서가 든 창희의 샤넬 백을 가리켰다.

"아, 오늘부터 일을 시작하는 건가요?"

떨린다. 창희는 숨을 들이켰다.

"음, 우선 옷부터 사지."

황건은 전방 100m에서도 눈에 뜨일 듯한 창희의 꽃무늬 원피스를 보고 말했다.

"이 옷이 어때서요?"

"지금은 마치 꽃뱀 같잖아. 그런 옷을 입고 다이아몬드 홀로 가면 모두 나의 안목을 의심할 거야. 나까지 싸구려로 보이는 자존심 상하는 일 따위는 경험하고 싶지 않거든. 그래서 난 완벽한 것만 선택해."

그런 그 앞에는 절대 완벽하지 못한 여자가 서 있다.

"인정해요. 이건 꽃뱀으로 보이기 위한 의상 콘셉트였죠. 프로는 모든 게 완벽해야 한다는 말에 나도 인정해요. 당장 가죠, 완벽한 변장을 하러."

노블레스 클럽에선 19금 판타지 드레스를 입었었고 택시기사에게 할로윈 귀신으로도 오해도 받았었다. 그보다 더한 의상은 이 세상에 존재하지 않을 듯하니 어떠한 옷이라도 다 입어줄 수 있을 것 같았다.

그들이 황건의 집무실을 나오자 차 비서가 벌떡 일어섰다. 그리고 황건과 창희의 모습을 번갈아 보았다. 창희의 번진 립스틱을 보며 차 비서는 무언가를 짐작한 듯 혼란스러운 눈치였다.

"어딜 가십니까?"

비서로서 묻는 건지 여자로서 묻는 건지 모호한 말투였다. 차 비서의 질투 어린 눈빛을 파악 못한 창희는 무서운 사감 선생님을 보듯 잠시 뒤로 빠져 있었다. 황 대장, 당신 비서 너무 카리스마 넘쳐.

"오늘 이대로 퇴근할 거야. 여긴 오지 않을 거고. 어디 좀 들렀다가 바로 다이아몬드 홀로 갈 테니 차 비서는 할머님 구순 준비는 잘되어가는지 빈틈없이 체크하도록."

"저도 참여하는 건가요? 대표님의 비서 자격으로서."

차 비서는 오늘 구순잔치에서 집안 어른들의 신임을 받고자 계획했었다.

"아니, 그럴 필요는 없어. 가족들과 회사 임원들만 모여 조촐히 열기로 한 파티니까. 할머님도 그렇게 원하셨고."

차 비서는 목이 탄 듯 마른침을 삼켰다.

"저, 그런데 저분은 누구신지……?"

차 비서의 손가락은 창희를 가리켰다.

"그걸 차 비서가 왜 궁금해하지?"

황건의 얼굴이 갑자기 서늘해졌다. 혹시 차 비서가 황태의 사주를 받아 자신들의 대화를 엿들은 것은 아닌지 하는 생각 때문이었다. 지금 황건이 처한 상황 때문에 누구도 믿을 수 없었다. 황태가 곳곳에 첩보자를 심어두었기 때문이다.

"저, 저는 황 대표님의 비서로서 나중에 안나라는 분이 오시면 오늘 같은 실수를 다시 하지 않기 위해서라도 제가 알아야 할 것 같아서요. 다음에 오시면 누구라고 보고 드릴까요? 그냥 오늘처럼 안나?"

차 비서의 뿔테 안경은 곧 벗겨질 듯 위태로웠고 진땀이 이마에서 솟아나고 있었다.

"내 애인."

황건의 답은 너무도 간단했다.

"네? 애, 애인?"

차 비서는 쓰러지기 일보 직전이었다. 그가 애인이라 칭한 여자는 안나라는 우스꽝스러운 여자가 처음이었다. 비서와 상사의 로맨스는 이대로 사라지는 건가? 차 비서는 잠시 패닉 상태였다.

"그래, 이 사람은 나와 곧 결혼할 여자야. 안나는 내가 부르는 애칭이지. '닥터 최'라고 해. 호텔 아래쪽에 있는 '함피부과'에 전문의로 계시지. 결혼할 여자 분께서 오셨다고 전하면 돼. 그럼 수고!"

황건은 그렇게 말하며 문을 나섰고 창희는 질식할 듯 숨을 못

쉬는 차 비서를 보며 그를 따라 급히 도망나왔다.

> 스파이[명사]
> 첩자, 밀정, 스파이라고도 한다. 국가나 어떠한 단체의 비밀에 속하는 정보를 허위나 매수 등의 수단을 써서 수집 및 탐지하여 대립 관계에 있는 다른 국가나 단체에게 제공하는 자를 통틀어 말한다.
> 산업스파이[명사]
> 경쟁하는 상대기업이 가진 경영이나 기술, 생산, 판매 따위에 관한 정보를 알아내기 위하여 쓰는 사람.
> 예) 황건은 그날 겁도 없이 안나, 혹은 최창희를 자신의 개인 스파이로 고용했다.

퇴근 후 작은 원룸에 혼자 앉아 땅콩버터를 퍼먹으며 케이블TV를 보는 것 외에, 그리고 작은 전자오락실에서 낡은 플라스틱 의자에 앉아 '파이널 파이터'에 열을 올리는 것 외에 별다른 취미 생활이 없던 창희에게 주어진 스파이라는 임무는 가슴이 두근거리는 유혹이었다. 돈과 일에 대한 매너리즘에 빠진 창희가 체리를 따라 '노블레스 클럽'까지 따라간 것도 어쩌면 같은 맥락에서일지도 모른다. 주체할 수 없는 호기심과 매너리즘이 함께 승화된 것이다. 더구나 그 스파이 일을 준 황건은 창희에게 순식간에 날아간 '삼십억'을 다시 걸었다. '삼십억' 그 얼마나 매혹적인 숫자이고, '스파이' 그 얼마나 두근거리는 단어인가? 007 시리즈의 본드걸이 된다면 이런 기분일까? 물론 싸우면서도 아름다운 패션 감각에 신경을 써야 하는 에스라인의 그들과 창희는 분명 많이 다르긴 달랐다.

꽃무늬가 화려해서인지 호텔의 유니폼을 입은 모든 사람들은 창희를 보았다. 일명 '꽃가라 옷'은 꽃뱀으로서는 몰라도 스파이로서는 배드 초이스였다. 사람들 눈에 너무도 띄고 있다. 해리포터가 가지고 있는 투명망토라도 있었으면 전신을 덮고 싶을 정도였다.

"왜 호텔 직원들이 나만 쳐다보죠?"

창희가 빠른 걸음을 걷는 그에게 물었다. 부담스러울 정도로 많은 눈들이 자신을 훑고 있었다. 눈치없는 창희도 알아챌 만큼.

"나와 같이 걷고 있으니까."

황건은 자신있게 대답했다.

"아주 중증인 병을 앓고 계시는군요. 왕자도 아닌 황태자병."

약도 없는 병이 그 병이라더니.

"자꾸 잊나 본데 난 가한그룹의 황태자야. 직원들이 당신을 쳐다보는 또 하나 이유는 당신의 시대를 거스르는 패션 감각 때문이지. 이십 년 전 우리 집 식탁의 식탁보를 연상하게 하는 꽃 프린트군."

"식탁보라니요? 내가 누구 때문에 동네 옷가게에서 거금을 주고 이 꽃무늬 옷을 샀는데요!"

창희는 그의 왼손과 오른손을 전선으로 연결해 전기 충격을 주고 싶을 정도로 그가 얄미웠다.

"악쓰지 마. 모두 당신을 눈여겨보고 있고 그중 상당수가 황태에게 매수를 당한 직원들이야. 자칫하면 당신과의 계약 관계임이 들통날 수가 있어. 다정한 모습을 모두에게 보여야지."

그렇게 말하며 황건은 창희의 허리를 팔로 감아 안고 걷기 시작했다. 그의 단단한 몸은 창희의 물컹한 몸에 무한한 자극을 주고 있었다. 금욕처녀의 숨이 차 오르기 시작했다.

"저기요, 과다한 스킨십은 제가 좀 불편하거든요."

"조용, 가만히 있어. 이래야 당신이 나의 피앙세라는 것을 모두에게 인식시켜 줄 수가 있어."

"저기 그런데 스파이로서 필요한 물건이 아까 준 녹음기 하나면 되나요? 일을 하려면 식비, 교통비, 의상비 등의 부대 비용이 필요한데."

"음, 착수금을 말하는 건가?"

"그렇죠."

포르세의 기름은 또 바닥을 달리고 있다.

"내 개인계좌와 연결된 현금카드를 주지. 어디에 썼는지 영수증은 꼭 첨부하도록."

"당신, 보기보단 쩨쩨하시군요!"

"당신은 돈 때문에 날 등쳐먹으려 했던 여자잖아, 안나 양."

"아, 그랬었죠."

이봐, 농담인데 그렇게 진지할 필요까지는 없잖아.

며칠 사이에 창희에게 너무도 많은 수식어가 붙어버렸다. 노블레스 클럽의 에이스, 꽃뱀, 스파이, 그리고 제일 재미없고 평범한 매너리즘에 빠진 닥터 최. 창희는 그와 걸으며 황태라는 목표물이 궁금해졌다. 그를 과연 유혹할 수 있을까 싶었는데 무리일 것만 같지는 않았다.

'황' 가의 남자들은 같은 유전자를 가지고 있을 테니 황태라는 남자도 약간의 변태 DNA가 섞여 있어서 자신의 늠름한 등치에, 그리고 튼실한 허벅지에 '혹' 할지도 모른다는 생각을 했다. 현대인의 취향은 갈수록 다양해지고 있지 않은가? 다양성을 인정해야 발전이 있는 것이다. 창희는 그렇게 자신을 안심시키며 아케이드의 화려한 부티크 안으로 따라 들어갔다.

"어머, 어서 오세요. 황 대표님께서 어떻게 여기까지 행차를 다 하시고~"

그들이 부티크 안으로 들어서자마자 부티크를 지키고 있던 디자이너 박이 호들갑을 떨며 인사를 했다. 디자이너 박은 쌍꺼풀이 큰 남자였다. 머리 스타일은 단발이었다. 디자이너 박의 시선은 그대로 창희에게 꽂혀 떨어지지를 않았다. 창희 역시 그런 스타일의 남자를 처음 보았기에 눈을 뗄 수가 없었다. 두 사람은 외계 생물체를 보는 것 같은 시선으로 서로를 감시했다.

"하, 하이."

창희가 먼저 침묵을 깼다. 어색하면 튀어나오는 짧은 영어다.

"하, 하이."

디자이너 박도 창희에게 인사를 했다.

"저기, 실례지만 그 의상은 누구의 작품이죠? 입센 로랑? 도나 카렌?"

"수지 킴의 작품이죠."

창희는 당당히 대답했다. 동네 골목을 올라오다 보면 있는 '수지네'에서 급하게 준비한 의상이었다.

"음, 상당히 파격적인 플라워 프린트로군요. 이런 것을 초이스 하시다니 대담한 패션 감각이시군요. 저라면 권해 드리지 않았을 텐데. 너무 커다란 플라워 프린트 때문에 아름다우신 얼굴에 시선이 가질 않는군요."

"디자이너 박이 직접 이분께 어울리는 옷으로 하나 골라주었으면 해."

황건은 의자에 건방진 모습으로 기대앉았다. 그는 세상의 모든 것이 자기 것인 양 아무에게나 반말이다. 아무래도 애초부터 태어나길 아주 건방지게 태어난 것 같았다.

"음, 어디 보자. 입고 가셔야 할 곳은 어디죠?"

디자이너 박은 창희의 몸을 위아래로 살폈다. 끈적이는 남자의 시선보다 객관적인 남자의 더 무섭다는 것을 깨닫는 순간이었다. 창희는 디자이너 박의 놀란 시선이 멈칫하는 자신의 배에 힘껏 힘을 주었다. 땅콩버터를 정말 끊고야 말 테다.

"오늘 우리 할머님 구순잔치에 나와 같이 갈 거야. 결혼할 여자라고 오늘 말씀드릴 거거든. 첫 대면이니 만큼 확실한 것으로 골라줘."

황건이 여기저기 창희를 결혼할 여자라고 떠들고 다니는 것은 호텔 안의 입소문이 제일 빠르게 번지기 때문이다. 이 호텔 안에는 황태의 첩자가 너무도 많았고, 황건은 그 사실을 이미 알고 있다. 첩자를 역이용하는 중이었다. 황태는 디자이너 박의 주요 고객이었고 친밀한 사이였다. 그들은 예술적인 영혼이 통하는 것 같았다.

"아, 그럼 이분이 황 대표님의……."

뭐냐, 말의 마무리가 그렇게 안타깝게 지어지는 이유는? 창희의 눈이 디자이너 박을 보며 삐쭉 올라갔다. 창희의 심란한 얼굴을 본 디자이너 박은 어색하게 웃으며 말했다.

"피앙세?"

"정확해."

마무리는 황건이 지어주었다.

"반가워요."

창희는 당당히 손을 내밀어 악수를 청했고, 디자이너 박은 그녀의 손을 살짝 잡았다.

"꽤 사교적이신 성격이시로군요. 전 디자이너 박이라고 합니다."

디자이너 박은 흘러내린 단발을 귀 뒤로 넘겼다.

"그럼, 왕 할머님 생신잔치고 하니까 얌전하고 우아한 분위기로 가야겠네요. 어디 보자, 딱 어울리는 옷이 하나 있어요. 볼록 나온 배도 완벽히 커버될 수 있는."

"지금 볼록이라 했나요?"

까칠한 피앙세의 캐릭터를 설정한 창희는 되물었다. 예술가들은 떠오르는 대로 말을 하는 것에 익숙하다. 워낙 순식간의 영감을 잡아야 하는 분들이라 다소 직선적인 표현을 겁없이 했다.

"아니, 잘못 들으셨습니다. 볼륨감이라고 했습니다."

사나운 창희의 눈을 피해 디자이너 박은 창고로 들어갔다. 창희는 디자이너 박이 가지고 온 검은색 원피스를 가지고 피팅룸으로 들어갔고 황건은 기대에 부푼 표정을 감춘 채 그녀가 나오기를 기다렸다.

신데렐라 콤플렉스를 심하게 자극하던 영원한 로맨스 영화 〈귀여운 여인〉에서 리처드 기어는 줄리아 로버츠를 위해 LA의 로데오 거리의 최고급 부티크에서 쇼핑백이 터져 나갈 만큼의 옷을 사준다. 영화에서 제일 유명한 장면 중의 하나인데 줄리아 로버츠가 수없이 예쁜 옷으로 갈아입으며 '짜잔' 하고 나타나면 리처드 기어가 그 모습에 귀여워 죽겠다는 듯 반하여 웃은 모습이다. 그런 장면을 황건도, 창희도, 디자이너 박도, 어느 누구도 기대한 것은 아니었다. 입어보는 모든 옷마다 그렇게 잘 어울릴 수 있는 것은 줄리아 로버츠니까 가능한 것이다. 옷이 모든 몸을 다 커버할 수도, 딱 맞을 수도 없는 것이었다. 하지만 디자이너 박은 창희를 너무 '과소평가' 했다. 덕분에 창희는 작은 피팅룸에서 옷과의 사투를 벌이고 있었다.

"뭐가 이렇게 안 내려가는 거야? 지퍼가 다 안 내려갔나?"

가지고 들어간 그 검은색 원피스는 몹시 작았다. 특히 허벅지 부분이 너무 타이트하여 허벅지부터 원피스가 내려가지도, 올라가지도 않았다. 한 평 남짓한 피팅룸에서 땀 흘리던 창희는 겨우 옷을 벗어 문을 열고 손을 내밀었다. 무언가를 기대하던 황건이

본 것은 창희가 내민 손과 검은 원피스였다.

"저, 저기."

비참하지만 솔직해야 했다.

"어머, 무슨 일이죠? 마음에 안 드시나요?"

디자이너 박이 놀라서 물었다.

"자, 작아요. 절 너무 과소평가하신 게 아닌지?"

까칠한 캐릭터의 피앙세 콘셉트는 사라져 버렸다. 창희의 말이 끝나자마자 황건이 자지러지게 웃었다. 남의 절망에 신들린 듯 웃다니. 역시 나쁜 놈인 거다.

"아니, 대체 어디가? 작을 리가 없는데."

당황한 디자이너 박이 피팅룸에 귀를 대고 물었다.

"허, 허벅지 부분이요."

하마 같은 소리로 웃는 황건 때문에 아주 작게 말했는데.

"아, 네 그러시군요. 허, 허벅지 부분이 작군요!"

디자이너 박은 박수까지 치며 큰 소리로 답했다. 그 소리에 황건은 디자이너 박의 부티크가 떠나가도록 웃어주었다. 그렇게 웃어본 지가 얼마 만인 건지 몰랐다. 그의 큰 웃음소리에 기가 약한 디자이너 박은 깜짝 놀랐다.

"네, 그렇다면 한 사이즈 더 큰 걸로 드릴게요."

디자이너 박은 난감한 표정으로 한 치수 더 큰 옷을 들고 왔다. 창희가 다시 옷을 입는 내내 밖에서 들리는 황건의 웃음소리는 극에 달했다.

'그렇게 연달아 웃기도 힘들 텐데 지치지도 않나 보군. 그것도

복식호흡을 하며 웃네.'

 내 절망이 당신의 기쁨이로군! 전선줄과 커다란 건전지를 하나 사서 그를 응징해 주겠다고 생각하며 창희가 피팅룸 밖으로 나왔다. 머리는 옷을 입느라고 헝클어져 버렸다. 창희는 머리를 가다듬으며 거울을 보고 섰다. 얌전한 스타일의 원피스였지만 브이넥 부분에 스팽클이 잔뜩 박혀 있어 어찌 보면 화사하기도 했다. 디자이너 박이 창희에게 다가와서 옷을 매만져 주었다. 한 사이즈가 커도 허벅지 부분은 무척 타이트했다.
 "보기보단 옷을 크게 입으시는군요. 허, 허벅지가 아주 유, 육감적이세요. 운동을 많이 하셨나 봐요?"
 아, 젠장.
 "전 학창 시절 내내 육상부였어요. 그래서 그곳이 과하게 발달했죠."
 또 거짓말을 하고 있다. 창희는 육상 따윈 한 적도 없고—100m 23초가 신기록이다—허벅지에는 육감적인 근육 같은 것은 없었다. 그저 근육을 가장한 단단해진 지방 덩어리인 '셀룰라이트'의 집합체라고 할까나?
 황건의 웃음은 극에 달한 듯했다. 눈물까지 닦는다.
 "그리고 거기, 그만 좀 웃을래요? 난 하나도 재미없거든요!"
 디자이너 박의 등 뒤에서 거의 웃다가 넘어가는 황건을 보며 창희가 소리쳤다. 디자이너 분도 계시고 해서 참으려고 했는데 계속 웃는 것에 폭발하고 말았다. 창희의 폭발에 당황한 것은 디자이너 박이었다. 얼굴이 붉어져서 씩씩거리는 창희를 놀란 얼굴로 보았다. 안하무인인 황 대표에게 덤비다니 피앙세 자격은 충분하군.

"자, 황 대표님은 어떠신가요? 맘에 드시나요? 제가 보기엔 잘 어울리시는 것 같은데. 오히려 타이트한 허벅지 부분이 매우 육감적으로 우리에게 다가오지 않나요?"

디자이너 박이 창희의 앞에서 물러났다. 웃느라 나온 눈물을 훔치며 황건은 창희를 보았다. 자신을 노려보며 서 있는 창희는 매혹이라는 것을 내뿜고 있었다. 그는 자신을 자극하는 저 독한 눈빛에 빠져들어 웃음을 멈추었다. 그리고 그의 성적 환상 속에만 있던—허벅지 두꺼운 여신이 자신의 몸을 휘감는 그런, 아니면 튼실한 허벅지에 자신의 몸이 무겁게 눌리는 그런 환상—그 탄탄한 허벅지를 보며 몸이 끓어오르는 것을 진정시켜야 했다. 특히 가운데의 어떤 부분이 후끈 달아오르고 있었다. 황건은 자신의 몸의 반응에 당황하며 몸의 가운데의 어떤 부분보다 먼저 벌떡 일어났다.

"음, 봐줄 만은 하군. 역시 디자이너 박의 초이스는 탁월해. 옷이 날개라더니 사람까지 달라 보이는군."

블랙의 원피스와 대조되어 그녀의 얼굴은 더욱 희고 맑아 보였다. 황건은 넋이 나간 표정을 어찌 됐든 감추느라고 일그러진 표정을 그녀에게 보여야 했다.

"아, 그러신가요? 정말 황공하네요!"

창희는 입을 삐죽 내밀었다.

"벌써 사랑싸움이신가요? 연인들이란."

디자이너 박이 어색하게 끼어들었다. 그의 말에 창희와 황건은 잠시 수줍었다. 황건은 더욱 일그러진 표정으로 일관해야 했다.

"이제 가지, 안나."

라고 말하며 황건은 창희의 허리에 손을 감았다. 창희는 잔뜩 긴장을 하며 그를 올려보았으나 황건은 기분 좋은 듯 웃기만 했다. 창희는 어색한 몸짓으로 황건에게 휘감겨 디자이너 박의 부티크에서 빠져나왔다. 빠져나오자마자 창희는 허리를 감은 그의 손을 뿌리쳤다.

"뭐예요? 아까처럼 우릴 보는 사람도 없는데 왜 날 만져요? 스파이를 한다고 했지, 자꾸 날 만져도 된다고 허락한 적은 없거든요!"

창희가 그에게 따지자 황건은 어이없는 웃음으로 창희를 보았다.

"이런 어이없는 경우가 다 있나? 노블레스 클럽의 에이스면서 남자에게 술도 따르지 않는다 하고, 남자의 손길도 민감하게 반응한다. 여전히 직업 의식이 부족하군. 직업 의식이 철저할 때는 꽃뱀 일을 할 때뿐인가?"

"제가 몹시 민감해서 그래요."

그런 식의 스킨십은 금욕의 몸에 너무 자극을 준단 말이죠. 창희는 그렇게 마음으로만 외쳤다.

"민감하다? 하긴, 자극에 반응하는 속도가 빠르긴 하더군. 하지만 안나, 누가 보든 안 보든 당신은 황건의 여자 역할에 충실해야지. 디자이너 박의 의심스러운 눈초리를 보지 못한 거야? 호텔 내에서의 연기는 확실해야 해. 누구라도 속도록 말이야. 이 호텔의 복도에는 수많은 CCTV가 작동되고 있거든. 마음만 먹으면 어디서든 우리를 지켜볼 수 있다는 말이지. 게다가 우리 황가 집안사람들이 그리 호락호락하지는 않거든. 내 스킨십에 그렇게 이상하게 반응하면 당신이 가짜라는 것 금방 들통나. 그렇게 되면 당신이 절실히 원하는 그 돈은 물거품처럼 사라지는 거지. 잊지 마, 안나 당신은 지금 나의 스파이야."

그래, 스파이는 연기에도 능해야 하는 거다. 그 스파이라는 단어는 창희는 착하게 만들었다.

"인정해요."

창희는 금세 수긍도 잘했기에 고개를 끄덕거리며 그를 따라 걸었다. 그는 아케이드의 보석 가게 앞에 혼자 들어가서 주먹만한 물방울 다이아가 박힌 다이아 반지를 샀다. 그리고 사람들이 안 다니는 아케이드의 구석에 창희를 데리고 가서 그 반지를 꺼내 들었다. 창희는 그가 꺼낸 반지를 덤덤하게 보았다.

"알이 엄청 크네요. 그런데 그런 걸 왜? 착수금의 일종인가요? 난 현물 말고 현금을 좋아하는데요."

지루하다는 듯한 창희의 표정에 그는 잠시 혼란스러웠다. 보석을 지루해하는 꽃뱀도 다 있군.

"샤넬 가방은 좋아하면서 다이아에는 무감각하다니."

알 수 없는 여자군. 황건은 심드렁한 창희를 보며 작은 실망감마저 느끼고 있었다.

"그야 그날 샤넬 가방 안에 중요한 아이템들이 들어 있어서 그랬을 뿐이고."

사실 창희는 샤넬 따윈 관심없었다. 그날 샤넬 가방에 목숨 걸었던 이유는 그를 협박할 물건들이 그 안에 있었기 때문이다.

"아, 당신은 보석 따위보다 당신의 변태 물품 컬렉션에 더 애정이 가는 모양이지? 그런 걸 모으는 게 취미인가 보지? 가끔씩 착용도 하면서?"

창희의 성적 코드에 대한 황건의 의심도 여전했고,

"채찍을 휘두르는 사람이 지금 누굴 나무라는 거죠?"

황건의 성적 코드에 대한 의심도 변하지 않았다.

"뭐, 채찍? 지금 무슨 소리를 하는 거야?"

자신은 채찍을 휘두르긴 휘두른다. 자신의 애마 제니에게만 채찍을 쓰곤 한다. 꽃뱀 일을 하기 위해 조사를 했다더니 내가 말을 좋아한다는 것을 알고 있는 건가? 예상대로 치밀하군.

"부끄러운 건 아시는 모양입니다. 자, 개인의 성적 취향에 대해선 서로 묻어두자고요."

창희는 변태인 그에게 변태 처녀로 오해를 받든 꽃뱀으로 오인을 받든 전혀 신경 쓰이지 않았다. 지금 필요한 건 오직 스파이로서의 임무 수행과 임무를 완수할 경우 받게 되는 대가였다.

"좋아, 불리할 것 같으면 묵인하는 것도 하나의 방법이지."

황건은 창희의 손을 잡아 주먹만한 다이아가 박힌 반지를 창희의 손가락에 끼워 넣었다. 그들은 아주 잠깐 서로 말이 없었고 황건은 자못 진지해졌다. 이 여자에게 반지를 끼우는 일에 이런 신중한 기분이 들 줄은 예상 못했던 바였다. 그저 스파이 장난의 '도구'일 뿐인데. 그녀에게 반지를 끼워주며 괜스레 떨리는 자신에 비해 그저 흥미로운 얼굴만을 하고 있는 그녀를 보니 왠지 긴 한

숨이 흘러나왔다.

"와, 딱 맞는데요?"

이 여자는 지금 돈 삼십억 때문에 자신의 옆에 있는 것뿐인데 자신의 손끝은 왜 떨리는 건지. 황건은 정말 청혼을 하는 기분이 들었다.

"안나, 친인척들한테는 당신한테 청혼했다고 말할 거야. 황건이 청혼했는데 반지가 이 정도는 돼야 사람들이 믿겠지."

그에게는 일종의 자만의 DNA가 흐르는 것 같았다. 강력한 약을 써서 그의 자만 DNA를 무기력하게 하고 싶은 충동이 창희의 가슴에 부글부글 끓어올랐지만 참았다.

"음, 이거 혹시 반지를 가장한 소형 비디오카메라나 사진기 아니에요? 다이아몬드가 너무 커서 이 안에 그런 장치가 들어 있을 것 같아요. 이런 것까지 끼고 있으니 정말 스파이가 된 기분인데요? 아, 최첨단 무전기 같기도 하고."

창희는 물방울 다이아에 입을 대고 속삭였다.

"아, 아, 황 대장. 여긴 토끼발이다. 들리는가? 대답하라, 오버."

"황 대장이라고? 당신 머리 속을 해부하고 싶어. 무한한 상상력의 세계를 가지고 있군."

"해부는 의사가 하는 거다. 토끼발은 임무 준비 완료. 오버."

라면서 반지에 대고 쿡쿡거리는 창희를 보고 황건은 고개를 흔들었다. 이 여자, 지금 이 상황을 너무 즐긴다. 평범치 않은 것은 이미 알아봤지만 스파이 노릇을 제대로 할 수 있을까?

"그나저나 토끼발은 또 뭐지?"

"제 암호명이죠. 행운을 부르는 부적이기도 하고. 앞으로 날 토끼발이라 부르세요."

"좋아. 가지, 토끼발."

황건은 그녀를 토끼발로 부르는 데 지체없었다.

"네, 황 대장."

창희는 그가 자신을 토끼발로 칭하는 것에 왠지 신이 나서 그를 따라 걸었다. 암호명까지 생기니 진짜 스파이가 된 것 같았다.

"스파이 토끼발, 첫 임무를 띠고 목표물이 있는 장소로 이동 중."

창희는 그가 준 녹음기를 꺼내어 녹음까지 했다. 기계치인 그녀가 쓰기에도 무리 없는 착한 녹음기였다.

다이아몬드 홀에는 이미 많은 사람들이 가득 차 있었다. 황건의 친인척과 가한그룹의 중역들이 모여 있는 자리였다. 아들이 먼저 저세상으로 갔으니 구순잔치 같은 것은 하지 않겠다는 최 여사여서 조촐히 벌어진 파티였다. 가한그룹의 황 회장의 모친은 서른 살 시절부터 청상과부로 지내면서 홀로 황 회장을 포함한 다섯 남매를 대학까지 가르쳤다. 황 회장은 효도가 극심한 사람이었다. 황 회장은 세상에 무서울 것이 없는 사람이었지만 그의 모친인 청상과부 '최 여사'에게만은 꼼짝도 하지 못했다. 황 회장의 본처인 '남 여사'도 남편이 죽고 난 후에도 무서운 시어머니에게만은 꼼짝도 할 수 없었다. 황 회장의 본처와 황건 사이의 유산 상속에 대한 맞고소가 있었다는 것을 알아낸 최 여사는 며느리들과 자식들을 모두 불러들여 회초리를 때렸으며 그 후로 서로의 고소를 취하했고 상황은 표면적으로는 잠잠해진 상태였다. 그들은 최 여사가 살아 있는 동안만은 서로 만나기는 하고 있지만 곧 터질 휴화산과 같은 관계였다.

황건과 창희가 다이아몬드 홀로 들어가자 모두 의아한 듯 그들을 뚫어지게 보고 있었다. 시선을 한 번에 받으며 그들은 문 앞에 서서 당당히 사람들의 시선을 느끼고 있었다. 후처의 자식이라 못마땅한 눈이 반 이상이었지만 황 회장의 신임과 할머니인 최 여사의 사랑까지 모두 가지고 있는 황건이었다. 최 여사가 소유하고 있는 회사의 지분 또한 상당하여 만약 최 여사가 황건에게 지분을 유산으로 남긴다면 황건이 최대 주주로서 회사에 막강한 영향력을 행사할 것은 불 보듯 뻔한 일이었다. 그래서 황태의 가족들은 최 여사의 눈밖에 나지 않기 위해 황건을 대놓고 무시할 수가 없었다.

"오호, 우리 황 회장 왔는가?"

다만, 최 여사의 약점은 알츠하이머 증상이 심해지고 있다는 것이다. 종종 황건을 죽은 황 회장과 착각한다.

"아니요, 할머니. 전 황건입니다."

"아이고, 우리 건이구나. 넌 갈수록 네 아버지랑 많이 닮는구나."

"네, 할머니. 생신 축하드려요. 오래 오래 사세요."

할머니가 돌아가시길 바라는 사람이 여기 반은 넘는다. 황건은 착한 손자가 되어 최 여사의 늙은 손에 키스하고 작은 어깨를 꼭 끌어안았다.

"한복이 너무 잘 어울리세요. 십팔세 소녀라고 해도 믿겠어요."

손자의 진심 담긴 말과 포옹에 최 여사는 기분이 좋아졌다.

"종종 그런 말을 듣긴 한다."

자만 DNA는 집안의 내력인 듯했다.

"늦었구나. 자리에 앉아라."

무표정한 남 여사가 입을 열었다. 정경부인처럼 한껏 부풀어 오른 머리 스타일의 소유자였다.

"그러죠."

황건의 자리는 늘 황태보다 상석이었다. 남 여사는 서자인 황건의 대우가 황태보다 높다는 것이 오래도록 불만이었다. 이 모든 게 최 여사의 편애 때문인 듯하였다. 남 여사가 황건을 보는 시선이 고울 리 없었다.

"그런데 같이 온 사람은 누구인 게냐? 우리 가한그룹의 가족 외에는 아무도 오지 않았거늘."

남 여사가 황건을 못마땅한 눈으로 바라보며 말했다. 남 여사의 옆자리에 주르륵 앉은 네 명의 딸과 아들 황태도 돌이라도 씹은 표정으로 황건을 보았다. '캔디'에 나오는 못된 이라이자 네 명과 니일 한 명인 것 같은 표정이었다.

"저와 결혼할 사람입니다. 우리 가족이 될 사람이라는 거죠."

황건은 당당하게 선포했고, 창희는 반지 낀 손을 모두에게 내보이며 무릎을 살짝 굽히며 최대한 상냥하게 인사를 했다.

"여러분, 처음 뵙겠습니다. 최창희라고 합니다. 예쁘게 봐주시길. 그리고 할머님, 만수무강 기원 드립니다."

갓 넘어온 북한 처녀 같은 목소리에 옆에 서 있던 황건조차 당황했다. 한 발자국 떨어져서 황건은 창희를 보았다. 연기력은 좀 되는군.

최 여사는 팔을 한껏 뻗어 창희에게 오라는 시늉을 하자 창희가 최 여사에게 다가가 안겼다.

"내가 오래 사니 손자며느리까지 보는구나. 장하다, 건아! 예쁘구나, 우리 손자며느리!"

구순 노인은 손바닥으로 창희의 등을 두드렸는데 손바닥의 장력이 장난이 아니게 좋았다. 몸의 모든 장기가 장력에 요동쳤다.

"반겨주셔서 감사합니다."

창희 또한 황가 일가의 시선을 한 몸에 받으며 황건의 옆에 앉았다. 황가의 사람들은 모두 기품이 흐르고 있었다. 명품 따위를 휘두르고 있어서가 아니라 날 때부터 기품이라는 것을 타고 난 사람인 듯 예의 바르고 고급스러워 보였다. 노블레스들의 저녁식사에 혼자 어색한 것은 창희였다. 차려진 산해진미에 넋을 있는 창희를 보며 맞은편에 앉은 남 여사가 입을 열었다.

"건이 네가, 너에게 유리한 독창적인 이벤트를 즐긴다는 것은 알고 있지만 이렇게 '깜짝쇼'를 해서 얼렁뚱땅 우리 집안에 사람을 들이려 하는구나. 집안에서 연결해 주는 좋은 자리는 마다하더니 느닷없이 이게 무슨 짓이냐? 넌 늘 그런 식이었지. 네가 누구와 결혼하는지 내 상관할 바 아니지만 할머님을 등에 업고 뭐든지 날로 먹으려고 드는 그 행동머리는 도대체 고쳐지지가 않는구나."

할머니인 최 여사는 알츠하이머 증세가 심해지고 있는 데다가 귀가 몹시 어둡다. 그래서 그들은 활짝 웃는 얼굴로 입으로는 심한 악담을 하기를 즐겼다.

"남 여사님, 저도 자식이라면 자식인데 자식을 상대로 고소를 하시는 대단한 분 앞에서 살아남으려면 날로 먹기라도 해야지, 익을 때까지 어찌 기다립니까? 다 뺏길 것이 분명한데요."

황건도 지지 않을 만큼 활짝 웃으며 남 여사에게 악담을 했다. 창희는 그들의 모습을 넋을 잃고 보았다. 웃으며 으르렁거리는 것은 상당한 내공이 필요한 일이다. 말 그대로 만만치 않은 콩가루 집안이었다. 황 회장이 죽은 후 남 여사와 황태는 황건이 이 호텔의 대표 자리에 앉아 있는 것조차 눈꼴시었다. 늘 적자를 면치 못하던 호텔을 일 년 만에 흑자로 돌려놓고 호텔의 이미지를 변신시켜 놓자 주주 사이에서 황건의 경영 능력을 인정하는 듯한 의견이 오고 갔다. 가만히 있다가는 황건에게 회사의 경영권을 넘겨주어야 할지도 모르는 판이었고 다급해진 남 여사는 황건이 먼저 물려받은 호텔의 지분에 대한 자신과 황태의 몫을 주장하는 소송을 벌였었다. 나중에 정신이 말짱했던 시기의 최 여사가 그 사실을 알게 되어 취하하게 되었지만 말이다.

"자, 처음 온 사람도 있는데 정도껏 하시고, 창희 씨라고 했죠? 낯이 익은데 나랑 같은 학교 출신인가? 학교 어디 나왔죠?"

황 회장의 첫째 딸 일희가 물었다. 일희는 한국의 최고 여대를 나온 것이 늘 자랑이었기에 사람을 만나면 늘 출신을 물었다.

"서울대를 나왔습니다."

창희는 당당하게 말했지만 황건은 '설마' 하는 분위기로 창희를 흘끔 보았다. 당신, 여기서도 사기를 치나?

"와, 대단하십니다."

누군가 그렇게 말했다. 모두들 창희를 우러러보는 분위기가 되었다. 돈은 많지만 학벌이 조금 아쉬운 황가의 사람들이었다.

"하시는 일은?"

둘째 딸 이희가 물었다. 몹시 따분했었는데 창희의 출연에 잠이 깨던 참이었다.

"함피부과에서 전문의로 일하고 있습니다."

요즘 직업이 여러 개로 늘어나긴 했지만 본업은 의사가 맞았다. 일희가 화들짝 놀라는 모습이 보였다.

"이 아래 있는 함피부과 말인가요?"

"네, 정답이십니다."

창희가 대답하며 일희를 보았다. 그러고 보니 함피부과에 자주 드나들던 '유한부인' 중 하나다. 피부과도 거의 중독 증세로 오는 사람들이 있는데 그런 회원들을 창희는 유한부인이라 호칭했다.

"아, 그러고 보니 저희 병원 회원이시군요? 늘 잡티 제거하시고 정기적으로 보톡스를 주입하시는."

거기까지. 건방져 보이던 일희의 얼굴이 붉어졌다.

"아, 함피부과 여 닥터가 굉장히 유명하시다 들었어요. 우둘투둘한 피부를 대패로 싹 민 듯 아기 피부로 거듭나게 만드신다는 그분이시죠? 저도 그곳 에스테틱 회원입니다."

삼희가 끼어들었다. 대체로 딸 많은 집 셋째는 착하다.

"제 소문이 언제 여기까지? 호호."

창희는 손으로 입을 가리며 약간 오만하게 웃었다. 오만하게 웃으며 황건을 살짝 보았다. 황건은 이 여자의 프로필의 진실이 어디까지인지 헷갈리기 시작했다. 자신이 고용한 것은 초보 꽃뱀이었는데 말이다. 당당한 그녀에게 희자매들이 기가 죽자 황건은 기분이 좋아졌다. 어렸을 때부터 황건을 무시했던 누이들이었다.

"당신 그렇게 유명했던 거야?"

황건이 창희의 존재를 다시 한 번 모두에게 확인시켜 주려 했다.

"응, 건아. 피부에 관심있는 모든 여자들 사이에서는 굉장히 유명하신 분이지. 결혼할 거라면서 그것도 몰랐어? 닥터 최가 겸손한가 보네."

어려서부터 황건을 챙겨준 셋째 삼희가 대답했다. 황건은 고개를 끄덕였다. 멀쩡하게 보면 대단히 멀쩡한 창희였으나 겉으로만 멀쩡하였다. 물안경을 끼고 진료를 하던 창희의 모습을 떠올랐다. 그 물안경을 쓰고서 진료하면서도 유명하다니. 요즘 여자들은 도통 이해할 수 없다.

"유능하시고 유머 있으시고 아름다우신 분께서 왜 하필 건이랑 엮이게 된 걸까요? 안타깝게도."

느닷없는 그 말은 본처의 막내아들 황태의 입으로부터 나왔다.

"아, 누구신지?"

"태라고 합니다. 황 회장, 그러니까 돌아가신 우리 아버님의 진정한 본실 자식이라 할 수 있죠."

황태는 늘 그런 식으로 황건의 심기를 돋우었다.

"아, 말씀 많이 들었습니다. 반가워요, 황태 씨."

황태를 보며 창희는 상냥하게 웃으며 시선을 떼지 않았다. 뭔가 특별한 것을 말하고 싶은 여자의 눈을 그에게 건네었고 황태의 얼굴은 급히 붉어졌다.

"제 질문에 답을 하지 않았습니다. 왜죠? 그에게 협박이라도 당하셨습니까?"

협박을 당한 적이 있긴 했다. 협박을 하기도 했고.

"그야, 뭐라 말할 수 없는……."

창희는 대답 거리를 찾고 있었고 황태의 창희에 대한 관심에 심기가 불편해진 황건이 대답했다.

"사랑이지. 운명적인 사랑이라고 할까?"

대답을 마친 황건은 보란 듯 창희의 머리에 입을 맞추고 반지가 끼어진 손을 꼭 잡았다. 황태를 사납게 노려보는 것은 잊지 않았다.

"그렇죠. 이 미스터리의 답은 하나, 바로 '사랑'인 거죠."

사랑을 믿지 않는 그녀는 사랑을 주장했다. 창희의 마지막 말에 장내에 박수가 연이어 터졌다. 감동의 물결이 넘실거렸다.

황태는 창희에게서 눈을 뗄 수가 없었다. 분명 어디선가 본 듯한 이미지였다. 흔하지 않은 외모라 다른 사람과 혼동할 리는 없었다. 창희를 보던 황태는 그녀의 뒷모습을 보았다. 창희는 검은 원피스를 입고 최 여사와 이야기를 나누고 있었다. 최 여사와 키를 맞추느라 몸을 살짝 숙였는데 그 덕에 황태는 도드라진 히프라인과 볼륨감 있는 허벅지가 무척 낯익다는 걸 깨달았다.

"아……!"

며칠 전 호텔 건너편의 주유소에서 보았던 그 뒤태와 일치하는 몸이었다. 황태를 순식간에 반하게 했던 몸의 소유자였다. 그때는 그녀가 선글라스를 끼고 있어 자세히 볼 수 없었는데 지금 보니 더 독특하고 여성적인 매력을 풍기는 인상이었다. 저렇게 고품격의 여성을 조폭이라고 착각했다는 자체가 우스웠다.

황태의 심장이 사납게 뛰기 시작했다. 왜 자신이 찍어놓는 것은 황건이 먼저 가로채는 걸까? 어려서부터 자신이 점찍었던 장난감을 황건이 들고 나타났다. 똑같은 것을 사려고 하면 따라 한다고 억지를 부리던 황건이었다. 아무래도 자신과 황건은 상극의 운명을 타고난 것 같았다. 자신이 반하여 꿈에도 몇 번 보았던 그 히프라인과 허벅지를 가진 창희라는 여자를 오늘 황건이 자신의 것이라고 데리고 나타났다. 그녀를 다시 한 번 보기 위해 매일 그 시간에 차에 기름을 채우려 그 주유소를 드나들던 황태였다.

황태는 주먹을 쥐었다. 더 이상 그것이 무엇이든 황건에게 빼앗기는 짓은 절대 되풀이할 수가 없었다. 사랑은 더욱더 그랬다.

다이아몬드 홀은 넓은 테라스와 연결되었다. 식사를 끝낸 사람들이 옹기종기 모여 수다를 떨기 시작하는 시간이었다. 황건은 희 자매 중 천사표 누이 삼희와 가한장학재단에 대한 이야기를 나누고 있었다. 창희는 스파이로서의 임무를 다 하기 위해 황태의 시선을 잡으려 노력했다.

황태가 자신을 바라보자 창희는 최대한 섹시하게 웃으며 테라스를 향해 걸어갔고 걸으면서 바닥에 손수건을 하나 떨어뜨렸다. 전통적인 방법이었으나 전통적이기에 보편적이기도 했다. 창희는 테라스에 나와서 고독을 즐기는 듯한 표정으로 서 있었다. 황태는 그녀가 떨어뜨린 손수건을 줍고는 자석에 이끌리듯 그녀에게 다가갔다. 밤의 테라스에 혼자 서 있는 그녀의 뒷모습은 환상 그 자체였다. 요즘은 찾기 힘든 보기 드문 볼륨감을 가진 그녀였다. 그는 마른 여성은 흥미롭지가 않았다. 여자의 몸은 자고로 풍성한 라인이 매력이라고 생각하는 황태였으나 현대 사회에서 풍만하면서 늘씬한 여성을 찾는 것은 쉽지 않은 일이었다. 오늘 늘 찾던 환상적인 여자가 자신의 눈앞에 있다.

"뭐, 잊으신 것은 없으신지?"

황태의 목소리에 창희는 놀란 듯 뒤돌아보았다. 그의 목소리는 버터를 듬뿍 바른 것처럼 느끼했다. 손수건을 살짝 흔드는 그의 행동 역시 '담백하다'라는 단어와는 거리가 먼 듯 미끄러웠다. 때 수건처럼 까칠한 황건과 달라도 너무 달랐다.

"아, 제가 이걸 떨어뜨렸군요. 고마워요."

느끼하긴 한 황태였지만 들은 바보다는 멀쩡하였다. 황건의 말로는 겉만 멀쩡한 돌대가리라고 했는데 그다지 돌대가리 같아 보이지도 않았다. 겉은 정말 멀쩡해도 너무 멀쩡했다. 황 회장은 자식 농사 하나는 끝내주게 하고 간 것 같았다.

황태는 가까이 창희에게 다가섰다. 그를 유혹할 수 있을까 하는 걱정은 그만 해도 될 것 같았다. 창희에게 접근할 거라는 황건의 말은 그대로 적중했다. 이 집안의 남자는 여성 취향 또한 독특함을 추구하는 것 같았다.

"태, 라고 합니다."

황태는 자신의 이름과 성을 결코 붙여서 말하지 않는다. 특히 여자 앞에서는.

"최창희라고 해요."

"이미, 제 머리 속에 박혀 버린 그 이름입니다. 안타까운 것은 창희 씨와 건과의 관계이지요. 전, 건과는 서로 죽이지 못해 안달인 사이이지요. 우리 집안 이야기는 워낙 유명해서 이미 아실 테고."

완전 콩으로 가루를 내시는 집안이라고 알고 있습니다.

"건 씨에게 말씀 많이 들었답니다. 죽고 못 사는 사이시라니 농담도 잘하시네요. 원래 형제 사이에는 보이지 않는 경쟁의 강이 흐르지요. 세상의 모든 형제들은 죽을 때까지 서로 경쟁하며 살아가죠. 좋은 라이벌 관계라면 인생을 발전시키는 데 이익이지 않을까요?"

"역시, 전문직을 가지신 지식인이라 뭔가 다르시군요. 저는 똑똑한 여성을 멀리해 왔으나 창희 씨 같은 분이시라면 늘 함께하고 싶은 생각이 듭니다. 어쩌면 평생."

황건이 체계적이고 이성적인 사람이라면 황태는 감성적이고 육감적인 사람이었다. 그는 운명적인 사랑을 믿었고 지금 눈앞에 그녀가 운명으로 보였다.

"제가 가족의 일원이 될 텐데요. 우린 곧 아주 가까운 사이가 되는 거죠."

"그런 식의 가까운 사이는 절대 원하지 않습니다."
황태는 무척 진지했다.
"아, 그런 눈빛과 말로 저를 흔들리게 하지 마세요."
창희는 곤란한 듯한 표정으로 답했고,
"흔들리신다니 감격입니다!"
황태는 정말 감동스러운 표정으로 말했다. 황태의 눈에 그녀는 지금 밤에 뜬 달의 여신처럼 보였다. 달빛이 그녀의 완벽한 몸을 감싸 안고 있다.
"저만 그런 감정을 느낀 줄 알았는데."
창희는 그를 향해 아주 최대한 섹시하게 웃었다. 황태는 벌린 입을 다물지도 못했다.
'먹혀들었군. 당신 생긴 것과는 달리 꽤나 단순한데?'
그를 유혹하는 것이 창희의 첫째 임무였다. 삼십억이 눈앞에 있는 듯했다.
'허벅지도 내밀어볼까?'
창희는 다리를 살짝 들어 올렸다. 그러자 황태는 창희의 허벅지에서 눈을 떼지 못하고 뜨거워진 눈으로 그곳을 바라보았다. 그의 숨소리가 빠르게 변해갔다.
'그 나물에 그 밥이라더니!'
배다른 형제지만 독특한 취향은 닮아 있었다. 창희는 섹시하게 웃으며 풍만한 가슴도 내밀며 치마 끝을 살짝 더 들어 올리며 그를 보았다.
"음, 정말 아름다우십니다."

황태는 고인 침을 삼키며 말했다. 황태의 웃음은 약간 느끼했지만 토할 정도는 아니었다. 능글거리지만 그런대로 매력적인 남자여서 다행이었다. 아버지의 편애로 황건이 가진 것은 모두 가지고 싶어하는 돌대가리 같아 보이지는 않았다. 오히려 단순무식해 보이는 건 황건 같았다.

"감사합니다. 하지만 여성이라면 누구에게나 하시는 멘트 아니신가요?"

도도한 콘셉트의 여자 역할을 하는 스파이는 아름답다는 칭찬에 담담해야 했다.

"그렇지 않습니다. 제 진심입니다. 건은 그릇에 맞지 않게 복은 타고난 놈 같군요. 나쁘게 살면 하늘에서 벌을 내린다는 것이 거짓이라는 것을 황건이 증명해 주는군요. 권선징악은 전래동화에서나 나오는 것 같습니다. 그 자식이 이런 아름다운 분을 차지했으니 놀부가 선녀를 차지한 격이 아니겠습니까?"

"글쎄요, 권선징악인지 아닌지는 더 두고 봐야 할 것 같아요. 인생에는 반전이라는 것이 있으니까요. 그리고 아직까지는 그가 날 차지했다고 볼 수는 없죠. 삶은 늘 변화무쌍, 예측불허니까. 사랑은 변하고 옮겨가고 여기저기로 갈아탈 수 있는 거죠. 사라졌다가 다시 생기고 하는 마음의 장난이니까. 완벽한 사랑을 만나기 전까지는요."

창희는 눈을 깜빡거리며 황태를 보았다. 황태는 넋 나간 듯 창희에게 시선을 떼지 못하고 있었다.

"사랑을 갈아타실 수도 있다고 하셨나요?"

"역시 의미 파악과 주제어 고르기를 잘하시는군요."

어머, 나 이거 너무 잘하고 있는 거 아니니? 창희는 스스로가 대견했다. 이건 팜므파탈의 수준이었다.

"그 말 새겨듣죠. 저에게도 기회가 남아 있다는 뜻으로 말이죠. 더 많은 비밀의 만남을 갖고 싶습니다. 제가 창희 씨의 전화번호라도 알 수 있을까요?"

"뭐, 그러죠. 일단 건 씨의 동생으로서 알려 드리는 거예요."

창희는 약간의 의미가 담긴 미소도 지어 보였다.

"제가 지금 펜만 있을 뿐 핸드폰과 종이가 없군요. 제 손에다가 받아도 괜찮을까요?"

"그럼요."

창희는 그가 내민 손을 잡으며 진한 미소를 잊지 않았다. 창희는 정성껏 그의 손에 몽블랑 펜으로 자신의 전화번호를 적었고, 황태가 그런 창희의 손을 꼭 쥐고는 놓질 않았다.

"어머나, 이러시면 제가 당황이 되는데."

"제 손에 창희 씨의 체온이 전해지는군요. 가슴까지 따스합니다."

창희는 부끄러운 듯 놀란 표정으로 황태를 보았다. 황태는 그런 그녀가 귀엽다는 듯 웃으며 손을 놓지 않았다.

황건은 테라스 밖에서 그들의 행각을 지켜보고 있었다. 황태가 창희에게 다가가는 순간부터 당장 달려가 뒤통수를 때려주고 싶은 충동을 억눌러야 했다. 그가 억눌러야 했던 것은 뒤통수를 치고 싶다는 욕구보다 정체 모를 괴이한 질투심이었다. 황태가 그녀에게 접근하는 그 순간부터 그의 머리 속에 질투의 사이렌이 울리기 시작했다. 미쳤나? 나를 등쳐먹으려 했던 꽃뱀에게 내가 왜? 조금 아까 그녀를 자신의 개인 스파이로 고용해 황태를 유혹해라 해놓고 말이다. 이 어지러운 감정이 무언지, 치밀어 오르는 화의 정체가 무언지 도무지 알 수가 없어서 혼돈스러웠다.

그렇게 감정을 억누르며 그들을 지켜보고 있는데 황태가 창희의 손을 잡고 놓지를 앉자 감정을 파악하는 어려운 일 따위는 나중으로 미루었다. 저, 미친 자식! 형수가 될 사람이라고 소개했는데도 감히 손을 감싸 안고 놓지를 않아? 저 여자는 왜 그렇게 야하게 웃고 난리야. 가만히 두었다가는 둘이 무슨 일 나겠군! 황건은 불같이 활활 타오르는 대책없는 성격의 소유자이기도 했다.

그는 벌떡 일어나 그들에게 걸어갔다.

"뭐 하는 짓들이야? 손 꼭 잡고 달 보며 강강술래를 하는 건 아닐 테고!"

까불면 다 죽어. 이런 식의 살벌한 표정을 잊지 않는 황건이었다. 어려서부터 그 지랄 같은 성격에 휘둘리던 황태는 창희의 손을 놔주었다. 황건을 여기서 자극했다가는 창희 앞에서 못 볼꼴을 보여줄 것이 뻔했다.

"글쎄, 내가 무얼 했는지 일일이 다 네게 보고하는 사이는 아니지 않나? 서로에게 신경 꺼두자고."

황태는 황건을 바라보며 약간은 비웃는 듯한 표정을 지은 채 테라스를 떠났다. 어쩌면 도망가는 모습 같기도 했다. 어렸을 때 같았으면 형님에게 버릇없이 군다고 몇 대 때려주었을 테지만 지금은 고소를 할까 싶어 참아야 했다. 황건의 주먹이 부들부들 떨렸다. 황태의 뒷모습을 노려보던 황건이 창희에게 다시 물었다.

"대체 그 자식이랑 뭘 하고 있었지?"

그의 눈은 무섭게 불타오르고 있었다. 대체 왜, 화를 내는 거니? 어이가 없다는 표정의 창희는 아까 그가 사서 끼워준 무전기 같은 다이아 반지에 입을 대고 말했다.

"여기는 토끼발. 황 대장이 그를 유혹하라는 미션을 주지 않았나? 대장은 뇌가 온전한지 뇌파검사가 필요한 듯. 방금, 목표물이 접근해서 토끼발의 전화번호를 따갔다. 목표물은 이미 토끼발에게 반한 듯싶기도. 일단 보고 완료. 오버."

창희는 이 스파이 놀이를 즐겨도 너무 즐겼다.

"왜 그 자식이 토끼발, 당신의 전화번호를 적어가? 가짜 번호도 아니고 당신 진짜 번호잖아!"

"당신이 스파이 전용 핸드폰을 사기도 전에 여기로 끌고 왔잖아요."

"없으면 말지 손바닥에는 왜 적어주는 건데?"

그는 또다시 버럭 화를 냈다.

"이봐요, 황태 씨를 유혹하라면서요. 대체 화내는 건 무슨 시추에이션이죠? 질투하는 황건의 모습을 연기 중이신가? 그렇다면 진짜 리얼하시네."

황건은 그제야 자신이 화를 내고 있다는 것을 깨달았다. 화가 나면 앞뒤를 분간 못하는 성격은 그의 약점이었다.

"가지, 그만."

그는 감정을 억누르며 차분하게 말했다.

"가고 싶으면 먼저 가세요. 당신이 없는 편이 황태가 나한테 접근하기 쉬울 거예요. 나, 오늘 필이 제대로 받는 것 같은데 이대로 남아 그를 확실하게 유혹하는 편이 좋지 않을까요?"

그분이 아무 때나 오시는 것도 아니고. 그녀의 말에 황건은 입술을 물고 몸을 부르르 떨었다.

"뭐? 그럼 날 보내고 둘이 어디까지 갈 예정인데? 아까 그런 약속을 한 건 아니겠지? 말해봐. 다시 만나기로 했나? 원나잇이라도 하겠다는 거야, 뭐야?"

"뭐, 하게 되면 할 수도 있는 거죠. 다소 징그럽지만 견딜 수 있을 것 같아요."

금욕처녀를 빨리 탈피하고 싶은 나에게 일석이조의 기회가 아닐까요? 어차피 사랑을 믿지 않는 나에게 황태 씨 정도의 몸이면 감사하죠. 창희는 그를 태연하게 올려다보며 생각했다. 그리 손해 보는 장사는 아니라 이거죠.

"뭐라고? 같이 침대에 들어가기로 했다고?"

"내가 언제 그랬어요? 그런 말은 한 적 없어요. 너무 앞서 가신다, 황 대장님."

황건은 혼란의 늪에 빠진 듯 허우적거려야 했다. 젠장, 뭐지? 이 미칠 듯 화나는 이유는? 황태와 원나잇도 불사한다고? 노블레스 클럽의 에이스로서는 어쩌면 당연한 대답이었다. 그리고 황태를 유혹하라는 자신의 요구에도 그와의 잠자리는 포함되어 있었던 바였다.

"당장 가자, 토끼발."

황건은 스파이 놀이에 신이 난 창희를 끌고 다이아몬드 홀에서 빠져나왔다. 머리는 어지럽고 속은 불타올랐다. 대체 이 여자, 나에게 무슨 짓을 해댄 거야! 머리 속에 수류탄이 동시다발로 터진다면 이런 느낌일까?

"토끼발, 당신 때문에 머리 아파."

다이아몬드 홀을 빠져나와 엘리베이터의 버튼을 누르며 그가 버럭 소리를 질렀다.

"아까는 숨도 못 쉴 만큼 웃더니만! 조울증 있죠? 병원이나 가봐요. 뇌파검사도 해볼 겸 말이죠! 아는 의사 없으면 훌륭한 정신과 의사를 소개해 드리죠!"

그가 화내는 이유를 알지 못한 채 창희는 그를 진단해 주었다.

"젠장, 아스피린이 필요해."

그가 스스로에게 처방을 내렸다. 창희는 그를 보며 생각했다. 못돼 먹은 성질은!

"그래요. 당신은 아스피린이 잔뜩 필요해요. 사람으로 거듭나는 '갱생아스피린' 말이죠."

엘리베이터의 문은 열렸고 황건은 그녀를 끌고 그 안으로 들어갔다.

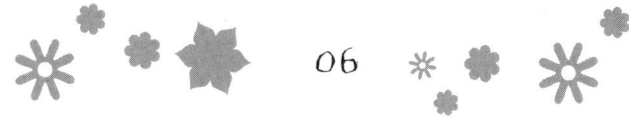

06

형제 사이에는 강이 흘렀다. 형제는 어려서부터 부모를 두고 경쟁하는 법을 배운다. 사랑을 독차지하지 못하는 최초의 실연을 그곳에서 배워야 했다. 가정사가 평범치 않은 황가의 형제들은 그 경쟁이 더 했다. 어려서는 아버지의 사랑에 대한 경쟁이지만 커갈수록 모든 면에 경쟁을 해야 했고, 그 경쟁의 범위가 돈이나 경영권으로 접어들면서부터는 거의 원수지간이 되었다. 만나기만 하면 서로 잡아먹지 못해서 안달이었다. 두 형제가 길에서 금덩어리를 주웠다가 혼자만 독차지하고 싶은 생각이 들자 강에다가 버렸다는 이야기는 전래동화여서 가능한 이야기였다. 서른이 훌쩍 넘은, 사회적으로 주목받는 위치의 멀쩡한 황가의 두 사내들은 열 살을 갓 넘은 소년들처럼 서로에게 유치하게 굴었다. 어려서 과자

한 봉지로 싸우던 그 수준과 다를 바 없었다. 다이아몬드 홀에서 빠져나온 후 창희의 이인승 포르쉐에 황건도 같이 탔다.

"빚이 있다더니 가방은 샤넬이고 차는 포르쉐라. 빚을 진 이유를 대강 알겠군."

소비를 절제하지 못하는 쇼핑광들이 있으며 공금을 횡령해 명품을 사는 여자도 있다더니 눈앞에서 직접 보는군. 황건은 고개를 저었다.

"마음대로 생각하시죠. 뭐, 다른 사람의 이해 따위를 구하고 싶지는 않아요. 그런데 당신은 왜 여기에 탄 거죠?"

"난 여자를 혼자 집에 보내지는 않아."

그런 이유라기보다 아직 파악 못한 자신의 감정을 알고 싶은 마음이 더 컸던 황건이었다.

"음, 그런 이유라면 내리세요. 전 남자에게 보호를 받는다 싶으면 갑자기 관심도 없던 페미니스트로 전향하고 싶은 생각이 들거든요!"

그러다 보면 남녀간에 쓸데없는 감정에 말린다 이거지. 종합병원에서 수련 받는 동안에도 여자라고 차별을 당한 적도, 이익 받은 적도 없었다.

"당신이 사는 곳도 알아야겠어. 토끼발의 대장으로서."

"뭐, 그런 이유라면 상관없어요. 황 대장과 토끼발의 팀웍에 있어서는 주거하는 위치도 중요하긴 하죠."

창희는 고개를 끄덕이며 차에 시동을 걸려고 했으나 시동은 걸리지 않았다. 그리고 빨갛게 깜빡거리는 주유등이 보였다.

"저기, 그런데."

창희의 눈은 몹시 수줍었고 무언가를 갈구하는 듯한 눈으로 황건을 보았다. 황건은 그녀의 붉어진 얼굴에 가슴이 두근거리기 시작했다. 이 여자는 표정이 천 가지가 넘었고 여러 가지 다른 모습으로 변신 가능한 팔색조였다. 지금은 분명 유혹의 눈빛이다.

"뭐지?"

그가 낮은 음성으로 물었다.

"지금 이 지하 주차장에는 아무도 없겠죠?"

역시 그녀는 그를 유혹하고 있는 것이다. 황건은 고개를 끄덕였다. 차가 주차된 위치도 호텔 지하 주차장의 맨 구석이다.

"우, 우리 차 좀 같이 흔들어볼까요? 당신, 힘 좋잖아요."

창희는 눈을 동그랗게 뜨고 그에게 말했고,

"물론, 힘이야 좋지. 하, 하지만 여기서? 지금?"

여자 앞에서 빼보기는 처음인 황건이었다. 이 여자 급작스럽게 화끈하군. 황건은 차를 흔든다는 의미를 카섹스로 받아들이고 있었다. 으슥한 지하 주차장에서 차를 흔들자는 의미는 그것밖에 없었다.

"장소가 무슨 상관인가요? 필요하면 하는 거죠."

"뭐, 좋아."

창희의 말이 마치자마자 황건은 두말도 필요 없이 그녀를 안으려 그녀에게 몸을 돌렸다.

"몸을 돌릴 필요는 없어요. 저처럼 그냥 몸을 흔들어요."

창희는 갑자기 몸을 이리저리 흔들기 시작했다. 그 반동으로 차가 약간씩 흔들리고 있었다.

"이, 이봐, 토끼발. 당신 뭐 하는 거지?"

황건의 얼굴은 새하얗게 변했다. 그녀가 온전한 정신이 아닐지도 모른다는 생각이 들었기 때문이다. 창희는 대답 없이 차의 시동을 다시 걸려고 했지만 시동은 걸리지 않았다.

"차에 기름이 다 떨어졌어요. 시동이 걸리지가 않아요. 고여 있는 한 방울의 기름이라도 모아서 시동을 걸어보려고 차를 흔드는 거죠. 힘이 좋다더니 나가서 차 좀 흔들어보시죠?"

"뭐라고?"

그 말이었던 거야? 그는 스스로에게 너무도 부끄러웠다. 황건은 차에서 나와 벌떡 일어섰다. 한동안 차 앞에서 한숨을 푹푹 내리쉬었다. 차를 흔들자는 그녀는 뭐고 그 말이 카섹스인지 알고 솔깃한 자신은 또 뭔가. 인간의 본성이 무언지에 관한 고뇌를 하며 황건은 두 손으로 차체를 흔들었다. 곧 시동이 걸리는 소리가 들렸다.

"역시 힘이 좋으시군요. 타요. 주유소까지는 갈 수 있겠어요."

황건은 말없이 그녀의 차에 올랐고 한동안 침묵으로 일관해야 했다. 자신의 힘이 이런 곳까지 다양하게 쓰이기는 처음이었다.

"저기요, 가득이요!"

주유소에서 가득을 외쳐 보는 것이 소원이 창희가 주유원을 붙들고 벌써 세 번째 말하고 있는 중이었다. 가득이요, 제가 가득이라고 말했나요? 가득 채워주세요. 창희의 손에는 황건이 준 도깨비 방망이가 들려져 있었다. 현금이 있는 한도 내에서 쓸 수 있는 체크카드라고 했다. 그리고 곧 그녀 명의의 체크카드를 만들어주겠다고 했다.

"제 차가 놀라겠어요, 배불러서. 게다가 프리미엄 휘발유라니."

창희는 자신이 배부른 듯 기분이 좋았다.

"주유소에서 가득을 외쳐 본 것도 처음이고 카드를 만들어본 적도 없다고? 당신은 외모랑은 다르게 궁핍했군."

"보이는 것을 다 믿으면 안 되죠. 그 딱딱한 카드는요, 실은 빚을 지는 거잖아요. 수수료 내고 외상을 하는 거 아닌가요? 저는 빚이라는 단어를 최악의 단어 다섯 개에 포함시키거든요."

그런 분이 거액의 빚은 왜 지게 된 거야? 앞뒤가 불분명하고 모호한 그녀였다.

"최악의 단어라. 당신의 최악의 다섯 단어가 대체 뭐지?"

"빚, 금욕, 금주, 인내, 이자."

창희는 거침없이 읊었다.

"좋아하는 단어는?"

"무이자."

창희가 대답했고 황건은 차가 흔들리도록 웃었다.

"지금은 차를 흔들 필요가 없는데요."

그녀의 말에 황건은 차를 더욱 흔들어가며 웃었다.

"그렇게 차체가 흔들리면 밖에서 오해하거든요! 그 웃음을 수습하라고요!"

"나를 이렇게 박장대소하게 만드는 여자는 당신이 처음이야."

"저는 '처음'이라는 그 단어도 싫어합니다."

처음을 맛보지 못해서 아직 금욕처녀거든요. 창희는 차를 출발시켰다. 이제야 엔진 소리가 스포츠카다워졌다. 창희는 포르쉐의 질주본능을 마음껏 풀어주었고, 황건은 재차 안전벨트를 확인해야 했다.

"자, 황태 씨에 대한 소스를 좀 더 주시죠. 뭘 알아야 접근해 정보를 빼오죠."

"그 자식에 대해 뭘 알고 싶은 거야?"

황건은 버럭 소리를 질렀다. 깜짝이야. 창희는 핸들을 두 손으로 잡아야 했다. 이 사람 갑자기 사람을 놀라게 하는 재주를 지녔다. 운전 중에 대화하기 위험한 사람이었다.

"뭐, 취향이라든지."

"그 자식 변태야."

그의 대답은 너무도 간단했다. 변태는 당신이죠. 창희는 운전 중이라 그 말을 참았다. 지금 차 사고가 나면 수리비가 들 테니까.

"변태라는 근거는 있나요?"

"거들을 입어. 허리 라인을 살려주고 엉덩이를 올라가 보이게 한다는 남성용 거들."

거들이라는 단어가 남자의 입에서 나온다는 것도 어색했다.

"그러니까 거들이란 그 보, 보정속옷을 말하는 건가요?"

"그래."

"음, 나도 안 입는 거들을 입는군요."

"그렇지."

"변태가 맞는 것 같군요. 게이는 아닐까요? 게이라면 남장으로 접근할 걸 그랬죠?"

아니면 황건과 같은 변태 방식으로 접근을 해야 하는 건가?

"그 녀석은 여자를 좋아해."

아까 당신을 보는 그 자식 눈빛을 보지 못했나 보군. 그 눈빛을 떠올리자 황건은 부글부글 화가 끓어오르기 시작했다.

"그런데 황태가 거들을 한다는 것은 어떻게 알죠? 사이도 나쁜 형제들께서?"

"그 녀석은 매번 내 앞에 알짱거리면서 스스로의 허점을 자랑인 듯 밝히지."

황건의 단단한 복근이 부러웠던 황태는 황건에게 무슨 거들을 입느냐고 물어온 적이 있었고, 황건은 변태 자식이라고 욕을 해준 적이 있었다.

"사실은 황태가 형인 당신을 좋아하고 있는 건 아닐까요? 표현법에 문제가 있는 거 아닌가? 관심받고 싶으면 말썽을 피우는 남자아이들처럼요."

"관심받으려고 남 여사와 같이 날 고소하고 아버지의 유언을 가로채서 날 물 먹이려 드나?"

"뭐, 당신은 그 정도는 해야 백 태클이 들어왔군, 하고 생각하는 막강한 대쪽 성격이니까."

"이봐, 토끼발. 우리 형제의 관계 개선을 위한 분석을 하라고 당신을 고용한 것이 아니야. 그 자식을 물 먹이고 정보를 캐내오라고 스파이로 고용한 거지."

"아, 그렇죠. 제가 본연의 자세를 망각했구나. 깊이 파고들어

죄송합니다. 임무만 충실히 완수하겠어요."

황태를 유혹하라는 것도 그녀의 임무였다. 황건은 충실히 임무를 완수하겠다는 말에 심사가 꼬여왔다.

"자, 잠시 정차를 해볼까요? 산해진미를 두고도 먹지를 못했더니 배가 고파요."

창희는 문 닫은 상가 앞에 차를 세우고는 황건과 함께 내렸다. 그리고 포장마차로 들어갔다.

"어서 오십쇼! 또 오셨군요!"

사랑과 손가락 하나를 맞바꾼 칠갑 형님이 창희를 반겼다. 그가 들고 있는 식칼은 언제나처럼 연장 같았다. 예전에 어둠의 세계를 주름잡던 칠갑 씨였다. 처음 이곳을 들른 후로 창희는 이곳의 단골이 되어 집에 들어가는 길에 들러 늘 그가 말아주는 국수를 곱빼기로 먹고 갔다.

"칠갑 형님의 국수가 먹고 싶어서요."

창희는 자연스럽게 칠갑 씨 앞에 앉았다. 황건은 우중충한 주황색 천막 안에서 혼란스럽게 서 있었다. 새끼손가락이 하나 없는 포장마차 주인은 칼을 세우고 자신을 보고 잔인한 웃음을 보여주고 있었다. 저런 사람을 어두운 골목에서 만났다면 칼 맞을 것을 각오하고 전투 준비를 해야 했을 것이다. 황건의 표정을 읽은 칠갑 씨가 먼저 입을 열었다.

"제가 좀 험상궂게 생겼죠. 들어오는 손님 반 이상은 겁먹고 다시 나갑니다. 창희 씨께서 '조폭청산'이라는 문구가 박힌 흰 모자를 쓰고 팔에는 '개과천선'이라는 견장을 달라고 하셔서 주문 들어갔는데 내일이 되서야 나온다는군요. 내일은 '사랑만 가득'이라는 현수막이 도착해 포장마차 안쪽에 달 겁니다. 일단 자리에 앉으시죠."

칠갑 씨가 권하는 대로 황건은 창희의 옆자리에 앉았다. 칠갑 씨는 말없이 두 그릇의 국수를 말고 닭발과 소주를 내놓았다. 창희는 자연스럽게 닭발을 입에 넣었다.

"좀 드셔보시죠? 칠갑 형님의 음식 솜씨가 끝내주거든요."

황건은 파헤쳐도 파헤쳐도 끝을 알 수 없는 그녀의 정체가 궁금했다. 이 여자는 이 남자와 함께 조폭에도 몸을 담고 있었던 걸까? 칠갑 형님이라고 호명하는 모습이 무척 자연스럽다.

"주로 동물의 발을 좋아하는군. 토끼발이 닭발을 먹다니. 꽤 조화롭군."

어느 상황에나 굴하지 않는 황건은 칠갑 씨 앞에서도 자만하고 까칠한 본연의 자세를 버리지 못했다.

"낙지발은 더 좋아하죠. 제가 주로 발쪽을 선호해요."

창희의 말이 끝나자 칠갑 씨는 산낙지를 썰어 창희의 앞에 주었다.

"칠갑 형님, 이런 귀한 산낙지를!"

"애인을 모시고 오셔서 서비스를 드립니다. 창희 씨의 친구로서 말이죠. 아, 제가 창희 씨랑 친구 먹기로 했습니다."

칠갑 씨는 심기가 좋지 않아 보이는 황건에게 그들이 친구 사이임을 밝혔다.

애인? 그 단어에 황건은 갑자기 너그러운 맘이 되었다. 이 남자는 이 여자, 토끼발의 권한이 지금 누구에게 있는지 알아보는 듯했다. 칠갑 씨는 외모와는 달리 따듯한 마음의 소유자에다가 눈치도 빨랐다.

"제 애인이 아니라 대장님이세요. 소개합니다. 황 대장이십니다."

황건의 흐뭇한 마음에 창희가 찬물을 끼얹었다.

"사랑은 구속이기도 하죠. 저도 제 마누라를 대장님이라고 부릅니다."

칠갑 씨는 그녀의 부하인 것이 자랑스러운 듯했다.

"칠갑 형님, 낮에 아기 데리고 전에 알려 드린 그 병원으로 오세요. 아기가 아토피가 얼마나 심한지 봐드릴게요. 칠갑 형님 손에 있는 문신도 수정해 드리고요."

"지나가다 창희 씨가 일하는 병원을 봤는데 워낙 병원이 번쩍거려서 어디 들어갈 용기가 있어야죠?"

칠갑 씨는 파를 썰기 시작했다. 그의 네 개의 손가락에 새겨진 '개가천선'이라는 오자가 돋보였다.

"문신을 제거해 주는 게 아니라 수정을 해주겠다고?"

둘의 대화에 브레이크를 걸듯이 황건이 끼어들었다.

"저기 오자가 났잖아요. 문신도 일종의 자신을 표현하는 형태죠. 개과천선하시려고 맘먹고 새기신 건데. 제가 지워주면 다시 맞춤법에 맞게 문신하세요."

"문신 새긴 자식이 무식해 가지고 말이죠."

칠갑 씨도 부끄러운 듯 말했다. 황건은 잠시 다른 세상에 온 것 같은 기분이 들었다.

"칠갑 형님은 아무 때나 오셔서 저를 찾으세요. 요새 병원 문턱이 많이 낮아졌어요. 걱정 말아요."

함피부과의 문턱은 한없이 높아져 갔지만 말이다.

"아, 그런데 칠갑 형님. 제 차가 이 앞에 상가에 주차되어 있는데 상가 주인이 화내면 어쩌죠?"

"창희 씨, 이 동네가 일 년 전 제 구역이었습니다. 아무 데나 차 대십시오. 누가 까불기라도 하면 제가 전에 알려 드린 제 전화번호로 바로 전화 주시고요. 아직 저에게 목숨을 거는 동생들이 전국에 쫙 깔렸단 말이죠."

친구 하나는 확실하게 둔 창희였다.

"그럼, 칠갑이 형님 믿고 한잔하고 내일 아침까지 차를 세워두겠습니다."

창희는 그렇게 말하며 황건의 잔에 술을 따르고 자신의 잔에도 술을 따랐다. 그리고 잔을 들었다.

"자, 그럼. 우리의 원활한 미션 수행을 위해서. 건배!"

"건배!"

황건도 잔을 들었지만 원샷을 하는 창희를 보고 잔을 테이블에 내려놓았다. 뭐든 한계가 없는 여자였다. 자신이라도 멀쩡해야 할 것 같았다.

창희가 무릉도원의 경지에 이르기엔 술이 약간 모자랐다. 술을 마신 창희 대신 황건이 창희의 스포츠카의 운전석에 올랐다.

"고용한 스파이의 운전기사 노릇을 하게 될 줄이야."

뭐든지 거꾸로 되는 느낌이다.

"칠갑 형님이 거기 주차해도 된다는데 굳이 끌고 가는 이유는 뭔가요?"

술이 덜 취하면 시비를 걸기도 하는 창희였다.

"주먹으로 이 동네를 주름잡던 조폭이야. 칼이 그렇게 잘 어울리는 인간은 처음 봐. 가까이하지 마."

칠갑 씨가 좋은 사람이라는 것은 알았지만 황건은 그렇게 말했다. 이것 또한 이상한 질투심에 가까웠다.

"개과천선하신 분이에요. 저렇게 열심히 사시잖아요!"

창희는 자신의 친구를 험담하는 그의 발언에 발끈하고 있었다.

"하, 조폭과 꽃뱀의 직업적 성격 때문에 어떠한 공감대가 형성된 것인가? 먹을 것을 서비스로 주니까 신나서 형님 형님 하는 꼴이 아주 눈꼴사납더군."

"매운 닭발은 혼자 다 먹었잖아요? 맛있게 잘 먹는 것 같아 내가 조금 양보했는데 그런 식으로 보답하나?"

배은망덕한 인간형 같으니라고.

"조심하라는 소리야. 세상에 험한 인간들이 얼마나 많은데."

아, 채찍을 휘두르시는 그쪽보다 험할까요? 창희는 입을 삐죽거렸다.

"여기서 어느 쪽으로 가지?"

"오른쪽."

황건은 그녀가 알려주는 길을 따라 갈수록 좁아지는 골목길을 따라 올라갔다.

"강남이라는 곳에 이런 좁고 허름한 길이 다 있군."

"어느 도시나 부와 빈곤이 공존하죠. 부촌일수록 그 빈곤이 강조되죠."

그때 창희의 전화벨이 울리기 시작했다. 처음 보는 전화번호였다.

"여보세요. 최창희입니다."

[네, 아니요로 가만히 대답만 하시죠. 창희 씨, 옆에 황건이 있습니까?]

그 음색은 잊히지도 않은 느끼함이 그대로 묻어나는 황태의 목소리였다. 전화음색은 약간 더 느끼함이 진했다.

"네."

창희는 대답하며 황건을 보았고 낌새가 이상한 것을 느낀 황건은 전화를 건 사람이 황태인 것을 알아차렸다.

"개념없는 자식! 어디에다 전화질이야? 그렇다고 진짜 작업을 걸어와? 다 죽었어!"

황건은 인상을 쓰며 창희의 전화를 빼앗으려고 했고 창희는 그를 저지하며 입을 막았다.

[아쉽군요. 저는 지금 구순잔치를 끝내고 한강을 달리고 있습니다. 아름다운 야경을 보니 창희 씨 생각이 나는군요. 창희 씨도 제 생각을 하고 있습니까?]

"네. 아, 아니오. 아니, 네."

네, 아니오, 로 대답하기에는 무리가 있는 답 없는 질문이었다.

[압니다, 그 대답의 의미를. 창희 씨도 저처럼 혼란스러우시겠

죠. 저는 오늘 창희 씨를 만난 후의 일들이 모두 꿈만 같습니다. 제가 창희를 전부터 만나기를 갈구하고 있다면 믿으시겠습니까? 저는 이것을 운명으로밖에 설명할 수 없습니다. 창희 씨도 그렇게 생각하십니까?]

"네."

어쩌면 그는 진짜 선수일지도 몰랐다. 네라는 답밖에 할 수 없는 질문이었다.

[그러실 줄 알았습니다. 전화가 길어지면 황건이 의심을 할 테니 아쉽지만 이만 끊겠습니다. 다음에 전화를 다시 드려서 우리의 만남을 약속하죠.]

"네."

[그럼 먼저 끊습니다.]

"네."

창희는 핸드폰을 내려놓으며 황태의 이름을 변태라는 카테고리에 저장시켰다. 핸드폰 다루는 것은 장 간호사에게 구박을 받아가며 배워두었던 터다. 문자를 보내는 것 또한 그녀에게 구박을 받으며 배웠었다.

"황태로부터 온 전화예요. 이거 왠지 흥미진진한데요? 당신 말대로 그가 나에게 접근하고 있어요. 나랑 만나재요. 벌써부터 심장이 두근거리면서 일을 하고자 하는 욕구가 솟아오르는데요! 이런 의욕은 정말 오랜만이에요."

스파이 일은 그녀의 천직인지도 몰랐다.

"이런, 개념없는 자식! 어디다 대고 함부로 전화질이야!"

그녀의 전화기를 들고 내동댕이치고 싶은 마음이 간절했다. 그녀가 황태와 통화 중일 때는 전화기 속에라도 손을 넣어 황태의 멱살을 잡고 흔들고 싶었다.

"이봐요, 진정하세요. 가끔 당신 흥분하는 걸 보니 이해도 가요. 저는 당신의 가짜 피앙세이지만 진짜 피앙세를 데리고 왔어도 황태가 접근했겠죠. 그 상상만으로도 속이 뒤집어지시겠죠. 하지만 경영권 사수라는 대사를 위해서 성질 좀 죽이시라고요."

그런가? 그녀가 옳은지도 몰랐다. 그런 연관성 때문에 자신이 이렇게 부글부글 끓어오르는 건가? 황건은 자신의 감정에 대한 정체를 파악하지 못했기에 그녀의 말이 맞을 수도 있다는 생각을 했다. 잠시 진정국면으로 접어드는 그였다.

"이젠 왼쪽으로 핸들을 돌리시죠."

황건은 그녀의 말대로 차를 움직였고 차는 그녀의 허름한 원룸 앞에 세워졌다. 차에서 내린 황건은 그 허름한 원룸과 창희의 화려한 차림을 번갈아 보았다. 디자이너 박의 허벅지가 강조되는 이브닝드레스와 허름한 원룸은 무척 조화롭지 못했다. 잘빠진 포르쉐 또한 이곳과는 어울리지 않았다. 파고들면 파고들수록 끝이 없는 비밀을 갖고 있는 여자 같았다. 자신이 그녀에게 헤매고 있는 이유는 그 미스터리적인 정체의 불분명함 때문인지도 몰랐다. 그는 어려서부터 무언가를 추리해 답을 찾아내는 것을 즐겼다.

"자, 토끼발의 오늘 임무는 끝이 났다. 황 대장의 작전이 일단 먹힌 것 같다, 오버."

창희는 무전기에 재미가 들렸다. 그러고 있으면 정말 중요한 임무를 수행하는 스파이가 된 느낌이었다.

"몇 층이지? 당신 혼자 사나?"

"이층에 혼자 살아요. 그런데 그런 건 왜 물어요?"

"여자 혼자 살기에는 방범이 허술하군. 지금 나라도 가스관을 타고 방으로 들어갈 수도 있겠군. 혼자 사는 여자를 노리는 범죄자들이 많아. 게다가 이렇게 좋은 차를 타고 다니면 표적이 되지."

"걱정은 고마운데. 제가 명색이 스파이인데 좀도둑한테 당하기야 하겠습니까? 가까운 데 칠갑 형님도 항상 대기 중이시고."

지금 당신이 제일 위험한 존재거든요. 그러고 보니 창희는 안전에 대해 무방비했다는 생각이 들었다. 차에 늘 들어 있는 가스총을 항상 소지해야겠군.

"토끼발 당신, 전화번호 좀 불러보지."

그가 말했고 그들은 서로의 전화번호를 교환했다. 황건은 그녀의 전화번호를 토끼발이라 저장했고, 창희는 그의 번호를 황 대장이라 이름 짓고 역시 변태 카테고리에 넣었다. 그렇게 되면 전화를 거는 당사자가 자신의 이름이 멀쩡하게 뜨는 것을 보고 안심을 한다. 변태 카테고리 안에 계신지도 모르고 말이다.

"차 한 잔 마시고 가라고 하지도 않는군."

"음, 지금 혼자 사는 여자 집에 들어오시겠다는 말씀? 역시 용감하시네요."

"뭐가 용감하지?"

"겁탈의 위험이 있으시거든요."

삼십 년 묵은 금욕처녀의 홈그라운드거든요. 술도 한잔 마신.

손끝만 닿아도 점화가 되어 몸이 타오르는.

"뭐든, 말함에 거침이 없군."

얼굴이 슬쩍 붉어지는 것은 오히려 황건이었다.

"사실이니까요. 겁나시거든 이제 돌아가시죠. 저는 들어갑니다."

창희는 계단을 올라갔고 황건은 그녀의 계단을 올라가는 소리를 듣고 있었다. 이층의 불이 켜지고도 한참 그곳에 서 있었다.

"날 겁탈하시겠다!"

그는 피식 웃었다. 가스 배관을 타고 이층 그녀의 방으로 침입해 겁탈을 당해보고 싶은 밤이었다.

"눈은 왜 그래? 핏줄 서서 무섭다."

창희는 점심시간에 찾아온 친구 소진과 마주 앉아 전통 이탈리아식의 담백한 피자를 먹고 있었다. 토핑이라고는 초록색의 허브 잎 하나뿐이었다. 얇기도 엄청 얇은 피자였다. 그곳은 점심시간에도 화려하게 차려입은 여자들로 북적이고 있었다. 강남의 고급 레스토랑의 점심시간은 부유한 유부녀들의 차지였다. 창희는 피자를 한입 가득 넣고 말했다.

"어제 몸을 정화하느라고 잠을 설쳤거든."

케이블에서는 특집으로 밤새 야한 영화를 상영했다. 정화시킨다기보다 긴 대바늘로 허벅지를 찔러야 하는 상황이었다. 가만, 그동안 너무 찔러서 허벅지가 부은 건가?

"너 그렇게 먹다가는 내 옷을 최대한으로 늘려서도 입을 수 없는 상황이 온다고. 그만 먹어."

"아니, 밥 사준다고 끌어낼 때는 언제고 한쪽 먹었다고 그만 먹으라니. 사람을 다양하게 고문하는구나? 생리해?"

그들의 대화의 톤은 늘 전쟁같이 살벌하여 주위 사람들의 이목을 받곤 한다. 발렌시아가의 시폰 미니드레스를 입은 몸짱 소진과 조지오 아르마니의 슬리브리스 세미 스커트 정장을 입은 창희는 그중 돋보였다. 물론 창희의 옷들은 모두 소진의 안목이었다.

"갈수록 식욕이 늘어가시는 친구가 안타까워서 그래."

소진은 반의반 조각의 피자를 먹었을 뿐이다.

"인정해. 오늘은 식욕이 아니라 식탐의 수준이지. 너 그것만 먹고 말 거면 내가 다 먹는다."

창희의 눈은 번득였다.

"넌, 지금이야 글래머러스하다고 볼 수 있지만 과체중의 단계로 넘어가는 건 시간문제야. 요즘은 글래머러스한 것도 죄라는 거 알아?"

개중에는 이 몸을 좋아하는 1%의 독특한 남자들도 존재하더라.

"풀뿌리만 먹으며 삐쩍삐쩍 말리는 걸어다니는 미라보다는 과체중이 보기 좋거든."

창희는 잠시 약자의 편에 섰다. 그녀가 약자이기도 했다. 현대시대의 강자는 풀뿌리만 먹는 미라들이다. 다산의 상징인 풍만을 숭배하던 시대는 언제 다시 도래하려나.

"그거야 너만의 관점이지. 너 알아, 식욕과 성욕이 비례한다는 것? 네가 성욕으로 풀지 못하니 식욕으로 그것을 표출하는 것이야. 식욕으로 풀지 말고 성욕으로 풀지 그래?"

소진은 자신만만했고 창희는 손에 들고 있던 피자를 떨어뜨렸다.

"저, 정말 너 내 약점을 확실하게 잡고 불리할 때마다 써먹기로 한 모양인데!"

그럼 내가 지금 평소보다 많이 먹는 이유는 어제 화끈한 등급제 한 영화를 보았기 때문? 그리고 동참할 수 없는 한을 이렇게 먹는 것으로 푸는 중이라고? 창희는 소진의 말을 부정할 수가 없었다.

"말발 하나는 지지 않는 닥터 최께서 아무 반박을 하지 못하는 것을 보니 수긍한다는 말씀? 먹어도 배가 고픈 이유는 다른데 허기가 져서이지."

소진은 잔인하게 웃었다. 창희는 그녀에게 어느 한 면의 약점을 잡힌 것이 분명했다.

"좋아, 그래 나 한 번도 못해봤다. 나이 서른에 여태껏 금욕처녀이시다. 날 짓밟아 즐거우시겠다면 마음대로 날 사용해. 살신성인의 정신으로 임해주마."

그 부분에서 창희의 목소리가 커졌기에 주변에 앉은 여자들이 모두 창희를 쳐다보았다.

'저런! 한 번도 못해본 여자라니. 쯧쯧' 이런 식의 동정하는 눈빛이 반, 천연기념물이라도 보는 듯 신기하다는 눈빛이 반이었다.

"그나저나 그 유부남은 어떻게 됐어?"

"뭐, 해결 봤지. 네 말처럼 사랑을 숭배하는 내가 다른 사람에게 상처 주는 일은 할 수가 없더라. 마음 아프지만 헤어졌어."

"네가 한 일 중 최고로 잘한 일이다. 착하다, 내 친구! 그런 의미에서 내가 재밌는 얘기를 해줄게."

창희는 간지러웠던 입을 풀어놓았다. 이건 병원에서 들은 얘기인데, 하고 이야기를 시작하였다. 유산을 둘러싼 두 형제 사이에서 스파이 행동을 해야 하는 A라는 여자에 관한 다소 현실성 부족한 이야기였다. 창희는 스파이에 관한 이야기를 어떤 식으로든 누구에게든 하고 싶었다. 입이 간지러워 죽는 줄 알았고, 누구에게라도 자신의 작전에 대한 조언을 구하고 싶었다. 그 A라는 여자가 맡은 스파이 작전에 대해서 나름대로 흥미롭게 얘기하고 작전 계획을 얘기하는데 소진의 표정이 점차 미심쩍어졌다.

"뭐야, 미심쩍은 그 눈은? 내 말이 거짓말 같아? 이건 그 A라는 여자한테 직접 들은 얘기라고."

뭐, 말하는 자신도 거짓말 같은 이야기였지만 말이다.

"그거, 가한그룹의 유명한 두 형제 얘기잖아."

가한그룹이라는 말은 뺐는데 어찌 그걸 알아챈 거지? 소진이가 사람의 마음을 읽는 투시력을 배운 건가? 아니면 경제신문을 읽기 시작한 건가?

"너, 너 대체 그걸 어떻게 알았어? 요즘은 그 사람들을 스토킹 하니?"

"한국의 상류사회에 관심있는 여자 중 가한그룹과 두 형제에 관해 모르는 여자가 있다고 생각해? 대한민국에 너 빼고는 그들에 관해 다 알 거다. 황 회장이 황건의 어머니와 이룬 로맨스까지 전 국민이 다 알고 있는데 말이야. 나도 어려서부터 엄마 몰래 여성 잡지에서 황 회장의 로맨스에 관해서도 읽은 게 기억이 나거든. 황 회장과 그의 불륜의 애인은 결국 헤어지게 되고 그 아들인 황건은 황 회장의 본가로 들어가 키워지지. 눈물 절절 나는 영화 '미워도 정말 한번'이 그 황 회장의 실화를 바탕으로 만들어졌다는 소리도 있어. 그 후로 지금껏 황 회장의 두 아들의 관한 이야기가 가한그룹의 경제적 발전보다 파급 효과가 크다고 볼 수 있지. 난 황태라는 사람이 더 괜찮아 보이던데 다른 여자들은 황건을 선호하더라. 뭐, 요즘 세상엔 까칠한 막가파 왕자님이 대세이긴 하지. 그래도 난 부드러운 남자가 좋아."

소진이 읽은 것은 경제신문이 아니라 여성 잡지였다. 소진의 입에서 그들의 이름이 오르내리자 창희는 숨이 턱 막혔다. 뭐야. 나 너무 큰 그물에 멋모르고 걸려들었나 봐. 그 황가의 두 형제들이 이렇게 유명한 줄이야! 황건이 인터넷에 변태 사진을 올리겠다는 자신의 협박에 바로 삼십억을 내놓겠다고 말했던 이유를 알 것 같았다. 소진의 말을 듣고 나니 황건이 그렇게 유난히 까칠하고 더러운 성격을 가지게 된 것도 이해할 수 있을 것 같았다. 숨기고 싶은 치부를 전 국민이 알고 있으니 누군들 쉽게 마음에 들일 수 있을까?

"그러니까 그 A라는 스파이가 너란 말이지?"

"오, 오해하지 마. 나도 그냥 들은 얘기야."

소진이에게 언제부터 신기가 있었던 거지?

"아, 그러셔? 그럼 그 반짝이는 물방울 다이아 반지는 뭐야? 아무나 사줄 수 있는 크기의 다이아 반지가 아니거든? 처음엔 가짜

인 줄 알았다가 스파이 이야기를 듣다 보니 진짜 같다는 확신이 드는걸. A라는 스파이는 최창희 너라는 데에 지미추 구두 건다. 네가 낀 그 다이아 반지는 일종의 착수금인 게 분명해. 황가의 남자 정도는 되어야 사줄 수 있는 가격이지. 그리고 그런 말도 안 되는 스파이 작전을 신나할 사람은 닥터 최밖에 없고 말이지. 보통 여자들이라면 말 안 되는 스파이 놀이보다 황형제와의 화끈한 침대 놀이를 더 좋아할 테니까 말이야."

소진이가 지미추 구두를 걸었다는 것은 100% 확신할 때만 있는 일이다.

"이거, 이야기가 재밌어지는걸! 자, 작전을 제대로 짜보자고. 그리고 조수가 필요하면 언제든지 나한테 연락해. 내가 연기는 좀 되잖니!"

새엄마 희숙 씨는 언제인가 놀러온 소진이를 보며 혀를 찼었다. 그리고 말씀하셨다, 유유상종이라고. 그 말이 지금에서야 창희의 가슴에 박혔다.

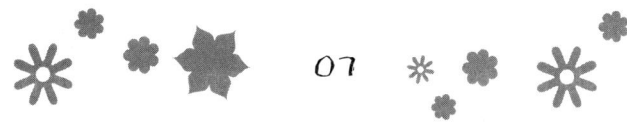

07

오래되어 가끔 혼미해지는 영상을 보여주는 텔레비전은 맞고서야 정신이 들었다. 창희는 크림버터를 2㎝의 두께로 바른 식빵을 물고 있었다. 그녀는 텔레비전에 있는 방에 감금되어 만두만 먹는 것도 아니면서 텔레비전에서 생활의 모든 정보를 얻고 있었다. 케이블에서 하는 오프라 윈프리 쇼에 이번에는 빚더미에 올라앉은 사람들에 대한 이야기가 나왔다. 무분별한 소비습관으로 집안의 재무경제가 돌이킬 수 없게 된 사람들이 나와서 또 울었다.

―일억의 빚을 졌어요. 삼천만 원은 학비 융자금이고, 나머지는 왜 그런지 모르겠어요. 빚을 지고 있다는 건 정말 죽음과도 같아요. 부부관계도 원활하지 못하고 서로에게 책임을 떠넘기게 되었어요. 빚 때문에 우리는 섹스리스 부부가 되었어요.

"맞아요. 빚은 영혼을 잠식하죠. 하지만 빚이 당신의 몇십 배가 되는 나는 왜 섹스가 점점 궁금해지는 거죠?"

퇴근 후에 늘 혼자 지내는 창희는 텔레비전과 대화를 나누는 경지에도 이르렀다.

—제니퍼, 섹스리스라니 참 힘드셨겠어요. 빚은 우리를 그런 구렁텅이로 몰아넣죠. 그럼 여기서 유능한 재무 컨설던트 에드워드 씨의 의견을 들어볼까요?

오프라가 추천한 재무 컨설던트가 말했다.

—빚을 갚는 방법은 간단합니다. 일단 최대한 소득을 늘리고 최대한 소비를 줄이세요.

그 소리를 듣자마자 창희가 말했다.

"나참, 이 양반. 사람을 두 번 죽이시는군요. 그걸 답변이라고 하는 건가요? 인생이 그렇게 간단한 줄 아시나요? 차라리 꽃뱀의 길로 나서든지, 아니면 거액의 미션을 수행하는 스파이라는 직업으로 전향하라는 쪽이 더 현실적인 답이 아닐까요, 에드워드 씨?"

텔레비전과 대화를 하는데 현관문을 두드리는 소리가 들렸다.

"안나 언니."

창희의 문 앞에 서 있는 체리의 몰골은 초췌했다. 머리는 부스스했고 입술은 부르텄으며 피부는 낙엽처럼 메말랐다. 그래도 체리의 아름다운 얼굴은 여전했다.

"체리 씨, 어디 아파요?"

"일주일간 장염을 앓았어요."

체리의 목소리는 모기 소리처럼 작고 윙윙거렸다.

"그렇게 아픈데 지금 출근하겠다는 거예요? 며칠새 너무 말랐어요."

스키니진을 입은 체리의 허벅지가 자신의 것의 반도 안 되어 보였다.

"그럼요. 출근해야죠. 너무 많이 쉬었어요."

"그래도 이렇게 아픈데 출근하겠다고요? 지배인님께 아파서 쉰다고 말해요."

"쉬고 싶은 만큼 쉴 수 있나요?"

"그렇군요."

"저 대신 대타로 나가줄 사람도 없는걸요. 화장실 왔다 갔다 하면서 일하면 돼요. 장염에 술은 쥐약이지만."

그렇게 말하며 체리는 배를 움켜쥐었다.

"아, 또 시작이야. 마지막으로 한 번 더 변기에 앉아야겠어요."

"그렇게 자주 신호가 오면서 어떻게 일을 나간다는 거죠?"

창희는 위태로워 보이는 체리에게 눈을 뗄 수가 없었다.

"설마, 실수야 하겠어요?"

"체리 씨 대신 일을 나가줄 사람이 정말 없는 거예요?"

"그럼요. 다들 자기 살기 바쁜데요. 그런데 안나 언니는 오늘 일 안 나가나 봐요?"

체리의 초췌한 모습을 보니 더 이상 체리를 속이면 안 되겠다는 생각이 들었다.

"저기, 체리 씨. 나 거짓말했어요."

"거짓말이요?"

"나. 실은 그쪽 일 하지 않아요. 이건 비밀인데 난 사실 피부과 닥터예요. 그날은 어쩌다 보니 거짓말까지 하게 되었고, 노블레스 클럽까지 따라가게 되었어요."

"피부과 닥터?"

체리는 되물었다.

"체리 씨에게 악의는 없었어요. 속인 거 용서해 줄래요?"

심각한 창희의 말에 체리는 눈을 깜빡거리며 웃었다.

"농담도. 안나 언닌 사람을 웃겨야 한다는 의무감 같은 게 있나 봐요."

진심을 귓등으로 듣는구나. 자신은 이미 양치기 소녀가 되어버린 듯했다. 창희는 진심이 통하지 않는 어색한 틈을 이용해 드라이해 놓은 배라왕의 19금 드레스를 체리에게 주었다.

"큰돈 들여 드라이 했어요. 그런데 옷이 늘어난 것은 어쩔 수 없다더라고요."

55사이즈를 66사이즈로 늘려서 돌려주는 비참함이란. 체리는 그 옷을 되받지 않고 곤란한 입을 열었다.

"그래서 말인데 오늘 이 옷을 다시 입어주면 안 되나요? 실은, 그 부탁을 하러 여기에 왔어요. 안나 언니가 싫다고 하면 어쩔 수 없이 제가 나가야 하지만요."

"저…… 그, 그건 곤란한데."

다시는 인공의 불빛을 향해 헤엄치는 오징어가 되지 않으려 했는데.

"곤란하다면 어쩔 수 없죠. 제가 가야죠. 뭐."

그렇게 말하며 체리는 배를 움켜쥐었다. 체리의 얼굴은 더 하얘지고 있었다. 창희는 안쓰러운 얼굴로 체리의 얼굴을 살폈다. 하얗다 못해 새파래지고 있고 배를 움켜쥔 손은 사정없이 떨고 있다.

"체, 체리 씨. 정말 쉬어야 할 것 같아요."

대신 나가주고 싶은 생각이 들 정도로 체리가 안타까웠다. 스파이 노릇을 잘해내면 삼십억이 생길지도 모르니 스파이 일에만 집중하고 싶지만 이웃 주민의 안타까운 사정을 그냥 보고 넘기기에는 측은지심이 강한 창희였다. 그때 체리는 바닥에 주저앉았다. 체리의 어깨는 부들부들 떨리고 있다.

"아, 안 되겠어요. 집에서 수분 섭취를 많이 하고 쉬고 있어요. 노블레스 클럽의 일은 걱정하지 말고요"

오지랖이 넓어도 탈이었다. 이건 아픈 사람들을 위해 무료진료를 했던 아버지 최수산 씨의 영향인 것 같다.

"걱정 말라니요?"

체리가 파래진 입술로 물었다.

"내, 내가 대신 나가줄게요."

방자하고 교만한 황건에게도 친구는 있었다. 고등학교 때부터 친하던 다섯 명이었는데 그들 역시 방자하고 교만하여 별문제는 없었다. 오늘 그중 한 명의 '총각파티'가 있는 날이었다. 결혼하기 전 마지막으로 화끈하게 놀아줄 계획이었는데 장소 섭외는 황건이 했다. 그가 VVIP 명예회원으로 있는 노블레스 클럽이었다.

어딜 가봐도 노블레스의 서비스와 에이스들의 미모를 따를 곳이 없었다.

"오늘이 어떤 날인데 파트너가 한 명 모자라는 게 말이 되냐? 황건, 너 장소 섭외 제대로 한 거야?"

파트너가 없는 친구인 남 군이 황건에게 성질을 부렸고, 황건은 무서운 눈으로 웨이터를 노려보았다.

"내가 저 자식한테 왜 이런 소리를 들어야 하는지 설명해."

황건의 눈은 곧 낚아챌 듯한 매의 눈과도 같았다. 요즘 마음도 심란하고 머리 속까지 뒤숭숭한데 왜 화를 돋우는 거야? 왜 이리 가슴속이 타오르는 건지 모르겠고 머리 속에 있어야 할 뇌는 잠시 외도 중인 것 같았다. 뭐 하나에 집중할 수가 없었다. 황건을 차지하여 그의 팔짱을 끼고 있는 보라만 신이 났다.

"그게, 에이스 한 명이 갑자기 아픈 바람에 말이죠. 곧 다른 분이 오실 겁니다. 지배인님 말로는 섭외하기 힘든 분이시라 하는 걸 보니 굉장한 에이스가 올 것 같습니다. 저도 내심 기대 중입니다."

웨이터는 파트너가 없는 남 군에게 술을 따르며 말했다. 웨이터의 그런 말은 남자들의 순진한 마음을 진정시켰다.

"기대되는군."

파트너가 없는 친구는 내심 기분이 좋아진 듯했다. 문이 열린 것은 그때였다. 들어오는 그녀를 본 순간 황건의 심장은 바닥까지 내려앉았다. 안나, 토끼발의 출연이었다.

베라 왕의 와인색 드레스―입기는 싫었지만 양심상 또 다른 옷을 늘어나게 할 수가 없었다―는 가슴이 모두 보일 듯 아슬아슬하게 파여 있었으며, 에어컨 바람에 옷이 하늘하늘 날려 보일 듯 말 듯 보는 이를 안타깝게 했다. 중앙으로 걸어가는 그녀의 등이 모두 시원하게 드러났다. 하늘거리는 소재의 옷감이라 허벅지와 배를 가려주는 데는 무리가 없어서 무척 늘씬해 보였다. 창희의 임팩트 강한 출연에 방 안은 고요했다. 보라만 입을 삐죽거렸다.

"꿀꺽."

마이크를 쥐고 있던 누군가 침을 삼키는 소리가 스피커에서 울릴 만큼.

처음이 어려웠지 두 번째부터는 쉬웠다. 창희는 무릎을 살짝 굽히고 이번엔 손을 허리에 얹으며 인사를 했다.

"안녕하십니까. 노블레스 클럽의 '객원' 에이스 '안나'라고 합니다. 숨 막히도록 아름다운 밤입니다."

일취월장이었다. 갑자기 어두운 실내로 들어와 아무것도 볼 수 없었던 창희의 동공은 점점 자리를 잡아갔다. 동공이 자리를 잡기 시작하며 제일 먼저 보이는 것이 황건이었다. 당황한 창희는 다시 무릎을 굽히며 인사를 했다.

"아, 오늘 밤이 결코 아름답지만은 않을 것 같군요. 저는 이만."

마가 꼈나? 황건과 이곳에서 마주치는 일은 달갑지 않다. 헌 엄마가 '삼재'라고 부적을 줄 때 잘 받아놓을걸. 오늘 밤은 부적을 찾아서 이마에 붙이고 자야겠다. 나가려던 창희의 손을 남 군이 낚아채서 자신의 옆에 앉혔다.

"어딜 가시려고, 안나 양? 내가 당신을 얼마나 기다렸는데."

"어머나!"

창희가 작은 비명을 지르자 황건이 벌떡 일어나서 친구에게 삿대질을 하며 소리를 질렀다.

"야, 이 새끼! 너 지금 뭐 하는 거야!"

모두가 어이없는 시선으로 황건을 보았다. 창희까지도 같은 눈으로 보고 있어 황건은 몹시 민망했다.

"왜? 내가 뭘 어쨌다고 그래?"

남 군도 어이가 없는 얼굴로 물었다.

"이제…… 이제 파트너 생겼으니까 다신 투덜거리지 마. 자식이 옹졸하고 참을성이 없어서 말이야!"

황건은 그렇게 둘러댔다.

"알았다. 다시는 너에게 투덜거리지 않으마. 우리 안나 양이랑 대화를 나누느냐고 너한테 신경쓸 일도 없을 것이다."

남 군은 창희가 아주 마음에 드는 듯했다.

"그럼, 잘 부탁드립니다."

친구들마저 취향이 비슷한 거야? 요즘 나 너무 잘나가네. 이왕 오게 된 것 체리 대신 열심히 해보자고 마음먹는 창희였다.

황건은 다시 앉아서 고개를 숙인 채 숨을 몰아쉬었다. 남몰래 알 수 없는 화를 삭이는 중이었다. 아니, 저 여자는 왜 여기를 드나드는 거야? 하긴, 그녀를 처음 만난 곳이 노블레스 클럽이었고 여기는 그녀의 또 다른 직장이었다. 그녀가 여기 드나드는 것은 이상할 것 없는 아주 자연스러운 일이었다.

"안나라고 했어? 옷이 끝내주는데? 아주 화끈해. 무척 아름다우시고."

황건은 창희를 노려보았다. 왜 변태칠면조라고 그 자식한테는 따지고 들지 않는 거냐고!

"감사합니다."

창희는 슬쩍 미소까지 지어 보였다. 보여주니 그렇게 좋냐? 더 보여줄까? 칠면조가 떼로 몰려들었군. 칠면조 오형제가 따로 없다.

창희를 보며 황건의 얼굴색은 푸른빛으로 바뀌어갔다. 그 자신조차 자신의 얼굴이 카멜레온처럼 색깔이 변화하는 이유를 알지 못했다. 드디어 냉혈동물로 진화한 것일지도 몰랐다. 퇴화든지.

인간이 가지고 있는 위험한 열정은 두 가지가 있는데 하나는 욕망이고 또 하나는 질투라고 한다. 질투란 주로 트라이앵글 관계에서 성립된다고 볼 수 있다. 내가 정말 가지고 싶은 것을 자신은 가질 수 없는데 다른 사람이 가질 수 있는 가능성이 짙어질 때도 이 질투라는 감정이 폭발한다. 질투는 멀쩡한 사람을 눈멀게 하고 유치하게 만든다. 그래서 질투의 주체에게 화를 내거나 아니면 울며 매달린다. 이 요망하기 짝이 없는 질투란 감정을 이해하지 못할 때는 진흙탕에 말려드는 것이고, 질투란 감정을 적절히 이용하면 사랑을 쟁취하게 될 수도 있다. 하지만 자신이 지금 사랑에 빠져 있다는 사실을 모를 경우 질투는 혼란으로 작용한다.

혼란한 황건은 남 군과 창희의 행각을 지켜보고 있었다. 남 군은 창희가 정말 마음에 들었는지 눈길을 떼지 않았다. 특히 그의 두 눈은 그녀의 풍성한 가슴에 박혀 있었다. 황건은 그의 눈알을 뽑아버리고 싶은 충동이 들었다. 남 군의 손은 창희의 어깨 위에 올려져 있었다. 당장 일어나 남 군의 손을 꺾어버리고 싶은 충동을 누르려고 황건은 열을 세고 또 세었다. 왜 자신이 저 여자로 인해 이런 열 오른 감정에 후끈거려야 하는 건지 기분이 나빴다. 누군가가 자신의 감정조절 중추를 좌지우지한다는 것은 썩 기분 좋은 일이 아니었다. 황건은 얼음이 잔뜩 담긴 물을 벌컥 마시다가 이내 얼음을 물고 아작아작 깨물었다.

"안나 씨도 왔으니 파트너를 다시 정하자."

칠면조 오형제 중 누군가 말했다. 서로의 파트너가 마음에 든 남 군과 보라만 싫다고 했고, 다른 사람들은 동의했기에 다수결 원칙으로 파트너를 새로 정하기로 했다. 술이 취해가는 삼십대 중반의 칠면조들은 신이 났는지 환호성을 질렀다. 때론 남자들은 아이보다 유치하게도 변할 수 있는 종족들이다. 진화하기 힘든.

파트너를 어떻게 공평하게 나눌지 토론 끝에 노블레스 클럽 에이스들의 장기자랑을 본 후 정하자는 결론이 나왔다.

뭐, 학예회도 아니고. 창희는 심드렁했다. 이 사람들 수준이 말이 아니군. 하지만 노블레스 클럽의 에이스들은 그날 칠면조들의 밤을 즐겁게 하기 위해 존재했으므로 모두 나름대로의 개인기를 펼치기로 했다. 에이스들은 그 제의를 모두 쉽게 받아들였는데 창희만 미칠 지경이었다. 체리의 대타로 나와서 장기자랑을 펼치리라고는 예상 못했던 바였다. 삶이 고단하여 개인기를 하나도 준비해 두지 못했다. 그녀의 노래는 박자와 음정과는 상관없이 필에만 집중해서 부르는지라 듣는 이를 힘들게 했고, 출 줄 아는 춤은 오직 개다리춤뿐이었다.

'지금이라도 도망갈까?'

자신의 차례가 다가올수록 출구만을 노려보고 있는 창희였다. 여차하면 나가는 거다.

황건은 다시 편안한 마음이 되었다. 에이스들의 장기를 모두 본 후에 그는 생각할 것도 없이 창희를 파트너로 지정할 예정이었다. 어차피 그녀는 지금 자신의 토끼발이 아닌가. 토끼발은 황 대장의 소유이다. 그는 편안한 마음으로 에이스들의 장기자랑을 눈여겨 보았다.

보라는 최신 댄스음악을 틀었다. 그리고 벽을 잡고 섹시댄스를 췄다. 그녀는 섹시댄스를 추는 동안에도 황건에게서 눈을 떼지 않았다. 자신의 목에 건 스카프를 황건의 목에 걸고 아주 야하게 춤을 추었다. 황건의 얼굴 까까이 입을 맞출 듯이 다가왔다가 슬쩍 도망가고 하는 모습이 남자들의 심장을 달구었다. 칠면조들은 신이 나서 박수를 쳤다. 역시 에이스 중의 에이스답게 청중을 압도했다.

그들은 급하게 종이와 펜을 들고 10점만 점의 점수판을 들기까지 했는데 보라는 평균 45점을 획득했다. 모두 만점을 주었지만 황건이 5점을 쓴 종이를 들었다. 황건은 어차피 창희를 선택할 것인데 보라에게 헛된 기대감을 주기는 싫었다. 보라는 울상이 되어 자리에 앉았다.

두 번째 에이스는 카드마술을 선보였다. 카드를 다루는 솜씨가 한때 타짜의 경지에 오를 뻔했던 헌엄마의 손놀림에 견줄 만했다. 칠면조 중에 하나가 뽑은 카드의 하트 모양이 마술을 선보인 에이스의 왼쪽 가슴 위에 문신처럼 새겨졌다. 칠면조들은 눈이 휘둥그레져서 박수를 쳤다. 50점 만점 중 42점을 획득했다. 세 번째 에이스는 때 지난 성대모사를 하는 바람에 분위기를 썰렁하게 했고, 네 번째 에이스는 신나게 개다리춤을 추었다. 아름다운 외모와는 달리 코믹춤을 선보이자 칠면조들은 배꼽을 잡고 웃었다.

'뭐야! 아, 저거 내가 하려고 한 건데!'

창희는 억울했다. 참신한 아이디어를 뺏겨 버렸다. 나도 저렇게 웃길 수 있었는데 아쉽다. 네 번째 에이스보다 여러 가지 버전의 개다리춤을 출 줄 알지만 또 개다리춤을 춘다는 것은 여러 사람들을 민망하게 만드는 짓이었다.

창희의 차례가 되었다. 앞에 나가서 설 때까지도 개인기가 떠오르지 않았다. 황건의 알 수 없는 눈길과 잠시 마주쳤을 뿐이었다.

창희가 룸의 중앙에 서자 황건은 몹시 긴장이 되었다. 딸자식의 첫 장기자랑을 본다면 이런 느낌일까? 왜 자신이 잔뜩 긴장을 하며 그녀를 보고 있는 것인지 그것마저 미스터리였다.

창희는 호흡을 가다듬고 난감한 심정으로 서 있었는데 그때 예쁘게 줄 선 술잔들과 술이 보였다.

'저거다. 내가 가장 잘 할 수 있는, 사람들을 즐겁게 해주는 장기.'

창희는 말없이 열 개의 맥주잔과 열 개의 양주잔을 가지런히 놓았다. 창희가 몹시 진지해지는 바람에 칠면조들 역시 창희의 몸놀림을 숨죽여 보았다.

'폭탄주 제조비법의 진수를 보여주리라.'

한 번 마시면 절대로 잊지 못한다는 창희표 폭탄주였으며 함피 부과 내 〈술.사.모〉의 회장 자리에 오를 수 있었던 강력한 무기였다.

뭔지 모를 그녀의 진지한 모습 때문인지 칠면조들도 진지하게 그녀의 손짓 하나하나에 눈을 떼지 못했다. 황건 역시 그녀에게서 눈을 떼지 못했다. 붉은 옷을 입은 그녀는 연금술을 하는 마술사같이 보이기도 했고, 흑마법을 부리는 마녀처럼 보이기도 했다. 창희는 열 잔의 맥주잔에 맥주를 따르고 그 위에 양주잔을 가지런히 올려놓고 양주를 따랐다. 그리고 테이블 위에 있던 성냥을 들고 와인 잔에 불을 지폈다. 푸른빛은 활활 타오르기 시작했다. 모두 불이 신기한 원시시대 사람처럼 입을 벌리고 감탄을 했다.

폭탄주 제조 비법의 세 가지 중요요소는 정성, 비율, 손맛이었다. 창희는 마음을 다해 술을 따랐으며 맥주와 양주를 최상의 비율로 맞추어두었다. 그리고 손가락의 온도로 양주의 잔을 데워 열로 양주의 향을 나게 했다. 기초화학에 의거하면 손가락의 열이 폭탄주에 미치는 영향은 실로 대단하였다. 맛이 차원이 다른 이유는 그것이었다.

창희가 눈으로 염력을 쓰자, 사실은 발로 테이블을 건드린 진동에 의해 가지런히 놓여 있던 양주잔들이 맥주잔 속에 차례로 빠졌고 열 개의 맥주잔 속에서 빠르게 소용돌이쳐 댔다. 소용돌이는 멈추지 않고 시간이 지날수록 재빨리 돌아갔다. 마법이 따로 없었다. 모두 넋이 나간 표정으로 창희를 보았다. 창희는 조용히 제일 앞에 잔을 들었다.

"여러분, 이제."

진지한 그녀의 목소리는 방 안의 분위기까지 가라앉혔다. 모두 그녀에게 집중하자 창희는 다시 입을 열었다.

"신나게 달리시죠."

철없는 장기자랑은 이제 그만. 몹쓸 긴장만 잔뜩 했잖아.

말을 마친 창희는 손에 든 술잔을 단번에 마셨다. 모두 환호성을 지르며 창희의 폭탄주를 가져갔으며 시원하고, 독특하고, 순한 그녀의 맛에 빠져들어 갔다. 창희는 그렇게 취해가고 있었다. 그러니까 그 밤이, 사람이, 세상이, 노블레스 클럽의 라일락방이 심지어는 황건까지도 아름다워 보이는 경지에 또다시 이르게 된 것이었다. 이 세상이 무릉도원으로 보이는 것, 그것이 그녀가 가진 단 하나의 주사였다. 알코올은 세상을 아름답게 만들어 버리는 신의 축복, 어른들의 유일한 장난감.

창희가 세상이 아름답게 보일수록 애가 타는 것은 황건이었다. 그녀는 모두에게 미소를 활짝 짓고는 나근나근해져서 눈웃음까지 치고 있다. 남 군은 그녀의 어깨에 손을 얹었다. 창희가 남 군의 얼굴을 두 손으로 잡아당기자 그가 신나게 웃었다. 못난이, 라고 말하며 창희가 까르르 웃자 더는 봐줄 수가 없어서 황건이 벌떡 일어나서 말했다.

"이제 파트너 체인지 하자. 내가 먼저 정한다. 난 안······."

거기까지 말하는데 누가 끼어들었다.

"왜 만날 건이 네가 먼저냐? 저 자식은 아무 데서나 대장질이야! 오늘은 정 군의 총각파티니까 정 군에게 먼저 기회를 줘야지."

친구들은 그의 카리스마를 단번에 무너뜨렸다. 황건도 할 말이 없었다. 그때 총각파티의 주인공 정 군이 말했다.

"좋아, 난 안나 양으로 정했어!"

모두 야유를 보냈고 정 군은 창희에게로 다가갔다.

"반갑습니다, 안나 양. 오늘의 저의 총각파티입니다. 화끈하게 즐겨보실까요?"

"네, 그러죠."

창희의 나긋한 말에 황건은 이제 돌 지경이 되었다. 저 자식이랑 화끈하게 뭘 어쩌겠다고!

화가 난 황건은 벌떡 일어나 룸 밖으로 나가서 복도 벽에 서서 숨을 몰아쉬었다. 뒷골이 땡겨오고 있었다. 그는 벽에 이마를 세 번 찧고는 다시 들어와 앉았다. 아무 일 없다는 듯이 태연한 척했지만 이마는 심하게 부풀어 오르기 시작했다. 옆에 있던 보라가 놀라서 말했다.

"어머, 황 대표님, 넘어졌어요? 이마에 혹이 났어요. 모기가 있나?"

황건은 이제 너무 친절한 여자가 부담스러워지고 있었다. 그는 창희에게 점점 다스려지고 있는 자신을 파악하지 못하고 헤맸다. 정 군이 창희에게 엉뚱한 짓을 할까 싶어 눈을 부릅뜨고 그들을 행각을 지켜보고 있어야 했다. 창희는 파트너인 정 군에게 술을 따르게 하고 정 군은 신이 나서 열심히 창희의 시중을 들었다. 그녀는 손님을 시중들게 하는 에이스였다.

　모두 취해가고 있었고 창희는 이제야 무릉도원의 한복판에 온 느낌으로 웃음을 감추지 않았다.

　'난 죽겠는데 토끼발, 당신은 즐겁다 이거지?'

　황건은 술을 연신 마셨지만 왠지 취하지가 않았다. 기분이 좋지 않으면 술이 취하지를 않는다. 술은 칠면조들의 집중력을 현저히 떨어뜨린다. 시간이 얼마나 흐른 건지 조는 사람도 있었고, 깊은 대화에 빠져가는 사람도 있었다. 서로 다른 사람들의 얘기 따위엔 관심조차 가질 수 없을 정도로 술에 취해 자기만의 세계에 빠져 물풀처럼 흐느적거리고 있을 때였다.

　"이봐, 토끼발."

　황건이 퉁명스럽게 맞은편에 앉은 창희를 불렀다. 그녀가 여기 온 지 두 시간 만이었다. 그는 두 시간 동안 그는 너무도 고단했다.

　"토끼발은 황 대장의 전방 열한 시 방향에 주둔 중이다. 오버."

　토끼발이라는 호칭에 기분이 좋아진 창희는 조명에 의해 더욱 반짝이는 다이아 반지에 입을 갖다 대었다. 토끼발인 자신의 스파이의 능력을 인정받는 그런 기분이었다. 그렇게 말하며 황건을 올려보는 창희의 눈은 초점을 맞추려 그를 뚫어져라 보았다. 그녀가 자신만 보고 웃는 데 황건은 만족했다. 아까처럼 아무나 보고 웃지 말았으면 하는 생각이 드는 이유는 무엇일까.

　"취했군."

　"나 토끼발은 어지간해서 취하지 않는데 지금은 취했다. 오버."

그녀의 무전기 놀이는 계속되었다. 어려서 동네에 부자아이가 가지고 있던 워키토키라는 무전기를 부러워했었던 그녀였다.

"이봐, 토끼발. 여긴 왜 온 거야? 나의 일을 돕는 동안은 노블레스 클럽의 일을 하지 않도록 착수금은 쓰고 싶은 만큼 써. 영수증 달라는 소리는 안 할 테니까."

황건은 정말 궁금했다. 그녀가 밤이 외로워 빛으로 날아드는 불나방처럼 보이지는 않았다. 그리고 밤에 피는 장미처럼도 보이지 않는데 도대체 왜 이 일을 하는 걸까? 돈? 돈이 그렇게 필요한가?

"토끼발은 오늘 아픈 전우를 대신해 왔을 뿐이다. 희생정신에 포상을 요함. 오버."

창희는 스파이 놀이가 재밌는지 그를 보고 활짝 웃으며 대장의 답을 기다리고 있었다.

"빨리 답하라. 오버."

황건의 심장이 두근거렸다. 또 왜 두근대는 거지? 저렇게 화끈한 옷을 입은 여자가 보고 웃는데 두근거리지 않을 남자는 없을 거라 잠시 위로했다. 그녀의 가슴은 정말 탐스럽지 않은가? 분명 이건 수컷으로서의 꿈틀거림이었다. 그녀의 숨겨진 허벅지의 환상이 그를 잠 못 들게 했었다. 그렇다. 심장이 날뛰는 건 그날 펜트하우스에서 그녀와의 거사를 마저 치르지 못한 영향임이 분명하다. 안고 싶었던 여자를 안지 못한, 하다가 만 아쉬움이 남은 것이다. 그래, 이 감정은 그것이었다. 마저 치르지 못한 아쉬움. 그는 행동을 개시해야 했다.

"이봐, 토끼발, 우리 같이 나갈까?"

황건이 건조한 목소리로 창희에게 말하자 창희는 눈을 말똥하게 뜨고 그 말의 의미를 파악하려 애썼다. 하지만 머리가 잘 돌아가지 않았다. 알코올은 그런 능력이 있다. 뇌 기능 저하.

"알아듣기 쉽게 말하라. 원래 내 뇌는 직설법만 수용한다. 오버."

"널 안고 싶다. 지금. 무척. 오버."

무전기도 없는 황건이 무선통신의 용어를 사용했다. 그들의 무전기 놀이에 점점 관심을 갖던 칠면조들이 황건의 마지막 말에 일순간 조용해졌다. 꿀꺽. 마이크를 여전히 쥐고 있는 누군가의 긴장해서 침 넘기는 소리가 스피커에 또다시 울렸다.

"이, 이봐, 노는 데 끼어들어서 미안한데 안나는 내 파트너야."

정 군이 그들의 대화에 소심한 목소리로 끼어들었다.

"시끄러, 이 자식아. 안나, 토끼발은 지금 내 소유거든! 내 명령대로 움직인다고!"

황건은 벌떡 일어나 창희의 손을 잡아끌고 그 방을 나갔다. 웬만한 남자의 힘으로는 끌려가지 않는데 황건의 힘은 장사였다.

복도에서 황건은 갑자기 멈추었다.

"아, 젠장."

여길 나갈 때까지 참으려 했지만 도저히 참을 수가 없어 창희를 아까 자신이 머리를 박았던 그 벽으로 그녀를 밀어 세우곤 급하게 입술을 부딪쳐 왔다. 닥터 최, 안나, 아니, 토끼발. 오늘 나의 혼란의 종지부를 찍겠어!

황건의 키스는 무척 농밀했다. 뜨거웠고 미끈거렸고 혀뿌리가 뽑힐 만큼 흡입력 있었다. 처음 그와 했던 키스와는 차원이 다른 키스였다. 자신의 머리를 콘크리트 벽에 부딪치게 한 황건이었지만 이 키스로 화해하고자 한다면 그것에 응하겠다. 창희는 현란한 그의 혀 놀림에 노예가 되고 싶었다. 금욕처녀의 몸이 또다시 점화되고 있었다.

그가 입술을 떼어내고 창희를 보았다. 키스할 때의 숨 쉬는 법을 모르는 건지 얼굴이 하얗게 돼선 숨을 몰아쉬고 있었다. 평소의 창희 같아도 무척 좋아했을 테지만 술에 취한 창희는 그의 키스가 너무도 맘에 들었다. 그래서 히죽거렸다. 여전히 창희는 무릉도원 안에 서 있었기에.

"포상 하나 진하네요."

그렇게 오래 키스로 포상해 주었는데 창희는 몹시 모자랐다. 황건은 그런 욕망창희의 얼굴로 손을 가져다 댔다. 손가락으로는 그녀의 젖은 입술을 매만졌다. 그녀를 보는 그의 눈은 심하게 흔들렸다.

널 당장 안고 싶다.

또 급해져서 황건은 그녀의 입 안에 뜨거워진 혀를 밀어 넣었다.

어머나.

남자를 통 가까이 하지 못한 금욕처녀인 창희는 밤마다 남자의 성기를 의미하는 총에 대한 꿈을 꿔댔으며—황건의 것을 보고 난 후론 자동연발 기관총으로 총구를 변경했지만—키스를 통 하지 못한 금욕처녀 창희는 산낙지를 먹다가 낙지의 빨판에 혀가 빨리는 것에도 굉장히 느끼곤 했다. 그래서 늘 그렇게 외쳤다. 이모님(창희는 식당 아주머니를 친인척화시키는 경향이 있다)! 여기 산낙지 팔팔한 걸로 한 그릇 더! 빨판 크면 더 좋고! 굵직한 놈으로 잡아주세요! 그의 키스는 거대 낙지의 빨판과는 비교가 되지 않았다.

'화끈하다, 이 남자. 이대로 가다가는 뭔 일을 치를 것만 같아.'

금욕을 던지고 싶다고 창희의 몸이 말하고 있었다.

'던져 버려!'

'그럴까?'

'당연하지. 기회를 놓치면 너 죽을 줄 알아!'

창희의 내면은 다시 두 가지 마음으로 대화를 하는 경지에 이르렀다. 황건은 다시 그녀의 입 안에서 현란한 혀 놀림을 하고 있었다. 그 흡입력에 심장까지 빨려들어 갈 것 같았다. 그는 창희의 입 안을 즐겁게 해주던 혀를 빼내어 그녀의 귓속에 다시 넣었다.

이런, 거, 거기 성감대거든!

그의 숨소리가 크게 다가왔다. 그의 혀는 개미핥기의 혀처럼 강력하게 그리고 길게 변신을 하여 창희의 얼굴의 구멍마다 핥았다. 눈이 빨릴 때는 또 곧 뽑힐까 두려웠지만 강약이 조절되기도 하여 긴장을 풀 수가 있었다. 개미핥기의 혀에 개미집에 있던 개미가 빨려나가듯 그의 혀 놀림에 창희의 도덕성과 인내와 참을성과 고뇌와 두려움과 이성과 판단력이 모두 딸려 나가버렸다. 세포는 빠르게 꿈틀거리고 생명력이 힘차게 솟아나는 그런 느낌이었다.

"사, 살려주세요."

그녀는 그런 촌스러운 말을 내뱉고 말았다. 정말 죽을 것만 같은 기분이어서 내뱉은 말이었다.

"좋아, 당신을 죽여주겠어."

그는 사람의 말을 왜곡하여 듣는 경향이 있는 모양이다. 황건은 창희의 허벅지를 들어 자신의 몸에 바짝 갖다 붙였다. 긴 스커트의 옆트임으로 그녀의 튼실한 허벅지가 드러났다. 보기 드문 소중한 허벅지였다. 창희의 한쪽 다리는 그에 의하여 들려졌다. 그 자세는 그의 중심과 그녀의 아랫배가 바짝 밀착이 되게 하였다. 그녀의 아랫배에 그의 거대 중심이 느껴지고 있었다. 창희는 자신도 모르게 그의 허리를 휘감았다. 애타는 금욕처녀의 반사작용처럼.

"토끼발, 자자. 난 당신이랑 자야겠어!"

창희는 느닷없는 그의 말에 당황했다. 정곡을 찔린 기분이었다. 이런, 어쩌나. 자고 싶었고 엄밀히 말하면 '하고' 싶었다. 이 금욕처녀의 마음은 몰라도 몸은 확실히 동하였다. 그의 개미핥기 같은 테크닉이 그녀를 동하게 했다. 낙지빨판에 느끼는 것도 황홀했는데 더한 황홀경을 누리고 싶었다. 진심을 말하기 쪽팔려서 영어로 말했다.

"오, 오케이."

역시 짧은 영어였다.

"토끼발? 오케이? 정말 오케이?"

이 남자 귀가 먹었나? 쑥스럽게 왜 자꾸 묻니. 여잔 때로 말 많은 신사보단 말 없는 과묵한 마당쇠를 원하기도 해.

"당신도 원하는 거야?"

당연한 거 아니야? 창희는 고개를 끄덕였다. 그의 뜨겁고 습기 찬 호흡이 창희의 얼굴에 스팀마사지 되고 있었다.

"가자, 토끼발."

그는 몹시 급했다.

"우리의 공적인 관계는 어떻게 되는 거죠? 전 당신이 고용한 스파이인데."

대박 미션이 중지되면 큰일이었다.

"스파이는 남자와 같이 자지 말라는 법이 스파이법전에 있나?"

창희는 생각에 잠겼다. 모든 본드 걸들은 007 제임스 본드와 잔다.

"아니요! 절대."

"그럼, 됐어!"

그의 손은 그녀의 맨등을 어루만지기 시작했다. 그때부터 창희는 혼미해졌다.

아, 이런 등도 성감대였다니.

창희는 깊이를 알 수 없는 흥분의 상태로 빠져들었으며 무뇌 상태가 되어 그 뒤로 아무것도 생각할 수가 없었다. 점화된 몸은 활활 불타올랐다.

황건은 창희를 끌고 노블레스 클럽 앞에 대기하고 있는 모범택시에 태웠다. 노블레스 클럽의 리무진으로 목적지까지 태워 드릴 테니 기다리라는 지배인의 말은 바로 무시되었다. 택시에 올라탄 그들은 목적지도 말하지 않고 입으로 서로의 피부를 맛보고 있었다. 택시기사는 몇 번의 헛기침을 했으나 그들은 들은 척도 하지

앉았다. 그들을 몸짓에 택시가 흔들릴 정도였다.

"바쁘신데 죄송하지만 어디로 모실까요?"

그들은 둘 다 대답이 없었다. 아무 소리도 들리지 않는 듯했다. 택시기사는 용기를 내어 뒤를 돌아보았다. 어딘가 낯익은 여자가 보였다. 붉은 귀신 같은 옷을 보니 예전에 차비도 안 받고 내려주었던 그 여자가 분명했다. 택시기사는 아무것도 들리지 않는 그들을 전에 갔던 그녀의 집까지 데려다 주었다. 그들은 택시 안의 온도가 후끈하게 달아오를 만큼 서로를 탐닉했다. 신호에 세워진 차는 그들의 격렬한 몸짓에 좌우로 흔들렸다. 택시기사는 히터를 잠시 꺼두었다.

"도착했습니다."

황건은 수표 한 장을 택시기사에게 던지듯 건넨 채 창희를 끌고 나왔다. 이층 그녀의 원룸으로 올라가는 내내 벽을 쓸어가며 서로에게 키스를 해댔다. 창희의 머리카락은 꽃만 꽂으면 동막골로 가도 될 만큼 헝클어졌다. 욕정은 미친 짓임을 증명하는 듯했다.

창희는 원룸의 비밀번호를 빠르게 눌렀고 그들은 불도 켜지 않은 채 창희의 싱글베드에 바로 엎어져 뒹굴었다. 베라 왕 원피스는 벗기고 말 것도 할 것도 없이 그의 손이 움직이는 데 아무런 장애도 주지 않았다. 그들의 거사에도 별로 지장이 없을 듯했다. 그는 입고 있던 셔츠를 벗어 허공으로 던져 버렸다. 그의 조각 같은 몸매는 어둠 속에서도 빛이 났다.

"아, 당신 몸 죽인다."

창희는 감탄하는 것을 숨길 수가 없었다. 금욕의 세월이 원망스러울 정도로 잘빠진 몸매였다. 창희는 그의 매끈한 몸을 더듬었다.

"토끼발."

그는 맨몸으로 달려들며 창희의 가명과 암호명을 연신 불러댔다. 원피스 안으로 들어온 그의 손가락은 그녀의 풍만한 젖가슴에 또 한 번 꽂혀서 떡 주무르듯 하고 있었다. 창희는 인정했다. 금욕은 자신의 유일한 죄였다.

"토끼발, 당신의 몸은 너무도…… 구체적이고 사실적이야."

그녀의 몸에 대해 달리 할 말이 없었나 보았다. 그래, 텔레비전에 나오는 것들의 몸이 비현실적인 거다. 현실적인 몸을 가진 자신이 자랑스러워지는 순간이었다. 그의 개미핥기 같은 혀는 창희의 몸을 휘감아오기 시작했다. 그가 자극을 줄 때마다 그녀의 몸은 꽈배기처럼 꼬여져 주체할 수가 없었다. 그럴 때 나오는 것이 '신음'이라는 것을 금욕처녀는 배워가고 있다.

"아아아."

이봐, 차라리 요들송을 부르지 그래. 창희는 스스로를 책망하였다.

"우우우."

이런 소리도 입에서 흘러나왔다. 이런, 어쩌지? 난 전신이 다 성감대였어.

"안나, 당신 역시 자극에 민감하군. 반응이 무척 급격해."

황건은 아껴두었던 튼실한 허벅지를 공격하러 베라 왕의 드레스 안으로 들어갔다. 그가 무슨 짓을 하는지는 모르겠지만 창희는 천국과 지옥을 급행으로 왕복하는 기분이 들었다. 별이 잠깐잠깐 보이기도 했다. 수줍기도 했으나 몸은 타올랐다. 밖에서 발정 난 고양이가 야옹거리는 소리가 점점 들리게 되지 않았다. 무아지경에 도달한 것이었다. 그의 욕정은 식지도 않는지 점점 불타올랐다. 술 취한 곰새끼처럼 지치지도 않는다.

"그, 그 밑에서 내 몸을 해부하는 건 아니겠죠?"

"이건 해부가 아니라 애무라고 하는 거야. 당신이 준비가 될 때까지 당신의 전신의 맥을 집어주겠어. 내 입술로."

그가 여자에게 이렇게 헌신적인 적도 처음이었다.

"당신, 정말 최고."

그 말을 끝으로 창희는 아무 말도 하지를 못했다. 굉장한 쇼크에 이른 듯 몸만 부들부들 떨 뿐이었다. 그는 정말 입술과 혀로 그녀의 전신의 맥을 짚어나갔다.

낡은 냉장고가 계속 부들부들거렸고 텔레비전이 갑자기 켜졌다. 리모컨은 늘 침대 안에 처박아 두고 있었는데 그들의 행위에 침대 속에 있던 버튼이 눌려졌다.

—발사 오 분 전입니다. 자, 처음입니다. 처음으로 달에 인간의 발이 닿을 것입니다. 역사적인 날입니다! 이곳의 열기가 폭발할 만큼 뜨거워지고 있습니다. 거대한 아폴로호는 최대한의 속도로 곧 쏘아 올릴 예정입니다. 그리고 '처녀'지인 달에 도착하겠죠. 응축된 에너지는 충분합니다. 쏘아 올리면 꿈은 이루어지는 겁니다. 열기는 이루 말할 수 없군요! 발사 사 분 전…….

인간이 처음으로 달의 표면을 밟게 된 아폴로 호에 대한 다큐멘터리였다. 사회자는 흥분하고 있었다. 황건과 창희의 몸짓에 대해 실황중계라도 하고 있는 듯했다. 그가 창희의 가슴에 얼굴을 묻고 있을 때 리모컨은 또다시 다른 버튼이 눌려졌다.

—다음 그림은 보티첼리의 〈비너스의 탄생〉입니다. 조개 안에서 벌거벗고 서 있는 아프로디테의 모습입니다. 역시 풍만하지요. 특히 배와 허벅지가 더할 나위 없이 풍만합니다. 풍만은 다산을 상징하지요. 왜 아프로디테가 조개 위에 서 있는 걸까요? 바로 조개는 은유적으로 여성의 생식기를 상징합니다.

이번엔 교육방송이었고 드디어 황건이 그녀의 팬티를 끌어 내리려는 찰나였다.

—탄생과 생명을 의미하는 자궁 말입니다.

사회자는 그 말을 반복했다.

탄생과 생명을 의미하는 자궁이라는 소리에서 창희는 정신이 번쩍 들었다. 창희는 점점 현실로 돌아오고 있었다.

"코, 콘돔은?"

창희가 물었다. 금욕의 세월을 접으려고 했지만 생명을 함부로 만드는 일은 하면 안 되었다. 확실한 피임은 건전한 성생활의 기본이 아닌가?

"걱정 마, 안나. 없어도 내가 다 알아서 해."

도대체 어떻게 다 알아서 한다는 말이오! 남자의 이런 말에 속으면 안 되는데. 황건은 더 뜨거워져서는 창희의 몸에 자신의 몸을 밀착시켰다.

"내 가방 안에 그때 그 콘돔이 있어요. 가지고 올게요."

창희는 빠져나오려고 애를 쓰며 침대 옆에 있는 스탠드 불을 켰다. 창희가 무아지경에 있는 동안 그는 어느새 벌거벗고 있었다. 벌거벗은 그의 몸은 감탄할 만했다. 캘빈클라인의 속옷 모델 같았다. 다른 점이 있다면 황건은 팬티를 입지 않고 있다는 것. 언뜻 보인 그의 중심에 창희는 경악했다. 아, 그간 착각했다. 창희가 그 날 들추어본 그의 중심의 크기는 얌전했을 때였다. 발기 시 남자의 중심은 약 70% 가량 커진다.

'계산을 잘못했군. 제발, 살려줘.'

창희는 도망가려고 몸을 일으켰다. 그 크기에 정신이 번쩍 들었다. 리모컨은 창희의 몸짓에 다시 눌리어져 다른 방송이 흘러나왔다.

—이 영화는 거대한 킹콩과 여주인공 앤의 로맨스입니다. 거대한 킹콩은 앤을 사랑하게 됩니다.

영화정보 프로그램이었다.

그렇게 거대하면서 어찌 인간 여자와 사랑을 하겠다는 거니?

창희는 달려드는 황건의 얼굴을 밀고 가슴을 밀었다. 킹콩과 맞장 뜰 인간 같으니라고.

"토끼발, 도대체 왜? 갑자기?"

무슨 심경의 변화인 거야? 황건은 겁에 질린 창희에게 물었다.

"칼만 사람 몸에 꽂힌다고 죽는 건 아니라고요. 그 큰 걸 감히 어디에다가 그걸······."

창희는 곧 울 것 같은 표정을 하며 손가락으로 그의 중심을 가리켰다. 황건은 그런 창희가 귀여운지 코를 살짝 치며 말했다.

"이런, 토끼발."

황건은 웃음을 참을 수가 없다는 듯 고개를 푹 숙이고 킥킥거렸다. 그는 곧 진정하여 창희에게 말했다.

"난 지금껏 한 번도 여자를 죽인 적 없어. 걱정 마."

"걱정이 엄청 되거든요! 정말 죽을지도 몰라요."

"아마, 좋아 죽을지도 모르지."

금욕처녀는 다시 궁금해지기 시작했다. 좋아 죽고 싶긴 하지만 그 크기를 눈으로 확인한 이상 자신이 없었다. 그때부터 둘의 실랑이가 시작되었다. 도저히 자신이 없는 창희였고 창희를 안심시키는 황건이었다. 벌거벗은 사내와 옷이 온통 구겨진 여자의 난투극이 벌어지고 있었다.

힘이 좋은 그와의 실랑이에 창희가 지쳐 갈 때쯤 이불 속에 처박혀 있던 그녀의 핸드폰이 울렸다. 창희는 전화를 받았고 황건은 이때다 싶어 다시 그녀의 몸을 파고들었다.

"하아, 하아, 여보세요."

그와의 난투극 끝이라 숨이 차 올랐다.

[아, 안녕하십니까. 태입니다.]

황태였다. 황건에게 그 사실을 알려야 했지만 그는 다시 술 취한 곰 새끼가 되어 19금 드레스 안에서 배회 중이시다.

"하아, 하아, 안녕하셨어요?"

[아, 그런데 제가 실례를 한 모양이군요. 하시던 거 계속하심이. 끊겠습니다.]

황태의 목소리에는 실망이 역력했다.

"아, 아니에요. 오해 마세요. 러닝머신 위에 있답니다. 운동 중이라 숨이 찼던 거예요."

창희는 사태를 파악하지 못하고 자신의 몸을 파고드는 황건을 발로 차서 침대에서 밀어버렸다. 바닥으로 떨어진 황건의 신음 소리가 들렸다.

[아, 다행이군요. 전 또. 자신을 가꾸는 일은 무엇보다 중요한 거죠. 그래서 그렇게 완벽한 몸을 유지하시는군요.]

"과찬이십니다. 전 주로 이 시간에 운동을 해요. 그런데 어쩐 일이신지? 하아."

호흡을 진정시키며 창희가 물었다.

[뵙고 싶습니다. 내일 둘만의 오붓한 저녁 어떠십니까?]

"아, 좋아요. 기다리고 있던 차란 것을 잘 알고 계실 텐데요."

[그럼, 내일 저녁 병원으로 모시러 가겠습니다. 그리고 너무 무리는 하지 마시고.]

"네. 그럼."

창희가 전화를 끊자 어느새 바닥에서 일어난 황건은 그녀에게 소리를 질렀다.

"그 자식! 감히 어디다가 전화질이야? 안나, 당신 나갈 거야? 나가자 마!"

그는 주먹을 쥐고 부들부들 떨었다. 이상한 사람, 정말 다혈질이야.

"당연히 나가야죠. 그가 미끼에 입질을 시작했는데."

"이해할 수 없는 자식!"

"유능한 스파이 토끼발에게 걸려든 거죠. 자! 우리 이제 내일 일을 계획해 보자고요."

"뭐, 이대로 멈추자고?"

내 몸은 아직 그대로인데? 그의 몸은 악을 쓰고 있었다.

"제 몸은 이미 다 식었어요. 지금 이게 중요한 게 아닌 것 같아요. 우리 내일 계획이나 짜보죠. 일할 땐 냉철하게, 프로의식을 가지고."

창희는 침대에서 내려와 바닥에 떨어진 황건의 옷가지를 그에게 던졌다. 옷을 뒤집어쓴 황건은 아쉬운 듯 창희의 뒷모습을 보았다. 창희가 입은 베라 왕 드레스는 사정없이 구겨져 있었다. 치마의 뒷부분이 말려 올라가 그녀의 허벅지가 모두 드러났다.

'그 허벅지를 맛만 보고 말라고?'

당장 그녀를 침대에 눕혀야 자신이 살 것 같았다. 황태는 자신의 인생의 걸림돌이 분명했다.

"아, 그리고!"

창희는 생각이 난 듯 손가락을 하나 내밀며 말했다.

"제가 한 가지 잊은 게 있어요."

"뭐지?"

황건은 여전히 식지 않은 눈으로 창희를 보았다.

"앞으로 의뢰인 혹은 황 대장과는 절대 관계를 맺지 않겠어요. 일하는 데 집중력 떨어지거든요. 얼마짜리 '미션'을 수행 중인데요. 그 점 계약서에 하나 더 적어두죠."

게다가 당신, 부담되는 사이즈이기도 하고.

창희는 무언가 결심한 듯 입을 굳게 다물었다. 수컷들의 영역에서 절대 휘둘리지 않을 암호명 토끼발로 거듭날 것이라는 결심 중이었다.

내일 점심에 장 간호사랑 산낙지나 먹으러 가자고 해야지. 사실 아쉽기도 했다. 그러나 그렇게라도 그의 혀의 여운을 즐기고 싶었다.

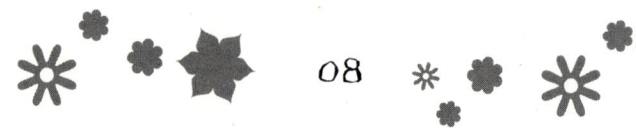

다음날 아침, 창희는 병원 로비에 놓인 잡지책에 코를 박고 있었다. 차트에 쓰여 있는 그의 생년월일을 조회해서 별자리를 찾고 자신의 별자리를 맞춘 결과 다음과 같은 궁합이 나온 것이다. 창희는 침을 삼켰다.

〈별자리로 보는 성의 궁합.〉

황건:남성은 '호색가'로서 '성의 기술'이 뛰어나므로 자신의 만족을 위해서 온갖 '기교'를 동원하게 됩니다. 이것은 자신의 욕심을 채우고자 함이지만 상대방 여성 또한 충분히 '만족'을 하게 되니 그야말로 성생활에 있어서는 상대방을 즐겁게 해주는 '재주'를 타고났다고 해야겠죠.

최창희:여성은 성에 대한 '호기심'이 아주 강합니다. 특히 성 자체에

'호기심'이 있는 것이 아니라 '멋진 남성'과의 섹스는 어떨지에 대해 항상 '선망'하는 형이죠. 그래서 밤마다 성과 연관된 것에 대한 꿈을 꾸기도 합니다. 하지만 자신을 정신적 육체적으로 만족시켜 주는 남성을 만나면 그 남성에게 '올인'합니다. 이 별자리의 여성은 자신에게 충분히 만족을 줄 수 있는 이 남성을 만나면 더 이상의 '성에 대한 고민'을 하지 않게 되니 심신이 다 편안하게 됩니다.

결과:이 남녀는 성적으로는 100% 완전한 결합입니다. 속궁합이 천생연분이군요. 멀티오르가슴의 경지에 이를 가능성이 충분합니다. 멀티오르가슴의 실체를 느껴보시길.

"완전 선수였다는 소리군. 어쩐지 뭔가 다르더라니. 그런데 이거 너무 정확한 거 아니야? 이거 쓴 분은 갓신이 내리셨나. 어떻게 이렇게 나를 잘 파악하고 있는 거지?"

어젯밤 황건은 헐크처럼 악을 지르다가 그녀의 원룸에서 나갔다. 그는 잠시 패닉 상태인 듯했다. 아쉽긴 그녀도 마찬가지였다. 어젯밤엔 황태의 전화를 핑계로 황건과의 거친 광란의 몸부림을 멈추긴 했지만 그녀는 솔직히 두려움이 앞섰다. 키스만으로도 황홀한데 본격적으로 일을 벌인다면 죽지나 않을까 싶었다. 그 크기 또한 자신이 감당하기에는 무리가 있는 듯했다. 능수능란한 그에게 몸을 내맡겼다가는 정말로 성의 노예가 될지도 몰랐다.

그러니까 다시 분석해 보면,

황건:호색가, 성의기술, 기교, 만족, 재주.

최창희:호기심, 멋진 남성, 선망, 올인, 성에 대한 환상.

주요단어만 나열해 보아도 자신과 황건의 성에 대한 키워드를 집어놓은 것처럼 정확한 별자리 궁합이었다. 정확도가 90% 이상이다. '멀티오르가슴'이라는 단어가 창희의 호기심을 또다시 자극하기 시작했다. 역시 책은 읽어야 할 마음의 양식, 지식의 보고이자 삶의 비타민이었다. 눈으로 보는 남자의 인체에 대해서는 이미 통달한 상태였던 창희였다. 남자의 중요 부분의 외관뿐 아니라 그 속의 미세혈관까지 투시해 그려내라면 그려낼 수도 있었다. 깊은 밤의 케이블 영상도 한몫했다. 어제 캘빈클라인의 팬티 모델을 능가하는 남자의 몸과 개미핥기 같은 노련한 혀 놀림과 그날 마셨던 폭탄주의 영향으로 그녀의 뇌는 그저 말썽을 일으켰던 것이다. 산낙지의 빨판에나 느껴야 했던 금욕하는 처녀라면 그 잘빠진 인간의 키스에 누구라도 넘어갔을 것이다. 청상과부의 열녀비는 실로 당연한 것이었다. 대단한 인내심이 없는 이상 타기 어려운 상이었다. 창희 자신이 조선시대에 '청상과부'로 살았다면 한지 바른 문을 열고 들어온 외간 남자에게 은장도를 집어 던지고 아마 스스로 옷고름을 풀어헤쳤을 거라 장담했다. 어젠 그저 저스트 액시던트, 성인남녀에게 충분히 있을 수도 있는 하나의 해프닝이라고 생각했는데, 멀티오르가슴에 이를 수도 있었다니 아쉬움에 몸부림쳤다.

"어제 뭔 일 있었죠?"

박수무당의 통찰력을 능가하는 장 간호사였다. 함피부과의 아침 회의가 끝나던 참이었다. 창희는 입을 다물지 못하고 눈을 깜빡였다. 이 아낙이 우리 집에 몰래카메라를 설치했나? 함 원장 외

모든 병원 식구의 시선이 창희에게로 집중되었다.

"무, 무슨 소리야?"

"얼굴이 멍투성이예요. 얼굴에 부황 떴어요?"

창희는 환자에게 보여주는 동그랗고 커다란, 미세모공까지 확연히 드러나는 거울을 들고 경악을 했다. 아침에 세수를 할 때까지만 해도 보이지 않았는데 황건에게 키스당한 모든 곳에 동그란 붉은색의 멍이 들어 있었다. 혈기 넘치는 고등학생이나 남기는 일명 '키스마크'였다. 이런, 이 남자, '부황' 뜨듯 흡입하더니만.

키스마크에 대해 경험 있는 사람들이 소곤거리기 시작했다. 창희의 살고자 하는 본능이 솟구쳐 올랐다.

"아, 아니. 어제 얼굴 경락에 대해 연구 좀 했더니 그래. 한 달에 한 번씩 얼굴에 있는 막혔던 혈을 뚫어주면 혈액순환이 원활하게 되어서 피부가 팽팽해지지. 얼굴도 작아지고 말이야. 밤새 얼굴의 혈을 뚫었어."

날 때부터 잔머리와 임기응변에는 탁월한 창희였다. 거짓말에 타고났다고 새엄마 희숙 씨에게 매일 혼나도 고쳐지질 않았다.

"한의학까지 피부에 접목해 보려는 최 선생의 노력! 아, 난 감동받았어요. 역시 우리 함피부과의 보석 같은 존재야! 좋아, 이젠 병원 차원에서 그 얼굴경락에 대해 연구하고 곧 도입해야겠어. 역시 최 선생은 아이디어 뱅크야!"

함 원장의 찬사가 연달았고 웅성거리던 간호사들은 함 원장을 따라 박수를 쳤다.

"뭐, 피부과 의사로서 기본자세입니다. 이제 절 아이디어 최라고 불러주심이 어떨지?"

 오만한 뉘앙스의 목소리였지만 등에서는 땀이 한줄기 흘러내렸다. 모두의 찬사와 의심을 뒤로하고 창희는 자신의 진료실로 숨어 들어 가 땀을 닦았다. 실체를 감추고 산다는 것은 정말 하루하루가 치열한 전쟁과도 같다.

 첫 환자가 창희의 얼굴을 뚫어지게 보았다. 어제 생긴 여드름을 치료하러 온 유한부인이었다.
 "회춘하나? 여드름이 나고 그러네?"
 "스트레스가 있으신가 봅니다."
 창희는 싱긋 웃었다.
 "응, 요즘 골머리가 아픈 일이 하나 생겼어. 그런데 닥터 최 얼굴이 왜 그래? 울긋불긋하네?"
 나이가 한참이 어린 창희에게 반말을 던지는 유한부인들이 태반이었다.
 "얼굴의 혈을 뚫어봤습니다. 얼굴경락에 대해 연구 중이거든요. 피부의 노화를 방지하고 혈관을 열게 해서 피부가 항상 생기 넘치게 만드는 거죠. 이삼 일 정도는 이렇게 멍이 듭니다."
 거짓말은 날로 늘었다. 얼굴에 생긴 멍은 군데군데 동그랗게 보랏빛으로 물들어가고 있었다.
 "나도 똑같이 해줘. 당장."
 유한부인의 요구는 망설임이 없었다. 이런, 나더러 별걸 다 해달래네. 나더러 황건처럼 달려들란 말이신가? 곤란한 환자 같으니라고.

"아, 아직 연구단계라."

"날 가지고 연구해. 난 닥터 최가 하는 일은 다 신뢰하니까. 닥터 최 만나고부터 내 피부가 얼마나 좋아졌는지 모두들 질투하고 난리야. 실크 같다나? 그러니까 해줘. 지금."

"이, 삼 일 정도 얼룩덜룩하실 텐데."

"남는 게 시간이야."

그리하여 창희는 오전 내내 찾아오는 유한부인들의 얼굴을 멍들도록 주물러야 했다.

한 명의 금욕처녀와 또 한 명의 욕구불만 처녀는 점심시간에 병원 건너편의 있는 먹자골목으로 들어갔다. 할미네 산낙지집이라는 산낙지 요리로 유명한 집이었다. 산낙지가 프라이팬에 담겨져 프라이팬 뚜껑에 달라붙어 있는 모습이 보였다.

"싱싱한 낙지는 빨판이 단단하고 몸이 단단한 게 좋은겨."

주인 할머니는 낙지가 갇혀 있는 프라이팬에 불을 켜고 떠났다. 빨판 좋은 낙지는 요동쳤다. 목숨이 다하는 순간까지 빨판을 프라이팬 뚜껑에서 떼지 않았다.

"강한 놈."

빨판의 강하기가 황건의 입의 흡입력과 동급 같았다. 창희와 장 간호사는 낙지의 최후를 보며 옆에 놓인 기름 발려 꼬물거리는 산낙지를 입에 넣는 데 망설이지 않았다. 먹는 음식을 긍휼히 여기는 것은 죄다.

"어제 뭐 좋은 일 있었어요?"

낙지를 우물거리며 장 간호사가 물었다.

"왜?"

장 간호사의 통찰력이란 누구가 말하지만 박수무당과 동급이다.

"얼굴이 생기가 넘쳐요. 얼룩덜룩하긴 하지만 말이죠. 새색시같이 얼굴이 피어나요. 혹시 태반주사 맞으셨나?"

태반주사보다 더한 팔팔한 남자의 양기를 듬뿍 마셨더니 효과가 있군. 물론 끝까지는 가지 못했지만. 창희는 어젯밤의 소동을 들키기 전에 말을 돌려야 했다.

"어제 혈을 뚫었다고 했잖아. 낙지가 물이 별로다."

무언가에 강하게 흡입된 적이 있었던 창희의 혀는 낙지의 요동 따위에는 이미 무감각해졌다. 강한 자극을 경험한 여인에겐 낙지는 무용지물이었다.

"왜요? 혀에 착착 감기는 게 힘 좋은데요."

장 간호사가 말했다. 창희는 안됐다는 표정으로 장 간호사를 보았다. 여전히 낙지로나 느끼고 말이다. 딱한 욕구불만 처녀. 24시간 전의 자신도 그랬건만 무아지경에 도달했던 창희는 장 간호사가 궁휼했다.

"산낙지, 장 간호사 다 먹어."

창희는 낙지가 담긴 접시를 장 간호사 앞으로 밀어주었다.

"웬일이세요? 산낙지 하면 눈에 불을 켜고 덤벼들던 분이! 엄청 좋아하시잖아요."

"그간 맛으로 먹었나? 필로 먹었지."

장 간호사는 창희 말의 의미를 아는지 모르는지 산낙지 먹기에 여념이 없었다.

"그런데 저번에 선본 건 어땠어?"

창희가 물었다.

"음, 그럭저럭 괜찮았어요. 머리가 약간 벗겨질 기미가 있는 것 같기도 한데 물어보니 아버지가 대머리는 아니라고 하더라고요. 그래서 잘 만나고 있어요."

줏대가 없어지고 있군. 대머리와는 절대로 만날 수 없다던 장 간호사였다. 장 간호사의 나이도 나이이니만큼 상대로 나오는 남자들은 거의 앞머리가 없어져 가는 분들이 많았다. 장 간호사는 입에 산낙지를 가득 넣었다.

"그래, 욕구불만일 텐데 많이 먹어. 머리가 없는 남자가 최고로 싫다더니 만남을 계속하고 있어?"

"제가 언제요?"

이제 와서 발뺌이다.

"대머리가 결혼의 절대적 거부조건은 아니지만 마음의 준비는 미리 해놔야 하잖아. 상대방의 얼굴을 보며 벗겨졌을 경우의 시뮬레이션을 미리 그려본다거나 말이야. 변발이랑 살아도 괜찮다 싶으면 그땐 결혼해도 된다고 봐."

"누구든 벗겨지면 선생님한테 데려와 복구해 놓으라고 협박하지요. 선생님도 깜빡깜빡 잊으시죠? 피부과 닥터시잖아요."

지금, 현대의학에서 해결 못한 문제를 나한테 넘기는 거니!

"잘 들어. 중요한 건데 남자를 볼 때 가장 자세히 봐야 할 건 머리카락이 아니라 코더라. 그 남자 코가 어땠어? 컸어?"

창희는 천기누설이라도 한 듯 숨까지 죽이며 심각하게 물었다. 한쪽 눈썹이 삐죽 올라갔다.

"아닌 것 같기도 하고, 그런 것 같기도 하고. 평균이죠 뭐."

"욕구불만이던 장 간호사가 과연 평균에 만족할 수 있을까? 그러니 이제부터는 선볼 때 상대남성의 코를 우선으로 보길. 그리고 큰 쪽으로 밀어붙여."

"어디서 관상학 배우셨어요?"

"경험에서 우러나오는 진리야. 명심해. 내가 다 장 간호사를 애틋해하는 마음에서 하는 말이야."

"그런데 선생님."

"왜?"

"저, 결혼해요."

장 간호사의 말에 놀란 창희는 테이블 위에 물을 엎질렀다.

"뭐!"

비명과도 같았다.

"결혼한다고요. 며칠 전 선본 남자랑."

"하! 나보다 머리를 먼저 올리시겠다!"

매워서 혀가 헛돌아갔지만 의미전달에는 무리가 없었다. 나보다 한 살이나, 엄밀히 말하면 팔 개월이나 어린것이! 이상한 경쟁심이었다. 장 간호사에게 배반당한 느낌이었다. 그럼 난 이제 누구하고 만담을 하니? 혼자 하니?

"선생님은 독신주의자라고 하셨잖아요."

"나이가 됐다고 결혼을 한다는 건 말도 안 되는 일이야."

"남들이 하는 건 다 해봐야죠."

"언제 만났다고 그렇게 빨리 결혼을 정해? 키스는 해봤어? 코는 커? 엉덩이는? 엉덩이는 섹시해? 허벅지는 단단해?"

"장난하세요? 당연히 키스는 했죠. 만난 첫날에 했거든요. 그 후로 만날 때마다 쪽."

장 간호사는 당당하게 말했다. 아, 내가 왜 산낙지를 양보했을까? 저런 키스 중독자에게.

"그리고, 엉덩이는 단단하게 올라붙었어요. 대부분 사람들은 결혼한다고 하면 직업, 키, 연봉을 묻던데 코의 크기하고 엉덩이에 대해 묻는 사람은 선생님이 독보적일걸요. 역시 최강자세요."

장 간호사는 엄지손가락을 치켜들었다. 그리고 중얼거렸다.

"유 원."

퇴근 후 병원 건물을 나오려는데 병원 앞에 은색의 벤츠가 세워져 있었고 화이트 바지를 입은 황태가 벤츠에 기대어 창희를 향해 손을 들고 웃고 있었다. 미리 정해진 설정된 행동같이 부자연스러웠다. 창희는 얼룩덜룩한 얼굴을 떠올리곤 몰래 도망가려다가 딱 걸린 것이었다. 이렇게 얼룩덜룩한 얼굴로 도대체 누굴 유혹한단 말인가? 미션 실패의 가능성이 농후했다.

"창희 씨! 여깁니다!"

황태가 손까지 흔들어가며 창희를 부르자 창희는 어쩔 수 없이 그에게 다가갔다.

　얼굴 보고 도망가지나 마라. 이대로 삼십억의 미션은 물거품이 되는 건가?

　창희가 다가오자 황태의 웃음은 점점 사그라졌다. 그녀의 얼룩덜룩한 얼굴에서 시선을 떼지 못했다.

　"어, 얼굴이 보, 보라색이군요."

　보라색이라. 딱히 할 말이 없기도 하겠지. 황태의 얼굴은 하얗게 변했다. 당황한 것이 역력했다.

　"네, 그렇죠. 이유가 궁금하신가요? 피부과적인 과학적 해설을 원하세요, 아니면 일반적인 해석을 원하세요?"

　궁지에 몰려 벼랑에 서면 대드는 현상이다.

　"일반적인 걸로."

　"충격에 의해 터진 모세혈관 때문에 피하출혈이 생긴 것뿐입니다."

　어렵게 말하면 그냥 넘어갈 줄 알았다.

　"그러니까 제가 알고 싶은 건 왜 얼굴에 멍이…… 혹시 안 좋은 일이라도 생기신 건 아니신지? 아니, 황건 그 자식이 창희 씨를 폭행이라도 한 겁니까?"

　보기보단 섬세한 황태였다. 황태의 주먹은 부들부들 떨고 있었다.

　"오해 마세요. 그저 직업과 연관된 일이랍니다. 자세한 건 나중에."

　얼굴은 멍이 들었어도 표정은 도도한 창희였다.

"그런데 여긴 왜 오셨죠? 아, 저녁 초대하셨죠? 잊고 있었네요."

당신과의 약속 따위는 안중에도 없었다는 듯 도도한 모습을 보여주었다.

"저와의 약속을 잊으셨군요."

황태는 실망감이 가득한 얼굴로 창희를 보았다. 이 남자 섬세하기가 여고생 같군.

"아니, 잊다니요. 저녁 예약은 해두셨나요?"

"오, 물론 오늘 저녁을 준비해 두었죠. 제 차로 모시겠습니다."

황태는 미소를 지으며 옆 좌석의 문을 열었다. 얼굴에 멍이 든 여자와 느끼한 남자를 태운 벤츠는 곧 어디론가를 향해 출발했다.

황태는 여러모로 느끼했다. 스스로 자처한 느끼남 설정을 말하자면 정지 신호를 보고도 일부러 급정거를 해 자신의 팔을 냉큼 뻗어 몸이 앞으로 쏠리는 창희의 몸을 받아주는 행동을 했다. 그건 이미 보편화된 작업 행동이었다.

"웁스, 급정거에 놀라시지는 않으셨는지?"

그의 감탄사마저 국제적이었다.

이런, 너무 설정한 거 너무 티나서 놀랐거든요!

"이 지역에서는 보기 드문 매너시네요. 건이 씨랑은 좀 다른 분위기이신 것 같아요. 건 씨는 한 번도 이런 매너를 보여준 적이 없어요."

황건을 홍보하는 것이 그와 친해지는 최고의 방법이었고 사실이기도 했다.

"후, 남자로서 당연한 거죠. 아름다운 닥터 최를 다치게 해서야 되겠습니까? 황건은 매너와는 담쌓은 제멋대로인 인간이죠. 급작스럽게 욕하고 느닷없이 화내는 꼴이 정말 가관이죠. 그의 성격은 저의 예술적이고 섬세한 감정에 상처를 주곤 했죠. 창희 씨 같은 고품격의 인격과 매너를 가지신 분이 상대하기엔 질적으로 맞지 않는 것 같군요. 저질스러운 다혈질 인간이죠."

"그, 그런가요?"

전 그쪽이 부담스러운 걸 보니 저 또한 저품격이 아닐까 하는데. 며칠 동안 다혈질인 남자 황건에게 길들여진 까닭인지 너무도 부드러운 그의 동생은 참으로 부담스러웠다.

"혹시 황건을 욕하는 절 참으실 수 없으시다면 그만두겠습니다."

"그, 그럴 리가요. 저 또한 그와의 관계를 다시 고려 중이었어요. 그는 태 씨와는 달리 저품격이라."

"역시 창희 씨와는 통할 줄 알았습니다."

그리하여 황태의 이간질은 계속되었다.

"더 참을 수 없는 건 창희 씨와 교재 중에도 노블레스 클럽을 드나들었다는 겁니다. 이런 말은 하지 않으려고 했는데 어제는 그곳에서 일하는 클럽의 에이스와 함께 나갔다는군요. 창희 씨와 결혼한다며 어떻게 그런 행동을 할 수가 있죠? 그 인간은 창희 씨를 농락하고 있던 거였습니다. 이런, 너무 충격을 받으신 건 아닌지?"

창희는 충격을 받은 척 머리에 손을 얹었다. 그의 말이 충격이긴 했다. 어제 황건과 같이 나간 에이스는 자신이었으니까.

"그의 행동에서 이상한 점을 많이 느껴왔던 터라 새삼스럽지는 않네요. 그런데 황태 씨는 그 사실을 어떻게 알고 있는 거죠?"

"곳곳에 사람들을 심어놨죠. 그렇게 감시하지 않으면 저와 저의 가족에게 무슨 짓을 할지 몰라서입니다."

"그 정도로 위험한 인물인가요?"

"안전핀 뽑힌 시한폭탄이죠. 펑!"

황태는 음침한 눈빛으로, 손가락으로는 연기가 하늘로 올라가는 모습을 표현했다. 말 그대로 예술가 기질이 다분한 사람이었다. 창희는 황태의 말에 수긍하는 척 고개를 끄덕이긴 했지만 황건의 편이 되어주고 싶은 마음이 연기처럼 피어올랐다. 황 대장과 토끼발로서의 의리쯤으로 생각하고 말았다.

황태가 창희를 데리고 들어간 곳은 고급스러운 멤버십 프렌치 레스토랑이었다. 노블레스들은 큰돈의 연회비를 들여서라도 그들만의 멤버 결성하기를 즐긴다. 샹들리에가 멋들어진 홀의 중앙에 티 하나 없는 흰 테이블보로 덮인 동그란 식탁 위에는 붉은색과 핑크색의 장미가 장식되어 있었다. 그리고 투명한 크리스털 유리컵 안에는 촛불이 흔들리고 있었다.

"왜 손님이 아무도 없는 걸까요?"

창희가 물었다. 정말 궁금했다. 까불다가 망한 집 아니니?

"창희 씨를 위해 제가 오늘 이 레스토랑의 모든 테이블을 예약했습니다."

황태는 무척 뿌듯하게 말했다. 황태는 천상천하에 따를 자 없는 설정의 황태자였던 것이다.

"오! 역시 고품격 이벤트를 즐기시는군요! 팬타스틱해요!"

그와 있다 보니 감탄사마저 국제적으로 변하는 것 같았다.

"이츠 마이 플레져입니다."

황태는 창희의 의자를 꺼내주었다. 그들이 자리에 앉자 무대 위에서 금발의 혼성 4중주 악단의 연주가 시작되었다. 어디선가 비둘기가 날아오는 설정을 하지는 않은 걸까 창희는 두리번거렸다.

"분위기가 어떻습니까?"

"퍼팩트합니다."

"메뉴는 제가 미리 정해놓았는데 괜찮으시겠습니까?"

"무엇으로 결정하셨나요?"

"메인 디쉬는 송로버섯과 캐비아를 얹은 푸아그라와 샤또 디켐 샴페인입니다. 송로버섯, 캐비어, 푸아그라는 세계의 삼대 진미로 유명한 음식이죠."

"아, 이런."

창희는 곤란한 듯 고개를 흔들었고 그 모습에 당황한 황태는 '마음에 안 드십니까' 라는 표정을 지어 보였다.

"전 '한국 푸아그라 반대운동 회장직'을 맡고 있습니다. 매년 사람들은 거위의 간을 거대하게 하기 위해 멀쩡한 거위를 가두고는 억지로 거위의 목에 깔때기를 끼워 옥수수사료를 한없이 넘기게 하죠. 그렇게 해서 만들어진 비대한 간을 과연 맛있게 먹어야 할까요? 해마다 수백만 마리의 거위가 먹다가 지쳐 죽어갑니다. 배터지게 해서 죽이다니요. 잔인한 동물 학대이죠."

다만, 한국 푸아그라 반대운동단체가 결성되어 있는지는 잘 모르겠다. 그저 설정황태자인 그의 설정을 깨어주고 싶은 악마적인 충동이 일었다. 다시 말하지만 창희는 먹는 음식을 긍휼히 여기지는 않는다. 산낙지를 사랑하고 어려서 시골에서 자랄 땐 개구리를 보는 족족 구워먹었다.

"아, 역시. 제가 그동안 만나왔던 여성 분들과는 차원이 다르십니다. 지적이시고 고품격이십니다. 제 생각이 깊지 못했군요."

황태는 웨이터의 귓속에 뭐라고 소곤거리자 웨이터가 고개를 끄덕이곤 급히 나갔다. 그래서 결국 식탁 위에는 풀뿌리로 만든 음식만 올라오는 결과를 초래했다. 푸아그라 반대회장은 채식주의자로 오인되었나 보다. 괜히 까불다가 풀뿌리를 씹어 넘기는 그녀에게 황태는 샴페인을 따라주었다.

"샤또 디켐입니다. 소태른 지역에서 나는 전통있는 최상의 스위트 와인이죠."

달달한 술을 싫어하는 창희였다. 술은 폭탄주가 최고인데.

"아, 그런가요?"

"술을 좋아하십니까? 주량이?"

음, 빼갈로 댓 병 정도? 달달한 샤또 디켐은 몇 병을 마실지는 예측이 되질 않는다.

"분위기는 맞춥니다."

"실례를 무릅쓰고 묻습니다. 나이가 어찌 되시는지요? 고운 피부 때문인지 도저히 예측할 수가 없습니다."

네가 나의 신선도를 간보는 것이냐? 창희는 속으로 발끈했지만 웃음을 잃지 않았다.

"칭찬으로 알겠습니다. 호호."

"겸손하실 필요 없습니다. 제가 너무 많은 질문을 창희 씨께 하나요? 어쩔 수 없습니다. 창희 씨의 모든 것을 알고 싶습니다."

"저도 황태 씨의 관심이 즐거워요."

"그 옷은 크리스챤 디올인가요?"

"알아보시는군요."

크리스챤 디올인지 실은 확실하지 않았다. 네떼루를 볼 수도 없고.

"그는 신의 경지에 이른 예술가죠. 창희 씨의 아름다움을 더욱 돋보이게 합니다. 여자의 패션은 또 하나의 언어라고 할 수 있죠. 자, 우리 크리스챤 디올을 위하여 우리 건배를 할까요?"

주제가 너무 허황된 주제의 건배라 창희는 당황했다.

"그러죠."

"디올이여, 영원하라."

황태가 부드럽게 말했고,

"여, 영원하라!"

창희가 따라 했다. 그들의 잔이 허공에서 부딪쳤다.

창희는 황태가 따라준 샴페인을 마시며 그의 눈을 보았다. 쌍꺼풀이 큰 그의 눈 안의 눈동자가 자신에게 머무는 것을 느끼며 시선을 피하던 창희였다. 그의 눈은 아까부터 혼자 불타오르고 있었다. 뜨겁게. 끈적거리게. 느끼하게.

"저, 황 회장님은 어떤 분이셨나요?"

본격적으로 정보 수집에 들어가야 했다. 이 정도 분위기라면 오늘 안에 유언장의 위치도 알아낼 수 있을 것 같았다. 창희는 주머니에 있던 녹음기의 버튼을 눌렀다.

"아버지는 경영에 대해서는 나무랄 것 없는 훌륭한 분이었죠. 하지만 가정적으로는 만점을 드릴 수가 없죠. 저는 늘 아버지가 그리웠습니다. 아버지를 회사와 황건, 그리고 저 이렇게 세 등분으로 나누어 가져야 했죠. 그중 저의 비율은 가장 낮았죠."

"저런, 황태 씨처럼 센스티브한 분께는 대단히 힘든 일이었겠어요. 아버지의 임종을 지켜보셨나요?"

창희는 스파이로서의 질문을 하고는 숨을 죽였다.

"네. 깊은 밤이라 저만이 지켰죠."

황태는 고개를 끄덕였다.

"무슨 말씀을 남기셨나요? 유언이 아주 멋질 것 같은데요."

"아버지는 아주 미스터리한 말씀만을 남기도 돌아가셨죠. 모두 어리둥절할 만큼."

"어리둥절할 만큼 미스터리한 말이라니, 궁금해지는걸요?"

"아버지는 늘 그런 식으로 자식들을 어리둥절하게 만들기를 즐기셨습니다. 후, 우리 즐거운 얘기를 하죠. 아직 저는 아버지의 죽음이 인정이 안 됩니다."

여린 황태의 눈에 습기가 차 올랐다.

"죄송해요. 제가 괜히 슬픔을 자극했군요."

"날 보는 것을 피하지 말아요. 창희 씨, 저도 다 압니다. 저도 알고 보면 섬세한 영혼의 소유자입니다."

"과연 무엇을 알고 계시나요?"

나 스파이인 거 섬세한 영혼의 소유자에게 들킨 건가?

"저도 창희 씨를 처음 본 0.05초 사이 같은 감정을 느꼈습니다."

아니, 0.05초 사이에 내가 뭘?

"실은 창희 씨를 처음 본 게 할머님의 구순잔치에서가 아닙니다. 그전에 창희 씨를 본 적이 있죠. 호텔 앞의 주유소에서였습니다."

"제가 자주 가는 곳이군요."

"거기서 창희 씨에게 첫눈에 반했지요. 창희 씨를 다시 만나러 매일 밤 그 시간에 그 주유소에 갔습니다. 그렇게 애타게 창희 씨를 기다리는데 황건의 피앙세가 되어 제 앞에 다시 나타나신 겁니다. 아 무슨 운명의 장난인지요? 정말 안타까웠습니다. 창희 씨를 빼앗겼다는 억울함보다 안타까움이 더 컸습니다. 창희 씨 같은 고품격 여성 분을 노리개로만 생각하는 건이라는 놈에게 걸려들었다는 것이 말이죠. 창희 씨도 그의 잘난 외모에 속으셨겠죠. 하지만 그날 인생은 변화무쌍 예측불허라는 창희 씨의 말에 저는 희망을 보았습니다. 저에게도 아직 기회가 있다는 말씀을 잊을 수가 없었습니다. 이건 운명이라고밖에 설명할 수밖에 없지 않을까요?"

그리고 곧 황태는 슬픈 눈으로 반짝이는 창희의 다이아 반지를 보았다.

"그 다이아의 반짝이는 빛이 저의 심장을 찢어놓는군요."

그리고는 덥석 창희의 손을 잡았다. 그의 손은 땀으로 인해 무척 축축했다.

"창희 씨, 저에게도 기회를 주시겠습니까? 많은 것을 원하지 않습니다. 저에게도 창희 씨를 차지할 기회만이라도 주십시오."

애초에 황건의 말이 자신의 것이라면 뭐든 탐을 내는 황태라고 하였다. 황건의 여자라고 하면 분명 차지하고픈 욕망에 시달릴 것이며 창희의 유혹에 넘어갈 것이라고 했다. 이유는 황건에게 상처를 주는 것이 목적이라고 했다. 그의 성격이 그렇게 된 근본 원인은 황 회장의 편애로 인한 인격 장애라고 했다. 하지만 꼭 그런 것 같지는 않았다. 이 남자의 눈은 참 진실해 보인다. 그의 진심을 농락하는 죄를 짓는 기분이 들었다.

"그럴까요?"

황태의 고백은 왠지 진지하고 축축하여 진실 같기만 했다. 아, 나 또 말리는 중인 건가? 이 남자 정말 나에게 반했을 수도. 군데군데 멍이 든 망가진 얼굴을 보고도 저렇게 말하는 건 진심이 아니라면 설명이 안 되고 있기에 말이다.

"고, 고맙습니다."

결국 황태의 다른 손마저 창희의 손을 덥석 잡았고 얼굴은 슬금슬금 창희에게로 다가오고 있었다. 창희는 눈을 동그랗게 떴다. 입을 뾰족하게 내밀며 다가오는 모습에 기겁을 하였다. 하지만 꽉 잡힌 두 손은 빼낼 수도 없었다.

이런, 방심하다가 그의 설정에 걸려들다니.

"태, 태 씨. 여기서 이러시면 아, 아니 되어요."

"창, 창희 씨. 여긴 우리밖에 없습니다."

잠시 목이 죽 늘어가는 가제트목이 되고 싶었다. 하지만 너무 강한 반항은 태를 유혹하라는 미션과는 어긋나 있어 그럴 수도 없는 창희였다.

아, 젠장. 이러다가 키스하게 생겼네.

남자를 가리리라고는 생각한 적 없었는데 황태와의 키스는 도망가고 싶을 정도로 몸이 허락하지 않았다. 황건의 키스에 황홀해 하던 그 느낌과는 다를 것 같았다.

그때 테이블 위로 무언가 쿵 하는 소리가 들렸다. 느닷없이 나타난 건 황건이었다. 도깨비처럼 나타난 황건이 그들의 가운데 놓인 의자에 앉아 테이블 위에 반짝이는 구두를 올려놓았다.

"뭐야? 두 사람."

질문은 간결했지만 여러 가지 복합적 의미가 와 닿고 있었다. 질문을 하는 황건 한쪽 눈썹은 밀려 올라갔다. 매우 건방진 자세였고 그는 발을 까닥까닥 흔들고 있었다. 테이블 위에 있는 그의 검은색 구두는 반짝거렸고 구두 밑창까지 먼지 하나 없이 깔끔했다. 아무리 깨끗해도 그렇지, 어디에다가? 태어날 때부터 건방지게 태어난 사람은 그래도 되는 것이냐.

"지금 뭐 하는 거냐고?"

황태와 창희는 바람피우다 걸린 사람들처럼 떨고 있었다.

"네, 네가 여길 어떻게, 언제?"

황태는 황건의 느닷없는 출연에 몹시 당황한 듯했다.

"왜, 어디서, 무엇을까지 형님께 여쭐 예정이냐? 어린 자식이 겁을 상실했군."

황태는 황건보다 네 달 어렸다. 황태를 보는 황건의 얼굴은 차갑고 무서웠다.

"미, 미행한 거냐?"

"황태, 네가 형님의 피앙세를 병원 앞에서 납치할 때부터 쭉 따라왔다. 무슨 수작이지, 형수한테?"

형수라는 말을 마치며 황건은 창희를 보았는데 그녀의 멍으로 얼룩진 얼굴을 이해하지 못하고 인상을 썼다. 방금 내뱉은 형수라는 말을 접고 싶은 듯했다. 당신 어제의 욕정을 참지 못해 밤새 얼굴을 꼬집기라도 한 거야?

"우, 우린 그저 형수와 시동생으로서 대화를 나누고 있는 중이었죠. 진정해요."

뭐니? 협조는 못할망정 갑자기 나타나서 깽판 치는 이유는.

"하! 요즘 형수랑 시동생은 로맨틱하게 촛불 켜놓고 손 맞잡고 대화하나 보지? 이 느끼한 자식 같으니라고!"

황건의 눈은 정말 약혼녀를 배다른 동생에게 빼앗겨 돌아버린 눈빛이었다. 연기 꽤 되시는데. 창희는 그의 연기력에 감탄을 하고 있었다.

"황건 씨, 진정해요."

그런데 왜 쓸데없이 찾아와 작전에 혼돈을 주는 건데요? 어제 그녀의 원룸에서 작전 계획을 짜자고 하던 창희의 소리는 들은 척도 하지 않고 킹콩처럼 소리만 지르다가 가버린 황건이었다. 그래

놓고는 이제 와서 느닷없이 작전에도 없는 깽판을 치다니.

황건은 창희가 먹던 샴페인을 벌컥 들이마셨다.

"창희 씨 내가 책임을 질 테니 창희 씨의 진심을 말해요. 이봐, 황건. 내가 황건 널 형이라고 인정한 적이 한 번도 없었듯 닥터 최를 형수로 인정하지 않아. 차지하고 싶은 여자로 보이거든! 창희 씨와 난 감정이 이미 통했어!"

부드럽고 느끼하던 황태에는 잠시 사라지고 거칠고 역시 느끼한 황태로 변신 중이었다. 황건을 보는 그의 눈빛은 차갑고 거칠었다.

"이 개념없는 자식을 그냥!"

황건이 벌떡 일어나서 황태의 멱살을 잡았고 황태는 황건의 넥타이를 잡아당겼다.

"아, 이거 놔! 이 자식, 숨 막혀."

황건이 말했다.

"네가 먼저 놔!"

황태가 말했다.

"네가 먼저 형님을 열 받게 했잖아! 개념을 상실한 자식 같으니라고!"

"분명 네가 먼저 잡아당겼거든! 네가 먼저 놔!"

그들의 기 싸움은 끝도 없었다. 열 살의 소년들 같았다. 당신들 왜 그러니? 내 허벅지 때문인가? 멀쩡하게 생긴 두 남자가 서로의 멱살과 넥타이를 잡고 으르렁 대고 있었다. 남자들이란 도대체 어디까지 유치할 수 있는 걸까 측정 중이신가? 그들의 몸짓에 테이블이 흔들렸다. 강진이 오기전의 진동 같았다. 테이블 위의 중요한 물건을 들어야 했다. 창희는 샤토 디켐과 술잔을 들고 한 발자국 물러섰다.

"유치한 자식."

"상종 못할 저품격 인간!"

이 부분에서 소리라도 질러줘야 분위기에 어울릴 것 같아 창희는 그렇게 말했다.

"왜 이러세요! 저 때문에 이러지들 마세요! 꺅!"

한번 그렇게 해보았다. 이런 비명을 한 번 질러보는 게 소원이었고 자신의 역할에 충실하고 싶었다. 창희의 비명은 그들의 결투에 시발점이 되었다. 테이블은 엎어졌고 접시 위에 있던 풀뿌리들은 사방으로 흩어졌다.

그런데, 당신들! 멋지게라도 싸우든지. 대체, 바닥에는 왜 뒹구는 건데. 오히려 어려서 살던 동네 아줌마들의 머리채 잡는 싸움이 역동적이고 격렬했다. 장대한 기골들이 부끄럽구나. 그들이 서로의 멱살을 잡고 뒹구는 동안 현악4중주단의 연주는 멈추지 않고 계속되었다. 창희는 샤토 디켐을 한 잔 따라 마시며 불구경 다음으로 재미있는 싸움 구경에 빠져들었다.

별자리가 지정해 준 멀티오르가슴을 느끼게 해줄 남자는 창희의 옆에서 걸으며 씩씩거렸다.

"그런데 황태 씨는 살아 있을까요?"

황건이 거칠게 운전하던 그의 차를 공용주차장에 세우고 그녀의 집으로 걸어 올라가고 있었다. 황태는 황건에게 심하게 맞았다. 두 남자는 레스토랑을 온통 뒹굴다가 결국은 황건이 황태의 몸 위에 올라탔고 황태를 사정없이 때려주었다. 황태는 항복을 선언했고, 황건은 그제야 황태를 놓아주고 창희를 끌고 그의 차에 올랐다.

"사람이 몇 대 맞는다고 죽지는 않아."

"목도 졸랐잖아요."

"안 죽을 만큼 졸랐어. 지금 그 자식 걱정하는 거야? 그리고 당신 그 자식이랑 뭐 했어?"

그의 눈은 활화산처럼 불똥이 튀었고 목소리는 갈라져 있었다. 그의 입술은 찢어졌고 이마에는 피가 맺혔고 매고 있던 넥타이는 사라졌다. 그의 넥타이는 지금 황태의 목에 감겨 있다.

"아시다시피 작전 수행 중이었죠. 동생을 물 먹이는 작전을 수행하라고 할 때부터 알아봤지만 형제끼리 무슨 짓이죠? 죽자사자 싸우더군요."

"그 자식, 맞은 거 증거사진 남겨서 고소할 놈이야."

"그렇게 나빠 보이지는 않던데요."

느끼하긴 해도 비겁해 보이지는 않던 황태였다.

"아니, 왜 그 자식 편을 드는 거지? 그 느끼함에 벌써 넘어간 거야?"

"설마요. 그나저나 왜 느닷없이 나타나서 일을 이렇게 만드느냐고요? 제 치밀한 작전에 재를 뿌리고 있잖아요!"

글쎄 말이다. 그조차도 자신을 이해 못하는데 무엇을 설명하랴고. 황건은 변명거리를 찾지 못하고 침묵했다. 분이 덜 풀려 씩씩거리는 숨소리만 거칠었다.

"황태를 자극하는 연기는 훌륭하시더군요. 질투감에 불타는 남자의 모습이 너무 리얼해서 순간 내가 불륜, 혹은 폐륜이라도 저지른 느낌이었다니까요. 연기학원 다녔어요? 나도 학교 다닐 때는 연기가 됐었는데."

학예회 때 늘 나무 역할이나 시체 역할을 맡아 열연을 펼쳤다.

"그렇게 연기가 되셔서 황태 자식이랑 손 부둥켜 잡고 이글이글 쳐다보시나?"

어제 황건은 창희의 원룸에서 나온 후 더듬이가 망가져 방향감각을 상실한 개미처럼 이 골목을 이리저리 헤맸었다. 나름대로 카리스마를 갈아가며 인생을 살고 있는 그에게 느닷없이 나타난 토끼발의 존재는 그의 완벽한 인생설계를 이상한 방향으로 방향전환하게 만들고 있었다. 오늘 황건은 오후부터 창희의 병원 앞을 지켰고, 황태가 나타나 창희를 태우고 가자 이를 악물고 그 차를 쫓았다. 차를 미행하며 그는 계속 중얼거렸다. 젠장, 내가 고용한 스파이를 내가 미행하는군.

"이봐요. 황 대장, 황태를 유혹하라면서요. 첫째, 황태를 유혹해 안심시킨 다음 둘째, 그가 가진 정보와 약점을 빼어내라 이거 아닌가요? 당신이 깽판 치지만 않았어도 일에 진척이 있었을 거라고요. 오늘 황태에게 빼낼 정보가 없다면 저번에 당신한테 했던 것처럼 변태 사진을 찍어 협박하든지 할 작정이었다고요."

"뭐! 자식이랑 침대에 같이 누우려 했다고?"

그렇게 소리치는 황건의 입에서는 불기둥이 솟아나올지도 몰랐다. 그의 눈은 튀어나오기 일보 직전이었다.

"작전수행 중인 스파이가 분한 약혼녀를 뺏기는 것도 억울할 정도로 황태가 미운 건가요?"

"이봐, 토끼발! 나한테 했던 그 작전은 절대 사용하지 마. 그 자식은 마취도 안 될 인간이야. 피까지 느끼하게 기름 둥둥 섞여 있어. 마취약이 피랑 혼합되지 않고 분명 겉돌아 효과가 나타나지 않는다고. 토끼발 당신은 징그러움의 실체를 경험을 할 거야."

이유 같지도 않은 이유로 그녀를 말리는 자신도 한심하였다.

"그날의 당신만큼 징그럽게 굴기야 하겠어요?"

"뭐! 내가 징그럽다고?"

육 세부터 구십 세 사이의 여자들에게 한 번도 징그럽다는 표현을 들어본 적이 없었다. 모두들 훌륭한 외모라 찬사를 보내주었는데.

"그때는 제가 처음이라 작전수행 능력이 떨어져서 그랬을 뿐이죠. 지금은 더 치밀한 계획도 세운 데다가 몇 가지 아이템도 더 구입하려고 하고 있어요. 만약 당신 말처럼 마취가 되지 않는다면."

만리장성도 쌓을 의향도 있어요. 거추장스러운 금욕처녀라는 타이틀은 버릴 절호의 기회일지도 모르고.

"마취가 안 된다면 어쩔 거야? 최면이라고 걸 건가?"

"현대의약의 제조법을 의심하지 마세요. 마취가 되지 않을 리가 없어요. 그날은 실수였어요. 마취약만 적정량이었어도 당신도 초반에 끝낼 수 있었어요."

"그런데 당신, 얼굴은 왜 그래? 얼룩덜룩."

창희는 그렇게 묻는 황건을 어이없다는 눈을 한 채 바라보았다. 어젠 그렇게 빨아대더니만 모른 척하다니 죄를 회피하고 계시네. 말을 말자.

집으로 올라가는 길목의 고비는 늘 〈우주오락실〉이었다. 오락실에서 흘러나오는 전자음이 창희를 심란하게 했다. 손이 또 달달 떨리고 있었다. 황건에게 양해를 구해야 했다.

"저기요. 황 대장, 아까 걸을 때 동전 소리 들리던데. 짤랑짤랑."

아쉬우면 나오는 소리가 대장이라는 소리였다.

"귀도 밝군. 돈이라면 자다가도 벌떡 일어나는 것 아니야?"

"오, 정답! 그럼, 들어가죠."

"어디? 오락실?"

당신 오락도 하고 다니니? 황건은 그녀의 정체를 묻고 싶었다.

"한 판 붙어요."

그의 몸이 커서 오락기에 나란히 앉은 그들의 무릎이 가까이 맞닿았다. 그와 맞닿은 무릎에서부터 이상한 전율이 심장까지 올라왔다. 아침에 봤던 문구가 다시 떠올랐다. 호색가, 멀티 오르가슴, 만족, 속궁합 이런 문구들이 창희의 머리 속에 나비처럼 펄럭이며 날아다녔다. 몸이 다시 점화되고 있었다.

"집중력 떨어지겠네."

창희는 침을 꿀떡 삼켰다. 심장은 강한 펌프질 해대고 있었다.

동전은 벌써 들어갔고 게임은 시작이 되고 있는데 도무지 집중할 수가 없었다. 그도 파이널 파이터에 일가견이 있는지 회심의 미소를 띠며 손가락을 풀어주고 있었다.

"토끼발, 나랑 내기할까? 누가 끝까지 가는지. 시장의 딸을 누가 구해내는지."

파이널 파이터가 싸우는 목적은 악당에게 잡혀간 시장의 딸을 구해내는 것이었다.

"하! 나에게 '파이널 파이터'로 내기를 걸어오다니요? 당돌하여라. 걸어요, 뭐든지."

내 소문이 거기까지 안 갔나 보구나. 내가 몇 만 명의 시장의 딸을 구해냈는지 기록을 못해둔 것이 아쉽다. 그의 몸 덕분에 정신은 혼미했지만 기본 실력이라는 게 있으니까 걱정하지는 않았다. 시간은 그렇게 전자음과 기합 소리와 비명 소리와 함께 흘러갔다.

그러나…….

그러니까 황건이라는 작자는 고수였던 거다. 그는 현란한 필살기를 펼치고 있었다. 무릎 찍기와 하이 킥과 로우 킥, 니 킥 등을 거침없이 발휘했다. 게임 제작자도 모를 만한 기술을 연마한 것 같았다. 버튼을 누르는 그의 손가락은 보이지도 않았다. 그와의 접촉에 집중력을 잃기는 했지만 그는 분명 자신을 능가하는 고수라는 것을 창희는 인정해야 했다. 결국 '파이널 파이터'의 잡혀간 시장의 딸은 황건이 구출했다. 황건과 같은 복부를 자랑하는 파란 바지를 입은 놈이었다. 자만하는 순간 몰락한다는 것이 세상의 이치였다. 나보다 잘난 놈은 항상 존재하기 마련이다.

"황 대장님."

그녀가 지금껏 말한 대장 소리에 지금만큼 존경과 찬사가 솟아난 적은 처음이었다. 황건은 몹시 뿌듯했다. 여자에게 존경받는 일은 그 얼마나 기쁜 일인가. 그것이 오락이든 정력이든 간에. 황건이 창희를 만난 후 그녀로부터 그렇게 대단한 눈빛으로 추앙받기는 처음이었다. 골목을 올라가는 내내 그녀는 그가 쓰는 필살기에 대해 물었고, 그는 그런 그녀가 귀여워 혼자만 알고 있던 비밀을 큰 선심을 쓰듯 그녀에게 알려주었다. 어려서 파이널 파이터를 좋아했던 그의 집에는 오락실용 오락기가 세 대나 있었다. 그 말을 들은 그녀는 발을 동동 구르며 신나했다.

"난 우리 집이 오락실이었으면 좋겠다는 생각을 늘 했어요."

"난 앞으로 우리 가한그룹에 게임 산업을 도입시킬 거라는 다짐을 하곤 했지."

황건은 취미생활이 같은 여자랑은 처음 만났다.

"그런데 배고프지 않아요? 아까 황태 씨가 풀뿌리만 먹이는 바람에."

육식동물에게 풀을 먹이다니. 그런 극악한 행동을 한 황태가 미워졌다.

"토끼발, 뭐가 먹고 싶은데?"

"전 이틀만 고기를 먹지 못하면 혼미해지고 어지러워요, 황 대장."

먹여가며 일을 시키든지. 창희는 다시 '대장'이라는 말을 아주 강조했다. 이 여자가 배가 고프다는 소리가 왜 그렇게 안타까운 건지 황건은 당장이라도 최고급 레스토랑에 가서 손바닥만한 스테이크를 썰게 하고 싶었다. 늦은 시간이라 그들은 눈앞에 보이는 정육점에서 스테이크용 고기와 작은 편의점에서 와인을 사서는 창희의 원룸으로 올라갔다.

그러나 평화의 시간도 잠깐, 그들은 또다시 의견 충돌에 부딪쳤다.

평소 요리와 담을 쌓은 그들이면서 스테이크를 굽는 방법에 정확하지도 않은 자신의 의견을 굽히지 않았다. 자기 나름대로의 방식으로 굽겠다고 했다. 확실하지 않은 일에 대해 고집으로 살아온 그들이라 결국은 두 개의 프라이팬을 들고 서로의 스테이크를 구웠다. 허리에 앞치마를 둘렀으며 단단한 복근으로 굴곡 없는 몸매를 자랑하는 체지방 0%의 황건은 기다란 나무젓가락을 돌리며 말했다.

"고기는 자고로 센 불에 표면을 확 익혀놔야 육즙이 빠지는 것을 방지할 수 있다고."

"그럼 갈비는 왜 그리 오래 삶는 건가요? 오래 삶을수록 연해지잖아요."

요리는 맛만 보았던 황건도 듣고 보니 그렇기도 했다. 창희는 불을 줄이고 고기를 노려보았다.

"고기야, 오랜만이다. 잘 익어줘."

요리대결이 따로 없을 만큼 그들 사이의 긴장감이 팽배했다. 창희는 며칠 전 요리프로에서 꿀을 발라 고기를 오븐에 굽는 것을 본 것이 생각이 나서 냉장고 속에 있던 꿀을 꺼내어 스테이크에 바르기 시작했다. 이런 게 홈그라운드의 이점이다. 잘난 척하는 황건보다는 맛있게 굽겠다는 일념이었다.

"고기에 꿀을 바르다니. 도전정신만은 높이 살 만하군."

"그 유명한 삼청동 요리 선생님이 개발하신 방법이래요. 아마 눈물 흘리게 맛있을걸요. 그 사회자가 눈물 흘리도록 맛있다고 그랬어요."

"텔레비전을 다 믿지 마."

황건은 프라이팬을 들어 올리자 고기가 높은 곳에서 뒤집어져서 다시 프라이팬으로 떨어졌다. 그러나 꿀이 눌어붙은 창희의 프라이팬은 연기가 피어오르며 고기가 타기 시작했다.

"우하하하하."

황건이 복식 호흡을 하며 웃기 시작했다. 작은 원룸이 떠나갈 것 같았다. 창희는 귀를 막았다.

"웃지 말아요! 뭐가 그렇게 재미있어요?"

"잘난 척하더니 시커멓게 타잖아. 우하하하하."

그 남자의 웃음소리는 기차 소리같이 창희의 머리 속을 울렸다.

"이게 다 요리 과정이라고요."

당황한 창희는 고기에 술을 넣으면 연해진다는 소리가 생각이 나서 냉장고에 먹다 남은 와인을 다량 부었다. 그게 화근이었다. 중화요리의 불길보다 화력 좋은 불이 났다. 모닥불 수준의 불기둥이 솟구쳐 올랐다.

"으아, 불이야!"

창희가 소리를 질러대자 황건이 물을 받아 프라이팬에 부었고 가스의 밸브를 잠갔다.

"이봐, 토끼발. 당신을 하루 종일 촬영해서 독립영화를 만들면 아마 세계적으로 대박이 날 거야."

"인생의 깊은 고뇌를 파헤쳐 주는 수작이겠죠?"

"아니, 코미디 분야에서 각광을 받을걸."

황건은 그렇게 그녀를 놀리고 있었으나 큰일이었다. 점점 자신을 웃기는, 우습게 만드는 그녀가 마음에 들었다.

그들은 타거나 물에 젖은 스테이크를 식탁에 올려놓고 마주 보고 앉았다. 창희는 고기 값도 비싸니 그냥 먹어보자고 했다. 그들은 연기에 휩싸여 서로를 마주 보았다.

"내가 와인을 따지."

황건은 편의점 와인을 따겠다고 했고 와인 따개 같은 건 구비해 두지 않는 창희라서 황건은 칼로 코르크마개를 따겠다고 덤볐다. 그가 그렇게 열심히 와인을 따기에 집착했던 이유는 창희의 주정에 대하여 어느 정도 감이 오기 시작했기 때문이다. 기분이 좋아 모든 것을 아름답게 보는 그녀만의 주정, 그는 음흉한 얼굴로 와인의 마개를 칼로 파기 시작했다. 거사를 준비 중이었다.

그게 화근이었다. 칼질이 서툰 황건의 손바닥이 칼날에 깊이 베었다. 황건은 깊이 베인 손바닥을 다른 손으로 지압했다. 바닥에 선혈이 떨어지고 있었다.

"어디 봐요."

창희가 황건에게 다가갔다.

"토끼발, 당신은 놀랄 거야. 깊이 베었어, 피도 나고. 보지 않는 편이 좋아."

 황건은 그녀가 놀랄 것을 걱정했다. 아무리 씩씩하다고 해도 그녀는 연약한 여자가 아닌가? 흉악한 모습을 보이기 싫었다.

 "어디 보자고요!"

 창희는 황건의 손을 낚아챘다. 꽤 길게 찢어져 있었다. 창희는 놀라지도 않은 담담한 모습으로 말했다.

 "피 나네."

 아니, 그게 다야? 황건은 너무도 담담한 그녀의 반응에 섭섭하기까지 했다.

 "토끼발, 당신은 내가 피를 이렇게 흘리는데 놀라지도 않아? 얼마나 더 찢어져야 놀라겠어?"

 이 여자는 자신에게 아무런 애틋한 감정도 없는 거라 생각하니 슬슬 화가 나기 시작했다.

 "피가 뭐요? 아까워서 그래요? 피 아껴서 뭘 하려고요? 피 난다고 죽지는 않거든요. 혈기 넘치는데 피 나는 김에 수혈이나 하든지."

 "당신은 피가 무섭지도 않아? 내가 다쳤는데 아무렇지도 않냐고?"

 "무섭긴, 장난하시나. 피를 보면 기분이 좋아지거든요. 의욕이 왕성해지죠."

 그렇게 말하던 창희는 화장실에 가서 면봉을 하나 들고 오더니 황건의 배인 손바닥 안으로 깊이 넣어 여기저기를 살폈다. 황건은 비명을 지르기 시작했다.

"으아! 도대체 무슨 짓이야?"

"조용히 하시고. 손가락이나 움직여 봐요."

황건은 손가락을 움직여 보았다. 그리고 왠지 신중한 창희의 눈빛을 보았다. 아, 이 여자 직업이 의사였지.

"다행히 신경은 다치지 않았네. 수술할 필요는 없겠어요. 가서 꿰매기만 하면 되겠다. 가요."

"어딜?"

"꿰매러 병원 가지 어딜 가요? 설마 세탁소를 갈까?"

창희는 황건의 손을 재빠르게 지혈하고는 그녀의 이인승 스포츠카에 그를 태웠다.

"알 수 없는 여자."

황건은 자신에게는 약간 좁은 그녀의 이인승 스포츠카에서 그렇게 중얼거렸다. 한 손으로 핸들을 돌리며 차를 밟는 창희의 운전 솜씨는 레이싱 선수 같았다. 레이싱걸 같았으면 좋았을 것을. 황건은 그런 아쉬운 생각을 하였다. 빛보다 빠른 속도로 차는 달리기 시작했다.

"토끼발, 당신은 정말 양파껍질 같은 여자야. 벗기면 벗길수록 다른 모습이 보여."

그러나 창희는 그의 말을 잘못 들었다. 사실 다른 생각에 빠져 있는 중이었다.

"뭐요? 날 벗기겠다고요? 칼까지 맞아놓고는 대체 그런 생각이 왜 드는 거예요? 머리 속엔 그런 생각밖에 없어요?"

밝히시긴. 사실은 창희 자신의 머리 속에 그런 생각만 잔뜩이었다. 좁은 차 안에 구겨져 있는 그의 몸이 왜 이리 섹시해 보이는 걸까? 다시 성적환상이 솟아나고 있었다. 일명 카섹스. 속궁합이 그리 좋다는데 말이다. 따지고 보면 밝히는 것은 창희였다.

"참나, 가는귀까지 먹어주시고."

황건이 억울한 듯 중얼거렸다. 시간이 흐르고 그가 다시 말했다.

"당신이 의사이기도 하다는 것을 잠시 잊었어."

"미안해 말아요. 다들 잊어요."

"왜 피부과를 전공했지?"

"아, 원래는 외과 전공이었어요. 매일 수술실에서 한 양동이의 피를 봤었죠."

피가 덤덤한 이유다.

"그런데 지금은 왜 피부과 의사인 거야?"

"전공의 때 전공을 바꾸었어요. 피부과가 돈을 만진다기에 말이죠."

아버지인 최수산 씨가 빚을 남기고 돌아가신 후의 일이었다.

"후, 역시 돈인가?"

그녀는 너무도 물질적인 여자였다. 돈이 좋다면 돈 많은 나에게 안기든지.

"사실 정말 하고 싶었던 과는 정신과였어요. 모든 의사들의 로망이죠."

"그런데 왜 안 했지?"

"동기들이랑 교수님까지 다 말리더라고요."

"왜지?"

"내가 환자랑 구별이 안 될 거라고."

그 말에 황건은 응급실에 도착하기 직전까지 차가 떠나가도록 웃기 시작했다. 복식호흡으로 웃어대니 피가 왈칵왈칵 솟아났지만 그는 웃음을 멈출 수가 없었다.

"그만 좀 웃죠?"

그를 보는 창희의 눈썹은 삐죽 올라갔다. 황건은 호흡이 곤란해 보일 정도로 웃고 있었다.

"이래서 내가 지구인들에게 정이 안 간다니까. 항상 날 모함하지. 도처에서."

창희는 그렇게 말하며 고개를 흔들었다.

오전 진료가 거의 끝나가고 있을 무렵이었다. 장 간호사가 진료실 문을 열고 말했다.

"예약하지는 않았는데 선생님께 진료를 꼭 보셔야 한다는 분이 계셔서 기다리시라 했어요. 오래 기다리셨거든요."

날로 드높아지는 이 인기라니. 창희는 약간은 거만한 표정으로 턱을 치켜들었다.

"아, 그런가요? 예약 환자 외에는 받지 않지만 오래 기다리셨다니 어쩔 수 없죠. 한 명 더 보죠. 들어오시라고 하세요, 장 간호사님."

창희의 오만한 말투에 장 간호사는 어이가 없다는 표정으로 입을 벌리고 잠시 동공을 풀며 창희를 보았고, 창희는 그런 그녀에게 살짝 윙크를 해주었다. 나도 이런 거 해보고 싶었단 말이다. 오만한 여닥터 콘셉트 같은 거.

"예약 환자 외에는 절대로 환자를 받지 않으시는 우리 병원 최고 명의이신 최 선생님께서 들어오셔도 된다고 합니다."

라고 문밖의 환자에게는 친절히 말하고는 다시 고개를 돌려 창희를 보며 장 간호사가 작게 말했다.

"장단에 춤춰줬으니 오늘 점심 사요."

장 간호사는 능력있는 바람잡이였다. 둘만의 이런 모종의 거래는 늘 있어왔다. 그들은 장단이 잘 맞아 공갈사기단으로 나서도 돈 좀 만졌을 것이다.

멋스러운 여자와 검은색 원피스를 입은 꼬마 여자아이가 들어왔다. 창희는 오만한 표정을 유지하는 데 신경 쓰느라 그 여자가 누군지를 알아보지 못했다. 멋스러운 여자와 검은 원피스의 꼬마 여자아이는 창희의 책상 앞에 앉았다. 여자아이는 바비인형을 안고 있었고 바비도 여자아이와 같은 검은 원피스를 입고 있었다.

"아이가 예쁘네요. 우리 꼬마 친구, 인형을 안고 있네. 선생님도 어렸을 때 바비를 갖고 놀았는데."

또 거짓말이다. 바비인형 같은 건 구경은커녕 시골서 들녘을 종일 뛰어다녔었다. 자상한 의사인 척도 해보고 싶었는데 자신을 올려다보는 여자아이의 눈빛이 예사롭지 않았다. 매우 음침했다.

"닥터 최, 날 기억 못하나 보네. 하긴, 그때 한 번 봤으니까. 나, 건이 누나 황삼희예요."

그제야 창희는 그녀를 알아보았다. 황 회장의 네 딸 중 셋째 딸이다. 딸 많은 집 셋째 딸은 얼굴도 안 보고 데려간다는 바로 그 셋째 딸이었다. 옛말을 무시할 것이 못 된다는 게 삼희는 매우 심성이 고왔다.

황 회장이 나은 자식 중 유난히 황 회장과 닮은 두 사람이 황건과 황삼희였다. 배다른 자식이어서 형제들 모두 모두들 황건을 싫어했지만 삼희는 어려서부터 황건을 돌봐주고 챙겨주곤 했다. 지금껏 좋은 관계를 유지하고 있다.

"아, 안녕하셨어요? 제가 못 알아뵈었군요. 죄송합니다. 그럼, 이 아이는 건 씨의 조카겠군요."

당연한 말이지만 스스로에게 되뇌듯 말을 했다. 어딘가 그 바비가 낯이 익다 했더니만 자신이 발가벗겨 황건의 옆에 눕혀둔 그 바비였다. 죄책감에 바비의 눈을 똑바로 쳐다볼 수가 없었다. 황건이 롤리타 신드롬을 가지고 있다는 오해는 일단 풀렸다. 이봐, 바비 양. 그날은 힘들었지? 미안. 그렇게 바비에게 텔레파시를 쏘았다.

"내 딸이에요. 일곱 살이고 이름은 하늬라고 해요. 처음 보는 사람하고는 말을 잘 안 하니 창희 씨가 이해해요."

"일곱 살? 유치원 다니겠네?"

창희는 하늬를 보고 말했지만 대답은 삼희가 했다.

"유치원도 아이들이랑 수준이 안 맞아서 안 간다고 우겨서 집에서 개인 선생님이랑 같이 공부해요. 하늬는 지금 집에서 고입 검정고시 준비해요. 영어, 중국어, 불어 회화, 피아노, 바이올린, 미술, 꽃꽂이, 승마, 발레, 요가, 요리강습까지 해야 하니 우리 하늬가 좀 바쁘죠. 잠시 시간이 나서 같이 나왔어요."

삼희는 아이의 스케줄이 당연하다는 듯 미소 지었다.

"저보다 더 바쁘네요."

너 음침한 이유가 있었구나. 창희도 삼희와 같은 톤으로 웃었으나 하늬는 웃지 않았다.

"승마는 건이에게 배워요. 창희 씨 제니 봤어요?"

제니는 또 뭐야? 노블레스의 또 다른 에이스인가? 창희는 눈을 크게 떴다.

"아뇨, 아직."

"어머, 아직 우리 농장에 못 가보셨구나. 그럼 우리 건이가 제니를 타는 모습을 보지 못했겠군요? 정말 멋있는데."

"제, 제니가 타는 거군요."

"우리 농장에 언제 초대할게요. 가족 소유의 농장이죠. 제니는 건이의 애마 이름이에요."

"이름이 좋네요."

"그렇죠? 하늬가 삼촌 말 이름을 지어줬어요."

"그렇군요."

"오늘 재단 후원금 모집 파티준비를 해야 해서 건이 호텔에 들러서 건이를 만났다가 창희 씨가 있는 병원이 바로 호텔 아래라기에 들렀어요. 우리 큰언니가 다니는 병원이라고 하더라고요. 건이가 창희 씨를 결혼할 여자라고 했을 때 얼마나 기뻤는지 몰라요. 건이가 결혼에는 도통 관심이 없었기에 걱정했었거든요. 남자는 결혼을 해야 안정이 되는데 사업적으로도 그렇고 심리적으로도 그렇고. 사업하는 눈과는 달리 여자 보는 눈은 너무 낮은 게 아닌가 걱정했는데 창희 씨 같은 수준있는 분이랑 결혼을 하겠다기에 얼마나 안심을 했는지 몰라요."

"아, 네."

여자 보는 눈이 낮다는 부분에서는 창희의 등줄기에 땀이 흘렀다. 그리고 내 수준을 도대체 얼마로 책정하신 건지. 실망시키지 말아야 할 텐데. 창희는 수준 높아 보이는 웃음으로 삼희를 보았다.

"잘 아시겠지만 건이가 안하무인인 것 같아도 생각 많고 속도 깊은 사람입니다. 우리 황가 집안 사에 대해서는 알고 계셨겠죠? 전 국민이 다 아는 일이죠. 그날 창희 씨를 받아들이던 우리 가족이 너무 무례했던 것 같기도 하고 제가 건이랑은 형제 중 제일 친하기에 창희 씨와도 친해지고 싶었고요. 또 우리 하늬의 아토피 때문에 겸사겸사 찾아왔어요."

"잘 오셨어요. 건이 씨에게 좋은 누님 분께서 계셨다니 다행이네요. 그리고 우리 하늬, 선생님이 몸 좀 살펴볼까?"

그 말에 하늬의 눈이 몹시 사나워져 창희는 무서웠다. 잘하면 물겠다, 너. 창희는 내밀었던 손을 다시 책상 위에 내려놓았다.

"싫으면 다음에 보지 뭐."

삼희가 하늬의 머리를 쓰다듬으며 말했다.

"하늬야, 외숙모라고 불러. 건이 삼촌이랑 곧 결혼할 거야. 곧 우리 가족이 되실 분이야."

그 말을 마치자 하늬의 눈은 더 날카롭게 변했다. 뭐냐, 저 아이.

그때 삼희의 핸드폰이 울렸고 삼희는 중요한 전화인지 양해를 구하고 병원 로비로 나갔다. 엄마를 잠시 잃은 여자아이는 약간 만만해 보였다. 자신의 반의반만한 게 아직도 노려보고 있기에.

"좋아, 도전한다."

창희는 그렇게 말하며 음침한 소녀와의 눈싸움에 들어갔다. 창희는 몸을 낮추고 하늬와 얼굴을 마주 보았다. 아이의 미동도 없는 눈은 창희의 눈에 당돌하게 고정되었으며 무슨 원한이라도 있는 듯 이글거리며 창희를 쏘아보았다.

'어쭈, 나 조만간 잡아먹히겠다.'

창희도 질 수 없어 무게를 잔뜩 실은 눈으로 하늬를 노려보았다. 눈이 뻐근하도록. 둘 사이의 공기가 싸늘해지고 긴 침묵이 흘렀다. 들리는 건 벽시계의 초침 소리뿐이었다.

깜빡, 깜빡. 눈이 말라 건조해져서 눈도 잘 감기지가 않았다. 창희는 서랍에서 인공눈물을 눈에 몇 방울 떨어뜨리고 다시 눈을 깜빡였다.

'이제야 살 것 같군.'

눈싸움 같은 건 눈이나 내리면 밖에 나가서 하는 거지. 하며 눈싸움 같은 것은 애초에 하지도 않은 척 먼 곳을 응시하는 것이 버릇인 양 천장을 보았다. 하늬가 창희의 책상 위를 손바닥으로 탁 하고 쳤다. 깜짝이야. 창희는 하늬를 보며 눈을 깜빡였다.

"좋아, 인정해. 선생님이 졌어."

하늬를 보니 회심의 미소 같은 것을 살짝 짓더니 다시 그 음침한 눈으로 입을 열었다.

"건이 삼촌은 건들지 마셨으면 해요. 이미 건이 삼촌은 제 마음 안에 있으니까."

일곱 살 하늬가 그렇게 말했다.

'쳇, 그런 거였나? 소유권 주장? 삼촌과의 이루어질 수 없는 사랑?'

"하늬가 삼촌을 사랑하는구나? 음, 어릴 때는 그런 마음이 들 수도 있어. 사랑에도 여러 가지 종류가 있단다. 정신적인 사랑, 종교적인 사랑, 부모의 사랑, 유, 육체적인 사, 사……. 하여튼 많아. 하늬가 그런 마음 가지는 거 충분히 가능성 있고, 이해되는 부분이야. 하지만 어른들 세계에는 또 다른 무언가가 있어. 그러니까 날 미워하지 말아다오."

말은 그렇게 자상하게 했지만 반만한 꼬마 여자아이가 너무도 당돌해 창희는 손을 들어 반짝이는 다이아 반지를 보여주었다. 그리고 살짝 잔인한 미소를 지어 보였다.

"삼촌에게 받은 결혼반지란다."

질투하여라, 음침한 꼬마. 아까 눈싸움 진 것도 가슴에 맺혔고.

"산에서 캐낸 금강석 따윈 관심 없어요. 건이 삼촌은 나에게 바비인형을 시리즈 별로 다 사주시거든요. 열일곱 번째로 사주신 바비 CI30540호에겐 그런 다이아가 스팽글처럼 박힌 드레스도 있어요."

무슨 여자아이가 인형 이름을 그렇게 작명해 주는 건데? CI30540호라니. 그리고 다이아 박힌 바비 드레스? 창희는 반지 낀 손을 슬며시 내려 무릎 위에 올려놓았다.

"좋아, 건 씨가 하늬를 예뻐하는 건 인정할게. 하지만 모든 선물엔 의미가 있는 거야. 반지의 의미는 사랑과 청혼이란다."

비록, 임무 수행 후 돌려줄 것이지만. 창희는 어린아이에게서 이해하지 못할 질투심이 불타올랐다. 그리고 작게 속삭였다.

"우린 키스도 매일 해."

나 애를 상대로 너무 비열한 거 아니니?

"제가 키스 따위에 질투할 나이는 지났죠. 그런데 뭔가 이상해요. 우리 건이 삼촌이 여자 보는 눈이 부족하긴 해도 이리 실망스럽기까지 할 준 몰랐어요. 그래서 따져 봤는데 이둘 사이에 모종의 거래 같은 느낌을 지울 수가 없다는 거죠."

"뭐?"

창희는 몸을 뒤로 빼어내었다. 뭐냐. 이 꼬마. 너 겨우 칠 년 살았다며.

하늬는 그런 창희를 보고 서늘한 웃음을 웃었고 창희는 눈을 동그랗게 뜨고 하늬의 웃음에 목이라도 졸린 듯 숨을 쉬지 못했다. 그때 삼희가 들어왔다. 삼희가 들어오자 하늬는 언제 서늘한 웃음을 웃었냐는 듯 평정을 되찾았는데 창희만 혼자 일그러진 얼굴을 수습하지 못하고 있었다. 이 영악한 아이 같으니.

"무슨 일 있었나요? 분위기가……"

"아, 아닙니다."

창희는 흘러내린 머리를 쓸어 올렸다.

"우리 하늬는 아토피가 약간 있어서 밤에 잠들기를 힘들어해요."

창희는 곧 정신을 차렸다.

"음, 아토피는 너무 청결한 환경도 문제가 될 수 있어요. 매일 목욕시키는 것이 오히려 피부를 건조하게 할 수도 있는 거죠. 우선은 면역력을 길러주는 게 좋아요. 태양을 자주 보게 하고 유산소운동을 시켜 신진대사를 원활하게 해주세요. 학교 운동장을 두 바퀴 뛰는 것도 좋고. 매일 그렇게 해보세요. 효과를 보실 겁니다."

몇 바퀴 더 돌려줄 걸 그랬나? 창희는 하늬를 보며 살짝 잔인한 웃음을 지어 보였다.

"그렇군요. 하늬야, 외숙모 말씀 들었지? 집에만 놀지 말고 오늘부터 운동장 뛰자."

하늬는 창희를 다시 노려보기 시작했다. 하나도 안 무섭다. 너희 엄마가 내 옆에 있거든.

"그리고 로션 하나 드릴게요. 목욕 후 몸이 마르지 않은 상태에서 발라주세요. 프랑스 청정지역에서 자라난 유기농 귀리의 오일로 만든 로션입니다."

이 꼬마에게도 소변 처방을 해볼까 하다가 양심상 참았다.

"그리고 창희 씨, 내일 건이 호텔에서 가한장학재단 후원자들을 위한 조촐한 파티가 있어요. 일 년 동안 후원해 주신 분들에게 고마움을 표시하는 파티예요. 내가 가한장학재단을 맡고 있거든요. 창희 씨도 우리 가족의 일원이나 마찬가지니까 참여해 주길 바라요. 좋은 분들도 만나뵙고 창희 씨 얼굴도 알리고. 어때요? 와 줄 수 있으신가요?"

"좋습니다. 초대까지 해주시니 감사하죠. 그런데 황태 씨도 오시나요?"

일이 이상한 곳까지 얽혀들고 있는 느낌이었지만 거부할 이유를 찾지 못했다. 그리고 그날 이후의 황태를 다시 만날 기회이기도 했다. 스파이 토끼발로서의 피가 다시 끓어올랐다.

"그럼요. 태도 제가 초대했거든요. 형수와 시동생의 관계처럼 좋을 수 있는 관계가 없죠. 부담 갖지 말고 편히 와요. 초대장 두고 갈게요."

모든 것을 긍정적으로 보는 착한 셋째 딸 삼희와 음침한 기운이 넘치는 그녀의 딸 하늬와 바비는 그렇게 떠나갔다. 창희는 지친 듯 의자에 앉아 삼희가 두고 간 초대장을 펼쳐 보았다.

〈초대장〉
초대:가한장학재단 회원 일동과 후원자님들.
장소:별 다섯 개 호텔 에메랄드 홀.
시간:모 월 모일 저녁 여섯 시.
드레스 코드:블랙 앤 레드.
편안히 모시는 파티입니다. 그날은 돈 달라는 소리는 하지 않을 것이니 후원자님들은 부담없이 오시길.

유머를 섞은 초대장이었다. 얼마나 돈을 내놓으라고 했으면. 그건 그렇고 드레스 코드가 블랙 앤 레드? 뭘 입고 가지? 빨간 리본을 목에다 묶어? 빨간 스타킹에 검은 원피스에 빨간 하이힐? 검은 브래지어에 빨간 팬티만? 아니면 길고 검은 모자에 검은 망토를 두르고 빨간 사과를 들고 가야 하나?

 디자이너 박은 창희를 기억했다. 다음날 창희는 디자이너 박의 부티크로 찾아갔다. 디자이너 박은 쌍꺼풀이 큰 눈을 천천히 깜빡거리며 창희를 보았다. 창희 역시 한 손을 허리에 얹고는 그를 보며 미소 지었다.
 '그만 깜빡거리지. 몹시 부담스럽단 말이죠.'
 "우리 대표님의 피앙세 분께서 어떻게 여기까지?"
 "오늘 파티가 있답니다. '블랙 앤 레드' 코드의 자연스러운 분위기의 옷이 필요해요."
 "그런데 황 대표님과 같이 안 오셨나 봐요?"
 디자이너 박은 자꾸 부티크의 입구를 흘끔거렸다. 그를 찾는 듯했다.
 "아, 그이가 지금 바빠서요. 저 혼자 왔어요."
 삼희의 초대를 황건에게 말하지 않았다.
 "음, 그렇군요. 블랙 앤 레드라."
 디자이너 박은 창희의 몸을 살피기가 미안했는지 옆 눈으로 흘끔 보더니 고개를 끄덕였다.
 "또 한 번의 과소평가는 금물이에요. 커버가 확실히 되는 걸로다가."
 허벅지가 말이죠. 창희는 강한 눈빛으로 쐐기를 박았다.
 "그럴수록 더 강조를 해주는 것이 멋스러울 수 있어요. 가린다고 가려지는 것이 아니거든요."

그 허벅지가 말이죠. 디자이너 박의 눈은 그렇게 말하고 있었다.

디자이너 박의 센스는 뛰어났다. 창희는 검은색의 딱 달라붙는 소재의 드레스를 입었다. 지방으로 인해 풍만한 가슴과 근육처럼 보이는 허벅지의 셀룰라이트의 볼륨 덕에 그녀의 빅 에스라인이 더욱 살아났다. 목부터 배꼽까지 붉은색의 스팽글들이 커다란 다이아몬드 모양을 만들며 반짝거리고 있었다.

"멋져요. 완벽한 블랙 앤 레드 코디입니다. 자, 이 붉은색 스팽글이 반짝이는 구두를 신으시면 퍼펙트네요. 오늘, 베스트드레서는 따놓은 당상일걸요. 역시 잘 만든 옷이야!"

디자이너 박은 자신의 옷에 감탄했다.

"그리고 멋진 옷을 소화해 낼 수 있는 몸매를 가지셨어요. 옷은 주인을 알아보죠. 훌륭해요."

디자이너 박은 창희를 보며 살짝 윙크를 했다. 창희는 거울을 보았다. 블랙의 드레스에 반짝이는 수백 개의 레드 스팽글이 커다란 다이아몬드 모양이 되어 반짝거리고 있었다. 붉은 스팽글이 반짝거리는 구두와 조화로웠다. 옷을 파는 사람들은 옷을 사는 사람에게 다 그런다지만 디자이너 박의 말이 거짓말 같지 않아 보였다.

"고마워요, 디자이너 박. 당신은 사람을 변신시키는 능력이 훌륭해요. 계산은 그이에게. 그럼 저는 이만."

어차피 이건 임무를 위한 작업복이니까. 창희는 디자이너 박에게 살짝 윙크를 하고는 부티크를 나왔다.

엘리베이터를 타고 에메랄드 홀이 있는 층으로 올라가려는데 엘리베이터가 열렸다. 열린 문에는 황태가 서 있었다. 황태의 눈이 동그랗게 커졌다.

"이런 기가 막힌 우연이. 제가 지금 창희 씨 생각을 하고 있었습니다."

그때 황건에게 맞는 나약한 모습을 창희에게 보여주었던 것이 자존심이 상해서 그녀에게 전화조차 하지 못하고 냉가슴만 앓던 그였다.

"아, 태 씨. 반가워요. 여기서 뵙네요. 들어오시죠."

엘리베이터가 자신의 방이라도 되는 양 창희는 말했고 황태는 엘리베이터를 탔다. 그의 터진 입술은 여전히 아물지 않고 있었다.

"잘 지내셨죠? 창희 씨에게 보이고 싶지 않은 저의 치부를 보여드린 것 같아 연락을 자제하고 있었습니다."

"무슨 말씀이세요. 무식하게 주먹질을 시작한 그 사람이 부끄러워해야 할 일이죠. 몸은 괜찮으세요?"

그녀의 말에 어두웠던 황태의 얼굴이 금세 환해졌다.

"아, 남자의 폭력을 매력으로 생각하는 그런 여성이 아니실 줄 알았습니다."

그의 눈은 여전히 뜨겁고 끈적거렸다. 역시 자신과 통하는 고품격의 여성이었다. 황태는 그녀의 빅 에스라인을 감격스럽게 살폈다.

"블랙 앤 레드라. 음, 이렇게 라인이 드러나는 옷을 입으시니 숨쉴 수도 없을 만큼 아름다우십니다. 지금 무슨 소리 들리지 않으시나요?"

"무슨 소리가 들리나요?"

창희는 느끼한 그에 발맞추어 귀에 손을 살짝 갖다 대었다.

"제 심장이 창희 씨에게 요동치는 소리죠."

그리고는 느끼한 윙크를 날리는 황태였다. 사람을 민망하게 만드는 재주꾼. 빵! 총이라도 쏴주고 싶다. 당신.

"가한장학재단 파티에 가시는 거죠? 삼희 누님께 창희 씨가 온다는 말 들었습니다. 제가 에스코트해 드리죠."

엘리베이터 문이 열렸고 황태는 창희에게 손을 내밀었다. 창희는 그의 손을 잡으며 매혹적인 웃음을 웃었다. 황태의 붉은 나비넥타이의 스팽글이 반짝거렸다.

에메랄드 홀에는 이미 붉고 검은 사람들로 가득했다. 거대한 샹들리에는 천장에서 반짝였고, 고품격 음악이 낮게 깔려 있었다. 테이블마다 손님들의 이름이 적힌 카드가 한 장씩 있었고, 창희의 자리는 황태와는 떨어진 자리였다. 황태는 몹시 아쉬워했다. 창희를 반기던 삼희가 자리를 안내했으며 그녀의 딸 하늬도 붉은 드레스와 커다란 검은 리본을 달고 삼희를 따라다녔다. 바비도 하늬와 같은 옷을 입고 그녀의 손에 들려 있었다.

"안녕, 하늬야."

손까지 흔들며 하는 창희의 인사에 하늬는 고개를 돌리며 모른 척했다. 창희는 부끄러워진 손을 내려놓았다.

"자, 여기가 창희 씨 자리예요. 내가 고심해서 고른 자리예요. 우리 재단에서 제일 젊으시고 아름다우신 후원자님들과 자리를 같이 해드렸어요. 앞으로 자주 볼 분들이시죠. 일단 소개를 하자면 여긴."

거기서 삼희의 말이 끊어졌다. 개회사를 시작해야 한다는 사회자의 말 때문이었다. 창희는 삼희가 정해준 자리에 앉았다. 같은 테이블에 앉은 젊은 후원자들에게 눈인사를 했으나 그들은 고개만 까딱거릴 뿐 반가운 척도 하지 않았다.

'역시 어딜 가나 여자들의 텃새는 무서워.'

크리스털 컵에 있는 물을 마시고 삼희의 개회사를 듣고 있을 때였다.

"삐요 삐요. 드디어 그가 출연했다."

빨간 모자에 검은 스카프를 한 여자가 맞은편 여자에게 소곤거렸다.

'아니, 저 여자도 스파이인가?'

무전 하는 듯한 그녀의 말투에 창희는 눈을 동그랗게 뜨고 같은 테이블에 앉은 그녀들을 유심히 보았다. 이런 파티가 하나도 어색하지 않은 부티나고 고급스러운 옷차림의 사람들이었고, 다섯 명 모두 서로 친한 사이들 같았다 서른을 갓 넘긴 것처럼 보이는 젊은 유부녀들이었다. 하늬가 들고 있는 바비의 몸을 갖고 있는, 아메바처럼 재생 가능한 여성 분들이었다. 즉 여러 군데를 찢고 잘라내고 새로운 것을 넣어도 살아가고 있는 강한 분들이었다.

"꺄아, 오늘도 역시 옷발 죽인다. 몸이 예술이니 뭘 입은들 멋지지 않겠느냐만 말이야. 오늘도 이 유부녀 잠 못 들 것 같다."

검은색 장갑과 빨간색 숄을 두른 여자가 얼굴이 빨개져서는 소곤거렸다. 그들에게 창희라는 존재는 안중에도 없는 듯했다.

"어디야? 나는 아직 못 찾았는데."

빨간 부채를 든 여자가 초조해하며 말했고,

"홀의 입구에 서 있어."

라고 검은 망사를 얼굴에 두른 여자가 말했다.

뭐야, 이 사람들, 단체로 약 먹었나? 요즘 주부들에게도 향정신성의약품이 침투했다더니. 창희도 그들을 따라 홀의 입구를 보았다.

무대를 밝히기 위해 실내는 어두웠지만 홀 입구에 누가 서 있는지는 정확하게 보였다. 검은 슈트에 고급스러운 붉은색 광택이 나는 셔츠를 입은 황건이 홀 입구의 벽에 기대어 팔짱을 끼고는 무대 위의 삼희의 개회사를 듣고 있었다.

'저건, 황 대장!'

그러니까 그녀들은 황건의 팬들이었던 것이다. 소위 '황빠'라고나 할까? 창희는 몸을 홀 입구의 반대 방향으로 돌렸다. 그는 자신이 여기에 온지 모르고 있다. 게다가 이 옷도 그의 이름으로 허락도 없이 외상했지 않은가? 황태와 따로 만난 후 그는 창희에게 모든 작전을 수행 시 자신의 허락을 받으라고 했지만 그녀는 단독 행동 중이었다.

"약혼할 여자를 왕할머니 생신에 데려왔다지? 예쁘대?"

그들의 빠심은 계속되었다.

"에이, 별로래."

창희는 고개를 숙였다. 비참하여라.

"미모보다는 능력이 있다는 것 같지? 정계, 재계 내놓으라는 딸들 다 목매고 그만 기다리고 있었는데 누가 채간 건지 몰라!"

"고급 룸살롱 여자들하고만 논다는 소문도 있던데. 여자들이 발목 잡으면 곤란하니까 발목 잡힐 일 없는 아가씨들이랑 놀다가 끝내는 어쩌면 자기관리 철저한 남자지."

"혹시 약혼녀도 룸살롱 아가씨 아니야? 고급 룸살롱 에이스들이 요즘 장난 아니라던데. 배울 것 다 배우고 얼굴은 연예인보다 낫고."

창희는 화들짝 놀랐다. 아, 여자들의 직감은 살벌했다.

"에이, 설마. 그래도 사회적 위치가 있지."

"이만한 물방울 다이아 반지를 끼고 있다던데? 누군 좋겠다. 완전 황태자비로 등극하는 게 아니고 뭐겠어?"

창희는 물방울 다이아 반지를 손을 감추었다. 헛기침을 하여 그들의 대화에 끼어들었다.

"그렇게 아니라고는 하지 않던걸요. 그럭저럭 괜찮다고 들었어요."

창희의 자기 변론이 시작되었다.

"직접 보셨나 봐요?"

황빠들이 시선이 모두 그녀에게 집중되었다.

"그, 그런 셈이죠."

창희의 말에 그녀들은 이제야 창희의 존재에 관심을 두었다.

"어느 집안에 뭐 하는 여자죠? 그래도 왕할머님이 살아 계시는데 아무 집이랑 혼사를 하지는 않을 테고 말이죠. 연예인인가?"

노블레스의 혼기를 앞둔 처녀들은 간혹 유명한 여자 연예인들에게 혼처를 빼앗기기도 했다.

그녀들은 모두 귀한 집안의 자제들로 결혼은 모두 정략적으로 사업적으로 이루어지고 있었다. 사랑이 없는 부부관계라 처녀적부터 마음에 두고 있던 황건을 아직도 못 잊는 여자들이었다. 그녀들 모두 황건과 선을 본 후 퇴짜 맞은 경험이 있는 여성들이었지만 서로에게는 그런 것을 공개적으로 밝히지는 않았다.

"연예인은 아닌 것 같던데요, 도도하고 교양있어 보이는 스타일이랄까요?"

거짓말은 거짓말을 낳는다고 새엄마 희숙 씨가 그렇게 말을 했건만. 그때였다.

―자, 그동안 우리 가한장학재단에 한 해 동안 후원을 해주신 분들에게 감사패를 모두 전달했습니다. 오늘은 우리 재단에 새로운 얼굴을 소개시켜 드리겠습니다. 우리 가한재단에 후원자 겸 이사회 임원으로 한 여성 분이 오셨습니다. 앞으로 우리 가족이 되기도 할 분이지요. 이 호텔의 대표인 황 대표의 '피앙세'이기도 하죠. 소개를 하려니 제가 떨리는군요. 나와서 인사말씀을 드리실 겁니다. 최창희 박사 나와주시죠.

'뭐? 나?'

다이아몬드 홀에 있는 모든 사람들이 고개를 돌리며 웅성거리기 시작했다. 황건의 약혼녀가 그들에게 이렇게 큰 이슈가 될 줄은 예상 못했던 바였다. 손에 끼고 있는 다이아 반지가 갑자기 무겁게 느껴졌다. 어쩌면 삼희는 착하지 않은 셋째 딸인지도 몰랐다. 날 이렇게 벼랑으로 내몰다니!

같은 테이블에 앉은 황빠들은 두리번거리기 시작했다.

"누구지? 면상 좀 뜯어보자."

라고 황빠 중의 한 명이 소곤거렸다.

'아, 곤란해. 사라지고 싶다. 괜히 저 사람들 대화에 끼어들었다가 더 웃긴 사람으로 거듭나겠네.'

창희는 일어서지도 앉지도 못하고 있었다. 시간이 정지한 느낌이 들었다.

황건은 창희의 이름이 들리자 벽에 기대었던 몸을 떼어내었다. 그리고 두리번거리며 그녀를 찾았다.

'토끼발이 이곳에 있다고?'

그녀가 이곳에 온 줄 몰랐다. 이젠 그녀의 이름만 들어도 온몸의 털이 곤두서는 느낌이다. 삼희와 창희 사이에 무슨 일이 오갔는지는 몰라도 사람들 앞에 나서야 하는 창희에 대한 걱정이 앞서기 시작했다.

그의 표범과 같은 눈은 몇 년 전에 퇴짜 놓은 다섯 명의 여자들이 있는 테이블에서 창희를 찾아내었다. 그리고 성큼 그녀에게로 걸어갔다. 그가 움직이자 다이아몬드 홀의 모든 시선은 그에게로 집중이 되었다.

"여기 있었군."

황건은 창희의 어깨에 손을 얹고 다정스럽게 말했다.

"아, 네."

창희는 경악하는 황빠들의 눈빛을 고스란히 담아내며 대답했다.

"일어서지. 내가 무대까지 같이 가줄게."

"고마워요."

창희는 조용히 일어섰다. 그리고 황빠들에게 말했다.

"생각보다는 제가 괜찮으셨으면 합니다."

황빠들이 입을 벌리고 있는 것을 보고는 창희는 황건과 함께 무대 위로 걸어나갔다.

"이봐, 토끼발. 내 명령도 없이 여기 온 거야? 작전을 수행하기 전 내게 보고하기로 했을 텐데?"

"삼희 씨가 직접 찾아와서 부탁했다고요. 거절할 수가 없었어요. 황태 씨와도 자연스럽게 다시 만날 수 있는 기회고. 나름대로의 판단이죠. 일일이 다 어떻게 보고를 하나요?"

"일이 커지게 생겼어. 만천하에 당신이 내 약혼녀라는 오늘부로 알려지겠군. 역시 당신은 겁없어."

분명 일이 커지게 생겼는데도 황건은 별 걱정이 되지 않았다. 은근히 기분이 좋은 것 같기도 했다.

황건은 창희를 무대 위까지 데려다 주었고, 창희는 부들부들 떨리는 다리로 무대로 향하는 층계로 올라갔다. 그녀가 무대로 오르자 모든 사람들이 박수를 치기 시작했고 번쩍번쩍 카메라의 플래시가 터지기 시작했다. 멀미가 날 것 같은 기분이 들었다.

─네, 얼마나 아름다운 모습입니까? 곧 식을 올릴 예비부부의

아름다운 모습입니다.

그 말에 사람들은 환호까지 지르기 시작했다.

―우리 가한 재단을 후원해 주신 여러분들께 닥터 최의 인사말이 있을 것입니다. 앞으로 우리 가한재단을 이끌어 나갈지도 모르는 재원이지요. 오늘은 특별히 각국의 주지사님들을 위해 저의 딸인 하늬 양의 동시통역이 있겠습니다.

바비인형을 든 하늬가 무대 위로 올라와 인사를 했고 귀엽다는 하늬를 위한 박수갈채가 이어졌다.

무대에 나란히 선 범상치 않은 창희와 하늬의 눈빛이 살벌하게 오갔다.

'하늬 네가 날 통역하겠다고? 나참, 천재였다면 미리 밝혀두었으면 좋았잖아.'

창희는 떨리는 목소리로 입을 열었다.

―여, 여러분.

창희의 목소리는 마이크를 통해 홀을 울렸다. 그 소리에 창희 스스로 깜짝 놀랐다.

―레이디스 앤 젠틀맨.

하늬의 동시통역도 시작되었다. 오히려 더 당당한 목소리의 하늬였다. 사람들이 웃으면서 하늬를 위해 박수를 쳤다. 하늬는 귀엽게 웃어 보였다. 창희가 보기엔 몹시 가식적이었다. 낯선 사람들 앞에선 말을 하지 않는다더니 여기서는 떨지도 않는군.

―아, 안녕하십니까? 블랙과 레드가 조화로운 유난히도 아름다운 밤입니다. 저는 가한장학재단의 새로운 임원이자 별 다섯 개

호텔대표인 황건 씨의 피앙세인 닥터 안나, 아니, 닥터 최창희라고 합니다. 반갑습니다. 뭐, 이미 별로라고 소문이 났다지만 예쁘게 봐주세요.

웃음소리와 함께 박수 소리가 들렸다. 창희는 그만 내려가려고 했으나 모두들 무언가를 더 기대하는 눈빛이어서 다시 마이크에 입을 가지고 갔다.

―저, 저는 장학재단의 필요성을 늘 생각하고 있었습니다. 그런 생각으로 여기 모이신 모든 분들은 이미 훌륭하신 분들입니다. 오, 오늘 밤이 더 빛나는 것은 재단을 위해 훌륭한 일을 하시는 분들과 함께하는 밤이라 더욱 아름다운 것 같습니다. 저는 남을 돕는 일을 어려서부터 가장 가까이 봐온 사람이라서 그 일이 얼마나 참되고 빛나는 일인지 잘 알고 있습니다. 저의 아버지이신 고(故) 최수산 박사님은 낙후된 곳을 찾아다니며 평생 의료봉사를 하셨습니다. 그 일을 봉사라고 말하는 것조차 싫어하시던 분이셨죠. 마땅히 자신이 해야 할 일이라고 늘 말해오셨습니다. 다른 사람을 돕는다는 것은 누군가를 위해서도 아니고, 자신의 마음의 평화를 위해서도 아니라고 하셨습니다. 주변에서 지인들이 명예와 돈을 버리고 무슨 짓을 하는 것이냐고 물으면 그런 것은 아무 의미가 없는 것이라 하셨습니다. 의미가 있는 것은 오직 진심이 깃든 마음이라 하셨죠.

창희가 말을 마치자 사람들은 모두 감탄사를 내뱉었다. 하늬는 슬쩍 창희를 보며 통역을 마무리하고 있었다.

―돌아가신 저의 사랑하는 아버지는 늘 이렇게 말씀하셨습니

다. 돈은 불과도 같다. 저는 그 말을 깨닫는 데 오랜 시간이 걸렸습니다. 실은 아직도 깨닫지 못하고 늘 시험에 들곤 하죠. 돈은 불과 같이 우리에게 늘 중요한 것입니다. 불을 사용하듯 돈을 사용하라 하셨습니다. 불이 없으면 춥고 배고픈 것이 돈과 마찬가지이고 불을 적당히 쓸 줄 알면 늘 따듯하고 온기있게 우리의 삶을 풍요롭게 해줄 것이고, 돈이 많다고 잘못 쓰면 불이 커지듯 막을 수 없이 큰 화를 입게 될 것입니다. 여기 모이신 분들은 불을 어떻게 사용할지 깨달으신 분들입니다. 불은 나누어도 줄어들지 않고 모두를 밝혀줄 수 있습니다. 가난은 나라님도 구제 못한다 했습니다. 그럴 수도 있습니다. 하지만 가난의 대물림은 막을 수 있습니다. 그 연결 고리를 끊을 수 있는 것이 바로 교육의 기회입니다. 바로 우리 가한장학재단이 있는 이유입니다. 여러분도 늘 우리와 함께 세상의 등불을 밝혀주시길 바랍니다!

그분이 또 오셨구나 싶었다. 역시 자신은 애드리브에 강했다. 종교를 하나 창시해 볼까. 난 교주가 되는 거지. 그런 뿌듯함으로 연설을 마쳤다.

―감사합니다.

창희는 마지막으로 그렇게 말했다.

―땡큐.

하늬의 동시통역도 끝났다. 에메랄드 홀에는 잠시 침묵이 흘렀다. 뭐니 이 반응은…… 왜들 그래? 약했나?

―끝.

그래서 마이크에다 대고 끝을 알렸다. 창희를 보던 하늬도 말했다.

―디 앤드.

순간 조용하던 청중은 모두 일어서서 기립박수를 쳐댔고 마음이 여리신 분들은 눈물을 흘리기까지 했다. 또다시 장내 감동의 물결이 넘쳐흘렀다. 그녀보다 더 긴장했던 건은 또다시 정체파악이 안 되는 그녀를 보며 왠지 모를 뿌듯함에 가슴을 폈고 황태는 눈물까지 흘리며 일어서서 박수를 제일 크게 치고 있었다. 두 형제가 한 여자에게 눈길을 떼지 못하였다.

파티의 2부가 시작되었다. 말로만 듣던 노블레스들의 파티였다. 화려하고 세련된 옷차림과 좋은 술로 가득한 밤이었다. 파티문화가 익숙한 그들은 이야기를 나누거나 음악에 맞추어 남녀가 춤을 추기도 했다. 외국인들도 많아서 그런지 홀에서 춤을 추는 모습이 그다지 이상해 보이지가 않았다. 아까 연설의 여파로 나이든 외국 신사들의 춤 신청이 창희에게 쇄도했는데 출 줄 아는 춤은 개다리춤이던 창희는 연신 마다했다. 사람들에게 둘러싸여 웨이터들이 건네는 샴페인을 수십 잔을 마시고 있는 창희였고 파티에서도 일 얘기를 좋아하는 중역들에게 둘러싸여 있는 황건이었다. 황건은 그녀를 차지하고 싶은 마음만 급했지만 시야 안에 넣고 지켜보는 것으로 만족하고 있어야 했다.

"쉘 위 댄스?"

키가 작은 외국인 노인이 창희에게 그렇게 물었다. 몇 번 '노 땡큐'를 했는데도 자꾸 추자고 하니 짧은 영어가 막히기도 하고 술이 취해가니 기분도 좋아지기도 해 창희는 그의 손을 잡았다. 노신사의 키는 창희의 가슴까지만 왔다.

키가 작은 노신사는 창희의 연설에 너무 감동을 했고 재단에 '몇 밀리언 달러'를 기부하겠다고 했다. 몇 밀리언 달러인지는 히어링조차 딸리는 창희여서 잘 못 들었다. 그렇게 중요한 말이라는 생각이 들지도 않았다. 재단의 파티에 와서 기부하겠다는 말은 당연한 것 아닌가?

창희는 알아듣지도 못하며 연신 예스와 땡큐를 연발했다. 언어 천재 하늬와 춤을 추어보시는 것이 어떻겠냐고 말씀드려 볼까도 싶었지만 언어가 딸려서 참았다. 키도 얼추 맞을 것 같은데. 키가 작은 노신사와의 어정쩡한 춤은 오래도록 계속되었다. 정말 근력도 좋으셔. 웬만해서는 힘이 빠지지 않는 창희의 허벅지에 피가 마르는 느낌이 들었다.

누군가의 목소리가 그녀를 구원했다.

"실례하지만 이제 제 차례인 것 같군요."

황건이었다.

"댁은 뉘슈?"

라고 노신사가 황건을 올려다보며 말했다. 아, 뭐야. 한국말에 능하잖아. 또 말려들었어. 창희는 입도 다물지 못하고 노신사를 쳐다보았다.

"제 피앙세를 돌려주시죠."

황건은 예의 바르게 웃으며 말했고 노신사는 피앙세라는 말에 별수없이 가버렸다. 황건과 창희는 둘은 마주 보고 섰다. 광택 있는 붉은 셔츠를 입고서도 트로트 가수 같아 보이지 않는 멋진 남자라니. 다시 심장이 빠르게 요동치는 것을 느끼며 창희는 침을 삼켰다. 그는 미동 없는 눈으로 그녀만을 보았다.

"토끼발, 늙었다고 안심하지 마. 남자는 다 거기서 거기야. 볏단 옮길 힘만 남아도 여자 생각을 하지. 그러니 아무에게나 안기지 마."

그의 목소리는 눈처럼 느긋하지가 않았다. 애타고 들떠 있었다.

"한국말을 저렇게 잘 하면서 왜 날 속인 거죠?"

"저 구두쇠 노인네의 속을 누가 알겠어? 파커 씨라는 사람인데 가한재단에 몇 년 전부터 알짱거리기는 하지만 한 번도 제대로 후원금을 낸 적이 없어. 자기가 모은 돈이 어떻게 쓰이는지 재단을 믿지 못하는 거지."

"기부를 하겠다고 저에게 그런 것 같던데요? 물론 확실하지는 않지만요."

"그럴 리가 없어. 잘못 들었겠지. 그리고 아까 지구인들을 위한 연설 대단했어. 우주 바이러스를 제대로 내뿜더군. 모두 몽롱해했어. 나 역시 그렇고."

"아, 네."

그분이 잠깐 오셨다 가셔서. 그런데 난 왜 당신 앞에서 몽롱해지는 걸까요?

"토끼발, 나와도 춤추자. 노땅보다는 조금 나을 테니까."

그렇게 말하며 황건은 창희의 어깨를 끌어안고 허리를 안았다. 그의 몸이 닿자 그의 체온이 창희의 영혼을 접수한 듯 아무 생각도 나지 않았다. 정신은 혼미해지기 시작했다. 어려서부터 모든 교양수업을 연마한 황건이 창희를 리드했고, 창희는 그의 스텝에 따라 움직이기 시작했다.

"처음치고는 쓸 만하군."

황건은 그녀의 스텝이 엉키지 않도록 능숙한 리드를 해주었다. 파커 씨와 키를 맞추려고 춘 힘겨웠던 춤과는 달리 구름을 걷듯 발이 가벼웠다. 황건은 자신에게 안겨 있는 창희가 정말 자신의 피앙세인 듯 사랑스러운 눈으로 쳐다보았다. 최고의 피부과 의사답게 피부 하나는 나무랄 데 없이 희고 고왔기에 그녀가 입은 블랙의 이브닝드레스와는 대조되어 몸에서 빛이 나는 듯 아름다웠다. 왠지 붉은 그녀의 볼과 투명한 입술, 그리고 부푼 가슴은 한껏 물오른 여자의 모습이었다. 허벅지가 강조되는 이브닝드레스를 입고 있어 그는 무척 흡족했고, 그녀의 몸을 숨겨놓은 보물을 꺼내 보듯 자꾸 보고 싶어졌다. 오늘따라 당돌한 눈으로 자신을 쳐다보던 그녀는 사라지고 수줍음 가득한 눈의 그녀만 남았다. 그의 기억으로는 오늘 밤 그녀처럼 완벽하고 아름다운 모습의 여자를 본 적이 없는 것 같았다. 그녀를 안은 황건의 가슴은 또다시 뜨겁게 끓어오르기 시작했다.

'또 시작이군.'

그 이해할 수 없는 심장의 박동이 그에게 또다시 들리기 시작했다.

'이 남자 너무 뜨거워.'

창희는 그의 몸이 닿는 곳마다 불에 타는 느낌이었다. 열전도율이 너무도 높은 자신의 몸이었기에 그의 열기에 몸이 바짝 말라 버려 입 안조차 건조해 가는 느낌이었다. 그의 큰 손은 그녀의 허리를 감싸고 있어 그녀의 허리는 뜨거운 파스라도 붙인 듯 후끈거렸다.

'내 수분을 흡수하는 인간방습제 같으니.'

창희는 볼륨감 있는 복부를 들키지 않기 위해 배에 힘을 잔뜩 주고 그를 보았다. 그의 눈은 레이저 광선이라도 나올 듯 이글거렸다. 그 광선이 닿자 몸이 타버려 재만 남은 느낌이 되었다. 몸은 점화된 지 오래였고 금욕의 몸은 무엇을 갈구하듯 꼬여가고 있었다.

'정신을 잃으면 어쩌지.'

어느새 창희는 아무도 없는 테라스의 구석에 그와 함께 서 있었다. 테라스까지 나온 기억이 없었다. 그는 순간이동의 기술을 익힌지도 모른다고 생각했다.

'샴페인을 너무 많이 마셨나? 오늘따라 이 남자 이리도 섹시하다니. 날 시험에 들게 하지 말아줘. 토끼발은 의뢰인과는 관계를 갖지 않기로 했는데.'

"토끼발, 당신 분명 날 유혹하고 있어. 웬 종일 날 유혹하고 있다고."

그의 목소리 역시 뜨거웠다. 불타는 석탄을 갈아 마신 듯 이글거리는 눈으로 그가 말했다.

무언가를 대꾸하려고 했지만 창희는 아무 말도 할 수가 없었다. 그의 뜨거운 입술이 그녀의 입을 막아버렸기 때문에.

그의 팔은 그녀의 허리를 너무도 꼭 끌어안고 있어서 그녀의 허리는 뒤로 휘어져 버렸고 팔은 넘어갈 듯 허우적거리고 있다. 황건은 뒤로 넘어가는 그녀의 허리를 절대 놓치지 않겠다는 의지로 끌어안고 있었다. 허우적거리는 그녀의 팔은 그의 키스가 깊어질수록 잠잠해졌고 곧 그의 단단한 팔뚝을 잡았고 더 시간이 흘러서는 그의 목을 끌어안았다. 그는 거칠기도 했고 부드럽기도 했다. 아무 생각도 할 수 없는 창희와는 달리 강약이 조절되는 능수능란한 인간이었다. 그의 키스는 부드러웠다. 저번처럼 벽에 자신의 머리를 쾅 부딪치게 해서 정신을 살짝 잃게 하고는—생선의 배를 가르기 전 머리를 도마 위에 내려치듯이—진공청소기처럼 자신의 입 안을 흡입하던 것과는 몹시 달랐다. 그때도 그 나름대로 황홀했지만 말이다. 그때가 격정이고 농밀했다면 지금은 조화롭고 충만했다. 그의 혀는 몹시 뜨거웠고 진지했고 보드거렸다. 말이 많아서 늘 촉촉한 그녀의 입술을 지그시 물던 황건이었다. 이 여자의 종알거리는 입술이 늘 자신을 자극했음에 벌을 주듯 살짝 물다가 놔주었다. 그리고 그가 이렇게 속삭였다.

"마녀."

당신이 마녀가 아니라면 이런 내가 다 설명이 되질 않잖아. 나 분명히 홀렸어. 그에게 물린 입술을 혀로 핥으며 창희도 그와 같은 톤으로 속삭였다.

"소인배."

그녀의 욕에 그가 기분 좋게 웃었다. 그의 웃는 진동이 그녀의 얼굴에 닿았다. 욕을 먹고도 좋아하는 걸 보니 변태가 맞는 거다.

"안나."

그가 그녀의 가명을 속삭였다. 노블레스 클럽의 에이스답게 자신의 몸을 뜨겁게 만드는 요부.

"변태칠면조."

그녀는 지지 않았다. 변태라는 말도 칠면조라는 말도 기분이 좋았다. 황건은 그녀의 이마에 이마를 맞대고 미소를 감추지 않았다. 입에 닿는 그녀의 호흡이 뜨거워지고 있다.

"토끼발."

자신을 알 수 없는 질투심에 불타게 만드는 임무에 목숨을 건 귀여운 스파이. 그는 뜨거워지는 그녀의 볼의 온도를 입술로 느꼈다.

"황 대장……"

일관성이라고는 전혀 없고 버럭 화만 내지르는.

"토끼발은 대장의 전방 1cm 앞에. 오버. 아니, 0.05cm."

이 여자 정말 가만두질 못하겠군. 그는 진지하게 맛보고 싶었던 그녀의 입속을 향해 뜨거운 혀를 밀어 넣었다. 그녀의 혀가 이번엔 도망가지 않고 자신의 혀를 감싸 안았다. 후, 그동안은 앙탈을 떨더니 적극적이 되어서는.

두 남녀가 혀로 하는 레슬링은 지칠 줄을 몰랐다. 황건은 프로 레슬러였고, 창희는 아마추어 레슬러였다. 그가 기술을 넣을 때마다 창희는 무중력 상태에서처럼 팔을 휘젓고 있어야 했다. 그가 가진 키스의 기술은 경이로워 세상의 것 같지가 않았으며 술을 마시지 않아도 극락의 세계로 갈 수 있다는 깨달음을 얻는 순간이었다. 그가 색다른 기술을 넣을 때마다 그녀는 가는 신음과 함께 다시 팔을 퍼덕였다. 조그만 더 퍼덕이다가는 날 수도 있을 것 같았다. 창희가 팔을 허공에 휘젓고 있을 때 그가 말했다.

"토끼발, 당신 아무래도 서툴러. 너무 서툴러서 더 미치겠어!"

그는 헐떡이며 그렇게 말하고는 다시 게임장으로 혀를 밀어 넣었다. 저번에 '숫처녀처럼 구는 거 서비스이고 콘셉트인 거야?' 와 같은 발언이다. 창희는 그가 자신을 꽃뱀으로 보든 노블레스 클럽의 에이스로 보든 상관이 없었다. 남의 시선 따위는 무섭지 않은 지 오래다. 다만, 서른이 넘어서도 금욕 중이라는 것이 너무도 민망하여 무응답했다. 그리고 금욕 중인 처녀는 자신의 콘셉트와는 너무도 안 맞지 않은가. 그래도 꽃뱀이고 황태를 유혹하는 임무를 맡은 토끼발인데.

그들은 서로를 탐닉하기 시작했다.

탐닉 [명사]

어떤 일을 지나치게 좋아하여 그것에 빠져들어 감.

예) 1. 주색에 탐닉하다.―황건

　　2. 웬 종일 게임에 탐닉해서 시간을 허비하다.―창희

　　3. 튼실한 허벅지에 탐닉하다.―황건

　　4. 지금 키스에 탐닉 중이시다.―창희∩황건

한 여자를 초토화시킬 수 있는 파괴력이 있는 키스를, 그러니까 요부도 감당이 안 되는 최고스킬의 키스를 금욕처녀에게 하고 있어 그 처녀는 죽을 것만 같았다.

"그, 그만."

아니, 계속. 두 가지의 마음이 또 격렬하게 싸우고 있었다. 이대로 끝까지 가자. 미쳤어? 이 사람은 뭐든 굉장히 커. 감당할 수 있어. 때리기도 한다고. 나 맷집 하나는 좋잖아. 금욕이었던 걸 알면 널 놀릴 거야. 아닌 척할 수 있는 여러 가지 방법이 있다고. 그래? 그럼, 해볼까? 두 가지 마음은 합의점을 찾았다.

황건의 손이 그녀의 허리에서 가슴으로 올라왔을 때 그녀는 말했다.

"올라가요."

황건은 듣지 못했다. 개미만한 목소리였다. 그래, 이건 해결 봐야 해. 진정해. 금욕의 몸뚱이야. 곧 해결해 줄게.

"올라가자고요."

이번엔 정확히 말했다. 그제야 황건은 창희를 바라보았다. 그의 머리는 헝클어져 있었고 눈은 어지러웠다.

"뭐, 토끼발? 어딜 가자고?"

"당신의 펜트하우스."

"거긴 왜?"

그녀의 올라가자는 화끈한 제안이 그가 생각하는 것과 일치하는 건지 다시 한 번 물었다.

이 남자 내 말을 귓등으로 듣는 거니? 이해력이 이렇게 낮아서야 원. 몸을 해결을 봐야 정신이 온전해지겠기에 말이죠. 창희는 결심을 한 후에는 번복하는 일이 없는 저돌적인 성격이었다.

"전에 하다가 못한 것들을 끝장을 보고 싶어졌다고요."

잠시 멍한 표정으로 황건은 창희를 보았다.

'이봐, 빨리 대답해. 쪽팔려.'

창희는 그렇게 중얼거렸다.

"그러니까 그 말은……."

"그래요. 당신이랑 자고 싶다고요."

자신의 몸에 대한 성적 결정권을 처음으로 발휘하는 순간이었다.

말의 의미를 이제야 알아들은 건 그대로 창희를 펜트하우스로 끌고 가버렸다. 눈을 질끈 감는 창희였다. 구석에 서서 그들을 지켜보던 황태만이 남았다. 그의 주먹은 부들부들 떨고 있었다. 남자의 질투는 석탄을 갈아 마신 듯 무섭게 타올랐다.

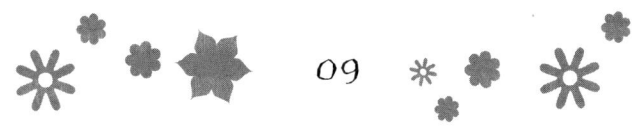

09

사랑과 욕정 사이의 모호한 딜레마에 빠져 버린 창희는 자신을 헷갈리게 하는 황건에게 그렇게 막장으로 가자고 선언했고, 황건은 둔탁한 무언가로 머리를 얻어맞은 듯 정신을 놓고 있다가 그녀의 말을 이해하고는 그녀의 팔을 낚아채 재빨리 자신의 펜트하우스로 끌고 갔다. 그녀의 생각이 바뀌기 전에 빨리 끝장을 봐야겠다는 생각뿐이었다. 며칠간 머리 속을 온통 채우고는 아무 생각도 하지 못하게 만드는 그녀. 안나, 닥터 최, 토끼발, 안나, 닥터 최, 토끼발, 안나. 닥터 최.

끝장을 보자고 덤비는 여자는 겁이 없었다. 아무것도 몰라서 더 겁이 없었다. 황건의 펜트하우스의 문은 그들을 가두고 닫혀졌다. 황건은 그녀를 여기까지 끌고 오긴 했지만 다시 신중해져야 했다.

미친 듯 달떴다가 그녀에게 퇴짜 맞은 적이 한두 번이었던가? 거사를 성사시키려면 신중해야 했다. 스펙터클하여 돌발행동이 잦은 그녀였다. 그리고 긴장하고 서 있는 그녀에겐 알코올이 진정으로 필요해 보였다. 그녀는 지금 신중하지 않은 듯했다. 몹시 흥분하여 뜨거웠다.

창희는 그의 붉은 광택이 나는 셔츠의 단추를 풀려고 얼굴이 벌게져서는 손을 사정없이 떨고 있었다. 그의 단추를 푸는 임명을 띤 초보 스파이처럼 서툴렀다.

'아, 손 떨려. 이게 왜 이렇게 안 되는 거지? 이거 똑딱이인 건가?'

아무래도 똑딱이 단추인 것 같아서 옷을 앞뒤로 잡아당기니 단추가 튕겨져서 창희의 이마에 정통으로 '딱' 하고 맞았다. 창희는 인상을 쓰고는 이마를 문질렀다. 이런, 단추 따위가 날 농락하다니.

"이봐, 토끼발 진정해. 쉬~ 뭐가 그리 급하고 애타는 거야?"

그는 피식 웃었다. 재미난 이 여자, 몸소 몸개그까지 보여준다. 황건은 창희가 너무 귀여웠다.

'굶어 애타는 몸뚱이를 일단 해결을 봐야겠기에 말이죠. 춘향이도 했는데, 줄리엣도 했는데 이 나이에 아직 금욕인 자신을 빨리 손봐야 하지 않을까요? 금욕이 오래되니 몸이 삭아 몸 좋은 수컷을 보니 주책없이 동하기에 말이죠.'

창희는 입술을 물고 눈으로만 그렇게 대꾸했다.

황건은 그녀의 양팔 목을 두 손으로 잡았다.

"눈을 보니 하고자 하는 결심이 상당하군. 좋아. 하지만 서둘지는 마. 나, 어디 도망가지는 않을 테니까. 우리의 밤은 길고도 깊어."

그런가요? 내 뜻이 어필이 되었군요. 역시 눈은 마음의 창. 창희는 안도하며 한숨을 돌렸다.

회심의 미소는 건이 지었다. 자신의 '욕망'을 그녀에게 내보이지 않자 오히려 안심하고는 달려드는 잠시 일차원적인 그녀. 이 여자를 다루는 법을 이제 알 것 같다.

황건은 벽 쪽에 있는 바로 걸어가서 위스키를 제조했다. 자신이 가지고 있는 가장 독한 위스키와 소다를 섞었다. 볼록한 거울에 자신의 뒤에 서 있는 그녀가 비추어졌다. 그녀는 뭐가 더운지 손으로 연신 부채질을 하고 있다. 몸이 자체 발열하고 있는 거다. 황건은 냉장고에서 마른 과일, 너트, 휘핑한 생크림, 딸기를 꺼내어 테이블 위에 올려두었다. 얼음도 크리스털 얼음 통에 담았다. 그리고 거실의 조도를 낮추고 감미로운 음악을 틀었다. 거사 실행 준비 완료.

황건은 창희를 소파에 앉히고는 손에는 위스키 잔을 들려주었다. 그리고 맞은편 소파에 앉아 위스키를 마시며 그녀를 관찰하였다. 예상대로 창희는 위스키를 벌컥 원샷했다.

'흠, 이런 거 세 잔은 마셔야 술 좀 마셨나 할 수당 같으니.'

황건은 다시 바로 일어나 제일 독한 위스키와 소다를 탄 잔을 창희에게 건네고 다시 맞은편 소파에 앉아 그녀를 바라보았다. 창희는 긴장이 약간 풀렸는지 이번엔 천천히 위스키를 한 모금 삼켰다. 목이 꼴깍하고 움직이는 것이 무척 귀엽다.

"긴장을 풀어줄 거야."

황건은 느긋한 척 말했지만 그의 중심은 뜨거워진 지 오래였다.

'그런데 이 여자 갑자기 왜? 오늘 보름달이 뜨는 날인가? 만월의 인력으로 지구상의 모든 동식물의 성호르몬이 분비되는.'

황건은 창밖을 보았다. 쟁반만한 달덩이가 지구를 비춘다. 지구인이 아닌 척하더니 지구에 뜨는 달의 인력에 몸이 동하였군. 날 사로잡는 알 수 없는 여자.

"긴장한 적 없어요."

창희는 지금껏 순결하고자 한 적도 없었다. 언제라도 금욕을 깰 수는 있었다. 다만 몸이 동하는 수컷을 발견하지 못했을 뿐. 그녀는 어느 한 면에서는 굉장히 고리타분하기도 했는데 스스로 섹스를 하기로 정한 시점은 자신의 몸이 원할 때였고, 그리고 부가적으로 중요한 사항은 언제 어디서든 콘돔을 착용한다였다. 이래 봬도 그녀는 대한민국 의사협회 회원이고 미혼모 쉼터에 봉사를 나가기도 했다. 그리고 이 남자, 절대적으로 콘돔이 필요한 자유로운 남자가 아닌가. 창희는 이브닝 백 속에 있는 오렌지 향 콘돔을 확인했다.

'준비 완료.'

나 오늘 나이 서른에 굴레 같았던 숫처녀 딱지를 떼어낸다. 내 몸을 동하게 하는 저 수컷에게. 그런 생각을 하며 창희는 그가 가져다준 두 번째 잔을 벌컥 마셨다.

'어, 이거 슬쩍 취하는데? 뭐가 이리 독한 것이냐?'

창희는 빈 잔을 뚫어지게 보았다. 잔이 두 개로 보이고 잔에 투과된 그의 모습이 멋지다. 다시 세상이 약간 아름답게 보이기 시작하는 순간이었다. 황건이 무척 아름다워 보이는 것은 술기운 때문이겠지. 자, 황건. 이제 덤벼.

창희가 약간 안정을 찾는 듯하자 맞은편 소파에서 다리를 꼬고 턱을 괴어 창희만을 보던 황건이 말했다.

"준비됐나?"

날 때부터 건방져 보이기만 했던 그의 눈은 부드럽고 깊었고 수줍었다. 잠시 소년 같은 미소를 본 것 같기도 했다. 자자고 덤비는 예스 걸들은 많다만 그런 여자들 앞에서 긴장한 적은 처음인 황건이었다.

"네, 아니요, 네."

대답도 헷갈렸다. 알코올로 인해 맥박도 빨리 뛰었다. 창희는 잠깐 물어보고 싶기도 했다. 당신 나한테 대체 뭘 먹인 거니. 딸꾹.

"예스라 알겠어."

황건은 그녀에게로 천천히 다가와 그녀의 앞에 무릎을 꿇었다. 그리고 그녀를 살폈다. 얼굴은 홍조를 띠고 있고 동공은 선명했다 풀렸다를 반복하고 있다. 긴장이 풀려 기분 좋을 만큼 취한 것 같았다. 검은색의 드레스는 그녀의 하얀 피부와 대비되어 피부만 고와도 한수 먹고 들어간다는 사실을 증명했으며 튼실한 허벅지를 강조하는 타이트한 스커트의 이음새는 곧 터질 듯하다. 퍼펙트한 그녀.

황건은 한 손을 올려 그녀의 얼굴과 귀 사이를 만졌다.

"예쁘다, 토끼밭. 보드랍고 향기롭고."

그의 목소리는 살짝 잠겨 갈라지고 있었다. 성격 같아서는 와락 덤비고 싶지만 세 번째 실패하면 그는 어쩌면 '돌아버린다'는 의미가 무슨 뜻인지 정확히 알게 될 것 같았다. 돌기 전에 신중해야 했다. 천천히, 천천히. 그녀가 다신 도망가지 못하도록. 오늘 그녀를 점령하리라.

"아, 간지러워요."

독한 술은 점점 그녀의 혈관으로 스며들고 있어 그녀를 약간은 용기있게 만들어 버렸다. 실실 웃음이 흘러나왔다.

'이봐요. 간질이지 말고 살짝 거칠게 다뤄줘도 받아들일게.'

황건은 그녀의 빠르게 뛰는 목에 입술을 묻었다. 그녀의 살 냄새가 그의 세포들을 춤추게 했다. 노블레스 클럽에서 처음 만났을 때부터 그녀의 살결 냄새에 정신을 차릴 수가 없었던 그였다. 그녀를 함피부과에서 다시 만났을 때 그 우스꽝스러운 물안경을 끼고 있었어도 후각은 그녀를 기억했다. 그녀의 체취는 운명인 듯 그를 자극했다. 지금도 미칠 만큼 그를 자극했다. 황건이 혀로 그녀의 목덜미를 감싸자 창희는 경련했다.

"아. 아. 아."

간지러웠지만, 그를 밀쳐 내고 호탕하게 웃고 싶었지만 오늘의 대의를 위해서는 꾹 참기로 했다. 그의 혀는 다시 개미핥기의 그것으로 변해갔다. 전보다는 부드러운 개미핥기였다. 창희의 긴장했던 몸도 또다시 욕정으로 불타오르기 시작했다.

"이봐, 나랑 자고 싶은 거 확실해?"

그는 대의를 시작하기 전 여자의 의사를 묻는 것이 젠틀한 행동이라 생각하는 것 같았다.

'이런, 몸이 동할 때 잦은 질문은 금물인데다가 그렇게 적나라하게 물으면 나더러 어쩌라고.'

"토끼발, 날 원한다고 말해."

몸이 걷잡을 수 없어지기 전에 황건이 다시 한 번 확인했다. 그녀의 허락이 날듯이 기뻤다. 창희는 술도 올랐겠다, 고개를 열 번이나 끄덕거렸다.

'응, 꿈까지 꿔. 당신이랑 나 속궁합도 죽인댔어. 잡지를 찢어 와서 보여줄 걸 그랬지.'

"후, 좋아. 욕망의 토끼발."

그녀의 고개를 열 번이나 끄덕이는 진심 어린 허락에 황건의 마음은 세상을 다 얻은 듯하여 기분이 좋았다. 아직도 고개를 끄덕이는데만 열중하는 그녀의 머리를 두 손으로 잡아야 했다.

'이거, 아무래도 위스키가 너무 강했군. 아까보다 더 취해가는 것 같은데.'

그녀의 얼굴은 몹시 붉고 초점은 흐리다.

일반적으로 생크림은 먹는 것이다. 바르는 것이 아니고. 그럴진대 황건은 두 번째 손가락으로 생크림을 듬뿍 찍더니 창희의 드레스 끈을 끌어 내리고는 쇄골에 발랐다. 그녀도 그런 뼈는 있었다. 생크림은 무척 곱고 부드러워 보였다. 그녀의 살 역시 그래 보였다. 그는 그녀의 살을 생크림과 같이 맛보고 싶었다.

창희에게 먹을 것으로 장난하지 말라고 새엄마 희숙 씨가 늘 그랬다. 희숙 씨는 창희의 정신의 상당 부분을 개조하는 데 힘써오신 분이다. 먹을 것으로 장난하지 말라는 무서운 새엄마 희숙 씨 말에 절대복종해야 하기에 동네 바둑이랑도 장난도 안 했던 그녀다. 취기가 올라 이제 정신의 경계가 무릉도원과 황건의 펜트하우스의 사이를 오가고 있는 창희는 그렇게 말했다.

"먹을 것으로 장난하면 안 돼요."

창희는 혀로 생크림을 날름 핥으려 하다가 그녀의 쇄골을 생크림과 함께 맛보려던 취향 살짝 독특한 황건의 혀와 부딪쳤다. 둘은 잠시 서로의 혀에 묻은 생크림에 대해 양보와 거절을 반복하고 있었다. 생크림은 열에 녹아 그들의 혀 사이에서 사라졌다.

'이봐요, 왜 귀한 걸 내 몸뚱이 위에 올려놓는 건데? 끈적거리게.'

창희는 그를 살짝 노려보았는데 그것이 그를 더 자극했다.

먹을 것을 소중히 생각하는 그녀를 파악한 황건은 그래? 하면서 생크림을 듬뿍 찍어 그녀의 시선을 끌었다. 생크림 묻은 손을 위로 아래로 좌우로 천천히 움직여 보았고, 그녀의 시선은 그것을 놓치지 않았다. 그의 손가락에 묻었던 생크림은 그의 입 안으로 들어갔고 창희는 그의 입술에 혀를 넣었다. 자신을 현혹하던 생크림을 찾으러.

"혼자 다 먹으면 나쁜 사람이죠."

창희는 애교라는 것을 부리고 있었다. 술이 취하면 인격도 살짝 변화가 오는 듯했다. 황건은 애교를 부리는 그녀가 기특했다.

황건이 이번엔 얼음을 손으로 잡았다. 그리고 작은 얼음으로 그녀의 어깨 위에 대어보았다.

"차가워요."

몸이 타버릴 듯 뜨거워서 얼음은 곧 녹아 물이 되어 흘러내렸다. 황건은 그녀의 어깨부터 손까지 천천히 얼음으로 그녀를 식혔고 차가움은 그녀에게는 또 다른 자극이었는지 몸을 파르르 떨었다. 황건은 얼음이 물리적 변화하여 생긴 그녀의 몸에 생긴 물을 입술로 다 마셨다. 차가움 뒤의 따뜻함은 그녀를 나른하게 만들었다.

"아."

그녀의 호흡이 빨라지기 시작했다.

'안달이 난 토끼밭. 스스로 옷고름을 풀 때까지 안달나게 해주겠어.'

황건의 또 다른 이름은 '황기교'였던 것이다. 황건은 그녀의 치마 끝을 말아 올렸다. 여자의 치마 안에 무엇이 있는가. 방황하던 어린 시절부터 그의 아스케키 실력은 녹슬지 않았고, 자신을 아스케키 하고 도망가는 남자아이를 지구 끝까지 따라가 응징해 주던 창희는 이번엔 참았다. 그녀의 하얗고 매끄러워 보이는 종아리와 무릎이 드러났다. 창희는 소파에 앉아서 자신의 앞에 무릎을 꿇고 신중한 황건의 눈을 보았다. 그의 호흡은 일정했지만 자신의 호흡은 거칠다. 너무 선수에게 덤볐나 싶기도 했다. 황건은 그녀의 스타킹을 도르르 말아 벗겼다. 그리고 무릎안쪽에 살며시 입을 맞추었다. 그저 그거였는데 창희는 눈을 감고 몸을 바들바들 떨었다.

'몸뚱이야. 제발 품위를 지켜줘.'

건은 피식 웃었다. 역시 나의 스킬은 녹슬지 않았군.

그러니까 황건은 그런 곳의 키스하기를 좋아했다. 부드럽고 얇은 야들야들한 곳의 키스. 무릎의 안쪽, 손목의 안쪽, 팔목이 접히는 곳, 겨드랑이, 허벅지의 안쪽, 허벅지 사이의 어느 곳, 목의 동맥 뛰는 곳, 귓불, 손바닥, 볼록한 아랫배, 엉덩이. 여자의 그런 곳은 너무도 부드러워 황홀했다. 다른 것은 몰라도 피부 하나만은 타고난 것 같은 이 여자의 무릎 안쪽은 부드럽기가 카푸치노의 거품 같다. 그는 그녀의 무릎 안쪽을 살짝 깨물었고 창희는 비명도 지르지 못하고 뒤로 넘어가 버렸다.

나, 어쩌지. 도, 도망갈까.

간지럽지도 않은 것이, 그렇다고 아프지도 않은 것이. 만약 그가 그녀의 몸의 그런 곳에 키스했다가는 어떤 일이 벌어질지 아무도 몰랐다. 그녀의 신경세포는 유난히 민감했다. 어려서 목욕탕에서 때를 밀다가도 까르르 넘어가는 바람에 새엄마인 희숙 씨에게 등짝을 얼마나 많이 맞아왔던가. 하지만 서서히 그녀의 몸은 자연의 법칙을 따라가고 있었다. 양과 맞물리어야 완전한 음으로.

"착하지. 진정해."

무릎을 꿇은 황건은 그녀의 붉은 구두를 벗기고 그녀의 발목 안쪽에 입을 맞추었다.

'이봐, 나 두 시간 전 몸을 닦았다만.'

창희는 강한 자극에 벌떡 몸을 일으켜 앉았다. 경련으로 죽을지도 몰라.

　창희가 발을 빼내자 그는 몸을 일으켜 그녀의 어깨에 입을 맞추었다. 그는 그녀를 보지 않았다. 장난스러웠던 그는 사라지고 뜨겁고 무표정하고 몹시 진지한 그만 남았다. 능수능란. 그 단어만이 창희의 머리 속에 맴돌았다.

　그의 입술은 어깨를 타고 내려왔고 한쪽 손은 그녀가 입은 드레스를 끌어 내렸다. 순식간에 그녀의 풍만한 가슴이 그의 시선과 높이를 같이 하고 있었다.

　'아, 이런. 보지 마. 보지 마. 보지 마. 누, 눈을 확 찌를까?'
　실명 위기의 그가 말했다.
　"당신은 나의 환상을 만족시켜 주는 유일한 여자야. 이렇게 옹골찰 수가!"

　그의 성적 환상은 지금 보기엔 몹시 풍만한 아프로디테와 같은 여신들의 몸매를 가진 여자와의 밤이었다. 풍만하다는 것은 어쩌면 현대에서는 욕이나 마찬가지인 것이다. 좀처럼 볼 수 없는 풍만한 가슴과 볼록한 아랫배와 튼실한 허벅지를 가진 그녀가 그의 앞에 있었다. 그는 초심을 잃지 않았다. 스스로 옷고름을 풀어버리는 창희를 기대하며 그는 그녀의 가슴에 얼굴을 묻었다.

　창희는 곰의 만행을 몸소 체험하고 있었다. 그 곰은 말이다. 능수능란했다. 곰의 입이 닿는 곳마다 그녀의 촌스러운 떨림은 점점 색(色)으로 변해가고 있었다. 그 곰은 정말 그녀의 부드러운 모든 곳에 농밀하게, 그리고 천천히 입을 맞추어 나갔다. 그녀의 귓불에, 목덜미에, 겨드랑이에, 가슴에, 배꼽에, 그리고 스커트를 들어 올려 발목의 안쪽에, 무릎이 접히는 곳에, 무릎이 맞닿는 곳에 그리고 허벅지 안쪽에 입을 맞추었다. 창희는 욕정에 사로잡혀 어찌할 바를 몰랐다. 그 곰은 너무도 능수능란하고 여자의 심리를 꿰뚫기도 하여 강과 약을 반복해 그녀를 애달프게 했으며 안타깝게 했다.

몸의 온도가 올라갈 대로 올라가 참을 수 없어진 창희가 말했다.

"나, 나 좀 어떻게 해봐요."

그가 살짝 미소 지으며 되물었다. 그가 그녀의 가슴에 심취하고 있을 때였다.

"뭘 어떻게 해줄까?"

단순하고도 짧은 나쁜 대답.

"나 좀 사, 살려달라고요."

애원까지 해야 하는 거니. 창희는 어찌할 바를 모르고 헤맸다.

"살려달라?"

그녀의 말을 다시 읊으며 건은 미칠 듯이 기뻤다. 그녀가 자신을 원하는 것의 기쁨은 세상의 어느 것과도 비교할 수 없을 만큼 컸다. 그 이유는 미루어 생각해 보기로 했다.

"나에게 당장 안아달라고 말해."

그 순간 그는 그녀에 의해 바닥에 눕혀졌다. 순식간의 일이었다. 창희는 그를 밀쳐 내어 바닥에 눕히고는 그의 배 위에 올라앉았다. 결국 그를 덮치고야 만 것이다. 창희는 그의 단단한 배와 부풀어 오른 중심 위에 앉아 남은 그의 셔츠의 단추를 마저 뜯어내고 있었으며 곧 허리띠도 끌어낼 참이었다.

"뭐, 하는 거지?"

"보면 몰라요? 벗기는 거죠. 겁탈을 조심하라고 제가 충고를 했을 텐데요."

창희는 그의 허리띠를 끌어 내어 허공에 던졌다. 황건은 덮침을 당하고 웃음을 참을 수가 없었다. 그의 웃음이 허공을 울렸다.

"쉬~ 진정해."

헝클어진 머리로 자신을 어떻게 해보라고 덤비는 그녀가 예뻐서 그는 그녀를 뒤집어 눕혔다. 순식간에 그녀는 그의 몸 밑에 있었다. 진정할 수 없는 창희는 그를 노려보았다.

'날 이렇게 끈적거리게 해놓고 진정하라니, 이렇게 날 불 질러놓고 진정하라니!'

그녀의 몸은 그의 침으로 범벅이었다. 그녀를 내려다보는 그의 눈은 따뜻했다. 그는 따스한 눈으로 그녀의 얼굴을 하나하나 보았다. 모두 다 예쁘다. 그의 눈빛 덕분에 그녀에게 아직 남아 있던 두려움이 모두 사라지는 순간이었다. 창희가 그의 멱살을 쥐고 말했다.

"지금 당장 안아줘요!"

그녀는 배고픈 승냥이처럼 으르렁거렸다. 황건은 진지한 그녀의 입술에, 그리고 이마에 입을 맞추었다.

"가자. 침실로."

그는 창희를 번쩍 안고 침실로 향했다. 그러니까 곰의 힘이기에 가능했다.

'스스로 옷고름을 풀게 했으니 장난은 여기서 그만. 정말 사랑스러운 안나. 나의 토끼발. 당신에게 진짜 천국이 무언지 알려줄게.'

짝짓기는 동물 하나하나가 살아가는 목적이기도 하다. 그러니까 당신 몸 좀 빌릴게. 그날 창희의 목적은 그것이라고 믿었다. 창희는 예전에 한 번 눕혀진 적이 있었던 그의 넓은 침대에 눕혀졌다. 그와 그녀가 함께 눕자 침대가 몹시 출렁거렸다. 황건은 이제 거칠 것이 없었다. 몹시 사나워져 으르렁대고 있는 한 마리의 곰 같아 보이기도 했다. 그 곰이 무서워 창희는 눈을 감고 죽은 척을 했다.

이 남자는 원래 여자의 옷 같은 것은 벗기지 않는지 그녀의 블랙 앤 레드의 원피스의 윗부분은 한쪽 어깨가 배꼽까지 내려와 있었으며, 스커트 자락은 말려 올라가 튼실한 허벅지를 모두 들어내고 있었다. 황건은 창희의 양 손목을 잡고는 그녀의 입술에 입을 묻었다. 몇 백만 마리의 산낙지가 입 안에서 혀를 빨아대는 느낌이 들었다. 이대로 뽑혀도 좋을 것 같았다. 황건은 그녀의 팔목을 아래로 내려 다시 꽉 붙들고는 풍만한 가슴을 거대 낙지의 흡입력으로 흡입하고 있었다. 그녀의 가슴은 풍만한 만큼 탄력있었다. 황건은 다시 곰이 되어 그 가슴에서 꿀이라도 찾는 듯 온통 핥아대고 있었으며 창희는 여전히 죽은 척을 했다. 죽은 사람이 희미하게 비명 같은 것을 내뱉고 있기는 하였다.

황건이 몸을 더 아래로 내려 그녀의 허벅지에 탐닉하고 있을 때는 그녀는 눈을 번쩍 떴다.

'죽은 척하는 것도 한계가 있지.'

그는 정말 이상한 짓거리를 하고 말았다. 정말 부끄러운 곳에 입을 맞추었을 때 그녀는 그가 풀어준 손으로 눈을 가리고 닭을 세었다. 어려서 옆집이 양계장이었고 양을 본 적도 없는 창희는 잠이 오지 않은 면 양 대신 닭을 세곤 했다.

닭 한 마리, 닭 두 마리, 닭 세 마리, 닭 네 마리, 닭 다섯 마리, 닭 여섯 마리. 세다 보니 꼬꼬댁 소리를 치고 싶은 순간도 있었고 푸드덕 날아가 버릴 것만 같은 순간도 있었다. 그는 정말 그녀의 다리 사이에서 변태 같은 행위를 멈추지 않았지만 그녀 역시 싫지만은 않아서 닭만 계속 세었다. 그의 혀는 자신의 몸을 유체 이탈 시키고 있었다. 몸이 둥둥 천장까지 떠오르는 기분이 들었다. 금욕처녀 창희의 몸은 그의 혀끝에 무장해제 되어 두 손을 들었다. 하, 항복.

황건은 그녀의 독특한 향에서 헤어날 수가 없었다. 그리고 그녀를 즐겁게 해주어야 한다는 무한한 일념에 휩싸여 정말 열심히, 세세히, 용의주도하게 가끔은 거칠게 혀로 그녀를 만졌다. 한쪽 손이 다치는 바람에 박음질 상태라 혀가 더 열심히 일했다. 황건은 부풀어 오른 대로 오른 자신의 중심을 그녀에게 가지고 갔다. 반쯤 정신을 잃은 그녀는 그것이 그것인지 몰랐다. 몹시 크고 중압감 있는 무언가가 생소하게 느껴지기만 할 뿐.

"당신, 날 미치게 해. 이제부터가 천국이야."

그가 그렇게 속삭였을 때야 그것이 무언지를 알았다. 좋아, 올 것이 왔구나. 창희는 눈을 질끈 감았다.

딩동.

진입 직전이었다.

딩동 딩동.

"누, 누가 왔어요."

창희는 몸을 일으키려 하였다. 넓은 펜트하우스에는 초인종이 있었다.

"신경 쓰지 마. 나만 봐. 환청이야. 당신 머리 속에서 울리는 종이야."

그는 긴장하는 그녀의 얼굴을 자신에게 돌렸다. 정말 이번에는 진입 직전이었다.

띵똥띵똥띵똥띵똥띵똥띵똥띵똥.

"분명 누가 왔어요."

창희는 몸을 일으켜 내려간 원피스를 어깨로 끌어올렸고 황건은 벌떡 일어났다.

"어떤 새끼가!"

그는 헐떡이며 옷을 추스르고 아주 무서운 얼굴로 현관 앞에 서서 문을 왈칵 열었다. 아무도 없었다.

"아, 어떤 놈이!"

황건이 열 받아 숨을 내쉬며 문을 닫으려 할 때였다.

"삼촌."

소리는 그의 눈 45도 각도 아래에서 들렸다. 하늬가 웃고 있다.

징그러운 칠 년짜리 인공산 음침 덩어리 등장.

인공수정으로 낳은 하늬는 입을 벌리고 서 있는 황건을 남겨두고 펜트하우스 안으로 들어갔다.

세 사람 사이에 어색한 공기가 맞바람 쳤다. 그들의 삼각관계를 말해주듯 그들은 거실의 소파에 삼각형 구도로 앉아 있었다. 아직 열기가 식지 않은 탓에 황건은 다리를 꼬고 앉았고, 미처 수습을 하지 못한 창희의 머리는 산발에다가 얼굴은 벌겋게 달아올라 있었다. 하늬는 그들을 번갈아 보다가 입을 열었다. 하늬의 손에는 황건의 셔츠단추 여섯 개가 올려져 있다.

"음, 난장판이네. 둘이 뭐 했어요? 삼촌의 단추는 왜 다 떨어져 있는 거죠?"

창희는 잠시 질식 중이었고 대답은 황건이 했다.

"어른들만 아는 일."

"그렇구나. 우리 집에서도 가끔 이런 일이 벌어지곤 해요. 우리 엄마 아빠도 뭘 하는지는 모르지만 자주 이런 분위기를 연출해요."

하늬는 천재이기는 했지만 그래도 아직 일곱 살이라 남녀상열지사에는 감이 오지 않는 듯했다.

"하늬야, 삼촌이 닥터 최와 아직 해야 할 일이 남아서 말이지. 그리고 지금 몇 시지? 하늬가 자야 할 시간이 지난 것 같은데."

건이 손가락으로 머리 속을 긁으며 말했다. 그는 초조할 때는 머리를 긁는다.

"파티가 아직 끝나지 않았어요. 엄마는 건이 삼촌을 찾고, 파커 씨는 닥터 최를 찾으시기에 제 예감에는 사라진 두 분이 이곳에 있을 것 같아서 올라와 봤어요."

하늬는 모아놓은 단추를 테이블 위에 올리고 나서 마른 과일을 하나 집어 입에 넣고는 오물거리며 말했다.

"졸려서요. 난 할 일도 없고. 여기서 잠깐 자다가 엄마가 일이 끝나면 그때 가면 안 될까요? 삼촌의 셔츠 단추는 제가 손봐 드릴게요."

하면서 흘끔 창희를 노려보는 하늬였다. 분명 계획적인 방해다. 차라리 비슷한 나이의 악녀라면 이해할 수 있을 것 같았다. 하지만 칠 년 산 꼬마라니. 하늬가 들고 있는 바비를 뺏어 인질 삼아 협박하고 싶은 기분이 잠시 들었다.

"엄마가 하늬를 찾지 않으실까?"

창희는 평정하려고 애쓰며 입을 열었지만 목소리는 부들부들 떨렸다. 사실 그녀의 몸은 아직 흥분 상태였고, 그의 혀가 온몸을 헤엄치고 있는 느낌을 떨어내지를 못하고 있었다.

"핸드폰이 있거든요."

하늬는 창희에게 상냥하게 웃어주었는데 미소의 끝은 아주 섬뜩했다. 머리에 피가 나도록 손가락으로 긁던 황건이 말했다.

"좋아. 이렇게 하자. 내가 전화로 하늬네 집 장 기사를 부를게. 이리로 오라고 말이야. 그럼 아저씨 따라가서 집에 먼저 가 있어. 엄마는 오늘 늦으실 거거든. 바쁘셔서 미처 그 생각을 하지 못했을 거야. 우리 하늬가 무척 어른스러우니까 그렇게 하는 것도 무리가 없을 것 같은데."

"삼촌이랑 여기에 있고 싶은걸요."

"우리 꼬마 아가씨, 삼촌이랑 결혼하려면 말 잘 들어야지."

아이에게도 혼인빙자 사기를 치다니. 그러나 그의 칭찬에 기분이 좋아진 하늬는 고개를 끄덕이며 환하게 웃었다. 삼촌 말이라면 뭐든지 따른다는 입장이었다.

'뭐야, 꼬마. 그렇게 환하게 웃을 줄도 아는 거야?'

창희는 남자 앞에서 변하는 여자의 두 가지 얼굴을 보고 있다.

장 기사는 몹시 늦었다. 하늬가 서른 번째의 하품을 하고, 창희가 아까 신고 있던 한쪽 구두를 소파 밑에서 발견하고, 황건의 중심이 가라앉은 후였다. 부풀어 오른 것이 사그라지려면 긴 시간이 지나야 하는 바람직한 남자였다. 힘세고 오래가는.

하늬는 그의 볼에 키스를 하고 창희를 한번 봐주었다.

"오늘 연설 좋았어요."

그리고 창희에게 가까이 오라는 손짓을 하고는 귓속말로 말했다.

"우리 삼촌 돈을 노리는 여자라고 생각했던 거 사과할게요."

하늬는 바람처럼 가벼렸다. 문이 다시 닫혔을 때 황건은 초인종의 스피커에 물을 부었다. 이제 다신 울리지 못하도록. 누구도 방해하지 못하도록.

'그녀를 겨우 달구어놓았더니!'

황건은 돌아버릴 것 같은 표정으로 방 안을 헤매다가 다시 창희를 번쩍 안고 침실로 들어갔다. 그리고 그녀를 모조리 벗겨 버리고 다시 시작했다. 전쟁이 따로 없었다. 광란이었다.

창희는 다시 닭을 세어야 했고 아까와는 다르게 예의범절은 잊은 듯 요상하게 덤비는 곰으로 변한 그에게 다시 죽은 척을 했으며 귀를 막고 노래를 부르고 싶기도 했다. 그의 중심이 그녀의 중심에 닿았고 다시 올 것이 왔다 싶은 창희는 눈을 질끈 감았다. 그가 그녀의 허리를 팔을 넣어 세우고 진입을 시도했으나 쉽지 않았다. 황건은 고개를 갸우뚱거렸다. 그리고 다시 그녀에게 파고들려고 하였으나 그녀의 문은 열릴 줄을 몰랐다. 당신, 설마?

황건의 몸은 곧이라도 터질 것만 같았다. 미치고 돌아버릴 것 같았다. 원기 충전하여 삼차 진입을 시도했을 때였다. 아주 조금 그녀의 문이 열렸다.

"거짓말. 아프잖아."

창희는 중얼거렸다. 눈물이 찔끔 흘렀다. 잡지를 믿었다니. 오르가슴이라더니. 그것도 멀티오르가슴이라더니. 뭐야. 세상이 그동안 날 속인 거야? 그 많은 야동과 그 많은 잡지와 그 많은 여자들은 도대체 왜 날 속인 거야? 나, 세상에게 말린 거야? 아님, 역시 사이즈가 문제?

혼란스러워하는 그녀의 몸을 눈치 챌 리가 없는 그는 그대로 밀고 들어오려 했으며 죽을 것 같은 그녀는 돌발 행동을 취했다. 바로 하이 킥. 그녀의 하이 킥은 그의 턱에 정통으로 맞았다.

시뮬레이션게임에 중독되다 보면 가상과 현실세상을 혼돈하기도 한다. 그리고 우주선이나 비행기조정 훈련을 시뮬레이션에 의해 하기도 한다. 이십 년도 넘게 파이널 파이터에서 시뮬레이션 훈련을 받아온 창희는 하이 킥을 날리는 데 거침이 없었다. 응축된 허벅지의 에너지로 인해 그녀의 킥은 강하기가 60억 분의 1의

사나이 효도르를 능가했다. 황건은 침대에서 떨어졌다. 잠시 침묵이 흘렀다.

창희는 벌거벗은 몸을 침대시트로 가리고 누워서 눈감은 황건의 앞에 서 있었다. 그는 꼼짝도 없이 눈 감고 있었다.

"이봐요, 죽은 거예요?"

만약 죽었다 한들 목격자가 있어 완전범죄일 수도 없는 상황이었다. 창희는 발을 들어 엄지발가락으로 그를 찔러보았다. 온몸이 근육인 그는 찔러도 찔러지지가 않았다. 창희는 몸을 숙여 그의 심장 소리를 체크했다.

"바이탈 정상. 호흡 일정, 맥박 수 정상."

창희는 그렇게 중얼거렸다. 그가 기절한 것이다. 창희는 아쉬움이 짙은 긴 숨을 내쉬었다.

"미안해요. 기절까지 할 정도로 셀 줄은 몰랐어요."

그나저나 이 활활 타오르는 몸은 나 혼자 어찌 식히라고. 냉탕이라도 들어갔다 와야 하는 건가?

만월이던 그들의 밤은 그렇게 끝나 버렸다.

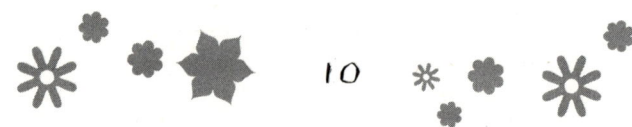

10

 또다시 해가 중천에 떴을 때 황건이 깨어났다. 황건은 신음을 하며 머리를 흔들었다. 그녀와 밤을 보내려다가 벌거벗고 대낮에 혼자 깨어나는 것이 이번이 두 번째였다. 새어나오는 곰 같은 비명을 삼켜야 했다.

"젠장, 이게 도대체 몇 번째인 거야?"

 벌거벗은 자신이 몹시 측은하게 느껴지는 순간이었다. 무슨 노블레스 클럽의 에이스를 안기가 히말라야 산을 점령하기보다 더 힘들단 말인가?

 '게다가 날 하이 킥으로 누르다니. 그런 공격하기에는 불리한 위치가 아니었던가?'

 어려서부터 싸움에 일가견이 있는 그였는데 그녀의 한 방에 기절을 하고 말았다. 의사라 단번에 보낼 수 있는 급소를 알고 있는 건가? 내공이 대단하였다.

황건은 신음을 하며 조각같이 잘빠진 몸을 일으켰다. 온몸의 여기저기가 뻐근했다. 그는 목욕 가운이라도 입으려고 일어섰다. 그때 밖에서 문을 여는 인기척이 들리더니 발자국 소리가 들렸다. 그때 그 룸메이드가 분명했다.

'청소를 하려거든 내가 있나 확인을 하라고 했더니만! 매너없는 룸메이드 같으니! 서비스 교육을 어떻게 시킨 거야?'

황건은 룸메이드를 혼내줄 생각에 가운을 입고 방문 앞으로 걸어갔다. 문고리를 잡았을 때였다.

"황건 그 자식이 여기에 없는 게 확실한가, 박 실장?"

황태의 목소리였다. 박 실장은 황태의 심복이었다.

'저 개념없는 자식이 여길 몰래 들어와?'

황건은 문 뒤로 재빨리 몸을 숨기고 숨을 죽였다.

"네, 당연하죠. 초인종을 몇 번이나 눌렀는데 아무도 나오지 않지 않았습니까?"

"고장난 건 아닐까?"

황태의 질문에 박 실장이 자신만만하게 웃었다.

"펜트하우스의 초인종이 고장나다니 말도 안 됩니다. 황건 대표님께서 그 꼴을 보고 계셨겠습니까? 괜한 우려이십니다. 보세요. 아무도 없지 않습니까? 일요일이니 어디 놀러가셨겠죠. 안심하십시오."

박 실장이 그렇게 말하고서야 황태는 주위를 둘러보며 안심이 되는 듯 긴장을 풀었다.

"그렇군."

황태의 시선은 거실의 테이블 쪽에서 멈추어져 있었다. 황건의 붉은 셔츠가 소파에 아무렇게나 올려져 있고 테이블 위에는 그 셔츠의 단추가 놓여 있다. 그리고 여자의 검은색 스타킹이 그 옆에 놓여 있었다. 그걸 본 황태의 주먹은 부르르 떨고 있었다. 어제 그들이 키스 후 어디로 올라갔는지 두 눈으로 똑똑히 보았던 그다. 그 후 그의 질투는 불타올라 황건을 몰락하게 만들고 창희를 차지할 결심을 밤새도록 했다. 황건을 이 호텔에서 마저 쫓아내고 자신이 가한그룹의 경영권과 이 호텔과 창희를 차지할 것이다. 밤새 계획을 짠 황태는 아침부터 박 실장을 찾았고 박 실장이 구해온 도청장치를 황건의 펜트하우스에 설치할 예정이었다.

"그 자식은 경영하는 것은 완벽할지 몰라도 사생활적으로는 분명 약점이 많은 놈이야. 약점을 꼭 밝혀내서 다시는 이 사회에 얼굴도 못 들고 다니게 만들어주겠어!"

황태의 결의가 가득한 목소리가 황건에게도 확실히 들렸다. 황건은 문을 벌컥 열고 뛰어나가 황태의 목을 비틀고 싶은 마음이 충만했지만 일단은 참아보기로 했다.

'우리가 형제는 맞긴 맞나 보군. 똑같은 방식으로 서로의 약점을 캐내려고 하다니 말이야. 너랑 내가 닮은 것이 한 군데는 있었구나. 기분이 더럽군.'

황건은 다시 그들의 인기척을 살폈다.

"테이블 밑에 도청장치를 설치하면 될 것 같습니다. 최신형이고 소형이라서 눈에 뜨이지도 않는 데다가 성능 하나는 죽입니다. 도청기를 중심으로 50m까지의 속삭이는 소리는 모두 들린다고 합니다."

"좋았어. 박 실장이 빨리 설치해. 이번 계획이 성공하면 내가 박 실장에게 한자리 내어주지."

"감사합니다, 황 상무님."

박 실장은 테이블 밑에 누워서는 땀을 뻘뻘 흘리며 도청장치를 설치하는 작업을 했고 황태는 어슬렁거리며 주위를 둘러보았다. 벽에 걸려 있는 제니를 위한 채찍을 보자 황태는 그 채찍을 들어 허공에 휘둘러보았다. 채찍이 허공을 가르는 소리가 기분 좋았다.

"좋은 채찍이군. 말을 때리는 데 쓰기엔 아까울 만큼."

채찍을 바라보는 황태의 표정은 귀한 보물을 감상하는 듯했다. 채찍을 손가락으로 부드럽게 매만지던 황태는 다시 그것을 제자리에 걸어놓았다. 그리고 테이블로 걸어가 창희가 벗어놓았음이 분명한 스타킹을 손에 잡았다. 그 스타킹을 손에 잡자 온갖 상념이 그를 스쳐 갔다. 자신이 소유하고 싶은 단 하나의 여자의 흔적을 자신의 평생 숙적이던 황건의 공간에서 찾아내었을 때의 그 잔인함은 말로 설명할 수가 없었다. 황태는 그 스타킹을 얼굴에 대어보았다. 그녀의 매혹적인 허벅지를 감싸던 나일론이다. 그녀의 살이라도 닿은 듯 가슴이 두근거렸다. 황태는 그 스타킹을 입고 있던 바바리코트의 주머니에 넣었다.

"완벽하게 설치를 다 했습니다. 이제 집에 가셔서 편하게 기다리시기만 하면 됩니다. 세상에 털어서 먼지 안 나오는 인간이 있겠습니까? 외국의 경우도 능력보다 먼저 보는 것이 개인의 자질과 사생활입니다. 고급 콜걸과 놀아나다가 또 게이임이 밝혀져 퇴임한 미국의 주지사들이 그 예입니다. 황건 대표님의 그런 사생활의 약점을 잡아 입지를 좁히겠다는 황 상무님의 생각은 아주 탁월하신 생각입니다. 예기치 않은 곳에서 일이 터지게 마련이니까요."

박 실장은 늘 언제나 황태를 칭찬한다. 아부가 생활화되어 있다는 소리다.

"내가 용의주도하긴 하지."

박 실장의 말에 황태의 우울했던 기분이 조금 나아지기는 했다. 목적을 달성한 그들은 조용히 펜트하우스에서 떠났다.

그들이 나가자 황건은 방에서 나왔다.

"용의주도라, 돌대가리 두 명이 잘도 노는군."

황건은 도청장치가 설치되어 있을 테이블을 보고 회심의 미소를 지었다.

'황태, 네가 날 물 먹여보시겠다?'

어려서부터 황태를 놀려먹던 황건의 장난기가 다시 발동되기 시작했다.

그 시간 창희는 다시 황건의 펜트하우스를 찾아가려고 로비로 들어섰다. 그의 거실에 이브닝 백에 들어 있던 핸드폰을 떨어뜨리고 온 것 같았다. 그것도 잊을 만큼 현란한 밤이었다. 물론 그가 자신의 킥에 기절하는 바람에 끝을 보진 못했지만 말이다. 기절한 그의 상태도 체크도 할 겸해서 찾아가는 것이었다. 범죄자는 범행 장소를 다시 찾는 범죄 심리와도 같았다.

로비에서 엘리베이터를 기다리고 서 있는데 엘리베이터에 어디서 본 것 같은 낯익은 모습이 걸어가는 것이 비추어졌다. 허우대가 멀쩡한 것이 황태가 분명했다. 황태 옆에는 다른 남자가 있었고, 그들은 무언가를 수군거리며 빠르게 걷다가 창희의 뒤에 섰다. 창희는 몸을 돌려 벽을 보고 숨을 죽였다.

"황건 그 자식이 쩔쩔매는 꼴이 보고 싶군."

"곧 소원 성취하시게 될 겁니다."

"박 실장, 아버지가 마지막으로 나에게 남기신 암호 같은 말은 해독이 되었나?"

일 년 전 황 회장은 죽기 전에 이상한 말을 남겼다. 황태 혼자 병실을 지키고 있을 때였다. 알 수 없는 말만 남기고 정작 중요한 재산 분배나 경영권에 관한 유언은 하나도 하지 않았다.

"아직 아무런 단서도 찾지 못하고 있습니다."

박 실장도 아쉬운 듯 한숨을 쉬었다.

"혹시, 황건이 유언장에 대해 알고 있는 게 아닐까? 아버지가 황건을 신임했잖아. 경영권을 물려주려고 아버지랑 짠 것이 아닐까라는 생각도 들어."

"괜한 생각이십니다. 그랬다면 황건 대표님이 지금껏 가만히 계셨겠습니까? 회사의 소유권을 주장하고 나섰겠죠. 그 불같은 성격에 유언장을 숨겨두는 짓 따위는 하지 않을 겁니다. 벌써 끝장을 봤겠지요. 그분도 모르고 계신 것이 분명합니다. 아마 황건 대표님도 황 상무님이 유언장을 숨겼다고 의심할지도 모르고요."

"그럴지도 모르지. 유언장이 없다면 다행이지만 있다면 그 유언장을 우리가 먼저 찾아야 한다는 거야. 만약 황건에게 유리하게 되어 있으면 바로 폐기시켜야 해."

"네, 잘 알고 있습니다. 누가 들을지도 모르는 그 이야기는 거기로 가셔서 하시지요."

"그러지."

황태와 박 실장은 낮말은 새가 듣고 밤말은 쥐가 듣는다는 속담을 새겨야 할 필요성이 있는 사람들이었다. 창희는 벽에서 몸을 돌려 그들이 걸어가는 방향을 보았다. 그들은 두 시 방향으로 사라졌다.

'이거, 뭔가 색다른 냄새가 나는군.'

창희의 스파이 정신은 또다시 발휘되어 그들의 뒤를 쫓았다.

황태와 박 실장은 호텔 내에 있는 마사지실로 들어갔다. 전신 마사지는 황태가 스트레스를 받을 때 즐겨하는 일이다. 황태는 황건이 이 호텔의 대표 일을 하기 전부터 이곳 마사지실의 단골이었다. 황태와 박 실장은 익숙하게 마사지실 안으로 들어갔다. 기둥 뒤에 몸을 숨겼던 창희는 나와서 마사지실 입구에 서서 닫힌 문을 보았다.

'전신 마사지라? 어찌 보면 내 전공이랑 비슷하네. 황태 씨는 역시 자신의 몸을 고품격으로 만들려고 애를 쓰는구나.'

황태가 완벽한 바디라인을 보여주기 위해 남성용 거들을 입는다는 황건의 말은 사실일지도 몰랐다. 창희는 가방에 들어 있던 변신용 선글라스를 쓰고 조심스럽게 마사지실의 문을 열고 들어갔다. 고급 호텔 내에 있는 마사지실의 실장 역시 도도한 모습으로 창희를 맞이했다. 창희는 들어오자마자 그곳이 동태를 살피기 바빴다.

"어서 오세요. 마사지를 원하시나요?"

"네, 아니오, 네."

마사지실 실장은 아랑곳하지 않고 두리번거리며 황태의 위치를 파악하려고 애썼다. 황태는 이미 마사지실로 들어간 듯했다. 안심한 창희는 그제야 선글라스를 벗었다. 실장은 무언가 어색한 이 여자가 몹시 의심스럽고 우스꽝스러웠다.

"뭘 찾으러 오셨나요? 아니면 마사지 용품을 세일즈 하러?"

"그, 그건 아니고 마사지 좀 할까 해서요."

"호텔 객실에 머무시나요?"

실장이 연신 의심스러운 눈초리로 물었다. 워낙 최상위층의 손님을 상대하는지라 창희가 아무리 소진의 명품 옷으로 휘감고 있다고 해도 눈 하나 깜빡하지 않았다. 게다가 이 여자의 행동이 몹시 어수선하기도 하고, 촌스럽기도 하고.

"네, 그런 셈이죠. 그런데 그건 왜 물으시죠?"

창희는 거만한 유한부인의 목소리를 흉내 내었다. 많이 봐왔던 인물을 연기하는 것이 어렵지는 않았다.

"체크 아웃하실 때 디스카운트 된 가격으로 계산하실 수 있습니다. 모르셨나요?"

그런 것도 알지도 못하고 당당한 창희가 촌스럽기까지 해서 더욱 만만해진 실장은 고개를 빳빳이 들며 거들먹거렸다.

"그, 그렇군요. 제 방은 이 호텔 이십일층입니다."

황건의 방이 있는 곳이다. 미션을 수행하는 일에 자신이 계산을 직접 할 수는 없었다. 그의 방 층수를 말한 건 그에게 계산을 떠넘기려는 수작이었다.

"하! 그럴 리가요. 거긴 펜트하우스인데요?"

실장은 작은 웃음소리까지 뱉어내었다. 그 펜트하우스에는 황 대표가 머물고 있다는 것은 호텔에 있는 모든 직원이 알고 있는 사실이다.

"네, 거기 맞습니다."

창희는 여전히 당당함을 잃지 않은 척했지만 속으로는 당황했다. 방 층수만 말했을 뿐인데 펜트하우스라는 사실을 알다니. 예리하군.

"전화로 확인해도 될까요?"

"그, 그럴 필요까진 없어요. 직접 확인시켜 드리지요."

황건에게 알려봤자 설명하기만 귀찮아질 뿐이다. 게다가 자신은 어제 그를 때려눕히지 않았는가. 창희는 여유롭게 샤넬 백 안에 있는 카드키를 꺼내었다. 황건이 창희의 병원으로 찾아온 날 찾아오라고 주고 간 카드키였고 여전히 창희의 샤넬 가방 안에 있었다. 다시 돌려줄 기회가 없었다. 카드키에는 선명하게 PT라는 글씨가 금박으로 찍혀 있었다.

"정말이군요. 그렇다면 황 대표님의 피앙세라는 분이 바로……?"

실장은 입을 벌리며 그 카드를 확인하더니 벌떡 일어났다. 황건의 피앙세에 관한 소문은 이미 호텔 내에 전부 퍼져 있었다.

"그, 그러게요."

아니, 이 호텔 사람들은 모두 한가족인가? 그냥 펜트하우스의 카드키만 보여주어 계산을 그에게 하고 넘어갈 생각이었다. 그런데 실장은 벌떡 일어나더니 아주 공손해져 버렸다. 아까 그 캐릭터가 더 마음에 들었었는데 말이다.

"밝히지 않으려고 했는데 일이 이렇게 되었네요."

창희는 난감한 표정의 도도한 피앙세 연기로 방향을 틀었다.

"제가 몰라뵈었네요. 펜트하우스는 저희가 마사지 서비스를 가기도 합니다. 여기까지 찾아오셨으니 당장 최고의 마사지 코스로 심신을 편안하게 해드리겠습니다."

황 대표의 피앙세에게 거들먹거렸다니 실장은 하늘이 노랬다. 이 여자에게 잘못 보였다가 성질이 칼 같은 황건 대표에게 잘리는 것이 아닐까? 이렇게 폼나는 일자리를 구하기도 힘든데. 처음부터 어수선하고 촌스러운 것도 황건의 피앙세의 작전일지도 몰랐다. 암행어사 출도가 따로 없었다.

"전요, 오늘은 심신의 안정을 위해 이곳을 찾아왔어요. 스트레스가 온몸을 휘감고 있는 기분이거든요. 제가 원하는 마사지가 있을까요?"

"당연하지요. 저희 마사지실은 세계 각국에서 찾아오시는 투숙객들을 위해 최고의 서비스를 선사하고 있습니다. 세계의 여러 방식의 마사지를 섭렵한 전문인이 항상 대기하고 있습니다. 심신의 안정과 몸의 편안함을 유지시켜 주고, 면역체계를 강화시켜 주는 것이 전신 마사지의 목적이지요. 혈액이나 림프의 순환을 촉진하고 신진대사를 왕성하게 하여 조직의 영양을 높여주며 노폐물을 배설하도록 하고 저항력을 증강시켜 줍니다. 타이 마사지, 경락 마사지, 스포츠 마사지, 허브테라피 마사지 등 다양하게 준비되어 있습니다. 원하시는 고급 맞춤 서비스로 당장 준비해 드리겠습니다."

마사지 학회에서 발표하는 것 같은 경직된 말투와 표정의 실장이었다. 첫인상과는 무척 달라져 있었다.

"전, 심신이 안정되는 거로다가 아무거나."

이거 일이 점점 커지고 있는 기분이 들었다. 황태를 찾아 그 나머지 이야기를 듣고 싶어 따라왔을 뿐인데.

"네, 딱 좋은 것이 있습니다. 최고의 서비스로 모시겠습니다. 일단 마사지실로 들어가시죠."

창희는 실장의 뒤를 따라 마사지실이 나란히 줄 서 있는 복도를 걸었다.

"으아아아아."

복도를 지나가는데 그런 비명이 들려왔다.

"이, 이건 무슨 소리죠? 비명 소리 같은데?"

창희는 화들짝 놀랐다. 사람 잡는 소리 같았다.

"네, 막힌 혈이 뚫릴 때 나는 환희의 소리입니다."

"그, 그렇군요."

"으아아아아아."

저건 분명 황태의 비명 소리였다. 창희는 황태의 환희의 소리가 들렸던 그 방 번호를 기억하고는 자신의 마사지실로 들어갔다.

"으아아아아."

마사지실에서 황태가 지르던 비명을 창희도 질렀다. 마사지사는 중국풍의 옷을 입고 요상한 음악을 틀어놓고는 마사지를 시작했다. 어느 나라의 마사지인지는 모르지만 잔인하기가 이를 데 없었다. 침대에 벌거벗다시피 하고 누운 창희의 팔을 뺄 듯이 잡아 빼더니 목을 비틀기도 하고 척추를 반대 방향으로 최대한으로 꺾기 시작했다.

"사, 살려주세요."

비명이 아니라 환희의 소리라더니. 자신의 비명을 황태가 알아들을까 봐 그 와중에 비명마저도 변조를 해야 했다.

"살려 드리려고 이러는 겁니다. 스트레스를 많이 받으시는 일을 하시나요? 온몸의 혈이 모두 막혀 있습니다. 오늘 다 뚫어야겠습니다."

여자 마사지사는 허스키한 목소리의 소유자였다. 제가 금욕의 스트레스는 좀 받기는 합니다만. 창희는 뜨끔했다.

"자, 힘을 빼세요!"

이번에는 창희의 허벅지를 들어 반대 방향으로 꺾기 시작했다. 창희는 비명도 지르지 못하고 손바닥으로 침대를 두드렸다. 레슬링이라면 수건을 던져 항복을 해야 할 상황이었다.

"특히 허벅지의 혈이 사정없이 뭉쳐 있군요! 혈이 뭉쳐 피가 통하지 않으니 이렇게 부어버린 겁니다!"

"그, 그런가요?"

평생 고민하던 튼실한 허벅지의 비밀의 열쇠가 여기 있었다니!

"그렇습니다."

엎드려 있느라 얼굴도 볼 수 없는 마사지사는 이번엔 맨발로 창희의 등 위에 올라가 몸을 지르밟기 시작했다.

"으아아아아!"

"혈이 뚫리는 환희의 소리입니다. 실컷 내지르세요!"

"으아아아아!"

창희는 환희의 소리를 질러댔다. 온몸이 너덜너덜해진 느낌이었다. 몸에서 내려온 마사지사는 엎드린 창희의 등위에 허브오일을 바르고 척추를 따라 뜨거운 돌 일곱 개를 얹어놓았다.

"삼십 분 후에나 이 돌이 식을 겁니다. 돌의 열이 몸에 스며들어 기운을 충만하게 해주고 나쁜 기운은 빨아들일 겁니다. 돌의 열기를 느끼며 마음의 안정을 찾으세요. 돌이 다 식으면 제가 돌아오겠습니다."

마사지실을 어둡게 하고 요상한 인도풍의 음악의 볼륨을 올려놓고 얼굴도 한번 보지 못한 혈기 넘치는 마사지사는 나갔다. 잠시 후 창희도 일어섰다. 등 위의 돌이 모두 바닥으로 떨어졌다. 거의 벗고 있는 상태기에 창희는 옷을 벗어둔 옷장을 열어보았다. 옷장에는 자신이 벗어둔 옷과 마사지사들이 입는 듯한 중국풍 옷이 같이 걸려 있었다.

"오호."

창희는 자신의 옷 대신 중국풍의 옷을 입었다. 정말 스파이가 된 기분이었다. 역시 허벅지가 타이트하기는 했지만 입을 만했다. 창희는 조용히 문을 열고 나갔고 황태의 비명이 들리던 그 방을 찾아 조용히 발걸음을 옮겼다. 그리고 그 문을 조용히 열어 안의 동태를 살폈다.

예상대로 황태와 박 실장은 엎드려서 일곱 개의 돌을 등 위에 얹고는 못다 지른 신음을 흘리고 있었다. 그들의 눈에는 눈가의 주름을 방지하기 위한 아이 팩이 붙어 있어 눈조차 뜰 수 없는 상태였다. 나에게는 저런 아이 팩 서비스를 안 해주다니! 하지만 그 아이 팩 덕에 안심을 한 창희는 조용히 그 안으로 들어갔다.

"마사지사의 파워가 장난이 아닌걸요. 잘하면 소도 맨손으로 때려잡겠군요."

박 실장도 창희처럼 이 잔인한 마사지가 처음이었다. 눈가의 주름 방지를 위한 딱딱하게 굳어가는 아이 팩 또한 처음이었다.

"박 실장도 몇 번 하다 보면 중독이 돼. 계획대로 그놈을 주저앉히는 데 성공하면 박 실장에게 이곳을 평생 공짜로 이용할 수 있는 회원권을 주지."

황태는 누군가 들어온 인기척을 느끼고 황건의 이름을 직접적으로 말하지 않았다. 자기 스스로는 늘 용의주도한 그다.

"저기, 마사지사님, 다시 오셨습니까?"

황태는 방금 다시 들어온 마사지사에게 말했다.

귀도 밝으시네. 아무도 모르게 들어온 줄 알았던 창희는 뜨끔했다.

"네."

창희는 변조한 목소리로 짧게 대답했다.

"전 좀 모자란 감이 있는데 제 등을 더 밟아주시겠습니까?"

황태는 황건과는 다르게 누구에게나 친절한 존대어를 쓴다. 여성에게는 더욱 그렇다. 그래서 그의 말투가 더 느끼한지도 몰랐다.

'바, 밟아달라고?'

창희는 침을 삼켰다. 이러다가 들키는 거 아니야? 나갈까? 아냐, 그냥 나가면 더 이상하게 생각하는 게 아닐까?

"아, 네."

수많은 혼란 끝에 나온 대답은 그렇게 간단했다. 그녀는 그가 맨등으로 엉덩이만 가리고 누워 있는 침대 위로 올라갔다. 그리고 등 위에 있던 뜨거운 돌을 내려놓은 다음 아까 마사지사에게 당한 그대로 그의 맨등에 맨발을 올려보았다. 오일이 발라져 있어 몹시 미끄러웠다. 천장을 보니 몸을 지탱할 수 있는 기다란 봉이 있었다.

'이걸 잡고 올라가란 말이군.'

창희는 봉을 잡고 그의 몸 위로 올라섰다. 그녀의 육중함이 그의 몸을 짓눌렀다.

"흐흡."

황태에게서 바람 빠지는 소리가 났다.

"무, 무게감이 상당하신군요. 아, 아까랑 다른 분이신가 봅니다."

황태에게서 진땀이 흘렀다. 오일과 식은땀이 섞이지도 않고 미끄덩거렸다.

"네."

짧은 대답만이 살길이었다. 창희는 아까 자신이 마사지 받은 그대로 그의 몸 위를 천천히 걸었다. 떨어지지 않으려 봉을 잡고 안간힘을 썼지만 발바닥과 맞닿은 그의 오일 발린 등은 참으로 미끄러웠다.

'이 남자, 속도 겉도 다 날 미끄러지게 하다니.'

그의 등 위에서 봉을 잡고 미끄러지지 않으려 몸을 회전을 하고 있어야 했다.

"흐흡. 아까와 다른 새로운 기법이군요. 육중한 무게감과 회전하는 발의 압력이 자극적입니다. 흐흡."

언제나 친절한 황태는 압사의 위험에도 젠틀했다. 황태가 처한 위험한 상황을 알 리 없는 박 실장이 입을 열었다.

"회장님이 남기고 가신 말이 유서를 찾는 단서가 아닐지도 모르죠. 그냥 좋아하던 노래나 시의 구절이 아니었을까요? 낭만파이지 않으셨습니까?"

"흐흡. 아버지가 남기신 말을 내 핸드폰에 저장해 놓고 시간 날 때마다 보는데 도무지 무슨 말인지 알 수가 있어야지. 흐흡. 하지만 그놈에게 주는 유서에 대한 어떤 단서일지도 몰라. 그 부자(父子)는 나만 빼고 어려서부터 그런 유치한 수수께끼 놀이 하기를 즐겼거든. 흐흡."

'핸드폰?'

창희의 귀가 솔깃했다. 황 회장의 마지막 말이 황태의 핸드폰에 저장되어 있다고? 창희는 황태의 허리 부분을 즈려밟고 있었다. 이제 미끄러운 몸에 조금은 익숙해지고 있었다. 황태는 옷을 입고 있을 때는 몰랐는데 벗기고 보니 군살이 상당했다.

"우리로서는 시간만 끌면 그만 아닙니까? 며칠 뒤에 열리는 가한그룹의 40주년 기념파티에서 가한그룹의 경영권을 전문경영인에게서 회수하고 황 상무님에게로 넘겨야 하지 않겠냐고 친인척들이 여론화하신다고 합니다. 그리고 상무님이 경영권을 갖는 것은 어찌 보면 당연한 일이고요."

"박 실장, 어디서 입을 함부로 놀리나? 낮말은 새가 듣는다는 말도 모르나? 자나 깨나 입조심! 내가 경영권을 갖게 되는 것은 불보다 뻔한 일이지만 좋은 일에는 항상 마가 끼는 법이니까 항상 조심을 해야 한다고. 흐흡."

"이미 많은 사람들이 황건 대표님에게 넘어간 걸로 저는 알고 있는데……."

박 실장의 진실의 목소리는 점점 사그라지고 있었다.

"그건 일시적인 현상일 뿐이야. 어찌 되었든 이대로만 간다면 내가 경영권을 차지하고 그놈을 개밥의 도토리 신세로 만드는 데는 무리가 없지. 아까 설치한 장치도 한몫을 할 테고. 흐흡."

"네, 그렇긴 하죠."

"흐흡, 마사지사님? 조금 더 아래를 밟아주시겠습니까? 엉덩이 근육이 뭉쳐서 말이죠."

"네."

미끄러운 몸에 적응이 된 창희는 여전이 짧은 대답만으로 일관하며 수건이 덮여 있는 그의 엉덩이 위를 밟았다. 옷을 입고 있었을 때는 몰랐는데 벗기고 보니 무척 펑퍼짐한 엉덩이였다. 그가 거들을 입는 이유를 알 것 같았다. 섹시한 엉덩이를 추구하는 그로서는 펑퍼짐한 것은 용납이 안 되었을 것이다. 그거 하나 입었다고 그렇게 히프가 업되나? 나도 홈쇼핑에서 구입을 해봐야겠네. 보정속옷의 효과가 대단하군.

"흐흡, 흐흡."

그녀가 그를 밟는 내내 황태의 바람 빠지는 소리가 끊이지 않았다. 그리고 일곱 개의 돌이 다 식기 전 창희는 다시 그녀의 방으로 돌아갔다.

전신 타이즈를 즐겨 입는 슈퍼히어로들의 행동 목적은 권선징악이다. 그들은 밤이나 낮이나 전신 타이즈를 입고 악당을 무찌르러 나간다. 자신은 별로 정의롭지도 못하고 거짓말을 곧잘 하는 창희지만 남의 부당함은 응징을 해야 한다고 생각하는 그녀여서 태와 태의 측근들의 행태를 분명 처리해 줘야 한다고 생각했다.

황태와 박 실장의 말을 종합해 보면 황태는 황 회장의 마지막 말을 알고 있으나 기억하지 못해 핸드폰에 저장해 놓았다. 듣긴 들었지만 암호 같은 말이라 도통 무슨 소리인지를 모른다. 그 마지막 말은 유언장에 대한 암호 같은 말로서 황태로서는 풀어내야 할 절실한 이유가 없다. 이대로 시간만 지나면 황태는 황 회장의 지분을 물려받고 가한그룹의 새로운 최고 경영자가 될 것이다. 그렇게 되면 황건으로서는 최악의 일이다. 황건이나 황태나 유언장의 존재 여부조차 확실하지 않으나 유언장을 찾아야 황건이 유리해진다. 유언장의 위치를 풀어낼 열쇠는 황태의 핸드폰 안에 있다. 황건에게 황 회장의 유언장을 안겨주고 싶다. 창희의 갑작스러운 정의감은 황태를 나쁜 편, 황건을 좋은 편으로 편을 갈라놓았고, 나쁜 편을 응징해야겠다는 의지를 불태웠다. 그러므로 황태의 휴대폰을 사수해야 했다. 슈퍼 헤로인인 원더우먼 차림으로 반짝이는 진실의 끈으로 올가미를 묶어 진실을 밝혀내고 황태를 응징을 하면 좋았겠지만 몸매가 원더우먼과 달라서 참기로 했다. 그녀는 암호명 토끼발의 임무를 다하기로 했다.

〈만나고 싶어요.〉

창희가 황태에게 보낸 메시지였다. 마사지가 끝난 후 황건의 방으로 들어와 자신의 핸드폰을 찾았다. 다행히도 황건은 펜트하우스 안에 없었다. 죽지는 않았으니 다행이었다.

〈제가 진정 창희 씨의 메시지를 받은 것입니까? 창희 씨의 메시지를 보고 또 봅니다. 저 역시 같은 마음입니다.〉
〈오늘 저녁은 어떨까요?〉
〈그러시다면 오후의 스케줄을 모두 비우겠습니다. 아름다운 그대를 어디로 모실까요?〉
〈사람들 눈이 있으니 아무래도 황태 씨의 집이 좋겠어요. 당신과의 편한 만남을 갖고 싶어요. 누구에게도 방해 받지 않고.〉

한참 후 황태에게서 메시지가 왔다.

〈아, 심장이 불타는 느낌입니다. 방해 받지 않고 싶다는 말 무슨 말인지 알겠습니다. 저 역시 그렇습니다. 기다리는 즐거움이 무언지 깨닫는 하루가 되겠군요. 크리스털 펠리스 12층 1호.〉

문자 또한 느끼한 남자. 여전히 혼수상태이시군. 창희는 한쪽 눈을 감고 문자에 빵! 하고 총 쏘는 시늉을 해 보였다. 총알도 미끄러질 남자 같으니.

속력을 내던 창희의 검은색 포르쉐는 강변북로의 갓길 앞에서 타이어 소리를 내며 멈추었다. 창희는 차 안에서 벙거지 모자와 얼굴을 가려주는 커다란 선글라스를 끼고는 차에서 내렸다. 갓길에는 낡은 파란색 작은 트럭이 세워져 있었다. 창희는 그곳으로 한 걸음 조심스럽게 걸어갔다. 트럭에는 낡은 아크릴판이 붙어 있었고, 그 위에는 빨간색으로 이렇게 쓰여 있다.

〈성인용품, 똥값세일.〉

세워진 그녀의 차를 보고 트럭의 운전석에 앉아 있던 오십대 아저씨가 눈을 비비며 내렸다. 검은 장화를 신고 초록색 모자를 쓰고 있었다. 창희는 심호흡을 쉬고 목소리를 변조했다.
"무, 물건 좀 봅시다."
이번이 두 번째 방문인데도 목소리가 여전히 떨렸다.

"아, 그때 그 아가씨구만. 잘 있었어? 왜? 그때 산 간 망사들이랑 길게 달린 남자팬티 이제 재미없어졌어?"

창희는 숨을 멈추었다. 황건에게 협박을 하기 위해 산 아이템을 여기서 구매했었다.

'날 기억하다니. 목소리 변조가 문제있었나?'

아저씨는 무척 그녀를 반가워했다. 하루 종일 갓길에 있기 심심했던 모양이었다.

"눈썰미도 좋으시네요. 청력이 좋으시든지."

"그렇게 이상하게 차리고 오면 딱 기억하지! 차도 포르쉐잖아."

그녀는 접선하는 여간첩 콘셉트의 차림과 목소리였다. 차는 스파이가 타기에는 너무도 눈에 뜨이고 있긴 했다.

"어쨌든 물건 좀 보죠."

그래도 콘셉트 그대로를 밀고 나가기로 했다. 자신도 녹록치 않은 고집이 있다는 것을 피력하고 싶었다.

"새로운 게 많이 들어오기는 했어. 직접 들어와서 볼래? 눈이 휘둥그레질 거야. 트럭 안은 단골에게만 공개해."

아저씨는 트럭의 짐칸을 가리켰다.

저, 고작 이번이 두 번째인데 벌써 단골인가요? 잠시 생각에 잠긴 창희는 아무튼 들어가 보기로 했다. 억누르지 못하는 호기심이 또 발동한 탓이다.

"그럽시다."

트럭 안은 별 천지였다. 창희는 시야가 어두워 선글라스를 머리 위에 올리고는 벌어진 입을 다물지를 못했다. 작은 트럭 안에는 선반이 있었고 선반 안에는 여러 가지 용품들이 차곡차곡 정리되어 있었다. 이루 표현할 수 없는 많은 물건들이었다. 창희의 시선과 마주치는 선반 위에는 남자 몸의 중요한 어떤 부분과 근접한 무언가들이 줄지어 서서는 자신을 보며 세워져 있었다. 크기와 색깔이 제각각이었다. 마치 해부학 실습실 같았다.

"꿀꺽."

의대 본과 1학년 때 인체해부를 하면서도 이렇게 긴장한 적은 없었다. 수많은 그곳들이 금욕처녀인 자신을 겨냥하고 있는 것 같았다.

"인체를 실제로 본뜬 것들이야. 잘 팔려. 내가 좀 깔끔해서 말이지, 만날 닦아주어서 먼지 하나 없어. 실컷 구경하고 골라봐. 환불이랑 A/S는 다 해주니까 걱정 말고."

소신있는 장사꾼이었다.

"제가 필요한 게 아니라."

무척 소장하고 싶기도 하다만.

"아, 남자 친구를 위한 것을 원해?"

"네, 아저씨가 좀 화끈한 걸로다가 골라주세요."

여의사는 몹시 부끄러웠다.

"화끈한 거? 젊은 아가씨가 보기와는 다르게 이 방면에 깊이 있네. 어떤 종류로 원해?"

"완전 변태적인 걸로다가요."

보낼 사람이 하나 있어서요. 그 말을 할 때의 창희의 눈은 무척 진지해졌는데 그 진지함에 아저씨는 고개를 끄덕였다.

"장난으로 온 게 아니구만. 그때나 지금이나 절실히 필요하군. 남자 친구가 음지 쪽이구만. 그럼 아무나 안 보여주는 건데 이걸 가지고 가봐. 파트너가 정신을 못 차릴 거야. 변태들이 종종 찾거든."

아저씨는 몇 개의 변태 아이템들의 사용법을 설명해 주며 검은 봉투에 넣어주었다. 계산을 마치고 트럭에서 나오려는데 아저씨가 물었다.

"아가씨, 야한 잡지도 있고 야동도 새로 들어온 거 있는데."

이 아저씨, 장사 좀 하시네.

"알아서 챙겨주세요. 진한 걸로다가요."

그건 금욕처녀의 소장용이었다.

크리스털 펠리스의 로비는 마치 호텔 같은 기분이 들었다. 아니면 감옥을 면회 가는 기분이든지. 스피커로 방문하는 곳을 말하고 지하 주차장으로 들어갔는데 버튼을 눌러 또 경비원과 통화하지 않으면 엘리베이터조차 탈 수가 없었다. 그리고 사방팔방 카메라가 설치되어 있었다. 어디를 가나 감시당하는 느낌이었다. 엘리베이터를 타기 위한 로비로 들어가는 유리문 입구에서 창희는 또 경비실의 버튼을 눌렀다.

[네, 몇 호에 가십니까?]

젊고 잘생긴 경비원의 모습이 화면에 나타났다.

"벌써 세 번째 말합니다. 우리 세 번째 화면으로 만나는군요."

이러다 눈 맞는 거 아니니.

이 사람들은 찾아오는 손님에게는 더 유난히 구는 경향이 있는 듯하다. 보완이 철저해 그 아파트 들어가기 무척 힘들더라, 홍보 중이신 거다. 몸값, 아니, 집값 좀 높여보자 그렇게 반상회라도 한 것인가? 아무튼 유난한 사람들 같으니라고.

[규정이라서요. 몇 호에 가십니까?]

"여기 사는 사람들은 망막인식 시스템이 되는가 보죠? 매번 이렇게 집을 오갈 때마다 체크할 리는 없겠고."

내 것도 해봐라, 하고 선글라스를 머리 위에 올리고 이마를 구기며 한쪽 눈을 화면 위에 있는 작은 카메라에 아주 가깝게 대고 눈을 크게 떴더니 문은 바로 열렸다.

창희는 만약을 위해 밤인데도 선글라스를 벗지 않았다. 그리고 천장의 카메라들에 자신이 노출되는 것을 최대한 줄였다. 스파이로서 당연한 행동이었다. 아이템이 잔뜩 들어 있는 불룩한 샤넬백을 꼭 끌어안고는 황태의 아파트의 벨을 눌렀다. 문이 열리고 황태가 나왔다.

"웰 컴 투 마이 하우스, 창희 씨. 너무도 오래 절 애태우시더군요."

그는 재즈댄스 강사 같은 허벅지는 타이트하다가 밑에서는 넓어지는 스타일의 바지를 입고 있었다. 상의는 몸이 훤히 드러나는 굵은 망사 옷이었다.

"반가워요, 태 씨."

창희는 고개를 갸우뚱하며 안으로 들어갔다. 그런데 이 남자 좀 취향이. 재즈댄스 강습을 받다가 오셨나? 무대복장 같은데.

설정의 황태자 황태의 집 안은 무척 '설정'이 되어 있었다. 일단 거실로 들어가는 입구의 긴 복도 바닥에 컵에 담긴 향초가 같은 간격으로 떨어져서 불을 밝히고 있었다. 거실은 몹시 어두웠고 끈적끈적한 음악이 흐르고 있었다. 촛불만이 그곳을 밝히고 있었다. 테라스의 문이 열려져 있었는데 운동장만큼이나 넓은 테라스에는 영화에나 나올 법한 흰 쿠션이 놓인 철제 소파와 같은 분위기의 테이블이 놓여 있었다. 테이블 위에는 얼음에 잠긴 와인 몇 병과 과일과 생크림과 장미 다발이 놓여 있었다. 그리고 소파와 테이블 주위로는 향초가 하트 모양을 이루며 불을 밝히고 있었다. 투명한 커튼마저 바람에 하늘거리며 흔들렸는데 바람마저 설정 같다. 창희는 벌어진 입을 다물 수가 없었다.

"절 위해서 이걸 다 준비하셨나요?"

이 양반 정성이시네.

"쉐비 스타일입니다. 로맨틱의 대명사이지요."

칭찬해 줘. 황태는 인정받기를 갈구하는 사람 같았다. 아버지의 사랑이 부족했던 영향 같았다.

"놀라워요. 태 씨, 훌륭해요! 저는 이런 이벤트는 처음이라 황홀해요."

애쓰셨습니다. 창희는 두 손을 모으고 반짝이는 눈으로 황태를 보았다.

"놀라실 줄 알았습니다. 좋아하실 줄 알았습니다. 우린 역시 영혼이 통하는 것 같습니다. 창희 씨가 좋아한다면 이츠 마이 플레져입니다."

황태는 매우 자랑스럽고 만족스러웠다. 그의 볼이 붉게 변하며 실룩거렸다. 기쁨을 감출 수가 없는 모양이었다.

"자, 테라스로 나가시죠."

그들은 테라스에 나와 있는 소파에 나란히 앉아 밤공기를 느끼고 있었다. 하트 모양으로 그들을 둘러싼 촛불은 일렁거리며 그들을 밝혀주고 있었다. 창희로서는 몹시 간지러운 분위기였다. 긁고 싶은 본능을 누르며 황태를 보고 웃었다.

"창희 씨가 저의 공간에 오는 일은 저의 상상에서만 일어날 일이라고 생각했습니다. 이런 날이 오다니 전 정말 꿈을 꾸듯 몽롱합니다. 저에게 이런 감정을 안겨주시는 분이 창희 씨 같은 분이라 저는 더욱 감격스럽기만 합니다."

황태는 여리고 상처받기 쉬운 성품의 남자인지 몰랐다. 그는 정말 사랑이라는 감정을 숭배하는 사랑숭배주의자 같았다.

"저 역시, 태 씨를 먼저 만나지 못한 것이 아쉬울 따름이죠."

황태는 창희의 입술 가까이에 손가락을 대었다.

"그만, 오늘은 우리 둘만 생각해요. 세상이 우리를 지탄한다고 해도 저는 상관없습니다. 세상을 이해시키는 것보다 창희 씨의 이해만을 바라는 사람입니다. 복잡한 생각은 모두 뒤로 미루고 오늘 밤은 서로만을 생각했으면 해요."

"네, 태 씨와 저 우리 둘만을 생각하겠어요."

황태는 크리스털 얼음 그릇에 담겨 있던 샴페인 돔 페리뇽을 꺼내 들고는 창희에게 말했다.

"돔 페리뇽, 창희 씨의 수준과 분위기에 적합한 고급스럽고 상큼한 샴페인이지요. 창희 씨를 위해 골랐습니다."

그러고 보니 이 남자는 어떠한 행동 하나에 사설이 무척 길고, 부연 설명을 좋아하며, 자기만족하며, 감동하고, 느끼기를 좋아한다. 지금은 돔 페리뇽을 느끼고 있다. 형제라면서 황건의 느닷없고 단순한 성격과는 무척 다른 감성적인 성향의 남자였다. 아마 어려서부터 두 형제가 서로를 이해 못해 재수없어하고 상처를 주고받았을 것이다. 이런 것을 음양오행설에서 말하는 상극이라고 한다. 어찌 보면 황태는 느끼하지만 부드러운 남자가 아닐까 생각했다. 하지만 마음이 약해지면 안 되었다. 그는 아버지의 유언을 가로채어 버린 반칙쟁이가 아닌가? 토끼발로서의 의지가 다시 솟구쳐 오르기 시작했다.

황태는 돔 페리뇽의 마개를 엄지손가락으로 밀면서 창희를 보고 말했다.

"1995년산 빈티지의 돔 페리뇽 화이트 골드커버입니다. 전 세계에 백 병 한정입니다."

자꾸 듣다 보니 적응이 되었지만 이 남자는 분명 학교 다녔을 때 왕따였을 것이라는 확신이 들었다. 자신이 왕따인지도 모르고 학교생활을 고상하게 해나갔을 인물이었다.

"돔 페리뇽. 제가 즐기는 샴페인이지요."

창희는 눈을 천천히 깜빡이며 황태를 보았다. 실은, 창희로서는 오늘 처음 들어본 이름이다. 무슨 파충류의 이름 같았다.

샴페인은 '뻥' 하고 터졌고 그 소리가 마치 그들만의 비밀의 파티를 알리는 축포처럼 들렸다. 적어도 황태의 귀에는.

황태는 잠이 들어가고 있었다. 잠을 쫓고 있다는 표현이 맞을 것이다. 그가 자랑스러워하는 돔 페리뇽에는 적정 용량의 수면제가 창희에 의해 어느새 들어갔으며 기분이 좋아진 그는 그것을 거의 다 마셔가고 있었다. 술과 수면제가 섞이면 시너지 효과에 의하여 졸음이 몇 배로 오기 마련이었다. 물론 이것도 통하는 사람에게만 통한다는 사실을 잊지 말아야 했다. 황건과는 달리 황태는 술과 약물에 약했다.

"창희 씨, 제가 아무리 완벽해 보여도 저는 허점투성이인 인간입니다."

음, 웬걸요. 허점이 고스란히 보이십니다. 술에 취해가는 그의 눈은 창희를 향해 더욱 끈적거리고 있었다.

"창희 씨가 저에게 먼저 진심을 보이셔서 제가 얼마나 고마운지 모르겠습니다. 이곳까지 찾아오셨으니 저와 같은 마음이실 것이라는 생각이 듭니다. 오늘 너무 아름다우십니다. 별 가득한 밤하늘보다 더, 그리고 따사로운 이 밤공기보다 더 향기롭습니다."

창희는 그의 끈적이는 눈에서 자신의 몸의 여러 곳에 점액질을 뿌려대는 느낌을 느꼈다. 눈으로 점액질 광선을 쏘아대는 남자. 당신, 정말 끈적거려!

"그런 고품격 찬사는 처음 받아봅니다."

"오늘 우리의 아름다운 밤을 얼마나 기다렸는지요. 제 가슴이 오매불망 창희 씨를 향해 얼마나 불타는지를 아시는지요. 처음 보는 순간부터 감정을 숨길 수가 없었는데 오늘 이런 꿈같은 순간이 오는군요. 저와 같은 마음이실 줄은 알고 있었습니다. 그렇게 제 마음대로 생각해도 되겠는지요?"

그러니까 그는 동침하기를 원하는 거다.

"이심전심입니다."

"역시 그럴 줄 알았습니다. 하지만 오늘 우리의 뜨거운 밤을 보내기 전 고백할 것이 있습니다."

"고백? 그것이 무엇일까요?"

창희 자신조차 미끄덩거리는 목소리로 말하고 있었다. 이거 옳는 건가 보다. 유서에 대한 고백인 건가? 그럼, 자수한 대가로 여기서 응징을 그만둘 수도 있는데.

"저, 저는 때, 때려야만……."

"네? 때려야만?"

창희는 눈을 깜빡이며 다시 물었다. 정말 이해할 수가 없는 느닷없는 말이었다.

"저, 저는 때려야만 절정에 이를 수 있습니다."

황태는 고백을 하고 부끄러운 듯 고개를 숙였고 창희는 한참 후에야 그 뜻을 알 수 있었다. 아니, 형제가 가지가지 하는구나. 형제가 여기저기서 쌍으로 채찍을 휘두르다니. 정말 희한한 변태 유전자들!

"이, 이해합니다. 당신의 사디즘을요."

수줍었던 황태는 고개를 번쩍 들었다. 눈도 번쩍 떠졌지만 밀려드는 졸음을 참을 수는 없는 것 같았다.

"이해하신다고요? 저의 사디즘을? 네, 저 사디스트입니다. 어려서부터 사랑하는 것들을 몹시 괴롭히곤 했습니다. 아름다우면 꽃을 짓밟고, 키우던 강아지는 사랑하면서도 세탁기에 넣어 가두었고, 애완동물은 며칠씩 굶기고는 배고파하는 모습을 즐기곤 했습니다. 그러면서 사랑을 느끼죠. 전 제가 정신과적 문제가 있나 생각했는데 닥터인 창희 씨께서 절 이해하신다니!"

"저는 성적소수자들의 인권을 존중합니다. 그들이 살아가는 방식이지요. 죄책감 갖지 마세요. 스스로 맞아준다는 여성만 있으면야 무슨 죄가 되겠습니까?"

물론 성적 소수자들과는 다르신 분들이지만 지금은 그를 편들어야 했다.

"대단하십니다. 창희 씨는 평화로운, 사상 자유로운, 인권초월적인 분이시군요. 그러실 줄 알고 고백했습니다. 창희 씨도 그런 사디스트적인 경험이 있으십니까? 아주 잠깐이라도. 약한 경험이라도 말이죠."

그는 무언가를 그녀와 공유하고 싶어하는 것 같았다.

그의 질문에 창희는 눈을 굴리며 진지하게 생각해 보았다. 자신을 통찰 중이었다. 먹을 것을 잡아먹는 것 외에는 다른 지구상의 모든 인생을 말리게 하는 그런 마음을 품어본 적이 없는 것 같았다. 하지만 호응을 해줘야 할 것 같아서 입을 열었다.

"저도 있었어요. 어려서 '톰과 제리'라는 만화를 볼 때 '제리'라는 쥐가 하도 얄미워서 '톰'에게 잡아먹히길 바란 적이 있어요. 저는 톰이 더 귀여웠거든요. 이것도 사디즘에 속할까요?"

"약간 다르긴 합니다만 비슷합니다. 저도 그랬습니다. 그 작은 쥐새끼 죽이고 싶었습니다. 저랑 통하십니다. 그럴 줄 알았습니다!"

 황태는 감격스러운 눈으로 창희에게 바짝 다가왔다. 끈적이고 깊은 눈으로 창희의 눈을 보았고 한손은 창희의 등을 감싸 안았다. 그의 체온은 오븐에서 갓 꺼낸 고구마처럼 뜨거웠다.

 "그, 그럼 오늘 제게 마, 맞아주시겠습니까?"

 아주 화끈한 하룻밤의 제의로군. 맞아달라니 말이다. 끝장 보자는 나보다 더한 인간이 존재하다니. 창희는 '물론' 하며 고개를 끄덕였다. 황태는 감격스러운 얼굴로 점액질을 쏘아 붓던 눈을 감고는 입술을 내밀며 창희에게 다가왔다. 입술이 점점 크게 창희의 눈으로 클로즈업되었다.

 이런, 요즘 세상이 아무리 극악무도, 엽기적인 세상이더라도. 나 당신 형이랑 혀도 오가고 그랬거든!

 창희는 다가오는 황태의 입술에 쥐고 있던 얼음을 가져다 대었다. 정신 차리시죠! 황태는 차가움에 눈을 떴다.

 "쉬~ 진정하세요. 때리는 대로 다 맞아드릴게요. 서둘지 마세요. 우선 청결하게 닦고 나오심이? 전 박테리아에 대해서 예민한지라."

 "역시 청결하시군요. 제가 미처 생각지도 못했던 부분을. 당장 씻고 오겠습니다."

 황태 역시 차가운 물로 샤워를 해야겠다는 생각을 했다. 저런 우주초월적인 환상적인 마인드를 가진 여자가 맞아주겠다고 해도 잠이 밀려들다니. 미칠 지경이었다. 아무래도 좀 전에 몰래 먹은 비아그라의 부작용인 듯했다.

그가 샤워실로 들어가자 창희는 테이블에 있던 그의 최신형 핸드폰을 들고 메시지를 살폈다. 편지 봉투 모양의 버튼을 누르자 메시지가 떴다. 됐어! 000.5초 사이 창희의 심장이 두근거렸다.

이런, 하지만 이것은 그가 자신에게 보낸 메시지였다. 다시 이것저것 누르자 전화기의 메모함을 찾아내었고 환성을 지르며 버튼을 누르자 그런 글자가 떴다.

〈설정된 비밀번호 네 자리를 누르세요.〉

이 의심 많은 인간! 서로 믿고 사회는 진정 우리 세대에 이루어질 수 없는 거야? 창희는 그의 핸드폰을 소파에 던지듯 놓았다.

'좋아, 일이 이렇게 되면 바로 응징으로 들어간다. 아무리 물욕이 앞선다고 해도 아버지가 남기신 말을 혼자 삼키고 형을 물 먹이려 하는 천륜을 어기는 짓을 하면 되겠어요? 이건 황태 씨를 위한 일이기도 해요. 앞으로 많은 날들, 잠도 못 자게 두렵게 해주겠어요. 감춘 진실을 스스로 고백하게 만들어 영혼의 자유를 얻도록 도와드리죠.'

창희는 원더우먼이 가진 '진실을 말하는 올가미'를 가지고 있는지도 몰랐다. 토끼발의 진정한 슈퍼 헤로인으로 거듭나기 위한 작전이 시작되었다.

잠시 후 창희는 욕실의 문을 열었다. 황태는 마른 욕조 안에서 잠들어 있었다. 물을 튼 흔적조차도 없었다. 샤워는 하지도 못한 채 잠깐 앉아 있어야겠다고 생각하다가 그대로 잠이 들어버린 것 같았다. 수면제를 좀 강하게 쓴 데다가 파충류 비슷한 이름을 가진 그 술 한 병을 다 먹었으니 그럴 만도 했다. 창희는 임무에 착수했다. 두 번째는 실수없이 능수능란하게.

'똥값 세일' 아저씨는 변태들이 즐겨 찾는 아이템이라고 하면서 사람 크기의 튜브인형을 권해주었는데 바람을 불어 넣기만 하면 되어서 휴대가 간편하기에 인기상품이라고 했다. 창희는 아저씨가 같이 넣어준 작은 펌프로 튜브인형에 바람을 넣었다. 완성된 모습을 본 적이 없어서 바람을 넣은 창희도 튜브인형의 모습이 무척 궁금했다. 바람을 다 넣은 튜브인형을 보며 창희는 눈으로 인사했다. 처음 뵙습니다. 무척 형용할 수 없는 모습의 인형이었다. 둥실둥실한 몸매에 가슴 부분이 불룩하고 화장이 진한, 하지만 수염이 있는 그런 튜브인형이었다.

창희는 벌거벗은 튜브인형을 황태의 옆에 눕혔다. 무척 잘 어울려 보였다. 똥값세일 아저씨는 또 여러 가지 물건을 넣어주었는데 창희는 무엇에 쓰는 물건인지도 모를 정체 불명의 그 물건들을 황태의 주변에 늘어놓았다. 망치도 있었고, 도깨비 방망이 같은 것도 있었고, 말랑말랑한 어떤 물건도 있었다. 창희는 다시 황건에게 건네받은 디지털카메라로 황태와 그의 새로운 애인과 무언지 모를 물건들의 모습을 클로즈업해서 수없이 많은 사진을 찍었다.

이번엔 실수없는 완벽한 임무를 수행해야 했기에 다시 물건들을 샤넬 가방에 쓸어 담았다. 튜브인형의 바람을 빼는 데 시간이 좀 걸리긴 했다. 모두 처음 그대로 완벽한지, 빠진 물건은 없는지 확인한 후 창희는 욕실에서 빠져나오려 문을 열었다가 다시 잠들어 있는 황태를 보았다.

"황태 씨, 당신이 싫어서 그러는 건 아니에요. 당신을 정제해 주고 싶은 마음도 있어요. 헛된 욕심이 당신을 망칠수도 있다고요."

그리고 나와서 테이블 위에 그런 메모를 남겼다.

〈아무리 기다려도 나오시지를 않네요. 혼란스러운 것을 이해합니다. 제가 형의 피앙세인 것이 분명 부담이실 테지요. 저도 더 이상 황태 씨에게 지옥을 안겨 드릴 수가 없습니다. 깨끗이 마음을 접겠습니다. 다음에 만날 때는 더 이상 서로에게 욕심을 부리지 말아요. 세상 사람들에게 인정받지 못하는 관계는 아름다운 사랑이 아님을 깨달았습니다. 우리의 안타까운 사랑은 다음 생애에.〉

공들여 썼다. 창희는 바람 덜 빠진 튜브인형의 바람을 마저 빼고 가방에 담아 황태의 집을 나왔다. 불이 날까 싶어 모든 촛불은 꺼두었다. 자나 깨나 불조심. 새엄마 희숙 씨가 늘 하시던 말이었다.

다음날, 병원과 가까운 대형 마트의 지하였다. 평일 오후라 몹시도 한가했다. 창희는 벙거지 모자와 선글라스를 다시 끼고 카메라를 통째로 현상소의 한 젊은 남자에게 내밀었다. 젊은 남자는 안경을 쓰고 있었고 키가 작았고 말라서 몹시 왜소해 보였다.

"현상해 주세요."

또다시 목소리 '변조'에 힘써야 할 때였다.

"쇼핑하고 오세요. 그럼, 해놓죠."

현상소 남자는 삶이 무척 지루해 보이는 인간형이었다. 그럼 오늘 화끈하게 놀라겠군요.

"아니요. 현상되는 내내 자리를 지키겠어요."

사진을 지키고 사수해야 했다. 사진을 송두리째 날려 버린 경험도 있었고 사진 자체가 보안이 필요한 상태였다. 직원은 늘 하던 대로 지루한 얼굴로 카메라의 메모리카드를 빼내었다. 그리고 곧 출력이 시작되었다.

사진이 한 장씩 출력될수록 삶이 지루해 보이는 직원의 얼굴은 벌겋게 달아올랐다. 한 장면을 여러 가지 방향과 줌을 주고 찍은 사진이 서른 장이었다. 그날 창희는 다양한 각도로 너무 많이 찍어댔으나 지우는 법을 알지 못했다. 얼굴이 벌겋게 달아올라 이제야 인생의 엔진을 켜둔 것 같은 직원이 봉투에 담긴 사진을 창희에게 건넸고 창희는 돈을 지불했다. 돌아서서 가려는데 직원이 창희를 불렀다.

"저, 저기."

"무슨 일이죠?"

창희는 도도하게 물었다. 창피할수록 당당해지는 힘은 누구의 유전자로부터 나온 것일까?

"저기 드릴 말씀이……."

"네, 말씀하시죠."

"직접 찍으신 그 사진들을 보고 많은 감동을 받았습니다. 그렇게 혼자만 물밑에서 있을 것이 아니라 수면 위로 나오세요. 그런 것을 즐기는 사람들이 손님 말고도 많이 있답니다. 우린 혼자가 아닙니다. 실은, 제가 인터넷 닫힌 카페 〈때려줘, 힛 미〉의 카페 쥔장입니다. 공유하실 수 있는 사진과 고화질 동영상이 많이 있습니다. 아직 회원 수 구십 명의 새싹카페이지만 회원 모두의 사기는 어느 카페 못지않습니다."

직원은 말을 쉬었다가 메모지에 무언가를 쓰더니 비장한 얼굴로 다시 말했다.

"여기가 카페 주소입니다. 저에게 쪽지를 주시면 바로 가입시켜 드리겠습니다. 제 닉네임은 가루지기입니다. 가루지기를 찾아주세요."

가루지기 같지 않아 보이는데. 가루지기는 대물 정력가 변강쇠가 아닌가? 생김새와는 너무 동떨어진 닉네임이었다.

창희는 한동안 입만 벌린 채 아무 말도 못했다. 음지에 이런 많은 사람들이 존재한다니. 정신과 의사를 택해 이들을 양지의 세계로 끌어내지 못함이 아쉬웠다.

"잘못 알고 계시네요. 저는 그런 취향을 가지고 있지 않습니다. 저는 그저 행위예술가입니다. 인간 내면에 자리잡은 선과 악의 끊임없는 충돌에 대한 주제를 놓고 행위예술을 하고 있지요. 이것은 번뜩 떠오른 어제의 제 작품의 스틸 컷일 뿐입니다. 작품명 '너 어젯밤에 뭐 했니?' 입니다. 여러모로 공통분모가 있어서 오해하셨네요. 그럼 즐기던 대로 즐기시고 카페 운영 잘 키워 나가시고. 저는 바빠서 이만."

다음날 황태는 창희에게 전화를 걸었다. 가한그룹 본사인 자신의 사무실에서였다. 책상에는 '황태 상무'라는 없어야 그의 이미지에 더 좋았을 명패가 놓여 있었다.

"창희 씨, 바쁘십니까?"

그는 안절부절못하고 있었다. 긴장을 해서인지 온몸에 땀이 흘러 미끄러웠다.

[제가 받아야 하지 말아야 할 전화를 받았군요. 우리는 정리된 걸로 알고 있습니다. 이만, 끊습니다.]

황태가 듣기에 힘이 몹시 없는 창희의 목소리였다. 그녀도 자신만큼이나 아팠던 것이었다.

"자, 잠깐만요. 무례했던 그날 일을 해명하겠습니다."

비아그라와 돔 페리뇽을 같이 마시니 잠이 오더라는 말을 차마 할 수가 없었다. 분명 그 두 가지의 무슨 화학적인 반응 때문에 잠이 들었을 거라 확신하는 황태였다. 자신이 욕실에서 나오지 않자 그녀는 이별을 고하는 쪽지를 남기고 떠나 버린 것이다. 그녀의 오해를 풀어줘야 했다.

[저는, 긴 시간 밖에서 기다리면서, 때리신다면 맞을 마음의 각오까지 하면서 태 씨를 기다렸으나 나오시지를 않으셨어요. 흑. 그것만으로도 태 씨가 느끼는 불안한 감정을 알 수가 있었어요. 태 씨를 힘들게 할 수는 없어요. 우리의 인연은 여기서 접어요.]

"울고 계시군요. 제 심장이 파열되는 기분입니다. 울지 마세요. 지금은 그때의 상황을 자세히 알려 드릴 수는 없습니다만 직접 만나 해명하고 싶습니다."

그렇게 말하며 황태는 무심코 책상 위에 있는 붉은색 편지 봉투를 들었다. 황태는 레터커터로 편지를 열어보았다. 순간 황태는 세상이 멈춘 듯한 충격을 받았다.

"차, 창희 씨. 제가 나중에 전화 드리겠습니다. 전, 여기서 관둘 수 없습니다. 저는 갑자기 일이 생겨서 이만 끊습니다."

큰일이 생겼다. 황태는 전화를 끊고 덮어두었던 봉투 안에 사진을 다시 보았다.

"이럴 수가!"

자신이 이름 지어준 코넬 씨와 같이 찍힌 사진이다. 사진의 남자는 분명 황태 자신이었고 자신이 소장 중인 튜브인형 코넬 씨와 역시 소장 중인 다른 아이템들과 같이 사진이 찍혀 있었다. 그러니까 창희가 사 온 아이템은 그에게 이미 있는 아이템이었다.

"이게 언제였더라? 대체 언제 찍힌 거지?"

몇 번 이렇게 혼자 놀아보기도 하고 마음 맞는 파트너와 저런 방식으로 놀았던 적이 있었다. 또 그는 두 달에 한 번씩 취향이 맞는 지인들과 비밀파티를 열곤 했다. 문화예술계, 연예계에는 자신과 뜻이 통하는 친구들이 많았다. 하지만 모두 얼굴이 알려진 유명인들이었기에 파티에서 사진을 찍는 것은 금기였다. 누군가 사진기를 들고 왔던 것이 분명했다. 황태 자신은 분명 철두철미한 남자였다. 허술한 남자가 아니었다. 하지만 도대체 언제 찍힌 것인지 기억이 나질 않았다. 술에 취해 있을 때 찍힌 것 같았다. 황태는 술에 무척 약했다. 자신을 아는 누군가 사진을 보내 자신을 협박하고 있다.

'누구지? 황건의 짓인가? 아님, 나에게 원한을 품은 여자의 짓?'

아무리 머리를 굴려보아도 누가 보냈을지 답이 나오지를 않았다. 실은, 주의의 모든 사람을 용의자 물망에 올려 버린 그였다. 세상엔 자신을 질투하는 무리들이 너무도 많았기에. 심장의 떨림이 멈추지 않았다. 떨리는 손으로 봉투 안을 보니 종이가 한 장 더 있었다. 흰 종이 위에는 여러 가지 잡지나 신문의 글자를 오려 조합하여 이렇게 쓰여 있었다.

〈진실을 알고 있다. 스스로 밝혀라. 아버지의 명을 거역하겠느냐? 진실을 밝힐 때까지 사진을 하루 한 장씩 매일 보내겠다.〉

그리고 그 글자 옆에는 잡지에서 오린 두 개의 눈이 붙어 있었다. 두 개의 오른쪽 눈이라 그런지 자신을 노려보는 것 같았다. 그것은 마치 아버지 황 회장의 눈 같았다.

"아, 아버지!"

황태는 테이블에서 떨어져 사정없이 벌벌 떨고 있어야 했다.

"말도 안 돼. 대체 누가 이런 짓을!"

그럴 리는 없지만 아버지가 꾸짖는 느낌이 들었다. 분명 자신을 아주 잘 아는 내부의 짓이 분명했다. 물론, 사랑에 빠진 그는 창희는 용의선상에서 제외시켰다. 그때 박 실장이 노크를 하고는 들어왔다.

"뭐지? 갑자기?"

황태는 노크 소리를 듣지 못했기에 테이블 위를 치우기에 바빴다.

"그러니까 도청기에 말입니다. 이상한 것이 녹음되고 있습니다."

박 실장은 몹시 경직된 얼굴이었다.

"황건을 협박할 정도의 이상한 것인가? 이상한 거라니 잘된 거 아닌가?"

"아니, 그게 아니고 도청기를 설치한 날부터 지금까지 야, 야한 소리만."

"그때부터 내내 야한 소리라니? 그 자식의 정력이 그렇게 오래 간다는 말이야?"

난 비아그라를 먹는데? 질투 어린 목소리에 가까웠다. 황태는 몹시 단순한 면이 많았다.

"그게 아니고 도청기를 들킨 것 같습니다. 황건 대표님께서 화끈한 야동을 내내 틀어놓고 도청기를 듣고 있는 저희를 놀리고 계신 것 같습니다."

"뭐? 놀려? 도청기를 들킨 것 같다고?"

황태의 눈에 핏줄이 곤두섰다. 황건의 웃음소리가 환청으로 들려왔다.

"그러니까, 그게, 저희에게 엿 먹으라는 소리 같습니다."

"으아아아아!"

황태는 들고 있던 협박장을 손으로 갈기갈기 찢고 머리카락을 감싸 쥐고 악을 질러댔다. 뭐 하나 제대로 되는 것이 없다.

창희는 병원에서 집까지 걸어가고 있는 중이었다. 올라오는 길에 버뮤다삼각지처럼 자신을 빨아들이는 우주오락실도 그냥 지나쳤다. 너무 지친 요즘이었다. 자신의 원룸의 건물 앞에는 검은색의 세단이 세워져 있었고, 그 앞에는 황건이 서 있었다. 늘 보던 양복이 아닌 독수리 프린트의 라운드 티와 면바지 차림의 그는 더 젊어 보였다. 남자 연예인이 흘겨보겠군!

"어? 황 대장!"

창희는 손가락으로 그를 가리켰다. 이상하게도 힘이 없었는데 그를 보니 힘이 생기는 느낌이었다. 뭐랄까? 차에 휘발유가 가득 주유되어 게이지가 최고치에 오른 느낌이랄까? 늘 간당간당 주유를 하는 창희로서는 최고의 표현이었다. 아마도 저 남자가 잘생겨서일 가능성이 컸다. 인정하기는 싫지만 외모도 경쟁력이며 선으로 보는 세상에 자신도 물이 든 것이다.

"살아 있었군요."

마지막으로 본 그의 모습은 침실의 바닥에 벌거벗고 기절한 모습이었다.

"죽지 않을 만큼 적당한 파워로 날 때려눕혔잖아."

"그건 저스트 액시던트였어요. 그렇게 기절해 버릴 줄 누가 알았나요? 그런데 여긴 왜 방문하신 거죠?"

설마 복수하시려고? 그를 올려다보는 창희의 눈은 잔뜩 긴장을 하고 있었다. 그와 갈 데까지 가다가 멈추었던 기억이 머리 속에 그대로 그려지고 있었다.

"당신이 보고 싶어서."

황건은 그런 말도 안 되는 대답을 하고야 말았다. 자신의 입에서 지극히 황태스러운 말이 나올 줄은 자신도 몰랐다. 그러나 사실이었다. 그녀가 떠나고 침대에 혼자 누워 있는 기분이 말이 아니었다. 황태를 놀려주려고 도청기 가까이에 스피커를 옮겨놓고 야동을 내내 크게 틀어놔서 그런 것 같지만은 않았다. 그녀가 누워 있던 침대에서 남은 그녀의 향을 찾느라 종일 코를 박고 있던 황건이었다. 룸메이드에게 침대시트를 바꾸지 못하게 했다. 자신의 그런 감정이 무언지 냉정하게 알고 싶었기에 그녀를 보는 것을 참았다. 최창희는 엉뚱하고 정체를 알 수 없는 여자였다. 대외적으로는 나무랄 때 없는 프로필을 가진 여자였지만 파고들어 가면 노블레스 클럽의 에이스에다 자신을 등쳐먹으려던 꽃뱀이기도 했다. 황건은 그런 그녀가 보고 싶어 미치는 줄 알았다. 열병이었다. 늘그막에 열병이라니. 늦 홍역이 더 무서운 것처럼 더 죽을 맛이었다. 자신은 분명 사랑에 빠진 것이다. 이 토끼발을 상대로.

"당신, 그날 침대에서 떨어질 때 머리를 바닥에 잘못 부딪친 것 같아요."

창희는 그에게로 가까이 걸어가 그의 눈꺼풀을 뒤집어보았다. 동공이 풀린 건 아닌가? 황 대장이 저런 이상한 말을 할 리가 없잖아?

"그건 그래."

당신이 그날 후로 눈에 자꾸 아른거려. 황건은 창희를 보니 살 것 같은 기분이었다. 최창희라는 산소통이 절실히 필요했다. 황건의 이상해진 눈빛에 좀처럼 적응할 수 없던 창희는 그의 손으로 눈길을 돌렸다. 한 손에는 상자가, 또 한 손에는 붉은 와인이 들려져 있었다.

"우리 집은 술을 들고 와야 입장 가능한 것을 파악하셨군요. 들어와요."

창희는 계단을 따라 올라오는 그를 뒤돌아보았다. 그의 손에 들린 박스도 더 궁금했다.

"그건 뭐죠?"

"당신을 위한 선물."

"아, 선물이요? 저기, 당신 병원에 가서 머리를 촬영해 봐야 될 것 같아요."

저 사람 미쳤나 봐. 창희는 고개를 저으며 계단을 마저 올라갔다.

황건은 자신이 빠져 버린 여자에게 보석도 아닌, 돈도 아닌, 꽃다발도 아닌 게임기를 선물했다. 텔레비전과 연결할 수 있는 자신이 어렸을 때 쓰던 구형 게임기였다. 황건은 자신이 쓰던 물건을 폐기처리할지언정 남이 쓰는 꼴을 보지 못하는 남자였다. 특히 아버지의 선물은 더 그랬다. 그가 밤에 야산에 올라가 파온 추억이 담긴 게임기라 더 그랬다. 황 회장은 선물도 그런 식으로 주었다. 수수께끼를 풀어 선물의 위치를 알아내야 하고 그것을 땅에서 파내야 하는 짓을 해야 했다.

그것을 본 창희는 비명을 지르며 방방 뛰었다. 이건 초등학생이랑 사귀는 것도 아닌데 선물을 주고 꾀는 원조교제의 느낌이 나고 있었다.

"내가 어렸을 때 이런 게 있었으면 오락실에 가려고 백 원을 갈구하는 짓 따위는 하지 않았을 텐데요!"

창희는 얼마나 좋은지 눈물이 날 것 같았다. 왠지 그녀의 모습이 안타까운 황건이었다. 어려서 너무 고생해서 명품과 돈에 집착하나 보다. 그래, 이거 가지고 실컷 놀아. 토끼발.

"요즘 나오는 거랑 달라. 내가 쓰던 게임팩도 여러 개 가지고 왔어. 소중히 써서 지금도 모두 작동돼."

게임기 같은 건 최신형으로 몇 천 개라도 사줄 수 있는데.

"너무 환상적인 선물이에요."

그는 기뻐하는 창희를 보며 무척 뿌듯했다. 이 여자를 매일 기쁘게 해주고 싶었다. 꽃이나 보석을 가지고 왔으면 분명 심드렁했을 여자다. 창희는 욕실로 들어가 재빨리 후드 티와 면바지로 갈아입고 나왔다. 머리를 하나로 묶으며 황건이 텔레비전과 게임기를 연결하는 것을 지켜보았다.

"내 게임기만큼 오래된 텔레비전이군."

"제가 빈티지하고 엔틱한 걸 좋아해요."

"그런데 이건 뭐지? 테이프가 걸린 것 같은데."

황건은 VCR 입구에 걸려 빠지지도, 들어가지도 않는 테이프를 가리켰다. 처음으로 그의 펜트하우스로 찾아가던 날 그의 서랍에서 가지고 나온 테이프였다. 황건이 창희에게 CCTV 녹화 테이프라고 했던 것이다.

"당신이 그 테이프로 날 협박했었잖아요. 그래서 내가 빼내온

테이프죠. 이젠 저걸로 협박 못해요. 저기에 걸려 평생 안 나올 예정인 것 같으니까."

이젠 무서울 것도 없는 창희였다.

"이봐, 그건 협박이 아니라 작업이었지!"

단순성을 그대로 고수하는 여자 같으니.

"노블레스 클럽의 CCTV 녹화 테이프는 애초부터 내겐 없었다고. 당신을 내게 찾아오게 하려는 수작이었어."

"그걸 나에게 믿으라는 건가요? 이제 와서 망가진 이미지를 회복시켜 보겠다 이건가요?"

진실은 바로 저 VCR이 물고 있는데? 창희는 팔짱을 끼고 그에게 말했다.

"당신에게 회복할 이미지라도 내게 남아 있다는 거야?"

벌거벗은 날 두 번이나 잠에 들게 해놓고? 자신을 우스꽝스럽게 만들어 버리는 여자. 말을 말자.

황건은 고개를 흔들며 그녀를 위한 연결 작업을 계속했다. 그녀가 믿거나 말거나였다. 자신이 사랑에 빠졌다는 사실을 자신도 믿을 수 없는 상황에서 누굴 이해시키겠는가? 황건은 그녀를 위한 작업을 계속해 나갔다. 그녀에게는 이런 방식의 작업을 걸어야 먹힌다는 것을 이제야 파악했다.

방이 좁아 게임의 시야를 확보하려면 그 둘은 그녀의 침대에 같이 앉아야 했다.

"어제저녁엔 연락도 되지 않던데."

창희가 황태의 집에 머물고 있을 때의 이야기였다.

"미션 수행 중이었거든요."

"미션이라고? 설마, 그 자식 만난 거야? 내게 작전 수행 전 보고를 하라고 했잖아, 보고를!"

사랑에 빠졌다고 그의 성질마저 죽은 것은 아니었다. 괜히 스파이 놀이는 시켜 가지고는 자신이 고생이다.

"살다 보면 보고를 할 상황이 아닐 수도 있는 거죠."

창희가 스스로 알아낸 이 모든 정보를 말한다면 그의 앞뒤없는 성격으로는 당장 황태를 찾아가 들었다 놓았다를 반복할 것이 분명했다. 아무런 증거도 없이 그런다는 것은 다 된 밥에 재를 뿌리는 일이다. 창희는 확실한 정보를 빼내기 전에 그에게 아무 말도 하지 않기로 했다.

"황태 그 자식을 만난 거로군. 둘이 뭐 했어?"

그의 눈에서는 질투의 불꽃이 튀고 있었다.

"이봐요. 난, 세상에서 제일 싫은 것이 구속이랍니다. 우리 아버지는 저를 방목하셨어요. 그렇게 자라온 탓에 난 가두면 도망가려는 성질이 있어요. 고등학교 때 여자애들이 '넌 나랑만 놀아야 해' 하고 단짝 친구를 주장하시기에, 차라리 왕따를 선택했던 저입니다. 저에 관해서 모든 것을 알려고 들지 마세요. 아무리 대장이라도 스파이에게는 나름대로 지키고 싶은 비밀이 있는 법. 그래서 전 팀 없이 혼자 일하는 일인 스파이죠."

자기가 언제부터 스파이였다고. 황건은 그녀의 종알거리는 입을 입으로 막고 싶은 충동을 억누르고 있어야 했다.

"이해되셨나요?"

이러면 더 이상 물어보지 않겠지? 창희는 생각했고 황건은 그녀가 정말 도망갈까 봐 두렵기까지 했다. 하지만 이 스멀스멀 올라오는 그녀에 대한 집착은 어쩌란 말인가. 누구와도 공유하기 싫은데. 내가 다 갖고 싶은데. 갖고 싶어 미치겠는데. 만지고 싶고, 맛보고 싶고, 향기 맡고 싶고, 그래서 돌아버릴 것 같은데.

창희는 그가 가지고 온 스포츠카 경주 게임에 빠져 있었다. 검은 스포츠카였고 여섯 번째 트랙을 돌고 있었고 누구도 따라잡을 수 없을 만큼 앞서 있었다.

"단순하지만 액티브하군요! 정말 재밌어요!"

창희는 스포츠카에 직접 탄 듯한 표정으로 말했다. 처음 해보는 게임이라더니. 게임계의 신동! 황건은 고개를 저었다.

"당신이 즐겁다면……."

이츠 마이 플레져. 그러나 황태가 자주 쓰는 감탄사라 차마 입 밖에 내지는 못했다. 정말 그랬다. 그녀가 즐거워하는 것이 마음에 들었다. 누군가를 기쁘게 해준다는 것이 마음이 기쁨이 될 줄은 생각지도 못했던 바였다. 그로서는 처음 느끼는 감정이었다.

황건은 와인을 마시며 벽에 기대어 옆에 앉은 창희를 보았다. 게임에 빠져 있는 그녀가 몹시 귀여워 눈을 뗄 수가 없었다. 황건은 창희의 방을 둘러보았다. 작았지만 포근한 느낌이 들었다. 온통 그녀의 향으로 가득한 방이었다. 자신의 썰렁한 펜트하우스보다 몇 배나 더 좋았다. 그녀와 이곳에서 같이 살고 싶었다. 황건은 부들부들 소리를 내는 냉장고도 좋았고, 삐거덕거리는 일인용 침대도 좋았고, 낡은 옷장도 좋았다. 그녀의 진짜 모습을 보고 있는 것 같아 마음이 충만했다. 디자이너의 옷을 입고 명품 장신구로 몸을 감싸고 포르쉐를 모는 그녀보다 지금의 그녀가 무척 마음에 들었다. 여러 개의 그녀의 모습 중 진짜를 찾아낸 기분이었다.

"토끼발, 와인 줄까?"

"운전 중이에요. 음주운전 하라고요? 게다가 두 손으로 조종해야 하는지라 손도 없고."

진담처럼 농담하는 귀여운 여자. 창희는 흘긋 그를 보았다. 시선을 떼어낼 수도 없을 만큼 깊은 눈으로 자신을 보고 있었다. 이 남자 또 그런다. 아, 나 뭐 잘못했나?

"저기, 내일 병원 꼭 가서 뇌를 촬영해 봐요. 다행히 주치의도 있다고 했죠?"

창희는 그의 눈에서 시선을 겨우 떼어내고 다시 화면에 집중하려 했다. 하지만 다시 그의 눈이 궁금해 그를 보았다. 그는 여전히 아까랑 같은 눈으로 자신을 보고 있었다. 시선이 마주치자 피가 서서히 흐르는 느낌이 들었다. 혈액순환에 문제가 있는 사람처럼. 떼어내기 힘든 시선을 떼어내고 다시 화면을 보았다.

'정말 이상해. 저 병색이 분명한 눈빛에 나는 왜 두근거리지? 또 금욕의 몸뚱이가 발작하는 건가?'

그런 것 같지는 않은데. 창희는 화면에 집중 못하고 또 고개를 돌려 그를 보았다. 이번엔 심장이 멈춘 것 같은 느낌이 들었다.

'그런 눈으로 보지 말아요. 나, 이상해지잖아.'

가까이 하기엔 건강상 좋지 못한 남자. 창희는 입고 있는 후드 티의 모자를 뒤집어썼다. 시선차단의 효과가 있으려나.

"토끼발."

그는 그 우스꽝스런 이름을 낮고 깊게 불렀다. 토끼발이라는 이름으로 영원히 불리고 싶을 만큼 감미로웠다. 그는 들고 있던 와인 잔을 단숨에 비우고 눈을 살짝 감고는 창희에게로 다가왔다. 그의 손은 부드럽게 그녀의 어깨를 안았다. 코끝에 그가 마신 와인의 향이 진동했다. 창희는 감아 떨리는 그의 눈을 보았다. 그는 그녀의 입술을 자신의 입술로 부드럽게 감싸 안았다. 곧 창희의 입 안으로 달콤한 와인이 흘러들어 왔다. 입 안 가득 와인의 향이 퍼졌다. 황건은 입술을 떼어냈다. 그리고 아까의 그 눈으로 창희를 내려다보았다.

"혼자 마시기엔 아까운 좋은 와인이라서."

그는 속삭이듯 말했으며 눈은 아직 창희의 입술 위에 있었다.

"당신과 같이 마시고 싶었어."

창희는 말없이 고개를 끄덕였다. 뜨거워졌다. 이번엔 몸뚱이가 아니었다. 왠지 눈시울도 뜨거워지고, 마음도 뜨거워지고 그랬다. XY염색체에게 이런 느낌이 든 것은 처음이었다. 몸이 뜨거워 질 때보다 몇 배 더 뜨거웠고 몇 배 더 후끈거렸다. 창희의 스포츠카는 3위로 밀려났다가 뒤따라오던 차에게 부딪치고 뱅글뱅글 돌다가 가드레일을 받고 뒤집어졌다. 창희는 게임 조작기를 손에서 놓고 있었다. 아까까지 목숨 걸었지만 지금은 그런 게임쯤 아무래도 좋았다.

"더 줄래요? 아까처럼. 입술과 혀로."

후드 티의 모자를 뒤집어쓴 창희의 볼은 첫사랑 하는 여자처럼 붉었다.

"얼마든지."

그의 날숨이 향기와 함께 창희의 입술을 간질였고 그는 그의 아름다운 입술로 와인을 그녀에게 주었다. 아주 긴 시간이 흘러서야 다 비워진 와인 병은 바닥으로 굴러갔다.

사랑[명사]

1. 이성의 상대에게 이끌려 열렬히 좋아하는 마음, 또는 그 마음의 상태.
2. 어떤 사물이나 대상을 몹시 아끼고 이해하려는 마음.
3. 열렬히 좋아하는 이성의 상대.

예) 황건은 사랑에 빠졌다. 그리고 사랑을 인정했다.

창희도 사랑을 느끼기 시작했지만 그것이 사랑을 사랑이라고 인정하지를 않았다.

어쨌든 두 사람 사이에 비밀스러운 사랑이 시작되고 있었다.

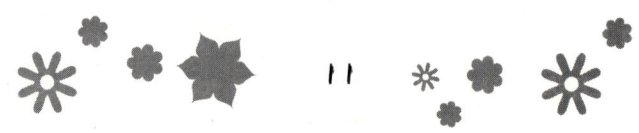

11

사랑은 누구에라도 그렇듯 느닷없이 그들에게 찾아왔다. 너무도 느닷없어 그들은 혼란스러웠고 자신들의 감정을 파악하기에 바빴다. 사랑, 60억이 넘는 사람이 사는 이 지구의 사람들은 60억 이상의 각자 다른 사랑의 이야기를 가지고 있으며 평생 한 번의 사랑을 하는 것이 아니니까 사랑의 이야기는 60억 개 곱하기 알파일 것이다. 수많은 사랑의 이야기가 태초부터 시작되어 지금껏 내려온 것을 합하면 그 숫자는 은하계 별만큼 더 많은 사랑이 이야기가 존재할 것이며 그러면 바닥날 만도 한데, 식상하여 그만둘 때도 되었는데 사람들은 또 다른 사랑을 만들어 나간다. 그뿐인가? 사랑의 노래를 지어내어 흥얼거리고 울고 웃는다. 왜들 그러는 것일까? 도대체 사랑이 무언데? 사랑에 원수라도 진 것인가?

지구인들은 왜 그렇게 사랑에 목을 매는 건가? 항생제의 부작용인가? 사랑의 감정을 믿지 않던 창희는 지구에 사는 사람들이 참으로 일 차원적으로 보였었다. 다른 차원을 사는 것 같은 그녀도 지구의 강력한 사랑바이러스에 점점 노출되어 가고 있었다.

황건은 자신의 세컨드 차인 전국에 몇 대 없는 페라리에 창희를 태우고 달렸다. 일 년간 호텔의 대표 일을 맡고 나서 일에만 매달린 탓에 이런 여유를 즐기는 것도 오랜만이었다. 황건은 사랑하는 그녀에게 자신이 가진 것을 자랑하여 호감을 얻고 싶은 마음이 생겼다. 여자에게 가진 것을 자랑한다는 것은 꽤 유치한 일이라 생각했는데 자신도 그 짓을 하고 있다는 데에는 할 말이 없었다. 알지만 그러고 싶었다.

그가 차의 뚜껑을 열어놓은 탓에 창희의 머리카락은 사방팔방으로 날아다녔고, 공해가 코로 흡입되어 목까지 칼칼해져 갔다. 그리고 지나가던 모든 차들이 차 문을 열거나 손가락으로 황건의 우주선 같은 차를 손가락질까지 하며 쳐다보았다. 벌써 수백 대의 차가 그렇게 지나갔다. 차에 탄 인물들도 동물원 원숭이라도 보듯 구경하였고, 심지어는 디지털카메라로 찍는 사람도 있었다.

"저기, 이제 천막 좀 치죠?"

창희의 제안이었다.

"좋아."

선글라스를 낀 황건은 버튼 하나로 오픈된 차를 닫아버렸다. 창희의 머리카락은 방금 자고 일어난 여자처럼 산발이 되었고, 황건은 그런 창희의 모습도 꽤 야릿해 보이는 것이 마음에 들었다. 눈에 뭔가가 씌인 것이 분명했다. 그는 자신이 사랑에 빠졌다는 것을 스스로는 인정은 했지만 그녀에게 고백하는 것은 자제하고 있었다. 고백이라도 한다면 창희는 거칠게 웃으며 도망가 버릴 것 같았다. 그 정도로 자신은 그녀에게 신임을 얻지 못함이 분명했다. 자신은 그녀를 처음 보았을 때 그녀의 가슴에 돈을 꽂으며 그녀와의 몸 관계를 먼저 원했고, 그 다음엔 그녀를 있지도 않은 CCTV로 협박해 침대로 끌어들였는가 하면 그녀에게 돈을 걸어 자신의 동생을 황태를 유혹하라는 명령을 내린 까칠한 대장이 아니었는가? 돌이켜 보니 지금 자신의 진심을 고백이라도 한다면 그녀는 분명 병원에 가서 두개골을 쪼개어보라고 말할 것이 분명했다. 고심 끝에 사랑을 고백하기 전에 그녀의 환심을 사는 것이 먼저라는 생각이 들었다. 그녀에게 멋진 사람으로 보이고 싶었다. 유치해도 별수없었다. 자신은 지금 사랑에 빠진 남자이니까.

"오늘 멋지군."

창희가 바람에 날린 머리를 손가락으로 빗고 있을 때였다. 그녀의 약지에 끼워진 다이아 반지가 빛을 받고 반짝였다. 반지가 스파이 장난의 소품이 아닌 그녀에게 진짜로 주고 싶어질지 누가 알았겠는가. 그랬더라면 더 큰 것을 사주었을 텐데.

"감히 지금 날 놀리시는군요?"

맞바람 덕에 내 머리스타일의 앞과 뒤가 바뀐 것 같거든요. 창희는 여느 때처럼 그가 말장난을 시작하고 있다고 생각했다. 이 남자 키스를 근사하게 하는 것은 높이 사줄 만하지만 여자를 놀리는 것엔 도가 튼 남자였다. 창희는 그날 이후 황건과의 와인 키스의 후유증을 앓고 있었다. 밤새 무슨 꿈을 꾸는 건지, 자고 일어나면 금욕처녀의 베개의 껍데기가 벗겨져 있었다. 그리고 베개는 침으로 흥건히 젖어 있곤 했다.

"오늘 아침에 전화로 말했던 것처럼 할머님의 명령으로 우리 식구들이 파주의 별장으로 몰려들고 있어. 할머니는 느닷없이 소집명령을 하시곤 하지. 모두 바쁜 일이 있어도 다 접고 1박 2일을 여기서 보내야 해. 당신도 우리 집안의 일원이니 꼭 참석하라는 말씀이 계셨어. 당신은 토끼발의 역할을 다 해줘. 나 황건의 피앙세로의 역할 말이지."

이대로 그냥 묻어서 결혼까지 해버리는 스파이 작전으로 방향을 전환할까? 돈이 필요하다는 그녀이지 않은가? 돈만 준다면 그것도 허락하지 않을까? 평생 스파이 놀이를 하는 거다. 내 재산의 반을 주는, 아니, 전부도 줄 수 있는 어마어마한 스파이 작전이 아닐까 하는데. 황건은 갑자기 흐뭇해졌다. 표면적으로 그녀가 자신의 피앙세인 것만으로 기분이 좋으니 진짜이면 어떤 기분이 드는 걸까?

"황태 씨도 오는 거죠?"

벌써 황태에게 열 장의 협박편지를 보냈던 창희였다. 협박장을 받은 그의 동태를 직접 파악하고 싶었다.

"뭐? 황태? 여기서 그 자식 이름은 왜 꺼내는 건데? 그 자식 이름은 입에도 올리지 마."

황건은 버럭 소리를 지르고 모래를 씹은 것처럼 인상을 구겼다.

어찌 보면 자신이 유혹하라고 둘을 짝지어준 셈이었다. 황태는 이미 창희에게 빠진 듯하고 창희도 그 녀석에게 관심을 갖는 것 같았다. 황건은 자신의 발등을 도끼로 찍고 싶었다.

"거봐요. 며칠 부드러운 척하더니만 본색이 금방 드러나는군요. 느닷없이 화내는 성격이 어디로 가나 했는데 돌아오셨군요. 당신이 나에게 작전명령을 내려놓고 까먹으셨나 보죠? 작전명령 하나 황태를 유혹하라, 이거 아닌가요? 약혼녀로서의 행동 강령은 지키라면서 황태 씨의 이름도 입에 올리지 말라는 것은 무한한 모순 아닌가요?"

황건은 화를 가라앉히려 숨을 천천히 쉬었다.

"이제 유혹하지 마."

"유혹하지 말라고요? 그런 우리의 작전은 어떻게 되는 거죠?"

난 벌써 작전을 실행하여 서른 장의 변태 사진을 찍었는데?

"작전명령 변경이다, 토끼발. 황태에게서 떨어져."

"그럼 우리의 거래는? 내가 받기로 한 돈은? 황 회장님의 유언장은?"

이렇게 함부로 계약을 변경, 파기하나? 말은 그렇게 했지만 사실 이제 그녀도 돈이 목적이 아니었다. 무슨 이유에서인지는 모르지만 창희도 그에게 받기로 한 삼십억보다 황건을 속이고 유언장을 숨긴 황태 일당을 징벌하고자 하는 목적이 더 커져 버렸다. 정체 모를 정의감이 솟아나는 것이라 생각했다. 게다가 지금 자신이 세운 작전이 먹혀들어 가 성공에 가까워져 가고 있는 이 마당에 작전을 변경하라니 말이 안 되지 않는가? 자신의 노력을 물거품으로 만들고 싶지는 않았다. 조금만 있으면 황 회장의 유언의 정체를 알아낼 수 있고 곧 유언장을 찾아낼 수도 있을 것 같은데. 황건에게 커다란 선물을 안겨주고 싶은 마음이 컸다.

"당신은 돈이 그렇게 중요해? 좋아, 당신이 물질적인 여자라는 것은 알고 시작했으니까 그건 넘어가지. 하지만 이젠 다른 마음이 들지는 않아? 시간이 갈수록 돈보다 더 절실한 무언가가 생기지 않았어? 잘 생각해 봐."

난 황태를 징벌하는 것보다, 황 회장의 유언장을 찾는 것보다 더 중요한 무언가가 생겨 버렸거든. 황건도 그녀의 마음이 자신과 같았으면 하는 생각이 절실하게 들었다.

"돈 말고 절실한 거라면."

창희는 눈을 굴리며 생각했다. 금욕을 풀고 싶은 절실함 외엔 딱히.

"역시나 돈?"

뭐 다른 할 말도 생각 안 나고 말이다. 금욕을 풀고 싶다 말하기도 그렇고. 처음 꽃뱀의 이미지를 그대로 밀고 나가야 할 것 같았다.

"그저 돈?"

황건은 고개를 끄덕이는 창희를 안타까운 시선으로 보았다. 토끼발의 머리 속에는 금은보화로 가득해 자신이 침투할 공간이 없는 듯했다. 그래도 자신의 진심이 조금이라도 통한 줄 알았는데 황건은 눈치 없고 돈만 아는 그녀가 너무도 원망스러웠다. 그녀의 관심을 갖으려면 사랑을 고백하는 것보다 자신이 가지고 있는 모든 통장의 잔고를 보여주거나 현금을 잔뜩 바꿔다가 머리 위에 뿌려주어야 하는 걸까? 그러면 나에게 넘어올래, 토끼발?

"가족들이 이렇게 다 모이니 화목하기 그지없구나. 내 더 이상 원이 없구나. 이제 죽어도 한이 없다."

청상과부 최 여사의 말이었다. 이제 죽어도 한이 없다는 말은 육순 때부터 해오셨다고 했다. 그 말이 장수하는 주문인 것 같았다. 외워두어야겠다고 창희는 생각했다. 주말의 황가집안의 파주의 농장은 오랜만에 사람들로 북적이고 있었다. 왕할머니 최 여사의 명령이면 외국에 나가 있더라도 짐을 싸서 돌아와야 한다고 했다. 가는귀는 먹었고 알츠하이머로 이상한 말과 행동을 종종 해오시긴 하지만 카리스마는 녹슬지 않게 갈아져 있었다. 황 회장의 형제자매들부터 사위, 며느리, 손자들까지 모이니 수십 명의 황가 사람들이 파주의 농장에 모였다. 점심으로 바비큐 파티를 마친 황가 사람들은 삼삼오오 무리를 지어 농장의 말을 타러 가는 사람도 있었고 가까운 곳의 나인 홀 골프장에 가는 사람도 있었다. 나머지는 별장에 모여서 담소 중이었다. 황 회장의 직계자식들은 오늘 1박 2일 이 별장에 머물러야 한다는 왕할머니의 명령이었고, 황건의 피앙세로서 그 직계에 포함된 창희였다.

창희는 바비큐 파티를 하던 뜰의 테이블에 남아 왕할머니 최 여사와 네 명의 희자매와 그리고 음침한 천재소녀 하늬와 자리를 같이하고 있었다. 네 명의 희자매는 태양의 자외선에 의한 피부노화가 두려워 챙이 우산만한 모자와 큰 선글라스를 쓰고 있었다. 네

명이 모두 똑같은 모습이어서 마치 네 쌍둥이 같았다. 황건은 최 여사 옆에서 같이 자리를 하고 있다가 애마 '제니'를 목욕시켜 주러 간다고 했다.

삼희를 제외한 희자매는 모두 지루한 표정이었다. 희자매들은 럭셔리 잡지를 함께 보며 지미추의 새로 나온 구두와 베르사체의 새로 나온 스카프에 대해 진지하게 토론하고 있었다. 황태의 고품격은 누나들의 영향이 많았던 것 같았다. 잡지를 읽으며 마구간에서 나오는 말똥 냄새에 멀미가 날 것 같다고 누군가가 그랬다. 말똥 냄새 풍기는 곳에서 바비큐 파티를 하다니 미친 짓이라고 했지만 귀가 좋지 않은 최 여사는 그저 웃기만 했다.

"그래, 너희들 말이 맞다. 자연의 맛이 이런 것이지. 이게 바로 고향의 향기란다. 너희도 좋아할 줄 알았다. 이 공기를 마음껏 들이켜라."

하며 무척 짧아 보이는 팔을 뻗고는 공기를 최대한 들이마시는 최 여사였다. 모두들 어이없는 표정으로 입을 벌리고 최 여사를 보았다.

"새아가도 따라 해보렴."

최 여사는 창희에게 권했고 어려서 시골에서 자라 동물의 분 냄새에 익숙한 창희는 마음껏 공기를 들이켰다.

"고향의 진한 향기가 폐를 기분 좋게 간질이는군요, 할머니."

"그럴 줄 알았다. 우리 건이가 색싯감 하나는 잘 구해다 놓았구나!"

최 여사는 무릎까지 치며 흐뭇해했다.

"할머니도 참. 말똥 냄새 잘 맞으면 좋은 색싯감인가?"

언제나 구시렁거리기를 좋아하는 황 회장의 첫째 딸 일희는 입을 삐죽거렸다.

"말똥 냄새까지 황홀하다고 맞장구치는 사람은 또 뭐유?"

어려서부터 샘이 많았던 이희도 창희를 겨냥하며 일희에게 맞장구를 쳤다.

"이모들 조용히 해주시겠어요? 책을 읽는데 집중이 되질 않아서요."

조용히 있던 하늬가 그 한 마디로 일희와 이희의 입을 다물게 했다. 하늬는 새침한 표정으로 코를 막고 두꺼운 해리포터의 원서를 읽고 있었으며 정말 읽는 건지 키득거리기까지 했다. 영어 전자사전도 없는 일곱 살 꼬마였다. 창희는 왠지 모를 위화감을 느끼며 하늬를 보았다. 자신은 그 나이에 한글도 떼지 못했다. 하늬는 다시 독서에 집중을 하기 시작했다.

"새아가, 결혼날짜를 빨리 잡자. 여기서 돌아가면 상견례 하고 바로 식을 올리자. 내 맘이 급하구나. 친손자를 보면 내 죽어도 한이 없겠다."

상견례? 헌엄마와 새엄마가 마주 앉아 벌이는 신랄한 배틀을 황가의 사람들에게 보여주라고요? 그리고 곧 이 미션이 끝나면 다시는 왕할머니를 못 볼 것 같은데. 그런 생각을 하니 자신을 진심으로 예뻐해 주는 최 여사에게 죄송한 감정이 들었다.

"아직 서로 일이 바빠서요. 결혼은 조금 더 있어야 할 것 같아요."

"나 관에 들어가고 나서, 내 눈에 흙이 들어가면 그때야 식을 올리겠다고?"

최 여사의 눈썹이 삐죽 올라갔다. 자신과 의견을 달리할 때 황건의 공격성이 짙은 말투는 최 여사로부터 나온 듯했다.

"그건 아니고 할머님, 아직 건 씨와 저는 서로에 관해 더 자세하게 알아가고 있는 단계라서요."

"응, 그래. 서로를 알아가는 단계라? 그래, 아이 먼저 만드는 것도 좋지. 요즘 세상에 뭐 흉도 아니고 건이의 나이도 찰 만큼 찼고. 그런 식으로 노력 중이라니 그 맘이 갸륵하구나."

하고 앞서 가는 마인드의 최 여사가 말했다.

"아니, 그게 그런 뜻이 아니라 건이 씨나 저나 서로간의 진솔한 대화로서 서로를 알아간다는 그런 뜻이었는데."

이분 너무 앞서 가시네. 자신의 뜻이 어디서부터 잘못 전달된 건지 이해할 수 없는 창희는 손까지 내저으며 말했다. 그런데 얼굴은 왜 이렇게 빨개지는 거니. 찔린다.

"그래, 내 그럴 줄 알았다. 우리 집안 남자들이 좀 밝힌다. 각오하고 시집오너라."

최 여사는 뭐가 웃긴지 얼굴이 붉어지며 입을 가리고 웃었다.

"네? 네."

당장 흰 수건을 흔들며 항복하고 싶었다. 저 양반은 밝히는 손자가 무척 자랑스러운 것 같았다. 아니면 칠십오 년 전의 남편과의 추억을 떠올리는 건지도 몰랐다.

"상견례는 건이의 호텔이 좋겠구나? 안 그러니, 새아가? 아버지가 오래전 돌아가셨다니 어머님이 혼자 딸을 키우시느라 고생하였겠구나?"

상견례의 뜻을 강하게 피력하는 고집이 대단하신 분이었다.

"네, 그렇습니다."

"건이의 어미가 둘이라 사돈께서 우리 집을 콩가루로 보는 건 아닌지 걱정이다."

"걱정할 것 없습니다. 할머님, 저도 어머니가 둘입니다. 생모가 제가 일곱 살 때 자신의 꿈을 펼치기 위해 가출하셨고, 아버지는 이혼하시고 다시 결혼을 하셨거든요. 그리고 저희 아버님은 평생 봉사활동만 하셔서 저에겐 빚만 잔뜩 남았습니다."

우환이 많았던 집안사를 밝혀 최 할머니의 반대로 시간을 벌어보려는 수작이었다. 가한그룹같은 대단한 노블레스 분들께서 가난하고 볼 것 없는 여자를 며느리로 받아들이기는 힘들 것이다.

"오, 그럼 둘 다 콩가루 집안인 거냐? 정식으로 이혼을 하셨다니 우리 집안보다는 좋은 콩가루구나? 같은 가루 집안이니 그것 또한 척척 들어맞는구나. 이런 것을 인연이라고 하는 것이다. 그리고 아버님께서 평생 봉사만을 하셨다니 현대에서는 보기 드문 분이시로구나. 존경스러운 사돈을 살아생전 뵙지 못한 것이 안타까울 뿐이로구나. 언제 성묘나 함께 가자."

재벌집 마나님들은 본디 콩가루 집안이거나 가난한 여자를 절대 며느리로 들이지 않는 걸로 알고 있는데. 드라마 보면 꼭 그러잖아. 콩가루임을 밝혀서 결혼을 반대하는 상황을 은근히 기대했던 창희는 고개를 갸우뚱거렸다. 나 또 미디어 매체에 속은 거니?

"그, 그렇게 생각해 주시니 감사할 따름입니다, 할머님."

"그래, 그럼 오늘은 결혼했다 생각하고 건과 한방을 써라. 어차피 이 별장에는 방도 많지 않아 몇 사람은 같이 방을 써야 하느니라. 내가 허락하마."

"결혼도 안 했는데 그럴 수는 없습니다."

이 양반이 자기 손자와 나를 왜 한방에 밀어 넣는 건데?

"지금이 조선시대도 아니고 말이다. 그 시절을 겪어봐서 우리 모두 이해하고 안다. 몸만 닿아도 불이 타지. 모른 척해줄 테니 걱정 말고 합방하거라."

"네? 할머님, 제 말은 그 그게 아니고."

이렇게 공개적으로 합방을 요구하시면 누가 문을 구멍 뚫고 볼 것만 같은 기분이 들거든요.

"부끄러워 말거라. 내가 나이는 먹었지만 생각은 무척 개방적이니라."

오늘의 파주 집합은 증손자를 빨리 갖고 싶은 최 여사의 작전인지도 몰랐다. 최 여사는 창희에게 윙크를 했다.

"가, 감사합니다."

이런 고차원적인 동문서답 놀이에 창희는 항복을 선언하고 입을 다물었으며 삼희를 제외한 희자매들은 삐쭉거렸다.

"거봐, 못 들은 척하는 거 할머니 수법인지도 모른다니까? 항상 저런 식으로 자신의 주장을 관철시키시잖아. 병원 모시고 가서 청력검사 다시 하면 아마 나보다 더 좋을지도 몰라. 할머니는 청력보다 알츠하이머의 증상이 심해지는 것을 의심해 봐야 한다고."

사희가 손톱을 정리하며 구시렁거렸다.

"내 이년! 할미를 노망났다고 무시해? 버르장머리없는 것 같으니라고!"

사희를 진하게도 노려보는 최 여사였다. 원래부터 자신을 험담하는 말에는 '소머즈의 귀' 같은 능력을 발휘한다.

"죄송해요, 할머니."

사희는 재빨리 용서를 빌었다. 어려서부터 호랑이 할머니의 화난 모습을 익히 봐왔던 사희였다.

"창희 씨."

착한 셋째 딸 삼희가 말했다.

"이왕 마음먹은 것 빨리 결혼했으면 좋겠어요. 할머님도 저러시는 걸 보면 내심 손자를 기대하시는 것 같아요. 건이를 어려서부터 얼마나 예뻐하셨는데 손자를 빨리 보고 싶은 맘도 당연한 거죠. 내가 할머님에게 그날 일을 다 말씀드렸어. 할머니가 고개를 끄덕이며 좋아하시더라고요."

"어떤 날을 말씀하시는 건지?"

요새 하도 일이 많아서 말이죠.

"그때 창희 씨가 우리 재단에 첫 인사 하던 날이죠. 모두 창희 씨의 연설에 감동을 했지 뭐예요? 그날은 기부금을 받는다고 하지도 않았는데 오신 분들 모두 기부금을 두둑히 주고들 가셨어요. 눈물까지 흘리면서 기부하신 분들이 태반이야. 불은 나누어도 줄지가 않으니 불을 나누어 세상의 등불을 밝히자니, 정말 나도 소름이 끼칠 정도로 감동받았어요. 할머니도 무릎을 탁치며 고개를 끄덕이시더라고요. 그래서 더 창희 씨를 욕심 부리는 건지 몰라. 그때 오신 후원자 중에 파커 씨라는 미국인 사업가가 있는데 아내와 자식도 없이 일에만 미쳐 구두쇠처럼 돈만 모으신 분이 있거든요. 요즘은 여기저기 후원을 해볼까 하던 차였는데 마땅히 믿고 기부할 곳을 찾지 못하셨나 봐요. 그분이 그제 우리 재단에 오셔서 전 재산을 우리 재단에 기부하시겠다고 하셨어요. 창희 씨의 연설에 정말 감동받았다고 말씀하시더라고요. 자신이 기부한 재산에 대한 차후 관리는 창희 씨가 해줬으면 한다고요. 창희 씨만 믿겠다고 했어요. 그분 정말 창희 씨가 쏙 마음에 들었던 것 같아요."

황건에게 댁은 뉘슈? 하고 한국말에 능숙한 키 작은 노신사가 파커 씨인 것 같았다. 하지만 자신에게 그런 돈을 맡긴다면 횡령의 위험이 도사릴 것인데 말이다.

"얼마나 기부하셨나요?"

"응, 사백억."

입에 물고 있던 포도가 그대로 창희의 목구멍 안으로 넘어가는 순간이었다.

그걸 나더러, 뭐 어쩌라고? 사만 원짜리 영수증을 계산기로 계산해도 매번 계산마다 다르게 나오는 나에게 그 큰돈을 맡긴다고?

"네? 사, 사, 사 사백억이요?"

창희는 눈이 동그래져서 물었으나 삼희는 그 돈의 액수가 아무렇지도 않은 듯했다.

"조만간 파커 씨와 만날 약속을 잡아요. 그분이 자신의 재산이 어떤 방식으로 사용되길 바라는지 말씀해 주실 거예요. 창희 씨에게 전적으로 맡긴다고 하셨어요. 창희 씨가 원하는 곳에 기부를 권해 드릴 수도 있어요. 그분도 나이가 나이인지라 노인들의 요양과 복지사업에도 관심이 많은 것 같으니 그런 쪽으로 권해 드리는 것이 좋겠어요. 괜찮은 요양원이 있으면 투자해서 파커 씨의 노후도 그곳에서 보낼까 하시는 것 같아요. 그리고 일이 이렇게 풀려가서 말인데 창희 씨 빨리 건이랑 결혼해서 우리 가한장학재단을 이끌어 나가줘요. 지금 당장이라도 맡아줄 수 있다면 그래 주면 더욱 좋구요."

물고 있던 두 번째의 포도 알이 창희의 목구멍으로 그대로 넘어갔다.

"네? 저에게 가한장학재단을 맡으라고요?"

"엄마나, 언니들은 원래 재단 일에 통 관심이 없으셔서 내가 재단을 맡고 있었어요. 건이나 태가 결혼하면 재단을 며느리들에게 넘겨주실 거라고 아버지가 늘 말씀하셨거든요. 창희 씨라면 잘해 낼 것이라고 믿어요. 벌써 증명도 됐잖아요. 난, 우리 하늬의 영재교육을 위해서 내년이면 미국으로 가야 하고, 나도 좀 더 전공 공부를 하고 싶어요. 내 능력으로는 더 이상 가한장학재단을 이끌어 갈 수가 없어요. 창희 씨가 꼭 맡아주었으면 해요. 창희 씨에게 정말 맞는 일 같아요. 지금부터 내가 많이 도와줄 거예요. 창희 씨의 일을 병행하면서 충분히 할 수 있는 일이고 말이야. 창희 씨는 어떻게 생각해요?"

뭐야, 이건 심봤다 라고 외쳐야 하는 상황인 거야? 파커 씨와

춤 한 번 춰주고 사백억이 내 손에? 그리고 대한민국 최고의 장학재단을 나에게 이끌어가라고? 창희의 머리 속은 갑자기 소용돌이 치고 있었다. 자신은 그저 황 대장의 토끼발일 뿐인데 일이 커져도 너무 커져 버렸다.

"함부로 결정할 수 없는 중요한 일이네요. 건 씨와도 상의하고 저도 많이 생각해 보고 대답드리겠어요."

진정하려고 했으나 진정되지 않았다. 사백억에 붙은 동그라미가 머리 속에 둥둥 떠다니고 있는 기분이었다.

"장학재단이기는 하지만 창희 씨의 재량대로 다른 봉사 활동하는 곳에 기부도 할 수 있어요. 보육원이나 양로원 같은 곳도 후원을 많이 해요. 좋은 쪽으로 결론이 날 것으로 믿겠어요."

창희의 등줄기에 땀이 흘렀고 그녀의 손에 끼워진 다이아 반지가 태양에 빛났다.

"우리 건이가 사랑에 빠진 것 같구나."

창희가 왕할머니 최 여사의 휠체어를 밀며 농장 쪽으로 걸어가고 있을 때였다. 최 여사가 그 소리를 마치자 휠체어의 바퀴가 진흙에 빠져 움직이지를 않았다. 창희가 할머니에 말에 방향을 상실한 것이었다. 심장이 덜컹 내려앉는 느낌이었다.

'도대체 누구랑?'

질투의 마음이 잠깐 든 것 같기도 했다. 창희는 바퀴를 빼내려 하며 황건 쪽을 보았다. 그가 목욕을 시킨 애마 제니와 하늬가 그와 친근한 모습으로 웃고 있다.

"네, 건 씨가 말을 좋아한다고 들었어요. 애마 하신다고."

동물을 좋아하는 사람치고 나쁜 사람 없다고들 하던데 잘못된 말이 아닌가요?

"말을 얘기하는 것이 아니다. 새아가 네 이야기를 하는 거다. 건이 눈을 보면 안다. 지금도 건이의 눈이 너만을 쫓지 않느냐? 우리 집안 남자들이 사랑에 빠지면 앞뒤 안 가리고 대단하느니라."

하며 최 여사는 또 칠십오 년 전에 추억에 빠진 듯 흐뭇하게 웃었다.

"그러니까 그게 그렇게 된 거죠."

할머님도 실은 공감사기단에 걸리신 겁니다. 저희는 그저 스파이작전을 진행 중인걸요.

바퀴는 여전히 진흙에서 나오지를 않고 창희는 끙끙거리며 바퀴를 빼내려고 애쓰고 있었다. 삽으로 흙을 파내야 하나?

"어려서부터 상처가 많은 아이니라. 네가 잘 보듬어라. 사람을 잘 믿지는 않지만 한번 마음을 주면 끝까지 갈 것이니라. 건이가 남에게 까칠하게 구는 것은 마음이 고운 것을 들키기 싫어 연막 치는 것이다."

연막이라니. 할머님 어휘력이 상당하시네. 창희는 최 여사의 말에 고개를 들어 황건을 보았다. 오후가 지난 따사로운 햇살에 서서 말을 쓰다듬기도 하고, 하늬를 번쩍 들어 빙글 돌기도 한다. 그리고 멀리 떨어져 있는 자신과 눈이 마주치자 싱긋 웃기까지 했다. 그 웃음이 햇빛처럼 반짝였다.

'저 사람이 저렇게 웃을 줄도 알다니. 착한 소년 같군.'

자꾸 심장이 두근거리며 더워지는 창희는 손부채를 부쳤다. 다시 휠체어를 진흙에서 빼내려고 애쓰고 있으나 꼼짝도 하지 않았다.

"건이가 태에게 사납게 구는 것도 다 형으로 하는 애정표현이니라. 네가 우리 집안에 들어와 형제사이에 기름칠 좀 해라."

"네."

애정표현을 그런 식으로 하나? 형제들이 기름칠을 너무 많이 해서 그런지 조만간 불이 활활 타올라 재만 남겠던데요.

"난 너를 처음 보자마자 마음에 들었느니라. 딱 우리 집안사람 같더구나. 인연이 닿는 사람은 어찌 연결되었든 간에 곧 연분 나게 되어 있느니라. 새아가와 건이가 처음에는 어찌 만났는지 간에 인연이라서 여기까지 온 것이니라. 건이가 이제 널 보는 눈이 처음보다 진실하니 이제야 내 마음이 놓이는구나. 건이와 앞으로 남은 일들을 잘 해결하길 바란다, 아가."

찔린다. 그럴 리는 없지만 할머니가 뭘 알고 말씀하시는 것 같아 소름이 끼치는 증세가 났다.

"네, 할머님. 그런데 건이 씨가 절 보는 눈이 정말로 진실한가요?"

뭘 보고 진실하다고 하시는지 말이다. 이상해진 그의 눈을 병적 증세로 의심하고 있었는데.

"그렇게 따스할 수 없더구나. 사랑은 아픔을 치료하는 만병통치약이란다."

최 여사는 흐뭇하게 웃었다.

"건이는 지 아비를 많이 닮았다. 제 아비가 서자로 태어난 건이를 늘 가슴 아파할 만큼 똑똑하여 아비가 욕심을 많이 부렸다. 그래서 건이를 강하게 굴리더구나. 아비는 가는 마지막까지 건이를 안타까워했다."

창희의 귀가 번쩍 열렸다. 재빨리 최 여사의 앞으로 와서 무릎을 꿇고 최 여사를 올려보았다. 그녀의 눈은 한없이 총명해 보였다.

"황 회장님의 임종을 지켜보셨나요?"

창희는 마른침을 삼켰다.

"가기 전날 보았다. 난 내 아들을 가슴에 묻었지."

"그, 그럼 황 회장님이 무슨 말씀을 남기시진 않으셨나요? 기억하세요?"

"너도 우리 아들의 유언을 찾고 있는 게냐?"

최 여사는 장난스럽게 웃으며 창희를 보았다.

"아니, 그게 아니고. 그 중요한 걸 어디 있는지 몰라서 다들 우왕좌왕하는 것 같아서요."

"서로 잡아먹으려고들 난리지. 돈이란 그런 것이다. 그 유언장에 대해선 내가 누구보다도 잘 알지."

"유언장이 어디 있는지 아시는군요? 마, 말씀해 주세요."

"내가 가지고 있었지."

"네? 가지고 계셨다고요?"

"내가 숨겼다. 아비가 죽기 며칠 전에 그걸 나에게 숨겨달라고 하더라."

"네? 건 씨가 그걸 얼마나 찾았는데, 할머니가 가지고 계셨다니요?"

"그런데 너무 잘 숨겨서 어디다 두었는지 기억이 나질 않는구나? 내가 하루에도 몇 번씩 정신이 오락가락한단다. 땅에 묻은 것 같기도 하고 택배로 누군가에게 붙인 것 같기도 하고 말이다."

"땅에 묻은 것 같기도 하고 택배로 보내기도 한 것 같다고요? 도대체 그 중요한 걸 왜 기억을 못하시는 거죠?"

이젠 택배회사를 상대로 스파이 짓을 하든지 황 회장집의 야산을 파고 돌아다녀야 할 판이다.

"모르느냐?"

"모르겠어요."

"내가 노망이 나버렸거든."

최 여사는 연신 빙글빙글 웃었다. 속이 타는 것은 그저 창희뿐이었다.

"유서가 어떤 종류의 유서였죠? 서류였나요? 그럼 그 내용을 기억하시나요?"

"그럼, 기억하지. 내 아들이 보고 싶어서 몇 번이고 혼자 몰래 보곤 했지."

"황 회장님을 보셨다고요?"

"응, 봤지."

"그럼 어떤 영상을 기록해 놓으신 유서인가요? 동그랗고 반짝거리는 도넛처럼 가운데 구멍이 뚫린 거였어요?"

"오늘 하루 종일 말을 많이 했더니 머리가 아프구나."

"저기, 머리가 아프셔도 조금만 더 생각을 해주셨으면 해요."
"어흑."

갑자기 구순의 노인은 갑자기 심장 쪽에 손을 움켜쥐더니 눈을 감았다. 그리고 손발을 감전당한 사람처럼 벌벌 떨었다.

"내 심장이!"

창희는 눈을 동그랗게 떴다.

"심장이 왜요?"

먼저 간 아들 생각에 심장마비가 온 건가? 창희는 재빨리 심장을 마사지했다.

"머, 머리도!"

최 여사는 오만 인상을 쓰며 머리에 손을 얹었다. 창희는 최 할머니의 뇌손상을 의심했다.

"할머님, 정신을 놓으시면 안 돼요. 이대로 가시면 그렇게 예뻐하시는 황 대장은 어쩌라고요?"

창희의 바람과는 다르게 최 여사는 고개를 떨어뜨렸다. 창희는 눈을 커다랗게 뜨고 고개를 떨어뜨린 최 여사를 보았다.

"응급상황 발생!"

창희는 최 여사의 호흡을 체크했다. 숨을 쉬지 않는다.

"하, 할머니 돌아가시면 안 돼요!"

창희는 최 여사의 몸을 흔들었다. 그러자 숨도 안 쉬던 최 여사는 갑자기 코를 골았다. 평소 무호흡증이 있는 최 여사는 깊은 잠에 빠져든 것이었다. 아니, 무슨 렘수면 상태로 바로 빠지시나? 창희는 안도의 한숨을 쉬었다.

"깜짝 놀랐어요. 주무시는 것도 그렇게 스펙터클하게 주무시면 어떡해요."

창희는 고개를 떨어뜨린 최 여사의 머리를 편하게 받쳐 주었다.

멀리서 그들을 지켜보고 있던 황건은 창희와 최 여사가 있는 곳으로 걸어왔다. 그리고 무릎을 꿇고 최 여사를 보았다.

"당신이랑 이야기를 하는 게 기분이 좋으신지 낮잠 시간을 넘기셨어. 무척 피곤하셨을 거야. 피곤하면 종종 이렇게 갑자기 잠에 드시거든."

"바로 숙면을 취하시더라고요. 그래서 장수하시나 보다 생각했죠."

"더 오래 사셔야 하는데 점점 총명함이 사라지셔서 걱정이야."

황건은 최 여사의 하얀 머리카락을 손으로 쓸어 넘기다가 잠든 최 여사를 번쩍 안아 들었다. 그의 행동에서 할머니를 사랑하는 마음이 우러나는 것이 보였다.

'이 남자 그렇게 싹퉁머리 없지는 않은가 보네. 효도는 좀 하나 보네.'

창희는 황건에게 할머니에게 들은 이야기를 해주고 싶었지만 자신이 들은 이야기가 너무도 황당하고 어이가 없다는 생각이 들었다. 어디서부터 설명을 해야 할지 고민하고 있을 때 황건은 벌써 별장 안으로 들어가고 있었다. 창희는 휠체어를 진흙에서 빼내어 끌고 황건의 뒤를 따라 별장 안으로 들어갔다,

"저, 저기 할머니가 종종 오락가락하는 정도가 요즘 심해지셨나요? 거짓말을 하거나 황당무계한 말을 만들어낸다든지."

그에게 말을 하기 전 할머니의 입에서 나온 유언장 발언의 진실성을 검증해야 했다. 할머니의 거짓말을 믿어 발설하는 어설픈 토끼발의 모습을 그에게 보이기 싫었다.

"왜 또 당신에게 사차원으로 가는 가방 이야기를 하신 거야? 노망도 귀엽게 하시지. 한 일 년 전부터 알츠하이머치료 받고 계셔. 정신이 온전하실 때는 너무도 총명하신데 시간이 지날수록 그 시간이 줄어들지. 갈수록 주무시거나 정신을 놓으시는 시간이 길어지시지."

"아, 그러신가요?"

이거, 확인을 하고 발설을 해야겠군. 같은 병으로 오인받기 전에 말이지.

황건은 최 여사를 침대에 눕히고는 이불을 턱 끝까지 덮어주었다. 최 여사의 방에 있던 간병인은 최 여사의 휠체어를 접어 한구석에 놓고는 젖은 수건을 가져와 손발을 닦으려고 하자 황건이 그 수건을 받고는 최 여사의 늙고 작은 손을 잡고 손가락 하나하나를 닦기 시작했다.

"이 손으로 날 직접 먹이고 입히고 하시며 키우셨어. 나에게 늘 큰 사랑을 주시는 분이시지."

그는 정말 착한 손자같이 보였다.

'어쩌면 당신에게 행운을 가져다줄 열쇠를 가지신 분이기도 하고요.'

창희는 내일 아침 최 여사가 일어나자마자 온전한 정신임을 확인하고 유언장에 관해 물어보기로 마음먹었다. 최 여사는 아기처럼 새근거리며 깊은 잠에 빠졌다. 자면서도 웃는 모습이다. 창희는 최 여사의 웃음이 어려서 보았던 낡은 동화책 속에 나오던 나이 든 요정의 웃는 모습과 많이 닮았다고 생각했다.

파주 농장의 말똥 냄새는 대지가 식으면서 잠잠해져 갔다. 창희와 황건은 황소개구리의 개굴거리는 소리와 찌르르 거리는 풀벌레 소리를 들으며 별장을 가로질러 마구간까지 걸어가고 있었다. 최 여사가 빠져 가식적일 필요가 없는 아주 살벌한 분위기의 저녁 식사였다.

황가 가족과의 저녁식사를 마치자마자 둘은 빠져나왔다. 무슨 일인지 파주 농장에 늦게 도착한 황태의 얼굴은 마사지의 효과도 없는지 무척 칙칙했다. 창희의 모습을 아픈 듯 바라보는 것이 다였고 한 마디도 하지 않았다. 창희는 협박편지를 오늘 아침에 우편으로 보냈고 나머지 스무 장의 사진과 글씨의 조합을 위한 패션 잡지 한 권을 가방에 싸가지고 왔다. 또 한 장의 협박편지를 만들어 내일 날짜로 협박편지를 보내야 하기 때문이다. 협박을 받아서 그런지 저녁식사 때 본 황태의 모습은 아이마스크의 효과도 보지 못하고 다크서클이 검푸르게 생겨 있었다. 몹시 칙칙한 피부였다. 그런 황태의 모습이 가슴이 아팠지만 창희는 정의를 지키는 일을 미뤄둘 수가 없다고 생각했다. 오늘 최 여사의 유언장 발언과 황태에게서 들은 마지막 말을 종합해 보면 유언장에 관한 진실이 조금은 수면 위로 떠오를 것 같기도 했다. 그러니 황태를 조이는 고삐를 감정에 밀려 늦추면 안 되었다.

"여긴 황 회장과의 추억이 많은 곳이지. 여기서 황 회장이 나에게 말 타는 법을 알려줬어. 처음 말 타는 법을 배울 때 말에서 떨어져 죽었다가 살아난 적도 있지."

황건은 늘 아버지를 아버지라 부르지 않고 황 회장이라 불렀다. 서자인 홍길동이 아버지를 아버지라 부르지 못한 이유와 같은 이유인 건가? 현대에서는 그런 법이 없으니 그건 아닐 것이다. 그저 날 때부터 건방진 것이 이유일 것이다. 입을 떼고 처음 한 말이 아빠가 아닌 황 회장이었을지도 몰랐다. 창희는 그런 생각을 하며 피식 웃었다. 파고들어 갈수록 재밌는 남자이다.

"삶과 죽음의 경계선을 넘은 후로 세상이 모두 발 아래로 보여서 그 후로 그렇게 건방진 건 아닐까요?"

"나에게 건방지다는 표현을 직접적으로 쓴 건 당신이 처음이야. 날 처음 볼 때부터 변태칠면조를 운운하며 그런 식으로 대들었었지."

노블레스 클럽에서 붉은 드레스를 입고 조목조목 따져 오는 안나의 모습이 아직도 선하다. 이 여자를 만난 순간부터 자신은 이 여자에게서 빠져나오지를 못하고 휘둘리고 있다.

"제가 가끔 불의를 참지 못해서요. 지금도 목숨 걸고 말했어요. 말에서 떨어진 후에는 무슨 생각을 했어요? 저승사자를 보았나요? 그런 거 본다잖아요."

저승사자를 말하기엔 시골의 밤은 무척 어두웠다. 입이 붉고 시커먼 갓을 쓴 저승사자가 떠올랐다. 자신이 먼저 말해놓고 무서워진 창희는 황건의 곁으로 바짝 붙어서 걸어갔다. 황건은 커다란 랜턴을 창희가 걷는 길 위를 비추어주었다.

"그때가 내가 열 살이었어. 황 회장은 나에게 늘 다정했지만 난 그 다정함이 나에게 아버지로서 가진 미안함일 거라고 생각했어. 가식일지도 모른다고 의심했지. 황 회장은 우리 말고 다른 가족이 있었으니까 난 황 회장에게 삐딱한 열 살 아들이었지. 황 회장과 따로 살다가 내 친모와 헤어지고 나서 난 본가로 들어가서 살았거든 모든 게 다 싫었지. 황 회장의 말을 듣지 않고 내 마음대로 말을 다루다가 말에서 떨어져 숨도 못 쉬고 의식이 사라져 가는 것을 느끼는데 아, 이것이 죽음이라는 거구나 하고 생각했어. 그런데 희미하게 황 회장이 우는소리가 들리더라고. 황 회장이 운다는 것은 상상도 할 수 없는 일이라 의식이 사라져 가면서도 의아해했지. 그는 흐느끼며 그렇게 말했어. 제 사랑하는 아들을 제발 살려주십시오. 제 목숨과도 바꾸겠습니다. 그 소리를 듣고는 번개라도 맞은 듯 의식이 번쩍 돌아오더라고. 그 후로는 평생 황 회장의 마음을 의심해 보거나 내 존재를 하찮게 생각한 적이 한 번도 없었지. 나의 오만한 자만심은 거기서부터 형성된 것일지도 모르고."

황건은 지금껏 누구에게도 이런 말을 꺼낸 적이 없었다. 황 회장에게도 직접 말 못한 그가 평생 가진 비밀이었다.

"그러니까 아버지의 한마디로 모든 오해와 미움이 사라지는 깨달음을 얻는 순간을 경험했군요."

"그런 셈이지."

"우리 다 죽음 가까이 가본 적이 있군요. 나도 죽을 뻔한 적이 있어요."

그의 엄청난 비밀을 들어버린 것 같은 기분에 창희도 하나 털어놓기로 했다.

"듣고 싶군."

황건은 무척 궁금했다. 이 여자의 과거 한 토막이라도 다 알고 싶었다.

"어려서 시골에 살았거든요. 우리 아버지는 돈과 명예가 보장되는 자리를 박차고 나온 정의감이 넘치는 가난한 외과 의사선생님이었고 병원에 못 올 정도로 가난한 사람은 시골에 많으니까 시골을 돌아다니며 무료봉사를 하셨죠. 그래서 전 소똥 냄새 말똥 냄새가 싫지는 않아요. 말 그대로 저에겐 고향의 냄새죠."

"분 냄새를 싫어하지 않는 여자가 존재하다니."

이 얼마나 감탄할 만한 여성인가? 말을 좋아해 주말마다 농장을 찾는 황건은 자신의 선택의 탁월함에 스스로 감격하고 있었다.

"동네에 저수지가 하나 있는데 놀다가 빠졌죠. 몸이 꼬르륵 자꾸 가라앉는데 어린 마음에도 살아야겠다는 생각이 들더라고요. 솔직히 우리 새엄마가 저수지에서 놀지 말라고 했는데 저수지에서 빠져 죽은 걸 알면 얼마나 혼날까 하는 생각에 덜컥 겁이 났었죠."

"정말 무서운 새엄마였나 보군. 죽어서도 혼날까 무서워하다니."

학대하는 계모 밑에서 자라서 이런 성격이 형성된 건가? 황건은 왠지 창희가 측은해 보였다.

"죽는 것보다 혼나는 게 더 무서웠죠. 몸이 자꾸 가라앉자 수영은 못하겠고 이왕 빠진 거 완전히 더 가라앉자고 작정을 했죠. 물에 빠진 것보다는 실종이 더 멋있을 거란 생각을 하면서 가라앉아 갔죠. 뭐 저수지가 그리 깊지는 않았는지 곧 발이 바닥에 닿더라고요."

"완전 바닥까지 가라앉았군. 그래서?"

이 남자 보기보다는 맞장구도 잘 치네.

"그래서는 뭘 그래서요. 발이 닿자 저수지 바닥을 그냥 걸어서 나왔죠. 달 위를 걷는 사람처럼 물속을 붕붕 떠다니듯이 걸었더니 금방 얕은 물까지 걸어나오게 되더라고요. 제가 곧 죽어도 살아보겠다는 잡초 같은 인격이 그때부터 형성된 것 같아요."

황건은 고요한 파주 농장이 떠나가도록 경쾌하게 웃었다. 어쩌면 죽음에 이를 수 있었던 절박했던 상황을 코믹으로 풀어내는 죽기 전까지도 긍정적인 여자. 물속을 달을 걷는 어린 소녀를 상상하는 것만으로도 폐가 간지러웠다.

"그만 상상하시죠?"

이 남자는 뭐가 그렇게 만날 우스울까? 나를 자신의 광대 피에로쯤으로 알고 있는 걸까?

"우하하하하하."

황건은 웃음을 멈출 수가 없었다. 이 여자는 어찌 이리 날 즐겁게 만드는 걸까? 나에게 늘 웃음을 주는 굴곡 많은 여자.

"즐거우신가요? 스파이 계약서에 이어 광대 계약서까지 하나 더 만듭시다. 제가 그쪽에도 소질이 있는가 본데."

"새어머니가 그렇게 무서웠나?"

황건은 그녀의 어린 시절이 더 궁금했다.

"계모일 거라 생각했는데 알고 보니 정말 계모더라구요. 내가 대학에 입학하자마자 매를 손에서 놓겠다고 하셨는데 지켜지지는 않았죠. 왜냐하면 제가 그때부터 술을 마시고 주정을 하기 시작했거든요. 집에 들어가기 500m 전부터 새엄마 이름을 부르며 사랑한다고 외쳤죠. 희숙 씨 사랑해! 그러면 엄만 신발 한 짝을 들고 나와 제 등짝을 때리곤 했어요. 지금은 제가 자란 시골에서 조산원을 운영하세요. 간호사 출신이거든요."

황건은 그녀를 보고 고개를 끄덕였다. 계모와의 관계가 나쁜 것 같지만은 않았다.

"그럼, 생모는? 연락은 되고 있는 거야?"

"날 낳아준 헌엄마는 도시에서 곱게 자란 영화배우 지망생이었죠. 헌엄마가 우릴 떠난 건 저도 이해해요. 행복하질 않았던 거죠. 다만 아버지와 헌엄마도 엄청나게 불타오르는 사랑을 하셨다면서 그렇게 버리는 것이 쉬었으니 전 사랑이라는 어쩌면 얄팍한 감정은 믿지 않기로 했죠. 사랑은 갈아타기도 변하기도 내버리기도 쉬운 거라는 생각을 그때부터 해왔죠. 엄마는 또 다른 사랑과 자신의 꿈을 찾아서 아버지와 저를 떠났고 그 허한 빈자리를 새엄마가 꽉 채워주셨죠."

창희가 사랑이라는 감정을 믿지 않는 이유는 자신과 아버지를 버리고 간 생모에 대한 상처 때문인지도 몰랐다. 사랑에 버림받는 느낌을 이미 어려서부터 익히 알아와서일까. 사랑에 대한 실연을 이미 일곱 살 때 경험한 후로 사랑을 불신했다. 특히 남녀 간의 사랑은 더욱 그랬다.

"사랑을 믿지 않는다라?"

문제는 생모 쪽이었군. 그녀의 사랑에 대한 불신은 핏속까지, 어쩌면 세포까지 물들어 있는지도 몰랐다. 부모에게 버림받았다 느꼈던 사람들은 평생 자신이 낳은 아이들과의 애착형성이 힘들 정도로 큰 상처가 된다. 황건은 심각해져 버렸다. 자신이 처음으로 사랑을 느낀 상대는 사랑을 절대 불신한다니. 당신이 사랑을 믿지 않으면 당신에게 사랑에 빠진 나는 대체 어찌하라고.

"당신도 그렇잖아요. 사랑을 믿지 않는, 자신만 믿는 남자."

"그랬었지."

당신을 만나기 전까지는.

"사랑이라는 단어와는 좀처럼 어울리지 않는 드라이아이스같이 차가운 남자죠."

"드라이아이스라."

"아이스크림 포장할 때 같이 끼워 넣어주는 그 차갑고 연기 나는 거요."

창희는 어느 때의 황태처럼 손가락을 흔들며 연기를 표현했다. 황태가 폭탄의 연기를 손가락으로 표현했던 것이 꽤 인상적이었다. 그녀는 우스운 것은 쉽게 배우는 스타일이었고 배우면 실습을 해보는 도전정신이 강한 스타일이었다.

"그 드라이아이스를 잘못 만졌다가 손에 딱 달라붙어 뜨거운 화상 같은 것 당해봤다는 소리 들은 적은 없나 보지?"

지금 뜨거운 내 심장으로 당신을 화상 입혀줄 수도 있어. 황건은 그 자리에 섰다. 그가 멈추자 창희도 같이 서서 그를 올려보았다. 시골의 밤은 너무도 어두워 그의 표정을 읽을 수가 없었다.

"드라이아이스에는 화상이 아니라 실은 동상을 입는 거죠."

"그렇게 모르는 게 없이 잘 따지고 들면서 정작 알아야 할 것은 제대로 모르는군, 토끼발."

"제가 정작 알아야 할 것은 무엇인가요?"

그들 사이에는 침묵이 흘렀다. 황소개구리는 더 크게 울었고, 풀벌레들도 더 크게 소리를 내었다. 황건은 그녀에게로 한 걸음 다가왔다. 마른땅은 건조한 발자국 소리와 먼지를 만들었다.

"정말 모르는 거야?"

"대체 뭘요?"

"아니면 볼 수 있어도 보지를 않는 건가? 다신 상처받기 싫어 자기 스스로를 방어하는 것인가?"

그의 목소리는 밤의 어둠처럼 낮게 가라앉았다. 이제야 희미하게 그의 표정이 눈에 들어오기 시작했다. 그의 조각 같은 입술은 약간 일그러져 떨고 있다. 이런 상황에서도 그가 와인을 입에 물고 해주던 키스가 떠올라서 얼굴이 붉어졌다. 또 키스를 해주려는 건가? 자신의 눈이 번뜩거리는 것이 느껴졌다. 어둠 속이라 다행이라는 느낌이 들었다.

"갑자기 그렇게 분위기를 갑자기 잡으면 저는 도통 적응이 안 되어서."

또 자꾸 키스가 하고 싶어지기도 하고.

"날 봐. 토끼발."

이 남자는 분위기를 잡기 시작하면 블랙홀처럼 모든 것을 빨아들일 것 같은 집중력을 발휘하게 했다.

"보잖아요."

이제야 그의 눈이 그녀의 동공 안에 들어오기 시작했다. 그의 눈은 깊고 어둠처럼 짙었다. 그리고 무척 진지했다. 창희는 그의 진지함이 어색해 한쪽 손을 주머니에 손을 넣었다. 아침이면 할머니의 유언 발언을 녹음하기 위해 챙겨두었던 녹음기가 주머니 안에 잡혔다. 창희는 별생각없이 그 녹음기의 볼록 나온 리코딩 버튼을 눌렀다. 기계치인 그녀에게도 너무나 단순한 녹음기였다.

"사랑을 믿지는 않으나 누군가가 당신을 사랑하게 되었다면 받아들일 용의는 있는 건가?"

"네?"

창희는 눈을 동그랗게 떴다. 그의 입술에서 나오는 사랑이라는 단어는 정말 어색했다.

"날 받아들일 용의는 있는 거냐고."

황건은 그녀에게 통하는 직설법을 사용했다. 이제 혼란하고 어지럽고 힘든 마음을 정리하고 남자답게 개인적으로, 또는 공식적으로 이 여자를 자신의 여자로 만들고 싶었다. 마음에 그녀를 담고 발설하지 못한 요 며칠 사이는 앞뒤가 꽉 막힌 터질 듯한 소시지가 된 기분이었다. 그녀를 그녀도 모르게 혼자 가슴에만 담아둔다는 것은 말도 안 되는 어리석은 일이었다. 특히 이렇게 대책없고 눈치없는 여자에게는.

"그, 사랑이라는 게 말이죠. 실은 믿을 게 못 되는 뇌의 장난이라서."

왜 갑자기 그런 이상한 질문을. 내가 당신의 뭘 받아들여야 한다는 거야? 이 남자 이런 식으로 날 땀 나게 하네.

"좋아, 당신이 좋아하는 과학적으로 접근했을 때 도파민과 옥시토민호르몬의 장난일지라도 그게 지금이 진실이라면 인정해 줘야 하는 게 아닐까? 현실에 충실해야지."

아 우리에겐 옥시토민이 아닌 옥신각신 호르몬인 것 같지만.

"그러니까 그 말은."

옥시토민이니 도파민이 하니까 그가 무슨 말을 하려는 건지 알아버렸다. 사랑이다.

"사랑? 그것도 나를?"

"그래."

그는 질문이 끝나기도 전에 대답을 했다. 성격이 급한 것은 이런 데에서도 여지없이 드러났다.

"그러니까, 당신은 지금 나한테 사랑에 **빠졌**다는 뜻인가요?"

창희는 어지러웠다. 그녀는 너무도 직설적인데다가 어쩔 땐 이해력도 **빠른** 여자였다.

"그래, 그거야."

그의 대답은 짧았다.

"그러니까 황 대장이 나 토끼발을."

황건은 숨을 멈추었다가 대답했다.

"그래, 사랑해."

이렇게 허무하게 사랑을 고백하게 될 줄을 몰랐다. 자신의 카리스마를 항상 무너져 내리게 하는 여자.

"사랑한다고, 토끼발을."

그의 말은 어둠 속에서 메아리가 되었는지 창희의 귓속에 여러 번 울렸다. 사랑한다. 사랑한다. 사랑한다. 사랑한다. 토끼발을.

남자에게, 그것도 늘 자신을 갈구는 남자가, 혹은 남녀사이는 몸의 관계만 인정할 것 같은 드라이아이스처럼 쿨한 그 남자는 어쩌다 이 지경에 이르게 된 걸까? 불쌍도 하여라.

머리 속이 혼란스러웠으나 심장은 마구 두근거렸다. 어디서 몰래카메라가 돌아가고 있는 것은 아닐까? 창희는 주위를 돌아다보았다. 깜깜해서 아무것도 보이지 않는다. 다시 그를 보았다. 황건은 그 눈빛 그대로 자신을 보고 있다. 이 남자 왜 나에게 이런 혼란을 주는 건데? 혈압이 사정없이 올라가고 호흡은 가빠지고 맥박은 사정없이 뛰었다. 정말 같이 있기에 건강상 좋지 않은 남자 같으니.

"마, 말도 안 돼. 그러지 맙시다."

"말이 돼. 그럴 거야."

그는 고백도 한 마당에 이제 물러서지 않았다. 이거다 싶으면 저돌적으로 들이대는 것은 사업적 전략과도 일치했다. 여기서 물러나는 건 더 부끄러운 일이었다.

창희는 입을 벌리고 있다가 정신을 차리려고 고개를 흔들며 다시 물었다.

"왜 하필 저인 거죠?"

창희는 인간이 여태껏 풀어내지 못하는 질문을 황건에게 하고 말았다. 왜 하필 나인 거냐? 완벽한 에스라인을 자랑하지도, 미모를 자랑하지도. 가진 건 빚만 산더미인 나를! 그녀로서는 이해 불가능한 일이었다. 이분 정신이 금방 돌아오셔야 할 텐데. 그가 들고 있는 랜턴을 빼앗아 그의 동공을 비추어보고 싶었다. 분명 동공이 풀렸을 것이다.

"사랑하거나 사랑하지 않는 것은 인간의 자유의지가 아니야, 토끼발."

난 당신의 그 토끼발이란 암호명마저 사랑하는 지경에 이르렀거든. 그 엉뚱함과 표리부동함과 튼실한 허벅지는 날 완전 사로잡았어. 그는 돈을 노리고 날 등쳐먹으려 했던 꽃뱀을, 노블레스 클럽의 잘나가는 에이스를 그렇게 이유없이 사랑하게 되었다. 몸에 소변을 바르라는 엉뚱한 여의사를, 황태를 유혹하라는 임명을 띤 자신의 스파이를 사랑하게 되었다.

"그런 것엔 아무런 이유가 없어."

황건은 손을 들어 그녀의 머리카락을 만졌다. 그의 손을 따라 창희의 눈이 굴러다녔다.

"저기, 그러니까 날 그런 식으로 꼬셔서 합방하고 싶은 거라면 그런 말을 할 필요까진 없는데."

어떤 식으로도 얼버무려 이 어색한 분위기를 헤쳐 나가야 했다. 금욕처녀에게 몸 관계를 요구하는 그보다 사랑을 불신하는 자신에게 마음을 요구하는 그가 몇 백만 배 더 섹시했지만 몇 백만 배 더 어려웠다.

"차라리 그전처럼 같이 자자고 해줘요. 오늘은 허락할게. 또다시는 기절시키지도 않을게요."

그녀는 두 번이나 그를 잠들게 했던 전력이 있었다. 그런 말을 하는 자신이 양치기 소녀 같긴 했다. 세 번째는 안 믿는 거 아닐까? 믿어보는 것도 좋은데.

"그래, 당신의 몸을 원하기도 했지. 그렇게 당신을 안고 싶었던 이유도 같은 맥락이야. 사랑. 나도 그걸 깨닫는 데 시간이 좀 걸렸지만."

"그러니까 그게 다 사랑 때문이었다고요?"

내 가슴에 화대를 꽂은 날도 사랑이라 설명하는 남자라니.

"맞아. 노블레스 클럽에서 에이스를 데리고 나가고 싶다고 생각한 것은 당신이 처음이었다고."

남자는 섹스하고 싶은 여자와 사랑에 빠진다. 아니, 사랑하고 싶은 여자와 섹스를 하고 싶은 건가? 아무튼 자신은 이 여자를 보자마자 첫눈에 사랑에 빠진 것이 분명했다.

"저기, 지금 날 놀리는 거죠? 요즘 삶이 지루하고 복잡하니까 웃겨보려고."

"당신을 만난 후 삶이 지루한 적은 한 번도 없었어. 나 지금 장난하는 거 아니야. 그냥 진실 그대로인 나를 잠깐 느껴주길 바라. 때로는 침묵하여도 들리는 소리가 눈을 감아도 보이는 것들이 있어."

창희는 입을 다물었다.

"눈을 감아."

그가 말했고 그녀는 눈을 감았다.

"들리나?"

황건이 물었다. 내 심장이 뛰는 소리가.

"네, 황소개구리 소리가."

"아니, 그거 말고 더 가까운 데 귀를 기울여 봐."

황건의 고백으로 약간의 혼란 상태에 있는 그녀에겐 아무 소리도 들리지 않았다. 고등학교 때 명상 시간에 스피커에서 나오는 마음의 소리를 들으라는 말과 같은 맥락인가? 그때 정말 아무것도 들리지 않던데. 시간이 지나자 밤에만 우는 새소리도 들렸다. 창희는 숨을 들이켰다. 어려운 수학문제를 숙제로 받은 느낌이었다. 시간이 또다시 흐르기 시작했다.

"들려요, 당신 숨소리가."

마음이 편안해지는 일정한 숨소리였다. 건강한 남자의 호흡 소리는 창희를 안정시켰다. 나른해지는 느낌이었다.

'언제부터 이 남자의 숨소리가 이렇게 편하게 느껴진 걸까?'

시간이 더 흐른 뒤에는 그의 심장 소리가 들리는 것도 같았다. 황건은 눈 감고 서 있는 그녀의 손을 잡고 자신의 심장에 얹었다.

"내 평생 처음으로 여자에게 말한다. 사랑해."

이제 이 여자가 정신을 차리고 알아들었으면. 황건은 눈감은 창희를 보았다. 그녀의 감은 눈꺼풀이 떨리기 시작했다.

"그리고 듣는 당신이나 나나 무척 쪽팔리는 일이니까 그 말 다시는 안 할 거야."

아, 네. 제가 그런 기분인 걸 아시니 다행입니다. 창희는 마른침을 삼켰다.

"그에 대답은 안 해도 좋아. 뭘 바라고 말한 건 아니니까. 그냥 지금 그대로 당신이면 돼."

창희는 이제 눈을 뜰 수가 없었다. 몹시 부끄러워 피가 마를 것 같았다. 그냥 이대로 눈감고 숙소까지 걸어가고 싶었다. 그의 호흡 소리가 이젠 피부에 일정하게 와 닿았다. 황건의 입술이 창희의 피마를 것 같은 입술에 포개어져 떨렸다. 사랑을 고백한 후의 남자의 키스는 자신의 몸속 깊은 이곳저곳의 키스보다 로맨틱했다. 꽤 마음에 들었다. 이 남자의 키스의 매뉴얼은 도대체 몇 페이지까지인 건가?

그의 키스는 깊지도 않았으나 심장을 녹일 만큼 은은하고도 따스했다. 그의 단단한 가슴에 얹은 손바닥에 그의 심장의 울림이 전해졌다. 그가 입을 떼고 나서도 창희는 눈을 뜨지 못했다. 입술에서 약한 신음 소리가 흘러나왔다. 자신이 들어도 아쉬운 듯한 신음이었다.

"가자, 토끼발. 소개해 줄 여자가 있어."

"여자요?"

아니, 그런데 왜 난 여자라는 말에 이런 질투 어린 반응을 하고 있는 거지? 창희는 주머니 속의 녹음기를 꺼두고 어설픈 사랑을 고백한 남자의 뒤를 따라 걸었다.

창희는 그를 따라 어둠 속을 따라 제니가 사는 집으로 갔다. 제니는 그의 말의 이름이었고 그녀의 집은 파주 농장에서 유일하게 혼자 독방을 쓰고 있었다. 럭셔리하고 넓은 마구간이었다.

"제니라고 해. 당신에게 꼭 보여주고 싶었어."

말은 군살 하나 없이 늘씬하게 잘빠졌다. 털에는 윤기가 흘렀고 검고 큰 눈은 총기가 흘렀다. 제니와 조금 떨어진 곳에 깨끗한 지푸라기들이 침대처럼 쌓여 있었다. 귀족 말의 특권은 깨끗한 지푸라기인 듯했다. 황건은 제니의 콧잔등을 쓰다듬고 그곳에 입을 맞추었다. 말에게 키스하는 것조차 섹시해 보이는 남자였다. 말에게는 사랑스럽다는 표정을 아끼지 않는 남자였다.

"아, 안녕, 제니."

"뱃속에 새끼가 들어 있어."

황건은 비밀을 이야기하듯 목소리를 낮추었다. 소중한 보물을 보여주는 듯 진지했다.

"정말요?"

금욕을 벗어난 말이었다. 말에게까지 뒤처지다니.

"쉿, 조용. 그래서 약간 예민해져 있어."

황건은 창희마저 긴장시켰다. 창희는 황건이 가리키는 대로 말의 옆으로 갔다. 제니의 배가 둥글고 볼록하게 생겼다. 제니는 푸르르거리며 꼬리를 흔들었다.

"여길 만져 봐."

그는 창희의 손을 잡고는 같이 제니의 배를 쓰다듬었다. 창희의 손에 제니의 뱃속의 새끼가 꿈틀거리는 것이 느껴졌다.

"어, 움직여요."

세상의 모든 생명은 신비롭고 소중한 것이다.

"며칠 뒤면 새끼가 나올 거야."

황건은 손자라도 기다리는 것 같은 홍조 띤 얼굴로 말했다. 붉은 조명 아래의 그는 굉장히 따뜻한 기운을 품어내고 있었다. 흰 여기가 나는 드라이아이스가 아닌 붉은빛이 나는 가스스토브 같은 느낌이었다. 따끈따끈했다.

황건은 제니의 배를 유심히 살피는데 창희는 황건의 얼굴을 살폈다. 사랑해. 그의 말이 귓가에서 떠나지 않았다. 황건이 그녀의 시선을 느끼고 고개를 돌렸다. 눈이 마주치기만 하면 시선이 잘 떼어지지도 않고 몸이 불붙는 관계였던 그들은 마구간이라고 그 법칙이 어긋나지는 않았다. 지금은 밤이었고 마구간의 조명은 붉었으며 제니의 시선은 앞으로만 향하고 있다.

"저, 저기. 난 그저."

뭐 달리 할 말도 없으면서 무언가를 변명하려고 하는 창희였다. 나 절대 키스하고 싶어서 당신을 쳐다본 건 아니었다고요. 황건은 어떤 욕망을 참을 수 없는 얼굴로 창희를 보았다. 제니가 있는 작은 공간에서 창희의 손을 잡고 빠져나온 황건은 창희를 1m 두께의 지푸라기 위에 던지다시피 눕혔다. 창희는 눈을 질끈 감았다.

'올 것이 왔구나! 컨츄리하고 전원적인 섹스라이프라.'

그녀의 목가적인 성적 환상이 실체가 지푸라기 위에서 이루어지나 싶었다.

그러나 한참의 시간이 흘렀건만 하지만 그는 잠잠했다. 창희는 한쪽 눈만 뜨고 그를 보았다. 바로 옆의 황건은 지푸라기 위에 누워 눈을 감고 있을 뿐이었다.

"어려서는 이렇게 여기 누워 잠이 들곤 했지. 따갑긴 하지만 따뜻하고 건조한 기분이 좋아. 당신도 느껴봐."

당신도 금욕하기로 한 거니? 난 지푸라기 말고 당신을 느끼고 싶은데. 창희는 뭐가 참 많이 아쉬웠다. 그러니까 황기교의 손맛을 안 금욕처녀에게는 그의 기교에 대한 금단 증세 같은 것이 생긴 건지도 몰랐다. 그의 스킬은 완전한 결합은 아니었어도 다 한 듯 완벽한 만족감을 그녀에게 주었었다. 그의 손이 벌써 그리웠다. 사랑은 믿지는 않아도 남녀 간의 욕정은 믿어버린 그녀였다. 거의 신봉의 수준이었다. 그녀는 한숨 비슷한 것을 푹 내쉬었다. 금욕처녀에게 정복하지 못한 성이란 그렇게 아쉬운 미지의 세계였다.

"뭐지, 그 한숨의 의미는?"

황건의 몸을 벌떡 일으켜 방심하고 있던 그녀를 내려다보았다.

"제, 제가 한숨을 쉬었나요?"

정말 찔리는 순간이었다. 그래, 나 잠시 아쉬웠다. 그대를 느끼고 싶었다. 그리고 난 이 마음을 인간의 본능인 욕정이라 정의했고 당신은 잠시 전 사랑이라 정의했지.

"걱정 마, 당신이 원하지 않는 한 당신을 함부로 안는 짓 따위는 하지 않겠어. 이 지푸라기 위에서 당신을 안는 야만적인 행동은 하지 않아."

난, 살짝 야만적이어도 좋을 것 같은데. 창희는 눈만 껌뻑이며 천장의 전구를 볼 뿐이었다.

"당신에 대한 감정을 깨달은 후, 힘들지만 당신이 준비될 때까지 날 절제하기로 했어. 그러니 걱정 마, 토끼발."

사랑하는 여자를 아껴주고 싶은 남자의 마음이었다. 마음 같아서는 당장 지푸라기 위에서 그녀와 벌거벗고 나뒹굴고 싶었지만 그녀를 함부로 대하기는 싫었다. 그녀는 처음 볼 때부터 이상했다. 노블레스 클럽의 에이스가 뭘 그렇게 가리는 건지는 모를 일이었다. 분명 자신에게 털어놓지 못한 비밀 같은 것이 있을 것이라 생각했다. 여자는 남자와 성관계를 맺을 때 심리적인 것이 중요하다고 하니까 그런 문제일 거라 생각했다. 자신을 발로 차 기절시킨 이유도 중요하고 긴박한 순간에서 오는 근육의 경련쯤으로 생각하기로 했다. 자신에게는 감성적인 면이 부족했고 그것이 그녀의 몸을 준비시키지 못했을 거라는 생각이 들었다. 이 감성적인 부분은 황태에게 강의를 들어야 할 부분이기도 했다. 그런 생각으로 그는 그녀의 입술에 가볍고도 긴 키스만을 했다.

"아!"

또다시 창희의 입에서는 감탄사가 흘러나왔다. 그의 몸이 닿기만 하면 터치스크린처럼 그런 소리들이 난다. 아, 에, 이, 오, 우. 그가 가벼운 입맞춤을 하는 동안 그의 입술에 혀를 넣어, 말아? 하는 두 가지 마음이 그녀의 내면에서 충돌하고 있었다. 결론을 내리기도 전에 황건이 입술을 떨어졌고 손을 내밀어 그녀를 일으켜 주었다. 그들은 온몸이 지푸라기가 묻어 마치 가시가 돋아난 고슴도치 같은 서로의 모습을 보며 웃었다. 서로의 지푸라기를 떼어내며 창희와 황건의 방으로 지정된 이층의 방문 앞에 섰다.

"할머님이 제가 아무리 싫다고 해도 당신이랑 이 방을 같이 쓰라고 하셨어요."

창희는 곤란한 척 그를 보았다. 그녀는 이 종마같이 잘빠진 남자와 이 밤을 불살라 보고 싶었다. 그의 사랑의 고백을 들은 후 사랑인지 욕정인지의 실체를 파헤쳐 보고 싶은 욕구가 떠나지 않았다.

"무척 곤란했겠군. 걱정 마. 당신이 부담스럽다면 다른 방을 쓸 테니까."

'아무리 싫다고 해도'를 괜히 강조하여 말했나 보다. 창희는 후회를 하고 있었다.

"방이 없다는 건 할머님이 거짓말하신 거야. 여긴 남는 게 방이거든. 난 지하에 가서 자면 돼. 거긴 와인창고도 있고 영화를 볼 수 있는 시설과 침대, 사우나실도 있어."

아, 나도 그 멀티플렉스에 같이 가고 싶다.

"그, 그런가요? 난 방이 없다고 들었는데."

지금 당장 남자를 어떻게 방으로 끌어들이는 건지를 친구 소진에게 문자를 보내고 싶었다. 남자를 유혹하는 직접적이지는 않지만 세련된 말이 뭐가 있을까? 뜨거운 밤을 불살라 보실래요? 혼자는 외로워요. 밤이 무서워요. 더 이상 바늘로 허벅지를 찌르며 야동을 보는 세월도 지쳐 가요. 아침에 일어나 껍데기 벗겨진 베개를 보는 것도 신물나요. 당신의 가진 성의 기술 매뉴얼의 막장을 알고 싶어요.

"잘자, 토끼발."

그는 그녀의 심정도 모르고 이마에 청소년 같은 건전한 키스를 했다.

"네, 자, 잘자요. 그럼."

창희는 방의 문을 열고 들어갔고 곧 문은 닫혔다. 황건은 아쉬운 듯 숨을 몰아쉬다가 그녀의 방문 맞은편의 벽을 머리로 쿵쿵 찍었다. 입술을 물어뜯다가 엄지손가락을 물어뜯으며 문밖을 서성였다.

창희는 닫힌 문에 기대서서 소리가 나지 않는 비명을 질렀다. 남자를 어떻게 방으로 끌어들이는 건가요? 인터넷 지식인에게라도 묻고 싶었다. 그녀의 머리 속에 그런 지식은 하나도 없었다. 그간 실습을 위해 봤던 야동들은 무용지물이었다.

'그래, 내 스타일대로 밀고 나가자. 같이 자자고 해야지. 직접적으로다가.'

창희는 열을 세고 문을 열기로 했다. 문이 열린 후 그가 있으면 같이 자자고 말할 셈이었다.

하나, 둘, 셋, 넷, 다섯, 여섯, 일곱, 여덟, 아홉, 열.

문을 열었다. 그러나 문밖에는 아무도 없었다.

"그 남자 결심 한번 암팡지네."

창희는 한숨을 쉬며 문을 닫았다.

"창희 씨."

분명 황태의 목소리였다. 놀란 창희는 방문에서 이마를 떼고 뒤를 돌아보았다. 황태가 자신 앞에 서 있다. 언제 들어온 거지? 자신의 원맨쇼를 모두 보고 있었던 걸까?

"태 씨, 여긴 어떻게?"

다크써클이 짙어져서 범죄자의 이미지와도 흡사한 황태는 창희가 방에 두고 나온 샤넬 가방을 들고 있었다. 그의 손은 몹시 떨렸다.

"창희 씨, 실례해도 되겠습니까?"

"이미 들어와 있잖아요."

"아, 그렇군요."

"여긴 웬일이시죠? 우리 더 이상 마주치지 않기로 하지 않았나요?"

스무 장의 협박 변태 사진과 눈들이 파져 있는 잡지가 들어 있는 그 가방을 당장 돌려받고 싶었다.

"제 가방은 왜 들고 있는 거죠?"

황태는 초점이 풀린 눈으로 창희를 보면서 말했다. 늘 생동적인 표정과 액션을 크게 하며 말하던 황태의 고품격적인 모습은 찾아볼 수가 없었다.

"저녁을 먹은 후 창희 씨에게 제 마음을 다시 전해야겠다는 생각에 무례하지만 이 방의 문을 열었습니다. 아무도 없고 창희 씨의 작은 트렁크와 샤넬 가방만 덩그러니 침대에 올려져 있더군요. 일 년 전에 나온 새로운 디자인의 샤넬이라 제가 기억을 하고 있었습니다. 돌아서서 나가려는데 창희 씨의 핸드폰이 울리기 시작했어요. 남의 가방을 열어본다는 것은 매너가 없는 일이기에 참았지만 전화는 세 번이나 연속적으로 울렸죠. 전 걱정이 되기 시작했습니다. 혹시 응급상황이 아닐까? 잠시 후 메시지가 왔다는 뻐꾸기 소리가 들리더군요. 조금 열려진 가방 사이로 핸드폰에 달린 도라에몽이 보였어요. 저는 그 대나무 헬리콥터를 머리엔 단 도라에몽을 끄집어내어 핸드폰을 꺼냈죠. 분명 응급한 상황이라 생각해서 메시지를 봐야겠다는 생각을 했어요. 전 창희 씨가 걱정되었던 거예요. 병원 일을 하시는 분이니까 응급상황이 발생한 거라 생각했죠. 그러나 제가 본 메시지에는 이렇게 쓰여 있더군요."

황태는 핸드폰의 메시지 창을 열었다.

"스파이 작전은 잘되어가고 있는 거야? 피앙세의 역할은 잘해 내고 있어? 한 번도 못해본 금욕처녀의 열쇠는 풀린 거야? 네가 궁금하다 연락 줘. 소진."

황태는 여성의 목소리를 흉내 내어 메시지를 읽었다.

"스파이라니? 피앙세 역할이라니? 그게 다 뭐죠? 금욕처녀는 또 무슨 뜻인 거죠?"

황태는 어지러운지 머리를 잡고 휘청거렸다.

"저, 저기, 태 씨, 그건 친구가 장난하는 거예요. 우린 그런 장난 잘해요."

창희가 태어나서 이렇게 거짓말이 서툰 적은 처음이었다.

"네, 저도 좋은 쪽으로 해석하고 싶었죠. 전 창희 씨를 믿으려고 끝까지 노력했죠."

"노력하셨군요. 다행입니다."

"하지만 핸드폰을 넣으려고 가방의 문을 열었을 때 제가 발견할 건 어떻게 설명하실 건가요?"

황태는 가방에서 스무 장의 변태 사진이 들어 있는 비닐봉투와 글씨가 여기저기 잘려 나간 잡지 한 권과 만들다 만 협박장을 꺼내 보였다. 창희는 얼굴이 하얗게 되어 눈만 깜박거렸다.

"태 씨, 그, 그건……."

"전 창희 씨를 믿었어요. 그날 저에게 찾아온 이유는 다 저를 협박하기 위한 자료를 만들어내기 위해 온 것이로군요. 전 그것도 모르고 가슴 설레며 창희 씨를 기다렸죠. 꿈을 꾸며 기다리던 시간들이 지금은 물거품이 되어 사라졌군요. 제 사랑도, 꿈도, 창희 씨와의 미래도."

"저, 저기 태 씨, 설명할게요. 오해하지 마세요."

"그럼 이건 뭐죠? 〈나 황건은 안나, 혹은 최창희를 개인 스파이로 고용하였고 안나, 혹은 최창희가 스파이로서의 임무를 완수하였을 경우 삼십억의 현찰을 그녀에게 주겠음.〉 황건과 안나라는 여자의 계약서군요."

황태는 스파이 계약서를 다 읽고 창희를 보았다.

"창희 씨가 안나고 내가 삼십억짜리 목표물이군요."

창희는 벌어진 입을 다물지 못했고 변명거리도 찾을 수가 없었다.

"이 모든 것을 종합해 보면 창희 씨는 황건의 피앙세 역할을 한 스파이였군요. 아버지의 유언장을 혈안이 되어 찾고 있는 황건은 분명 날 의심했겠죠. 내가 아버지의 유언장을 숨겼다고 생각했으니까 당신을 고용했겠죠."

황태 씨 그간 많이 용의주도해지셨군요. 며칠 동안 협박을 당한 그는 자기성찰의 시간과 주의를 돌아볼 줄 아는 힘을 키운 것 같았다.

"진실을 말씀드릴까요? 아버지의 임종을 마지막으로 지켜본 건

저였죠. 폐암으로 긴 시간 투병 중이던 아버지는 주무시다가 편하게 고통 없이 돌아가셨어요. 돌아가시기 전에 약간의 헛소리 같은 말만 남겼어요. 원한다면 말씀드리죠. 그게 궁금하신 것 같으니까."

황태는 자신의 핸드폰을 들고 비밀번호를 찍어 저장된 메모를 읽었다.

"돌고 도는 물레방아. 인생은 돌고 도는 회전목마. 빛으로 순간을 남기며 도네. 돌고 도는 추억을 담은 곳에 나의 꿈을 새겨 넣었다."

황태는 자신의 핸드폰을 다시 주머니 안에 넣었다.

"그게 다인가요?"

"네, 다입니다. 분명 흘러간 트로트의 가사 같은 말이죠. 유언장과 관계된 말이 아닐지도 몰라요. 내가 경영권을 넘겨받는 물밑 작업을 하는 동안 황건 그놈이 유언장이라는 헛 구덩이를 파대는 것이 보고 싶었거든요. 저는 호텔에서 그런 말을 흘리고 다니기를 즐겼죠. 아버지가 죽기 전에 유언장에 대해 한 말이 있다고 말이죠. 그건 나만 안다고 말이죠. 실은 유언장은 없습니다. 이 말만 남기고 가셨습니다. 자, 이런 이상한 말만 이젠 어쩔 셈인가요? 그간 당신의 스파이 행동이 모두 무용지물이 되었군요."

"유언장에 대해 말씀도 없이 그 말밖에 남기지 않고 가셨다고요?"

믿을 수 없는 일이었다. 그 막대한 재산과 회사를 가진 분이 시한부 인생을 살면서 유언장도 만들지 않고 세상을 떠났단 말인가?

앨범으로 나오지도 못한 트로트 곡의 가사 같은 말만 남기고 가셨다니! 도대체 무슨 이유로? 그럼 왕할머니가 보았다는 유언장은 정말 알츠하이머의 영향으로 헛소리를 하신 건가?

"그렇죠. 아버지는 유서 하나 없이 돌아가셨어요. 이게 무슨 뜻인 줄 아시나요? 황건에게는 줄 것이 아무것도 없다는 소리입니다. 미리 경영권을 건네준 호텔이나 먹고 나가떨어지라는 아버지의 무언의 말씀이시죠. 우린 쟁쟁한 변호사도 다 구했으니 아버지의 재산에 대한 분할을 곧 시작할 것입니다. 황건은 무척 불리하게 된 것이죠. 그리고 월요일에 회사 창립파티에서 제가 가한그룹의 경영을 이끌어 나가기로 발표할 것입니다. 일 년간 황건이 호텔을 이끌어가며 있지도 않는 유언장을 찾느라 혈안일 때 나는 주주들을 찾아다니며 저의 경영 능력을 입증했거든요. 주주들 모두 제가 경영권을 맡는 것을 당연히 수긍했습니다. 아버지를 닮은 하나밖에 없는 정실 자식은 저이니까 당연한 거죠."

황태는 점점 가까이 창희에게로 걸어왔고 창희는 뒤로 물러섰다.

"승부는 이제 난 겁니다. 하지만 승리를 앞두고도 제가 이렇게 절망하게 되는 이유는 창희 씨에 대한 신뢰가 무너져 내렸기 때문입니다. 저는 창희 씨에게 진심을 다했는데 창희 씨는 저를 이용하려 하셨군요. 이런 사진을 찍어 날 협박하면 내가 무서워서 진실을 밝히기라도 할 줄 알았습니까? 저에 대한 마음이 모두 거짓이었고 가식이었습니까? 진실은 없는 건가요?"

황태의 얼굴은 몹시 붉었고 금방 통곡이라도 할 듯 눈에는 눈물이 그렁거렸다. 황태는 눈가를 소매로 닦더니 창희의 손을 잡았다.

"갑시다, 창희 씨!"

"느닷없이 어, 어딜요?"

황가의 남자들은 모두 힘 하나는 장사 같았다. 도대체 꼼짝도 할 수가 없었다.

"저와 가야 할 데가 있습니다. 제가 창희 씨를 납치하겠습니다."

황태의 납치는 설정된 것이 아닌 것 같았다.

"놓으세요. 소리를 지르겠어요!"

"마음대로 하시죠. 여기서 소리를 질러서 우리 집안사람들을 모이게 한다면 도대체 이 상황을 어떻게 볼까요? 형수와 눈 맞은 시동생의 상황으로 생각할까요? 그렇게 오해받기 싫어 제가 창희 씨가 황건이 고용한 스파이였다는 변명을 하면 믿을까요? 이거 저도 무척 궁금한데 소리를 한번 질러보시죠!"

창희는 바로 입을 다물었다. 두 상황 다 자신에게는 유리하지 않다.

"차, 차라리 납치하세요."

"가시죠."

황태는 납치도 무척 고품격으로 했다. 황태는 창희의 샤넬 가방을 들고 창희를 자신의 차까지 에스코트했다.

황태의 벤츠는 파주에서부터 한강 고수부지까지 전속력으로 달렸다. 황태는 차에 타고 나서부터는 아무 말도 하지 않았다. 창희의 대화 상대는 그의 차에서 흘러나오는 최신형 네비게이션의 목소리였다. 안녕하십니까(네, 두 번째로 뵙습니다). 안전운전 하시길 바랍니다(광란의 질주가 벌써 시작되었는걸요). 전 승객 모두 안전벨트를 매어주십시오(안전벨트 매면 교통사고 시 사망률이 떨어지는 거 사실인가요? 곧 차가 뒤집힐 것 같은 불길한 예감이 들어요). 전방에 과속방지선이 있습니다(핏발 선 저 눈에 그런 게 보이겠습니까?). 과속하고 계십니다. 속력을 줄이십시오. 띠링띠링. 속력을 줄이시길 바랍니다. 띠링띠링. 속력을 줄이십시오. 띠링띠링.

"저, 저기, 미스 내비게이션께서 속력을 줄이시라고 자꾸 그러시는데요."

황태에게는 창희의 말도, 내비게이션의 음성도 들리지 않는 듯했다.

"이렇게 막 달리시면 딱지가 무진장 날아올 텐데요. 벌써 제가 본 카메라만 헤도 여섯 개, 아니, 일곱 개."

그러나 그 말에 황태는 액셀을 더욱 밟기 시작했다. 조용히 있으라는 말이다. 자신이 다칠까 봐 급정거를 하면서도 팔을 내뻗던 고품격 매너의 황태자는 사라지고 없었다. 하긴, 돈 많은 그가 벌금 따위가 뭐가 무섭겠는가?

"그럼, 결론은 창희 씨가 저의 진심을 갖고 놀았군요. 돈 삼십억을 위해서!"

차가 여의도 한강 고수부지에 세워진 후로 한참 후에야 황태가 입을 열었다.

"태 씨에게 나쁜 감정이 있어서 그런 것은 아니에요. 전 그냥 계약 관계로다가."

"제 추측과 증거대로 황건과 계약 관계로 스파이 활동을 하신 겁니까?"

"네, 말하자면 그렇죠. 그 계약 관계가 시간이 가면서 이상하게 흐르긴 했지만 처음 의도는 그랬어요."

"유서 때문에 저에게 접근하셨지만 저에 대해 아무 감정도 없었습니까? 제가 받은 창희 씨의 감정은 그럼 다 무엇입니까?"

당신이 절 보자마자 굉장히 오버를 하신 거라고요. 저도 황태 씨가 그렇게 적극적일 것이라고는 예상 못했던 바입니다.

"소, 솔직해야 하는 거죠?"

황태는 일말의 희망으로 창희를 보며 고개를 끄덕였다.

"남녀가 교류하는 그런 감정은 전혀 일어나지 않았어요."

오히려 당신 형이랑은 몇 번 뜨거웠지만.

"저는 사랑이었습니다. 제 사랑을 짓밟으셨군요!"

황태는 차 문을 열고 나가서 트렁크 안에 들어 있던 소주 궤짝에서 소주 한 병을 들고 다시 들어왔다. 돔 페리뇽만을 마실 것 같은 황태는 소주의 뚜껑을 따고 소주를 벌컥 마셨다.

"소주까지도 선호하시는 줄은 몰랐네요."

샴페인을 마시고도 취하는 황태가 조금은 위태로워 보였다.

"창희 씨가 보낸 협박편지와 사진을 받기 시작하면서 소주를 입에 댔습니다. 저는 그 사진을 보며 한동안 고민을 많이 했습니다. 누가 나를 이런 식으로 협박하는 걸까? 내가 적이 많은 줄은 알지만 이 정도로 원한을 산 적은 없다. 무슨 진실을 밝히라는 걸까? 나의 변태성을 밝히고 커밍아웃을 하라는 걸까? 삶의 자기성찰을 위한 술은 소주만한 것이 없더군요."

황태는 또다시 벌컥 술을 들이켰다. 이미 그의 눈은 반쯤 풀려 버렸고 혀는 헛돌기 시작했다. 끝내 그는 자신의 주량을 넘어 치사량에 이른 것 같았다.

"창희 씨, 차를 타고 여기까지 오면서 정말 많은 생각을 했습니다. 황건과 그런 계약을 하게 된 건 창희 씨도 황건에게 속아서 그랬을 거라는 확신을 했습니다. 그 자식의 잔머리는 제가 어려서부터 익히 보아왔거든요. 그 자식이 저의 여성 취향을 알고 창희 씨에게 일을 시킨 겁니다. 창희 씨는 딱 저의 스타일이거든요. 창희 씨가 제 사진을 찍어 협박을 했다는 것은 충격이었지만 그것도 창희 씨의 창의력에서 나온 생각은 아닐 것이라고 봅니다."

이분 날 너무 좋게 보셨네. 제 순수 창작물이거든요. 황태는 뒷자리에 던져 두었던 창희의 가방을 들어서 가방 속에 있는 사진을 꺼내며 손을 부들부들 떨었다.

"더 부끄러운 것은 이게 저의 현실이라는 거죠. 이 사진은 사실을 찍은 겁니다. 제가 가진 양면 중 어두운 일면을 저는 직시할 수 있었습니다. 이런 내 사진을 보며 내가 추하다고 생각이 되었고 더 이상 이 저품격적인 생활을 접어야겠다는 생각을 했죠. 집에 있던 채찍 또한 모두 없애 버렸고, 제가 가진 아이템들을 모두 불을 질러 없애 버렸습니다. 이런 저의 현실을 직시하고 정신을 차리게 한 것은 창희의 사진 덕분입니다. 전 정상적인 성관계에 힘쓰기로 했습니다."

황태는 사랑에는 대책이 없는 남자였다. 사랑은 그를 음지의 세계를 청산하도록 만들었다. 황태는 가방 안의 사진을 한 장씩 보더니 허공으로 던져 버렸다.

"과거의 나는 사라졌습니다. 창희 씨가 불순한 목적으로 저에게 접근했다 해도 저는 창희 씨에 대한 마음을 정리할 수가 없습니다. 오히려 저에게 깨달음을 준 것을 감사하게 여기고 있습니다. 우리 오늘 여기서 끝장을 봅시다. 창희 씨를 제 것으로 만들겠습니다. 정상적인 관계로다가."

"저기, 어떤 방법으로 저를 황태 씨 것으로 만드실 겁니까?"

황태는 술을 벌컥 마시고는 병을 컵홀더에 올려놓았다. 그리고 차의 문을 잠갔다. 창희는 황태의 초점이 없고도 느글거리는 시선을 거름망도 없이 다 받아내야 했다.

"여긴 우리 둘뿐입니다. 여기서 저를 느껴보십시오. 느껴본 후에는 생각이 달라지실 겁니다."

이, 이봐요. 제가 카섹스의 환상을 가지고 있긴 하지만 말이죠, 당신이랑은 아무런 감흥도 없는데.

"황태 씨, 술이 몹시 과하신 것 같은데. 이러시면 안 돼요."

황태는 몸을 돌려 창희에게로 다가왔다.

"창희 씨."

술 냄새가 확 풍겨왔다. 창희는 그 얼굴을 밀어내려 손을 뻗었다. 그들의 치열한 실랑이가 시작되었다. 창희의 손가락이 그의 얼굴의 구멍마다 찌르고 있지만 그는 꼼짝도 하지 않았다. 심지어는 그의 입 안으로 들어간 두 번째 손가락은 그에게 빨리기 시작했다. 아, 여전히 변태스러우시군요!

"태 씨, 정신 좀 차리세요. 술이 너무 과하셨어요."

"제가 과한 것은 창희 씨에 대한 사랑일 뿐입니다. 사랑합니다. 저를 거부하면 이대로 차를 출발시켜 강으로 잠수시키겠습니다. 저는 창희 씨를 포기할 수가 없습니다."

그들을 태운 차는 사정없이 흔들리기 시작했다. 온갖 육박전을 하던 끝에 창희의 손에 가방이 잡혔고 그 안에 들어 있던 **핸드폰**이 잡혔다. 그것도 보지 못하고 별로 용의주도하지 않은 **황태**는 그 틈에 창희를 힘껏 끌어안았다.

"창희 씨, 제 몸과 마음을 온전하게 받아주십시오."

창희는 핸드폰을 빼내고 팔을 뻗어 자신의 몸을 파고드는 황태의 등 뒤에서 문자를 작성하기 시작했다. 황건에게 문자를 보낼까 했지만 더 이상 형제간의 불화를 조장시키면 안 될 것 같았다.

〈에스오에스. 닥터 최 납치됐음. 여긴 여의도 한강 고수부지. 은색 벤츠 안.〉

문자전송 버튼을 눌렀다. 누르자마자 황태의 거친 몸짓에 핸드폰은 바닥으로 떨어졌다. 수신자는 손가락 하나를 자르고 어둠의 세계에서 빠져나왔으나 아직은 그 세계의 영향력을 가지고 있는 칠갑 형님이었다. 황태에 의하여 창희가 앉은 의자가 뒤로 재껴졌다. 창희는 더 이상의 반항은 의미가 없다고 생각하여 작전을 바꾸었다.

"태 씨. 진정하세요. 태 씨의 몸짓을 이제 이해할 것도 같아요. 저도 몹시 달아오른 것 같아요."

시간을 벌어야 했다. 그들은 레슬링이라도 한판 한 듯 온몸이 땀으로 범벅이었다.

"이제 창희 씨도 동의하시는 겁니까? 창희 씨를 안고 싶은 마음뿐인 저를 이해하시겠습니까? 제 사랑의 욕구를 들어주시겠습니까?"

"야, 약간은요. 우리 조금 쉬었다가 더 편한 자리로 이동해 서로의 몸짓을 이해해 보도록 노력하는 것이 어떻겠습니까?"

황태는 잠시 침묵했다.

"한 번 속지 두 번은 속지 않습니다."

양치기 소년은 이런 느낌이었을 거다. 황태는 창희의 튼실한 허벅지를 황홀한 눈길로 훑었고 곧 눈길이 아닌 손길로 허벅지를 만지기 시작했다.

"제가 창희 씨의 귀한 허벅지를 손으로 느끼는 이런 순간을 얼마나 고대했는지 아십니까?"

그의 손길이 강해질수록 창희에게는 거부감이 들었다. 분명 황건이 몸을 만질 때와는 다른 느낌이었다.

'어라? 뭐니, 이 밋밋함은!'

창희의 머리 속은 끊어진 필라멘트가 이어져 전기가 통해 불이 들어온 듯 뇌의 세포들이 활발하게 움직이기 시작했다. 황건의 눈길이나 몸이 닿을 때마다 자신이 몸이 점화된 듯 지지직 타오르던 느낌은 한 번도 금욕을 풀어내지 못한 금욕처녀의 본능적이고 육체적인 당연한 몸의 반응이라고 생각했던 창희였다. 황건이 아닌 몸 좋은 다른 남자가 그런다 해도 똑같이 반응할 거라 믿었다. 하지만 그렇지 않았다. 황태의 손길은 진해질수록 거부감만 더할 뿐이었다.

그럼, 황건에게 느끼는 그 감정들은 무엇일까? 잡지에서 말하는 퍼펙트한 속궁합을 내 몸이 알아보는 것일까? 아니면 황건의 말처럼 사랑? 사랑! 그것이 사랑이었나? 사랑이라니. 그럼 내가 그 빌어먹을 사랑에 빠져 버린 걸까?

"그럴 리가 없어!"

창희가 그렇게 외치며 벌떡 일어나 앉는 바람에 방심하던 황태의 눈을 머리로 들이받는 상황에 되었다. 황태는 한쪽 눈을 손으로 움켜쥐며 아파했다.

"창희 씨, 뭐가 그럴 리가 없다는 거죠? 어차피 황건의 피앙세가 연극이었음을 안 이상 저는 창희 씨를 제 것으로 만드는 것에 더 거침이 없기로 했습니다."

"잠깐만요. 태 씨, 저에게 생각할 시간을 주세요."

감히 내 생각의 맥을 자르다니. 잠깐 사랑. 사랑이었나? 그의 손길과 눈길과 입술과 복근에 반응하던 그것들이 모조리 사랑이었단 말인가? 그래, 그가 만질 때마다 감전된 듯 떨리던 그 느낌은 그 사람 외엔 느껴본 적이 없다.

"생각은 할수록 복잡해지는 겁니다. 그냥 행동으로 무언가를 이룹시다."

"태 씨, 제 허벅지를 다시 한 번 만져 주세요."

다시 몸의 반응을 실험을 하고 싶었다. 황태의 눈은 반짝거렸다. 황태는 창희의 허벅지에 뜨끈한 손을 얹고는 주무르기 시작했다. 아무 감흥이 없었다. 이 남자 기교가 모자란 것 같지는 않은데 말이다. 창희의 허벅지를 더듬으며 황태의 헐떡이는 숨소리만 짙어져 갔다.

"태 씨, 이제 그만."

창희는 복잡한 심정으로 자신을 뒤돌아보고 있었다.

"아무런 감흥이 안 나요. 그저 징그럽기만 할 뿐."

분명 황건이 자신의 몸을 만질 때와는 달랐다.

"지, 징그럽다니요?"

고품격을 지향하는 황태로서는 충격의 발언이었다.

다른 사람의 손길은 나무 반응이 없고 황건의 손길만이 그립다. 언제부터인 거지? 언제부터 그에게 말리기 시작한 거야? 창희는 옆에 세워진 황태가 먹다 남긴 소주를 벌컥 다 마셨다.

"태 씨, 저 사랑에 빠졌나 봐요."

창희는 참담한 얼굴로 말했다. 황태의 눈은 감격으로 범벅이 되어 있었다. 심장이 튀어나올 것 같은 느낌이었다.

"제 진심이 통했나요? 저도 그렇습니다. 창희 씨가 황건의 사주를 받은 스파이였다 해도 다 상관이 없을 정도로. 사랑합니다."

"그, 그게 아니라 제가 사랑에 빠진 상대는 당신의 형인 것 같아요."

창희는 낙심하여 대답했다.

"네? 황건과 사랑에 빠졌다고요?"

"인정하기는 싫습니다만 그런 것 같아요."

"다시 생각해 봐요. 제가 아닌 황건입니까?"

창희는 잠시 생각했다. 다시 생각해도 그런 것 같다.

"네."

"그 자식도 창희 씨를 사랑한다 했습니까?"

"네, 아까 그렇게 말했어요."

그들 사이에 잠시 침묵이 흘렀다. 침묵은 잠시였다. 황태는 몸을 흔들며 소리를 지르기 시작했다.

"황건이랑 사랑에 빠졌다고요? 지금 제 아킬레스건을 건드리셨습니다. 창희 씨가 세상의 누구와도 사랑에 빠진 것을 다 용서할 수 있습니다만 황건과 사랑에 빠졌다는 것은 도저히 용서할 수 없습니다. 왜 그 자식은 내 소중한 것을 아무런 노력도 없이 다 차지하는 거지요? 평생 무슨 악연이기에 이렇게 저의 주변을 맴돌면서 제가 절실히 원하는 것을 가로채는 거랍니까? 그 자식은 아버지의 사랑도 모두 가로채 갔습니다. 그 자식을 죽이고 싶습니다. 고통을 주고 싶습니다. 창희 씨와 제가 이렇게 같이 사라진다면 그 자식도 평생 고통 속에 살아가겠죠!"

창희의 얼굴에 농도 짙은 침을 튀기며 열변을 토하던 황태는 갑자기 차의 시동을 걸었다.

"저기, 과음하셨는데 시동을 거심은 음주운전이십니다."

"같이 죽읍시다. 창희 씨를 차지 못할 바엔 같이 죽을 겁니다.

전 돈, 명예 따위보다 사랑이 중요한 사람입니다. 제 사랑은 끝이 났으니 전 지금 창희 씨와 생을 마감하겠습니다."

그는 사랑에 목숨도 거는 사랑 숭배주의자였던 것이다. 종종 뉴스에서 그런 일들의 자살보도를 보고 혀를 차고 했었는데.

"같이 죽자고요?"

아니, 소주 반병 마시고 사람이 이렇게 맛이 가나? 같이 죽자니? 이렇게 생을 어이없이 마감하고 싶지는 않았다. 게다가 사랑인지 뭔지에 빠진 것을 처음 깨닫는 순간에 죽음을 논하다니, 나 아직 우리 아버지 빚도 갚아야 하고 요양원도 살려내야 하고 당신이랑 물에 빠져 죽은 것을 안다면 우리 새엄마한테 죽도록 맞는다고!

"네, 그 말입니다."

"태 씨, 지금 몹시 흥분 상태이신 것 같아요. 마음을 가라앉히고 심호흡을 하세요."

황태는 지금 술이 너무 취했다는 것이 문제였다. 그는 핸들을 잡고 검은 한강을 노려보기 시작했다.

"출발하겠습니다. 이승에서 창희 씨의 마음을 갖지 못했다면 저승에서라도 차지하겠습니다!"

황태는 기어를 드라이브에 놓았다. 그때였다. 황태 쪽의 창문을 누군가 두드렸다. 황태와 창희는 놀란 얼굴로 창밖을 보았다. 얼굴에 커다란 흉터가 있고 깍두기 모양의 머리스타일을 한 씨름선수처럼 덩치가 큰 한 남자가 창 안을 들여다보았다. 그리고 씨익 웃으며 창문을 두드렸다.

"뭐, 뭐야? 이 사람 뭐 하는 사람일까요?"

죽음도 겁내지 않았던 것처럼 보이던 황태는 겁에 질린 얼굴이었다. 황태는 차의 라이트를 켜고 주위를 둘러보았다. 차를 주위로 겹겹이 저렇게 똑같이 생긴 남자들 수십 명이 차를 에워싸고 있었다. 손에는 다들 연장 같은 것을 들고 있었다.

"누, 누구죠, 이 사람들? 이 밤에 한강 고수부지를 보수 공사하는 걸까요? 그런데 왜 작업복을 입지 않고 검은 양복을 죄다 입고서."

황태가 창희에게 물었다.

"그러니까 저분들은 양복이 작업복입니다."

"양복이 작업복이라 함은 조폭?"

"제 친구가 납치된 저를 구하기 위해 보낸 지원병 같습니다. 어둠의 동생들이죠."

칠갑 형님의 어둠의 세계에 남아 있는 동생들 같았다. 그들의 기동성을 보니 칠갑 형님은 그 세계에서는 여전히 먹어주는 듯했다.

연장을 손에 드신 분들이 밖에서 차를 흔들기 시작했다. 창희와 황태는 배라도 탄 듯 차 안에서 요동쳤다.

"동생들? 그, 그렇다면 창희 씨는?"

황태는 창희를 보며 입술을 떨며 다시 말했다.

"역시 여성 조폭?"

그의 머리 속에 창희를 주유소에서 처음 만났을 때를 떠올렸다. 두 개의 페트병에 휘발유를 잔뜩 사가며 자신에게 험상궂은 표정을 짓던 그녀를 매력적이라고 느꼈던 그 감정이 고스란히 되살아났다. 황건이 스파이로 고용한 그녀는 황태의 첫 느낌처럼 어둠의 조직에 몸담고 있는 여성이었던 것이다. 그것도 그럴 만했다. 치밀한 황건이 경력도 없는 스파이를 고용하지는 않았을 것이다.

"질문은 받지 않겠습니다. 저, 이만 여기서 내려야겠습니다."

창희의 말에 황태는 대답 없이 잠긴 차 문을 풀어주었다.

"저기 여기 핸드폰도 떨어졌고 가방도 잘 챙겨 가셔야죠."

황태는 몹시 경직되어 있었지만 무척 공손했다.

"그럼."

창희가 차에서 내리자 수십 명의 어둠의 동생들은 고개를 숙이며 인사를 했고 곧 창희를 모시고 사라졌다. 황태는 그들의 뒷모습을 룸미러로 바라보며 몸을 떨고 있었다. 몸의 떨림은 쉽게 멈추지 않았다.

칠갑 형님의 동생들이 창희를 내려놓은 곳은 납치가 시작된 파주 농장이었다. 차에서 내린 창희는 조용히 별장 안으로 들어갔다. 곧 날이 밝았다.

최 여사는 잠에서 방금 깨어나 자신을 보고 있는 창희를 보며 웃었다.

"내가 오래 잠을 잔 것 같다, 새아가."

"네, 깊이 잠이 드셨어요. 이제 정신이 좀 맑으신가요?"

창희는 따스한 눈으로 최 여사를 보았다. 황건의 할머니는 자신의 할머니인 듯 자상한 웃음을 주었다. 깨끗한 아침 햇살이 그들을 비추었다.

"아주 맑구나. 날 좀 일으켜다오."

창희는 침대에 일어서려는 최 여사를 부축했다. 침대에서 걸터앉게 된 최 여사의 다리는 바닥에 닿지도 않는다. 창희가 협탁 위의 따스한 물을 최 여사에게 주었고, 최 여사는 그것을 한 모금 마셨다.

"나에게 뭐 궁금한 것이 있더냐?"

그렇게 묻는 최 여사는 모든 것을 다 알고 있는 것 같은 눈빛이었다.

"곧 가한그룹의 창립 기념파티가 있을 것이고 황태 씨가 경영권을 갖게 될 것이라는 발표를 한다고 합니다."

"그거 잘된 일이구나?"

"네?"

창희는 얼굴이 창백해졌다. 최 여사가 황태파일 줄은 몰랐다. 그럼 황건에게 보낸 그 애정들은 다 무엇이란 말인가?

"둘 다 내 손자이니 아무나 가업을 이으면 되지 무엇이 문제더냐?"

할머니는 지금 귀가 잘 들리지 않을지도 몰랐다. 창희는 최 여사의 귀에 대고 다시 말했다.

"황건 씨가 아니라 황태 씨가 경영권을 갖게 될 것이라고요, 할머님."

"내가 내 손자들 이름도 헷갈릴 정도로 노망이 나진 않았다. 할머니는 누가 되든 상관없었느니라."

"그, 그러시군요."

어깨에서 힘이 빠지기 시작했다. 그럼 유언장은 없는 건가? 어제 말씀하셨던 유언장은 그저 알츠하이머병 때문에 온 착각이셨나? 황태의 말처럼 그런 것은 애초부터 없었는지도 모른다. 황 회장은 왜 재산도 산더미 같으면서 그냥 돌아가신 거지?

"그런데 내 아들 황 회장의 생각은 달랐나 보더구나. 그중 잘하는 놈이 회사를 맡길 바랐다. 사업하기에는 여리고 착한 태보다 머리회전도 빠르고 고집도 있는 건이가 제격이지."

이 집안사람들이 반전의 효과를 노리는 대화법을 즐기는 듯했다.

"무, 무슨 말씀이죠? 황 회장님이 그러길 원하셨나요? 유언장이 존재하는 거군요?"

"내 아들이 세상을 떠나기 한 달 전에 비디오테이프를 나에게 주더라. 유언이 담긴 말이니 어머님이 맡아달라고 했다. 장례식이 끝나고 나면 건이에게 주라고 했다."

최 여사는 물을 천천히 한 모금 더 마시고 말을 이었다.

"그런데 자식 먼저 보낸 어미가 그때부터 노망이 나기 시작해서 황건에게 주라는 것을 까먹었지 뭐냐? 일 년간 밤마다 잘생긴 내 아들이 담긴 테이프를 혼자 보고 그리워했느니라. 얼마 전 정신이 말짱한 날에 비디오테이프를 건이에게 주라고 했던 말이 생각이 나더라. 건이에게 몰래 주라는 내 아들의 말이 생각나서 집안일 하는 파주댁을 시켜 건이에게 택배로 보냈다. 바쁜 건이의 얼굴을 도통 볼 수가 있어야지. 정신이 말짱할 때 주지 않으면 또 잊어버리겠기에 파주댁을 시켜 택배로 보내 버렸구나. 요즘 택배가 얼마나 빠르고 좋은지 모른다. 그 테이프는 건이가 이미 갖고 있을 것이다. 그러니 걱정 말거라."

최 할머니는 또다시 빙긋 웃었다. 웃는 모습이 귀여운 요정처럼 보였다.

"비, 비디오테이프요?"

황건은 비디오테이프에 대해 언급한 적이 없다. 아니, 더듬어 생각해 보면 비디오테이프에 대해 언급한 적이 있긴 있었다. 그러나 그것은 유언에 대한 비디오테이프가 아니라 자신을 협박한 비디오테이프였다. 노블레스 클럽의 CCTV를 갖고 있다고 자신을 협박한 적이 있었고 자신은 그의 펜트하우스에 침투하여 그걸 훔쳤었다. 나중에 그는 CCTV는 없었고 작업하기 위한 미끼였다고 했다. 그 문제의 그 비디오테이프는 지금 자신의 오래된 VCR에 물려 꼼짝도 않고 보존되고 있다. 무언가 깨달음을 얻는 순간이었다. 창희의 머리 속에 황 회장이 유언이 담긴 비디오테이프와 자신의 19금 드레스를 입은 모습이 담긴 테이프가 오버랩 되었다.

"이런, 애초에 노블레스 클럽의 CCTV 따위는 없었던 거야!"

황건도 언젠가 그렇게 말한 적이 있지 않은가? 그리고 앨범으로 작업하지 못한 트로트 곡의 가사 같은 황 회장의 말도 딱 들어맞았다.

〈돌고 도는 물레방아. 인생은 돌고 도는 회전목마. 빛으로 순간을 남

기며 도네. 돌고 도는 추억을 담은 곳에 나의 꿈을 새겨 넣었다.〉

 돌고 돌아야 화면이 나오는 비디오테이프를 남겼다는 말이 아닌가? 황 회장이 남긴 비디오테이프는 그 비디오테이프였고, 그 비디오테이프는 그렇게 자신의 집에 잠들어 있었다. 그러니까 정리하자면 그 비디오테이프가 그 비디오테이프라는 소리였다.
 "그 비디오테이프가 그 비디오테이프였다니!"
 창희는 그 말만을 반복할 수밖에 없었다.

 창희는 황건이 잠들어 있는 지하실로 내려갔다. 지하에는 그의 말처럼 아늑했다. 영화를 볼 수 있도록 한쪽 벽면은 스크린이었고 커다란 소파가 있었다. 침실과 사우나 룸과 와인 저장고와 극장 기능도 있는 멀티플렉스 지하였다. 황건은 소파에 누워 그는 깊이 잠들어 있었다. 윗옷은 입지 않고 면바지만을 입고 잠이 들어 있었는데 잠든 모습조차 완벽에 가까웠다. 잠든 그의 얼굴은 순수했고 여전히 복근에는 근육이 가로줄무늬를 만들고 있었다. 자신처럼 옆으로 누우면 흐르는 살 따위는 없었다. 등은 넓었고 어깨는 강해 보였다. 창희는 그에게 가까이 걸어가 무릎을 꿇고 그의 얼굴을 보았다. 약간 자란 듯한 머리카락은 눈을 덮고 있으며 속눈썹은 짙고 길다. 입술은 조각같이 섬세하고 아름답다. 창희의 심장이 다시 사정없이 뛰기 시작했다. 그의 복근을 보라. 항상 부풀어 있는 나의 복근과는 다르지 않은가. 사람은 자신과 다른 것에 끌리기 마련이다.

'이거 보라고. 젠장, 나 분명 사랑에 빠져 버린 거야.'

창희는 억울한 듯 고개를 숙였다. 그리고 현실을 직시하고자 하는 마음에 고개를 들었다. 창희는 그의 머리카락을 손으로 쓸어 넘겼다. 머리카락을 만졌을 뿐인데도 온몸이 전율한다. 황건이 말하는 몸이 먼저 반응하는 사랑이 이해가 되는 순간이었다.

"이봐요, 황 대장."

그를 나지막이 부르자 황건이 바로 눈을 떴다.

"토끼발. 당신, 왜 여기에 있는 거지? 무슨 일 있는 거야?"

잠에 바로 깨어난 목소리마저 진동하여 창희의 심장을 떨게 했다.

"하룻밤 사이 정말 많은 일이 일어났어요. 황 대장."

창희도 속삭이듯 말했다.

"일이라니?"

창희는 그의 놀란 모습이 무척 섹시하다고 느꼈다. 그렇다. 그는 섹시했다. 그래서 금욕의 몸은 더 반응을 했던 것이다.

"지금, 이 새벽에 작전의 경과를 보고하러 왔어요."

스파이 본연의 자세로 돌아와 또다시 그에게 무전을 하기로 했다.

"경과 보고?"

그는 이해할 수 없다는 얼굴로 몸을 일으켜 앉았다.

"급작스럽지만 듣고 싶군, 토끼발."

"나 토끼발이 드디어 완벽한 증거를 확보했고 그 증거물을 안전하게 보관하고 있다. 오버."

창희는 빙긋 웃으며 언젠가 그가 끼워준 반짝이는 다이아몬드 반지를 입에 가까이 대고 말하였다. 그녀는 그에게로 연결되는 이 무전기가 무척 마음에 들었다. 다시는 빼고 싶지 않을 정도로.

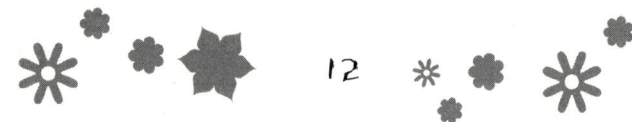

12

가한그룹의 창립 기념파티는 고급스러웠다. 대한민국의 내로라하는 명사들까지 모두 모인 것 같았다. 창희는 디자이너 박이 디자인한 공단의 하얀 드레스를 입고 삼희와 함께 장학재단의 후원자들과 이야기를 나누고 있었다. 황건은 그런 창희를 보며 파티장의 구석에 서서 여유로운 웃음을 웃었다. 황태는 파티장의 한가운데에서 자신을 스치는 모든 사람과 악수를 나누고 있었다. 그의 표정에는 슬픔과 기쁨이 공존하고 있었다. 사랑의 아픔에서 여전히 헤매고 있었고, 곧 전문 경영인으로 추대될 생각에 들뜨기도 했다. 평생 자신을 짓누르던 황건의 존재를 단번에 뛰어넘을 수 있는 순간이었다.

황태가 거들먹거리며 황건에게 다가왔다. 두 사람은 마주 보지 않고 앞을 보며 대화를 나누었다. 웃고는 있지만 서로에게 악담을 하는 습관은 버리지 못했다.

"실실 웃는 것을 보니 모든 것을 포기한 듯하군. 아니면 돌았든지."

형에게 사랑을 빼앗긴 동생은 입 안이 씁쓸했고 입에서 튀어나오는 말은 험악했다.

"형님에게 돌았다니. 사람들만 없었으면 네가 좋아하는 저기 천장에 달려 있는 반짝이는 고품격 프랑스제 샹들리에에 거꾸로 걸어놨을 거다."

황태는 얼어버린 얼굴로 황건을 보았다. 그러고도 남을 인간이었다.

"상상력조차 저렴한 것은 여전하군. 기대해. 평생 내 영혼에 상처를 주고, 들볶고, 모욕하고, 겁을 주었던 것에 대한 복수를 한순간에 해줄 테니까."

그리고 나의 사랑을 차지한 복수 또한.

황건은 빙긋 웃었다. 내가 그랬었나? 하긴, 아버지와 같이 사는 황태가 곱지만은 않아서 어려서부터 많이 괴롭히기는 했다. 하지만 귀여워서 그랬던 적도 많았는데.

"잔뜩 기대해 주마."

"아직 실감을 하지 못한 것 같은데 오늘 경영권은 내가 가지게 될 거야. 널 눌러주고 가한그룹에서 설 자리를 없애주겠어."

"거대한 계획이군. 기대해 주지."

황태는 경영권을 자신에게 빼앗길 것이 분명한데도 여유로워 보이는 황건이 마음에 들지 않았다. 사랑을 얻은 남자는 경영권 같은 것은 아무렇지도 않은 건가? 사랑 숭배주의자인 황태는 지금 사랑에 빠졌다는 황건이 몹시 부러웠다. 황건의 얼굴에서는 예전에 없던 평화로움과 여유로움이 넘실거렸다. 세상에 부러울 것이 하나도 없는 남자의 모습이었다. 창희 씨 같은 여자를 차지했는데 현실의 권력과 명예 따위가 뭐가 중요하겠는가. 애초에 황태는 기업의 경영권 같은 것은 관심도 없었다. 머리 아프고 복잡한 사업 이야기도 자신과는 맞지도 않고 지루했다. 그는 예술을 논하고 디자인을 논하고 세상의 고품격적인 모든 것에 대해 관심이 있었지, 어렵고 복잡하고 피부가 나빠지는 스트레스가 많은 사업 따위는 관심조차 없었다. 그가 경영권을 노린 것은 황건을 납작하게 눌러주고픈 마음에서 시작되었다. 자신도 돌아가신 아버지에게 단 한 번이라도 인정받고 싶어서였고 황건을 눌러주고 싶은 마음 때문이었는데 황건이 경영권에 초월하는 모습을 보이자 이 모든 계획과 노력이 다 물거품처럼 느껴졌다.

"두 분, 다정한 형제의 모습이시군요! 같이 서 있으니 둘이 많이 닮았네요."

어느새 창희가 그들의 앞에 서서 웃었다. 닮았다는 소리에 그들은 서로의 모습을 훑다가 말도 안 된다는 듯 고개를 저었다.

"악담 한번 지독하군."

황건이 말했고,

"누가 할 소릴!"

황태도 지지 않았다.

"아, 이런 반응을 예상했는데 적중했군요. 멀리서 본 두 분 표정이 꼭 강도를 만난 표정 같아서 재밌었어요."

두 남자는 창희의 정체를 아직도 파악하지 못하겠다는 얼굴로 쳐다보았다.

"강도는 토끼발, 당신 같은데?"

내 마음을 뺏은 강도. 황건이 창희의 허리에 팔을 두르며 부드럽게 말했다.

"대낮에 복면을 쓰고 사람의 몸에 칼을 꽂는 것이 강도와 비슷하긴 하죠, 황 대장."

고품격 유머를 내뿜는 사랑스러운 여자. 황태는 눈을 뗄 수도 없을 만큼 아름다운 창희의 모습에 한숨이 나왔다. 자신도 그녀를 토끼발이라고 부르고 싶었다. 토끼발과 황 대장이라. 사랑하는 사이의 애칭 같았다. 창희는 머리를 위로 올려 눈부시도록 투명한 목덜미가 모두 드러냈다. 입고 입는 하얀 공단보다 더 투명한 피부는 반짝거리는 것 같은 느낌마저 주었다. 디자이너 박의 디자인답게 가슴을 강조하고 허벅지를 강조하는 풍만한 여성의 바디라인을 드러나게 하는 드레스였다. 그녀를 반짝이는 흰색의 진주알처럼 보이게 했다. 황태는 아쉬움에 몸부림을 쳐야 했다. 그녀가 너무도 아쉽고 여전히 사랑스러웠지만 이미 그녀의 마음은 다른 사람에게로 가 있다. 어쩌면 바라만 봐주는 것이 그녀를 사랑하는 길인지도 몰랐다. 그리고 평생 그녀가 여성 조폭이라는 비밀을 누구에게도 발설하지 않기로 했다. 사랑의 마음으로 그녀의 비밀을 지켜주기로 했다. 황태는 자신의 사랑을 그렇게 승화시켜 나갔다.

—마이크 테스트. 하나, 둘, 셋.

갑자기 스피커에서 나오는 소리에 장내에 울리던 현악4중주단의 연주가 멈추었다. 무대에는 사회를 보기로 한 한 실장이 긴장을 한 목소리로 입을 열었다. 한 실장은 노블레스 클럽에 황건과 같이 왔던 M자형 탈모가 시작되어 가던 사람이었다.

—존경하는 가한그룹의 임직원 및 초대 받으신 귀한 손님 여러분. 우리 가한그룹의 창립 기념행사에 함께하시게 되니 무한한 영광이 아닐 수 없습니다. 행사를 시작하기 전에 이 가한그룹을 창립하시고 키워 나가신 고(故) 황부호 회장님이 돌아가시기 전 가족들과 회사 식구들을 위해 남겨놓으신 영상을 보여 드리겠습니다. 회장님은 일 년 전에 보여주길 원하셨지만 사정으로 인해 이제야 빛을 보게 되었습니다. 우리 가한그룹의 창립자 황부호 회장님을 영상으로나마 이 자리에 모실 수 있으니 감격이 아닐 수 없습니다. 자, 그럼 박수로 맞이해 주시길 바랍니다.

장내는 웅성거리기 시작했다. 무대 위에 있던 스크린이 내려오고 황 회장의 얼굴이 스크린에 비추어지자 식장에 있던 모든 사람들이 박수를 치기 시작했다. 손수건을 꺼내어 눈물을 닦는 사람들이 대부분이었다. 황건의 옆에 서 있던 황태는 황건과 스크린을 번갈아 보며 입을 다물지 못했다. 그러나 황건은 침착했다.

"아, 아버지!"

황태로서는 생각지도 못했던 상황이었다. 황태는 눈도 떼지 못하고 스크린에 몰입하기 시작했다. 스크린에는 황가의 두 형제들과 꼭 닮은 황 회장이 자상하게 웃고 있었다. 배경은 병실이었지만 땡땡이 나비넥타이와 중절모를 쓰고 있는 모습이었다.

—존경하는 우리 가한그룹의 가족 여러분. 다들 건강하신지요? 여러분들이 이 영상을 보고 있을 때쯤 저는 이미 저 세상 사람이 되었을 겁니다. 평생을 극적 효과와 반전 있는 인생을 추구했던 저로서는 마지막으로 여러분에게 깜짝쇼를 선보이고자 이렇게 영상으로 유언의 말을 남기자는 생각을 하고 실천에 옮기고 있습니다. 이 돈 많은 늙은이가 유언도 하나 없이 세상을 떠났으니 얼마나 혼란스러웠겠습니까? 하지만 이렇게나마 여러분을 다시 만나고 싶어서 제가 장난을 좀 쳐봤습니다. 유머러스한 마인드는 세상을 살아가는 윤활유이지요. 유머감각을 늘 단련하세요.

화면 속 황 회장은 뭐가 즐거운지 혼자 허허하고 웃었고, 식장의 사람들은 모두 황 회장을 따라 웃었다.

—속 시원하게 여러분이 제일 궁금해하던 유산 분배에 대해 말씀드리겠습니다. 제가 가지고 있는 주식과 부동산과 현금에 대한 분배에 대한 유서는 제가 자필날인 밀봉하여 어디다가 잘 묻어두었습니다. 제가 아들을 위해 선물을 종종 묻어두던 곳입니다. 제 아들 황건이 그 위치를 알 것입니다. 그 유서에 작성된 것처럼 내 사랑하는 모든 사람들에게 입 나오지 않을 만큼 공평하게 유산을 나누어 주었습니다. 상속세를 내면 다시 입들은 나오겠지요. 하지만 그들이 받을 재산은 얼마 되지 않습니다. 개인적인 내 재산은 모두 사회에 환원했기 때문입니다. 그 내용이 밀봉된 유서에 다 적혀 있습니다.

장내에 있는 사람들은 또다시 눈물을 흘리며 박수를 치기 시작했다.

　―자, 그럼 경영권에 관해서 말해볼까요? 저는 회사를 잘 이끌어 나갈 사람에게 경영권을 넘기고 싶습니다. 그럴 능력이 되는 사람을 한 사람 눈독 들이고 있지만 모든 주주들의 의견에 따르겠습니다. 제가 밀어주고 싶은 사람은 황건입니다. 내 입으로 내 아들의 이름을 거론하기가 부끄럽습니다만 내 아들이라는 것을 제외하면 가한그룹을 키워가는 데 있어서 그만큼 제격인 사람이 없을 듯합니다. 그의 경영 능력을 실험하고자 언제나 적자를 면치 못하는 호텔을 미리 주어보았죠. 지금으로부터 일 년이 지난 후 그 호텔이 급성장을 하지 않았을 경우 추천을 감히 하지 않겠지만 초고속성장이 분명함을 믿어 의심치 않습니다. 그의 경영 능력을 지켜보시고 일 년 후 주주총회를 열어 경영권에 대한 투표를 하십시오. 저는 '황건'에게 한 표 던집니다. 아까 말했듯 제 아들만 아니었다면 죽기 전에 가한그룹의 경영권을 그에게 넘기고 갔을 겁니다. 나는 평생 그를 어려운 시험에 들게 했으나 그가 한 번도 포기하거나 실패한 적을 본 적이 없습니다. 가한그룹을 더 크게 일으킬 그릇이지요. 강추하는 인물입니다.

　사람들은 이번엔 황건에게 박수를 쳤다. 호텔을 맡은 지 일 년 만에 그는 그 호텔의 이미지를 변신시켜 갔고 성장시켜 갔다. 황건은 거만하게 고개를 끄덕이며 그들의 찬사에 응대했다. 날 때부터 잘난 척하던 사람의 습관은 쉽게 변하지 못했다.

　―제 가족에 대해서도 할 말이 있군요. 딸들아, 난 너희들을 사랑한단다. 가슴에 나를 원망하는 마음 충분히 안다만은 아버지는

너희를 늘 사랑했단다. 그리고 태야, 사람마다 제 크기의 그릇이 있고 가진 재능은 다 다르기 마련이다. 너는 너의 재능이 아닌 것에 욕심 부리지 말고 너 즐거운 일 하며 평생을 행복하게 살아라. 맞지 않는 옷은 불편하기 마련이다. 팬티만 입고 살아도 맘 편한 게 최고이니라. 욕심을 버리거라. 욕심은 화를 부르게 마련이다. 넌 너의 예술적 재능을 마음껏 펼칠 수 있는 다른 일을 찾거라. 그리고 난 두 아들 모두 사랑했단다. 막내이고 똘똘치 못하고 감성이 여린 네가 어쩌면 더 애틋했느니라.

황태는 이 부분에서 '아버지!' 하며 무릎을 꿇고 울었다. 황건은 옆에 무릎을 꿇은 황태의 어깨에 손을 얹었다.

"쪽팔리게 남자 자식이 사람 많은 데서 울기는."

평생 처음으로 황건에게 위로 받은 황태는 더욱 심하게 어깨를 들썩였다.

―그리고 사랑하는 아내. 사랑하오. 내 사랑의 욕심으로 당신에게 상처만 주고 말았구려. 내, 뭐라 하지 않을 터이니 노년에 멋진 남자 만나 사랑 받으며 즐겁게 사시오. 어머니, 먼저 간 불효자는 할 말이 없습니다. 다시 만나뵐 때까지 건강하기만 하십시오.

화면 속 황 회장의 눈시울이 붉어지자 그것을 보던 사람들도 모두들 눈시울을 적시었다.

―마지막으로 가한그룹 가족 여러분. 앞으로 자본주의는 새로운 모습으로 진화할 것입니다. 자신의 이익만을 극대화하는 탐욕스러운 자본주의의 모습이 아니라 질병, 빈곤, 양극화 같은 사회문제를 해결하기 위해 기업들이 적극적으로 나서야 합니다. 기업들

이 사회적 책임을 다하는 창조적 자본주의로 나갈 것을 주장합니다. 이에 힘써주십시오. 저는 이제 편히 눈을 감겠습니다. 감사합니다.

비디오테이프가 멈추어도 식장은 쥐 죽은 듯 조용했다. 한참이 흘러서야 박수 소리가 나기 시작했다. 그리고 그렇게 시작된 박수 소리는 오랫동안 끊이지 않고 계속되었다.

세상을 살다 간 훌륭한 인물들은 모두 인간에 대한 끝없는 인류애적인 사랑을 보여주고 갔다. 사랑은 위대한 것이라는 것은 어쩌면 사실일지도 모른다. 그러니까 개인의 사랑도 존재도 할뿐더러 변치 않을 수도 있다는 점도 인정해야 할지도 몰랐다. 인간의 마음은 질량보존의 법칙이 적용되어 사랑을 원하는 총량이 부족하게 되면 그것을 채우려고 한다고 한다. 먹을 것이 부족할 때만 허기를 느끼는 것이 아니라 사랑이 부족할 때도 허기를 느낀다. 그래서 사람들은 배고픈 승냥이 떼처럼 어딘가 있을 자신의 사랑을 찾아 어슬렁거리며 밤거리를 돌아다니고 있는지도 모른다. 그렇게 만나게 되는 사람과 죽을 것처럼 열병 같은 사랑도 할 것이고, 그 사람은 신보다 더한 존재가 되어 그 말이라면 무엇이든 따르게 될 것이고, 바다 건너 그 사람이 있으면 헤엄을 쳐서라도 태평양을 건널 수 있다는 착각에도 빠질게 되는 뇌의 환각 상태에 이르게 된다. 사랑부정주의자의 말처럼 그 환각상태는 그리 길지 않다. 뇌를 마취시키는 그 호르몬들이 사라지면 처음의 애틋함과 떨림과 열정 또한 모두 사라진다. 그렇게 헤어짐과 만남과 사랑의 사이클을 알면서도 반복하기를 멈추지 않는 지구인들이다. 그런 유한성에도 불구하고 동서고금을 막론하고 인류에 의해 똑같은 테마로 수없는 변형을 하여 내려온 사랑이라는 것에는 무언가 큰 비밀이 감추어 있는 것이 분명했다. 그러고 보니 사랑에 빠진 것도 나쁜 것만은 아니라는 결론을 내리는 창희였다. 이왕 사랑에 빠진 김에 그 비밀을 파헤쳐 보는 것도 나쁘지 않을 것 같았다. 그녀의 멈출 수 없는 호기심은 그런 결론을 내렸다. 게다가 금욕생활을 사랑이라는 빌미로 청산할 수 있으니 이 얼마나 가치있는 일인가. 어쩌면 사랑은 그것으로도 가치가 있는 줄도 몰랐다.

초인종이 고장난 황건의 펜트하우스였고 그들은 함께 있었다. 이젠 무언가를 이루어보자는 서로의 무언의 결심을 뚜렷하게 읽을 수 있을 정도로 둘은 불타고 있었다. 황건은 창희가 언젠가 두고 간 남성이 긴 중심이 멋스럽게 달린 팬티를 들고 있었다.

"당신이 정말 아이템을 착용해야만 가능하다면 그래도 좋아."

자신에게 사이즈가 얼추 맞을 것도 같았다.

"대장도 때려야 절정에 오를 수 있다면 제가 맞아드리죠."

창희는 제니를 위한 채찍을 바닥에 내려쳤다. 허공을 가르는 소리가 들렸다.

"오호, 휘두르는 솜씨가 보통이 아닌데."

"맞고 때리는 것에 타고난 재능이 있는 걸까요? 이걸 쥐니 정말로 때려야 할 것 같은 기분이 들어요."

"당신이 원한다면 맞아주지."

그리고 둘은 서로 쳐다보며 장난스럽게 빙긋 웃었다. 이미 그 이상한 오해와 자기만의 멋대로의 판단 미스는 오랜 대화 끝에 해결되었다. 그녀는 아이템이 없어도 늘 준비가 되어 있고 그는 때리지 않아도 절정에 이를 수 있는 사람이라는 것을 서로에게 이해시킬 수가 있었다. 하지만 노블레스 클럽에 안나로서 출연한 게 그저 해프닝이었을 뿐이라는 것과 절대 자신이 꽃뱀이 아니었음을 황건에게 이해시키는 데는 좀 더 많은 노력과 시간이 필요했다.

"더 이상의 거짓말은 필요 없어. 당신이 클럽 에이스이든 꽃뱀이든 간에 난 상관없어진 지 오래야. 변명하려 들지 마. 살다 보면 그런 유혹에 빠질 수도 있는 거야."

라고 황건이 나오기 시작했기 때문이다.

"정말, 아니었다니까요!"

"더 이상 날 속이지 않아도 돼. 과거의 직업 따위는 다 이해할 수 있어."

자신이 용납된 것 외에는 귀를 막아버리는 고집있는 캐릭터였다.

"이거야 원. 마음대로 생각해요, 황 대장."

그들은 들고 있는 아이템들을 자신의 등 뒤로 던졌다. 그리고 서로에게 한 걸음 걸어갔다. 그리고 금욕의 몸부림은 시작되었다.

그날 그녀는 그를 더 이상 기절시키지 않았고 그는 환상적인 그녀의 허벅지에 완벽하게 휘감길 수가 있었다. 그렇게 그의 중심은 그녀를 끝까지 파고들었다. 그녀는 잠시 질식 상태이다가 혼돈 상태이다가 쾌감 상태이다가 머리에 종소리도 들리고 눈에 번개도 잠깐잠깐 치는 것 같기도 했고 눈을 감으면 젤로그 불빛이 반짝거렸으며 귓속에는 오락실에서 공격을 잘했을 경우 나는 '퍼펙트!'나 '유 윈'이라는 소리가 메아리쳤다. 천 마리의 닭을 세었고, 유체이탈을 여섯 번 경험했고, 이대로 그가 채찍을 들고 와 백 대를 때린다 해도 맞을 의향이 있었으며, 별자리 성궁합의 정확성에 대한 논문을 쓸 준비가 되어 있었다. 그녀는 이제 예전의 그녀가 아니게 되었다. 멀티오르가슴을 경험한 것이다. 세상을 바라보는 시선을 달리해야 할 것 같은 해탈의 경지에 이르렀다. 여기에 금욕 처녀는 더 이상 없었다.

"당신, 처음이었어."

그가 애매한 얼굴로 속삭였다. 노블레스의 에이스라고 뻥을 치고, 꽃뱀이라 협박했던 것까지는 상황상 그럴 수 있다고 쳐도 어떻게 여태껏 경험을 하지 않을 수가 있는 거지? 다른 거 다 문제 삼지 않아도 나이 서른에 그런 허벅지로. 또 게다가 그렇게 밝히면서!

"아, 이제 더 이상의 질문은 받지 않습니다."

"입 닥치라는 소리군."

"몸으로의 질문은 더 받을 용의가 있습니다만."

창희의 대답이 끝나자마자 그들은 다시 뒹굴기 시작했다. 고난이도의 질문과 해설을 겸한 자세한 답변이 오랜 시간 진행되었다.

아편과 섹스의 공통점은 중독일지도 모른다. 황홀함과 함께 끝없는 수렁과 같은 비밀스런 끈적끈적함이 묻어나는. 그와의 섹스는 그랬다. 금욕처녀의 욕정을 가라앉히려는 목적으로 한 번 하고 말라 했는데 자꾸 했다. '늦게 배운 도둑이 날 새는 줄 모른다' 더니 옛말 틀린 법 없었고 '고생 끝에 낙이 온다' 더니 금욕처녀에게는 멀티오르가슴이 밤새도록 내렸다. 그것의 느낌은 폭죽 같았다. 찬란한 색깔과 모양으로 팡팡 터지는.

곰과 함께 폭죽이 터지는 꿈을 꾸던 창희는 눈을 번쩍 떴다. 밤새 폭죽이 터지는 꿈을 꾸었다. '내 몸이 내 몸이 아닌 것 같은' 느낌으로 눈을 뜨니 자신은 벌거벗고 있었고 황건 역시 벌거벗고 옆에서 깨어나고 있었다. 몸짱과 몸꽝의 만남이 들어오는 햇살에 고스란히 드러나고 있었다. 둘의 눈이 마주쳤다. 아직 잠결인 건은 따스한 눈으로 웃었고 창희는 깜빡거렸다.

'뭐니, 그 따끈따끈한 눈빛은.'

자신을 바라보는 그의 눈빛은 하루 사이 변해 있었다. 황건이 아니라 황태 같다. 저 남자 밤 사이 호연지기를 길렀나? 날 때부터 잘난 척 새로 산 때수건만큼 까칠하던 그 눈빛과 표정이 사라지고 자유롭고 너그러워 보였다.

"좋은 아침."

목소리마저 눈길만큼 부드러웠다. 왜, 왜 그래. 당신.

"구, 굿모닝."

어색해서 나온 짧은 영어이다. 이불로 가슴을 가리며 창희가 인사했다. 그는 조각 같은 몸매를 그대로 내놓고는 실오라기 하나 없이 그러고 있었다. 자랑스럽긴 하겠지만 당신도 좀 가리시지.

눈 둘 곳을 모르겠잖아. 황건은 말없이 그녀의 이마에 입을 맞추고는 그녀의 벌거벗은 살을 자신의 것인 양 마구 쓸어대더니만 그대로 침대에서 일어서 거실로 향해 걸어갔다.

완벽한 몸뚱이는 그래도 되는 것이냐 하고 그의 탱탱한 엉덩이를 쏘아보는 창희였다. 역시 거들 따위는 필요없는 엉덩이였다. 쏘아보는 척 끝까지 눈을 뗄 수 없는 섹시한 뒷모습이었다. 그가 사라진 후 창희는 주위를 둘러보았다. 넓은 그의 침실은 완벽했다. 광란의 밤이었던 것과는 달리 완벽한 아침 같아 보였다. 그 완벽한 공간의 물을 흐려놓는 것은 머리가 산발인 자신인 듯했다. 그가 벗겨 버린 원피스는 전등 위에서 박쥐처럼 거꾸로 걸려 있었고, 붉은색의 브래지어는 창문의 블라인드에, 같은 색의 팬티는 벽걸이 텔레비전 위에 걸려 있었다. 어젯밤의 격렬함이 그대로 보이는 것 같아 얼굴이 붉어지는 창희였다. 아, 종합선물세트 같은 여러 가지 섹스 스킬을 가진 바람직한 수컷. 수컷을 고르는 그녀의 눈은 탁월했다.

창희는 몸을 일으켰다. 그냥 조용히 나가주려고 했다. 하룻밤을 나누었던 여자가 아침에 안 가고 오래 버티면 그것도 예의가 아닐 것 같았다. 섹스는 처음이었지만 예의범절은 지킬 줄 아는 그녀였다. 창희는 침대에서 내려와 슬금슬금 기듯이 걸어서—다리가 부들거렸다—전등에 박쥐처럼 걸린 원피스를 내리려고 발꿈치를 들었다. 드레스를 구해내고 팬티를 구해내고 브래지어를 구해내었다. 그리고 재빨리 입으려 일어섰다가 벌거벗은 모습 그대로를 막 들어오는 황건에게 딱 걸리었다. 아, 이런. 창희는 어느 부분을 먼저 가려야 하나 고민이 길었다. 그래서 붉어진 얼굴만을 가렸다.

"입지 마, 입어봤자 또 벗길 테니."

그렇게 말하는 그는 희고 고운 면티에 베이지색 면바지를 입고 있었으며 방금 씻기라도 한 건지 머리카락이 젖어 있었다. 그리고 그의 손에는 따뜻해 보이는 커피 두 잔과 크루아상과 잼과 생크림이 놓인 쟁반을 들려져 있었다. 창희는 그 많은 것 중에서 생크림에서 눈을 떼어내지 못했다. 더 이상 먹을 것으로 보이지가 않았고 바르는 것으로 보였다. 하나의 아이템이라고나 할까.

"아, 추운가?"

그는 침실의 테이블에 그것을 올려놓고는 옷장에서 목욕가운을 꺼내더니 창희의 등 뒤로 걸어가 그것을 어깨에 걸쳐 주고는 산발이 되어버린 머리카락에 입을 맞추었다. '쪽' 하고 입 맞추는 소리가 머리에 울렸다. 그는 부드럽고 따끈따끈했다. 좀처럼 적응이 되지 않았다. 이게 사랑의 표현이라는 건가? 이렇게 간질거리고 어색한 행위가? 그는 다시 창희의 앞에 섰으며 창희는 손가락으로 먹을 것들을 가리켰다.

"머, 먹고 갈까요? 그 소리죠?"

사랑하면 이렇게 하는 건가 보다. 아, 어색해. 창희는 약간 이마를 구기며 밤새 호연지기를 너무 길러 돌아버린 것 같은 그의 표정을 체크했다. 건은 미소를 짓고는 고개를 끄덕였다.

"물론. 밤새 에너지 소비가 과했거든."

미소 짓는 그가 멋있긴 했다만. 그런데 당신은 사랑에 그렇게 바로 적응이 되나? 나도 발맞추어 그렇게 웃어주어야 하는 건가?

비슷하게 웃어보려다가 관두었다. 역시 사랑은 간지러운 거다. 그의 사랑에 적응하려면 대패가 필요해.

"잘 먹겠어요."

아, 그렇게 웃지 마세요. 아무리 사랑에 빠졌다지만 부담스러워요. 그래도 원래대로 굴어요. 창희는 크루아상을 크림에 묻혀 입에 넣고 오물거렸다.

"무척, 즐거워하더군."

그가 말했다.

"아, 덕분이에요."

그의 그 말은 기억의 연결고리에 불을 붙였다. 아무 생각 없이 크루아상을 씹는데 꿈결처럼 어제 들렸던 말들이 떠오르기 시작했다. 당장 안아줘요. 거기, 거기. 아니, 거기 말고 거기. 조금만 더, 조금만 더 위로. 아니, 그 아래. 아, 나 죽어요. 살려줘요. 아니, 죽여줘요. 퍼펙트! 또 해줘요. 자꾸 해요. 한 번만 더 해요. 당신 정말 죽인다. 크다고 무시해서 죄송했어요. 자, 여섯 번째 콘돔을 빨리 껴요. 빨리! 빨리! 빨리! 당신 정말 최고야!

기억 속의 그 목소리는 미안하게도 자신의 목소리였다. X 등급 야동의 여주인공 목소리가 아니라.

해변에서 모래 찜질하는 데 쓰나미가 눈앞에 밀려오는 기분이 들었다. 알고 보니 자신은 금욕을 가장한 잠재적 색녀였던 것이다. 잠재적 슈퍼맨 클라크 켄트처럼 자신의 능력을 몰랐을 때는 어리바리하다가 잠재적 능력을 알고 나서는 안경을 벗고 슈퍼맨으로 변신해 버리는. 자신은 옷을 벗고는 슈퍼색녀로 변했었다.

꿀꺽, 크루아상을 넘기기가 너무 힘들었다. 잠시 미쳤던 것이다. 그가 빙글빙글 웃는 이유를 알 것 같았다. 아, 한 일주일은 잠수해야겠다. 라고 생각하며 그녀는 조용히 일어서서 사라지려고 했다.

"즈, 즐거웠습니다. 저는 바빠서 이만."

그가 그녀의 팔을 잡았다.

"일요일이야. 출근하는 날도 아니고. 더 있다가."

저도 낯짝이 있지요. 어제 힘들게 했다면 미안, 제가 좀 오래 굶었었나 봅니다.

"가야 해요. 약속도 있어요."

"약속? 무슨 약속이지?"

왜 나의 약속까지 민감하게 구는 것인지.

"황태 씨에게 볼일도 있고."

황건의 눈이 사나워졌다.

"미쳤어! 그 자식은 왜?"

황건은 벌떡 일어나 소리를 질렀다. 그의 호연지기는 거기서 끝나 있었다. 발끈하는 저 성격이 어디로 가나.

"황태 씨와 저는 좋은 친구 사이로 남기로 했어요. 오늘 고품격 디자이너인 디자이너 박의 패션쇼를 보러 가기로 했는데."

"뭐? 친구? 남녀 간에 친구가 어디 있어? 그 자식 아직 정신을 못 차렸군. 그리고 옷 입고 먼지 날리며 왔다 갔다 하는 걸 뭐 하러 보러 가는 거지? 속옷 패션쇼도 아니면서?"

"황태 씨 말대로 당신은 저품격이시군요."

"황태 그 자식이 나더러 저품격이래? 그 자식을 그냥!"

오늘 청혼을 할 작정이었다. 그가 전에 끼워준 토끼발의 다이아 반지는 임무를 종결했다며 그녀의 손에서 빼어져서 자신의 서랍 안에 있었다. 그 반지가 되돌아왔을 때 얼마나 애가 탔는지 모른다.

"미치겠군."

바보 같은 여자. 자신에게 사랑에 빠져 미칠 듯한 나와 결혼하면 내 것이 다 자기 것일 텐데. 돈이 좋다며 그런 계산은 안 되나? 저 단순하고 무식한 여자의 가정 환경조사를 해봐야겠다 싶었다. 뇌구조를 어떻게 카테고리화 시킨 건지, 무슨 회로를 어떻게 차단하면 저럴 수 있는 건지. 화가 벌컥 나서 그는 뜨거운 커피를 왈칵 마시고 화장실에 가서 곰처럼 소리를 지르고—커피가 뜨겁기도 했고—다시 침실로 왔다.

그새 창희는 구겨진 원피스를 입었고 이번엔 침대 밑으로 들어갔다며 구두를 찾고 있었다. 자신을 향해 흔들리는 그녀의 소중한 엉덩이, 퍼펙트한 허벅지. 유혹하는 줄도 모르고 유혹을 자행하는 여자. 황건은 그녀를 번쩍 안아 들고 침대 위로 올라갔다.

"가지 마. 토끼발 내 눈을 봐. 내가 무얼 말하는지 보라고!"

이 여자야 내 눈을 읽으란 말이야! 당신 때문에 아무것도 할 수 없는 나를, 미쳐 버린 나를 캐치하라고. 널 사랑한다고! 결혼하자, 토끼발.

그의 이글거리는 눈을 한참 잘못 받아들인 그녀다. 창희는 얼굴이 붉어졌다. 또 하자고? 이 남자 너무 밝히신다.

"참 나, 정 그렇다면 하, 한 번만 더 해요. 이미 해는 벌겋게 떴지만요."

하고 싶었던 것은 그녀임이 분명했다. 그녀의 대답에 황건은 할 말을 잃었지만 그래도 그녀를 안기로 했다. 몸이 부서지는 한이 있더라도 이 여자를 만족시켜 주고 싶은 사랑의 마음이 동했다.

"조, 좋아."

그녀에게 중독이 하나 더 늘었다. 게임 중독, TV 중독, 땅콩버터 중독, 스포츠카의 속도 중독, 섹스 중독까지. 중독이 되면 모든 말 한마디를 이것들과 연관시켜 버리기 마련이었다. 그가 안은 그녀는 나이 서른에 설익은 감 같았던 여자였다. 수줍고도 교태로웠다. 게다가 환상적인 허벅지, 그로서는 순위를 매길 수 없는 최고의 경험이었다. 아침엔 더 강한 그는 약간은 덜 수줍은 그녀를 완전히 넘어가게 했다. 그녀의 허리를 세우고 그녀의 몸 안에서 그가 말했다.

"당신, 나랑 정말 잘 맞는 거 알아?"

그는 그녀의 몸 안에 있는 쾌감에 몸을 떨었다.

"토끼발도 알 건 안다."

땀에 젖은 창희는 입술을 살짝 물었다.

"당신도 좋은 거야? 느끼는 거야? 대답해, 어서."

남자들은 자신의 정력을 확인 받으려고 한다더니. 응, 우리 죽인댔어. 몸만 닿아도 동하고 뼈와 살이 불탄다고 했어. 완벽한 성궁합이라 했어. 창희는 눈도 뜨지 못하고 입도 열지 못하고 고개만 열두 번 끄덕였다. 다시 머리 속에 폭죽이 하나둘씩 팡팡 터지고 있었다. 한 스무 번쯤은 터졌다. 동시다발로다가. 낮에도 폭죽은 찬란하게 터졌다.

　창희는 황태와의 약속 시간에 늦겠다며 서둘렀고 황건은 주머니에 든 다이아 반지를 만지작거렸다. 내친김에 결혼하자고 말하고 싶었다. 방목이 되어 키워져 구속에 싫다는 여자에게 청혼을 한다는 일은 도박의 판을 뒤집는 일처럼 어이없이 받아들여질지도 모르는 일이었다.
"저기."
황건은 주저했다. 창희는 그런 황건을 이상한 듯 보았다.
"뭐, 할 말 있어요?"
"그러니까, 저기."
저기 말이지. 황건의 침묵은 길었다. 그러자 창희가 뭔가를 파악했다는 표정으로 입을 열었다.
"아이, 또 하자고요?"
이, 남자 정말 못말리겠어. 창희가 생각했고 황건은 눈을 동그랗게 떴다. 나, 어지러운데.
"당신, 정말 못 말리겠어요."
말려야 하는 건 토끼발 당신이 아닌가? 잠시 우울했던 황건은 창희의 말에 쉴 새 없이 웃었다. 어지럽지만 웃었다. 지금, 색녀가 자신의 눈앞에 있다. 미워할 수 없는 선수. 자신을 통쾌하게 웃게 만드는 그녀. 그렇게 좋았나? 나, 그렇게 잘했나? 그는 무척 기뻤다.

"그럼 이번 딱 한 번만이에요. 황태 씨가 많이 기다리겠네."
이 남자 정말 밝혀. 어쩔 수 없다는 듯한 표정의 창희였다.
"고, 고마워. 토끼발."
그가 그녀에게 동조했다. 그들은 침실로 또다시 들어갔다. 그들은 그저 사랑에 빠진 한 쌍의 지구인이었다.

밝히다[동사]

드러나게 좋아하다.

예) 1. 돈과 지위를 밝히다.—황건

2. 먹을 것을 밝히다.—창희

3. 튼실한 허벅지를 밝히다.—황건

4. '색'을 밝히다.—황건〈창희

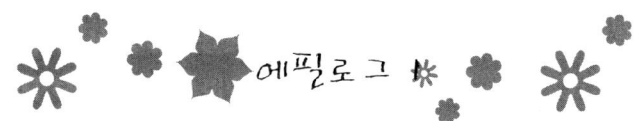

황건은 가한그룹의 본사로 들어가고 호텔의 경영권은 황태가 맡게 되었다. 종합예술적이고 감성적이고 고품격적인 그의 적성에 딱 맞는 일이었다. 황태는 별이 네 개도 아니고 다섯 개의 고품격 호텔 일이 힘이 든지도 모르고 열심히 했다. 그는 황 회장의 말처럼 자신이 원하는 일을 찾아낸 것이다. 장 간호사의 결혼식은 황태의 호텔의 루비 홀에서 이루어지고 있었다. 창희의 소개로 50%의 파격적인 디스카운트된 가격으로 결혼식은 고급스럽게 치러지고 있었다. 장 간호사와 새신랑은 디자이너 박이 디자인한 드레스와 턱시도를 입었다. 새신랑은 이마가 훤해지기 시작한 탈모 초기 단계였지만 코는 굉장히 컸다. 장 간호사는 정말 행복한 웃음을 웃었다.

'장 간호사, 늘그막에 복받는구나. 잘살아.'

창희는 결혼식 내내 흐뭇했다. 호텔에 모임이 있어 들렸던 소진도 창희의 옆에 앉아 부러운 듯 결혼식을 보고 있었다. 동갑들이 자꾸 결혼을 하기 시작하니 마음이 헛헛했다. 하지만 사랑숭배주의자인 소진은 사랑이 없는 결혼은 절대 할 수가 없었다.

"저, 저 사람은 누구니?"

소진이 창희의 옆구리를 찌르며 물었다. 소진이 가리킨 곳은 황태가 서 있었다. 황태는 일을 얼마나 열심히 하는지 호텔의 결혼식에는 직접 참여하여 분위기를 살피고, 호텔 내 레스토랑의 모든 음식과 서비스를 직접 체험하고, 호텔의 헬스클럽을 더욱 활성화시켜 히프를 업시키는 프로그램을 넣어 큰 호응을 얻고 있으며 면세점에는 최신 모델의 명품들이 다른 면세점보다 제일 먼저 디스플레이 되었다. 그가 삼십 년 이상 갈고닦아 온 예술적인 센스는 이렇게 호텔에서 발휘되었다.

"응, 황태 씨야. 이 호텔의 새로운 대표지."

"그럼, 황건 씨 동생이라는 소리네. 어쩌면 저렇게 행동 하나하나에 품격이 느껴지니? 황가의 남자들이 소문만 무성한 것이 아니구나?"

"너처럼 고품격 인생을 지향해. 게다가 사랑을 숭배하고. 마음도 곱고 착해. 나쁜 버릇이 있긴 했지만 청산한지 꽤 됐어. 단 하나 주의할 점은, 느끼해."

변태 물품들을 모두 불태우고는 한 번도 구입한 적이 없다고 했다. 황태와 창희는 자주 만나 창희의 모자란 품격 부분을 보완해

주고 있다. 창희는 그에게 교양수업을 받고 있었다.

"나, 느끼한 남자 좋아하는 거 몰랐니? 왜 이렇게 가슴이 두근거리지?"

소진의 말에 창희는 그녀를 보았다. 소진의 눈은 황태에게 꽂혀 떨어지지를 않았다. 창희는 그녀의 얼굴에 손을 흔들어보았지만 소용이 없었다. 황태는 창희를 보고 반갑게 그들이 앉은 테이블로 걸어왔다.

"온다. 이쪽으로 온다. 온다. 나 어쩌지? 가슴이 터질 것 같아. 오매, 우짜스까나!"

긴장하면 살아보지도 못한 고장의 사투리가 튀어나오는 것이 소진의 버릇이었다. 그들쪽으로 다가온 황태는 창희의 옆자리에 앉았다.

"창희 씨, 결혼식 분위기가 한결 좋아진 것 같지 않습니까? 새로 구입한 샹들리에의 조명이 은은하게 신랑과 신부를 비추니 한결 부드럽고 그윽한 분위기를 연출하지요. 신부의 웨딩드레스도 무척 귀품 넘치는군요. 신부가 걸어 내려올 꽃길은 플로리스트 박꽃남 씨의 작품입니다. 세계 플라워 축제에서 당당히 1위를 차지한 예술적 센스가 넘치는 분이지요. 결혼식이 끝나면 소개해 드리겠습니다."

"네, 그러죠. 태 씨."

"결혼식이 마음에 드시나요?"

"훨씬 더 럭셔리한 것이 보기 좋아요."

창희의 칭찬에 기뻐진 황태는 자신의 자리에 놓인 샴페인을 따르다가 소진을 보았다. 소진을 본 황태는 잔이 넘치는 줄도 모르고 샴페인을 계속 따르다가 놀라서 냅킨으로 테이블을 닦았다.

"이런, 제가 이런 실수를. 죄송합니다. 그런데 옆자리에 계신 분은 누구인지? 제가 소개를 받아도 될까요?"

황태의 눈에서는 다시 점액질이 뿌려지는 듯 끈적거리기 시작했다.

"아, 제 친구 소진이라고 해요."

그때 소진이 창희의 옆구리를 찔렀다.

"아, 고등학교 때 미스 송이버섯에 뽑힌 적도 있어요. 미인대회는 우리 고향의 축제 때 열리는 행사죠."

자기 소개에 이 말이 빠지면 소진은 화를 낸다.

"영어로는 미스 머쉬룸이죠. 하소진이라고 해요."

답답해진 소진이 직접 끼어들었다. 황태는 눈도 감지 못하고 얼어버린 듯 소진을 보았고, 소진도 얼음이 된 듯 황태를 보고 꼼짝도 하지 못했다. 이분들이 만나자마자 얼음땡 놀이를 하시나? 창희는 그들의 사이에 껴서 그들을 번갈아 보다가 입을 열었다. 땡. 그들을 땡을 시켜주고 싶었다.

"아, 덧붙이자면 둘 다 미혼이십니다."

창희의 말에 그들은 안도의 눈빛이 되었다. 다시는 사랑 같은 것을 하지 않겠다고 결심한 황태의 결심이 스르르 녹기 시작하고 있었다.

"유유상종이라고 했던가요? 창희 씨의 친구 분도 무척 아름다우시군요."

황태가 소진에게 말했다.

"과찬이십니다. 여자의 미를 논하는 것이 부끄러울 정도로 남성적인 미가 넘치는 분에게 그런 말씀을 들으니 부끄럽네요."

소진이 입을 가리고 웃는 바람에 팔목에 찼던 시계가 드러났다.

"아니, 소진 씨가 차고 있는 그 시계는 까르띠에의 새로 나온 커플시계가 아니신지?"

"아니, 이런 것을 알아보는 남자 분은 처음 봤어요."

"굿 초이스."

황태는 두 번의 작은 박수를 쳤다. 가끔 오버하는 그의 액션들이 익숙해질 만도 한데 창희는 그저 흥미롭기만 했다. 거울 보고 연습하시나?

"물건을 고르시는 안목이 대단하십니다. 저도 지금 그 시계의 남성용을 착용하고 있습니다. 좋은 물건은 아는 사람만 알죠."

황태는 팔을 들어 반짝이는 시계를 그들에게 보여주었다.

"어머, 황태 씨야말로 디자인을 선택하는 탁월한 안목이 계시군요. 제가 커플이 없어서 이걸 사면서 얼마나 아쉬웠던지."

"저도 그랬습니다. 그리고 지금 착용하시고 계신 스카프도 제게 있습니다. 여성용이지만 하나 사두었죠. 기하학적이고도 부드러운 선이 시선을 뗄 수 없을 정도로 아름다워서 도저히 그만 지나칠 수가 없어 소장용으로 가지고 있습니다."

"어머, 저는 요즘 이것만 하고 다녀요. 이걸 만든 디자이너의 영혼을 사랑하게 되었죠."

"이런, 저와 같은 영혼의 떨림을 느끼셨군요!"

"그럼, 황태 씨도?"

눈 맞았군. 창희는 육십억이 넘는 지구인들 중 한 쌍이 눈 맞는 순간을 직접 체험하고 있었다. 두 사람이 이렇게 잘 어울릴 줄 왜 미처 생각도 못했는지 의아할 정도로 환상적인 커플이었다. 남녀의 대화가 저런 주제로도 이루어질 수 있다는 것이 신비로웠다. 그들에게 대화의 주제가 고갈될 경우는 절대 없을 듯했다. 그들의 품격을 만족시킬 신제품은 늘 쏟아지니까.

"그럼, 두 분은 취미생활과 신변에 대해서 더 알찬 대화를 나누세요. 저는 이만 신랑신부와 사진 한 장 박으러 갈게요."

창희는 끈적거리던 그들에게서 빠져나와 신부 쪽의 맨 앞자리에 섰다. 결혼식에 왔다는 것을 이렇게 확실하게 증명하지 않으면 나중에 장 간호사의 끈질긴 추궁에 지칠 것이 뻔했다.

"자, 신부 친구 한 명 중 부케를 잡으세요. 사진 찍습니다."

사진사의 말이 끝나자 장 간호사가 씩씩하게 걸어나오며 말했다. 새신부가 아니라 새신랑 같은 걸음걸이였다.

"최 선생님, 당장 받으세요. 부케 놓치면 평생 혼자 사셔야 하는 거 알죠? 자, 갑니다."

그거 왠지 급작스럽게 지어낸 말 같지 않아? 창희가 뭐라 마다할 새도 없이 부케는 그녀 쪽으로 던져졌다. 이런, 꼭 넋 놓고 있을 때 공격을 한다니까.

창희는 반사적으로 몸을 띄워 부케를 잡았다. 그리고 너무 부케에 목숨 걸었나 싶어 한마디 했다.

"나이스 캐치."

사진기의 플래시가 펑하고 터졌다.

에필로그

—가, 가한장학재단의 아, 아름다운 새로운 재단장님이신 **최창희 씨와 이 무, 무대에 함께 서서 너무도 기쁩니다.**

무대공포증이 있는 파커 씨는 창희의 설득에 의해 후원자의 자격으로서 단상에 섰다. 평생을 구두쇠와 옹고집쟁이로 살던 파커 씨는 창희의 돈과 불에 대한 연설을 듣고 감명을 받아 춤을 한번 춘 후로는 창희에게 반하여 그녀의 말이라면 꼼짝없이 들어준다. 창희는 마이크 앞에 서 있는 파커 씨의 다리가 덜덜 떨고 있는 것을 보았다. 마치 소심한 개다리춤을 추는 것 같았다. 창희는 그에게 힘을 실어주어 주고 싶었다.

—역시나 아름다운 밤입니다. 가한장학재단이 설립된 후 최고의 액수를 기부하신 파커 씨에게 다시 한 번 큰 박수를 부탁드립니다.

단상 아래 있는 사람들은 창희의 말대로 박수를 힘껏 쳤다. 파커 씨는 물을 마시고 흐르는 땀을 닦았다.

—저, 저는 칠십 평생을 벽을 쌓아두고 살아왔습니다. 시간이

갈수록 사람들을 향한 그 벽은 점점 더 높아지고 두꺼워져 결국은 저를 가두게 되었습니다. 사람을 불신하기 시작하고 점점 저만 아는 사람이 되었죠. 그러다 보니 가족도 떠나고 친구도 떠났습니다. 외롭고 어리석었던 저에게 장학재단을 맡게 되신 닥터 최의 연설은 저에게 새로운 세계를 열어주는 계기가 되었습니다. 그리고 그녀의 아버지이신 고 최수산 씨가 염원하셨던 요양원 사업이 그의 죽음과 자본의 부족으로 인해 고난을 겪고 있다는 사실을 알고 제 후원금의 일부를 그곳에 투자를 하기로 했습니다. 그곳은 최고의 요양원으로 거듭날 것입니다. 그리고 전 제 남은 노후를 그곳에서 보낼 작정입니다. 감사합니다.

 파커 씨는 더운지 목에 걸린 나비 넥타이를 빼내었다. 그 틈을 이용해 옆에 서 있던 천재소녀 하늬가 파커 씨의 말을 영어로 통역을 하고 있다. 미국인 파커 씨는 한국에서 사업을 한 지가 오래되어서 그런지 영어 울렁증이 있다고 했다. 그 증세가 얼마나 심한지 길에서 외국인을 만나면 영어로 말 시킬까 봐 긴장할 정도라고 했다. 그 증세는 창희와 같은 증세였다.

―땡큐.

 바비인형과 같은 옷을 입은 하늬의 통역이 끝났다. 청중이 조용하자 하늬는 덧붙였다.

―끝, 디 엔드.

에필로그

파주말똥농장의 멀티플렉스 지하실이었다. 창희와 황건은 지하 와인창고에서 제일 좋은 와인을 꺼내어 나눠 마시고 있었다. 그들이 앉은 소파는 침대처럼 넓고 푹신했다. 창희가 그래, 사랑에 홀랑 빠져나 보자 결심한 이후로 그에게 사랑한다는 말이 듣고 싶기도 했는데 황건은 그의 결심대로 사랑한다는 말을 다시는 말하지 않았다. 그 이유는 단순히 낯부끄럽다는 이유에서였다. 창희는 그가 사랑한다고 말했을 때의 떨림을 다시 한 번 느끼고 싶었다. 그들은 굉장히 어정쩡한 분위기로 서로를 살피고 있었다.

"뭐, 할 말 없어요?"

내가 이렇게 매달려야 하는 거니? 돈드는 것도 아닌데 한번 해주지 그래. 창희는 굶주린 눈으로 황건의 눈을 보았다. 창희에게 청혼할 말을 머리 속으로 연습하며 주머니 안에 들어 있던 토끼발의 다이아 반지를 만지작거리고 있던 황건은 지레 놀라서 그녀를 보았다.

"아니, 할 말은 뭐."

그가 세상에 태어나서 이렇게 소심하기 그지없기는 처음이다. 이 여자에게 사랑하자고 말하고 결혼하자고 말하는 것이 왜 이렇게 어려운 건지. 몸을 나누자는 말보다 열 배 어려웠다. 결혼을 한 기혼남성들이 모두 위대해 보였다. 차라리 처음 생각대로 케이크 안에 반지를 숨겨둘 걸 그랬나? 하지만 먹성 좋은 그녀가 반지를 삼킬 가능성이 컸기에 그 방법은 옳지 않다고 생각했다. 반지를 와인병 안에 숨겨볼까도 했지만 와인 한 병을 원샷하고도 남을 주량을 가진 여자라서 그 방법도 옳지 않았다.

"이렇게 분위기 있고 와인까지 한잔해 놓고는 정말 할 말이 없다 이거죠?"

인내라는 단어를 싫어하는 창희의 참을성은 극에 달했다. 무슨 남자가 그렇게 비싸게 구니?

"난 당장 듣고 싶은 말이 있는데 말이죠."

말해요. 사랑한다고.

"또 하고 싶다는 뜻인가?"

여전히 밝히시는군. 황건은 긴장감에 얼굴 근육이 마비되어 비웃는 얼굴이 되었다.

"아니, 내가 뭐 만날 그것만 생각하는지 알아요?"

그걸 결국 들킨 거냐. 하지만 지금 듣고 싶었던 것은 그 말이 아니었다고.

"무슨 남자가 이토록이나 로맨틱하고 담을 쌓을 수가 있는 거죠? 황태 씨를 섭외해 과외라도 받아야 하는 것 아닌가요? 나 듣고 싶은 말이 하나 있다고요, 말해요. 당장."

밑도 끝도 없이 무슨 말이 듣고 싶다는 건지. 이 여자 배고픈 거 아니야? 씩씩거리며 화를 내는 그녀를 이해할 수가 없어서 황건은 침묵했다. 이봐, 토끼발 화를 가라앉혀야 내가 하고 싶은 말을 하지. 당신이 듣고 싶은 말이 뭔지는 모르겠지만 내가 하고 싶은 말이 더 중요하다고. 결혼하자. 토끼발. 그 말은 황건의 머리 속에만 맴돌았다.
 "좋아요. 못하겠다 이거죠? 정 못하겠다면 기계의 힘을 빌어서 듣겠어요. 난 당장 들어야 하겠으니까."
 뭐 이런 어거지가 다 있나 말하는 그녀도 스스로도 깨닫고 있었다. 그녀는 주머니 속에 있던 녹음기를 꺼내고는 재생 버튼을 힘껏 눌렀다.
 —**사랑한다고. 토끼발을.**
 그의 목소리는 멀티플렉스의 자하실에 울렸다. '사랑한다고. 토끼발을.' 며칠 전 파주농장의 마구간으로 가던 길에 그가 그녀에게 고백한 말이었다. 창희는 얼떨결에 녹음된 그 말만 밤마다 백 번씩 듣고 있었다. 무슨 첫사랑에 빠진 여고생도 아니고 내가 이 짓을 해야 하는 거야? 이젠 진짜로 듣고 싶어. 말해요. 당장.
 "그, 그건. 언제 그걸 녹음한 거지?"
 황건은 쪽 팔렸다.
 "스파이가 달리 스파이인가요? 언제 어느 때든 준비된 자세로 임하고 있죠."
 "그, 그 말이 그렇게 듣고 싶었다는 거야?"
 "네, 듣고 싶다고요. 낯부끄러우니까 깊이 파고들어 묻지는 말아요."
 창희의 얼굴은 점점 붉은빛이 되어갔다. 삼십대의 두 남녀의 정신적 사랑은 육체적 사랑보다 어설펐다. 그리고 테이프를 감아 다시 재생 버튼을 눌렀다. 당신 더 부끄러워 볼래?

─내 평생 처음으로 여자에게 말한다. 사랑해.

또 그런 말이 그들이 있는 공간을 울렸다. 황건은 부끄러워 미칠 것 같았다.

"그거, 내놔. 당장."

황건은 긴팔을 뻗어 그것을 빼앗으려 했으며 창희는 그것을 등 뒤로 숨겼다.

"아, 그런 반응을 보이니 퍽 재미있군요. 이걸 가지고 다니면서 당신을 협박하겠어요."

"누가 날 협박하라고 그 녹음기를 준 건 줄 알아? 이, 사악한 토끼발 같으니!"

─내 평생 처음으로 여자에게 말한다. 사랑해.

창희는 대답 대신 다시 녹음기의 재생 버튼을 눌렀다.

그때부터 그들의 나 잡아봐라 놀이는 시작되었다. 결국 달리기가 약점인 창희가 그에게 잡히고 말았는데 잡힌 곳은 원점인 넓고도 푹신한 소파 위였다. 창희는 소파에 눕혀졌고 황건은 그녀를 꼼짝 못하게 결박했다. 그들을 숨을 가쁘게 쉬며 서로를 쳐다보았다. 그들의 숨결과 시선이 가까이에서 뒤섞였다. 황건은 그녀의 입술에 짙은 키스를 했다. 그리고 말했다.

"사랑해, 토끼발."

"이제야 약발이 먹히는군요. 한 번 더 해봐요."

그 말 만날 듣고 싶다고.

"사랑해, 토끼발. 미칠 만큼 사랑해. 당신이랑 살고 싶어. 나랑 결혼해 줘."

황건은 그녀를 결박한 채로 주머니에서 반지를 꺼내 그 반지의 원래 자리에 반지를 끼워넣었다. 방목되어 키워진 날짐승을 잡아 결박하고 고삐를 채우는 느낌이 들었다. 결혼하자고 그랬다고 제발 도망가지 마라. 토끼발. 황건은 그녀의 대답을 기다렸다.

"겨, 결혼이요?"

결혼이라 함은 이 남자와 법적으로 매일 자도 된다고 허락받는 일? 이 남자 정말 밝힌다니까.

"뭐, 정 원한다면야."

"그거 무슨 뜻이지?"

황건은 자신의 귀를 의심했다. 반지가 채워진 그녀는 바로 무전기 모드로 들어갔다.

"그러니까 나, 나도 대장을 사랑한다는 뜻이다. 오버."

사랑을 믿지 않는다는 그녀가 사랑을 말한다.

"당신도 날 사랑한다고? 그럼, 결혼을 허락하는 건가?"

황건의 심장은 심하게 두근거렸다. 창희는 그의 눈을 보았다. 청혼을 받는 여자는 이런 느낌이구나. 간지러워 죽겠다.

"황 대장에게 다사다난했던 이번 미션의 결과를 보고하겠다. 오버."

"당장 보고하라."

마음이 급한 황건은 그녀의 무전기 놀이에 동참하였다.

"나 토끼발은 황 대장의 스파이로 영구 존속한다. 사랑한다는 말이다. 이상, 토끼발의 스파이 작전 임무완료 오버."

황건은 환호를 지르며 그녀를 푹신하고도 넓은 소파 위에서 안

앉다. 세상을 다 가진 기분이었다. 동굴처럼 깊고 넓은 멀티플렉스의 지하에서는 밤새 그런 에코가 울렸다.

"당신 죽인다다다다다다다. 한 번 더더더더더더더더더."

밝히는 여자를 사랑하느라 애를 쓰는 황건의 말도 울렸다.

"사랑한다, 나의 토끼발발발발발."

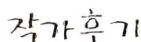

머릿속에 날아다니는 상상들을 잡아다가 글로 옮기고 책으로 만드는 작업은 힘들기도 했지만 굉장히 즐거운 작업이었습니다.
제가 즐기면서 썼듯 읽으시는 분들 모두 즐겁게 읽으셨기를 바랍니다.

힘든 현실세계를 살고 있지만 참으로 즐겁게 살아가고 있는 안나, 토끼발, 창희 씨의 이야기가 읽으시는 모든 분들의 마음에 행복으로 다가가기를 감히 꿈꾸어봅니다.

단조로운 일상을 살던 저는 글을 쓰기 시작하면서 세상으로 용기를 내어 한 발자국 발을 디뎌봅니다. 그리고 안주하며 살지 않고 도전이라는 것을 하고 있는 저의 어깨를 톡톡 두드려도 봅니다.

　글을 쓰는 작업은 어쩌면 친구를 만드는 작업일지도 모르겠습니다. 저는 창희 씨를 친구 삼고 임자 있는 황건 씨에게 침을 흘리고, 느끼한 황태 씨에게 미끄러지기도 했습니다. 아직 제 가슴속에 저마다의 개성을 표출하며 왁자지껄 떠들고 있는 그들이 있어서 행복합니다.

　그리고 글을 쓰면서 만난 현실세계의 친구 분들이 계셔서 참 행복합니다. 노력하는 그들의 모습에 늘 감동과 자극을 받습니다. 친구 분들 모두 감사드립니다.

　전 많이 성장한 모습으로 또 다른 글을 쓰며 즐거워하고 있을 저를 꿈꾸어봅니다. 읽으면 즐거워지고 가슴이 따스해지는 글을 쓰고 싶습니다. 잘해나가도록 하겠습니다.

제가 첫 책을 만들 수 있도록 용기를 주시고 도와주신 청어람과 한지윤님께 감사의 말씀을 전합니다. 복 받으실 겁니다.

마지막으로 제 삶에 큰 기쁨과 사랑을 가져다주는 저의 세 남자에게 고맙다는 말을 전합니다. 사랑합니다.

푸른 오월의 마지막 즈음에.
—김유진 드림.